ALIEL PAIONE
SOL & SOMBRAS

TRILOGIA DO SOL - VOL. 2

Todos os direitos reservados
Copyright © 2020 by Editora Pandorga

Direção Editorial
Silvia Vasconcelos
Produção Editorial
Juliana Santoros Miranda
Preparação
Juliana Santoros Miranda
Revisão
Gabriela Peres
Projeto Gráfico e Diagramação
Estúdio Chaleira - Cris Viana
Capa
Itamar Silva

Texto de acordo com as normas do Novo Acordo Ortográfico da Língua Portuguesa
(Decreto Legislativo n. 54, de 1995)

Dados Internacionais de Catalogação na Publicação (CIP)
Bibliotecária responsável: TuxpedBiblio (São Paulo - SP)

P148s   Paione, Aliel

Sol e sombras / Aliel Paione. – 1. ed. - São Paulo, SP : Editora Pandorga. Brasil, 2020.

432 p.; 16x23 cm.

ISBN 978-85-8442-442-9

1. Erotismo 2. História do Brasil 3. Literatura Brasileira 4. Romance Histórico I. Título II. Autor

CDD B869.93
CDU 82.31(81)

Índice para catálogo sistemático:
1. **Literatura Brasileira: romance.**
2. **Literatura Brasileira – Romance.**
Ficha catalográfica elaborada pelo bibliotecário Pedro Anizio Gomes CRB-8 8846

2020
IMPRESSO NO BRASIL
PRINTED IN BRAZIL
DIREITOS CEDIDOS PARA ESTA EDIÇÃO À
EDITORA PANDORGA
AVENIDA SÃO CAMILO, 899
CEP 06709-150 – GRANJA VIANA – COTIA – SP
TEL. (11) 4612-6404

WWW.EDITORAPANDORGA.COM.BR

ALIEL PAIONE

SOL E SOMBRAS

TRILOGIA DO SOL - VOL. 2

PandorgA

Para Pier Paolo Pasolini e
sua filmografia, especialmente
Teorema.

1

Antenor Antunes da Silveira chegou ao Rio Grande do Sul em 1895 como imigrante, acompanhado pela esposa Felinta Savelli e pela filha Cecília, recém-nascida. Eram naturais da ilha de São Jorge, conselho de Calheta, situada na região central do Arquipélago dos Açores. Naquela pequena ilha, longa e estreita, semelhante a um rabo de cachorro, Antenor habitava a extremidade leste, a Vila do Topo, onde sempre vivera. No arquipélago, os negócios não corriam bem para a família e jamais corresponderam às expectativas do casal. Em 1881, ano em que desposara Felinta, Antenor Antunes trabalhava na produção e comércio de chá; era proprietário de uma pequena empresa, a Companhia Chás Quatro Folhas. Seis anos após o casamento, desanimado com os negócios da bebida, ele retornou ao ramo da pesca, atividade tradicional da família na qual começara a trabalhar, ainda criança. Seu pai, Xavier Antunes, era o dono principal da Companhia Pesqueira Açoriana, a Tradição na Pesca ao Cachalote, conforme anunciava a velha tabuleta afixada à entrada do grande armazém, próximo ao cais da companhia. Com Xavier trabalhavam seus dois irmãos, tios de Antenor e sócios minoritários. Após retornar à Pesqueira, em pouco tempo Antenor Antunes já cogitava repetir a sua atitude anterior, época em que tinha dezoito anos e se retirara dos negócios da família, almejando autonomia. Porém, ele acreditava que dessa vez teria sucesso, e começou a imaginar outra atividade em que pudesse auferir mais e ser independente. Filho único, com a morte do pai, Antenor herdou a sua parte e resolveu vendê-la aos dois tios a fim de empregar o dinheiro em negócio próprio, todavia, em outras terras. Ele avaliava que nos Açores as condições permaneceriam ruins.

No fim do século XIX, a superpopulação nas ilhas obrigou o governo português a estimular a emigração para as regiões meridionais da América do Sul, onde havia a tradição da colônia açoriana. Com a crise, instalada na derradeira década do século, os negócios nas ilhas deterioraram, o que incentivou o casal a emigrar, embora Felinta não estivesse tão entusiasmada quanto o marido. Ela achava que deveriam persistir um pouco mais no ramo da pesca, afinal, dissera a Antenor, haviam herdado a Açoriana, sendo ele agora o sócio majoritário, bem como o prestígio da companhia, que era conhecida nas ilhas do Atlântico e mesmo no continente português. No entanto, Antenor insistiu na ideia e negociou a sua herança, alegando que partilhar o gerenciamento dos negócios com os tios poderia originar desavenças. Felinta acabou cedendo aos argumentos do marido, embora tenha chorado muito ao deixar a terra natal, sua querida Ilha de São Jorge. Após tranquila travessia, desembarcaram em Porto Alegre em meados do mês de junho, entusiasmados e repletos de ambições, revigorados pelos novos ares. Com o decorrer dos anos, os Açores se fixariam em suas memórias como uma lembrança dolorida do passado.

O começo de vida no Brasil foi difícil; aliás, bem diferente do que imaginaram. De acordo com os planos iniciais, Antenor adquiriu terras primeiramente em Santana do Livramento para trabalhar no comércio de gado, mas as coisas não correram bem e ele começou a perder dinheiro. O mesmo aconteceu em outros dois municípios. Quando verificava que os negócios não lhe proporcionavam bons lucros, vendia as terras e se transferia para outra região, em busca de nova oportunidade. Nessas rápidas andanças pelo Rio Grande do Sul dissipara grande parte da herança.

Antenor Antunes, embora sem talento para gerir os próprios negócios, era pessoa intransigente e íntegra, além de muito rígido e exigente com os outros e consigo mesmo. Felinta apenas comprovava aquilo que intuiu antes de emigrarem: seu marido não teria sucesso em tocar os empreendimentos que planejaram devido à sua maneira de ser. Já o sabia havia tempos. Como lhe dizia, ganhar dinheiro em comércio exigia boa dose de flexibilidade, talento para dobrar os outros e certa esperteza para ludibriá-los. Tal comportamento, ela alegava, não fazia parte do caráter do marido. Felinta lhe sugeriu então que o melhor, naquelas circunstâncias, seria conquistar a confiança de algum patrão que lhe reconhecesse os méritos de honestidade, e trabalhar como empregado. Assim teriam mais segurança e poderiam educar os filhos, preservando o restante das economias. E foi o que Antenor, ao final de suas peregrinações pelo interior do Rio Grande, sentiu-se obrigado a fazer, pois o dinheiro estava no fim.

Em janeiro de 1899, depois de morar em três municípios do estado, dirigiu-se ao antigo território das missões, desistindo de se tornar negociante. Essa velha região possuía acentuada população de ascendência açoriana. Antenor, antes de emigrar, conseguira nomes de conterrâneos, filhos, netos e bisnetos das ilhas, pessoas que eventualmente pudessem auxiliá-lo no Brasil. Acolhendo algumas das sugestões, trabalhou breve período em uma estância, até se empregar em Santos Reis, estância de propriedade do general Manuel do Nascimento Vargas, pai do futuro presidente Getúlio Vargas. A estância situava-se no município de São Borja, às margens do Rio Uruguai. Homem correto e trabalhador, Antenor Antunes logo conquistou a confiança de Vargas, que nele observara extrema lealdade e dedicação aos negócios da família. Com o decorrer do tempo, o general o efetivou como capataz chefe de Santos Reis. Havia dezoito anos que ali moravam gozando de uma vida estável e desfrutando da amizade e confiança dos Vargas.

Felinta Silveira Savelli, sua esposa, era mulher cuja erudição superava em muito a do seu marido. Descendente de italianos, Felinta fora educada em um dos melhores colégios de Lisboa, e com o passar dos anos se dedicara a exercer a função de professora para filhos de peões. Era ela quem se encarregava de alfabetizá-los, de ensinar-lhes as primeiras contas e os rudimentos eruditos. Sua filha Cecília, conforme narrado, chegara com a idade de um ano e se tornara uma moça séria, taciturna, sem muita jovialidade; puxara ao pai, mas fora afetada pelas preocupações do casal, decorrentes das constantes mudanças. O único filho, João Antunes Savelli, nasceu em São Borja em maio de 1900, pouco depois da família ter se estabelecido em Santos Reis. Felinta o adorava e o chamava carinhosamente de *mio bambino*, apelido pelo qual era conhecido na estância. João Antunes e Cecília foram alfabetizados por Felinta, que também os ensinara a escrever e a falar razoavelmente o italiano, idioma que ela dominava e os incentivava a praticar.

Nos dezoitos anos em que moravam em Santos Reis, João Antunes tornou-se um rapaz belíssimo. Seus cabelos castanho-claros pareciam quase loiros à luz do sol; os olhos azul-acinzentados que herdara da mãe e a boca delineada por lábios carnudos e sensuais, sobre dentes perfeitos, formavam um semblante de rara beleza. Algumas sardas pontuavam seu rosto e realçavam sua fisionomia. João Antunes era alto e adquirira um corpo esbelto e forte, nas proporções exatas que lhe davam um porte magnífico. Esses atributos aliavam-se a uma simpatia que o tornava a atração onde estivesse. Porém, o que nele mais encantava era certa ternura misturada a uma expressão fisionômica inefável, que se irradiava espontaneamente em algumas ocasiões, conferindo-lhe uma atração intensa. Nesses instantes, ele emanava meiguice e exercia fascínio irresistível. Peões casados ou enamorados sentiam-se desconfortáveis quando João Antunes estava na presença deles e de suas mulheres. Viam que, por dentro, elas sorriam enlevadas, incapazes de dissimular o que crepitava em seus corações.

Conforme a tradição estancieira gaúcha e estimulado pela curiosidade, João Antunes tornou-se íntimo da natureza e desenvolveu uma intuição apurada. Desde a infância, ele passara a sondar seus mistérios. Ao decorrer dos anos, desvendara os segredos dos ventos e os desenhos do céu na região de Santos Reis. Aprendera a antever as chuvas e a suspeitar dos diáfanos azuis de inverno, prenúncio das geadas que queimariam as campinas e mais tarde inundariam seu coração de saudade. João Antunes absorvera a experiência dos antigos peões da estância e adquirira a prática do manuseio bovino, tornando-se exímio vaqueiro. Habituara-se à rebeldia dos cavalos e à fúria dos bois; intuía as artimanhas dos novilhos manhosos, aqueles que costumavam costear o alambrado e que, sabia, só lhe dariam trabalho. Antes de conduzir as boiadas, sentava-se nas cercas dos currais e punha-se a examiná-los atentamente, tentando descobrir quais eram os mais rebeldes para permanecer de olho neles.

Aos atributos exteriores, tão evidentes, João Antunes agregava uma sensibilidade que o predispunha não só às manifestações físicas da natureza, mas também a sentir a sua alma, sendo essa a característica mais instigante. Ele amava os animais e se emocionava com o berro triste dos bois. Vez ou outra mergulhava seus pensamentos sob o capim vergado pelo vento e ali permanecia a sondar o inescrutável. Gostava das noites frias enluaradas ao redor do fogo sob o som das violas, quando então se perdia em devaneios, dobrado pelas músicas que lhe confrangiam a alma e lhe embalavam os sonhos. Curtia o minuano gelado batendo-lhe com força no rosto quando caminhava sobre as suaves ondulações das campinas ao lado do inseparável amigo, Lucas Ambrozzini, que era o irmão que lhe faltara — Lucas era conhecido na estância pelo sobrenome Ambrozzini. Foram criados juntos e tinham quase a mesma idade. Ambos amavam aquela vida de liberdade e sentiam-na intensamente quando disparavam seus cavalos sobre as coxilhas infinitas, os cabelos atirados para trás e os olhos semifechados mirando o horizonte. Durante as folgas, disputavam quem derrubaria mais novilhos em disparada, na mão ou no laço, ou quem chegaria primeiro naquele costumeiro arbusto no topo da colina, referencial que fincaria raízes em sua memória. Essa vida campestre adicionou uma sensibilidade inquietante a João Antunes, marcando-a com a transcendência misteriosa que a natureza lhe infundia, quando a perscrutava.

Nos últimos três anos, porém, a atividade mais aguardada por João Antunes e Ambrozzini era a feira anual de gado de Santo Ângelo, ocasião em que deveriam conduzir as melhores cabeças de Santo Reis àquela cidade. Durante essas viagens, além de desfrutarem dos prazeres da vida campal, ansiavam pelas noites urbanas, imaginando rendas negras e ligas vermelhas. Fora durante uma dessas viagens iniciais a Santo Ângelo que João Antunes conheceu sua primeira mulher, a loirinha Helga, a alemãzinha de pentelhos dourados e lábios de mel. Ela viera de Hamburgo com seus pais, havia quinze anos, lhe dissera aconchegada em seu peito. Durante muito tempo ele se lembraria daquela primeira noite de amor em que ela, com imensa doçura e carinho, lhe abrira as pernas e lhe ensinara tudo, revelando-lhe o paraíso. Ele tinha dezesseis anos, na força da idade. "Meu Deus!", diria anos depois, "aquilo não acabava nunca". Enquanto retornava a Santos Reis, aquele *début* prosseguira ardente sobre seu cavalo, e ele imaginava que jamais esqueceria a linda e meiga Helguinha, relembrava, apaixonado. Antenor teve que trazer João Antunes à força e deu-lhe o que fazer para amenizar suas lembranças, pois ele queria enroscar-se para sempre naqueles pentelhos.

Esperavam, pois, com ansiedade, a data da realização da feira de Santo Ângelo, que ocorria invariavelmente entre a segunda quinzena de maio e o início de junho. Todos os anos, nessa época, partiam de Santos Reis conduzindo a boiada. Gastavam cerca de doze dias cavalgando sob as ordens de Antenor Antunes, ao lado de outros peões da estância. Em São Luiz Gonzaga, a meio caminho, descansavam durante dois dias. Em Santo Ângelo, premiavam-se as melhores reses, conheciam-se as novidades, mas, principalmente, eram realizados ótimos negócios e ouvia-se falar de muito dinheiro relacionado ao comércio de gado. A venda de animais premiados e os preços obtidos pelas matrizes aguçavam imaginações. A Santo Ângelo acorriam importantes estancieiros de todo o Rio Grande.

Fora durante uma dessas últimas viagens que João Antunes começou a acalentar o sonho de também se enriquecer com o negócio de gado. No início, o desejo surgiu tímido, como certas donzelas balzaquianas, mas João Antunes passou a imaginar o que deveria fazer para comprar terras. Durante essas idas e vindas a Santo Ângelo, enquanto cavalgava com o olhar ancorado naquele aglomerado de corcovas se movendo lentamente ao sol, a ideia foi-se desabrochando, tomando formas em seu espírito até se consolidar em convicção definitiva. "Sim, também terei meus negócios e serei dono de terras e boiadas", resolveu, após pensar exaustivamente sobre o assunto durante os dois últimos anos. Enquanto cavalgava, perdido em pensamentos, João Antunes decidiu que deveria partir em direção aos garimpos em busca de ouro, imaginando que esse seria o caminho mais rápido a trilhar para concretizar seus sonhos. Julgava que em pouco tempo poderia amealhar alguma quantia que lhe possibilitasse realizá-los. Ele ignorava aonde ir, portanto, deveria procurar alguém com experiência e obter informações a respeito. Deliberou que essa seria a primeira coisa a ser feita logo que chegasse à estância, e assim o fez. Quando finalmente decidiu, comunicou a Ambrozzini. Este, desde o princípio, quando João Antunes lhe confidenciara a ideia, achou-a arriscada, pois, ao seu ver, desfrutavam de uma vida segura e agradável em Santos Reis, além de contarem com a amizade e a confiança dos Vargas. Entretanto, João Antunes estava determinado a correr riscos. Durante os últimos meses, passaram a conversar mais a respeito, e combinaram que Ambrozzini iria encontrá-lo assim que estivesse estabelecido na região escolhida para tocar os negócios. Havia, porém, nesses planos, qualquer coisa de ingenuidade ou de um otimismo exagerado, mas que faziam parte da juventude, tempo em que imaginamos a vida ainda carentes da experiência e pensamos que tudo é possível.

Sempre que viajavam a Santo Ângelo para as feiras anuais de gado, os peões se hospedavam na Pensão Catalunha, de propriedade de Dom Manolo Ortega, chefe local do Partido Republicano Rio-Grandense. Fiel discípulo de Júlio de Castilho e de Borges de Medeiros, Dom Manolo era defensor intransigente dos princípios positivistas do velho Comte, embora sem conhecimento de causa. Catalão exaltado e passional, Dom Manolo achava que só a visão holística da organização social de um Estado centralizado, encarnado na figura de um chefe, seria a solução para os problemas brasileiros, perdidos num cipoal de interesses e de contradições. E passava horas discutindo tais assuntos com Antenor Antunes. Nessas viagens, Antenor acostumara-se a trazer mensagens políticas enviadas pelo general Vargas a Dom Manolo. Eles se conheceram nos tempos da primeira Revolução Federalista, em 1893, quando se tornaram bons amigos. Durante as feiras, Antenor e seus peões permaneciam cerca de dez a quinze dias em Santo Ângelo.

No fim de maio de 1918, lá se encontravam novamente. Na Pensão Catalunha eram honrados com o melhor tratamento e retribuíam carinhosamente a amizade que Dom Manolo lhes dedicava. Aos peões de Antenor Antunes eram reservados os melhores quartos e os banhos quentes, prerrogativas de hóspedes especiais. Além disso, saboreavam vinhos de primeira e a ótima *parrilla española*, que adoravam. Dom Manolo sempre arengava energicamente, afirmando que a autêntica *parrilla* era a espanhola, e que as argentinas e uruguaias não se comparavam. Nessas ocasiões, ele rapidamente se enrubescia cheio de exaltação, e suas jugulares estufavam. Antes das viagens a Santo Ângelo, Antenor Antunes reunia os peões e fazia uma severa preleção sobre como deveriam se comportar durante a feira. Não queria saber de bebedeiras, arruaças, e muito menos de mulheres. Já tivera, algumas vezes, de comparecer à delegacia em companhia de Dom Manolo para libertar empregados embriagados, envolvidos em brigas. Dom Manolo quebrava o galho, mas Antenor não mais desejava incomodá-lo com isso. A noite de folga, conforme o combinado, seria somente a última, após a festa de encerramento, quando então tinham permissão e liberdade total de se esbaldarem, mas sem violências. Conforme os resultados dos leilões e o comportamento, poderiam adiar o retorno. Como geralmente permaneciam em Santo Ângelo mais alguns dias, os peões aproveitavam: enchiam a cara e visitavam os bordéis da cidade, mas evitavam as arruaças. Na época das feiras de gado, as melhores prostitutas da região, e mesmo de muito longe, acorriam a Santo Ângelo; era a ocasião em que podiam faturar, pois os homens vinham com dinheiro e muita vontade. Não obstante a dedicação e respeito de seus empregados, Antenor Antunes era intransigente e severo quanto às obrigações. Quem não gostava dele eram as donas dos bordéis, que viviam achincalhando-o, chamando-o de madre superiora e de outras coisas semelhantes ou piores.

Algo inusitado, porém, aconteceu durante o amanhecer daquele que seria o último dia de trabalho, ocasião do encerramento dessa derradeira feira.

Antenor Antunes, como de costume, acordou ao raiar do dia e se dirigiu ao quarto de João Antunes e de Ambrozzini, a fim chamá-los. Estes deveriam, naquela manhã, banhar e escovar Estrelinha e Netuno, premiados no dia anterior, pois a entrega dos prêmios seria naquela tarde. Antenor ficou surpreso ao abrir a porta do quarto e deparar-se com os lençóis intactos, esticados sobre as duas camas, indicando que não haviam dormido ali. Ele dirigiu-se furioso à recepção em busca de notícias sobre seus dois peões, mas disseram-lhe que ainda não haviam retornado naquela noite. Antenor Antunes retirou-se apressado, já sabendo aonde se dirigir. Todavia, antes de alcançar a porta de saída, ouviu barulho de passos descendo a escada; voltou-se e se deparou com um dos seus peões, saindo em direção ao parque de exposições.

— Tu sabes onde estão João Antunes e Ambrozzini? Não dormiram na pensão... — O peão estacou-se, sentindo-se repentinamente encabulado. — É um dever teu me dizer! Me responde! — exigiu raivosamente Antenor. O peão abriu uma risadinha maliciosa, meio constrangido, como que antecipando a resposta.

— Bem... Comentavam ontem à noite que talvez passassem lá na casa de *madame* Florzinha, antes de virem para pensão...

Antenor Antunes fechou o semblante, contraiu os lábios e voltou-se em direção à entrada em passos rápidos, com as esporas tilintando sobre o assoalho da Catalunha. Abriu a porta e saiu. O sol despontava sobre as cumeeiras das casas, dourando a forte neblina que pairava sobre a cidade, ainda deserta àquela hora da manhã; fazia muito frio naquele início de junho. Antenor caminhava apressado pela rua de terra, condensando uma nuvenzinha de vapor em frente à boca ao expirar. Em poucos minutos, alcançou a zona boêmia de Santo Ângelo, situada em uma rua longa nos arredores da cidade. Forçou a vista numa sequência de casas que desaparecia gradativamente através da névoa, e andou mais alguns passos, chegando em frente a um velho sobrado com a pintura cor-de-rosa já muito desgastada pelo tempo. Sobre a porta de entrada, molhada pela umidade, lia-se: *Chez Fleur - 1904*, xilogravado sobre uma tabuleta de madeira, meio adernada. Antenor bateu à porta; como demoraram a atendê-lo, testou a maçaneta. Surpreendeu-se ao verificar que não estava trancada; abriu-a e entrou. Ao fazê-lo, deparou-se, vindo em sua direção, com uma senhora muito simpática que lhe abria um sorriso acolhedor em seu semblante sonolento, indicando que acordara havia pouco e se levantara para atender à porta. Metida em um surrado *peignoir* cor-de-rosa, *madame* Florzinha se aproximou calmamente, com os braços cruzados contraídos sobre os bustos e os ombros ligeiramente erguidos, se protegendo contra a friagem; ela devia ter seus cinquenta anos, mas era ainda uma bela mulher. Fitou-o com os seus olhos azuis romanescos, abrindo um pouco mais o sorriso.

— O cavalheiro deseja alguma coisa? — indagou, cravando-lhe um olhar insinuante e franzindo a testa de modo charmoso.

Antenor Antunes parou, denotando surpresa com aquela agradável aparição, inusitada àquela hora e ao seu estado de humor.

— Tive informações de que dois peões meus estariam aqui... A *madame* poderia confirmar? Eles deveriam estar indo agora para o trabalho...

— Como são eles? — interrompeu, fechando um pouco o semblante.

— São ainda guris; um deles tem os cabelos encaracolados, meio loiros, olhos claros, o outro... — *Madame* Florzinha reabriu o sorriso e revirou os olhos, volvendo seu rosto para a escada, gestos que interromperam a indagação de Antenor.

—Sim, há dois guris dormindo lá em cima. Um é moreno... e o outro é mesmo loirinho, cabelos encaracolados e olhos azuis... Ai! Que menino lindo! Quando chegou aqui ontem à noite, fiquei encantada, mas quem o levou foi Bianca, a lindeza da casa... — disse com uma expressão sonhadora, apertando ainda mais seus braços contra os bustos e erguendo os ombros em direção às orelhas, procurando se proteger contra o frio.

— Posso ir lá acordá-los? — indagou Antenor, já avançando seu corpo a fim de se dirigir à escada.

— Sim, estão nos dois primeiros quartos à direita, logo no topo da escada. O loirinho está na primeira porta. Oh, senhor! — exclamou, suplicando, fazendo um beicinho insinuante. — Não incomode os pombinhos, deixe os guris aproveitarem as meninas... Gemeram tanto essa noite! Devem estar exaustos... — acrescentou *madame* Florzinha, mantendo o lânguido olhar e abrindo seu cativante sorriso. Ela deu meia-volta e se dirigiu ao pé da escada, apoiando uma das mãos sobre o corrimão, pondo-se a observá-lo.

Antenor Antunes fez lentamente um gesto negativo com a cabeça e avançou a passos rápidos; ultrapassou-a e subiu a escada de madeira, fazendo um barulho surdo ao bater as botas sobre os degraus, acompanhado pelo ruidoso tilintar metálico das esporas. Chegou frente à porta do primeiro quarto e bateu com força, com os nós dos dedos. Não se ouviu nenhum ruído vindo de dentro. Ele insistiu outra vez, mais forte, e logo escutou o barulho de molas sendo distendidas e botinas sendo arrastadas sobre o assoalho, misturados ao som de vozes. Após alguns segundos, observou uma luz vazar sob a porta, que logo foi entreaberta. Antenor viu o rosto assustado e sonolento de João Antunes aparecer no vão. Ele encarou rapidamente seu filho com o semblante severo, exibindo aquele ar grave que João Antunes aprendera a respeitar desde criança, e lhe disse, entredentes:

— Logo tu vieste quebrar a disciplina, seu fedelho! Agora, anda logo! Em dez minutos quero te ver no curral lavando e escovando Netuno e Estrelinha. Tu e o Ambrozzini! Vai chamá-lo, e depressa! Te encontro nos currais.

— Sim, papai — murmurou João Antunes constrangido, baixando o rosto e fechando a porta.

Antenor voltou a descer os degraus ruidosamente, refazendo o barulho anterior. *Madame* Florzinha permanecia ao pé da escada, com a mão apoiada sobre o corrimão e a mesma expressão simpática estampada no rosto, observando-o. Ele parou um instante diante dela e sorriu encabulado, fitando-a intensamente. *Madame* Florzinha também o encarou e segurou delicadamente o seu braço.

— Tu és o pai do guri, não? Tens a mesma expressão, a mesma boca... Ontem à noite fiquei conversando muito tempo com ele. É realmente um anjo, uma doçura de rapaz! Depois, quero conversar com Bianca a respeito e saber mais detalhes... Ah, meu Deus, como a vida só nos deixa saudades... — acrescentou após uma ligeira pausa, com uma expressão saudosa, deixando aflorar uma pontinha de desilusão em seu semblante repentinamente entristecido. Ela aproximou-se de Antenor e encostou-lhe o rosto sobre o peito, rodeando-lhe a cintura com os braços. Antenor sentia os seios de *madame*, livres sob o *peignoir*, roçarem seu corpo. Ele enrubesceu e respirou fundo, fez-lhe um carinho sobre os cabelos, mas logo se desvencilhou e caminhou a passos largos rumo à porta, saindo novamente, encarando a manhã gelada de Santo Ângelo.

João Antunes fechou a porta e retornou ao leito, acolhendo o olhar assustado de Bianca. Ela estava recostada na cabeceira da cama, apoiada sobre um dos cotovelos, segurando com a outra mão os cobertores sobre os seios. Parecia não compreender o que se passava.

— O que foi, meu amor?

— Tenho que ir trabalhar, vieram me chamar.

— Com este frio!? Deixa disso... Vem cá, só mais um pouquinho — solicitou, estendendo-lhe os braços, deixando cair as cobertas.

João Antunes admirou a beleza dos seus peitos e se aproximou, sentando-se na beirada da cama. Sentia muito frio, pois estava nu. Subitamente, experimentou uma tristeza indefinida apoderar-se de si. Achegou-se a Bianca e beijou-a ternamente no rosto; correu a mão sobre os seus seios, fazendo-lhes uma carícia nos bicos endurecidos, mantendo a expressão entristecida em seu semblante.

— O que foi, meu anjo, por que que tanta pressa? Daqui a pouco tu vais...

João Antunes levantou-se em busca de suas roupas e retornou à beirada da cama, mantendo-se de pé em frente a ela. Enfiou a mão no bolso da calça, puxou sua velha carteira de couro e retirou duas notas, colocando-as sobre a mesinha de cabeceira, sob a luz desvanecida do abajur. Enquanto fazia isso, Bianca deslizou até a extremidade da cama, sentou-se, apoiando os pés sobre o assoalho, e aproximou o rosto das coxas de João Antunes. Delicadamente, ela segurou-lhe o sexo, efetuou alguns movimentos de vaivém, curvou o rosto e passou a acariciá-lo entre seus lábios. João Antunes ainda observou os cabelos morenos de Bianca próximos aos seus pentelhos, antes de cerrar os olhos e erguer o rosto, porém se afastou, lembrando-se da expressão severa de seu pai.

—Tenho que ir... — disse meio ofegante.

— Vem meu amor, só mais um pouquinho... — pediu, emanando sedução e desejo.

Porém, ele se afastou, vestiu-se rapidamente e sentou-se para calçar as botinas. Ergueu-se outra vez, ajeitou com os dedos os cabelos desgrenhados, reaproximou-se da cama e passou carinhosamente a mão sobre o rosto de Bianca, observando como ela era linda.

— Se puder, à noite eu retorno.

— Promete, amor? Posso te esperar?

João Antunes mirou-a e fez meia-volta, dirigiu-se à porta, abriu-a e saiu; Bianca escutou as batidas no quarto vizinho. Em alguns minutos, ao ouvir passos apressados, ela entreabriu a porta e assistiu a João Antunes e Ambrozzini passarem rapidamente em frente, e logo escutou o barulho das botinas contra os degraus da escada. Dirigiram-se depressa para o Parque de Exposições. Deveriam preparar o touro Netuno e a vaca Estrelinha para as solenidades de premiação, que ocorreriam naquela tarde. Sentiam-se cansados e sonolentos, e amargaram o semblante contrariado de Antenor Antunes durante o restante do dia. Naquela noite, não retornaram à casa de *madame* Florzinha e foram dormir mais cedo, enquanto os peões de Santos Reis se entregavam às bebidas e às mulheres.

Na tarde seguinte, ao contrário de outros anos, quando permaneciam mais alguns dias em Santo Ângelo, iniciaram a viagem de volta a Santos Reis. Sobre os arreios, sonolentos peões bamboleavam exaustos, fatigados pela farra noturna. Enquanto deixavam Santo Ângelo, João Antunes volveu seu rosto e olhou a cidade se afastar lentamente através da poeira levantada pelo gado. Desde a véspera, persistia em si aquele sentimento de tristeza, de algo melancólico, indefinido ainda, mas que ele começava a decifrar como um último adeus. Naquele instante, observando as casas se distanciando ao longe, João Antunes teve o abrupto sentimento de que não mais retornaria à cidade e de que aquela seria a última viagem, a sua derradeira vinda a Santo Ângelo.

Após quatro dias de cavalgada, chegaram a São Luís Gonzaga durante a tarde. São Luís correspondia à metade do caminho. Como de hábito, ali permaneceriam dois dias hospedados na Pousada do Boiadeiro para os animais descansarem. Ela se localizava na entrada da cidade e era muito prestigiada na região. O gado era preso em currais de propriedade da pensão situados ao lado, e era isso que facilitava a vida dos viajantes e fazia com que a pousada fosse tão procurada pelos donos de boiadas. De suas janelas, no segundo andar, podia-se mirar a campina perder-se ao longe. Com as vendas, a boiada ficara reduzida. À noite, João Antunes convidou seu pai para uma conversa difícil. Ele aguardava tê-la quando ali chegassem. Sentaram-se em duas poltronas existentes na acanhada sala de visitas, ao lado de uma pequena lareira. João Antunes, desde que deixara Santo Ângelo, permanecia pensativo, com a melancolia fustigando seu espírito, e nessa noite, quando iria conversar com seu pai, tais sentimentos atingiam um clímax inesperado. Antenor já havia reparado na tristeza do filho, notando que andava meio arredio, muito calado e cabisbaixo, mas julgava que isso era consequência da repreensão que sofrera.

— Papai — iniciou João Antunes, com certa cautela —, nestes dois anos tenho pensado muito a respeito do que tenho a dizer-te... — E sentiu seus olhos lacrimejarem e um nó se formar na garganta. A voz lhe custava a sair.

Antenor fixou-lhe atentamente o olhar e contraiu o semblante, surpreso com aquelas palavras carregadas de emoções.

— Sim, meu filho, podes dizer... O que é?

— Papai, eu vou deixar Santos Reis e tentar a vida em outro lugar... Talvez no interior do Brasil. Pretendo ganhar dinheiro e ter meus próprios negócios, comprar boiadas, terras... — disse, meio hesitante, com o semblante tenso.

Antenor Antunes respirou fundo e deu um sorriu curto, desapontado, desviando seu olhar para o balé das chamas no interior da lareira; estavam muito próximos a ela. Fitou outra vez o filho, arregalando ligeiramente os olhos, permitindo-se aflorar em seu rosto, já encarquilhado pelos anos, um misto de surpresa e decepção diante daquelas palavras. Retornou seu olhar para o fogo, permanecendo sério e pensativo alguns segundos. João Antunes observava as sombras daquela caótica dança amarelada sobre o semblante de seu velho pai, enquanto este, absorto, mantinha seus olhos sobre as labaredas. Voltou-se novamente para o filho, mirando-o com as mesmas emoções, onde se imiscuíam agora sinais de tristeza.

— Isso está relacionado àquele episódio de Santo Ângelo? Ficaste aporrinhado com a bronca?

— Não! De forma alguma! Já vinha pensando sobre isso há muito tempo... Eu e o Ambrozzini...

— Ele pretende ir contigo?

— Por enquanto não, mas assim que eu estiver estabelecido, ele irá.

Antenor dirigiu seu olhar outra vez para a lareira, como se buscasse as explicações no crepitar das chamas. João Antunes sentiu o remorso cortar seu peito, penalizado com a reação de seu pai. Apesar da severidade com que fora criado, amava-o e compreendia as frustrações pelas quais havia passado em busca de uma nova vida. João Antunes sabia, desde criança, que algo doloroso arranhava a alma de seu pai; percebia isso na escassez das palavras, na permanência dos longos olhares quando parecia buscar no vazio os sinais das esperanças que se foram, ou de alguma coisa que lhe amenizasse os sentimentos.

— Meu filho, há muitos anos eu tive essas mesmas ideias, mas a vida quase nunca transcorre de acordo com os nossos planos, ou com os nossos anseios... Geralmente, colhemos muitas decepções. Ter negócio próprio é difícil; sei pela experiência que tive em São Jorge... Eu e tua mãe já te falamos muito a respeito...

— Eu sei, papai — interrompeu-o João Antunes —, mas isso ocorreu porque tu és muito severo com essa coisa de honestidade, de princípios, de regras... A vida não pode ser levada com tal rigor. Além disso, esses conceitos são relativos, pois existe muita gente se dando bem e desfrutando do bom conceito social sem ser excessivamente rigoroso como o senhor. Tu és muito exigente consigo mesmo e com os outros, muito austero, e assim realmente tudo se torna difícil. Os seus tios lá em São Jorge estão bem porque nunca foram iguais a ti.

Antenor Antunes, ao ouvir a referência aos dois irmãos de seu pai, mostrou sinais de contrariedade.

— É, eu sei! Mas eu não abro mão dos meus princípios. Sempre fui um homem decente e vou morrer assim, e tenho que fazer jus à confiança que o velho Vargas depositou em mim. Quando eu estava em dificuldade foi ele quem me empregou e me fez seu capataz. Foi ele quem reconheceu e me deu valor. Não podemos decepcioná-lo.

— Sim, papai, é claro que tu tens valor e que devemos ser honestos, mas não da maneira como o senhor encara certas coisas. Se todos fossem iguais a ti, o mundo não andaria...

— Pois aí é que andaria direito! E não se veria essa pouca vergonha grassando por todo lado! Tu nunca perderás por andares direito, lembra-te sempre disso — aconselhou-o com aquela rigidez a que João Antunes se acostumara antes de se inclinar à frente para ajeitar a lenha no interior da lareira. Fagulhas espirraram para cima e algumas se extinguiram em pontos negros sobre as pedras do chão.

— Arranja uma vassoura para eu limpar isso aqui! — ordenou Antenor Antunes ao filho, enquanto se levantava da poltrona e punha-se a esmagar, com o solado da bota, algumas centelhas que ainda brilhavam.

João Antunes ergueu-se e caminhou em direção à cozinha; logo retornou com uma vassoura, pondo-se a varrer o chão, sob o olhar atento do pai.

— Quando chegares a Santos Reis, tu comentas essa ideia com tua mãe; tenho a certeza de que ela não gostará de saber que tu vais partir... Ela é muito apegada a ti. Mas, afinal, para onde pretendes ir e com o que pretendes trabalhar? — indagou Antenor, observando o filho. João Antunes parou um instante e olhou o seu pai, sentindo uma emoção diferente doer-lhe no peito.

— Pretendo trabalhar com garimpo...

— Ah!? Por isso andou me indagando a respeito certa ocasião, quando te dei o endereço do Jorge, em Porto Alegre — observou Antenor, com um semblante pensativo.

— Sim, papai, era com esse objetivo. Mas mamãe me compreenderá. O chão está limpo — disse, encostando a vassoura sobre o espaldar da poltrona. Pegou-a novamente e a devolveu à cozinha, retornando à sala. Ambos em pé, sentiam-se constrangidos, atraindo a atenção de alguns peões que se encontravam nos arredores.

— Está bem... Lá na estância conversamos mais sobre isso. Agora é melhor subir, amanhã levantaremos cedo para cuidar dos animais — acrescentou Antenor, após certa indecisão, olhando o filho e depois dando uma palmada na coxa, conforme tinha o hábito de fazer ao encerrar bruscamente uma conversa. Virou as costas e subiu a escada, rumo ao seu quarto.

João Antunes, vagarosamente, voltou a sentar-se na poltrona em que estivera, e permaneceu longo tempo contemplando as chamas, pensando no futuro enquanto uma tristeza estranha ia lhe rabiscando a alma. Levantou-se, apanhou o chapéu e perguntou aos outros vaqueiros sobre o amigo Ambrozzini. Disseram-lhe que já havia se recolhido. Lentamente, meio cabisbaixo, ele se dirigiu à escada e subiu-a, sob os olhares indagativos de alguns peões.

Durante o restante da viagem, João Antunes refletiu sobre aquilo em que jamais pensara e que lhe fora dito por seu pai: comunicar à mãe sua resolução de deixar o Rio Grande. Jamais cogitara sobre uma coisa tão simples, mesmo porque era natural que não merecesse sê-la. Mas, agora, isso adquiria um peso imprevisto. Sempre tivera um relacionamento afetivo intenso com sua mãe. Ela lhe devotava excessivo carinho, e ele lhe retribuía com juros. Eram íntimos, e Felinta sempre fora o seu último refúgio. Nos momentos difíceis, era ela quem lhe afagava os cabelos sobre o colo e lhe dizia palavras reconfortantes. Talvez João Antunes significasse para Felinta algo que ela nunca tivera, ou que ficara para trás quando deixara os Açores. Havia uma reciprocidade amorosa sustentada por algo denso e inescrutável.

Chegaram a Santos Reis à tardinha, cansados da viagem. No dia seguinte, ao entrar na sala para o café matinal, João Antunes deparou-se com os pais, já sentados à mesa. Pareciam aguardá-lo. Antenor, cabisbaixo, havia comunicado à esposa a decisão do filho de deixar a estância. Felinta, tão logo o viu, dirigiu-lhe um semblante tenso, contraído, enquanto seus olhos revelavam imensa dor. João Antunes recebeu o impacto daquelas emoções e estacou, olhando-a intensamente.

— Meu filho, Antenor me comunicou teu desejo de deixar Santos Reis... Isso é verdade? — indagou, enrugando a testa e aumentando a força de seu olhar.

— Sim, mamãe, e não é apenas um desejo, mas já uma resolução. Pensei muito sobre isso ao longo dos últimos dois anos E, de fato, resolvi... — disse, caminhando lentamente até a mesa; sentou-se e colocou seu chapéu sobre a toalha. Sentia um nó na garganta e os olhos começaram a lacrimejar.

— Mas, por que, meu filho? Temos tudo aqui em Santos Reis, teu pai goza da confiança do general Vargas, nada nos falta; futuramente poderás tornar-te também capataz-chefe. Sei que o general gosta de ti, te acha esperto, inteligente, já te elogiou a mim várias vezes... — comentou, crispando mais o semblante e avançando o rosto sobre a mesa, num gesto persuasivo.

— Mamãe, sei disso; só devemos gratidão e reconhecimento ao velho Vargas, mas quero me tornar também dono de boiadas, comprar terras e ganhar dinheiro... Permanecendo aqui, atingirei, no máximo, a condição que papai alcançou... — Olhou-o e notou seu constrangimento com essas palavras.

— João Antunes, teu pai sempre teve essas ideias, esses mesmos desejos. Desde que nos casamos, andamos bastante em busca de uma nova vida; e só eu sei o quanto já pelejamos nessa procura. Não é fácil adquirir um negócio e muito menos geri-lo. Não fosse o general Vargas, não sei em que situação estaríamos. Devemos a ele a nossa estabilidade e a nossa gratidão.

— Já conversei com papai a respeito. Disse a ele que as coisas nunca deram certo devido a sua excessiva rigidez. Ninguém vive assim... Pode-se ser honesto e gozar do respeito social, mas sem esse rigor exagerado.

Antenor, sentindo-se constrangido pelas palavras referentes aos seus fracassos, ergueu o rosto encolerizado, enrubescido, deixando aflorar a sua conhecida severidade, talvez sua proteção defensiva.

— Não admito restrições à minha maneira de ser e nem transijo com os meus princípios de honestidade. Já te afirmei isso em Santo Ângelo... — replicou, dando um tapa na mesa, olhando fixamente para o filho. — Sou assim porque assim fui educado, e não me arrependo de nada do que fiz ou deixei de fazer por causa disso. E acredito que se pode ter um negócio e geri-lo honradamente com honestidade... — justificou-se, inclinando outra vez o rosto.

— Reconheço que as dificuldades são maiores, mas não posso ser diferente do que sou... — acrescentou num tom de voz mais baixo, buscando algum ponto sobre a mesa onde pudesse corroborar suas ideias.

— Não condeno teu pai pela honestidade, João Antunes, pois isso só nos honra, mas afirmo que, talvez devido a essa maneira de ser, as coisas também serão difíceis para ti, pois recebeste a mesma educação. Tu pensas que será diferente contigo, mas agirás como ele. — Felinta disse essas palavras com uma expressão agoniada no rosto, olhando atentamente para o filho, que baixou o rosto e permaneceu fitando vagamente a toalha.

— Bem, mamãe, mas então é isso! Parto no final do mês...

— Mas para onde vais?! Antenor me disse que queres trabalhar em garimpo — disse, aflita, erguendo-se e dando dois passos em direção a ele.

— Vou para Cavalcante, no interior de Goiás, em busca de ouro. Dizem que ainda tem muito por lá.

— Ouro!? Mas tu não entendes nada de mineração! Além disso, trata-se de um trabalho perigoso, numa região selvagem. Ó, meu filho! Tira essa ideia da cabeça. Se tu não quiseres trabalhar na estância, eu converso com o general Vargas. Peço a ele para conversar com o doutor Getúlio, deputado e amigo do presidente Borges, e ele te arranja facilmente uma colocação em Porto Alegre. Tu também poderás ser bacharel e te tornares gente importante. Basta falar com ele...

— Chega, mamãe! Já resolvi e pensei muito sobre isso. Parto já no final do mês.

— Mas nunca comentaste nada comigo, eu pensava... — interrompeu-se, desviando o olhar. — Eu pensava que não houvesse segredos entre nós... Sempre me contaste tudo, mas agora vejo que não é bem assim e que me enganei — comentou Felinta, expressando decepção. Começou a soluçar baixinho, colocando as mãos sobre o rosto e esfregando as lágrimas que lhe rolavam sobre as faces. João Antunes levantou-se e dirigiu-se a ela, abraçando-a. Colada em seu peito, ela chorava agora copiosamente.

— Mamãe, não torne as coisas mais difíceis para mim, por favor... A senhora sabe que eu te amo acima de tudo, mas pense na realização dos meus sonhos, dos meus projetos de vida — disse enquanto lhe acariciava os cabelos. — Eu voltarei para levá-los e vocês viverão a velhice com conforto. Eu vou vencer, mamãe! — exclamou de forma súbita e categórica, afastando-a de si e apertando seus antebraços, enquanto a olhava intensamente.

— Oh, meu filho, não nos deixe... — suplicou Felinta, desvencilhando-se e retornando à mesa onde tornou a sentar-se, mantendo-se desolada. Antenor permanecia cabisbaixo, com uma expressão elusiva no semblante.

— Vai conversar a respeito com o general e dizer a ele que tu vais partir. Verás então como ele gosta de ti e como imagina o teu futuro em Santo Reis. De qualquer modo, amadurece essa ideia... e agradece a ele tudo o que fez por ti, a liberdade de que desfrutas na estância. Já imaginaste que não poderás mais montar Ventania nos finais de semana e correr pelas coxilhas ao lado de Ambrozzini?

— Ele partirá depois, assim que eu estiver estabelecido...

— Ambrozzini também irá? — interrompeu-o Felinta, voltando-lhe o rosto.

— Sim — respondeu João Antunes, apanhando o chapéu que deixara sobre a mesa e fazendo menção de sair. — Vou à sede da estância para conversar com o general Vargas e depois passo na casa de Ambrozzini. — Voltou-se para a mãe, olhou-a e dirigiu-se à porta de saída.

— Nem tomaste o café...

— Estou sem fome — disse, enquanto transpunha a porta e colocava o chapéu.

— Vais ver a Ester? Não estiveste lá, ontem, após a viagem a Santo Ângelo...

— Sim. Depois de conversar com o general, eu irei vê-la — disse, enquanto saía na fria e límpida manhã de inverno.

Naquela época, três anos após a inesquecível noite com Helguinha, quem agora tiranizava o coração de João Antunes era Ester Ambrozzini, a irmã do seu inseparável amigo. Ambos tinham catorze anos quando se sentiram atraídos; depois, surgiu aquele misterioso fascínio e, três anos mais tarde, os sentimentos se consolidaram em paixão, que os mantinham encantados.

João Antunes respirou fundo, sentindo o seu rosto gelar em contato com a brisa, mas sorriu e ergueu as faces usufruindo o ar puríssimo que umedecia as suas narinas. Rapidamente se aproximou dos arcos do alpendre, quase ao nível do chão, que compunha a fachada ampla da sede de Santos Reis. João Antunes sabia que o velho Vargas, homem metódico, estava de pé desde o raiar do dia e que já sorvera o seu chimarrão e retornado da inspeção matinal pelos arredores. Sentiu-se um pouco perturbado ao subir o único degrau que separava o alpendre do amplo pátio de terra batida, em frente à casa. João Antunes retirou o chapéu, comprimiu uma das abas com a mão e parou um instante, como que paralisado.

No instante em que se dispunha a prosseguir, a porta principal fora aberta e surgiu, não o velho general, mas seu filho, o deputado estadual Getúlio Dornelles Vargas, segurando sua cuia de chimarrão. Ele abriu um meio-sorriso acolhedor, irradiando a simpatia habitual enquanto o fitava com um olhar penetrante que, a João Antunes, parecia lhe desvendar a alma.

— Bom dia, João Antunes. Acordaste cedo. Não estavas cansado da viagem? Os peões que viajaram contigo ainda estão dormindo — comentou, observando a calma dos arredores propiciada pela agradável manhã. — Ficamos satisfeito com a premiação de Netuno e Estrelinha; soube das novidades ontem à noite pelo meu pai e tu também estás de parabéns — proferiu tranquilamente, enquanto mantinha sobre João Antunes aquele seu olhar instigante e perscrutador. Sugou o mate e caminhou vagarosamente alguns passos em direção a ele.

— Mas, então, o que te trás aqui tão cedo? — indagou, cravando-lhe mais o olhar. — Algum problema? Pareces preocupado.

— Não, doutor Getúlio. É que vim conversar com o general... a respeito de uma decisão minha. Não sabia que o senhor estava em Santos Reis.

— Cheguei de Porto Alegre ontem à tarde, pouco antes de ti.

— Papai nada me disse a respeito. Ele esteve aqui à noite para conversar com o general sobre os trabalhos na feira, mas não me contou sobre a tua vinda...

— Sim, ficaram conversando até tarde sobre gado e sobre como anda a política na região de Santo Ângelo.

— Netuno e Estrelinha mereceram a premiação — comentou João Antunes, comprimindo agora as duas abas do chapéu e baixando a cabeça, intimidado por aquele olhar.

Getúlio recuou dois passos e colocou a cuia sobre a mesinha do alpendre, e então se reaproximou mais e pousou paternalmente o braço sobre os ombros de João Antunes.

— Vamos lá, guri, o que te preocupa? — indagou, dando-lhe uma batida no ombro e retirando o braço. Getúlio apanhou um charuto no bolso da camisa e calmamente o acendeu; puxou a primeira tragada, inspirando fundo, e soltou a baforada. A deliciosa fragrância impregnou os ares enquanto permaneciam um instante em silêncio. Getúlio mirou ao longe a coxilha suavemente ondulada até onde o azul da manhã encontrava-se com o verde úmido do capim, meio amarelado pelo sol. João Antunes, inebriado pelo aroma, voltou-se e o acompanhou, em busca do horizonte. Uma estranha e inaudita sensação foi aos poucos apoderando-se de dele, cristalizando-se numa angústia que lhe descia em ondas pelo peito. Viram surgir, na ondulação da campina, um peão galopando ao encalço de um novilho que lhes parecia desgarrado e nervoso. João Antunes sentiu seu coração se acelerar e, de repente, tal cenário, revestiu-se de uma realidade assustadora, parecendo-lhe algo estranho, absurdo e distante das suas emoções rotineiras. Ele assistia àquela cena como se fossem imagens remotas e esmaecidas, sem muita sequência e num profundo silêncio atemporal. Aquele novilho e o peão assemelhavam-se aos planos chuviscados de um filme mudo em preto e branco, muito antigo, perdido na memória do tempo. Pareciam-lhe um pesadelo pavoroso. João Antunes sentia o suor das mãos umedecer as abas do chapéu e aflorar em suas costas e sobre a testa. Getúlio Vargas expirou outra longa baforada e a fumaça azulada se espalhou, colorindo a cena e se impregnando em sua mente. A angústia agora o esmagava, e sua realidade tranquila e habitual despencava-se num vazio atroz e assombroso. Os sentimentos e os elos de suas emoções costumeiras, tão naturais e agregados a si, sumiram misteriosamente. Antigas manhãs, velhas reminiscências que lhe enchiam a alma de normalidade até transbordá-la de uma felicidade que nunca sequer percebera, desapareceram, substituídas por uma precariedade inquietante. Aquele cotidiano apaziguador, que lhe atribuía um tranquilo equilíbrio, parecia esmagado por uma estranheza aterradora, difusa e angustiante. Essas emoções, inéditas ao seu espírito, lhe dilaceravam misteriosamente sem que conseguisse entendê-las. João Antunes buscava com aflição as sensações costumeiras de sua vida, debatendo-se em vão.

— São os momentos cruciais, João Antunes, momentos de decisões... Quem é o vaqueiro? — indagou, Getúlio, apontando o charuto entre os dedos rumo à campina. — E me contas o motivo de tua agonia... Falaste há pouco sobre uma decisão...

— Sim, doutor Getúlio, por isso vim aqui. O peão é o Ambrozzini. Viajou conosco a Santo Ângelo; comentou que hoje acordaria cedo a fim de escolher um novilho para o churrasco. Vão comemorar São João e o sucesso da feira. Mas o que me trouxe aqui foi comunicar ao senhor teu pai que pretendo deixar Santo Reis...

— Algum aborrecimento, algum motivo mais sério? — quis saber Getúlio, após refletir por um instante, recolocando o charuto entre os lábios.

— Não, absolutamente. É com muito pesar que tomo essa decisão. Senti isso ao falar há pouco com mamãe. Não esperava que fosse doer tanto! Além disso, devo gratidão ao general por tudo o que fez por nós, mas quero tentar a vida em outra região, começar uma atividade própria que me dê... — João Antunes hesitou um instante, sentindo a voz embargar. — Que me dê condições de ganhar dinheiro com o negócio de gado, como os estancieiros aqui do sul. Durante algum tempo, fiz economias que julgo serem suficientes para começar. — João Antunes voltou a mirar Ambrozzini, que, no instante, já rodava o laço no ar, próximo ao novilho.

— Sois muito ligados, não? Tu e tua mãe... — comentou Getúlio, levando o charuto aos lábios e puxando longa tragada, mirando outra vez a coxilha.

— Sim, doutor Getúlio. Como sabes? — retrucou João Antunes, esfregando as lágrimas que lhe marejavam os olhos. Pressionou mais as abas do chapéu, sentindo esvair a segurança que lhe alimentara os planos durante meses.

Getúlio voltou a fitá-lo intensamente e abriu um discreto sorriso. Retirou o charuto da boca e tornou a pousar a mão em seu ombro.

— Te compreendo bem, guri. Sei o se passa contigo. Se ponderaste bem, escuta o teu coração e segue o teu destino. Vai em frente.

— Sim, mas gostaria de falar pessoalmente com o general a respeito. Justificar-me. Ele sempre foi tão atencioso comigo e com a minha família. À tarde, então, retorno, doutor Getúlio.

— Habilidoso o teu amigo... — comentou Getúlio Vargas, assistindo à laçada perfeita de Ambrozzini envolver o pescoço do novilho e arremessá-lo ao chão. Em seguida, ele já saltara do cavalo e se aproximava do animal que se debatia, puxando a corda, com o corpo inclinado para trás.

João Antunes voltou-se para assistir à cena que lhe infundia um sentimento não mais afeito à sua intimidade, ele que tantas vezes a protagonizara e que fora a essência de sua vida. Sentiu tristeza e inveja do seu velho amigo.

— Sim, ele é muito habilidoso... — comentou em voz baixa. Recolocou o chapéu, esfregou as mãos na calça e se despediu de Getúlio Vargas. Este lhe cravou um olhar tão enigmático e penetrante que, durante toda a sua vida, João Antunes jamais o esqueceria. Voltou-se e tornou a lhe dizer que retornaria mais tarde para conversar com o pai dele, enquanto Getúlio persistia a fitá-lo, com seu jeito reflexivo.

João Antunes tomou a trilha em direção à casa de Ambrozzini. Andava cabisbaixo e pensativo. Agora, mais que nunca, desejava rever Ester, irmã única de seu amigo e por quem se apaixonara. Ele não entendia tais sentimentos, que nunca fizeram parte de sua vida. Enquanto caminhava, aquela sensação angustiante, incompreensível, persistia, demolindo os anos felizes do passado. João Antunes sentia a camisa colar-lhe às costas, apesar do frio da manhã. Esfregou os olhos e ergueu a vista, olhando a pequena casa que se aproximava. Apressou-se e alongou os passos.

Ester Ambrozzini estava na cozinha a preparar o almoço e o viu através da janela. Ao contrário de João Antunes, seu coração pulsou esfuziante ao vê-lo avançando na estreita trilha que cortava a campina. Um rubor tingiu-lhe as faces, e Ester experimentou o encantamento de uma paixão correspondida; sentiu-se saturada de felicidade. Como o desejara durante a sua ausência e como o queria agora, ao vê-lo pelo vão da janela. Súbito, aquela cozinha e a comida que preparava se transformaram em cúmplices e tudo adquiriu um novo olhar.

Ester e Lucas Ambrozzini, um ano mais velho que a irmã, eram os dois filhos do senhor Juvêncio Ambrozzini, cuja esposa falecera durante o nascimento de Ester, havia dezoito anos. Os dois irmãos eram muito unidos ao pai, que via com satisfação o romance entre João Antunes e a filha. Naquela manhã de 23 de junho de 1918, pai e filho estavam fora organizando o churrasco que dariam no dia seguinte para comemorar, além do sucesso em Santo Ângelo, o dia de São João. Haveria carne e bebida e muita alegria ao som das sanfonas. Todos os anos a data junina era o dia mais festivo em Santos Reis. Ester saiu à porta, desceu apressada os cinco degrauzinhos de pedra que ligavam a cozinha à trilha, e correu até João Antunes.

— Ó, meu amor — murmurou, sorridente, e juntaram-se num abraço apaixonado. — Por que não vieste ontem? Te esperei até tarde...

— Estava muito cansado e preocupado em comunicar à mamãe a minha partida... Jamais poderia imaginar que ela sofreria tanto, assim como eu...

— Mas o que foi, querido? Tu pareces tão angustiado.

— Sim... Ainda agora estava a conversar com o doutor Getúlio e comecei a sentir coisas estranhas, umas sensações esquisitas que nunca senti. Não é tristeza, e sim emoções diferentes, algo doloroso e difícil de explicar. Parece que o mundo se transformou num outro, completamente estranho ao meu. Doutor Getúlio me olhava de maneira tão profunda que me senti constrangido. Parecia... Parecia que adivinhava meus pensamentos. Talvez só ele pudesse explicar o que se passava comigo... Pelo menos foi o que me disse — comentou João Antunes abraçado a Ester, regateando as palavras. — Já conversaste com ele? — indagou João Antunes.

— Não, nunca! — respondeu Ester, pensativa.

Passaram a caminhar vagarosamente até a curta escada que dava acesso à cozinha, e subiram-na. Olharam a campina do pequeno patamar e assistiram a Ambrozzini retornando a cavalo puxando o novilho pelo laço rumo aos currais da estância, afastados da sede. Podiam também ver o seu Juvêncio se aproximar para ajudá-lo. Voltaram-se novamente e entraram na cozinha.

— Já começas a preparar tua viagem? Partes mesmo dia 29?

— Sim, durante o almoço vou combinar com a mamãe e dizer a ela o que pretendo levar. Devo preparar-me com antecedência senão acabo esquecendo coisas. Já estou antevendo que será outra conversa difícil...

— Oh, querido... E eu? Quando virás me buscar? — indagou Ester, envolvendo com os dois braços o pescoço de João Antunes e sorrindo lindamente. Ele a fitou com indizível agonia, enquanto apertava o corpo contra o seu.

Ester, por inexperiência, não captava o turbilhão de emoções que fustigava o espírito de João Antunes. Sentia-se feliz por tê-lo ao seu lado, captara a angústia que ele sentia, mas não percebera o quão intensa e brusca ela era. João Antunes se deparava agora, às vésperas de partir, com as dificuldades que a separação lhe infundia. Ele se enredava em percalços emocionais enquanto Ester, afeita ao cotidiano e ainda com um espírito não amadurecido, prosseguia na tranquila rotina de Santos Reis.

— Antes de levar-te, tenho que me estabelecer e me consolidar. Não posso te arriscar em aventuras. Assim que conseguir a estabilidade, volto para casarmos, e tu irás comigo.

— Quando achas que isso acontece?

— Sinceramente, não sei, querida. Mas espero que seja logo — respondeu, contemplando o vão da janela com um olhar longínquo, indefinido, perdido em meio à campina. — O começo será difícil, mas espero ganhar dinheiro com a mineração e então comprar terras... E depois entrar para valer no negócio de gado. Antes de ti, Ambrozzini irá me encontrar — explicou, voltando a fitá-la.

— Querido, se tu soubesses o quanto senti a tua ausência durante esses dias... Não sei como poderei ficar sem ti, meu amor. — Ester olhou-o com uma expressão angustiada, apertando-lhe as mãos. Estavam em frente à janela da cozinha; João Antunes retrocedeu e apoiou as nádegas sobre o peitoril, com as costas voltadas para fora.

Ester sempre fora contida em seu relacionamento com João Antunes. Amava-o muitíssimo, mas era uma moça que recebera uma educação severa, repressora, o que a impedia de certos arrebatamentos amorosos. Ela dizia que devia respeito ao pai e que deveria zelar pela sua honra. Seu Juvêncio frequentemente insistia que eram modestos, mas dignos e honrados, e lhe contava sobre os homens. João Antunes era o seu primeiro amor; juntos aprendiam e se deixavam levar. Porém, durante os últimos dias, Ester sentia-se irresistivelmente apaixonada. Era a separação iminente que bulia com o seu espírito e a induzia a deparar-se consigo mesma.

— Oh, amor! Vem aqui! — exclamou João Antunes, abraçando-a. — Eu também pensei muitíssimo em ti, lá em Santo Ângelo — disse subitamente, como se fosse um desabafo para suas emoções, adquirindo um ar apaixonado. Afastaram-se lentamente da janela, caminhando abraçados em direção à pequena sala. Ester retrocedia com as costas voltadas para a porta da sala, os braços trançados nas costas de João Antunes, que dela se aproximava de frente. Trocavam passos miúdos, atrapalhados e interrompidos frequentemente por beijos e sussurros carinhosos. Chegando à sala, começaram a se beijar com ardor, em meio ao silêncio intenso que parecia envolvê-los.

— Meu amor, te amo, te amo tanto... — dizia Ester, ofegante.

João Antunes juntou entre as mãos os seus cabelos castanhos e olhou-a com ternura, beijando seguidamente seu pescoço nu, murmurando palavras apaixonadas. Ester cerrou os olhos e estirou o rosto para cima, sentindo a pele se arrepiar em ondas deliciosas. Pressionou as costas de João Antunes com as mãos e pendeu o rosto para trás, sucumbindo ao intenso prazer que desfrutava.

— Também não sei o que farei sem ti, meu amor... — sussurrou, e tornaram a se beijar com paixão. Vagarosamente, prosseguiram abraçados rumo ao pequeno sofá até Ester sentir a borda do assento tocar as partes posteriores de suas pernas, à altura dos joelhos. Ela praticamente desabou sobre o sofá abraçada a João Antunes. Naquele instante, a razão era fragorosamente derrotada pelo prazer que se abria aos dois, tal como uma pétala vermelha. Era isso que os impulsionava rumo à liberdade. João Antunes corria a mão sobre as coxas de Ester, empurrando a barra do vestido até quase a cintura, enquanto ela gemia e se escancarava ao amor. De repente, ouviu-se um grito lá fora, quebrando o encantamento do instante: "Ô, seu Spinelli! Então depois do almoço te chamo para descarnar o novilho!". Mais distante, soou a concordância: "Te espero, Juvêncio!", enquanto as palavras sumiam na imensa campina.

— Querido! Papai está chegando! — assustou-se Ester, desvencilhando-se rapidamente de João Antunes enquanto este tentava acomodar seu sexo, sentando-se no sofá e cruzando as pernas. Constrangidos, tentavam novamente encenar o cotidiano. Ester arrumou o vestido e passava as mãos rapidamente entre os cabelos no instante em que seu Juvêncio, secundado por Ambrozzini, apareceu sob o portal da cozinha, que dava acesso à sala.

— Bom dia, *bambino*! Já volto para conversarmos. — Seu Juvêncio cumprimentou-o, sem prestar atenção aos dois, e dirigiu-se apressado ao seu quarto. Eles já haviam se encontrado na tardinha anterior.

Ambrozzini parou um instante sobre a soleira e disparou um olhar malicioso, fitando os enamorados, percebendo os restos das labaredas. Ester corou enquanto olhava o irmão com uma expressão desconcertada.

— E então? Trouxeram o novilho? — indagou João Antunes, abrindo um ligeiro sorriso, talvez uma discreta cumplicidade. Entre eles não havia segredos.

— Sim, está no curral. Após o almoço vão abatê-lo. Conversaste com tua mãe, *bambino*?

— Sim, mas foi difícil, Ambrozzini. Ela chorou muito e agora eu estou tendo sensações esquisitas. Coisas que eu nunca senti. Conversava ainda há pouco a respeito disso com tua maninha. Eu te vi galopando na campina enquanto conversava com o doutor Getúlio. Que homem enigmático! Parece ler nossos pensamentos. Já conversaste com ele, a sós?

— Não, ainda não. Já conversei com a dona Darcy. Mas papai já se referiu a isso. Disse que Getúlio é um profundo conhecedor dos homens e que os escuta com os olhos, tal a sua percepção ao observar as reações dos seus interlocutores.

— Pois, então, vá conhecê-lo. Conversa algo sério com ele e observa o seu jeito... Ele disse que Viriato, Protásio e talvez o Bejo chegarão amanhã para a festa.

— Vou ver como está o almoço — disse Ester, levantando-se do sofá e dirigindo-se à cozinha. Sentia, entre as pernas, a ardência amorosa. Chegou em frente à boca do fogão, próxima às labaredas que dançavam sob a trempe, e parou a fitá-las, com os pensamentos arrebatados. Seu orgasmo era iminente quando foram interrompidos, nunca foram tão impulsivos; ela nunca tinha sido tão aberta e jamais se sentira tão excitada quanto há pouco. O desejo e o alívio tornavam-se inevitáveis. Ela deu uma olhadela em direção à porta em que entrara e dirigiu-se rapidamente a uma pequena despensa contígua à cozinha, trancando-a por dentro. No seu interior, instalou-se a penumbra, somente um pequeno basculante no alto da parede permitia sua iluminação. Ester ergueu a barra do vestido até a cintura, levou as mãos ao clitóris intumescido e o massageou na sintonia exata, enquanto abria ligeiramente as pernas e cerrava os olhos. Fazia esses gestos de maneira instintiva, inelutáveis, esforçando-se muito para conter os gemidos, e rapidamente alcançou o gozo. Sentia o calor intenso abrasar suas faces e as gotas de suor marejarem, enquanto ofegava. O pequeno recinto tornou-se abafado. Esperou alguns segundos, sondando a conversa na sala, reabriu a portinhola cautelosamente e retornou ao lado do fogão. Respirou fundo, parando um instante com o olhar vagando sobre as panelas; correu as mãos sobre o rosto e relaxou-se, procurando aos poucos concentrar sua atenção nos alimentos. Entretanto, não conseguia fazê-lo. Passou o pano de enxugar vasilhame sobre as faces e dirigiu-se à janela, a fim de receber o ar frio da manhã. Admirou a campina e o céu de inverno, muito ensolarado, sentindo intensa paixão por João Antunes ao ouvir sua voz ali na sala. Seu suor agora secava depressa sob a brisa matutina enquanto a friagem refrescava o seu corpo, proporcionando-lhe uma sensação agradável. Lavou as mãos e reaproximou-se languidamente das panelas, sendo invadida por uma lassidão gostosa, e pôs-se a remexer os alimentos. Em alguns minutos, retornou à sala. Ao entrar, mirou com aflição os olhos azuis de João Antunes.

— Vem, amor, senta-te aqui — convidou-a, prestando atenção em sua fisionomia, um pouco enrubescida e alterada.

Ester sentou-se e envolveu o pescoço de João Antunes com os braços, encostando a fronte lateralmente junto ao seu ombro. Ela agora experimentava também uma repentina alteração emocional. Em poucos minutos, sua vida rotineira de Santos Reis transmutara-se numa frágil sensação de vazio e sua tranquilidade era afetada por enorme insegurança. João Antunes afagava ternamente os seus cabelos enquanto conversava com Ambrozzini. Ester se apertou junto ao namorado, comprimindo seus olhos sobre o braço dele.

— Em Porto Alegre devo me encontrar com o senhor Jorge Alcântara, que gentilmente se prontificou a me orientar sobre as atividades de mineração em Goiás. Viveu lá alguns anos e parece ter ganho dinheiro, pois montou próspero comércio na capital, na Rua da Praia.

— Quem te falou sobre ele? Tu me disseste, mas já me esqueci... — comentou Ambrozzini, que se sentara na modesta poltrona ao lado e apoiara seus pés sobre a mesinha de centro.

— Foi papai. Certa vez, quando comecei a pensar em garimpo, enquanto conversávamos a respeito, ele me disse que um ilhéu, seu conterrâneo, ganhara a vida com a mineração em Goiás e estava agora em Porto Alegre. Pedi a ele que me conseguisse o endereço e lhe escrevi. O senhor Jorge foi muito amável, respondeu-me e se dispôs a fornecer as orientações sobre o trabalho. Na ocasião, papai me olhou espantado, mas disse a ele que se tratava apenas de curiosidade.

— Então, está confirmado? Tu partes mesmo dia 29?

— Sim. Viajo de madrugada para Uruguaiana e lá tomo o trem para Porto Alegre. Dizem que a ferrovia ficou ótima — comentou João Antunes, deixando seu corpo escorregar sobre o assento e apoiando a nuca sobre a parte superior do espaldar. Ele permaneceu um instante em silêncio; desviou o olhar para a porta da cozinha, vagando em pensamentos. Sobre o portal pendia uma velha imagem colorida de São Sebastião com o dorso flechado, já desbotada pelo tempo. Ester pousou seu braço esquerdo sobre o abdome do namorado e beijou-lhe carinhosamente a face.

— Pretendo embarcar para o Rio de Janeiro dia quinze num vapor que sobe de Buenos Aires. Mas ainda não comprei o bilhete... Quero permanecer uns dias no Rio a fim de conhecer a cidade, e, no final de julho, viajo para Goiás. Depois da festa de São João acertaremos os detalhes — comentou João Antunes, fazendo menção de levantar-se.

— Mas já vais, amor? Fica para o almoço! Preparei uma comida gostosa! Uma carne como gostas...

— Querida, quero retornar à sede para conversar com o general Vargas a respeito de minha saída. Espero não encontrar desta vez o doutor Getúlio; depois, pretendo conversar com a mamãe... Estou aborrecido, com a sensação de que as coisas não foram bem resolvidas e de que tudo ficou pela metade...

— Sim, *bambino*! Mas já vais partir!? Almoça aqui para conversarmos sobre a feira — disse o seu Juvêncio, que retornava à sala vindo do seu quarto. Ele possuía um ar bondoso que cativava imediatamente as pessoas. Era muito querido por todos em Santos Reis e gostava de João Antunes como de um filho.

— Almoço outro dia, seu Juvêncio. O senhor também logo deverá sair para preparar o churrasco e eu devo resolver algumas coisas que me preocupam... Onde ficou o meu chapéu, Ester?

— Está na cozinha, sobre o banco... — indicou, enrubescendo.

— Me acompanhas até lá fora?

— Claro, *bambino*. Vamos — concordou e ajeitou o vestido.

— Até logo mais, seu Juvêncio. Ambrozzini, mais tarde retorno para ajudá-los. — João Antunes se despediu e se interrompeu um segundo, parecendo indeciso.

— Pois então apareces, *bambino*! — exclamou, Juvêncio, erguendo o braço à guisa de despedida enquanto sorria amavelmente.

— Papai e maninho, já volto para lhes servir o almoço — avisou Ester alegremente.

Ambrozzini ergueu-se da poltrona e desapareceu no interior da pequena casa. Seu Juvêncio permaneceu só; sentou-se, pensativo, aguardando o almoço. Os dois enamorados levantaram-se do sofá e caminharam até a cozinha. João Antunes apanhou seu chapéu, enquanto Ester verificava as panelas; ela logo voltou-se para ele, sorrindo baixinho, maliciosamente, colocando as mãos sobre os lábios enquanto fitava seu namorado com despudor. João Antunes, surpreendido, retribuiu com um sorriso, franzindo a testa com um ar de incompreensão. Desceram os degraus que davam acesso ao terreiro de terra que rodeava a casa; passaram por algumas galinhas que bucolicamente ciscavam e logo se embrenharam na estreita trilha, que se desenhava em curvas suaves em meio à campina. Um silêncio denso, profundo, comum àquela hora do almoço, espraiava-se pelos arredores e parecia estender-se até muito longe. João Antunes colocou o braço sobre os ombros de Ester e ela o enlaçou pela cintura. Andaram cerca de sessenta metros até junto a um velho e frondoso umbuzeiro que havia entre as suas casas. A trilha que percorriam passava sob sua copa onde o capim raleava em ilhotas, em meio ao chão de terra batida. Durante os dias quentes de verão, os novilhos gostavam de se juntar à sua sombra. João Antunes e Ester pararam sob o umbuzeiro, de modo que não poderiam ser vistos pela janela da cozinha. Ester encostou suas costas no tronco rugoso e passaram a se beijar com volúpia. Era a separação iminente que os unia como nunca; era a incerteza perante um futuro que sombreava suas vidas que os arremessava loucamente na paixão. Experimentavam a vontade irrefreável de aproveitar os momentos que haviam desperdiçado com subterfúgios inúteis, e que agora sentiam escassear. Sem nenhum estorvo ou pudor, as barreiras ruíam perante o desejo incoercível, e recomeçaram o que haviam iniciado sobre o sofá.

— Meu amor, minha querida, quero tê-la antes de viajar; te quero como agora há pouco, lá na sala, mas para irmos até o fim... — sussurrava sofregamente João Antunes, apertando Ester contra o seu corpo.

— Ah, paixão... Pois eu agora só penso nisso. Quero ser tua... Toda tua, de corpo e alma, sem nenhum segredo para ti. Para provar o que te digo... Tu te lembras quando há pouco saí para cozinha? — Ester relutou um instante, indecisa, meio embaraçada com sua atitude intempestiva, enquanto acariciava com as mãos o rosto de João Antunes, mas se abriu totalmente a ele sem nenhum pejo. — Entrei na despensa, ergui a saia e me satisfiz sozinha. Não pude resistir ao que iniciamos no sofá...

— Verdade, amor? — sussurrou ofegante, com o coração aos pulos ao ouvir tais palavras, tão libertinas e despudoradas. João Antunes ficou pasmo, excitado, pois Ester nunca fora tão explícita e liberada. — Amanhã à noite, durante a festa, quando todos estiverem se divertindo, vamos nos amar... — murmurou, com a respiração entrecortada, enquanto tornavam a se beijar loucamente.

— Sim, querido, mas espere até amanhã, meu amor... Não podemos continuar aqui assim. Tenho que voltar, senão o almoço queima nas panelas. Vamos...

Tremendamente excitados, olharam ao redor a coxilha imensa, silenciosa e cúmplice. Ester afastou o rosto de trás do tronco e mirou sua casa, observando a fumaça azulada evolando lentamente sobre a pequena chaminé, dissolvendo-se no céu. Seus seios arfavam fortemente contra o peito do namorado.

— Ah, minha querida... Tu és quem agora não pode me deixar assim. — João Antunes desabotoou rapidamente a braguilha, segurou a mão de Ester e a levou contra seu sexo enrijecido. Ela nunca o sentira assim, tão íntimo. Ester começou a gemer e o segurou delicadamente, e o mundo se reduzia ao inefável instante. Ela o ajudou a puxar o membro para fora, ergueu seu vestido e mal o encostara em sua coxa, chegaram ao gozo. Ester o sentia quente e abundante a deslizar vagarosamente sobre sua pele, entre os seus dedos.

— Ah, *bambino*, sou toda tua, meu amor... — murmurou ofegante, quase desfalecida.

— Limpa tua mão aqui na calça... Toma o lenço — disse João Antunes, lembrando-se dele e enfiando rapidamente a mão no bolso traseiro.

Ester pegou o lenço, mas permaneceu um instante com a parte posterior da cabeça recostada sobre o tronco, com os olhos cerrados, aguardando se acalmar, enquanto João Antunes fazia o mesmo com uma das mãos apoiada sobre o umbuzeiro. Ambos ofegavam, risonhos e felizes.

—Tu não ias ver o general? — indagou Ester, após alguns segundos, ainda com a respiração alterada, enquanto esfregava o lenço nas mãos e nas coxas.

— Passo em casa antes.

— Tua mãe...

Ouviu-se um grito, interrompendo-a:

— Ei, maninha! Tem coisa queimando na panela! — gritou Ambrozzini, através da janela.

— Já chego aí! — respondeu Ester, esfregando outra vez as mãos na calça de João Antunes e depois passando a barra do vestido sobre a coxa. — Tua calça também sujou...

— Eu me viro. Até logo, amor. Amanhã teremos tempo de sobra, te prometo — disse João Antunes, enquanto se esforçava para recolocar seu sexo sob a calça, e abotoar a braguilha.

Beijaram-se outra vez e se separaram. Ester apressou o passo, quase a correr contra a brisa que acariciava sua alma e fazia seus cabelos esvoaçarem, enquanto um sorriso encantador se desenhava em seus lábios. Ela estava radiante, cheia de felicidade e experimentava um incrível prazer percorrê-la. Ester guardaria para sempre na memória aquela manhã ensolarada de 23 de junho de 1918, em Santos Reis, sob a sombra do velho umbuzeiro.

Rapidamente, tornou a subir os degrauzinhos e dirigiu-se ao fogão, pondo-se a inspecionar as panelas. "A carne passou do ponto", sorriu deliciada, "mas está boa mesmo assim". Fazia tudo com muita pressa e meio fora de si. Ambrozzini chegou calmamente à cozinha.

— Maninha agora anda mais caidinha pelo *bambino*. Já estás com saudades?

— Estou. Vai ser difícil a nossa separação... — respondeu, com uma voz quase inaudível, executando tudo com muita pressa.

Ester sentia-se num estado emocional completamente antagônico ao de seu irmão, apartada dos diálogos familiares, distante daquela rotina coloquial caseira. Enquanto Ambrozzini, faminto, aguardava o almoço, Ester ainda desfrutava de uma inédita experiência pessoal. Mas ele percebeu seu estado e sorria indulgente, sorriso de compreensão e anuência. Ambrozzini pegou uma laranja na fruteira, jogou-a para cima e tornou a pegá-la, ato que substituía pensamentos e palavras que foram ao ar e retornaram mais palatáveis. Tomou uma faca e pôs-se a descascá-la calmamente, defronte à janela. Em poucos minutos, chupou-a e atirou o bagaço ao longe, sobre a campina. "Naquele lugar brotará uma laranjeira", pensou ele.

— Quer que eu te ajude? — ofereceu-se Ambrozzini.

— Podes ir levando as panelas e chama o papai — respondeu Ester, enquanto se apressava de um lado para o outro.

Em poucos minutos, o almoço estava servido. A pequena mesa ficava próxima ao sofá da sala.

— Tu não almoças, minha filha? — indagou seu Juvêncio, observando Ester passar apressada rente à mesa, rumo ao seu quarto.

— Daqui a pouco retorno, papai. — Ela ia se lavar; às vezes sentia o cheiro forte invadir suas narinas.

Naqueles momentos, Ester só pensava em João Antunes. Não conseguia tirá-lo da cabeça, sentia-se loucamente apaixonada.

João Antunes passou rapidamente em casa com o mesmo objetivo de Ester. Lavou-se, trocou a calça e saiu rapidamente em direção à sede de Santos Reis. Sua mãe, Felinta, olhou-o com aflição, sem compreender tanta correria.

— Aonde vais nessa pressa?

— Já volto, mamãe, vou conversar com o general.

— Mas não estiveste lá hoje cedo?

— Sim. Depois conversaremos sobre isso. — E saiu caminhando com rapidez, ajeitando o chapéu sobre a cabeça.

Dona Cândida Dornelles Vargas, dona Candoca, esposa do general Vargas, veio recebê-lo, e João Antunes disse-lhe que desejava falar um instante com seu marido.

— Não queres entrar, João Antunes?

— Aguardo aqui no alpendre... É coisa rápida, dona Candoca.

Pela porta entreaberta, João Antunes avistou Getúlio sentado numa poltrona. Ele lia *A Federação*, jornal oficial do Partido Republicano do Rio Grande do Sul. O general Manuel Vargas chegou ao alpendre e João Antunes comunicou-lhe, um pouco constrangido, que pretendia deixar Santos Reis para tentar a vida em Goiás. Conversaram alguns minutos sobre o assunto; como ouvira de Getúlio, também recebeu dele palavras de estímulo em sua empreitada: "coisa de muito futuro e para gente corajosa. Mas vamos sentir tua falta, eu estava de olho em ti para suceder teu pai como capataz. Porém, se algum dia quiseres voltar, te recebo de braços abertos", acrescentou ao final. João Antunes solicitou permissão para utilizar duas montarias em sua viagem para Uruguaiana: o cavalo Ventania e a mula Adamantina, dizendo que Ambrozzini se encarregaria de buscá-las.

— Não é preciso, meu filho. Procure negociá-los em Uruguaiana e pegue o dinheiro para ti. Vou te recomendar a um amigo que trabalha com o comércio de animais; ele te pagará bem.

— Ó! Muito obrigado, general. Já havia combinado com Ambrozzini. O senhor, como sempre, nos ajudando! Mas, Ventania, eu prefiro que fique...

— Faça, então, como desejares! Será bom para ti. — Quando Vargas falava nesse tom, inicialmente persuasivo e paternal, todos na estância cessavam as argumentações e o assunto se dava por encerrado.

— Bem, agradeço muitíssimo, general. Eu só poderia contar com a amizade que sempre dedicaste à minha família — agradeceu João Antunes, novamente um pouco intimidado, segurando o chapéu. — Então, recomendações ao doutor Getúlio e à dona Candoca. Amanhã à noite nos encontraremos na festa. Soube que virão o Viriato, o doutor Protásio e o Bejo...

— Sim. Chegarão amanhã.

João Antunes estendeu-lhe a mão e se despediram. O velho Vargas permaneceu um instante pensativo, observando João Antunes se afastar. Ele caminhava recordando tantas coisas que vivera naquele ambiente gostoso e acolhedor de Santos Reis, até culminar naquele instante com Ester, ainda há pouco. Olhou o velho umbuzeiro e admirou sua sombra bucólica e o seu silêncio inescrutável. Elusiva tristeza voltava a ziguezaguear em seu espírito, perturbando-lhe a serenidade e rechaçando o alívio gostosamente obtido com o amor. Uma estranha nostalgia permeava intensamente momentos que desfilavam em sua memória, e recomeçava a sentir a angústia a apertar seu coração. Apressou os passos e entrou em casa, deparando-se com sua mãe.

— O que se passa, *mio bambino*? — indagou, observando-o com a expressão aflita de uma mãe angustiada.

— Sei lá, mamãe... Creio que estou preocupado com a minha viagem e...

— Pois estou a chorar desde que me comunicaste tua decisão. Por que, *mio bambino*? Por que deixar a estância? Já estás sentindo que tudo será difícil, não? É isso que te entristece e te deixa desamparado; abandonar o lugar e as pessoas que tu amas em busca de uma aventura incerta. Tem dias que a minha alma chora de saudades do que deixei nas ilhas... Não quero que tu sofras o que sofri e que muitas vezes ainda me dói. A solidão, o passado distante no tempo e no espaço, a melancolia de relembrar anos felizes que não voltam mais... Os amigos e parentes que deixamos na ilha, o lugar em que fui criada... Ó, meu querido, vem cá! — E o apertou contra o seu corpo de mãe, afagando-lhe os cabelos. Ficaram longos minutos abraçados, trocando palavras carinhosas e ternas, enquanto lágrimas desciam sobre as faces de Felinta.

— Sejamos fortes, mamãe! — exclamou João Antunes, sentindo um repentino entusiasmo. — Devemos lutar pelos nossos sonhos, pelos nossos ideais; foi isso o que me disse o doutor Getúlio. Estranho homem, seu olhar perspicaz e seu sorriso enigmático inspiram inquietações que nos sugere, por aquele seu jeito, alguma coisa que só ele sabe... Como quem espera de nós alguma atitude ou ação...

— Também reparaste nisso? Pois é o que já comentei com o teu pai. Pessoa inteligente e sagaz. Irá longe na política, sem dúvida que irá. Tem conquistado, cada vez mais, a confiança do Borges — comentou Felinta, após enxugar as lágrimas e afastar-se do filho, dando alguns passos pela cozinha, cabisbaixa, com os dois indicadores sobre os lábios.

— Mamãe, como queixaste que não te digo nada, quero comunicar-te uma coisa íntima e muito importante... — disse João Antunes, sentando-se vagarosamente à mesa.

— Sim, podes dizer... — Voltando-se para ele, Felinta substituiu seu semblante amargurado por uma expressão curiosa, perscrutando-o com um olhar atento.

— Eu e a Ester vamos passar parte da noite aqui em casa, durante a festa. Ela e eu desejamos isso...

— Ó! — exclamou Felinta, de modo inusitado, surpreendendo João Antunes, que nunca presenciara aquela expressão no rosto da mãe. Ela permaneceu alguns segundos o encarando, a emoção original ainda no rosto. — Mas estão conscientes do que querem? Hoje eu vi que vocês se excederam... — Parou um instante, denotando certo constrangimento e insinuando um sorriso enigmático, baixando ligeiramente o rosto e fitando-o de rabo de olho. — Você entrou aqui correndo e saiu, mas depois pude ver sua calça sobre a cama, com as manchas ainda úmidas...

— Ah, mamãe, é verdade. Foi sob o umbuzeiro! Foi impossível me conter e... sabe? Estamos apaixonados. Talvez seja a iminência de minha partida. A Ester, antes que eu viaje, quer ser minha, e esse é o nosso desejo — explicou, rompendo de maneira inesperada para si quaisquer resquícios de constrangimento que sempre mantivera em relação à mãe sobre certos assuntos. Percebia nela uma cumplicidade prazerosa sobre o que acabara de lhe comunicar.

— Mas... como vai ser isso? Amanhã à noite haverá a festa e todos estarão na sede — quis saber a mãe, dando alguns passos, pensativa.

— Pois, então, mamãe! Enquanto estiverem lá, nós permaneceremos aqui durante algumas horas e mais tarde iremos. A senhora deixa a chave no local de costume. Quando partirem, eu e a Ester viremos... Aguardo vocês saírem e retorno com ela. Não comente com papai! A senhora conhece bem suas opiniões...

— Sim, eu entendo perfeitamente. Claro, nada comentarei a respeito.

João Antunes permaneceu um instante em silêncio, observando a mãe, enquanto ela dava novamente alguns passos pela sala, permitindo-se transparecer outra vez aquela inesperada expressão.

— Pois bem, meu querido *bambino!* — exclamou de súbito, vigorosamente. — Arrumarei teu quarto para que tenham uma noite inesquecível.

— E fitou o filho com um brilho no olhar que emanava emoções que se alternavam e se embaralhavam, manifestando sentimentos misteriosos, difíceis de serem interpretados.

João Antunes aguçou sua atenção sobre ela e um leve sorriso desconcertante se insinuou em seus lábios. Sentia-se surpreso, sem encontrar em si nenhuma ideia que correspondesse àquelas manifestações que vinham de sua mãe, e muito menos que pudesse explicá-las; restou-lhe esboçar aquele sorriso de incompreensão.

— Sim, *mio bambino*, tu terás uma noite inesquecível... Tu e a Ester... — Tornou a repetir com uma voz suave e afetuosa, indo abraçá-lo e acariciar suas costas. — Imagino como ela será feliz e o quanto de prazer terá ao teu lado. — E o apertou contra si.

— Sim, mamãe. Há algum tempo desejo amá-la, e deverá ser amanhã, aqui em casa.

Sua mãe o beijou ternamente e começou a chorar baixinho.

— Mas por que tu vais partir? Por quê? — indagou Felinta, alternando repentinamente seus sentimentos.

— Não recomecemos, mamãe. Por favor! Não torne as coisas mais difíceis para mim do que já estão. — João Antunes separou-se da mãe e caminhou lentamente, cabisbaixo, rumo ao seu quarto. — Depois conversaremos sobre isso. Amanhã começo a arrumar minha bagagem — disse, voltando a olhar para ela, constatando a amargura em seu rosto, que substituíra a expressão enigmática.

No dia seguinte, João Antunes passou a manhã arrumando suas coisas, ajudado pela mãe. Levaria uma mala e um pequeno baú, a serem colocados no lombo de Adamantina. Felinta pensava em cada detalhe que poderia vir a faltar ao filho. João Antunes observou-a, e notou que parecia mais animada. Frequentemente o encarava com um sorriso e despendia grande energia enquanto arrumava a bagagem.

— Vamos deixar tudo mais ou menos preparado e terminar por hoje. Amanhã continuamos. Tu ainda terás mais dois dias. Após o almoço, quero arrumar esse quarto com capricho para a tua noite com Ester. Vou usar nossos melhores lençóis, encerar este chão. Colher umas flores. Tu terás uma surpresa agradável quando chegar... — Enquanto falava, Felinta mirava o filho com aquela mesma expressão misteriosa do dia anterior. João Antunes sentia-se constrangido por aquela estranha alegria demonstrada por sua mãe. Parecia-lhe que o encontro amoroso com Ester tornara secundário para Felinta a sua partida, atenuando a tristeza da mãe.

— Ela é muito bonita, não, *bambino*? — indagou, com um semblante malicioso.

— Sim, bastante... — respondeu João Antunes vagamente, tentando entendê-la. — Afinal, o que dirás a papai durante a festa? Ele notará a minha ausência...

— Não te preocupes. Direi a ele que tu foste buscar a Ester e que chegarás mais tarde. Na hora eu resolvo o que dizer. Até que horas pretendes ficar aqui?

— Até lá pelas onze horas... ou começo da madrugada — respondeu, parecendo despertar de um sonho, olhando fixamente para mãe. — Quando irão para a festa?

— Às sete horas da noite, quando começam as sanfonas...

— Deixa a chave no lugar de costume. Depois que saírem, eu virei. Após o almoço, vou para a casa de Ester ajudar o seu Juvêncio e o Ambrozzini a levar a carne e auxiliá-los nos últimos detalhes. À noite, retorno com a Ester.

Conversaram mais um pouco e logo foram almoçar. Desde a conversa com Getúlio, João Antunes encontrava-se muito sensível a tudo. Sentia que os pormenores que ocorriam à sua volta, geralmente inexpressivos, cresciam em demasia e adquiriam uma conotação inquietante, deixando um rastro de indagações sem respostas. Olhava a vida com outros olhos e sentia emoções angustiosas. Durante o almoço, Felinta parecia alheia àquele turbilhão que assolava o espírito do filho.

Nessa manhã, enquanto João Antunes preparava a sua bagagem, havia uma grande movimentação em Santos Reis devido aos preparativos para a festa de São João. Nesse dia, ninguém trabalhava. Reinava mesmo certa euforia. Peões armavam uma grande fogueira no terreiro, defronte à sede da estância. Fazer fogo ao ar livre exige perícia, mas para os peões experientes que passaram a vida no campo e fizeram-no muitas vezes, era tarefa fácil. Mulheres recortavam e penduravam bandeirolas de papel colorido em cordas esticadas entre estacas fincadas no chão. Outros preparavam a churrasqueira; três sanfonas já se encontravam sob o beiral da casa, encostadas na parede. Prevalecia um clima de alegria e de confraternização; faziam brincadeiras uns com os outros e alguns peões já demonstravam estar mais animados que o habitual. O novilho já fora retalhado e salgado na casa de seu Juvêncio, aguardando para ser assado lentamente, à noitinha. O general Vargas e dona Candoca empenhavam-se em ajudá-los: participavam dos trabalhos, muito animados e ativos, dando orientações e compartilhando o entusiasmo. No começo da tarde, chegaram Viriato, Protásio e Benjamim Vargas. Em companhia de Getúlio, permaneceram no alpendre papeando sobre política e observando a movimentação em frente.

Em Santos Reis, as casas dos peões dispersavam-se nas laterais da sede a uma distância que variava de duzentos a trezentos metros umas das outras. A residência de Antenor, maior e melhor que as demais por conta de seu cargo como capataz, era a primeira, e a casa do senhor Juvêncio a segunda, ambas situadas à direita da sede, para quem estivesse no alpendre observando os preparativos para a festa. Entre as casas de Antenor e de Juvêncio situava-se o velho umbuzeiro. Mais afastado da sede, e em frente a ela, havia vários currais, alguns interligados, além de uma baia com salas destinadas aos cavalos. Uma longa trilha conectava as casas dos colonos e passava pelo grande pátio, em frente à sede, prosseguindo pelas suas duas laterais. Várias outras trilhas secundárias se ligavam à principal, recortando as pastagens e conduzindo a outros lugares da estância.

Após o almoço, João Antunes saiu a percorrer essa trilha no trecho que ligava sua casa à de seu Juvêncio. Ia até lá para ajudá-los a levar a carne até a sede. Observou, à esquerda, a animação e o falatório daqueles que preparavam a festa. Ele caminhava pensativo, lentamente, olhando os arredores. Um vento suave e refrescante varria a campina, trazendo até os seus ouvidos vozes que iam e vinham e se perdiam na imensidão dos pampas. O céu exibia um suave azul de inverno, tornando a tarde belíssima. Eram detalhes que agora o sensibilizavam profundamente e causavam-lhe uma suscetibilidade mórbida, rompendo a sua intimidade com Santos Reis; minúcias agregadas ao seu espírito, emoções rotineiras que se transformavam em outras. Ele apressou o passo e rapidamente se aproximou da casa de Ester. Ao vê-lo, ela correu ao seu encontro e se atirou em seus braços.

— Conversei com a mamãe e passaremos uma parte da noite lá em casa. Hoje finalmente tu serás minha, meu amor...

— Mas, querido! Comentaste isso com dona Felinta!? — indagou Ester, se enrubescendo, sentindo-se surpresa.

— Comentei! Por que não? Pois senti que ela gostou e ficou até muito alegre, esquecendo sua tristeza de ontem... O que, aliás, me surpreendeu. Ela gosta de ti... — disse João Antunes, voltando-se e olhando enigmaticamente sua casa ao longe.

— Ó, querido! — E o abraçou novamente com carinho. — Pois que assim seja. Quero ser tua. Pensei nisso, ontem, a tarde toda... — disse com ternura, recuando dois palmos, mas mantendo seus braços em torno do pescoço de João Antunes, irradiando felicidade. Prosseguiram de mãos dadas até chegarem na entrada da casa. Ele percebia que a doçura de Ester aliviava sua angústia. Ela havia se tornado o seu porto seguro, e a separação os unia como nunca.

João Antunes passou o início da tarde ajudando Ambrozzini e seu Juvêncio nos arranjos finais; auxiliou-os, depois, a transportar a carne retalhada até a sede de Santos Reis, e lá permaneceu. À tardinha, ele retornou em companhia deles. Pai e filho tomaram um banho e se aprontaram para a festa. João Antunes também se banhou na casa de Juvêncio e vestiu uma roupa emprestado por Ambrozzini; a sua ficara muito suja. Àquela hora, o frio já castigava fortemente, prenunciando baixas temperaturas durante a noite. Ester já o esperava usando um poncho de lã grossa e um gorro, ambos mesclados em tons azuis. Ela dissera ao pai que iria à casa de dona Felinta ajudar o namorado a arrumar a bagagem e aguardar que ele também se aprontasse. Seu Juvêncio talvez começasse a fingir que acreditava. João Antunes, Ester e Ambrozzini estavam na cozinha a conversar sobre a festa. Constantemente João Antunes sondava sua casa através da janela, aguardando o instante em que seus pais sairiam.

A tarde caíra. Insetos noturnos começavam esporadicamente a quebrar o silêncio e as primeiras estrelas começaram a exibir seu brilho tímido. O sol sumira, tingindo o horizonte de um tom vermelho-alaranjado e permitindo à friagem espraiar-se sobre os campos. Experientes, os peões sondavam os céus e previam que aquela seria uma noite gelada, talvez com geada. Súbito, um clima gostoso instalou-se na alma de João Antunes. Aquele cansaço íntimo, desgastante, descambou para uma inesperada euforia. Inexplicavelmente sentiu-se feliz, e aquela sua angústia desaparecera como por encanto. Ele deparava-se novamente com suas emoções costumeiras. João Antunes respirou fundo, aliviado, desfrutando dos aromas da noite e fruindo emoções que outra vez o reintegravam a si mesmo. Ao longe, ele pode assistir ao momento em que seus pais e sua irmã Cecília finalmente surgiram à porta de sua casa, dirigindo-se à sede da estância; era pouco mais de sete da noite. Ele esperou até que se afastassem.

— Vamos, meu amor? — perguntou, dirigindo-se a Ester. Seu Juvêncio não se encontrava na cozinha, tinha ido ao quarto.

— Até logo mais, Ambrozzini — disse João Antunes, despedindo-se do amigo, que abriu um sorriso diferente.

— Até mais, *bambino*. Daqui a pouco também iremos.

— Sim, querido. Já está na hora... — respondeu Ester, mirando os arredores com um sorriso radiante. — Mais tarde compareceremos à festa, maninho...

Ester enlaçou João Antunes pela cintura, e ele pousou o braço direito sobre os ombros da namorada. Juntos, desceram a escadinha e retomaram a pequena trilha, em direção à casa dele. Alguns metros adiante, Ester envolveu a cintura de João Antunes com ambos os braços e o apertou contra o seu corpo.

— Ah, meu amor... Te amo, te adoro. Vamos nos apressar. — Tropeçaram e quase caíram, pois João Antunes também a abraçou e se esqueceram de que caminhavam. Sentiam o frio cortante, mas se aconchegavam e sorriam aquecidos por uma felicidade imensa.

Em poucos minutos, chegaram em frente à casa. João Antunes agachou-se e apanhou a chave sob uma pequena pedra, e abriu a porta. Uma luz baça, proveniente de um lampião deixado aceso sobre a mesinha, junto à entrada, projetou uma grande sombra do casal sobre uma das paredes. João Antunes olhou para Ester e sorriu.

— Veja, amor, nós dois naquela parede. Somos duas sombras... — disse, sorrindo, fazendo alguns gestos significativos. — Vamos para o quarto. — Voltou-se e pegou o lampião. Ester o seguiu, demonstrando certa curiosidade. Já estivera ali várias vezes, mas, estranhamente, agora sentia-se num outro ambiente. O clima tornara-se diferente do costumeiro. Ao chegar no quarto, João Antunes colocou o lampião sobre a cômoda e observou surpreso a arrumação do cômodo: jamais o vira assim.

— Que beleza os lençóis, imaculadamente brancos! As flores do campo, o chão brilhando e o cheiro de limpeza! — exclamou Ester, deslumbrada com o que via.

— Sim, mamãe me disse que iria arrumá-lo para esta noite — disse João Antunes, um pouco emocionado enquanto corria seus olhos pelo ambiente, sentindo o quanto amava a sua mãe.

— Veja este bilhete — acrescentou Ester, pegando o papelinho sobre a cama.

— O que está escrito? — perguntou João Antunes, demonstrando curiosidade, aproximando-se para também lê-lo.

— "Meus queridos, transformem em desalinho o branco deste linho e que o seu aroma se perpetue no tempo". Mas que lindo! Como a tua mãe é sensível! Ela é poetisa?

João Antunes eximiu-se de responder. Apenas insinuou um sorriso. Seus olhos adquiriram um ar distante e sonhador, e marejaram tristes. Ele fitou Ester com imensa ternura. Aproximou-se dela e a abraçou com paixão.

— Querido, agora, vem! Quero ser tua, só penso nisso — pediu com uma voz ofegante, e o apertou contra si.

— Sim, querida... — respondeu João Antunes e se afastou dela um instante. Ele se despiu com rapidez, ficando inteiramente nu. Reaproximou-se de Ester, que havia retirado o poncho e o gorro e os jogado sobre a cômoda, e ergueu seu vestido. Auxiliado por ela, ele estouvadamente ajudou-a a retirá-lo. Ester empurrou suas pequenas botinas para longe, puxou as meias e pisou o chão gelado. Fazia tais coisas com rapidez, sem prestar atenção aos seus gestos e loucamente excitada. Desabotoou o espartilho e seus peitos lindos, durinhos, na flor da idade, extasiaram João Antunes. Ester o olhava com uma expressão sedutora e um meio-sorriso lascivo, abrindo-se de corpo e alma ao seu amante, sem nenhum pudor.

— Ai, minha querida, que peitos maravilhosos! — balbuciou, ofegante. E começou a beijá-los carinhosamente.

— Gostaste? — reagiu Ester, com um sorriso impudico, misturado às emoções concupiscentes de uma adolescente arrebatada.

João Antunes tomou Ester em seus braços e a deitou sobre a cama. Ajoelhou-se sobre o lençol, em frente à amante, e puxou suas roupas íntimas, parando um instantinho extasiado diante de suas grossas coxas morenas, detendo-se diante daquele tufo de pentelhos negros. Ester sorriu com ardente sensualidade e cerrou os olhos ao observar o membro ereto de seu amante. João Antunes começou a praticar aquilo que aprendera nos bordéis de Santo Ângelo. Ester, inexperiente na prática amorosa, gemia em tons mais altos e logo passou a gritar, enlouquecida pelo gozo, enquanto João Antunes percorria os caminhos do seu corpo. Quando ele a penetrou, ambos se evadiram do corriqueiro e adentraram onde nada existe, a não ser a plenitude do indescritível. Como Felinta havia sugerido no bilhete, em poucos minutos implantara-se o desalinho; picos e vales salpicados por manchas úmidas espalharam-se sobre o lençol amarfanhado. Amaram e desfrutaram o prazer intensamente. Ester demolira suas barreiras, e aquilo que durante os últimos meses crescera e fora reprimido, se rompera com redobrado vigor, proporcionando-lhe um prazer delirante, maravilhoso. Nunca imaginara momentos como esses, e o que concebera foi superado em muito nessa noite encantadora. Ela sentia uma paixão maluca por João Antunes.

Passada cerca de uma hora, Ester cochilava com o rosto apoiado sobre o peito do namorado, o braço esquerdo relaxado sobre a sua barriga. João Antunes, deitado de costas, fitava o teto, encarando fixamente um ponto no qual se acostumara a ancorar o seu olhar. Pensava em tantas coisas, idealizava terras longínquas e zanzava sua imaginação por situações que poderiam advir, até sentir-se sonolento e adormecer. Ester despertou primeiro e permaneceu alguns minutos enlanguescida, um sorriso tenro nos lábios, admirando a nudez do seu amante. *Como é belo e gostoso o meu* bambino, pensou ela. Correu a mão sobre o rosto dele e desceu-a sobre o seu sexo, envolvendo-o, acariciando-o delicadamente, sentindo-o crescer em sua mão. João Antunes despertou e deparou-se com o sorriso dela, que emanava sensualidade. Entrelaçaram as pernas, começaram a se afagar e outra vez a se amar.

— Ah, meu *bambino*, não posso mais ficar sem ti... — disse ela, ofegante, estirando-se sobre João Antunes e o beijando na boca. — Fica em Santos Reis, meu amor... te peço, te suplico, não vai embora! Como viver agora sem ti? Sem essa coisa gostosa? — Ela pedia com ternura e palavras carinhosas. Enlaçou o pescoço dele e afagou seus cabelos em desalinho. João Antunes a apertou pelas costas e novamente se beijaram. Ester sentou-se sobre ele e ergueu seu rosto, retesando o corpo à procura de mais prazer. Depois, relaxou-se, abandonada sobre o corpo do amante, e permaneceram longo tempo abraçados. Aos poucos, porém, começaram a retornar para um clima de uma residência e para o interior de um quarto. Os seus corações já pulsavam sob compasso do cotidiano e suas emoções se estabilizaram num plano superior de felicidade. Sentiram que o frio, há pouco ignorado, começava a incomodá-los. João Antunes puxou o cobertor, aconchegaram-se e puseram-se a imaginar o futuro. Em pouco minutos, cochilaram novamente.

Passava de meia-noite quando João Antunes despertou sobressaltado.

— Vamos, meu bem, já é tarde! — disse, olhando um pequeno relógio sobre a cômoda. Ergueu-se da cama e caminhou até a janela lateral, que dava vista para a sede. Abriu as duas folhas de madeira e espiou através do vidro. Em seguida, ergueu a vidraça e o frio intenso invadiu o quarto. Espiou a campina gelada e procurou à esquerda pela festa. Correu seus olhos pelos arredores e convenceu-se de que gearia durante a madrugada. "Amanhã, com o sol, o capim estará queimado", apostou consigo mesmo.

— Querido! Tu és doido!? Fecha isso aí senão morremos de frio!

João Antunes, nu, estava de costas para ela. Ester puxou as cobertas e ergueu-se ligeiramente, apoiou-se num cotovelo e permaneceu a admirá-lo. Contemplava a beleza de seu corpo sob um novo ângulo, com um olhar cheio de doçura e paixão.

— Escuta as sanfonas... o vozerio animado — disse João Antunes, enquanto sons vinham e voltavam juntos com a brisa, varando a madrugada. Ao longe, labaredas iluminavam vultos que se agitavam em torno delas ao ritmo das músicas e das danças, enquanto gargalhadas e vozes perdiam-se no escuro infinito, que cintilava inundado de amarelos. Milhões de estrelas contemplavam a Terra e embelezavam a noite e a alegria dos homens. João Antunes admirou aquela maravilha e sorriu tristemente, enquanto inspirava fundo o ar gelado da madrugada.

— Vamos, meu amor, fecha a janela senão tu ficas doente — insistiu Ester. —Vem aqui. Antes de irmos quero me despedir de ti. — Ester jogou as cobertas de lado e abriu as pernas, estirando-as para o alto, enquanto sorria sensualmente, mirando-o com intensa volúpia. — Venha depressa, meu *bambino*! — João Antunes sentiu-se excitado por aquela ousadia, muito erótica. Fechou a janela, caminhou até ela e esgotaram seus últimos prazeres. Mas tudo já havia se reinstalado, marcando a memória de ambos com uma noite inesquecível.

Durante a festa, Antenor Antunes andava intrigado com o comportamento de sua esposa Felinta. Estavam casados havia trinta e três anos e julgava conhecê-la bem. Não obstante, constatava, atônito, sua pouca perspicácia. Felinta ostentava expressões fisionômicas e atitudes inéditas a ele. Assumia uma certa ousadia impudica, praticamente mundana, revelando em suas faces uma misteriosa vontade libertina que, para Antenor, sugeria o desejo de usufruir algo que ela nunca experimentara. Aquele ar submisso e resignado a um destino de sacrifícios desaparecera do espírito de Felinta. Frequentemente, ela perscrutava a noite olhando em direção à sua casa e seus olhos cintilavam um estranho brilho. Felinta sentia raiva e um desejo incontido de voar para longe daquela sua existência tão medíocre, tão pobre daquilo que vivifica o espírito e revigora a vida. Enquanto dançavam, ela apertava o marido contra si, como se Antenor fosse apenas um objeto prazeroso. Quando estavam a bailar próximos à grande fogueira, seu rosto, iluminado pelo crepitar das labaredas, chamejava sensualidade e seus lábios se abriam num discreto sorriso tão instigante quanto misterioso. Nas quadrilhas, durante as trocas de pares, Felinta demonstrava inusitada euforia ao estender os braços a outros jovens peões da estância e sair rodopiando com eles, ignorando seu marido. Antenor verificava tudo isso enciumado, assombrado e afundado numa insegurança atroz. As emoções da esposa pareciam desconectadas de si, distantes de tudo que até então ele conhecera. Antenor constatava que aquela Felinta, tão familiar, que julgava já despojada de aspectos que ainda merecessem ser explorados, demostrava intimidades ocultas, certamente as mais relevantes. Sim, ela tinha sigilos, guardava anseios nos recônditos de sua alma, mantinha segredos que passaram despercebidos durante anos e aos quais, até essa noite, imaginava ele, não fora digno de conhecê-los. Felinta revelava uma face ignorada e que ainda permanecia oculta a ele. Antenor concluía que seu pretenso conhecimento sobre a esposa não chegava ao âmago. Ele sentiu-se, então, abalado, estremecido por algo ignoto que nunca fora capaz de suspeitar; sentia-se submisso, percebia-se fragilizado e até mesmo constrangido e envergonhado de si mesmo.

— O que se passa contigo, mulher? Não bebeste muito? — Atreveu-se a perguntar num determinado instante de ousadia, enquanto dançavam. — Onde está o João Antunes? Não chegou até agora...

— João Antunes está lá em casa amando a Ester. Estão aproveitando a vida. E queres saber o que se passa comigo? Se passa tudo! Tudo aquilo que nunca tive! — respondeu bruscamente, ostentando em suas palavras tamanho desdém e tão grande ironia misturados a um riso sarcástico que o deixaram estarrecido, mudo e imóvel no mesmo lugar em que dançavam, enquanto Felinta se separava dele e se prendia a outro peão. Ele afastou-se cabisbaixo e sentou-se numa cadeira num canto, completamente arrasado. Naquela noite, Antenor não mais dançaria, permanecendo desolado naquele lugar, curtindo uma solidão assustadora. *Antenor está tendo problemas com a mulher*, refletiu Getúlio observando a cena, sentado na varanda da casa.

João Antunes e Ester, já vestidos, se preparavam para sair rumo à festa. Ela apanhou no jarro dois ramos com as flores, deu um ao seu amante e ficou com o outro.

— Vou guardá-lo como lembrança desta noite inesquecível, meu grande amor. Guarde um você também. Jamais esquecerei essa fragrância — disse com ternura, levando a flor ao nariz e sentindo o seu aroma. Em seguida, enfiou-a entre os seios, junto com o bilhete que continha aquele verso.

— Deixe o meu ramo sobre a cama. Quando voltar o guardarei — respondeu João Antunes. — Vamos colocar os cobertores sobre a roupa para aliviarem a friagem. — Pegou um e o colocou sobre Ester, e outro sobre si.

Fecharam a casa e partiram para a festa. Pegaram a trilha e caminhavam abraçados e com rapidez. O som das sanfonas e o vozerio animado se aproximavam. Tiritavam de frio, mas sorriam felizes e relaxados. Ao chegarem, os primeiros peões que os viram saudaram-nos efusivamente, porém, estavam alcoolizados, bamboleando sobre os pés. Todos os presentes encontravam-se no auge, excitados pelas bebidas, alguns já embriagados. Havia alegria e uma euforia contagiante ao redor da fogueira. Poucos notaram que ali estavam, nem mesmo seus pais. Antenor porque permanecia humilhado, cabisbaixo, cogitando coisas sobre as quais nunca pensara, e sua esposa porque se entregava de corpo e alma às quadrilhas.

Felinta, entretanto, ao deparar-se ao acaso com João Antunes, estacou no lugar em que estava e lançou um olhar instigante ao filho, contemplando-o longamente com um sorriso malicioso nos lábios. Largou seu par e correu desvairada ao seu encontro. Mostrava suas faces afogueadas, esfuziante, molhadas pelo suor.

— E então, *mio bambino*? Estão felizes, meus queridos? Oh! Vê-se que estão esbanjando felicidade! — E o abraçou longamente, acariciando seus cabelos. — E então, Ester, ele não é lindo? Aproveitaste bastante o *bambino*? — quis saber em seguida, afagando-lhe o rosto e mirando-a com um sorriso malicioso; seus olhos cintilavam cumplicidade. Ester sentiu-se constrangida perante aquela indiscreta e súbita efusão, diferente da Felinta à qual estava acostumada.

— Sim, dona Felinta. Estamos muito felizes e... obrigada pela arrumação do quarto — disse, agarrando-se ao braço de João Antunes e achegando-se a ele.

— O que te acontece, mamãe? Nunca te vi assim, tão eufórica...

— Estou feliz por vós, querido... É como se fosse eu...

João Antunes a olhou profundamente tentando entender o que se passava, enquanto Felinta persistia encarando-o com um sorriso sensual e aquele olhar flamejante. João Antunes estava surpreso, pasmo com o comportamento da mãe. Jamais a vira ostentando aquela máscara mundana, voluptuosa. Ela reaproximou-se e envolveu o casal num um amplo abraço, cochichando-lhes palavras amorosas.

— Venham, vamos dançar. Venha Ester. — E segurou-a pela mão. — Antes, porém, experimentem o churrasco. A carne está deliciosa.

E partiram para a churrasqueira.

— Onde está o papai? — perguntou João Antunes enquanto espalmava as mãos contra o fogo para aquecê-las.

— Está lá sentado, no outro lado — respondeu Felinta. Mas, subitamente, ela manifestou um grande sofrimento. Seus olhos lacrimejaram e Felinta levou as mãos ao rosto para enxugá-las. João Antunes estava perturbado, sem compreender aquela inusitada sequência de reações. Não entendia aquela brusca alternância emotiva, mas sentiu seu coração partir-se ao meio. Dirigiu-se lentamente e cabisbaixo até onde estava Antenor.

— Olá, papai. Por que esse desânimo?

— Estou indisposto. Bebi um pouco e talvez me tenha feito mal...

— Achei mamãe tão esquisita, o que aconteceu? Nunca a vi assim. Encontrei-a esfuziante de alegria, e, quando perguntei a ela pelo senhor, começou a chorar...

— Não é nada. Acho que também bebeu em excesso e ficou sentimental, sensibilizada, relembrando coisas lá dos Açores. Resolvi vir para cá e deixá-la aproveitar a festa.

— Talvez ela tenha se excedido um pouco. Mas vais permanecer nessa cadeira? Deixando-a sozinha? — perguntou, abrindo os braços num gesto de desalento e de incompreensão.

Antenor não respondeu, e volveu seu olhar para os casais que dançavam. Depois, observou Felinta junto a Ester, enquanto aguardavam serem servidas pelo churrasqueiro.

— Vamos lá, então, papai! — convidou-o, avançando o rosto e exibindo uma expressão agoniada.

— Não, fico aqui mesmo. Vai tu te divertir, guri, e não te preocupes comigo.

João Antunes permaneceu parado por um instante, observando Antenor. Então, virou as costas e foi se encontrar com sua mãe e Ester. Caminhava vagarosamente, cabisbaixo. De repente, uma solidão pavorosa abateu-se sobre ele e cavou-lhe um vazio. Olhava toda aquela alegria e sentia-se irremediavelmente só. A angústia em tentar compreender-se o afastava daquele momento; sentia um temor profundo, inquietante e inexplicável. Alguma coisa indizível apossava-se de si, algo de irreal se avolumava em sua cabeça, tornando impotentes todos os seus raciocínios com a irrefutabilidade de um fato apavorante e implacável. O pânico foi crescendo a despeito de todas invocações que ele fazia à serenidade e ao raciocínio. Embora conseguisse maior lucidez, não conseguia afugentar essa situação. Apesar do frio, sentia o suor marejar. Aproximou-se de Ester e da mãe, que acabavam de ser servidas pelo churrasqueiro.

— Vem, querido, serve-te. Está delicioso — disse Ester. — Mas o que se passa contigo? Tu estás outra vez com aquele ar angustiado... — comentou em seguida, encarando João Antunes e se aproximando dele, após colocar o prato sobre a mesa. Algo de suave e terno se espalhava em seus olhos, totalmente antagônicos à expressão agoniada de seu amante.

Ao contrário de João Antunes, Ester desfrutava de uma paz irradiante. Sentia-se mulher, desfrutara de prazeres que ainda pulsavam em seu espírito.

— Fala para mim o que se passa contigo, meu amor. Depois dos momentos deliciosos que vivemos, tu ficas assim... Entre nós dois não existem mais segredos — declarou, exibindo um semblante aflito, a testa franzida, enquanto o puxava pela mão, afastando-se alguns passos.

— É realmente estranho, querida, tão estranho que não sei te explicar... Apenas sinto aquele algo implacável destruindo a minha sensação de normalidade e de paz. Como se esse ambiente em que fui criado fosse totalmente alheio à minha vida. Desde que tive aquela conversa com o doutor Getúlio, alguma coisa esquisita apoderou-se de mim... Não sei o que é, mas ele me disse que são os momentos de decisão. Talvez eu esteja preocupado com o futuro. Preocupado em ir para uma vida desconhecida, te largar, deixar Santos Reis e a família. Mas, ao mesmo tempo, sinto que não posso mais ficar aqui... Que tudo é definitivo e irreversível, principalmente a partir de agora. Entendeste? Sinto-me dividido, cortado em dois...

— Mas por quê? Pois fica então, meu amor. Agora que somos felizes e que eu me entreguei a ti. Tens tudo aqui, por que ir embora? Nem me lembrava mais disso e me recuso a acreditar que tu vais me deixar sozinha. Fica em Santos Reis e tudo isso passará... — disse Ester com uma voz chorosa, segurando o braço de João Antunes. — Não sei como será minha vida sem ti... — confessou e aconchegou-se ternamente junto a ele. João Antunes acariciava os cabelos e o rosto de Ester, fitando alguns peões que faziam algazarras uns com outros. Entretanto, seu espírito permanecia inquieto, angustiado, e parecia estar longe dali. Felinta se aproximou com um sorriso nos lábios, segurando o prato com o churrasco. Permaneceu a olhá-lo durante alguns minutos, tentando desvendar coisas que demandariam anos para serem elucidadas, ou que talvez jamais o fossem.

— Vá ter com papai, ele está chateado contigo — pediu João Antunes, fitando a mãe.

Felinta desviou os olhos rumo à escuridão noturna e passou a refletir, mirando ao longe algo vago, indefinido, parecendo buscar no escuro uma luz para o seu espírito. Após alguns instantes pensativa, ela deu meia-volta e retornou à mesa, nela deixando seu prato. Passou junto ao casal e disse secamente a João Antunes:

— Vou lá e depois retornamos para casa. Avisa a Cecília para voltar sozinha. Felinta parecia resignada. E seguiu ao encontro de Antenor. Toda aquela sua efusão desaparecera repentinamente; todo aquele momento mágico de encantamento consigo mesma esvanecera de seu espírito. Suas emoções se despojaram daquele ar sensual e esfuziante, e agora ela sentia que havia abdicado de seus sonhos e submetera-se ao seu destino. Sua festa acabara; Felinta tornava a se deparar com aquela sua rotina amarga e triste. Junto a Antenor, parou um instante e disse: "Vamos embora, já está na hora. Tudo está terminado". Antenor hesitou, espantado, sem compreender tais palavras, mas levantou-se e colocou seu chapéu. Olhou a esposa de soslaio, como que a sondá-la, e puseram-se a caminhar devagar, cabisbaixos e silenciosos.

Ao contrário de Felinta, a partir desse dia Antenor jamais seria o mesmo; houve uma séria fissura: sua segurança afetiva rachou-se para sempre. João Antunes, angustiado, os acompanhava com o olhar, e viu lentamente o casal se embaralhar nas sombras da noite. Em poucos minutos, enxergava apenas duas silhuetas escuras movendo-se em meio à campina e, pouco além, o perfil sombrio de sua casa.

— Você notou as reações da minha mãe? Nunca a vi assim... — comentou após ver, ao longe, seus pais chegarem à porta da casa e entrarem, iluminados pelo lampião da sala.

— Neste aspecto tu tens razão, meu amor. Eu também estranhei. Senti-me constrangida com os comentários dela relativos à nossa intimidade. Achei tudo... tudo muito esquisito. Parecia... parecia que tua mãe estava invejosa ou que havia partilhado daqueles momentos deliciosos, sei lá! Demonstrava qualquer coisa parecida com isso que também não sei como explicar... — comentou Ester, mirando João Antunes com uma expressão que procurava nele algum esclarecimento. João Antunes fitou-a, mas rapidamente desviou o olhar e voltou-o novamente em direção à sua casa, permanecendo em silêncio. — Bem, não conheço dona Felinta o suficiente para fazer julgamentos fundamentados, mas se tu mesmo reparaste...

— Sim... Tu tens razão, meu amor, foram realmente atitudes estranhas. Muito diferentes de tudo o que conheço sobre ela. Vamos nos assentar ali naquele banco. Nem deveríamos ter vindo... Daqui a pouco, também vamos embora — declarou João Antunes, aturdido com o comportamento da mãe.

Sentaram-se num comprido banco de madeira. Ester aconchegou-se no peito de João Antunes e permaneceram admirando a animação. Vários pares agora dançavam o fandango, no qual Ambrozzini era reconhecido como o melhor dançarino de Santos Reis. Todavia, chegava-se ao ponto de inflexão da festa, aquele momento em que, após atingir-se o auge, começa-se o declínio. Cansados de tanta bebida, churrascos e danças, os ânimos se arrefeciam. Alguns começavam a se retirar, acompanhados por familiares. Ambrozzini e seu Juvêncio vieram vê-los e permaneceram conversando durante longo tempo. Ester cochilava, aconchegada em João Antunes, com um dos braços relaxado sobre o seu colo. Os instantes inesquecíveis que desfrutara ainda estavam acesos em sua mente, e sentia o cansaço devido aos excessos. Ambrozzini sabia que sua irmã se entregara a João Antunes naquela noite. Ela lhe dissera antes de saírem de casa. Ele compreendeu e aceitou naturalmente. Foram servir-se de churrasco e retornaram com os pratos ao mesmo lugar.

— Daqui a pouco eu deixo Ester em casa, seu Juvêncio — avisou João Antunes. — Vão precisar de alguma ajuda depois?

— Não, *bambino*. Amanhã rearrumamos tudo. Hoje não há condições.

Saborearam o churrasco e permaneceram conversando mais alguns minutos. João Antunes não sentia entusiasmo para desfrutar a noite.

— Vamos então, querida? — sugeriu, pousando seu braço sobre o ombro de Ester. Ela o olhou com ternura e o enlaçou pela cintura. Foram até a mesa e lá deixaram seus pratos vazios. Ambrozzini afastou-se em direção a um grupo de peões.

— Aproveito e vou com vocês. Já passou de uma hora e o frio está bravo — disse seu Juvêncio, levantando-se e colocando o chapéu. Despediram-se de vários peões, que fizeram muita algazarra com João Antunes, e partiram. Na estreita trilha, Juvêncio seguia à frente e o casal mais atrás. Andavam depressa e logo chegaram.

— Papai, entre que vou me despedir do *bambino* — disse Ester, aos pés da pequena escada que dava acesso à cozinha.

— Boa noite, João Antunes. Até amanhã — despediu-se seu Juvêncio, dando-lhe tapinhas no ombro.

— Boa noite seu Juvêncio. A festa estava ótima — disse com um sorriso chocho. Seu Juvêncio subiu as escadas e deixou a porta entreaberta.

Ester abraçou João Antunes e eles trocaram prolongados beijos e palavras sensuais. Naqueles instantes, o frio desaparecia como por encanto.

— Ah, meu amor, amanhã quero estar contigo novamente. Venha à tarde, quando papai e maninho estiverem no campo. Te amo, te adoro! Não me deixe, querido... — Ester o abraçou com força.

— Meu anjo, venho te buscar logo! Assim que as coisas estiverem resolvidas, e isso não vai demorar tanto tempo, te garanto — disse João Antunes com uma inflexão sofrida, olhando vagamente ao longe sobre os cabelos de Ester.

— Queria continuar contigo esta noite, dormir nos teus braços e nunca mais te largar — declarou e tornou a beijá-lo. João Antunes estava apaixonado, mas sentia-se inquieto, angustiado e dividido por emoções desconexas, desconcertantes. Sentia-se deprimido. Para Ester, porém, sua vida pulsava em plenitude e se resumia unicamente ao seu amor intenso. Nada mais existia para ela além das carícias de João Antunes, de seu rosto encantador e das sensações amorosas que desfrutara havia pouco. Estava difícil deixá-lo ali e seguir em direção ao interior da casa.

— Amanhã peço ao papai para me liberar à tarde. Ele é o chefe... — disse João Antunes, sorrindo. — Boa noite, querida. Se eu não for, permaneceremos aqui até amanhã e morreremos congelados. Fica com o cobertor e durma com o meu cheiro, depois eu o levo — sugeriu com meiguice. Deu-lhe um beijo e se afastou. Ester o acompanhou com os olhos até vê-lo sob a copa escura do umbuzeiro.

Nessa noite, ao entrar em casa com Antenor, após acenderem os lampiões, Felinta pegou um deles e foi direto ao quarto de João Antunes. Ela estava suficientemente embriagada até o limite que a fizera encontrar-se com si mesma. Lá chegando, colocou o lampião sobre a mesinha e parou junto à cama. Olhou excitada o lençol de linho amarfanhado, salpicado de pequenas manchas. Seu coração acelerou-se, parecendo querer saltar pela boca. Ela vergou-se, agarrou fortemente o lençol com as duas mãos e puxou-o, arrancando-o da cama; levou-o ansiosamente ao rosto, cerrou os olhos e inspirou fundo, fruindo os aromas amorosos, sentindo-se fortemente excitada. Aquele prazer causou-lhe um reboliço no espírito. Aos poucos, porém, seus olhos encheram-se de lágrimas e ela chorou baixinho, emitindo suspiros profundos e tristes. Seus dedos, que apertavam fortemente o lençol, relaxaram-se, e o pano tombou sobre o chão. Ela sentou-se na cama e prosseguiu chorando, com as mãos sobre os olhos, sentindo sua alma vazia. Após longos minutos, Felinta levantou-se e retirou-se vagarosamente do quarto. O ramo de flores que João Antunes havia deixado sobre o lençol também jazia no chão. Antenor já se preparava para dormir, indiferente à movimentação da esposa. Felinta retornou à sala e sentou-se, envolvida pela penumbra e pela solidão. Permaneceu pensativa durante muito tempo, com a cabeça recostada no espaldar da poltrona e o olhar contemplativo, vagando ao acaso entre as brumas de sua vida. Seus pensamentos pesavam sob o efeito do álcool e daquela embriaguez espiritual que, aos poucos, ia desaparecendo. Após cerca de uma hora, levantou-se lentamente, pegou lençóis limpos e retornou ao quarto para estendê-los sobre a cama.

No dia seguinte, Antenor seguia acabrunhado, quieto. Parecia pisar sobre areias movediças. Sentia-se um homem privado daquilo que sempre prevalecera em seu espírito: aquela sua mentalidade segura, autoritária e inflexível. Descobrira que o seu domínio sobre a mulher excluía aquilo que nela havia de essencial e que sequer tinha a ousadia de indagar-lhe a respeito, temendo ser novamente humilhado. Antenor percebia-se inseguro, e a constatação desse fato assumia bruscamente uma importância relevante em sua vida, conferindo-lhe um forte sentimento de inferioridade perante à esposa. Jamais imaginara que, algum dia, poderia sentir-se assim. Felinta, por sua vez, de maneira surpreendente para João Antunes, passou a evidenciar uma aceitação inesperada em relação à sua partida, visto que havia sofrido tanto por causa dela. Demonstrava um semblante sereno, resignado, e chegou mesmo a incentivar a realização de seus projetos.

— Meu filho, sentiremos imensamente tua falta, mas se este é o teu desejo, vai em busca dele. Eu te compreendo e te apoio. Quero apenas que tu sejas feliz — declarou na manhã seguinte, com muita segurança e paz, sentindo sua cabeça latejar. Abraçou o filho e lhe deu um beijo carinhoso. João Antunes, que desejava conversar com a mãe a respeito de seu comportamento na noite anterior, desistiu de fazê-lo. Sentiu-se desestimulado a procurar argumentos. *Bebeu em excesso e talvez tenha discutido com papai e se aborreceu*, deduziu. Mas ficou mais feliz com essa atitude resignada. Conversou em seguida com Antenor a respeito de liberá-lo dos trabalhos na estância nos próximos quatro dias, visto que partiria dia 29; deveria terminar de preparar sua bagagem e se despedir dos amigos. Antenor concordou.

Nas três tardes seguintes, João Antunes e Ester se encontraram na casa dela. Porém, não se sentiam à vontade, pois, a qualquer instante, Ambrozzini ou seu Juvêncio poderiam retornar. No último dia em que João Antunes ficaria em Santos Reis, ele programou um passeio para se despedirem. Havia um lugar que ele pensava, sempre que passava por lá, ser o ponto ideal para um encontro amoroso. Situava-se a cerca de oito quilômetros da estância sobre uma suave ondulação. De lá não se avistava Santos Reis, pois a sede localizava-se no lado oposto. Nos pampas, é comum minúsculos aglomerados de pequenas árvores surgirem, perdidos na imensidão da coxilha. Era um local semelhante a esse para onde iriam, um conjunto bucólico de cinco ou seis árvores com suas copas esverdeadas, apesar do inverno. Dessa elevação, enxergava-se a campina estender-se num horizonte longínquo onde perdia-se num matiz de cores suaves, parecendo fundir-se com o céu, compondo um cenário magnífico. Ester, para esse encontro, preparou um bolo que cortou em pedaços e os colocou numa lata. A ela juntaram um chimarrão, um cantil cheio d'água, dois cobertores e uma colcha de linha grossa. João Antunes arreou Ventania, colocou os cobertores e a colcha dobrados em frente à sela e o restante num alforje, que pendurou no ombro.

No começo da tarde, montaram e partiram. O dia estava lindo, com o sol brilhando suavemente num céu de inverno muito azul, propício ao que imaginavam. Ester seguia na garupa, abraçada a João Antunes, e logo passaram a fruir da brisa fria deslizar sobre seus corpos. Rapidamente chegaram ao local. João Antunes apeou e amarrou Ventania a um tronco de árvore. Em seguida, segurou Ester, pondo-a no chão. Vagarosamente, deram alguns passos sondando os arredores; estiraram os braços para cima, alongando-se e miraram o horizonte.

— Que lindo! — exclamou Ester, colocando a mão estendida sobre os olhos e contemplando a paisagem longamente. Permaneceram calados, admirando o cenário paradisíaco. Um silêncio profundo envolvia tudo aquilo, quebrado apenas pelo delicado sibilar do vento que dobrava o capim e cujo som se perdia ao longe. Aquele assovio ora ecoava mais forte, ora mais fraco, ia e retornava e se perdia outra vez na imensidão da campina, criando um quê melancólico e absoluto que lhes tocava a alma. Sensibilizados pelo mistério, permaneceram alguns minutos em silêncio em comunhão com ele, curtindo o inefável.

— Vou arrumar o nosso ninho — avisou João Antunes, enquanto caminhava até Ventania; retirou a bagagem e retornou calmamente. — Vamos fazê-lo sob o sol.

Escolheu um local macio e estendeu a colcha, um bonito tecido de linha grossa em tons de vermelhos. Abriu os cobertores e os dobrou, pondo-os numa das extremidades, e colocou o alforje ao lado. Ester assistia a tudo sentindo o que sempre concebera como felicidade.

— Venha agora, meu amor — disse João Antunes, aproximando-se dela.

— Ah, meu adorado *bambino*... Me vira, me revira, me ponha louca, louquinha. Quero que me faça gozar como nunca... — disse Ester com uma entonação sensual e lânguida, emanando algo que exprimia seu total abandono a João Antunes. Ambos começaram a se despir ansiosamente, jogando cada peça de roupa ao acaso, em meio ao capim. Rapidamente ficaram nus. Ester deitou-se de costas, e João Antunes começou a beijá-la, descendo vagarosamente seus lábios, passando pelos seios, detendo-se entre suas coxas, enquanto Ester gemia, gritava e se retorcia, sentindo seu corpo ser percorrido por faíscas deliciosas. O sol cálido de inverno lhes aquecia gostosamente a pele em meio ao vento suave, propiciando-lhes uma agradável sensação, porém inferior àquele universo encantado e único.

— Mais, meu amor... Assim, assim... — dizia, deliciada, com os olhos cerrados. Ela aprendera rapidamente os segredos da alcova.

E João Antunes prosseguia enquanto Ester embriagava-se de prazer. Seus gritos e gemidos altos eram atenuados pelo vento e desapareciam no espaço infinito. Sabendo-se isolados de tudo e de todos, sonorizavam intensamente suas emoções.

— Agora sou eu, meu Ventania. Deita-te que vou te cavalgar, vou trepar no meu gostoso... — disse Ester, sôfrega, convidando-o a deitar-se. Inverteram rapidamente as posições, fazendo tudo depressa, alienados pelo instante que viviam. E passou a se mexer velozmente sobre o sexo de João Antunes, estirando-se para trás e cerrando os olhos em direção ao céu, cavalgando-o com volúpia. Às vezes curvava-se e o beijava na boca.

— Agora quero eu, minha amada... — pediu ele.

— Venha então, meu *bambino*... Me faça mais...

Ester deitou-se, abriu as coxas, e foi a vez de João Antunes disparar sobre ela.

— Vá, Ventania! Rápido, Ventania! Vá, meu amor! — gritava ela.

E João Antunes rapidamente a encheu de vida e relaxou-se ao seu lado. Ventania, amarrado à arvore, ouvindo seu nome aos gritos, empinara as orelhas e dera uma leve relinchada, olhando languidamente o casal, mas eles nem perceberam.

— Ah, meu querido, não me deixe! Não posso mais viver sem ti... — suplicou Ester após alguns segundos, com a voz ofegante, apertando-se fortemente a João Antunes, pondo-se a soluçar baixinho. Ela já não sabia quantas vezes já lhe pedira isso.

— Querida... — replicou João Antunes, mal conseguindo pronunciar as palavras. — Venha, deite-se aqui sobre mim, me abrace e me proteja — pediu João Antunes, deitando-se de costas. Ester deitou-se sobre ele e o abraçou.

— Deito, meu *bambino*, mas fica em mim. — Ester segurou-lhe o sexo e o enfiou em si. Permaneceram assim abraçados durante muito tempo, engatados conforme ela sugerira. Havia naqueles instantes muita serenidade, que lhes parecia eterna, congelada pelo momento inesquecível. Somente a brisa o interrompia, esvoaçando os cabelos de Ester sobre as faces do amante e arrepiando sua pele.

Desde aquela noite de São João, a vida adquirira um encantamento para Ester; tudo nela se passava diferente. Mas havia minúcias que realçavam essa disparidade. Ester iniciava-se com o homem a quem amava e por quem as mulheres se sentiam atraídas. Elas eram caidinhas por João Antunes. Ele pertencia àquela restrita linhagem, muito invejada pelos homens, cujo predicado é o de conseguir a mulher que deseje, bastando a sua presença; para as mais relutantes, bastaria certo tempo. Helguinha, a alemãzinha de Santo Ângelo, apaixonara-se por João Antunes e durante meses lhe escrevera. Aonde chegasse e houvesse mulheres, elas inevitavelmente disparariam seus olhares em direção a ele e começariam a assediá-lo. Ester era a moça mais bonita de Santos Reis, a mais invejada, e tinha consciência disso. Por causa desse assédio ao seu amante, seus prazeres eram incrementados e subiam às alturas. Ali estava ela usufruindo e concentrando vontades e imaginações alheias. Sabia o quanto o seu *bambino* era desejado e o quanto dariam para estarem em seu lugar. Quando pensava em seu corpo, Ester imaginava: "aquilo é meu", e se envaidecia, orgulhosa. Ela comentava com ele esses seus sentimentos de posse exclusiva e João Antunes sorria, enquanto ela o cobria de beijos que lhe deixavam marcas sobre a pele. João Antunes a amava, era mais experiente, mas se encontrava preocupado naqueles dias; era isso que o induzia a descarregar intensamente no sexo a angústia que o atormentava. Ester, porém, estava adorando, pois era essa volúpia que ela usufruía em êxtase no momento em que se iniciava na vida sexual. Embora desconhecesse as origens do furor erótico do amante, Ester encantava-se com as consequências disso, e vivia aqueles dias fascinada pelo prazer.

Enquanto ela se relaxava sobre ele, cochilando, João Antunes fitava o céu com um olhar triste, melancólico, procurando vislumbrar o futuro ou percorrendo antigas reminiscências. Conquanto suas preocupações tivessem sido amenizadas, devido à aceitação de Felinta à sua partida e ao seu relacionamento com Ester, seu espírito persistia deprimido. Ele tentava se autodesvendar, o que só o agoniava, pois ignorava as causas mais profundas de suas emoções. João Antunes ergueu a cabeça à esquerda e observou que a tarde avançava, notando o sol a dois dedos acima do poente. Mexeu-se, saindo de dentro dela, e Ester despertou.

— Ah, *bambino*, queria ficar assim para sempre — disse com muita ternura e sonolência, dando-lhe um beijo carinhoso.

— Quero agora experimentar o bolo que tu fizeste — declarou João Antunes, pondo-se de pé e se dirigindo ao alforje. Abriu a lata e o comeu, dando um pedaço para Ester. — Delicioso, pelo menos não morrerei de fome. Acho melhor não tomarmos o mate e guardarmos a água para depois.

— Se quiser, faremos um fogo e eu a esquento...

— Não. Venha, assente-se aqui — pediu, admirando o corpo de Ester enquanto ela se erguia e sentava-se ao seu lado. Comiam o bolo e alongavam a vista sobre a campina, comprimindo os olhos. Pegaram os cobertores e os puseram sobre as costas, pois a temperatura caía. Durante muito tempo conversaram, fazendo planos de vida, imaginando rebanhos, fazenda, família e filhos, um futuro que era tão inevitavelmente certo quanto a trajetória do sol rumo ao poente. Tentavam vislumbrar os recessos de suas vidas, procurando nelas as relevâncias mais profundas. Dividiram a água e se levantaram, admirando a paisagem. Ester não desejava mais ir embora dali.

— Isso é o paraíso na terra, meu amor. Eu e você perdidos nessa imensidão maravilhosa e inteiramente nus. Adão e Eva e essa serpente gostosa a me tentar... — disse Ester, surpreendida pelo seu cômico comentário que vazara de supetão. Ambos deram uma gostosa gargalhada. — Não canso de te amar e de admirar esse teu corpo lindo — acrescentou, sorrindo suavemente.

— Vamos agora, querida. Daqui a pouco teu pai chega em casa.

— Não te preocupes, eu disse a ele que estaria passeando contigo para me despedir. Papai me olhou pensativo, mas não disse nada... Ele gosta muito de ti.

— Vê! — exclamou João Antunes maravilhado, assistindo a um gavião efetuar um mergulho num ângulo fechado de uma grande altura, com as asas para trás. Próximo ao chão, ele transformou seu mergulho num rasante e desapareceu momentaneamente entre o capim, e alçou voo novamente, com uma presa no bico. — Um ximango! Que beleza de pássaro, que lindo mergulho e que bela caçada! — exclamou, admirado.

— Pois antes de pôr a roupa quero te beijar inteirinho. Quero me despedir de ti, quero guardar teu cheiro. Assim, assim e assim. Continue de pé vendo os gaviões e me deixe devorá-lo. Que apareçam muitos gaviões... — E Ester agachou-se e começou a beijar cada pedacinho do seu adorado *bambino*. Começou pelos pés, subiu pelas pernas, demorou-se depois um pouco mais. Beijou-lhe o rosto, os braços e sua boca e se abaixou para apanhar sua roupa. Entristeceu-se. Não sabia quando o teria novamente. João Antunes também começou a se vestir. Faziam aquilo em silêncio, vagarosamente, antecipando o futuro de uma vida a sós. Começava o desencanto daquela tarde encantada. Dobraram os cobertores e a colcha e se dirigiram para onde estava Ventania. João Antunes pegou seu canivete e se pôs a esculpir um coração sobre a casca de uma das árvores. Ester o acompanhava com um olhar perdido.

— Algum dia viremos outra vez aqui e faremos um segundo coração.

— Ah, querido — murmurou Ester, e começou a chorar copiosamente. João Antunes a abraçou com ternura e a consolou durante alguns segundos. Montou Ventania e puxou-a, dando-lhe a mão, pondo-a na garupa. Lentamente começaram a cavalgar de volta a Santos Reis. Ester o abraçou por trás e colou uma das faces sobre as costas dele, e assistia em silêncio à campina deslizar sob seus olhos. Ela sentia agora a dor da separação atingi-la profundamente. Prensou seus olhos contra a camisa de João Antunes e tornou a chorar, emitindo soluços profundos.

— Calma, meu anjo, não chores. Te venho buscar em breve — consolava-a João Antunes, dizendo palavras circunstanciais.

Chegaram. Apearam em frente à casa de Ester. Subiram a escadinha da porta da cozinha e entraram. Não havia ninguém em casa. João Antunes permaneceu longo tempo a confortá-la, cobrindo-a de carinhos e de palavras consoladoras, pois Ester continuava em prantos.

— Agora vai te lavar porque estás com o cheiro de amor — aconselhou, segurando-a pelos ombros. Ester sorriu e esfregou os olhos, sentindo-se realmente lambrecada.

— Pois eu quero esse cheiro para sempre.

— Eu também estou igual a ti. Preciso ir... Tenho que conferir algumas coisas. À noite eu volto para conversar contigo e com o Ambrozzini.

João Antunes deu-lhe um beijo e saiu. A escuridão se aproximava. Desceu rapidamente a escada, montou Ventania e galopou, sentindo o vento gelado queimar suas faces. Cavalgou até as baias para desencilhar o cavalo e jogar água sobre seu dorso.

À noite, antes do jantar em casa, recebeu do pai o endereço e o nome da pessoa a quem deveria vender a mula Adamantina, em Uruguaiana, fornecido pelo general Vargas. Ele amava o seu cavalo Ventania e não o venderia, encarregando Ambrozzini de ir buscá-lo. Pensava algum dia em levá-lo aonde estivesse. Como sempre acontece à véspera de uma longa viagem, nos momentos finais aparecem ideias não cogitadas e as pessoas se esforçam por esclarecê-las. Conversaram sobre isso, fazendo um balanço do futuro e das dificuldades que eventualmente poderiam surgir. João Antunes verificou novamente se levava o nome e endereço do senhor a quem deveria procurar em Porto Alegre para conversar sobre o garimpo, um tal Jorge de Alcântara Santa Cruz. Sua mãe parecia novamente triste. Após aqueles anseios de liberdade manifestados na festa de São João, Felinta parecia resignada. Mantinha-se mais calada e melancólica, irradiando um olhar deprimido. Ela refletia que a vida era feita de acomodações perante as situações inevitáveis, pensando nas vezes em que tivera de aceitar os sofrimentos de uma separação. Às vésperas da partida, chega-se a um ponto em que cessam os preâmbulos e tudo torna-se definitivo; o tempo passa a correr depressa e do presente salta-se ao futuro, enquanto o viajante passa a antever uma nova realidade. É um período sofrido para quem fica, contudo, mais angustiante para os que se lançam rumo ao desconhecido.

Após o jantar, João Antunes retornou à casa de Ester, a fim de se despedir de seu Juvêncio. Permaneceu pouco tempo, e combinou com ela e Ambrozzini de se encontrarem em sua casa, às 4h30, quando iniciaria sua viagem a Uruguaiana, onde pegaria o trem para Porto Alegre. O clima de pesar repetiu-se na casa de Ester. Foi um fim de noite triste para as pessoas que o queriam bem. João Antunes sentia que sua vida e a de todos que o amavam cobria-se com um véu de incertezas que se prolongariam só Deus saberia até quando.

Na madrugada gelada do dia seguinte, João Antunes abraçou longamente seus pais e a irmã Cecília, e despediu-se de Ambrozzini. Afastou-se com Ester e conversaram a sós durante alguns minutos. Abraçaram-se e se beijaram, ambos carregando uma dor pungente que lhes lacerava a alma. O silêncio era quebrado apenas pelo pranto alto e doloroso dos que ficavam para trás, gerando um clima de velório. Uma densa neblina cobria os arredores e o frio era cortante. João Antunes montou Ventania, segurou o cabresto da mula Adamantina e voltou-se para o passado, com os olhos marejados e o coração partido. Guardou, como lembrança daquele instante, os dedos de Ester sobre os lábios e a agonia dos seus olhos banhados pelas lágrimas. Lentamente, João Antunes passou a cavalgar, e desapareceu na escuridão da noite em busca dos seus sonhos.

2

Em 10 de julho, após cansativa viagem, João Antunes desembarcou em Porto Alegre no final da manhã. Planejava encontrar-se no dia seguinte com o senhor Jorge Alcântara, bem como comprar a passagem para o Rio de Janeiro. Hospedou-se numa modesta pensão próxima à praça da matriz, a Pensão Farroupilha, não muito distante da sede do governo. Ela lhe fora indicada por um senhor que conhecera no trem e que tinha o costume de frequentá-la. João Antunes resolveu aproveitar a tarde para conhecer a capital do estado. Ele jamais saíra da região de São Borja e sentia-se deslumbrado com as novidades. Andava devagar pelo centro e olhava admirado os pequenos prédios e o comércio variado, onde observava produtos inéditos; namorava as confeitarias repletas de doces coloridos e tortas deliciosas; observava restaurantes, cafés e as livrarias. Espantou-se, algumas vezes, com os chapéus parisienses ornamentando senhoras elegantes, que desfilavam acompanhadas por graves senhores trajando ternos negros. Todo esse cenário urbano contrastava fortemente com a vida rústica de Santos Reis, o que lhe causava certo impacto. João Antunes sentia-se intimidado perante tantas novidades; saíra de seu mundinho rural e deparava-se com uma grande cidade. Chegou deslumbrado à pensão, pensando em Ester e em quanto desejava que ela partilhasse o que vira.

Na manhã seguinte, procurou uma agência de viagens marítimas e ficou surpreso ao achar passagem para o Rio somente para o dia 28 de julho, em um navio de bandeira grega que viria de Buenos Aires, o *Zeus*. Procurou em outra agência, reclamou, expôs seus motivos, mas não havia solução, teria mesmo que permanecer em Porto Alegre até aquela data, pois nenhum outro vapor zarparia antes. Havia planejado viajar para Goiás somente após conhecer a capital da República, mas, agora, em virtude desse atraso, talvez devesse abreviar sua estada no Rio. Retornou à pensão chateado com o imprevisto. Após o almoço, tirou o papelinho amarrotado do bolso e verificou o endereço comercial do senhor Jorge de Alcântara Santa Cruz: Rua da Praia, 229, e saiu em busca dele. Constantemente João Antunes pedia informações aos pedestres, pois não conhecia a cidade. Lembrou-se de que sua mãe lhe dissera que a Rua da Praia era a mais elegante de Porto Alegre, onde se localizava o seu comércio sofisticado e as coisas aconteciam. Para lá dirigiu-se vagarosamente, olhando aqui e acolá, até chegar em frente às vitrines da loja A Porcelana. "As mais finas peças importadas do Velho Continente", dizia a frase, escrita sob o nome da loja. João Antunes baixou os olhos, tirou o chapéu e entrou timidamente. Um senhor atendia duas elegantes *madames*; uma delas exalava uma fragrância deliciosa que se espraiava pelo ambiente e o impregnou com um aroma inesquecível. Esse perfume se tornaria a sua imorredoura lembrança de Porto Alegre. O senhor Jorge olhou-o de viés de cima a baixo, com uma expressão contrariada e desdenhosa, e continuou a conversar com as senhoras, folheando um mostruário em francês sobre porcelanas de Sèvres. João Antunes não se vestia com a elegância com a qual o senhor Jorge Alcântara se habituara a ver em seus clientes. Em Porto Alegre, seguindo as recomendações de Felinta, ele procurava trajar-se bem, porém, o fazia modestamente; vestia suas roupas domingueiras utilizadas em Santos Reis, mas calçava suas velhas botinas, já meio cambadas pelo uso. João Antunes deu alguns passos pelo interior da loja, deslizando seu olhar sobre lindas peças, cujas delicadezas e texturas o deixavam impressionado. A loja era finamente decorada com várias vitrines internas, nas quais, através dos vidros, via-se os artigos dispostos sobre prateleiras. Após aquele reconhecimento inicial, ele retrocedeu até a porta, olhou o movimento na rua durante alguns minutos e retornou ao interior da loja no instante em que as duas *madames* se despediam. Elas viraram as costas ao senhor Jorge e se depararam com ele. Pararam durante alguns segundos, surpreendidas, e arregalaram os olhos, deixando com que recaíssem com avidez sobre o semblante de João Antunes. A mais nova corou, enlevada, e abriu-lhe um discreto sorriso, enquanto a mais velha parecia estupefata. O senhor Jorge instantaneamente captou aquelas emoções, e também reparou no rapaz, reconsiderando seus julgamentos iniciais, pois sentiu-se na obrigação profissional de compartilhar as impressões de suas clientes; porém, viu que elas tinham razão.

— O que deseja, meu jovem? — perguntou solicitamente, baixando ligeiramente o rosto e revelando um semblante simpático.

— O senhor chama-se Jorge Alcântara...

— Sim, sou eu mesmo. Em que posso servi-te?

— Bem... — relutou João Antunes, um instante. — Sou filho de Antenor Antunes, um conterrâneo seu de Calheta, e papai o indicou a mim para conversarmos a respeito de mineração em Goiás...

— Ah, sim! Deveras?! Filho do Antenor! — exclamou, alegremente surpreso. — Então foste tu quem me escreveste a respeito de garimpo há cerca de um ano, eu me lembro... E como tu chamas? Desculpa-me, eu me esqueci... E como está teu pai? — quis saber, admirado, demonstrando satisfação em saber notícias de Antenor enquanto observava a fisionomia de João Antunes. Ampliou o sorriso e convidou-o a assentar-se numa das mesas decoradas com porcelanas. As duas senhoras saíram cochichando e pararam em frente às vitrinas que davam para o passeio, à guisa de observá-lo. Amiúde, esticavam o pescoço e olhavam furtivamente para o interior da loja, tecendo comentários e sorrindo enlevadas.

— Eu me chamo João Antunes — respondeu, sentindo um certo alívio e pondo-se mais à vontade. — E papai vai bem, assim como toda a família — prosseguiu, com uma pontinha de tristeza.

O senhor Jorge discorreu longamente sobre a sua amizade com Antenor, sobre o passado de ambos em Calheta. Perguntou-lhe mais a respeito dele, indagou sobre Felinta e sobre a vida de sua família. Contou que foram amigos de juventude, mas, aos vinte e três anos, resolvera vir para o Brasil em busca de ouro para fazer o seu pé-de-meia, enquanto Antenor permanecera nos Açores, trabalhando na Pesqueira.

— Mas como teu pai soube que eu estava aqui em Porto Alegre? Não tivemos mais contato...

— Por intermédio de conhecidos das ilhas, foi o que me disse.

— Então, estás também interessado em mineração? — indagou, avançando seu rosto, demonstrando interesse.

— Sim... Ficaria agradecido se o senhor me desse uma rápida orientação sobre o garimpo, sobre quem devo inicialmente procurar na região, bem como as dificuldades que encontrarei... Enfim, coisas desse tipo. Eu escolhi Cavalcante, em Goiás, devido ao senhor, pois, na ocasião em que conversei com papai sobre o assunto, ele me disse que conhecia um conterrâneo que teve sucesso trabalhando por lá.

— Sim, vivi alguns anos perambulando por Goiás, até me fixar em Cavalcante. Passei dois anos metido nos córregos da região da serra da Cavalhada, no meio da lama. Consegui ganhar algum dinheiro e vim para Porto Alegre, onde tenho uma irmã que emigrou comigo e já morava aqui. Em Portugal, meus avós trabalhavam no comércio de porcelanas finas e herdei deles esse prazer, e acabei também me enveredando nesse ramo. Está no sangue. Amo a delicadeza e a beleza das peças. E não precisas me chamar de senhor — disse, correndo o olhar sobre as porcelanas.

— Em que ano vieste para o Brasil? — quis saber João Antunes.

— Em 1886. Estou em Porto Alegre desde 1904 e, graças a Deus, não tenho do que me queixar. Tenho uma vasta clientela em todo o Rio Grande... Estancieiros ricos, grandes empresários, banqueiros e políticos vêm aqui comprar; aparece gente até mesmo do Uruguai e de Santa Catarina.

— Pois o meu plano é o mesmo: ter sorte na mineração e adquirir terras e gado...

— Isso mesmo, pois garimpo não é vida — disse Jorge, interrompendo João Antunes. — É ficar pouco tempo e cair fora, senão morre-se cedo. Eu contraí malária duas vezes e ainda sofro com isso; e também tem a questão da violência... aquilo é uma terra onde impera a lei do mais forte. Mata-se e morre por qualquer coisa. Há de se ter muito cuidado.

Durante cerca de meia hora, Jorge discorreu sobre o garimpo e a região de Cavalcante. Contou-lhe sobre as belezas da chapada do Veadeiros e das lindas cachoeiras existentes na região, mas falou principalmente das dificuldades que iria enfrentar. João Antunes ouviu tudo atentamente.

— Mas, e então? Tu conheces alguém que inicialmente possa me ajudar?

— Sim. Conheço um rapaz, ainda moço, talvez com seus trinta e seis anos e que domina a atividade do garimpo e, o mais importante, conhece todo comércio de pedras, desde a extração até a sua venda no Rio de Janeiro. Quando chegou em Cavalcante, ele tinha cerca de vinte anos e rapidamente conseguiu sucesso, pois é muito capaz. Frequentemente viaja ao Rio ao encontro de comerciantes judeus que vêm ao Brasil comprar pedras para revendê-las na Europa. Ele é bem relacionado no comércio internacional. Eu o conheci em Cavalcante uns três anos antes de eu vir para Porto Alegre. Fizemos amizade e soube que teve sucesso nos negócios; atualmente é respeitado na região. Tenho a certeza de que vai ajudá-

-lo, e muito! — interrompeu-se, sorrindo maliciosamente, demonstrando autocensura no que diria.

— E como se chama e onde posso encontrá-lo? — indagou João Antunes, comprimindo as abas do chapéu, que estava em suas mãos.

— Ele se chama Marcus von Wasserman, filho de uma nobre judia alemã casada com um barão, descendentes de banqueiros, e que se enviuvou dele no Rio; o barão, seu marido, foi vítima da malária. Marcus disse-me então que sua mãe, após a morte do marido, passou a viver com um outro homem, que se chamava Euzébio. Posteriormente, Euzébio revelou a Marcus que era ele o seu verdadeiro pai, dizendo-lhe que seu relacionamento com a condessa ocorrera dois anos após a morte do marido. Ele sentiu-se na obrigação de assumi-lo. Marcus é extremamente inteligente, além de ser uma pessoa refinada. Atualmente sua casa é um ponto de elegância e de bom gosto em Cavalcante, segundo informações fornecidas por um amigo da cidade com quem, às vezes, me correspondo. Entretanto, todos conhecem Marcus como Cocão, devido à sua cabeça grande e arredondada... É interessante a criatividade das pessoas no Brasil para colocarem apelidos. Sempre acertam. Basta perguntares a qualquer um na cidade e te darão informações sobre ele e o local onde mora.

Eles conversaram mais alguns minutos, até a chegada de um cliente.

— Bem, senhor Jorge, agradeço muito a tua atenção. Chegando a Cavalcante vou procurar o tal Cocão, não é isso? — inquiriu João Antunes, segurando o seu chapéu e reparando no recém-chegado.

— Sim, é isso mesmo. Ele é boa pessoa e sem dúvida vai te ajudar. Diz a ele que foi recomendado por mim e transmita-lhe o meu abraço. Se desejar mais algum esclarecimento, retorne para obtê-lo. Estarei ao teu dispor... E, depois, quando estiver em Cavalcante, mande notícias, sim? E recomendações aos teus pais — despediu-se, estendo a mão.

O senhor Jorge levantou-se da cadeira, olhando ansiosamente para o cliente recém-chegado e abrindo um amável sorriso. João Antunes agradeceu, apertou-lhe a mão, recolocou o chapéu e saiu. Chegou ao passeio e não sabia aonde ir. Olhou o céu azul de inverno e sorriu tristemente, pensando em Santos Reis e nas coisas que lá deixara. Retornou à Pensão Farroupilha e escreveu uma longa carta a Ester, na qual aliviou seu coração descarregando tudo o que lhe pesava. Essa carta deveria ser recebida na caixa postal que o general mantinha em São Borja; quinzenalmente, algum peão ia pegar as correspondências destinadas ao pessoal da estância. Porém, escreveu-lhe dizendo que não esperava resposta, pois ele não tinha ainda um endereço fixo.

João Antunes aproveitou os dias que lhe restavam para conhecer melhor Porto Alegre. Quando estava na pensão, permanecia em seu quarto lendo os versos da *Divina Comédia*. Por influência da mãe, ele tinha um grau de erudição muitíssimo acima dos jovens de sua idade. Felinta lhe infundira o prazer pela leitura, e João Antunes amava os livros. Havia em sua casa antigas edições portuguesas de clássicos franceses e alguns livros de Eça de Queiroz, bem como recentes traduções dos grandes escritores russos que começavam a ser difundidos na Europa, como Dostoiévski, Tolstói, Turguêniev, Gorki e Gogol. Eram os livros que permitiam a Felinta escapar daquela sua vida medíocre, carente de alternativas, e que instigavam seu imaginário povoando-o de personagens que se amavam num mundo de liberdade. Eram lá que suas heroínas transgrediam preconceitos e transformavam sociedades, lutavam e morriam por amor, comovendo o mundo. E Felinta era Cosette, Luísa, Maria Eduarda, Amélia, Natacha... E João Antunes seguia os rastros de sua mãe. Por meio dos livros, João Antunes mergulhava na alma dos homens. Sozinho em Porto Alegre, era com as páginas da *Divina Comédia* que defrontava a solidão, refugiando-se em devaneios em companhia de Dante e Virgílio.

Poucos dias antes de deixar Porto Alegre, João Antunes foi conhecer a Livraria Echenique, uma das mais importantes da cidade, localizada na Rua da Praia. Entrou e começou aquela lenta peregrinação em busca das novidades. Folheia aqui, folheia ali... De repente, alguém lhe tocou o ombro.

— E então, João Antunes, tu também gostas dos livros? Já estás em viagem?

João Antunes assustou-se e se deparou com Getúlio Vargas, assíduo frequentador da livraria. Estava em companhia de dois amigos. Ao vê-lo, o coração de João Antunes se acelerou e ele se enrubesceu.

— Doutor Getúlio, o senhor por aqui... Que coincidência agradável! — Conseguiu dizer, sentindo o rubor cobrir-lhe as faces. — Sim, estou em trânsito, mas consegui passagem somente para o fim do mês e, enquanto isso, vou conhecendo a cidade — respondeu, intimidado. Getúlio observou-o calmamente, com um meio-sorriso, e João Antunes inesperadamente tranquilizou-se com o que emanava daquele semblante. Ao contrário do último encontro com ele, em Santos Reis, desta vez absorveu segurança. Getúlio Vargas, pensativo, acendeu um charuto, deu uma longa tragada e expirou a baforada, envolvendo-os com a nuvem inebriante. Súbito, aquela fragrância rodopiou pelo cérebro de João Antunes, causando-lhe a mesma sensação daquela manhã em Santos Reis, induzindo sua tranquilidade a oscilar perigosamente. Observou com ansiedade uma fila de livros num canto e apertou o volume que estivera a folhear. Getúlio colocou-lhe paternalmente o braço sobre os ombros e outra vez lhe injetou confiança.

— Não te preocupes, meu rapaz, tudo dará certo para ti — disse, enquanto dava alguns passos, guiando-o em direção a outros livros, a mão ainda pousada sobre os ombros do rapaz.

— Estes são João Neves da Fontoura e Firmino Paim, ambos políticos e também colegas da faculdade — apresentou-os Getúlio, parando um instante e volvendo-se para eles.

Os dois homens, que caminhavam um pouco atrás, se adiantaram e estenderam as mãos a João Antunes, cumprimentando-o.

— Ele é filho de nosso capataz em Santos Reis. Está indo para o interior do Brasil trabalhar em mineração — explicou-lhes Getúlio.

— Parabéns, guri. É de gente corajosa igual a ti que o Brasil precisa — comentou João Neves com simpatia.

— O livro do Peixotinho já está à venda? — indagou Getúlio a Firmino.

— Sim. Ele me confirmou ontem.

Getúlio chamou um atendente e perguntou-lhe onde estava o livro de autoria do doutor Peixoto. Então, dirigiram-se em busca dele. Enquanto caminhavam, Getúlio retirou seu braço dos ombros de João Antunes.

— Já que tu gostas de ler, vou te presentear com um livro escrito por um amigo nosso dos tempos de faculdade. Sujeito inteligente, culto e estudioso dos problemas brasileiros, além de ser dono de um humor admirável — comentou Getúlio.

— Aqui está, doutor — disse o atendente, entregando-lhe o volume.

Getúlio Vargas pegou o livro e admirou a capa bem-feita. Sobre ela, lia-se o título: *Brasil, um Pinto Verde e Amarelo*. Mais abaixo, aparecia uma frase elucidativa, escrita em caracteres menores: "Ao contrário dos outros, este nunca se ergue". E, mais abaixo, o nome do autor: Paulo Queirós Peixoto.

— É um título sugestivo, bem ao espírito satírico do Peixotinho, o nosso querido PQP. Como verás, trata-se de uma excelente análise dos problemas brasileiros — comentou Getúlio, tirando a caneta do bolso e pondo-se a escrever a dedicatória: "Ao amigo João Antunes, em trânsito ao coração do Brasil, presenteio-te para que possas melhor entendê-lo. Cordial abraço, Dr. Getúlio Dornelles Vargas. Porto Alegre, julho/1918".

— Muito obrigado, doutor Getúlio... Sinto-me honrado com essas palavras e fico muito agradecido. Lerei com prazer. E gostei do título, muito sugestivo e humorístico... — comentou João Antunes, abrindo um sorriso, que descambou numa pequena gargalhada. Todos o acompanharam.

— Embrulhe-o — pediu Getúlio ao empregado da livraria. — Se eu puder te ser útil em mais alguma coisa, procura-me no Grande Hotel, localizado aqui mesmo na Rua da Praia, ou na Assembleia dos Representantes. E vá conhecer também a livraria do Globo, tão boa quanto essa. — E estendeu-lhe a mão para se despedir, sorrindo-lhe amavelmente. Em companhia de João Neves e de Firmino Paim, que também se despediram, Getúlio Vargas dirigiu-se em seguida a um lugar reservado ao fundo, onde havia algumas poltronas. João Antunes recebeu o livro, caminhou mais um pouco pelo interior do recinto e foi-se embora. *Getúlio é uma esfinge, mas inegavelmente cativa as pessoas. Esconde suas emoções e, no entanto, exerce uma influência misteriosa... É estranho, mas, assim como minha mãe, também acho que ele vai longe*, pensou João Antunes enquanto caminhava lentamente sobre o passeio, olhando os arredores. Em frente ao Grande Hotel, situado também na Rua da Praia, admirou a imponência dos seus seis andares, a grande sacada frontal e sua porta giratória de vidro. Segundo Felinta, políticos influentes e outras pessoas importantes refastelavam-se em seus salões elegantes e lá traçavam os seus planos maquiavélicos. O Grande Hotel era o centro nervoso de Porto Alegre, nele respirava-se quase sempre um ar de conspiração e poder. João Antunes encheu-se de um novo ânimo, sorriu e apressou seus passos rumo à Pensão Farroupilha. Antes, porém, resolveu conhecer o Theatro São Pedro e a Assembleia dos Representantes.

Em 29 de julho, depois de permanecer três semanas em Porto Alegre, João Antunes embarcou, após o almoço, num barco menor encarregado de levar os passageiros até o *Zeus*, ancorado fora da barra. Seu calado não lhe permitia adentrar o porto. Este barco menor efetuou quatro viagens para levá-los. No começo da tarde, o *Zeus* começou lentamente a mover-se, deixando escapar longas espirais de fumaça negra que se evolavam inclinadas rumo ao céu. Atrás de si, uma esteira branca borbulhante desenhava sua trajetória sobre as águas. Era o mesmo navio que, há dezessete anos, levara Jean-Jacques de volta à Europa. Naquela ocasião, à direita de seu convés, envolvendo a grade com as mãos, Jean-Jacques admirara Copacabana ao longe, carregando uma imensa decepção. Nessa tarde, João Antunes, no lado oposto, também de pé, repetia emoções semelhantes. Porém, não sofria a dor de uma desilusão, como Jean-Jacques, mas deixava para trás seu amor e já levava em seu peito as saudades do Rio Grande do Sul. Fitou fixamente o horizonte e seus olhos ficaram úmidos, enquanto o *Zeus* singrava, rasgando o oceano.

3

Após uma escala em Santos, a 10 de agosto o navio aproximava-se do Rio de Janeiro. Antes mesmo de cruzar a barra, João Antunes passou a admirar a paisagem deslumbrante, realçada pela forte luminosidade. O céu, de um azul intenso, alegrava seu espírito e tornava o dia maravilhoso. Ele curtia essas emoções enquanto deslizava seu olhar sobre as encostas verdejantes, sobre os morros e ao longo do casario em frente às praias. *Que coisa linda*, pensava ele, fascinado pela beleza. Já na praça Mauá, após o desembarque, João Antunes desvencilhou-se do burburinho e tomou um táxi. Pediu ao motorista informações sobre uma hospedagem barata, mas confortável. O *chauffeur* fez os elogios e o conduziu à Pensão do Minhoto, situada na Lapa, pertencente a um português que era seu amigo e, segundo ele, o lugar era animado, rodeado de gente boêmia e tinha uma atmosfera agradável. João Antunes gostou da indicação. Planejava permanecer no Rio até o final de agosto, tempo que julgava suficiente para conhecer a cidade. O senhor Manuel e sua esposa, Amélia, proprietários da pensão, eram pessoas simpáticas e eficientes na administração. Às sextas-feiras serviam um bacalhau delicioso, muito apreciado nas redondezas do centro. Durante vários dias, João Antunes passeou pela cidade seguindo os roteiros e as sugestões do senhor Manuel. Admirou a Avenida Rio Branco, inspirada em *boulevards* parisienses, animada pelo desfilar constante de carros e de gente chique. Se o comércio de Porto Alegre já lhe chamara atenção, as lojas sofisticadas da Rua do Ouvidor, a mais badalada da capital, recheadas de produtos franceses e ingleses, deixavam-no deslumbrado. Frequentou suas livrarias, confeitarias, cafés e restaurantes. Conheceu o centro velho e andou muito pelas suas ruas antigas. Conheceu o Palácio do Catete, com suas cinco águias imponentes aguardando o finalzinho do governo Venceslau Brás. Perambulou pela praia do Flamengo, pelo Passeio Público, curtiu as bucólicas ruas de Botafogo, ornamentadas por casarões elegantes, e admirou a enseada, sob a imponência do Pão de Açúcar. João Antunes reservou um dia para almoçar na Confeitaria

Colombo, à Rua Gonçalves Dias, lugar chique, cujo interior emanava a suntuosidade dos mármores, dos cristais, de seu piso de cerâmica portuguesa e de sua decoração clássica. O serviço e as comidas deliciosas contrastavam fortemente com a memória da rusticidade de Santos Reis. João Antunes desinibia-se enquanto conhecia o Rio de Janeiro e admirava suas belezas, conforme desejara. Algumas vezes, não sabendo como se comportar em determinados ambientes, não se intimidava em pedir orientações, e seguia em frente.

Um pouco antes de viajar para Goiás, ele foi conhecer Copacabana, bairro distante do centro e exterior à barra, mas que já se tornara um polo de atração para novas residências, tal a maravilha e amplidão do seu mar aberto. Copacabana, naquela época, começava a sofrer um crescimento vertiginoso. A Avenida Atlântica, acompanhando a orla, construída na gestão do prefeito Pereira Passos no começo do século, ficara linda. Seu passeio era decorado com pedrinhas portuguesas, sugerindo o vaivém das ondas sobre a praia. João Antunes escolhera um sábado ensolarado para conhecer o bairro. No final da manhã, enquanto caminhava pelo calçadão da Avenida Atlântica, João Antunes presenciou, um pouco distante de si, um senhor saltar da calçada à areia. Ao fazê-lo, viu cair de seu bolso o que supôs ser uma carteira. Apressou os passos, desceu até a praia, pegou-a e chamou alto pelo desconhecido, que já se afastava, e retornou ao passeio. O senhor virou-se e o viu com o braço erguido, sustentando a carteira negra em sua mão, desejando entregá-la, então retornou e seguiu em direção a João Antunes. Agradeceu-o e entabularam rápida conversa, após se apresentarem: "Jean-Jacques Chermont Vernier, cidadão francês, ex-diplomata e atualmente artista plástico em Paris; João Antunes Savelli, peão nascido no Rio Grande do Sul". Muito amável e educado, o senhor Chermont novamente lhe agradeceu e deu-lhe um pequeno cartão com o seu endereço em Paris, convidando-o, caso fosse à cidade, a ir visitá-lo. João Antunes sorriu intimidado, guardou o cartão em sua carteira, dizendo-lhe ser essa uma possibilidade remota, e se despediram. Jean-Jacques o observou se afastando, sensibilizado pela beleza daquele rapaz. Permaneceu pensativo, enquanto retornava às areias de Copacabana. Ambos jamais poderiam imaginar que, naquele instante, suas vidas se entrelaçariam espiritualmente de forma misteriosa, unindo o passado ao futuro.

João Antunes caminhava devagar pelo calçadão, admirando as ondas se desfazendo na praia e se refazendo mais além numa frequência monótona e repousante. Aquela cena o absorvia e ele não conseguia desviar sua atenção daquele contínuo vaivém. Sentou-se num banco e continuou a admirar as ondas, mas agora só ouvia os estrondos e os chiados rascantes da água se arrefecendo na areia. E dali a pouco seus ouvidos passaram a perceber o delicado assoviar do vento se perder ao longe, dobrando a campina e confrangendo sua alma com uma dor lancinante; seus olhos se intumesceram e lágrimas rolaram. Sentia que seus pais, Ester e aquela sensação de pertencimento estavam em si, porém, distantes, e que essa separação era percorrida pela saudade. E as ondas do mar vinham e voltavam, mas ele ouvia somente o barulho do vento cortando as coxilhas. Observou a longínqua figura de Jean-Jacques caminhando rente às águas, emanando um halo de solidão. Em que pensaria ele? Misteriosamente, uniu-se à sua dor, pois percebera em seu olhar um quê de desencanto que parecia incorporado ao seu viver. Levantou-se do banco e caminhou cabisbaixo, questionando os seus projetos de vida. O que o aguardava no interior do Brasil? Quais ciladas lhe preparava esse país caviloso, que aparentava uma face amorosa, mas escondia em seu âmago qualquer coisa de astucioso e cruel? Lembrou-se de Getúlio Vargas e de suas palavras de confiança, mas era acossado outra vez pela angústia. João Antunes resolveu lutar contra as adversidades, embora já tivesse experiência de que seria um combate árduo, pois o inimigo era imprevisível e astuto. Caminhou até a Avenida N.S. de Copacabana e tomou o bonde, rumo à cidade.

No dia seguinte, dirigiu-se à Estação Pedro II para comprar os bilhetes e se informar sobre o percurso que deveria fazer para alcançar Goiás. Lá lhe foi dito que deveria tomar o ramo da Central do Brasil até Belo Horizonte, nela fazer baldeação e pegar a Estrada de Ferro Oeste de Minas, até Uberaba; nessa cidade, outra baldeação para um ramo da Mogiana, até Araguari, cidade de origem da Estrada de Ferro Goiás, e seguir finalmente por ela até Roncador, a última estação de trem, ao sul do estado de Goiás. "Uns mil e seiscentos quilômetros", lhe disse com sorriso cáustico um funcionário da Pedro II. "Talvez uns quatro dias de viagem, visto que deverá pernoitar algumas vezes e esperar pelas baldeações", concluiu com novo sorriso nada animador. Ali, ele só poderia adquirir o bilhete até Belo Horizonte, devendo comprar o restante em cada localidade. João Antunes adquiriu o bilhete para o dia 2 de setembro.

Nessa data, durante a manhã, despediu-se calorosamente do senhor Manuel e de sua esposa Amélia, agradecendo a gentileza e o carinho com que fora recebido, e colocou suas bagagens no carro de aluguel. Amélia ainda lhe tascou um beijaço no rosto e o apertou contra si, enquanto o senhor Manuel abria um sorriso amarelo e via os olhos da mulher lacrimejarem.

— Adeus, minha coisa linda — disse Amélia, acenando e enxugando os olhos com a barra do avental, enquanto João Antunes entrava no carro.

— Agora basta, mulher, chega de cortejá-lo e deixa o gajo partir; vamos trabalhar! — zangou-se Manuel, batendo com o tamanco de madeira na calçada.

Às dez horas, a locomotiva resfolegou e seus pistões chiaram forte. Lentamente, o trem começou a se mover enquanto a fumaceira se espraiava pelas partes inferiores da locomotiva. O maquinista efetuou dois apitos: o primeiro com muita energia e resolução, destinado a enfrentar a viagem, mas o segundo veio sofrido, com o som modulado num pranto choroso, finalizado num tom melancólico de despedida. Sim, era verdade: os antigos maquinistas injetavam emoções nas locomotivas. Faziam-nas chorar ou sorrir de acordo com o que carregavam na alma.

Após meia hora, o comboio passava pelos subúrbios do Rio de Janeiro. João Antunes observava as casas pobres e sua gente despojada de bens e de esperanças, bem diferente do que presenciara em Botafogo ou na Rua do Ouvidor. Olhares opacos e tristes o espreitavam pelas portas e janelas, como se aquele trem levasse para bem longe aquilo que nunca teriam. Ele, que sempre vivera em Santos Reis, era agora despertado por uma realidade que o confrangia e com a qual nunca se importara.

Durante a viagem, João Antunes começou a ler o livro que Getúlio Vargas lhe dera e volta e meia desviava seus olhos para cenários empobrecidos, como a confirmar o que aquelas páginas lhe diziam. "Por que o Brasil, um país tão rico, ostenta esse ar de abandono e de penúria?", indagava-se, refletindo com seu olhar ancorado na paisagem imensa e desoladora, imaginando soluções que poderiam modificá-la. "Onde vejo inquietações, por que não haveria segurança no futuro?", perguntava-se, insuflando-se esperanças. Contudo, à medida que entranhava no interior do país, mais se desnudava a sua realidade intolerável, revelada pelo contraste entre a pujança da terra e a miséria de sua gente. Algumas vezes, João Antunes avistava grandes casas de fazendas, mansões senhoriais que ele sabia agora serem habitadas por coronéis oligarcas, senhores de vastidões de terras e de consciências de homens, feitores do atraso. Ele percorria centenas e centenas de quilômetros despojados de quaisquer sinais que lhe dessem otimismo. Assim era o Brasil que desfilava através das janelas. *O Pinto Verde e Amarelo* certamente continuaria murcho por muito tempo, refletia João Antunes, carente de energia, de virilidade e da expectativa de se erguer.

4

PRÓXIMO AO MEIO-DIA, A LOCOMOTIVA REDUZIU SUA VELOCIDADE E ESTACIONOU SEUS VAGÕES EM FRENTE À MOVIMENTADA ESTAÇÃO DE RONCADOR, NO MUNICÍPIO DE URUTAÍ, ÚLTIMA ESTAÇÃO FERROVIÁRIA, AO SUL DO ESTADO DE GOIÁS. Dali, João Antunes iria à cidade de Goiás, capital do estado, e depois seguiria para Cavalcante. Lentamente, começaram a surgir os passageiros, alguns expressando grande cansaço. Desciam os quatro estreitos degraus do vagão e tocavam a plataforma situada sob a modesta cobertura que dava continuidade ao telhado da acanhada sala de desembarque. João Antunes foi um dos últimos a descer. Parou e dirigiu o seu primeiro olhar para as cercanias que, naquele instante, empurravam sua imaginação para a realidade com que tanto sonhara. A viagem em trens fora uma etapa intermediária que amenizou sua ansiedade, e seu término o aproximava do seu objetivo. João Antunes chegava finalmente ao coração do Brasil, cercado por vastidões de terras. De Roncador até a capital Goiás, ele deveria viajar cerca de duzentos e trinta quilômetros. Em seu peito chamejava uma mistura de sentimentos, mas o que prevalecia era algo pungente. O cenário agreste, rude, o esmagava, e o seu desejo era atirar-se nos braços de Ester e cobri-la de beijos, deitados no chão de Santos Reis. "Então tudo seria tão difícil assim?", indagou-se, suspirando fundo. Caminhou cabisbaixo rumo ao último vagão, em que vieram as bagagens. Pensou em seus pais quando desembarcaram no Brasil, certamente sentiram o que ele experimentava agora. Sim, como é complicado deixar os sonhos e procurar vivê-los. Relembrou sua querida mãe e teve saudades; talvez ela tivesse razão no que lhe dissera.

Perto dele, observou um senhor exalar uma baforada, e lembrou-se de Getúlio Vargas. Viu o seu olhar longínquo e recordou novamente suas palavras: "Siga as razões de seu coração". *Mas o meu coração não está agora em Santos Reis?*, pensou João Antunes, sentindo uma sombria expectativa. Enquanto aguardava suas bagagens, um jovem carregador negro ofereceu seu trabalho, e João Antunes o contratou. Ele mesmo levaria a mala. Novamente correu seu olhar pelas imediações e o deslizou sobre os pequenos morros adjacentes a Roncador.

— Onde há uma pensão? — perguntou, enquanto saíam da sala.

— Pensão Ferroviária, logo ali, a única do lugar — respondeu o jovem, que colocara o pequeno baú sobre a cabeça.

— Como tu chamas?

— Zaki, natural do Triângulo Mineiro. Nome africano, segundo me disseram.

— Faz tempo que vieste para Goiás?

— Não sei ao certo. Fui criado desde pequeno por um casal. Meus pais morreram e uma tia me entregou a eles, e vim para Urutaí. Sei pouca coisa de minha vida e nunca me interessei em saber, seu moço. Não vale a pena...

— É, a vida é difícil... — comentou João Antunes, observando os caminhos tomados pela poeira. Observou também algumas casas. — Estação movimentada... Roncador — comentou ele vagamente, olhando a movimentação de pessoas e cargas.

— Inaugurada em 1914, e fim de linha em Goiás. A partir daqui cada um segue para lugares diferentes — informou o rapaz, abrindo um breve sorriso e fazendo uma careta, devido ao peso que carregava.

— Tu não sabes da tua vida, mas conheces o nascimento da estação...

— É isso, seu moço, ela substituiu a minha vida.

Em poucos minutos, chegaram à Pensão Ferroviária, acanhada e sem conforto. João Antunes despediu-se de Zaki e o pagou. Dormiria apenas uma noite em Roncador. No dia seguinte, viajaria para Goiás.

Havia, em Urutaí, três sedans Chrysler, além de dois caminhões Ford, modelo T Touring, veículos que começavam a chegar ao Brasil no final da década de 1910, e que já trafegavam na região. Tornou-se comum o aluguel desses carros para os viajantes que iam à capital do estado. As estradas eram ainda ruins, intransitáveis durante as chuvas, mas viajava-se mais rápido que a cavalo. Gastava-se de dois a três dias para percorrer os duzentos quilômetros entre Urutaí e Goiás. Pelo caminho, viajantes se dispersavam para várias localidades, dirigindo-se a cavalo a outros municípios, vilas e fazendas, ou a quaisquer lugarejos da região.

Num fim de tarde, após dois dias de exaustiva viagem, João Antunes chegou em Goiás, capital do estado de Goiás, título outorgado em 1727. A velha cidade, apelidada carinhosamente de Goiás Velho, com seu casario colonial bem conservado, suas ruas e calçadas pavimentadas com grandes pedras, lhe instigavam um sentimento poético de solidariedade. Ali também chegaram os bandeirantes no princípio do século XVIII em busca de ouro, o seu mesmo objetivo, e começaram a edificar o arraial; um início bem mais difícil que o dele. João Antunes, durante a viagem, informara-se sobre hospedagem na capital, e o bravo Ford o deixaria em frente à Pousada Imperial, um antigo sobrado no centro da cidade. Enquanto entrava em Goiás, João Antunes admirava as antigas ruelas e as casas bucólicas, velhas e ciosas de seus segredos centenários. Atravessaram a ponte sobre o Rio Vermelho e logo chegaram à pequena praça central, em frente à igreja do Rosário, local da pousada. Foi atendido na modesta recepção pelo proprietário, o senhor Ludovico. João Antunes registrou-se e subiu ao seu quarto, no segundo andar. Cômodo pequeno, cujo teto era um pouco baixo, e meio abafado. Otelo, o ajudante, com sua fisionomia rica em pantominas, carregou o pequeno baú escada acima. Colocou-o num canto e abriu as duas folhas do janelão, que dava frente para uma das laterais da pracinha simples, mas bem arborizada. Um facho de luz vespertina iluminou langorosamente o quarto.

— Pronto, senhor. Deseja mais alguma coisa?

— Não, podes ir, Otelo. Tu serás um grande ator de teatro — despediu-se e lhe deu uma gorjeta. Otelo agradeceu e abriu um sorriso burlesco. Ele desejou boa sorte a João Antunes e desceu a escada refletindo sobre o porquê de não se tornar de fato um ator, já que gostava mesmo de interpretar...

A única cama do quarto tinha a cabeceira encostada à parede e os seus pés ficavam em frente à janela, bem próximos a ela, de maneira que possibilitaria, a quem nela se deitasse, ver o céu e perfil dos morros vizinhos. João Antunes debruçou-se no peitoril e lentamente correu suas vistas pelos arredores, observando uma topografia bem diferente dos pampas gaúchos. Ali, seu olhar não avançava, pois se deparava com as encostas que circundavam a cidade. Observou o sol já se escondendo próximo de onde estava. Se fosse no Sul, o cenário seria outro, recordou vagamente, pois suas vistas alcançariam o horizonte. João Antunes sentia um grande cansaço decorrente da viagem; estava completamente exausto, sonolento, dominado por certo torpor. Vagarosamente, dirigiu-se até a sua mala, arrastou-a até a beirada da cama, sentou-se e abriu-a, mas permaneceu vagando o seu olhar sobre as roupas, sem se dispor a retirá-

-las. Desapertou o cinto, deitou-se sobre o lençol e adormeceu profundamente. Nem mesmo descalçou suas velhas botinas e muito menos fechara a janela. Só despertou na manhã seguinte, quando, meio aturdido, sentou-se vagarosamente na cama procurando entender onde estava. Esfregou os olhos, bocejou, e se deu conta de que estava em Goiás. O sol já brilhava forte sobre a praça em frente à pensão, realçando os verdes das árvores. Ergueu os braços, estirando-os com as mãos entrelaçadas sobre a cabeça e vergou as costas para trás vigorosamente, alongando-se durante alguns segundos. Tomou um banho frio e decidiu informar-se sobre como chegar a Cavalcante. Planejava partir no dia seguinte. Fez um desjejum frugal na modesta saleta no térreo e saiu para dar algumas voltas pelos arredores. João Antunes sentou-se num dos bancos da pequena praça, que dava frente à igreja e uma de suas laterais para a pensão, e passou a observar a cidade. Esperava encontrar casualmente alguém que lhe desse a informação. De onde estava, podia observar o senhor Ludovico, o proprietário da pensão, encostado no portal de entrada lendo um jornal. O senhor certamente teria as informações que ele desejava, refletiu. Levantou-se, olhou à esquerda e à direita, como geralmente o fazem as pessoas, e caminhou até ele.

— Bom dia, senhor. Goiás é uma fornalha. Como já está quente tão cedo! — exclamou João Antunes, procurando ser agradável, pois Ludovico pareceu-lhe muito sério desde o instante em que o conhecera na tarde anterior, quando chegara. Ele baixou o jornal e abriu um sorriso discreto.

— Dormiu bem, senhor Antunes?

— Como uma pedra, tal era o meu cansaço... Três dias metido em trens e depois nessas estradas horríveis. Devo partir amanhã para Cavalcante e vim saber do senhor como chego até lá.

O senhor Ludovico imediatamente desmanchou em João Antunes aquela impressão sisuda, revelando-se uma pessoa alegre e aberta. João Antunes sentiu-se bem perante seu sorriso franco e acolhedor.

— Você segue até São José de Tocantins e dali até Cavalcante. Uns trezentos quilômetros de chão. Aqui existe gente que trabalha no percurso. Se tiver sorte, gastará uns dois dias... Temos dois *chauffeurs* que fazem a viagem; eles lhe informam melhor. Daqui a pouco estarão em frente ao Hotel Brandão, no lado oposto da praça — informou e fez um gesto indicativo com a cabeça. — Desculpe me intrometer, rapaz, mas o que vai fazer na Chapada dos Veadeiros?

— Trabalhar em mineração...

— Mineração!? Corajoso, hein, seu Antunes? Trabalho difícil, gente violenta... — acrescentou o senhor Ludovico, baixando mais o jornal até a altura das coxas e olhando-o atentamente. — Você veio de onde? Escreveu apenas São Borja...

— Do Rio Grande do Sul, São Borja, às margens do Rio Uruguai — respondeu João Antunes, insinuando um sorriso que relutou em abrir. Franziu a testa, olhando alguém que se aproximava.

— Mas saiu do Sul para se meter em mineração, aqui em Goiás?! — indagou admirado o senhor Ludovico, dobrando o jornal e colocando-o sob o braço. — Sua terra é boa para trabalhar e ganhar dinheiro, clima frio, agradável, muitos imigrantes... italianos, alemães, deveria ter ficado por lá... Conheço o Sul!

— É... Foi o que me aconselharam. Mas penso em permanecer aqui por pouco tempo. Se tiver sorte de encontrar ouro, compro terras e boiadas... — interrompeu-se devido à passagem do senhor ao lado deles.

A pessoa entrou e dirigiu-se ao pequeno balcão. O senhor Ludovico virou-se com a intenção de atendê-lo.

— Com licença, seu Antunes, fique à vontade. — E foi até lá, colocando antes o jornal sobre uma mesinha. *Gazeta de Goiás*, era o seu nome.

João Antunes saiu novamente, desejando conhecer o Palácio dos Arcos, sede do governo goiano, construído pelo conde dos Arcos, primeiro governador da Província de Goiás. Antes, foi à procura de um automóvel que o levasse a São José de Tocantins, e combinou a viagem para o dia seguinte; conversou bastante com o *chauffeur*, o senhor Anselmo. Calmamente, voltou a andar pela cidade em direção à sede do governo. Lá chegando, parou em frente à porta imponente que compunha o frontispício. Duas sentinelas guardavam a entrada, ladeando-a. Caminhou alguns passos e se aproximou dos guardas.

— Como se chama o presidente do estado? — indagou João Antunes a um dos soldados, que o olhou de soslaio e deu uma fungada.

— Presidente João Alves de Castro. Agora se afaste, rapaz.

João Antunes, a despeito da ordem recebida, permaneceu observando o velho palácio e o comparou à sede do governo gaúcho, em Porto Alegre. Recordou também o palácio do Catete, sede do governo federal, no Rio de Janeiro, e de suas cinco águias majestosas no alto da fachada. Pensou em Borges de Medeiros, no presidente Venceslau Brás e em tantos outros homens que mandavam no Brasil, e experimentou uma vaga sensação de impotência e de desamparo perante eles e perante a vida. Uma brutal solidão o invadiu; sentia-se completamente insignificante, e questionou-se por qual razão gostava de ver onde moravam os poderosos. João Antunes observou a correia de couro que passava sob o queixo da sentinela, prendendo seu quepe à cabeça, e seu uniforme de tecido grosso. A sentinela, um negro simpático, olhou-o com um ar maroto e abriu um sorriso cúmplice, e aquela correia sob seu queixo comprimiu-o enquanto sorria, formando um sulco sobre a pele morena, marejada pelo suor. João Antunes, por razões inescrutáveis, cravou sua atenção naquela correia e naquele incômodo sulco, detalhes que lhe causaram profunda impressão. Ele também suava sob o sol escaldante. Sorriu timidamente para a sentinela, que lhe retribuiu exibindo seus dentes perfeitos, muito brancos, e retornou à pousada. João Antunes andava cabisbaixo e triste, observando vagamente as pedras sob seus pés. Chegou à pensão e sentou-se para almoçar, ainda fustigado pela melancolia. Enquanto almoçava, podia observar, através da porta de entrada, a luz do sol tremeluzir sobre o calçamento e as folhas das árvores penderem imóveis. Nenhuma aragem, nenhum ventinho lhe aliviava o calor. João Antunes terminou a refeição e subiu ao seu quarto. Fechou a porta, retirou a camisa e deitou-se na cama, pondo-se a pensar no passado; e partiu em busca de algo que lhe arrefecesse a dor. Vagava seu olhar sobre o forro das tábuas, recém-pintado, e observou ao acaso uma pequena lasca pontiaguda de madeira, pendendo para baixo. Ancorou seu olhar naquela saliência e, misteriosamente, olhou-a de modo inaudito, aferindo sua essência. "Por que aquela lasquinha destoou da harmonia tão lisa?", e fixou-se nela como insólito alívio à sua amargura e à sua solidão. Aquela minúscula saliência, pontiaguda como um para-raios, absorvia-lhe a angústia, e João Antunes sentiu-se agradecido ao carpinteiro que a deixara para si. Aos poucos, foi adormecendo. Logo se viu nos braços de Ester, ouvindo o minuano sibilar sobre a campina que se estendia ao longe. Teve sonhos maravilhosos que lhe aliviaram a saudade. Já anoitecia quando despertou com um imenso desejo pelo corpo e carinho de Ester. João Antunes novamente ancorou seu olhar naquela lasquinha do forro, encontrando-a receptiva e cúmplice. Desabotoou sua braguilha e segurou seu sexo enrijecido. Em rápidos movimentos, podia senti-lo prestes a aliviá-lo, enquanto cerrava os olhos e tencionava os músculos, assistindo às coxas abertas de Ester estiradas para cima e o seu sexo túmido à espera do seu. O calor tornara-se insuportável no pequeno quarto abafado, e João Antunes sentia aquela viscosidade lúbrica deslizar lentamente entre seus pentelhos, penetrando-os e atingindo-lhe a pele. Encarou a pontinha, sentindo seu coração se acalmar, percebendo-se molhado pelo suor. Permaneceu deitado, pensativo, com as mãos abandonadas sobre a barriga, observando a noite cair e as primeiras estrelas brilharem timidamente, enquanto tudo secava sobre seu corpo. De súbito, sentiu seus pés encharcados, quentes, e viu que não descalçara as botinas. Empurrou uma delas com a perna oposta, retirando-a, mas a outra relutava em sair. Com o pé descalço, empurrou-a com tanta força que ela voou através da janela, e imediatamente ouviu-se um grito agudo de uma mulher, vindo do passeio. João Antunes correu até a janela e admirou uma linda jovem olhando para cima, com o semblante aterrorizado. Assim que o viu, seu rosto tornou-se lívido e se contraiu de cólera, demonstrando toda sua fúria.

— Um momento, senhora... Me desculpa! Já desço aí e te explico o ocorrido. Perdão... — repetiu com o semblante crispado, erguendo a mão à guisa de fazê-la esperar, regateando as palavras. João Antunes olhou para a sua braguilha, abotoou-a rapidamente, correu até o banheiro, onde havia um tonel cheio d'água, lavou suas mãos, o rosto, vestiu sua camisa e desceu rapidamente a escada, descalço, pulando os degraus de dois em dois. Passou em frente ao senhor Ludovico, que o olhou espantado, e chegou ao passeio, parando em frente à moça.

— Mais uma vez te peço perdão, senhorita. Fui retirar a botina com o pé e o fiz com tanta força que ela voou pela janela. Mas, a senhora se feriu?

— Não, ela só resvalou em minhas costas. Foi apenas um susto... — disse, parecendo deixar em plano secundário tais palavras enquanto prestava mais atenção em João Antunes, avançando seu rosto para melhor admirá-lo. Seu semblante desanuviou-se e aparentava estar surpreendida ao ver-se diante de um rapaz tão belo, mesmo naquelas circunstâncias. João Antunes afastou-se dois passos, abaixou-se junto ao meio-fio e pegou a botina. A jovem sorriu e parecia haver se esquecido do incidente.

— Está precisando comprar umas novas — comentou com simpatia, expandindo o seu sorriso.

João Antunes também sorriu, meio constrangido, e constatou que aquela jovem era linda. Durante breves segundos permaneceram calados, se entreolhando, como que admirando um ao outro.

— Bem... E você, hospeda-se aqui?

— Sim. Venho do Sul, mas já viajo amanhã... — respondeu João Antunes, erguendo ligeiramente a mão que sustentava a botina, enquanto encarava a moça.

— E como se chama? — indagou a jovem, inclinando seu rosto em direção ao ombro, num gesto encantador, fitando-o intensamente com os seus olhos negros misteriosos.

— João Antunes — respondeu, juntando ao sorriso uma expressão tão sedutora que a jovem permaneceu absorta, olhando-o contemplativa durante um instante.

— Do Sul... E de qual cidade? — perguntou ela, com uma entonação onde se insinuava a curiosidade que era apenas um subterfúgio. Ela era morena, tinha lábios lindos, insinuantes, e um olhar perigoso.

— Sou de São Borja. Já ouviste falar? Região missioneira, às margens do rio Uruguai. Mas, e tu? Como tu chamas? — indagou João Antunes, mantendo o semblante anterior e uma doçura encantadora no olhar.

— Eu? — respondeu, parecendo enlevada, com os pensamentos distantes.

— Sim, tu — reafirmou João Antunes, sorrindo mais, pois percebia o embaraço da jovem.

— Henriette. Mas todos me tratam por Riete, e prefiro que me chame assim — declarou a jovem de maneira resoluta, mantendo, porém, a expressão risonha.

— Bem. E estás hospedada...

— Ali no Hotel Brandão, do outro lado da praça — completou Riete, virando-se e apontando o pequeno hotel, meio oculto pelas árvores. João Antunes afastou-se lateralmente dois passos e alongou o pescoço para enxergá-lo. Já estivera ali durante a manhã para contatar o *chauffeur*. — Você me acompanha até lá? Também estou de passagem e amanhã viajo para o Rio de Janeiro.

O senhor Ludovico Manga, atrás do balcão, acompanhava curioso o diálogo que os dois jovens travavam em frente à pensão. Olhava-os de soslaio, agregando malícia à sua visão.

— Sem dúvida que te acompanho, Riete. Aguarda um instante que subo para me calçar e já volto.

João Antunes sentiu-se alegre, e aquele estado depressivo evadiu-se de si como num sopro. Cruzou quase correndo em frente ao senhor Ludovico, que o acompanhou assustado, e subiu a escada saltando sobre os degraus, fazendo um barulho surdo sobre as tábuas envelhecidas. No quarto, calçou-se, jogou outra vez água sobre o rosto, sobre os cabelos, alinhou-os, lavou suas mãos outra vez e retornou, descendo apressadamente. Novamente o senhor Ludovico olhou-o espantado. Riete permanecia no passeio; observava enlevada e com um meio-sorriso toda aquela agitação. Quando João Antunes chegou à sua frente, ela manifestou-se com uma beleza encantadora.

— Podemos ir agora? — perguntou ela, observando seus pés calçados.

Lentamente, atravessaram a rua estreita e se embrenharam por uma pequena vereda que cortava transversalmente a praça. Anoitecera. Uns poucos pontos de luzes iluminavam-na fracamente. Enquanto passavam sob uma pequena árvore, João Antunes perguntou a Riete o que ela fazia neste longínquo interior do Brasil.

— Cheguei ontem de Cavalcante, onde começo um trabalho de mineração. E estive agora à tarde no Palácio do Arcos com o presidente do estado para receber o alvará de licença. Passei muito tempo conversando com ele a respeito desse e de outros assuntos, junto com alguns secretários. Saí de lá agora há pouco, antes de passar em frente ao seu hotel.

— Mas é muita coincidência, senhorita Riete, pois estou indo para Cavalcante amanhã para fazer justamente o mesmo: trabalhar em mineração.

— Ó! Deveras?! Mas, realmente, é muita coincidência! Muita coincidência, mesmo! — exclamou Riete, surpreendida, interrompendo seus passos e olhando admirada para João Antunes.

— Sim, de fato é um acaso interessante... — repetiu João Antunes, abrindo os braços e chegando a gargalhar, mirando-a intensamente. Seus olhos azuis cintilavam de prazer. — Mas então tu deves ser gente importante... conseguir uma audiência com o presidente do estado para tratar desse assunto...

— Eu não sou importante, mas papai, sim, é muito importante — comentou Riete, retomando os passos vagarosamente. — Quando resolvi vir a Goiás trabalhar no garimpo, ele escreveu ao presidente solicitando-lhe uma audiência, prontamente atendida. Marcou dia e hora. Papai é um respeitado senador da República pelo Partido Republicano de São Paulo, o PRP, há mais de vinte anos. Chama-se José Fernandes Alves de Mendonça. Ele viveu a fase de transição entre o Império e a República. No Império ele pertencia ao Partido

Conservador; no começo da República, já como senador, exerceu importantes missões no exterior na gestão do presidente Campos Sales.

— Então, tudo se torna mais fácil para ti... — comentou João Antunes, com uma ponta de ironia.

— Sim, sem dúvida. Só temos a ganhar sendo filhos de gente importante — respondeu Riete, com naturalidade. — Se não se é filho, tente se aproximar de alguém influente e terá seu caminho facilitado. É assim que funciona.

João Antunes permaneceu um instante calado, baixando seu olhar para as capistranas.

— Mas, afinal, por que viajas ao Rio de Janeiro?

— Em verdade, passo pelo Rio, mas o meu objetivo é visitar mamãe em Campinas, na fazenda Santa Sofia. Porém, logo retorno a Cavalcante, pois já iniciamos as atividades no garimpo — explicou Riete, enquanto chegavam em frente à entrada do Hotel Brandão. O senhor Eulálio Brandão sentava-se em uma poltrona de vime, colocada no passeio. Tomava a fresca da noite, hábito comum no Brasil àquela época. Um silêncio denso, acolhedor, envolvia os arredores, parecendo abranger toda a cidadezinha de Goiás. — Vamos nos assentar e continuar a nossa conversa ali na recepção — convidou-o Riete, após ter cumprimentado o senhor Brandão, demonstrando certa altivez.

Entraram e sentaram-se em duas poltronas, num conjunto de quatro, dispostas ao redor de uma pequena mesa de centro. A saleta era modesta e apenas três pontos de luzes a iluminavam, dispostos em arandelas afixadas na parede, uma delas atrás do pequeno balcão de registros. Elas propiciavam uma agradável penumbra. Nela, não havia ninguém.

— Mas me fale um pouco de você, disse que é do Sul... Por que resolveu se aventurar e vir para Goiás trabalhar em mineração? — perguntou Riete, encostando-se no espaldar e descansando seus dois braços sobre os apoios laterais. Olhava João Antunes demonstrando um porte altivo e seguro, mirando-o com determinação, mantendo, todavia, qualquer coisa de enlevo e de fascínio em seu olhar. João Antunes discorreu alguns minutos sobre si e, enquanto falava, Riete permanecia a admirá-lo. — Pois devo-lhe dizer, João Antunes, que os meus projetos de vida são muito semelhantes aos seus. Eu também desejo ganhar dinheiro, ficar rica e ser independente. Meu pai, apesar de ser ainda poderoso e gozar de certo prestígio, foi abandonado por mamãe, que o trocou por um comerciante riquíssimo. Ela casou-se com esse comerciante e moram hoje numa fazenda, em Campinas, a Santa Sofia, para onde me dirijo; fazenda belíssima e que pertenceu a papai... Eu tive uma infância sofrida... — disse Riete, avançando seus pensamentos de modo quase compulsivo.

Riete interrompeu-se um instante, indecisa, pensando repentinamente se não estava sendo precipitada em revelar aspectos íntimos de sua vida a um jovem que mal acabara de conhecer. Colocou o indicador sobre a ponta do nariz e curvou ligeiramente o rosto, demonstrando indecisão. Sentia-se meio embaraçada, refletindo sobre como prosseguir. Ela jamais revelara sua vida a alguém, exceto à sua amiguinha de escola, Maria Dolores. Voltou a mirar João Antunes e viu brilhar em seus olhos qualquer coisa que lhe dava uma espécie de confiança absoluta, que lhe dissipou o embaraço e a fez ignorar a si mesma. Ela baixou a mão e prosseguiu confiante, subjugada por aquele encantamento poderoso. Em poucos minutos, já despontava em Riete uma atração irresistível por João Antunes. Aquele rosto tão belo, aquela ternura que emanava de seus olhos derretiam o seu coração e instigavam-na a prosseguir. Essa repentina atração rompeu quaisquer resquícios de censura em seu espírito, e ela então continuou:

— No começo do século, por volta de 1901, mamãe vivia com papai no Rio de Janeiro e veio a conhecer um diplomata francês por quem se apaixonou. Mamãe é uma mulher lindíssima, arrebatadora, os homens ficam enlevados quando a veem. Ela chama-se Verônica. Mamãe se envolveu com esse francês, mas papai descobriu o romance e convenceu-a a ir morar numa das fazendas que ele tinha em Campinas, a Capela Rosa, procurando afastá-la do Rio.

— Mas ela não amava esse francês? — interrompeu-a João Antunes, achando a história curiosa.

— Pelo que pude compreender, mamãe também teve uma vida conflituosa e, em decorrência disso, surgiram os meus problemas. — Nesse instante, Riete relutou novamente e seu semblante adquiriu uma expressão sofrida; seus olhos lacrimejaram. — Mamãe conheceu papai no Rio, ainda muito moça, e tornou-se sua amante, época em que passaram a frequentar um cabaré famoso em Copacabana, o *Mère Louise*. E nesse cabaré mamãe veio a conhecer Jean-Jacques, o tal francês por quem se apaixonou. Foi uma paixão arrebatadora. Ele desejava levá-la para viver com ele na França e haviam acertado tudo, mas, no dia do embarque, mamãe não apareceu, e Jean-Jacques partiu sozinho, sofrendo uma grande desilusão amorosa. — Riete enrubesceu, dando-se conta de que avançara demais em suas confidências, mas o fizera outra vez compulsivamente, quase como um desabafo.

— Mas é uma situação que continua confusa... Sua mãe não o amava? Por que não foi com ele para a França? E por que foi convencida a ir para Campinas? — insistiu João Antunes, repetindo a indagação anterior, interessado no que ouvia.

— Pois é... Quando eu era adolescente e mamãe me revelou esse seu romance com Jean-Jacques, explicou-me que, naquela época, ela era ainda muito jovem e sentiu-se insegura em abandonar sua vida e viajar para o estrangeiro. Além disso, quando papai soube que ela estava prestes a abandoná-lo, comprou uma belíssima mansão na Tijuca para vovó, mãe de minha mãe Verônica, e vovó convenceu a filha a ir viver com papai, na fazenda em Campinas. Quando tais fatos aconteceram, mamãe estava grávida de mim e passou a desejar ardentemente que eu fosse filha de Jean-Jacques, e não de papai. Mamãe era apaixonadíssima pelo francês e o adora até hoje. Jamais pôde esquecê-lo. Não sei bem a razão pela qual ela não foi para a França, pois não acredito que tenha sido pelo motivo alegado, conforme me revelou. Todavia, seu desejo frustrou-se, pois o meu pai é de fato o senador Mendonça. Devido a isso, durante a minha infância eu fui rejeitada e sinto até hoje as consequências desse passado. Mamãe, ao saber quem era o meu pai, além de me rejeitar, tomou ódio por ele e acabou trocando-o, anos mais tarde, por um riquíssimo comerciante de São Paulo, chamado Bertoldo Fortunatti, com quem se casou e vive hoje em Santa Sofia. Eu sempre amei muito papai, e a partir desse relacionamento entre mamãe e Bertoldo, descobri a importância do dinheiro. Ela casou-se com Bertoldo, mas não o amava. Eu me lembro da festa deslumbrante do noivado de mamãe e de como a sociedade de Campinas bajulava Bertoldo, e de como ela se ajoelhou aos seus pés. Uma grande hipocrisia, mas descobri que a vida é assim. Porém, isso me marcou, decidi então que haveria de ser independente, rica e poderosa como Bertoldo Fortunatti, e até mesmo superá-lo. Porém, isso me entristeceu, apesar de reconhecer essa realidade. Mamãe, ao perceber que papai já não tinha o mesmo prestígio e o poder político de antigamente, trocou-o por um outro mais jovem, capaz de lhe proporcionar aquilo que papai sempre lhe deu, o luxo e o respeito social. Mamãe sempre teve tudo o que quis, pois sua beleza seduz facilmente os homens. — Riete, ao narrar tais fatos, demonstrava uma fisionomia triste e tensa, diferente daquele semblante altaneiro do momento em que conhecera João Antunes. Permaneceram em silêncio alguns segundos.

João Antunes, que apreendera um pouco a vida de Riete, sentia-se constrangido, porém admirado com a sinceridade e a confiança que repentinamente Riete depositava em si. Sentia-se assustado ao constatar que uma jovem tão linda e importante o elevava até ela.

— É difícil permanecer imune a certas atitudes maternas, principalmente na infância, quando precisamos de carinho e compreensão. Nesse aspecto eu tive sorte, pois mamãe sempre me amou, e me ama até demais... — disse João Antunes, tentando fazer jus à confiança de Riete. Sentiu uma saudade imensa cortar seu coração. Riete aguçou sua atenção sobre ele, aguardando mais revelações, mas João Antunes calou-se, curvando timidamente seu rosto. Retornou seus olhos para Riete e seus olhares se encontraram, emanando sentimentos que necessitavam ser compartilhados, emoções que deveriam ser saciadas.

— Mas existem ainda coisas piores, João Antunes, a sombrear minha vida... Mamãe... mamãe é filha de uma prostituta, filha de minha avó Jacinta, a quem tanto amo. — Riete fungou profundamente duas vezes e sentiu as lágrimas brotarem abundantes. Interrompeu-se e apertou os olhos com as mãos, com os dedos cerrados, enquanto soluçava seguidamente. João Antunes a observava constrangido, sem encontrar justificativas consoladoras, pois mal a conhecia. Após alguns instantes, ela prosseguiu numa entonação dolorosa, mirando vagamente o assoalho e perdida em pensamentos que se transformavam em palavras esvaecidas. Esporadicamente, ela emitia profundos suspiros enquanto se acalmava.

— Vovó é baiana, chegou ao Rio para fazer a vida, vinda de Ilhéus. No Rio, foi descoberta por Louise, a dona do tal cabaré *Mère Louise*, que a apresentou ao barão Gomes Carvalhosa, meu avô, pai de minha mãe. Dezesseis anos mais tarde, a mesma Louise apresentou mamãe ao senador Mendonça, meu pai, época em que passaram a frequentar o cabaré em Copacabana, um lugar chique visitado por gente importante. Políticos, comerciantes, diplomatas... — Riete passou a mão sobre os olhos, enxugando resquícios de lágrimas, e adquiriu um semblante resignado. Ela dardejava um olhar penetrante em João Antunes, com os olhos intumescidos.

— Compreendo que tu sofres as consequências de tua infância — disse João Antunes — mas deves pensar que tu não tens culpa de nada... Não pediste para nascer e nem escolheste teus pais. Deves, portanto, aprender a lidar com isso e tocar a tua vida, seguir em frente... — aconselhou-a João Antunes, pensando vagamente na distância que havia entre seu amor filial e as profundezas do abismo em que jazia Riete; olhava-a com uma expressão impotente, refletindo na debilidade das suas próprias palavras e de como eram destituídas de consolo. João Antunes reconhecia que dava sugestões frágeis, conselhos antigos e inócuos, pois as cicatrizes não se fecham com meras palavras circunstanciais. Riete abriu um sorriso triste, como se reconhecesse a ineficácia desses argumentos. João Antunes, desejando redimir-se, mas de modo inconsciente, deixou aflorar em seu semblante uma ternura inaudita que atingiu em cheio o coração de Riete, causando-lhe uma forte comoção. Aquilo que antes não pudera expressar verbalmente ele o fez de modo inefável, substituindo a impotência das palavras pelo carinho do seu olhar. E Riete foi subjugada por uma felicidade inédita; ela experimentou uma comovente alegria e seus olhos cintilaram, emitindo a luz que relampejara em seu espírito.

Os que eram íntimos de Henriette conheciam seu caráter duro e seu coração de gelo, resultado da sua infância infeliz. E conheciam a mutabilidade da sua personalidade, causada por um trauma ignorado. Riete era pragmática e persistente em seus objetivos, e jamais fora tocada por uma autêntica emoção amorosa. Ela nunca se apaixonara. O que sentia nesse momento era original, e começou a compreender a paixão que sua mãe Verônica devotava a Jean-Jacques. Houve um silêncio momentâneo em que ambos se fitavam, sentindo que haviam expandido as fronteiras e começavam a entrelaçar os limites da intimidade.

— Mas, enquanto eu estava em Ilhéus, nos últimos dias em que passei lá, aconteceu algo horrível... — prosseguiu Riete, enquanto uma estranha expressão lhe contraia o rosto e um sorriso de amargura se desenhava em seus lábios. Sentia necessidade de lhe revelar só mais isso.

— Sim... — assentiu João Antunes, aguçando a sua atenção.

— Jean-Jacques foi assassinado quase em frente à casa de vovó. Foi um acontecimento trágico, chocante... — prosseguiu, exprimindo um olhar fixo de horror, arregalando os olhos. — Não sei por que fizeram isso. Ele era realmente um homem encantador, um artista, muito sensível e romântico...

— O homem que foi amante da sua mãe? Mas o que ele fazia em Ilhéus? — perguntou João Antunes, observando-a atentamente.

— Eu tinha o endereço dele em Paris e convidei-o a vir passar alguns dias no Brasil. Tínhamos combinado de visitar mamãe em São Paulo. Era desejo de ambos se reencontrarem, se reverem... — disse ela, mantendo sua expressão melancólica. João Antunes permaneceu pensativo durante alguns segundos, notando as reações de Riete. Percebeu algo misterioso perpassar em seu olhar e expandir-se como um relâmpago em seu rosto. Não a conhecia o suficiente, mas isso lhe despertara a atenção.

— Tu conheces um tal Cocão em Cavalcante? — indagou João Antunes, após alguns segundos, sentindo-se um pouco intimidado pela personalidade poderosa de Riete. Ele começava a perceber essa sua característica.

— Cocão!? Sim, é ele quem está me auxiliando na implantação do garimpo. Mas, como ouviu falar dele? — perguntou, muito surpresa, parecendo estar pensando em algo diferente quando foi indagada por João Antunes. Ela estava distante dos problemas relacionados ao garimpo.

— Pelo senhor Jorge Alcântara, um amigo de papai que garimpou em Cavalcante e que hoje mora em Porto Alegre. Disse que, dois anos antes de retornar ao Rio Grande, Cocão chegou à cidade para fazer o mesmo. Acrescentou que se trata de pessoa muito inteligente, educada e fina. Esse senhor Alcântara ganhou dinheiro com o garimpo, o que lhe permitiu montar negócio em Porto Alegre, na Rua da Praia.

— Sim, é verdade. Cocão é mesmo assim. Papai, por intermédio de conhecidos, foi apresentado a ele no Rio. E, antes de eu vir para Goiás, tivemos uma reunião no princípio do ano, ocasião em que acertamos o negócio. Roliel está trabalhando com ele.

— Quem é Roliel?

Riete relutou um instante, demonstrando haver deixado escapar algo que não queria revelar.

— É o meu capataz. Veio comigo de Ilhéus... João Antunes! — exclamou ela subitamente, interrompendo-se e demonstrando não querer conversar sobre isso. — Você tem os mesmos desejos e os mesmos objetivos que eu, pois venha trabalhar comigo, vamos ficar ricos juntos! Nós dois... Tenho certeza de que conseguiremos. — Riete disse tais palavras exibindo uma intensa emoção, avançando seu tronco à frente num gesto suasório; seus olhos faiscavam. João Antunes olhou-a e admirou sua beleza, envolta em qualquer coisa misteriosa que a tornava ainda mais atraente. Riete sentia uma força inabalável dentro de si, caso João Antunes concordasse. — Não se preocupe com nada relativo ao negócio, deixe tudo por minha conta, eu... — prosseguiu, mas pareceu hesitar no que diria, porém acabou dizendo: — Meu Deus! Como você é lindo, João Antunes! — exclamou Riete impulsivamente. — Mas, não só lindo, é muito mais que isso. Eu... eu nunca senti isso antes... — acrescentou, não podendo conter seus sentimentos. Riete ergueu-se da poltrona em que estava e caminhou dois passos em direção a ele, estendendo-lhe os dois braços levemente flexionados a altura da cintura, com as mãos estendidas para cima. — Venha até aqui — pediu-lhe quase murmurando. João Antunes vacilou um instante, surpreendido, mas ergueu-se vagarosamente da poltrona e se aproximou de Henriette. Ela envolveu-lhe a nuca com um dos braços e acariciou suas faces com a outra mão, completamente arrebatada pela repentina atração que se apossara de si. Aproximou mais o seu rosto e sussurrou-lhe com ternura: — Beija-me... — pediu ternamente, e colaram os lábios carinhosamente. João Antunes abraçou-a e correu-lhe os dedos entre os cabelos, acima da nuca. Ele sentia os seios de Riete arfarem fortemente junto ao seu peito. Afastaram-se e se olharam com meiguice.

— Vamos subir ao meu quarto. Eu... eu quero te amar... — disse Riete, com a voz entrecortada pela respiração ofegante, aconchegando seu rosto junto ao ombro de João Antunes.

— Você é linda, Riete. Mas hoje... hoje eu não posso — declarou João Antunes, afagando-lhe os cabelos. — Quem sabe, na próxima vez... — João Antunes mostrava-se intimidado por aquela ousadia. Assustou-se com a atitude intempestiva, meio afoita e fora de seus hábitos. Sentia-se fortemente atraído por Riete, mas havia algo nela que também o repelia. Acariciou-a no rosto e permaneceram se entreolhando um instante. — Tu disseste que tua mãe é linda, pois ela deve ser igual a ti...

— Não, não chego aos pés dela. Se a conhecesse, saberia o que é uma mulher linda — comentou, desconsolada. — Mas você aceita trabalhar comigo? Imponha suas condições... — interrompeu-se, segurando a mão de João Antunes. Riete o fitava, demonstrando expectativa à proposta que fizera.

— Talvez sim, Riete... Talvez seja realmente mais fácil. Mas devemos antes conversar melhor sobre isso, e avaliar as condições. Quando retornas a Cavalcante?

— Desejo apenas conversar rapidamente com mamãe em Santa Sofia e logo retorno. Se a viagem correr bem, em dez dias estarei em Cavalcante.

O senhor Brandão, que sentava-se à entrada do hotel, teve um acesso de tosse. Quando melhorou, pegou a poltrona de vime e a trouxe para dentro, colocando-a ao lado da porta. Pigarreou forte, passou junto ao casal, desejando-lhes boa-noite, e subiu ao seu quarto.

— Bem, já são horas para mim também — anunciou João Antunes.

— Eu o acompanho até ali — disse Riete, segurando-lhe a mão.

Desceram os dois degraus até o passeio, atravessaram a rua e pararam em meio à pracinha.

— Não me esqueça, querido. Vou ajudá-lo a realizar os seus sonhos. — Riete puxou João Antunes e se beijaram novamente. Um silêncio sepulcral os envolvia sob a noite abafada. Enquanto se beijavam, Riete aspirou o cheiro impregnado no corpo de João Antunes. Afastou seu rosto e abriu um sorriso lascivo, fazendo uma cara boa. — Cheiro gostoso de homem, teu cheiro... — disse Riete, abraçando-o novamente. — Vou recordar esse aroma até vê-lo outra vez, e senti-lo diferente. E quero essa botina para mim. Graças a ela eu o conheci.

— Só tenho essas — respondeu João Antunes, constrangido e assustado com aquelas ousadias.

— Converse com o senhor Eulálio. Ele tem três automóveis e um caminhão, e os seus *chauffeurs* o levarão até perto de Cavalcante, num arraial chamado Pedra Redonda. Depois disso, só tem como seguir a cavalo, mas durante um trecho pequeno. Ele deixa dois veículos em Pedra Redonda e mantém dois aqui, e só trabalha rumo ao norte. Diz ele que conhece bem as estradas da região; é um sujeito um pouco sistemático, mas boa pessoa. Os viajantes mais abastados estão agora se habituando a viajar de automóvel, dois, três dias contra vinte a cavalo...

— Eu já combinei com um *chauffeur*, um tal Anselmo. Parto amanhã cedo. Então... adeus. Boa viagem. E até Cavalcante — despediu-se João Antunes, começando a caminhar lentamente de costas, observando Riete, que permanecia a fitá-lo mantendo o sorriso e o olhar insinuante. Ele deu-lhe as costas e caminhou rapidamente até a Pousada Imperial. Riete o seguiu com o olhar até vê-lo, por entre o pequeno arvoredo, entrar na pensão. O silêncio parecia aumentar; ouviu-se um trovão estrugir fracamente, parecendo soar muitíssimo longe dali, tão longe que parecia vir do fim do mundo.

Riete sentia-se feliz. Jamais usufruíra de momentos como esses, para ela inesquecíveis. Só pensava nisso enquanto percorria a curta distância até o hotel. Toda a sua vida infeliz parecia esquecida pelas emoções que sentia. Ela lembrou-se vagamente da sua mãe Verônica e da paixão que ela devotara a Jean-Jacques, novamente compreendendo-a, enquanto a lembrança do seu namorado Roliel se apagava para sempre.

João Antunes acendeu a lamparina, retirou a roupa e deitou-se, com o olhar fixo sobre a pequena lasca no teto. Ele sentia-se confuso e intrigado com tudo o que lhe ocorrera havia pouco. Não estava habituado às situações inusitadas como aquelas, às quais associava dolorosamente à própria vida. Enquanto repousava, lembrava-se da paixão que Ester lhe dedicava e de como fora facilmente envolvido por Riete. Ester era, sem dúvida, uma jovem bonita, a mais encantadora de Santos Reis, porém era modesta e não havia muitas moças na estância com as quais compará-la. Não se poderia imaginá-la diante de um recém-conhecido assumindo as atitudes ousadas e insinuantes de Riete, e muito menos cotejá-las no quesito experiência. João Antunes observara no dedo de Riete um pesado anel de ouro com a superfície ovalada, onde encravava-se um belo brasão, ornamento inacessível às moças de Santos Reis. Riete pertencia a um nível social elevado, conhecia o mundo elegante; frequentara com a sua mãe ambientes sofisticados em São Paulo e era filha de um senador da República. Tais aspectos contrastavam com a modéstia de Ester e com a singeleza de sua vida. João Antunes percebera em Riete uma personalidade autoritária e a consciência do poder de sua beleza, além de um tirocínio em lidar com negócios. Ela realmente aprendera a se virar, pois desde criança se vira obrigada a fazê-lo, quase sempre desembaraçada de empecilhos éticos. Riete fora esculpida pelos métodos inescrupulosos de seu pai, o senador Mendonça, que a moldara com um espírito moralmente flexível. Mendonça apresentara-lhe o submundo dos negócios e lhe ensinara a tecer a teia que envolveria os homens. Portanto, o sofrimento e a sua educação pragmática criaram-lhe uma dura carapaça protetora, algo que João Antunes não tinha.

Este, por sua vez, ignorava aquela malícia categórica e inescrupulosa subjacente aos grandes negócios. João Antunes sempre vivera sob o carinho protetor da mãe e tudo o que aprendera fora ser um excepcional peão. O que nele pulsava forte era o que essa vida lhe impingira. O seu caráter e suas emoções foram forjados naquele cadinho sereno, dentro dos princípios rígidos que o pai lhe transmitira. O seu mundo era, portanto, restrito nos hábitos sociais, acanhado nas ideias e limitado nos aspectos econômicos. Ele nunca tivera uma consciência eficaz e contundente sobre as questões essenciais que regem a vida dos homens, pois suas análises sobre elas eram ingênuas, pueris, e suas consequências não o afetavam diretamente. Assim, ao imaginar tornar-se um rico proprietário de terras, sua idealização romanesca não tinha a astúcia necessária aos seus desígnios. Ele apenas ouvia esporadicamente assuntos relativos ao submundo dos negócios, matéria afeita à vida do senador e à realidade em que se educara Riete, porém, eram realidades distantes de si e pelas quais não se interessava. João Antunes absorvera, sim, superficialidades sobre a cultura guerreira gaúcha, ouvindo relatos sobre as violências dos caudilhos durante a Revolução Federalista, inteirando-se sobre as degolas dos inimigos sob os tacões das botas; escutara comentários sobre o assassinato do farmacêutico Benjamin Torres, cometido a mando de Viriato Vargas, e de seus abusos autoritários, ou ouvira as histórias sobre os rompantes de Bejo Vargas. "Honra ofendida se lava com sangue", diziam no Sul, mas tudo isso lhe soava fugaz e pertenciam a um mundo rude e já banalizado na cultura gaúcha. As tradições de machismo e de violência do Rio Grande não o atingiam e jamais lhe ensejaram atitudes contundentes; eram apenas tradições que se incorporaram ao seu espírito e nada contribuíram para o que se propunha. Quando dissera ao seu pai, Antenor, que o achava muito rígido em seus princípios e que lhe era necessário agir diferente para se enriquecer, João Antunes ignorava o quanto estava sendo ingênuo em seu pretensioso conselho, pois sequer imaginava o quão diferente ele deveria ser para penetrar no mundo do senador Mendonça. Em Santos Reis, ele mal concebera os seus planos e já começara a sofrer, e nessa noite, em Goiás, fora facilmente envolvido pela sedução de Riete. Percebia, conforme sua mãe lhe dissera e ele talvez o intuísse, que realizar o que ele imaginara lhe exigiria fazer concessões ao seu caráter, lhe exigiria lidar com as coisas de um jeito com o qual não estava acostumado. E, de fato, em pouco tempo, a vida começava a lhe mostrar sutilmente uma outra face, dura e atroz. Pensava na proposta que Riete lhe fizera para trabalharem juntos e de como se encontrava disposto a aceitá-la, alterando os projetos sobre os quais tanto refletira. Contudo, reconhecia que sua provável anuência provinha da atração que ela exercera sobre ele. Eram a beleza e a sensualidade de Riete que o seduziam, muito mais que a proposta que recebera, impelindo-o a caminhar sobre a teia que ela aprendera a tecer. Essas diferenças o afetavam no momento em que se deparava com novos ambientes e outros hábitos. Ele sentia falta da segurança e da simplicidade de Santos Reis.

Porém, durante esse pouco tempo, a despeito de sua educação, João Antunes tornava-se mais experiente e adquiria uma percepção mais acurada da vida, bem como certa perspicácia sobre si mesmo. Lera com atenção o livro com que Getúlio Vargas lhe presenteara e desenvolvera um olhar crítico social mais apurado. Ao longo da viagem a Goiás, ele presenciara a realidade social do interior do Brasil e instruía-se na leitura dos homens. João Antunes começava a perceber as razões pelas quais alguns eram tão poderosos e a maioria submissa. Os motivos para essa desigualdade lhe eram ainda complexos, mas, sem dúvida, estavam fundamentados na injustiça. Ele começara a ver detalhes, a observar comportamentos, a analisar a diferença entre a empáfia dos poderosos e a submissão dos humildes, a comprovar o respeito e o cumprimento diferenciado das leis, dependendo de quem a elas se submetesse. As mesmas leis eram aplicadas desigualmente aos desiguais. João Antunes assistia ao Brasil real longe de sua ingênua Santos Reis e amadurecia, influenciado por essa realidade perversa. Comportamentos que lhe eram indiferentes passaram a lhe atrair a atenção. Em Porto Alegre, vira as pessoas respeitáveis desfilarem sua elegância na Rua da Praia ou no Grande Hotel, lugar destinado à hospedagem de gente importante. Quando entrara na loja do senhor Jorge Alcântara e o encontrara atendendo as duas freguesas grã-finas, sentira o seu olhar de desdém porque se vestia modestamente. "Aqui não é um lugar adequado para gente como tu", lera essa mensagem impressa no rosto dele. Fora a primeira vez que João Antunes sentira na pele a discriminação social. Quando Riete lhe dissera que se encontrara com o presidente de Goiás para tratar de negócios, constatou que ela pertencia aos de cima, bem longe dele. Era a influência do senador Mendonça o que a diferenciava, e imaginou o quanto tudo isso afetava os interesses da população, mas concluiu que ela própria se resignara e se autoexcluíra. A sociedade brasileira se fatiara em classes devido à estrutura em que se formara, rematou ele.

João Antunes encontrava-se no coração do Brasil, e esse pulsava em descompasso com o seu povo; pulsava da maneira que ele agora começava a compreender. Tais questionamentos eram-lhe inéditos. Entretanto, efetuava também uma autocrítica e reconhecia que a desigualdade fora o motivo que o induzira ao desejo de se enriquecer; conscientizava-se de que fora a sua condição social que o impelira a livrar-se dela. Quase ignorando-as, era influenciado pelas ideias que perpassavam o mundo, e o que antes estava obscurecido vinha lentamente à tona com a pouca experiência que adquirira. João Antunes amadurecia e rompia a casca do ovo, e o que sentia naquela noite abafada em Goiás estava associado às contradições difíceis que começavam a assolá-lo. Eram tais pensamentos que aquela lasquinha de madeira pendente do teto lhe infundiam enquanto ele a olhava com um olhar fixo e angustiado, sentindo um calor imenso abafá-lo. Levantou-se da cama e dirigiu-se à janela, admirando a tranquilidade da bucólica Goiás. Uma brisa leve e agradável bateu-lhe no peito e ele sorriu, procurando entre as árvores a fachada do Hotel Brandão, lembrando-se da insinuância daquele olhar. Viu uma luz acesa atrás de uma vidraça. "Seria ela?", indagou-se. A noite estava escura e silenciosa, propícia às ciladas dos pensamentos; tudo se adensava naquele novo mundo em que cautelosamente penetrava. João Antunes retornou ao leito, deitou-se novamente e pegou a *Divina Comédia*, abrindo-a ao acaso no Canto III:

    Chega o poeta às portas do inferno: Virgílio o precede.
    Entra-se por mim na cidade da tristeza:
    entra-se por mim no abismo da eterna dor:
    entra-se por mim na mansão dos condenados.
    Vós que em mim entrais, perdei toda a esperança de sair!
    — *Mestre, o sentido desta inscrição me espanta!* — exclamou Dante Alighieri.
    — *Aqui, nada de cobardia, ânimo resoluto* — disse Virgílio.

Fechou o livro e suspirou fundo. Ficou de pé sobre a cama e calmamente puxou a pequenina lasca pendente no teto de madeira, arrancando-a. Olhou-a com carinho e a esfarelou entre os dedos, assistindo ao pó cair sobre o assoalho. Fora uma boa companheira de solidão, concluiu, sentindo os olhos pesarem. Lembrou-se da longa viagem que faria no dia seguinte. Apagou a lamparina, deitou-se e adormeceu profundamente.

5

Eram aproximadamente quatro horas da tarde quando João Antunes começou a avistar as redondezas da cidade de Cavalcante, após cansativa viagem. Finalmente chegava ao lugar onde imaginara realizar seus sonhos. Cidade situada ao norte da Chapada dos Veadeiros, Cavalcante fora fundada em 1736 por Francisco Julião, bandeirante que tivera notícias de muito ouro na serra da Cavalhada. À época, muita gente acorreu à região em busca da fortuna e muitos se deram bem, contudo, sabendo trabalhar, ainda existia ouro a ser explorado. Como ocorrera em Roncador, João Antunes contratou um jovem para auxiliá-lo. Seu guia, que trabalhava no ponto dos viajantes, amarrara a carga sobre o lombo de um burro e caminhava ao lado de João Antunes, segurando o cabresto. Conduzia-o à Pensão Alto Tocantins, indicada por ele. Ela situava-se na esquina da Rua Três com a Avenida Tiradentes, em frente à praça principal, no centro da cidade. Cavalcante era ainda modesta, com a maioria de suas ruas de terra, não se podendo compará-la a Goiás Velho. Somente os arredores do pequenino núcleo recebera, havia anos, calçamento de pedra. Enquanto caminhavam, um sentimento desolador baixava sobre João Antunes. Ele corria os olhos pelos arredores e sentia outra vez a angústia lhe fustigar o espírito. Suas emoções se retraíam e tudo lhe parecia profundamente desanimador e difícil. A realidade lhe batia às portas para entrar e combater seus sonhos. Chegaram à modesta pensão, uma casa simples de esquina com seu piso a três degraus do passeio. Pagou o rapaz, chamado "Oclide", fora assim que ele se autodenominara, e lhe indagou se conhecia um tal de Cocão. Euclides sorriu e apontou o indicador ao longo da Rua Três, que passava pela praça em frente à pensão e prosseguia depois dela.

— Mora ali, nessa mesma rua, naquele sobrado branco.

João Antunes enxugou com a mão o suor do rosto e observou demoradamente o sobrado. Àquela distância, visto enviesado, pareceu-lhe estar com os três janelões frontais fechados. Lembrou-se do senhor Jorge Alcântara quando este lhe dissera ser Cocão atualmente um dos homens ricos de Cavalcante. Desviou seu olhar e observou pouco movimento nas imediações.

— Por que quer conhecê-lo? — indagou Euclides, com um sorriso irônico, denotando curiosidade. João Antunes olhou-o numa fração de segundos, surpreendido pela indiscrição.

— Foi-me recomendado por alguém para o trabalho em mineração.

— É, ele entende bem disso, além de outras coisas. Ganhou muito dinheiro no comércio de ouro. E ainda ganha... — respondeu Euclides, enrugando a testa, observando o sobrado.

João Antunes puxou a velha carteira, tirou dez réis e o pagou. Euclides levou a bagagem até a pequena sala de recepção, onde não havia ninguém a recebê-los. Somente uma empregada trabalhava na cozinha ao lado, e o sondava com curiosidade.

— Vou chamar o seu Vicente, costuma estar no quintal, mexendo na horta. — E entrou casa adentro, correndo a chamá-lo. Em poucos segundos retornou, acompanhado por ele. O senhor Vicente era um homem avançado na idade, porém muito lúcido e simpático. Ao deparar-se com João Antunes, parou um instante, analisando-o de alto a baixo, e um sorriso amplo e acolhedor despontou em seu semblante encarquilhado, exibindo os dentes estragados pelo tempo. Avançou dois passos e estendeu-lhe a mão num gesto caloroso.

— Pois seja bem-vindo, meu rapaz! Como se chama e de onde vem?

— Me chamo João Antunes e chego de Goiás. Mas, em verdade, venho do Rio Grande do Sul... de São Borja — respondeu João Antunes, receptivo àquela acolhida. — É um prazer conhecê-lo, senhor Vicente.

— Minha Nossa Senhora! Do Rio Grande do Sul? Mas então veio de muito longe! E por que está em Cavalcante? — indagou, mantendo o sorriso paralisado nos lábios enquanto arregalava os olhos e franzia o cenho.

— Veio trabalhar no garimpo — antecipou-se Euclides. — E já perguntou por Cocão... — concluiu, fitando o senhor Vicente com uma expressão cúmplice.

— Trabalhar no garimpo... — comentou Vicente com um semblante pensativo, baixando o rosto e cofiando sua barba rala num gesto que parecia incorporado a si havia longos anos. — E permanece aqui quanto tempo?

— Não sei ainda, seu Vicente. Tudo dependerá de como as coisas acontecerem...

— Então venha preencher o registro aqui na mesa — convidou-o, caminhando até uma pequena mesinha, dentro de um escritório ao lado da recepção. Retirou um livro grosso da gaveta, bastante encardido, juntamente com tinteiro, uma caneta e a pena. — Escreva o seu nome, a data de entrada e o lugar de onde vem, assim como o endereço de uma pessoa para comunicação.

João Antunes sentou-se e escreveu as informações, acompanhado pelo olhar atento do senhor Vicente.

— Você pode ir, Euclides. Eu me encarrego do resto — disse João Antunes.

— Se precisar de algum serviço, é só me procurar no ponto — respondeu Euclides, virando as costas e saindo.

— Sujeito enxerido esse Euclides. Se precisar de alguém, fale comigo — comentou Vicente, acompanhando a saída de Euclides. Este ouviu o comentário e virou-se, mostrando um sorriso cínico, mas continuou andando e desapareceu. — Venha. Vou levá-lo ao seu quarto... Por aqui — disse Vicente, carregando a mala de João Antunes, enquanto este colocava o pequeno baú sobre a cabeça.

Entraram num estreito corredor que se iniciava no fundo da recepção. Havia somente seis quartos, três em cada lado do corredor. Como a pensão situava-se na esquina da Rua Três com a Avenida Tiradentes, que desembocava na praça principal, três desses quartos, situados no lado esquerdo de quem entrasse no corredor, tinham janelas que davam para a avenida. Os outros três quartos, à direita, abriam suas janelas para um pomar interno à pensão, onde Vicente cultivava hortaliças e algumas frutas. Daquele lado, havia também dois pequenos banheiros privativos dos hóspedes. No final do corredor havia uma porta que dava acesso ao pomar. A cozinha, onde estava a mesa destinada às refeições dos hóspedes, situava-se à direita de quem entrasse na recepção e contígua a ela, e comunicava-se com a recepção por uma porta, quase sempre aberta. Uma cozinheira, já de idade, mas cheia de vida, chamada Santinha, comandava o dia a dia das refeições. Comida boa ela fazia. Antes mesmo de acompanhar o senhor Vicente ao seu quarto, João Antunes sentira o aroma de café impregnar suas narinas. À direita da entrada da pensão, havia duas amplas janelas que se abriam para a praça. Uma delas situava-se na sala de recepção e a outra no pequeno escritório adjacente. A parte frontal da Pensão Tocantins era, portanto, composta pelo escritório, situado na esquina da Avenida Tiradentes com a Rua Três, pela recepção, ao centro, e pela cozinha, à direita de quem entrasse. A janela da cozinha situava em sua parede traseira e abria-se para o pomar, ao lado de uma porta que dava acesso a ele. Nela não havia janela que abrisse para a praça.

O senhor Vicente retirou um molho de chaves do bolso e com uma delas abriu a porta do quarto, separou-a das outras e deixou-a na fechadura.

— Aí está o seu quarto, meu rapaz. Se precisar de alguma coisa, me procure. Quando sair, deixe a chave com a Santinha, ela é de confiança; se quiser, leve-a consigo. Minha casa é no pomar. Café e almoço, lá na cozinha. Fale com Santinha e ela lhe explicará os horários. Se desejar água quente, fale também com ela. E boa estada em Cavalcante — despediu-se Vicente, com um amável sorriso.

— Obrigado, senhor — agradeceu João Antunes, enquanto Vicente dava--lhe as costas para deixá-lo.

João Antunes trancou a porta por dentro e vagarosamente dirigiu-se até a cama. Retirou as botinas, a camisa, afrouxou o cinto e deitou-se de costas, pondo-se a examinar o ambiente, e seus pensamentos voaram até São Borja. Pensava em tantas coisas que elas iam se atropelando com a mesma velocidade do seu querido Ventania. Como estaria ele? Como estariam seus pais e Ester? Tais lembranças causaram-lhe uma saudade que doía no peito. Uma incrível solidão preenchia aquele ambiente sem vida. Para amenizá-lo, havia um armário, uma cômoda com três gavetas sob um espelho oval afixado na parede, uma pequena gravura desbotada que evocava estranhas regiões longínquas, além de uma solitária cadeira num canto, sob uma mesinha. E, diante dos seus olhos, estendia-se o forro de esteira onde, entre a trama das taquaras, via-se as partes inferiores de telhas enegrecidas. Nesse cenário, tão carente de coisas reconfortantes, seus olhos angustiados procuravam alívio para a solidão, mas tudo lhe parecia árido e despojado de qualquer consolo. Uma das partes da janela, que dava para a Avenida Tiradentes, estava aberta e sua vidraça, fechada. Uma réstia do sol da tarde refletiu-se no espelho oval e começou a cruzá-lo quase imperceptivelmente, de um lado ao outro. João Antunes pôs-se a acompanhar a sua trajetória. O facho de luz, em forma de uma coluna enviesada cortada pelos quadrados da vidraça, saiu do espelho e começou a subir pela parede. Durante vários minutos, João Antunes acompanhou aquela coluna afinar-se paulatinamente, até se tornar um risco e sumir. Quando ela se desfez, novamente se viu só, e recomeçou a procurar qualquer coisa que lhe amenizasse a dor, mas nada havia, e ele adormeceu, exausto. Aquele facho andarilho, curioso e indiscreto, que o acolhera dando-lhe boas-vindas, fora seu único amigo naquele primeiro dia em Cavalcante.

Na manhã seguinte, acordou mais animado. Tomou um bom café e logo fez amizade com a cozinheira, chamada Santinha, senhora muito risonha e extrovertida. Ela era uma pessoa dinâmica, cheia de iniciativa, e executava outros serviços.

— De onde surgiu essa lindeza? — perguntara ela, esbanjando alegria e espontaneidade.

Santinha beirava os sessentas anos e tinha uma penca de filhos. Imediatamente se afeiçoou a João Antunes, e este percebeu que teria nela uma amiga.

Conversaram bastante, até João Antunes sair em busca de Cocão. A manhã estava ensolarada, agradabilíssima, propícia ao bom humor; um céu muito azul embelezava Cavalcante. João Antunes saiu da pensão e pisou o passeio da Rua Três, tomando o sentido à direita; caminhou até a esquina pelo mesmo passeio, atravessou a Avenida Tiradentes e prosseguiu pela Rua Três; logo adiante, atravessou-a na diagonal e andou mais um pouco sobre o passeio oposto, até chegar ao sobrado onde Cocão morava. Portanto, o sobrado e a pensão ficavam na mesma rua, mas em passeios opostos, separados pela Avenida Tiradentes. Em frente à pensão, situava-se a praça principal da cidade. Assim, um dos ângulos da praça era formado pela Rua Três e pela Avenida Tiradentes, que prosseguia margeando a praça pelo lado direito de quem estivesse saindo da pensão.

João Antunes parou um instante e observou a loja que ocupava todo o térreo do sobrado. "Casa Ifrain Abdulla, Comércio em Geral", dizia o amplo letreiro pintado sobre as duas amplas portas de entrada. Dentro da loja, João Antunes viu uma parafernália de materiais dependurados no teto e sobre longas prateleiras. Atrás do balcão, curvado sobre ele, sentado num banquinho alto, estava o dono, o senhor Ifrain. Tinha nariz adunco, rosto chupado, bigode fininho, cabelos negros e ralos bem esticados para trás, e era muito magro. Ifrain ergueu o rosto à esquerda e apontou seus olhos encovados, ladeados por profundas olheiras, em direção a João Antunes, ao percebê-lo no passeio. Ele parecia alma d'outro mundo. Ifrain observou-o um instante e baixou novamente o rosto, continuando a escrever sobre a página de um livro grosso de contabilidade que estava sobre o balcão. João Antunes caminhou mais alguns passos e abriu um portãozinho de ferro, que dava acesso à residência de Cocão. Esse portão conduzia a uma escada que se elevava encostada à parede lateral direita do sobrado — para quem o visse de frente —, e que a protegia desse lado. A escada tinha sua outra proteção lateral vazada em ferragens, que se retorciam em florões, e era complementada por um corrimão de madeira. Ela se elevava até a um pequeno alpendre coberto, situado em frente à porta principal da residência, situada nessa lateral direita. Quem subisse a escada veria, à sua direita, adjacente ao sobrado e dele separado por um muro, um amplo quintal onde se destacava uma velha paineira. Nesse quintal, sobressaiam-se grandes ilhas de terra, cercadas por grama rala, devido ao pisoteio excessivo. Nele brincavam algumas crianças. De um galho grosso e alto da paineira, pendia um balanço preso às pontas de duas cordas. Podia-se observar também alguns brinquedos espalhados. Esse quintal era os fundos de uma casa que dava frente para a Rua Quatro, paralela à Rua Três. A Avenida Tiradentes e a Rua Quatro formavam o outro ângulo da praça.

João Antunes, após olhar as redondezas, começou a subir vagarosamente a escada; ao ultrapassar o nível do muro que separava o sobrado do quintal, ele passou a observar as crianças brincando lá embaixo. Ao verem-no, gradativamente começaram a erguer seus rostos em direção a ele, ao mesmo tempo em que emudeciam. Talvez sua presença fosse uma novidade que merecesse atenção. João Antunes observou um menino que não erguera o rosto e mantinha seu olhar fixo num ponto à frente, segurando um cajado. Ele parou e o chamou:

— Ei, guri? Como tu chamas? O que está com o cajado... — perguntou João Antenor, mostrando-o aos outros.

— Aquele é o ceguinho Bejute. Ei, Bejute, olhe para cima — pediu um dos meninos. Mas Bejute apenas caminhou alguns passos, tateando o terreno com o cajado, e estacou novamente, mantendo o rosto fixo e triste apontado para a frente. João Antunes continuou a subir vagarosamente, mantendo o olhar sobre o menino, enquanto os outros retomavam as brincadeiras. Chegando ao alpendre, admirou quatro viçosas samambaias pendentes, presas aos caibros do telhado. Ele olhou as redondezas do alto, e tocou a campainha. A casa lhe parecia sombria, mergulhada num silêncio inquietante. Voltou a olhar o terreno e viu as crianças brincando, menos Bejute, que agora apontava o rosto para o alto, em direção ao alpendre. João Antunes sorriu-lhe, mas virou-se ao ouvir a porta sendo entreaberta. Pelo vão estreito, viu surgir alguém.

— Pois não, senhor... — disse um rapaz magro, bem vestido e extremamente sério. Ele era amorenado, tinha o cabelo meio crespo, espichado para trás à custa de brilhantina, e exibia uma barba rala, que terminava num cavanhaque em ponta. O rosto era estreito, seco, e seus olhos furtivos emanavam ares misteriosos. Calçava botinas de camurça negra enfeitadas com duas fivelas metálicas, uma em cada lateral externa. O salto, sob o calcanhar, era um pouco elevado. Usava um colete claro sobre uma camisa azul de mangas compridas, e vestia calça cinza, riscada em listras brancas muito finas. Enquanto segurava a borda da porta, João Antunes observou-lhe as unhas bem polidas. O rapaz permaneceu calado, observando atentamente o visitante.

— Procuro por Marcus von Wassermann... apelidado de Cocão. Acaso seria o senhor? É aqui onde mora? — indagou João Antunes, sentindo-se intimidado pela presença do desconhecido, que o olhava de maneira enigmática, não parecendo receptivo à sua presença.

— Sim, ele mora aqui, mas no momento está viajando a negócios e só retorna nos próximos dois ou três dias — respondeu o rapaz, mantendo a porta entreaberta e ainda emanando seu ar arredio e misterioso.

— E como tu chamas? — perguntou João Antunes.

— O que deseja com ele? — replicou o rapaz com inflexão um pouco agressiva, ignorando a pergunta.

— Bem... Foi-me indicado para me orientar no garimpo.

O rapaz curvou a cabeça e permaneceu um instante em silêncio.

— Retorne daqui a três dias — disse, erguendo os olhos. — Ele já estará aqui. — E começou a fechar vagarosamente a porta, fitando intensamente João Antunes. Ouviu-se um estalido metálico e a fechadura travou-se.

João Antunes caminhou até a balaustrada do alpendre, apoiou sobre ela os dois cotovelos e tornou a admirar os arredores. Como estava num patamar acima do casario, dispunha de uma visão privilegiada de uma parte da cidade. Encontrava-se, porém, um pouco abaixo do nível superior da copa da velha paineira, que tinha alguns galhos sobre o muro que separava o quintal da Rua Três. Observou os meninos brincando e notou o ceguinho Bejute vagando sem rumo entre eles. Lentamente, João Antunes começou a descer a escada, continuando a observá-lo. A cena o incomodava. Abriu o portão e caminhou cabisbaixo rumo à Pensão Alto Tocantins. Sentia-se decepcionado com a acolhida da pessoa que o atendeu. *Sujeito esquisito*, pensou, enquanto andava sobre o estreito passeio de pedras. Resolveu que passaria a tarde escrevendo à sua mãe e à Ester, agora que tinha um endereço no qual poderia receber correspondências. Ele comprara um bloco de cartas e envelopes em Porto Alegre. Chegando à pensão, pediu ao senhor Vicente tinta, caneta e pena, e sentou-se à mesinha que havia em seu quarto para escrever. Após o almoço, continuou a fazê-lo, e durante muito tempo descarregou sobre o papel suas angústias e saudades, sentimentos que nunca imaginara tão fortes. Uma enorme insegurança pairava sobre os seus projetos, principalmente depois da recepção que tivera havia pouco. Sentia-se pequenino e impotente perante eles. À tardinha, dobrou as duas cartas e as enfiou em dois envelopes. *Quando seriam abertos?*, pensou.

— Talvez daqui a uns vinte dias — respondeu-lhe o senhor Vicente, quando indagado sobre o prazo. — O correio vem a Cavalcante semanalmente. Somente na segunda que vem ele retorna. As correspondências seguem até Goiás e depois vão de trem até o Rio, e também de trem ou de navio até Porto Alegre, não sei ao certo, e finalmente até São Borja, sua terra. Eu mesmo as recolho e as entrego ao carteiro. Ele vem aqui apanhá-las.

— É... Realmente demanda tempo — concordou João Antunes, de modo lacônico. Cabisbaixo, retornou ao quarto, após deixar as correspondências na caixa da pensão, localizada no escritório. Em seu quarto, já deitado, lembrou-se que deveria aguardar Cocão por mais dois dias, fato que o deixava impaciente. Ele pouco saiu durante essa espera; permanecia lendo a *Divina Comédia* ou conversando com Santinha. Rapidamente fizera-se sua amiga e, por meio dela, passou a conhecer Cavalcante. "Você vai gostar de Cocão", disse a João Antunes, "é boa pessoa, apesar do que dizem sobre ele. Essa gente é muito invejosa, essa é a verdade. Aqui se vive sob a tirania da opinião pública. Não perdoam o sucesso alheio", lhe dizia Santinha. "Como em toda cidade pequena", retrucou João Antunes.

Após três dias, às dez horas da manhã, João Antunes retornou ansioso ao sobrado onde morava Cocão. O sol brilhava intermitente; ele observou pesadas nuvens se acumulando sobre serras vizinhas a Cavalcante. A cidade lhe parecia imersa numa calma inquietante. Passou em frente à loja do senhor Abdulla, que se encontrava à porta com as mãos enfiadas nos bolsos laterais da calça. Ele examinou João Antunes discretamente quando este cruzou diante de si, mas o acompanhou sem discrição até vê-lo abrir o portãozinho que dava acesso à escada da residência. João Antunes a subiu pensativo, observando o quintal onde vira as crianças, três dias antes. Nessa manhã, não havia ninguém. Sentiu falta da gritaria e das brincadeiras que faziam na ocasião; havia enchido seu bolso com balas que pensara jogar para elas. Já no alpendre, chegou defronte à porta e tocou a campainha. Aguardou alguns minutos sem ouvir nenhum ruído que denunciasse a presença de alguém. Tocou outra vez e aproximou seu ouvido da madeira. Escutou vozes e, logo depois, os passos tranquilos de uma pessoa se aproximando. A porta foi entreaberta e o rosto de Marcus apareceu no vão. Ele fixou suas vistas sobre o semblante de João Antunes e seus grandes olhos, de um verde meio embaçado, deixaram instantaneamente escapar uma forte comoção. Suas faces se enrubesceram e um sorriso discreto, mas jubiloso, abriu-se em seus lábios. Marcus, muito gentilmente, escancarou a porta e esperou as palavras que João Antunes lhe diria, enlevado com a inesperada presença. João Antunes sentiu-se constrangido por aquela explícita demonstração de afeto.

— O senhor é Marcus von Wassermann... a quem conhecem por Cocão? — indagou João Antunes, um pouco embaraçado.

— Sim, sou eu mesmo, e não se preocupe com o apelido. Em que posso servi-lo, meu jovem? Entre, por favor — convidou-o solicitamente, postando-se de lado e efetuando um gesto gentil com a mão. João Antunes pareceu não ouvir o convite e permaneceu um instante parado sob o portal.

— Meu nome é João Antunes. Indicaram-me o senhor para me orientar no trabalho de mineração... — Marcus mirou-o intensamente e inspirou fundo, parecendo reabsorver a imensa energia que lhe escapara, para cair em si novamente.

— Sim, claro, João Antunes. Por favor, vamos entrar e conversar sobre isso — reiterou Marcus, mantendo a mão sobre a maçaneta e dando passagem a João Antunes. Este caminhou três passos sala adentro e estacou, admirado com a elegância e a suntuosidade do ambiente. Marcus, às suas costas, observou-lhe a reação e expandiu o sorriso, deslizando os olhos sobre ele de alto a baixo.

Cocão tinha estatura média, mais para magro, e fazia jus ao apelido. Sua cabeça, quase redonda, parecia traçada a compasso, além de ser pouco maior que o usual em relação ao corpo. Seus cabelos eram castanho-escuros e molemente encaracolados, formando grandes cachos. Os lábios eram finos e delicados, possuindo perfis aristocráticos. João Antunes viria notar com o tempo que as expressões dos lábios eram nele traços marcantes. Seus dentes, porém, não eram belos, e pareciam ligeiramente amarronzados. A pele era suave e clara, e as mãos delicadas indicavam que não tinha o hábito do trabalho manual. Os traços fisionômicos evidenciavam, de modo inequívoco, a sua ascendência europeia. Notava-se também que, indiferente à roupa que trajasse, Cocão seria sempre elegante. Era uma daquelas pessoas que nasceram para ser naturalmente elegantes. Seu porte e suas maneiras indicavam resquícios de uma educação requintada. Nessa manhã, ele vestia calça de veludo cor de terra e uma camisa branca, larga, de algodão, e calçava chinelas de couro preto. Parecia ter acordado havia pouco, pois seus olhos apresentavam-se intumescidos e sonolentos. Ambos se mantinham parados nas posições anteriores: João Antunes um pouco à frente da porta e Cocão ainda com a mão apoiada sobre a maçaneta.

Mas que linda sala!, refletiu João Antunes, observando um imponente sofá estofado com tecido adamascado em tonalidades beges, composto por duas generosas poltronas no mesmo estilo, circundando uma mesinha de centro. A parte superior dos espaldares era esculpida em madeira em forma de florões alongados. Esse conjunto repousava sobre um belíssimo gobelin e situava-se junto à extensa parede, de fronte à porta de entrada. O sofá tinha as costas apoiadas nessa parede e as poltronas as tinham voltadas para a porta de entrada. Afixada à parede, pendendo atrás desse conjunto e em frente à porta de entrada do salão, havia um espelho majestoso, imenso, emoldurado por grossas molduras douradas em rococó. Nesse grande espelho se refletiam a surpresa de João Antunes e, atrás dele, o arrebatamento de Cocão, parados junto à porta de entrada. Marcus admirava embevecido a extraordinária beleza de João Antunes através da sua imagem, e jamais esqueceria a impressão que lhe causara. Nessa mesma parede, mais à esquerda, para quem o visse na porta de entrada, havia um grande guarda-louças envidraçado onde dispunham-se porcelanas finas e cristais delicados. Próximo a ele e à sua esquerda, havia um biombo e, atrás dele, o acesso à cozinha. Na parede lateral da sala, perpendicular à parede onde situava-se a porta de entrada e à direta de quem por ela entrasse, abriam-se dois amplos janelões coloniais que davam para a Rua Quatro — portanto, o comprimento do sobrado tinha exatamente a largura do quarteirão. A sala era ampla, larga e comprida, e servia às funções de sala de visitas e de jantar.

À esquerda, na sua outra extremidade, havia uma comprida mesa de madeira disposta, em seu sentido longitudinal, perpendicularmente à parede em que se situava a entrada, composta com seis poltronas estufadas com couro marrom, formando um outro ambiente. Sob ela, estendia-se um imenso tapete em tons acinzentados. Em frente a uma das suas cabeceiras havia outro janelão, mantido fechado, que dava para a escadaria de entrada. A cerca de cinco metros da lateral da mesa, na parede lateral esquerda do salão — oposta aos dois janelões que abriam para a Rua 4 —, existia uma porta que acessava a parte íntima da casa. Ao lado dela, havia uma pesada cômoda com quatro gavetões.

A sala era ornamentada com pinturas a óleo no estilo clássico, belamente emolduradas. Alguns desses quadros apresentavam temática erótica, porém eram artísticos e isentos de vulgaridade; outros exibiam melancólicas paisagens campestres. Mas o que mais chamava a atenção de João Antunes eram as peças belíssimas dispostas sobre alguns móveis: prataria, porcelanas e cristais, iguais às que vira na loja do senhor Jorge Alcântara. Lembrou-se dele ao admirar esse bom gosto e de sua referência aos progressos pecuniários de Marcus. Enfim, um luxo com o qual João Antunes não estava habituado.

— Assente-se aqui, João Antunes, vamos então conversar sobre os seus projetos. — Convidou-o, estendendo sua mão num gesto delicado enquanto caminhava vagarosamente em direção ao grande sofá, sob o espelho, tomando-lhe a dianteira. João Antunes acompanhou-o e ambos se assentaram. Cocão no sofá e João Antunes numa das poltronas, de costas para a porta de entrada. Marcus possuía uma voz suave, afetuosa, e seus gestos eram tranquilos e escassos. Cruzou as pernas e fitou João Antunes.

— Afinal, quem lhe fez essa sugestão magnífica de recomendá-lo a mim? — indagou, sorrindo tranquilamente, estendendo as palmas das mãos sobre o sofá e franzindo a testa numa expressão zombeteira enquanto o mirava fixamente.

— Foi o senhor Jorge Alcântara, que te conheceu aqui em Cavalcante há alguns anos. Disse-me que trabalhava no garimpo quando tu aqui chegaste, e que, uns dois anos após conhecer-te, retornou ao Sul. Ele ganhou dinheiro em Cavalcante, não? — perguntou, pousando os braços sobre os descansos da poltrona.

— Ah! Então foi o Jorge... Sim, é verdade, eu cheguei aqui em 1903 e ele foi-se uns dois anos depois. E me mandou esse presente... — disse, mantendo o sorriso. — De fato, ele encontrou ouro e retornou ao Sul, o que fez muito bem. Mas me fale sobre você, João Antunes. Pelo que posso deduzir, deseja também repetir a trajetória do Jorge e ganhar dinheiro...

— Sim, Marcus, vim aqui para isso, e espero que me ajudes...

— Mas, claro, claro! — exclamou entusiasmado. — Pode contar comigo! Porém, antes, quero saber tudo sobre você. Me conte, sou todo ouvidos — pediu-lhe, esbanjando contentamento.

Marcus cruzou os braços e adquiriu subitamente um ar mais grave, atento ao que João Antunes lhe diria, sem perder, porém, a imensa ternura que jorrava de si. Parecia assumir, nesse instante, uma postura profissional. João Antunes captava toda essa gama de sentimentos e sentia-se feliz por encontrar alguém tão receptivo aos seus projetos, porém, o mais relevante, alguém que em poucos minutos começava a lhe dar um inusitado aconchego, como somente sua mãe seria capaz. Ele sentia-se reconfortado como nunca estivera desde o instante em que se despedira de Ester. Durante algum tempo, João Antunes falou sobre si e sobre sua família, e quando se referiu à sua mãe e à sua namorada, seus olhos umedeceram, bem como os de Cocão. João Antunes abria-se a Marcus, sentindo-se intuitivamente seguro de que poderia fazê-lo. Ao final de sua narrativa, Cocão se mostrava comovido, pois sendo extremamente sensível e inteligente, captava de maneira extraordinária o que se desenrolava na alma de João Antunes. Sentia a sua agonia e a solidão, percebia o imenso desamparo que ele sentia perante à grandeza dos seus sonhos e compreendia, acima de tudo, que seus projetos estavam muito além da sua capacidade para realizá-los. A sensível emotividade de João Antunes era o oposto da brutalidade daquele mundo que Marcus conhecia tão bem, onde tudo era válido para se alcançar o ambicionado. Cocão tinha experiência sobre a selvageria do garimpo. Conhecia seus meandros e a ferocidade de suas leis, que se resumiam na habilidade para ludibriar o outro e, não sendo isso possível, a frieza para eliminá-lo. Costumes banalizados naquelas barrancas de lama e de água, naquele inferno de doenças e de hostilidades impregnadas até a alma. Cocão já presenciara a violência diversas vezes. E aprendia em João Antunes a ingenuidade de um jovem sem a experiência necessária para trabalhar naquele mundo inóspito e, além disso, iludido com a possibilidade de enriquecer. Ao final da narrativa, João Antunes avançou seu tórax sobre o assento e cruzou as mãos, apoiando os cotovelos sobre as coxas enquanto olhava ansiosamente para Cocão. Este sorriu ternamente, exprimindo certa tristeza em seu olhar.

— João Antunes — falou Marcus calmamente —, não deixarei que você se meta a garimpar. Você não foi feito para isso, você... — E interrompeu-se bruscamente, desviando o olhar para a trama colorida do tapete, adquirindo uma expressão longínqua e sonhadora. Permaneceu assim durante alguns segundos antes de voltar a atenção a João Antunes. — Vou levá-lo para conhecer o garimpo e lhe explicar como ele funciona, e ficará convencido de que tenho razão. Há outras maneiras mais fáceis de ganhar dinheiro com isso, e lá é que se ganha realmente. Vou introduzi-lo no comércio de pedras. É de onde se retira o trabalho desses pobres coitados que vivem com as bateias nas mãos. Compramos suas pedras e as revendemos por preços que jamais imaginam. Com esse objetivo, é necessário ir ao Rio de Janeiro e conhecer os comerciantes europeus que aqui vêm comprar gemas e pedras preciosas. Judeus de Amsterdã, ingleses londrinos... É para lá que fluem nossas riquezas e são eles que dominam o negócio. Conheço três grandes compradores de pedras que as adquirem para vendê-las diretamente às grandes *maisons* da Praça Vendôme, em Paris, onde estão os maiores joalheiros do mundo.

— Marcus! — interrompeu-o João Antunes, como se houvesse repentinamente lembrado de algo importante e precisasse mudar de assunto. — Encontrei por acaso uma bela mulher em Goiás, às vésperas da minha viagem para Cavalcante, chamada Henriette. Ela me disse que está trabalhando sob sua orientação...

— Deveras, João Antunes?! Mas, que coincidência! De fato, é verdade. Como a conheceu? — indagou Marcus, expressando curiosidade e desviando os pensamentos do que dizia. Ele descruzou as pernas e estendeu a direita sobre o sofá, antes de começar a falar sobre o assunto levantado por João Antunes. — Riete é filha de um importante senador da República, José Fernandes Alves de Mendonça, que todos conhecem por senador Mendonça, e é muito ambiciosa. Ela parece não medir as consequências dos seus atos para alcançar seus fins. Um comerciante do Rio de Janeiro, conhecido meu, indicou-me ao senador, e no começo do ano tivemos uma reunião num restaurante da capital, quando então acertamos sua vinda para Cavalcante. Henriette me resumiu sua vida. Disse-me que vivia com sua mãe numa fazenda em Campinas, mas resolvera ir morar com sua avó em Ilhéus a fim de comprar terras e plantar cacau. Era esse o seu objetivo inicial. Lá chegando, conheceu um rapaz chamado Roliel, com quem se juntou. Este a convenceu a vir tentar a sorte no garimpo, pois, segundo ele, os coronéis do recôncavo já tinham as terras divididas e haveria problemas para comprá-las. Depois de nossa reunião no Rio, encontrei-me só agora com ela, pois chegaram aqui há cerca de dois meses. Riete viajou para Campinas, segundo ela, para arrancar dinheiro de sua mãe, que se chama Verônica, casada com um comerciante riquíssimo. Entretanto, pude perceber, por conta de alguns comentários feitos pela própria Riete e pelo doutor Mendonça, quando nos encontramos no Rio, que ela teve uma vida atribulada e que foi muito afetada por isso. Riete adora o pai e parece desejar sucedê-lo ou mesmo superá-lo em sua importância e riqueza. Notei que ela anseia suprir alguma carência... Enfim, existe algo estranho em sua vida, não bem resolvido, e que a afeta profundamente. Esse seu companheiro, Roliel, é rapaz violento, disso eu tenho certeza, sujeito rude e sem escrúpulos. Riete, entretanto, tem uma forte personalidade e o domina completamente. Ele morre de ciúmes dela, que parece adorar deixá-lo enciumado. Mas, afinal, João Antunes, como chegou a conhecê-la? — indagou Marcus, demonstrando um afeto carinhoso na inflexão de voz, sentimento que se extravasou pelo seu semblante e pelo seu olhar. João Antunes comoveu-se com a ternura de Marcus, percebendo que isso era uma naturalidade afeita à sua personalidade. Ele narrou com detalhes o acontecido, e Marcus riu a valer. — Mas, então, ela levou uma botinada nas costas?

— Sim, isso mesmo. Depois desci à calçada para me desculpar e começamos a conversar. Fomos ao hotel onde ela estava hospedada, ocasião que me falou de ti e me fez o convite para trabalharmos juntos... Notei que de fato Riete tem um temperamento forte e autoritário, percebe-se facilmente. Ela sabe o que quer. Imagina que, quando nos despedimos, convidou-me para passarmos a noite juntos! Eu... eu me recusei, apesar de me sentir atraído por sua beleza, pois viajaria na manhã seguinte. Mas quem sabe aqui em Cavalcante possamos dar uma boa cavalgada...

Cocão abriu docemente um sorriso desconsolado que permaneceu vago, perdido entre seus lábios, enquanto uma profunda tristeza reluzia em seu olhar. João Antunes sentiu-se comovido, pois, durante essa curtíssima convivência, a personalidade de Marcus ia rapidamente conquistando-lhe o coração.

— Realmente, ela é muito bonita e fogosa... — começou a falar numa voz plangente, com um olhar perdido sobre o rosto de João Antunes, parecendo pensar em algo muito diferente do que dizia. — Mas tenha cuidado com o seu amante, o tal Roliel. Ele jamais aceitaria ser enganado. Homem de pouca conversa, e, segundo me disse, criado em fazenda de coronel e é capanga, filho do capataz. Matar ou morrer para defender lavouras de cacau é a profissão dessa gente. Estão acostumados à violência. Se souber que Riete o deseja, será capaz de tudo para não perdê-la. — Marcus falava, mas mantinha a melancolia, o que também entristeceu João Antunes. Permaneceram um instante em silêncio. Cocão voltou aos poucos ao seu humor habitual e respirou fundo, antes de novamente se manifestar sobre o que falava, quando fora interrompido.
— Mas, como lhe dizia, vou levá-lo para visitar o garimpo. Todavia, desejo vê-lo longe de lá... Esteja certo, João Antunes, vou realizar seus sonhos. Vou torná-lo um homem rico.

João Antunes ignorava o que se passava consigo, mas sentia-se feliz com a inusitada acolhida de Marcus. Aquela sensação de impotência, aquele estado depressivo, cujas causas ele agora começava a desvendar, pareciam aliviadas com a receptividade amorosa que recebia. Ele começava a perceber que seus projetos, a serem atingidos longe do seu aconchego familiar, eram demasiados para si, constituíam uma carga pesada sobre seus ombros e tornavam-se a causa das suas frequentes depressões. Convencia-se também da necessidade de experiência para ter sucesso em negócios e uma personalidade favorável a isso, conforme sua mãe lhe dissera. Felinta insistira com ele para não incorrer nos mesmos erros de Antenor a fim de evitar os percalços que a família enfrentara. Em vista disso, João Antunes vinha pressentindo ao longo da viagem seu provável fracasso, e trilhava seu caminho coagido pela insegurança, abrandada agora pelo novo ânimo injetado por Marcus. O homem que ajudara Antenor fora o general Manuel do Nascimento Vargas, e agora Marcus talvez viesse a exercer a mesma função. Quando Getúlio Vargas lhe dissera, naquela manhã em Santos Reis, "siga os desejos de seu coração", João Antunes sentira alento, porém, tinha sido efêmero. Aquelas palavras foram frias e lhe angustiaram mais que o animaram, pois o atiravam sozinho no mundo, isentas do amparo que agora recebia. Naquela manhã em Santos Reis, sentira-se irremediavelmente só. Todos esses sentimentos lhe passaram rapidamente pela cabeça enquanto olhava para Cocão, experimentando um novo estímulo para tudo aquilo que esmorecia em si.

— Mas, agora, Marcus, sou eu quem deseja saber tudo sobre ti. Como me disseste no início, sou todo ouvidos. — João Antunes proferiu essas palavras exibindo uma daquelas inefáveis expressões que às vezes flamejavam em seu semblante e que tanto fascinavam as mulheres, derretendo corações. Quando a viam estampada em seu rosto, sentiam um reboliço na cabeça e as pernas fraquejavam, e o mesmo se passava agora com Marcus. Este permaneceu um instante hipnotizado, boquiaberto e atônito pela beleza que dimanava daquele semblante. Estimulado por essas emoções, Cocão ajeitou-se confortavelmente sobre o sofá: descalçou as chinelas, dobrou e uniu os joelhos, apoiando os pés sobre o estofado, cruzou as mãos sobre as canelas e começou a história da sua vida.

— Hans von Lieben, João Antunes, foi um joalheiro judeu nascido na Alemanha e que chegou ao Brasil em 1873 a fim de expandir seus negócios no comércio de pedras preciosas. Ele era aparentado com tradicionais banqueiros de Hamburgo. Deixou um irmão dirigindo seus negócios na Alemanha e resolveu passar aqui alguns anos, para depois retornar. Pretendia criar uma filial no Rio de Janeiro e futuramente nela instalar esse irmão. Aqui chegando, passou a conhecer o interior do Brasil a fim de estabelecer contatos com comerciantes de pedras. Montou loja na Rua do Ouvidor e comprou uma chácara em Laranjeiras. Mamãe, sua esposa, também alemã e judia, emigrou com ele, tal como ocorreu com seus pais, João Antunes. Enquanto von Liben viajava pelo interior do Brasil, era ela quem gerenciava a loja. — Cocão falava pausadamente e com uma voz melancólica, parecendo carregar nas palavras a dor do seu passado. — Mamãe chamava-se Sahra von Wassermann, da nobreza alemã, coisa rara entre judeus. Porém, numa dessas viagens, seu marido contraiu malária na sua forma grave. Von Lieben chegou a retornar ao Rio, mas acabou por falecer em 1878. Ele permaneceu, portanto, pouco tempo no Brasil. Mamãe manteve a loja, com bastante dificuldade no início, todavia, aos poucos, começou a entender do comércio e a ganhar dinheiro. Ela passou a morar sozinha em Laranjeiras, tornando-se muito amiga de um condutor de carros que fazia ponto no Largo da Carioca, o senhor Euzébio Pontes. Pessoa muito educada, natural de Lisboa, responsável e honesta em seu trabalho, Euzébio a transportava todos os dias. Com o decorrer do tempo, mamãe, muito sozinha, acabou tornando-se amante de Euzébio, que veio a se tornar meu pai. Um escândalo para a pequena comunidade judaica do Rio. Nasci na chácara em Laranjeiras, em 1881; vivi lá até os quinze anos. Mas tive uma infância solitária e, por causa disso, muito sofrida. Ficava naquela chácara imensa brincando com apenas dois meninos das vizinhanças, que mamãe permitia que fossem até nossa casa, após a escola. Porém, logo proibiu a presença deles. Depois dessa restrição, eu tinha apenas a companhia de um mordomo e da empregada quando estava em casa, e devia inventar brincadeiras para me entreter. Não tinha a companhia de mamãe, que passava o dia trabalhando, e muito menos a de Euzébio, que me devotava carinho, mas só aparecia algumas noites para dormir com ela. Quando fiz treze anos, mamãe separou-se de Euzébio e praticamente não o vi mais. Três anos depois, soubemos que ele havia se casado com uma tal de Cornélia, e saiu de nossas vidas. Só o vi posteriormente duas vezes: na primeira delas, parecia aguardar a saída de alguém em frente a um restaurante. Nessa ocasião, passei ao seu lado, mas ele não me viu e eu também não me manifestei. E, depois, quando conduzia um casal, aliás, a mulher do tal senhor era belíssima. Com dezoito anos, saí da chácara e fui morar sozinho. Mamãe me alugou um quarto na Rua Gonçalves Dias, ali no centro, e passei a levar a minha vida. Comecei a me interessar pelo comércio de pedras e, em pouco tempo, passei a entendê-lo. Mamãe me explicava os segredos do negócio, me apresentava a diversos comerciantes estrangeiros que vinham ao Rio e, com vinte e dois anos, cheguei em Cavalcante. Aqui conheci garimpeiros, comprava-lhes o ouro e o negociava no Rio. Participei também da organização de vários garimpos, porém hoje já não faço mais isso. Abri a exceção para Riete por causa do senador Mendonça. Sabemos que existe muito ouro mais ao Norte, na região amazônica. Alguns poucos já se aventuraram com sucesso, mas o ambiente ainda é inóspito. Cavalcante é a entrada para o futuro, João Antunes, o Brasil é muito rico. Há muito que se retirar de suas terras. No começo, após minha vinda a Cavalcante — prosseguiu Marcus —, eu passava a metade do ano aqui e a outra no Rio. Mas, aos poucos, fui permanecendo mais em Cavalcante. Há alguns anos, construí este sobrado e me adaptei à região. Hoje em dia vou ao Rio duas vezes ao ano a negócios. Às vezes passo por Diamantina e por algumas regiões de Minas para comprar pedras e diamantes, e desço para a capital. — Marcus fez uma pausa, como se tivesse se lembrado de alguma coisa, e badalou uma pequena sineta sobre a mesinha. Em poucos segundos, surgiu aquele senhor que recebera João Antunes três dias antes. — Orlando — disse Cocão —, temos um convidado que hoje almoça comigo. Prepare uma mesa bonita e nos sirva um bom vinho. Qual o menu? — perguntou, erguendo seu rosto lateralmente em direção a ele.

— O trivial, Marcus...

— Este é o João Antunes, a quem você já conhece. — Orlando olhou-o com a mesma expressão arredia, sem demonstrar nenhuma cortesia pelo hóspede. Apenas o fitou rapidamente, fazendo uma discreta mesura, e desviou seu olhar. — Então, capriche no trivial. Use a porcelana de Sèvres e o cristal da Boêmia. Pode ir — arrematou Marcus, num tom de gente chique.

Orlando retirou-se e desapareceu atrás do biombo.

— Que pessoa estranha, Marcus, parece tão agressiva. Há três dias, quando aqui estive, estendi-lhe a mão e ele recusou-se a apertá-la, além de me recusar a dizer o seu nome. E hoje procede da mesma maneira... — comentou João Antunes, franzindo a testa, denotando preocupação.

— É ciúme, João Antunes — declarou Cocão com um sorriso. — Ele vive comigo há cerca de dez anos e usufrui de boas regalias. Ele tem essas manias pernósticas e às vezes se torna inconveniente e muito antipático, mas administra bem o serviço da casa. Quando é preciso, eu ralho com ele. A cozinheira não o suporta, mas já sabe lidar com seu jeito.

— Mas e tua mãe, ainda é viva? — indagou João Antunes, retomando a conversa anterior.

— Não. Mamãe faleceu em 1906. Deixou-me como herança a chácara, a qual vendi para construir este sobrado. O restante eu apliquei em ações da Diamond Corporations, que controla 80% do comércio de diamantes no mundo e tem sede em Londres. A loja eu adaptei como um escritório que mantenho fechado, e só abro quando estou no Rio. Como o comércio é muito exclusivo, mantenho os compradores informados sobre quando estarei na cidade. Passo cerca de dois meses anualmente no Rio a negócios. Mas, me diga, João Antunes, quais são exatamente os seus planos? — quis saber Cocão, interrompendo-se e inclinando a cabeça lateralmente, emanando meiguice do seu olhar. Tornou a apoiar os pés sobre o tapete. João Antunes respirou fundo e descansou os braços sobre as laterais da poltrona, relaxou as costas contra o espaldar e refletiu um instante.

— Bem... Quero ganhar dinheiro o suficiente para comprar um bom pedaço de terra e um lote de boiada, para começar. É o que sei fazer, Marcus, invernar novilhos, e depois aprender a negociá-los.

— E quanto acha que precisará para realizar isso?

João Antunes franziu a testa e fixou seu olhar sobre uma bonita peça de cristal que reluzia sobre a mesinha, pensando rapidamente.

— Uns quatrocentos a quinhentos contos de réis... Creio que é o suficiente para começar.

Marcus sorriu, desconsolado.

— João Antunes, para você conseguir isso no garimpo, terá que trabalhar entre dez a quinze anos, se tiver sorte... Para pessoas inexperientes, o sonho de enriquecimento acontece dessa maneira. Acham que em pouco tempo arrebanharão 50 quilos de ouro e terão o que desejam. Nunca é assim; são atraídos pela palavra "ouro" e seu significado de riqueza. Na realidade, garimpeiros ganham pouco, e rapidamente vendem suas parcas gramas a pequenos comerciantes para sobreviverem. Vivem disso, e permanecem presos ao garimpo achando que algum dia serão milionários. O que ganham corresponde a um salário mensal, mas, como um vício, não conseguem abandonar essa vida, imaginando que algum dia encontrarão a tal pepita redentora. E, geralmente, terminam doentes ou morrem por lá, vítimas de doenças ou intoxicados pelo mercúrio. Você certamente julgava que fosse assim, fácil. Ganha-se dinheiro, de fato, João Antunes, quando se descobre uma região aurífera, pois o ouro é abundante no início. Nessas regiões, não é necessário sorte para encontrar pepitas valiosas, e, nesse caso, achando algo que vale a pena, é melhor cair fora para evitar problemas. Mas essa não é a situação de regiões já quase esgotadas. Atualmente, a onça do ouro, cerca de 28 gramas, é cotada em torno de quatrocentas libras esterlinas. Logo, um quilo de ouro vale hoje catorze mil libras... — Cocão falava pausadamente, intercalando suas palavras por segundos de reflexões. Após efetuar alguns cálculos, ele chegou à conclusão de que se João Antunes encontrasse uma média de um grama de ouro por dia, para chegar a um quilo, terá que trabalhar cerca de três anos, sem gastar nada do que ganhou, e garimpar cerca de dez anos para obter os quinhentos contos de réis...

— Qual é a média de extração num garimpo como o de Henriette?

— Lá atualmente trabalham quinze pessoas. Eles obtiveram, no último mês, trinta e seis gramas por dia. Mas Henriette tem dinheiro e pretende trabalhar com cinquenta garimpeiros. Nesse caso, talvez o negócio seja viável, é o que eu lhe disse. Riete oferece as condições de trabalho e um pagamento de cinco mil réis mensais, o que é um bom salário, visto que a alimentação é por conta dela. Existe uma gratificação a ser distribuída, em caso de se superar as metas previstas. O seu companheiro, Roliel, é quem administra localmente o garimpo.

João Antunes permaneceu pensativo, desconsolado, fitando vagamente algo que não lhe dizia nada. Cocão moveu-se, reclinando-se lateralmente, apoiando o cotovelo esquerdo sobre o assento e espichando suas pernas sobre o sofá. Ele parecia mudar suas posições procurando o máximo conforto ao usufruir de maior intimidade com o tecido. Parecia curtir intensamente os lugares agradáveis da sua casa.

— Então eu estava equivocado sobre a possibilidade de rapidamente ganhar dinheiro garimpando. Se é assim, não compensa trabalhar com Riete e muito menos me aventurar sozinho. Mas o senhor Jorge Alcântara não fez fortuna aqui em Cavalcante? — indagou João Antunes, retornando seu olhar para Cocão.

— Não, em absoluto. Permaneceu aqui vários anos e ganhou apenas o suficiente para montar um comércio em Porto Alegre. É o que eu lhe disse, João Antunes, as pessoas imaginam riquezas quando escutam a palavra ouro, sem estarem informadas sobre a realidade do garimpo. Às vezes, um ou outro ganha dinheiro e se torna conhecido, espalhando essa lenda, mas desconhecem que a maioria se frustrou, isso quando não terminam doentes.

— Então, me iludi. Viajei tanto para chegar a Cavalcante e agora me deparo com essa realidade... Uma perda de tempo e de dinheiro que economizei com tanto esforço — lamentou-se João Antunes, sentindo novamente o fracasso cavar um vazio no seu coração. Avançou o tórax à frente, apoiou os cotovelos sobre as coxas e juntou os dedos junto aos lábios, permanecendo com um olhar de tristeza ancorado sobre a mesinha. Marcus o fitava ansiosamente. Principiou-se a ouvir um barulho de louças e de talheres. João Antunes virou o rosto e observou Orlando indo e vindo entre a cozinha e a sala, preparando a mesa para o almoço. Um agradável aroma de carne assada espalhou-se pelo ar. Ele respirou fundo e encostou-se novamente no espaldar da poltrona. João Antunes observou a sala ir mergulhando rapidamente em sombras e olhou para as janelas abertas, vendo pesadas nuvens negras escurecerem o céu. Uma aragem leve e refrescante invadiu repentinamente a sala como num sopro. Marcus acompanhou-lhe o olhar e levantou-se para baixar as vidraças, deixando os janelões abertos. Quando retornava ao seu lugar, um violento relâmpago riscou o céu sobre as montanhas adjacentes e quase de imediato ouviu-se o trovão. Ele sentou-se e continuaram a conversar, enquanto a escuridão aumentava rapidamente, dando a sensação de que o final da manhã era um início de noite. Poucos minutos depois o temporal desabou, fustigando fortemente a velha cidade.

— Orlando, acenda as luzes — ordenou Marcus, assentado sobre o sofá.
— Onde pretende comprar suas terras? — quis saber Cocão, fitando João Antunes com uma expressão pensativa. Seus olhos pareciam enevoados, emanando algo dolorosamente triste e distante, mergulhados nas regiões sombrias que invadiam a sala.

— Comprar terras? — assustou-se João Antunes, retornando de onde vagava em devaneios. — Pelo que tu disseste, Marcus, devo procurar outra atividade ou retornar ao Sul — respondeu com desalento, fitando Cocão.

Marcus então experimentou uma dor lancinante. Tudo fora tão repentino. João Antunes surgira inesperadamente diante dele e lhe trouxera emoções maravilhosas, muito acima da sua capacidade para contê-las. Desde então, seus sentimentos só aumentaram, e não poderia sequer pensar em deixá-lo partir. Não deixaria esse diamante caído dos céus se esfumaçar em sonhos; recebera-o como a pedra que mais amava, e o juntaria à sua vida. Marcus experimentou abruptamente uma paixão arrebatadora.

— João Antunes, meu querido... — Porém, novamente o intenso fulgor de um relâmpago riscou de amarelos as adjacências em frente às vidraças, seguido por violento estampido. Ambos se encolheram assustados, erguendo os ombros enquanto olhavam espantados através dos vidros.

— Esse caiu muito perto... — comentou João Antunes, retornando seu olhar para Cocão.

O raio pareceu interromper as emoções de Marcus, que tomavam formas nas palavras que iniciara. Ele permaneceu um instante pensativo, e desviou seus pensamentos.

— Prometo-lhe, João Antunes, torná-lo um homem rico — prosseguiu, ainda meio assustado. — Você terá o que deseja. Agora, mais que nunca, assumo isso como uma promessa pessoal. Custe o que custar...

Cocão fez uma pausa, pondo-se refletir alguns segundos, mirando a trama colorida do tapete, e voltou-se para Orlando, que estava terminando de preparar a mesa.

— Abra o vinho, Orlando, e traga dois cálices — ordenou Marcus, resoluto, sentindo uma forte convicção em seus pensamentos.

João Antunes experimentava algo estranho. Novamente virou-se para as janelas e permaneceu um instante observando o espesso véu d'água pender sobre Cavalcante. Tudo se mostrava cinzento, acompanhado pelo forte ruído da chuva sobre o telhado. Marcus levantou-se e encheu os cálices.

— A você, João Antunes...

— A ti também, Marcus. — Ambos de pé, tocaram-se os cálices. Sentaram-se e permaneceram um instante em silêncio. Bebericaram alguns goles, enquanto Cocão permanecia absorto, com um olhar vago e fixo sobre a mesinha.

— Está servido o almoço — avisou Orlando após alguns minutos, postando-se de pé próximo à cabeceira que dava para a cozinha. Os dois se levantaram e dirigiram-se à mesa.

— Você vai apreciar a comida da Joana. Sente-se à minha direita, João Antunes — disse Cocão, puxando-lhe a cadeira; depois ele ocupou a cabeceira.

João Antunes jamais havia almoçado numa mesa tão elegante. A porcelana era linda, com detalhes em tons de azul e dourado, tais como havia admirado na loja do senhor Alcântara, em Porto Alegre; os cristais reluziam sobre a ampla toalha de linho branca. Os talheres acompanhavam o refinamento. João Antunes sentia-se intimidado, porém feliz com a acolhida de Cocão desde que ali chegara. Havia agora um certo clima de irrealidade ou de fantasia em seu espírito. Todas as dificuldades que prenunciava pareciam repentinamente transformadas em algo fantástico, como se tivessem sido materializadas por um truque de mágica. Aquele ambiente luxuoso, a ternura de Cocão e a promessa da realização dos seus projetos, incrementados pelo saboroso vinho que sorvia, enevoavam a sua mente como um vapor inebriante que, aos poucos, o arremetiam num clima eufórico e inédito. Parecia-lhe que as suas angústias tinham se dissipado e pertenciam a um passado remoto, quase ilusório, e que sua vida seria um sucesso. Lembrou-se de Riete e pensou em quando ela retornaria a Cavalcante para saciá-la como nunca. João Antunes sentia-se excitado, animado pelo álcool. O ruído de um trovão soou fraco, prolongado, distante dali, enquanto o barulho da chuva sobre o telhado se amainava. Marcus almoçava calmamente e continuava absorto em pensamentos. Orlando mantinha-se de pé em frente à cabeceira oposta àquela em que se sentava Cocão. Às vezes, ele dirigia-se lentamente às vidraças, observava o ritmo da chuva, e retornava ao mesmo lugar.

— Está tudo uma delícia, Marcus, principalmente a carne. De carne boa eu entendo. Qualquer dia venho te fazer um churrasco gaúcho, com sal grosso — comentou João Antunes, sentindo-se mais relaxado. Marcus sorriu, exprimindo uma emoção de intimidade profunda e de pertencimento a tudo aquilo que era próprio da pessoa de João Antunes. Ele sentia tê-lo absorvido em si e parecia agora preocupado com outras coisas. Era isso que o mantinha pensativo, permitindo a João Antunes curtir o clima inebriante que reinava em seu espírito. Enquanto João Antunes pensava em Riete, Cocão refletia sobre como agir para proporcionar a João Antunes a realização de seus projetos, que ele agora assumia como seus.

Foram servidos doces à sobremesa, com queijos da região. E, depois, café e licores. Marcus sorriu ao ouvir João Antunes dizer que nunca havia saboreado licor e muito menos sabia do que se tratava. Após o almoço, João Antunes começava a perceber a importância de Orlando nas funções da casa. Este fora discreto, eficiente e elegante. Voltaram a sentar-se onde estavam antes da refeição. A chuva enfraquecera e seu barulho ruidoso sobre o telhado desapareceu. Através das vidraças, via-se a neblina cinzenta baixar tristemente sobre os morros nos arredores da cidade e pairar próxima aos telhados das casas vizinhas. João Antunes levantou-se um instante, dirigiu-se até as vidraças e observou partes de Cavalcante tomadas pela névoa. Marcus o acompanhava com um ar aparentemente meditativo, mas com o espírito chamejante de emoções.

— Orlando, acenda as luzes dos quartos — ordenou Cocão. — João Antunes, quero agora lhe mostrar o ambiente em que trabalho e onde faço o que eu amo — convidou-o, com certo langor. Orlando abriu a porta que dava acesso aos quartos, entrou e desapareceu no interior. Aos poucos, luzes brilharam fracamente. Cocão ergueu-se do sofá e dirigiu-se até a porta que dava acesso à parte íntima da casa, caminhando descalço lentamente sobre os grossos tapetes. Ele postou-se sob o portal, aguardando a chegada de João Antunes. Este, que se adaptara ao ambiente da sala, experimentou um leve sobressalto ao sentir que enfrentaria algo ignorado e pelo qual manifestou certo receio. Não sabia a razão desse sentimento, mas foi o que lhe riscou a mente como um relâmpago.

Franziu a testa e ergueu-se da poltrona, que lhe fora tão receptiva, e sorriu constrangido enquanto se dirigia ao encontro de Marcus. Quando se aproximava, cruzou com Orlando que retornava, e, pela primeira vez, ele deslizou seu olhar atentamente sobre João Antunes, esboçando um sorriso enigmático. Algo de astucioso e trocista perpassou o seu olhar. João Antunes fora atraído por aquela máscara insinuante e reparou na extremidade de seu cavanhaque, onde alguns fios brancos acentuavam aquele seu ar sombrio e misterioso.

— Por favor, João Antunes — pediu Marcus delicadamente.

Tal qual fizera ao adentrar a sala, João Antunes caminhou alguns passos pelo interior do quarto e parou, admirado, perante uma quantidade de coisas que nunca vira. Marcus notou o seu espanto e o acompanhou recinto adentro. Sobre as paredes, havia diversas tabelas com dados técnicos, bem como alguns gráficos sobre evolução de preços em bolsas de valores.

— Não se assuste, João Antunes, vou lhe explicar tudo. — E, durante quase duas horas, Marcus discorreu sobre gemas e pedras. Começou com uma introdução sobre as diferenças que havia entre pedras preciosas e semipreciosas, definiu gemas, minerais, cristais e rochas. Uma tabela versava sobre a nomenclatura das gemas a respeito da qual Cocão falou longamente, explicando-lhe os sistemas normativos e sobre o padrão RAL alemão, vigente no mundo. Apontando uma outra figura, falou bastante sobre formação e estrutura das gemas, sobre sistemas isométrico, tetragonal, hexagonal, trigonal, ortorrômbico, sistema monoclínico e suas subdivisões pinacoides, clinopinacoides; discorreu sobre esmeraldas, safiras, rubis, topázios, turmalinas e águas-marinhas. Contou-lhe histórias sobre os diamantes mais famosos do mundo, falou sobre o Cullinan I, que foi lapidado a partir do maior diamante já encontrado e que adornava o cetro do rei Eduardo VII. Enfim, por mais que explicasse tudo isso, João Antunes não tinha capacidade para absorver quase nada. Aquele era o mundo de Cocão, e, por ser especialista no assunto, falava com conhecimento e ia se empolgando com suas explicações, esquecendo-se que João Antunes era apenas um peão.

— Mas como aprendeste tudo isso, Marcus? — indagou, admirado.

— Fui criado nesse ambiente, João Antunes, me interessei e comecei a estudar o assunto com afinco, e aprendi a amá-lo. Iniciei com quinze anos. A natureza é sublime e ninguém iguala o seu talento. Existe algo mais belo que um rubi? Ou uma esmeralda? Há alguma coisa mais linda e perfeita que o diamante? Ele é capaz de pulverizar a luz, de refleti-la em mil direções e é considerado o rei das gemas — explicou, com um brilho no olhar. — Sempre fui autodidata, mas quando tinha dificuldades, eu ia até a Escola de Engenharia, ao departamento de geologia, onde os professores esclareciam minhas dúvidas. Para problemas mais complicados, eu viajava à Escola de Minas de Ouro Preto, a mais completa e eficiente sobre o gênero. Lá existe uma excelente biblioteca de livros franceses, além de professores, também franceses, que sabem tudo sobre mineralogia. Estive lá três vezes. Com muita dedicação e esforço, acabei aprendendo as teorias e as análises práticas de pedras e ninguém me passa para trás. Adoro a beleza e quaisquer de suas manifestações! — exclamou Marcus, arregalando os olhos.

Encostada às paredes havia uma bancada com vários aparelhos, entre eles uma balança hidrostática e um microscópio para análise de gemas. Cocão aproveitou para discorrer sobre densidades relativas, apontando para uma grande tabela de densidades. Deu-lhe uma aula sobre refração da luz, indicando outra tabela de índice de refração e refração dupla, birrefringência e dispersão da luz. Explicou-lhe sobre transparência e brilho, mostrando-lhe uma tabela de pleocroísmo... Gastou mais tempo falando sobre os diamantes, explicando o que era clivagem e lapidação, ocasião em que falou sobre os diversos tipos de lapidação, mostrando-lhe mais de quarenta tipos desenhados num livro: lapidações em lágrima, navette, gota, briolette, cabochão, baguette; lapidação tesoura, octogonal... Finalmente, discorreu sobre o polimento das pedras.

— Está bem, Marcus, mas para mim basta, pois já me perdi no meio de tanta informação — interrompeu-o João Antunes com um ar sonolento e cansado, efeitos do vinho, da comida e das explicações complicadas.

Marcus sorriu condescendente.

— Venha, então, conhecer agora o meu escritório aqui ao lado. Desculpe-me, João Antunes, mas sempre me empolgo quando discorro sobre esse assunto.

Um simples reposteiro ligava o cômodo em que estavam ao escritório; dirigiram-se a ele.

— Vou abrir as janelas, a chuva já passou. — Marcus abriu o janelão e uma luz tímida, macia, invadiu o escritório, indicando que a tarde caía.

Aproximaram-se da janela e ergueram suas vistas, observando o céu livre das pesadas nuvens. O sol já baixava, porém, atrás do sobrado.

O lado frontal, onde estavam, era repartido em três cômodos. Em cada um deles havia um janelão dando para a Rua Três. Cocão e João Antunes estiveram no primeiro, agora adentraram o escritório, no cômodo intermediário. Neste havia uma escrivaninha no centro e as paredes eram quase todas cobertas com estantes, repletas de livros. Num dos ângulos do quarto, perto da janela, situava-se um divã sobre um tapete já envelhecido. Na sua cabeceira, havia um travesseiro amassado que parecia estar sempre por lá. Aquele era o recanto favorito de Cocão, no qual que passava horas mergulhado em leituras. No escritório prevalecia certa bagunça, pois diversos livros fechados ou abertos estavam sobre a ampla escrivaninha, bem como anotações a lápis, tinteiros e canetas, envelopes e papéis; alguns jornais e revistas estrangeiras estavam sobre o divã. Nas superfícies das paredes, onde não havia livros, viam-se esboços de pintura em telas sem molduras, outras emolduradas, e um calendário em francês. Num outro canto havia um chapeleiro alto de madeira, com suas pernas curvas apoiadas sobre o chão; nele estavam dependurados vários tipos de chapéus. Muita coisa para pouco espaço.

— Quando estou em casa, passo grande parte do dia lendo, deitado nesse divã, aproveitando a claridade que vem da janela.

— Então tu gostas de ler... — comentou João Antunes.

— Muito! Mamãe tinha muitos livros interessantes, todos em alemão ou francês. Conheço o alemão, mas o francês eu domino totalmente.

— Eu também amo os livros, igualmente por influência de mamãe. Ela tem uma boa biblioteca com livros portugueses e alguns italianos.

— Deveras? Vejo então que temos mais coisas em comum... — comentou Cocão, fitando João Antunes e abrindo um sorriso afetuoso. — O que quiser, basta vir aqui e escolher — acrescentou Marcus, deslizando seu olhar sobre os livros nas estantes e retornando-o sobre o semblante de João Antunes. — Finalmente, esta terceira porta nos leva ao meu quarto. Venha conhecê-lo — convidou-o com um gesto de mão.

Marcus antecipou-se, entrou no quarto e abriu a janela, enquanto João Antunes permanecera no escritório. Ao ver o quarto iluminado, ele adiantou-se até a porta e ficou espantado ao deparar-se com o luxo extravagante daquele ambiente. As paredes eram revestidas de cretone em tons de azul e prata.

O teto branco era emoldurado por uma sanca, um elegante lustre de cristal da Boêmia, tipo império, pendia de seu centro. A cama de casal era imensa, em pátina cinza sob um dossel com franjas grossas prateadas, sustentado por colunas torneadas em relevos delicados, também em pátina. A superfície da cama era coberta por uma colcha em tecido adamascado de seda prateada brilhante em tons levemente contrastantes; o tecido era desenhado com grandes flores entrelaçadas. A cabeceira era alta e imponente, e dois grandes travesseiros cobertos com fronhas douradas, também de seda, causavam um contraste impressionante com o ambiente. Um belíssimo tapete estendia-se entre a cama e a janela. Rente à porta de entrada, à sua esquerda, e junto à parede, um grande guarda-roupa se prolongava até a parede da janela. Ao lado da cama havia duas mesinhas de cabeceira e, sobre cada uma delas, um abajur em pátina dourada. O grande armário, as mesinhas e a grossa moldura interna da janela eram também revestidos de pátina cinza, com pequenos frisos dourados. No ângulo direito do quarto — formado pela parede oposta à porta de entrada e a parede onde encostava-se a cabeceira da cama, ao lado da mesinha de cabeceira —, havia uma porta que conduzia ao banheiro. Havia naquele quarto uma decoração intencionalmente extravagante, agressiva, completamente personalizada e singular; um ambiente surrealista. O contraste entre os tons de cinza e prata e os tons de amarelo e dourado causava um efeito impressionante.

— Eu nunca imaginei coisa assim, Marcus... — comentou João Antunes, espantado com o que via. Ele permanecia sob a porta, paralisado por um sentimento que o inibia de penetrar no quarto. Havia qualquer coisa de misteriosa que dimanava daquela luxúria de cores, algo muito além do que jamais sentira ao deparar-se com um ambiente. Ali pulsava, sem dúvida, uma realidade estranha, extravagante e muito vívida que confrontava suas emoções e o deixava atônito.

— Não se assuste, João Antunes, vença o que você sente e penetre em uma nova realidade. Experimente a maciez da minha cama e o conforto dos travesseiros de penas de gansos austríacos.

João Antunes se fez escarlate e deu três passos receosos à frente, correndo os olhos rapidamente sobre cada detalhe. Não conseguia, porém, se fixar em nada, e esse era o objetivo daquela decoração. Marcus era íntimo de coisas refinadas e a decoração do seu quarto não era uma mera falta de gosto ou uma cafonice. De fato, a decoração tinha o objetivo deliberado de proporcionar exatamente aquilo que João Antunes sentia: remexer as emoções rotineiras e propiciar sentimentos inéditos. Timidamente, ele avançou até a cama e apalpou o colchão, e sua mão afundou gostosamente. Sentiu um aroma deliciosamente sutil que se espalhava pelo ar e que lhe parecia de uma doçura aveludada.

— Venha agora ver o banheiro, João Antunes, por aqui. — E Cocão contornou a cama e prosseguiu pelo seu lado direito até junto à cabeceira, onde havia a porta que dava acesso a ele.

João Antunes o seguiu cautelosamente e estacou sob o portal, outra vez impressionado com o que via. As quatro paredes do banheiro eram todas revestidas por imensos espelhos, do piso ao teto, à exceção de onde estava a banheira, em que o espelho se iniciava acima da junção desta com a parede. Isso possibilitava a uma pessoa, no seu interior e qualquer que fosse a sua posição, ver sua imagem refletida infinitamente, até se reduzir a um ponto. Nos tímidos espaços onde não havia superfícies espelhadas, aflorava o revestimento em mármore cor-de-rosa. A imensa banheira, também revestida em cor-de-rosa, situada lateralmente de frente para a porta, ocupava, em sua direção longitudinal, toda a parede ao fundo. Suas duas torneiras eram douradas e afixadas nessa parede. Nos rebordos de mármore, nas duas cabeceiras, havia diversos frascos contendo cristais perfumados coloridos e toalhas cinzas dobradas. Na parede ao lado direito da porta, e nela centralizada, havia uma pia embutida sobre uma cômoda, e um vaso sanitário. As torneiras eram também douradas. A cozinha situava-se atrás do banheiro, de tal forma que o fogão, encostado na parede que separava os dois cômodos, fornecia água quente vinda das serpentinas. O piso e os rodapés eram em mármore cor-de-rosa, porém num tom mais escuro, o que causava outro efeito impressionante. Cocão avançou até o centro e convidou João Antunes.

— Venha até aqui desvendar o seu âmago — convidou-o numa inflexão suave e afetuosa. Seus olhos emanavam uma doçura invulgar.

— Desvendar o meu âmago... — repetiu vagamente João Antunes, com os pensamentos imersos num certo torpor e o olhar perambulando assustado em cada canto. Caminhou lentamente até perto de Cocão.

— Veja a infinidade de suas imagens, João Antunes. Todo ser humano é assim... — disse Marcus, olhando os reflexos de João Antunes num dos espelhos.

— Pois as imagens são todas iguais. Reflexos de uma só — replicou João Antunes.

— Exatamente, querido, reflexos de uma só, porém, à medida que se refletem, vão diminuindo de tamanho até se reduzirem no infinito a um ponto indistinto. Esse é o seu âmago, a verdadeira imagem de si, o seu eu — disse com uma voz entristecida e uma expressão melancólica. — Durante a vida, João Antunes — prosseguiu Marcus —, assumimos várias imagens para bem representá-la; pensamos que somos unos, mas somos vários, como nos mostram esses espelhos. E observe que aquele ponto refletido no infinito, além de desconhecido, é o mais importante... — disse Cocão, mantendo o semblante reflexivo.

— Não sei do que tu falas, Marcus... Não te entendo... — disse João Antunes, sentindo as emoções que chamejavam desvanecidas no semblante de Marcus.

— Você já ouviu falar de um médico austríaco chamado Freud? — indagou Cocão, voltando-lhe o olhar.

— Não... Não sei de quem se trata, nunca ouvi esse nome — respondeu lentamente, ainda pensativo.

— Pois é um cientista que tenta desvendar a alma humana. Ele diz que há em nós processos inconscientes, sendo esses os responsáveis pelos nossos atos conscientes. Ele os chamou de inconsciente. Freud fundou uma ciência denominada psicanálise, ainda pouco estudada e pouco utilizada no Brasil. O objetivo dela é procurar penetrar no inconsciente e desvendá-lo, objetivando o nosso autoconhecimento; é buscar os processos inconscientes e trazê-los à consciência a fim de melhor conhecer o nosso eu... Conhecendo as origens que impulsionam nossas emoções, poderemos lidar melhor com os problemas que nos afligem, e talvez superá-los. As raízes dos nossos comportamentos, diz ele, são desconhecidas por nós, por isso é preciso achá-las. Eu o leio em alemão e tento compreendê-lo na medida do possível, pois as palavras utilizadas para o simbolismo das suas ideias são muito complexas, bem como os termos científicos usados. Portanto, João Antunes, aquele ponto no infinito é o seu inconsciente, e, partindo dele, suas imagens vão aumentando como num processo gradativo de autoconhecimento, até chegar aqui... em você. E espera-se que cada imagem revele um maior conhecimento real do seu verdadeiro eu, que não seja apenas representado simbolicamente pelas imagens. O que é difícil... — completou Cocão, com um sorriso impotente.

— E tu, Marcus, conseguiste algum sucesso nessa busca? Chegaste mais próximo de ti mesmo? — indagou João Antunes, sentindo forte emoção por ter intuído o efeito poderoso dessas ideias, como se essa pergunta lhe houvesse aberto repentinamente uma fresta do seu eu, ou lhe fornecesse uma nova maneira de encarar a vida. Pensou imediatamente nas inexplicáveis alternâncias bruscas de suas emoções e cogitou que talvez fosse possível justificá-las. Jamais imaginara que pudesse ser movido por alguma coisa ignorada, ou que seus atos conscientes fossem apenas atitudes emanadas de algo mais profundo e desconhecido.

— Tenho, sim, obtido alguns progressos, embora muito lentos... e penosos. E cada vez me entristeço mais ao me conhecer — disse Cocão, deixando transparecer uma agonia em suas faces crispadas e em seus olhos, que erravam vagamente pelo chão. Naquele instante, a tarde se acentuava; apenas uma luz mortiça vazava pelo pequeno basculante situado próximo ao teto.

— Mas então essa ciência entristece os homens?

— Talvez, João Antunes, talvez num primeiro instante... Ou, quem sabe, para sempre. Mas o objetivo é escavar o inconsciente para melhor conhecê-lo e trabalhar as emoções. E isso, a princípio, traz sofrimentos, pois lhe proporcionará um confronto consigo mesmo. Mas você será mais autêntico e feliz se manejar ou vencer esse conflito...

Permaneceram um instante em silêncio, enquanto o olhar de Cocão emitia uma dor infinita. João Antunes sentiu urgência em partir. Sentia-se confuso e agoniado com as emoções que vivera nesse dia, que atingiam o clímax nesse momento. Ele penetrara num mundo até então ignorado. Intuíra que havia qualquer coisa de muito diferente que escapava inteiramente aos seus pensamentos padronizados, forjados desde criança no ambiente provinciano e limitado de Santos Reis. Percebia em Marcus uma abertura a novas ideias, a novos comportamentos, enfim, a um mundo que confrontava intensamente sua maneira de ser. Sentia a sua delicadeza e sua fina educação opor-se ao clima conservador, machista e opressivo em que fora criado. Marcus revelava-se uma pessoa profundamente erudita. João Antunes descobria novas formas de vida, talvez mais ricas, instigantes e interessantes do que aquela sua realidade uniforme, estreita e pré-definida, na qual o inusitado e a liberdade estariam ausentes.

— Vamos então, João Antunes — disse Cocão, manifestando agora profunda tristeza, como se alguma coisa de visceral escapasse de seus desejos. Passavam pelo seu quarto quando Marcus o chamou até a janela e lhe mostrou uma casa, no lado oposto da rua, pouco adiante de seu sobrado. — Está vendo aquela casa azul? — perguntou, apontando-a com o indicador.

— Sim...

— Foi alugada por Henriette. Quando está em Cavalcante, é lá que reside. Está fechada porque está viajando, e seu homem encontra-se no garimpo.

João Antunes viu um pedaço do seu mundo aparecer e sorriu aliviado, pensando que logo estaria no interior daquela casa, amando Riete. Passaram em seguida pelo escritório e pelo outro cômodo, retornando à sala. João Antunes observou Orlando esfregando os vidros do guarda-louças. Pelas janelas da sala, podiam ver os vermelhos do poente se infiltrarem entre os cinzas remanescentes do temporal. Ao se dirigirem à porta de saída, Orlando virou-se e apressou-se em abri-la, postando-se de lado. João Antunes despediu-se dele, vislumbrando algo malicioso cintilar em seu olhar misturado ao escárnio em seu rosto. Orlando, porém, apenas assentiu lentamente com o queixo. João Antunes lembrou-se de que sua impressão inicial, ao chegar ao solar de Cocão, fora a figura enigmática de Orlando. Agora, ao partir, era ele novamente quem lhe impressionava. Saíram no alpendre, e João Antunes respirou fundo, buscando apreender o que restara do seu mundo. Um resto de sol, morno e dolente, ainda iluminava Cavalcante, propiciando algo inefável que lhe revirava o espírito e o deixava aturdido. A chuva parecia haver purificado o ar, deixando nele um frescor agradável e um perfume de terra e mato. João Antunes sentia que não podia retribuir, na mesma medida, a imensa ternura que Cocão lhe dedicava, mas não conseguia desvencilhar-se da obrigação de fazê-lo. Olhou o quintal vizinho, vazio e enlameado, e observou o tronco da paineira escurecido pela umidade.

— Eu o acompanho até a pensão, João Antunes — disse Marcus, efetuando um gesto com a mão à guisa de convidá-lo a descer. Desceram a escada, abriram o portãozinho, viraram à direita e começaram a caminhar pela calçada. João Antunes mantinha-se calado, constrangido, enquanto Marcus fitava os arredores com um olhar deprimido e impotente. Ao passarem em frente à loja do senhor Ifrain Abdulla, este os viu e gritou para Marcus:

— Como é, Cocão, quando a tal Riete vai me pagar? Já venceu o mês e nada do pagamento!

— Ela viajou para receber um dinheiro. Assim que chegar, ela acerta com você — respondeu Cocão, parando um instante. O senhor Abdulla, que estava a atender um cliente, observou-os um momento, enquanto João Antunes e Marcus recomeçaram a andar. Os dois homens no interior da loja gracejaram qualquer coisa e retomaram sua conversa.

— O ambiente aqui em Cavalcante é assim, João Antunes, mas eu não me importo e levo a minha vida, que está na beleza das gemas, em suas cores magníficas e inigualáveis.

Chegaram à praça central e pararam, observando os arredores, que assumiam um ar sossegado, tranquilo, como se estivesse imune à inquietude que os afligia. Àquela hora, fresca e aprazível, havia poucas pessoas circulando; já era quase noite.

— Do outro lado está o único hotel de Cavalcante, João Antunes, o Hotel Central, cujo proprietário, o senhor Lauro, reputo ser a pessoa mais simpática da cidade, o único que sempre me respeitou. Homem de coração generoso e de um humor invejável, cuja companhia faz bem à vida. Todos o tratam por tio Lauro. Vá conhecê-lo e comprovar o que lhe digo. Aqui, ao lado da praça, na Avenida Tiradentes, encontra-se o bar Pinga de Cobra; tem cachaça boa e petiscos deliciosos. — Cocão apontou mais alguns locais e pequenas lojas situadas nas imediações, tecendo comentários a respeito. O restante eram residências que davam frente para praça. As melhores casas da cidade localizavam-se nas imediações, porém eram moradias muito simples.

— Aqui todos se conhecem e a principal diversão de Cavalcante é a vida alheia. Alguns são terríveis...

— É... Eu sei disso — comentou João Antunes, pondo-se a atravessar a rua em direção à Pensão Alto Tocantins, acompanhado por Cocão.

— Amanhã eu devo ir a uma fazenda dos arredores fechar uma compra de mulas, mas, depois de amanhã, eu passo aqui e o apanho de madrugada para ir conhecer o garimpo. Às cinco horas, está bom? Chegamos à tarde e retornamos no outro dia. Terá a oportunidade de conhecer o local e entender a razão pela qual quero vê-lo longe de lá.

Ao chegarem à pensão, o senhor Vicente estava sentado numa das poltronas da recepção lendo um jornal sob uma luz fraca. Ao vê-los, levantou-se e veio até a entrada recebê-los.

— Como vai, Cocão? Sempre o vejo de longe, mas já faz tempo que não conversamos — cumprimentou-o, estendendo-lhe a mão.

— Vai-se indo, Vicente, vai-se indo — respondeu, Marcus, com cortesia, apertando-lhe a mão.

— Então, vão trabalhar juntos?

— Não... — respondeu Marcus, meio indeciso. — Mas combinamos que, depois de amanhã, eu passo aqui de madrugada para levá-lo a conhecer o garimpo de Henriette. Às cinco horas eu chego e você me espere aqui na porta — confirmou, dirigindo-se a João Antunes. — Eu mesmo trago as montarias.

— Está bem, Marcus, estarei aqui te aguardando — respondeu João Antunes, que fitava os arredores distraído.

— Ele vai trabalhar com a moça? — indagou Vicente, avançando o rosto e olhando para os dois.

— Não sei, Vicente... Ainda vamos resolver — respondeu Cocão, franzindo a testa e observando João Antunes, que enrubesceu e desviou o olhar para o interior da recepção. Houve um breve silêncio, gerado por pensamentos indiscretos e reprimidos. O senhor Vicente relaxou-se e se despediu. Antes de entrar, disse a João Antunes que, na manhã da viagem, deixaria a chave na porta, e que depois que ele saísse, era só puxá-la por fora para travá-la. Uma recomendação que não necessitava ser feita naquele momento, mas que o senhor Vicente a fez à guisa de substituir algum pensamento, atitude comum.

João Antunes e Marcus conversaram ainda alguns minutos e se despediram, reafirmando o compromisso de viajarem ao garimpo. A noite agora caíra, encerrando um dia muito instigante na vida de João Antunes.

6

Dois dias depois, conforme o combinado, não havia ainda alvorecido quando João Antunes despertou meio assustado, vestiu-se rapidamente, calçou suas velhas botinas, colocou o chapéu e saiu do quarto, dirigindo-se ao banheiro. Retornou, pegou sua grossa capa de lã que ainda guardava o cheiro de Ventania nas extremidades e dobrou-a sobre o braço. Havia apenas um lampião no fim do corredor, cuja luz chegava timidamente à recepção, imersa em sombras. Os móveis, as paredes e o retângulo da entrada eram apenas perceptíveis. João Antunes dirigiu-se à porta de entrada, girou a chave, saiu e fechou-a, quebrando o silêncio da madrugada. Fora estava frio e o ar exibia um frescor de coisa nova, muito agradável. Uma leve neblina e o escuro do fim de noite atenuavam a visão dos arredores. Cocão ainda não chegara. João Antunes mirou o firmamento e contemplou o fraco cintilar das estrelas, meio embaçadas pela névoa, e pensava em tantas coisas relacionadas às madrugadas que vivera. Caminhou até a esquina e identificou o Leste, atrás da pensão, sinalizado pelo tênue brilho que se insinuava atrás de morros longínquos. Retornou e enfiou as mãos nos bolsos, olhando os arredores da praça, completamente deserta. Após cerca de vinte minutos, Cocão surgiu lentamente na Rua Três montando uma mula e segurando, numa das mãos, uma corda que puxava mais três animais, um atrelado ao outro; cavalgava em frente à casa de Riete. Dois desses animais levavam cargas sobre os dorsos. Enquanto se aproximava, os primeiros raios de sol raiavam atrás dos morros. Em alguns segundos, Cocão irrompeu próximo à esquina, chegando risonho à pensão.

— Bom dia, João Antunes, como passou desde anteontem? — indagou Cocão, freando os animais.

— Tudo correu bem e aproveitei para conhecer a cidade.

— Então, vamos? — convidou-o, abrindo mais o sorriso, demonstrando pressa. — A terceira é para você — disse ele, voltando o rosto na direção da mula. — É a minha melhor montaria — acrescentou.

João Antunes olhou-a e caminhou até ela. Soltou o laço que a prendia à segunda mula, que carregava a carga que Cocão puxaria. Antes de montá-la, como de hábito, deu uma volta em torno, examinando-a rapidamente; acariciou-a, afagando-lhe a cabeça e o pescoço, deu-lhe um tapinha na anca e ergueu uma das patas dianteiras, observando com atenção sua ferradura. Marcus o olhava deslumbrado, admirando a presteza e a intimidade que exibia no trato com o animal. Em seguida, João Antunes apanhou seu alforje, prendeu-o à frente do arreio, colocou sua capa sobre ele, e montou-a, dividindo com Cocão a tarefa de puxá-las. Marcus observou-lhe o porte e a arte de cavalgar, mesmo sobre uma mula.

— Sem dúvida, trata-se de um belo animal e com muita saúde — elogiou João Antunes, cutucando-a e fazendo muxoxos. — Como se chama?

— Lindaluz — respondeu Cocão, que ainda permanecia enrolando a corda que anteriormente ligava a segunda mula à terceira.

— Lindaluz... Bonito nome — comentou, enquanto corria a palma da mão sobre o renque de crinas grossas. Outra vez afagou-lhe o pescoço.

Partiram lentamente, contornaram a pequena praça e se embrenharam por uma das ruas em direção aos caminhos que subiam os morros, rumo ao norte. Aos poucos, foram se afastando da periferia de Cavalcante e penetrando nas estreitas trilhas que conduziam ao pé da serra. Vários desses caminhos secundários, num dos quais viajavam, confluíam mais adiante para a única trilha principal, íngreme e tortuosa, que os levaria ao topo da montanha. Logo alcançaram-na. Passaram a cavalgar em fila a partir daí, puxando as mulas e conversando pouco, limitando-se a trocar ideias sobre o percurso. À medida que subiam, a neblina tornava-se mais forte, obrigando-os a ficarem atentos a fim de evitar os buracos, valetas, galhos caídos ou qualquer outro obstáculo que porventura pudesse lhes oferecer perigo. "Estas chuvas fortes costumam provocar desabamentos e estragam bastante o caminho", comentou Marcus. Às vezes eram obrigados a se abaixar devido a alguma ramagem maior que invadia o espaço, ou a cavalgarem cautelosamente à beira de encostas muito inclinadas.

— Qual é a distância entre Cavalcante e o garimpo? — indagou João Antunes, estranhando-se por não haver feito essa pergunta tão óbvia a Marcus durante o tempo em que estiveram juntos.

— Uns vinte e cinco quilômetros — respondeu Cocão, refletindo um instante. — Devemos chegar entre quatro e cinco horas; não quero forçar as mulas. Às dez horas paramos no rancho do Cunha para almoçarmos e deixar os animais descansarem. Esta é a subida mais íngreme, depois haverá só mais uma, porém mais fácil... O restante da viagem é tranquilo — disse, mantendo-se atento à trilha. João Antunes parou um instante, ficou de pé sobre os estribos e vestiu a capa de lã.

À medida que subiam, a friagem aumentava, e passaram a cavalgar próximos a profundos despenhadeiros e altos barrancos, ocasião em que as extremidades de compridas samambaias, surgidas dos taludes úmidos ou de espaços entre árvores e arbustos, roçavam-lhes o corpo, orvalhando-os. Mantinham-se atentos e preocupados com a segurança deles e dos animais. Frequentemente tinham que segurar os chapéus e enxugar os rostos. Marcus ia assinalando a João Antunes os abismos, pois deles só se via a névoa cinzenta pairar sobre o negrume. Aos poucos, porém, foram ultrapassando a espessa neblina, que ia permanecendo abaixo, podendo cavalgar mais relaxados pois a visibilidade sobre a trilha expandira. João Antunes passou a admirar as tonalidades de verde luxuriantes que despencavam úmidas dos altos taludes acima deles e prosseguiam sobre as encostas. Tais cenários eram-lhe inéditos, pois estava acostumado às planícies dos pampas onde o verde quase uniforme das campinas se estendia por longas distâncias. Ele não conhecia a região serrana gaúcha. Cerca de três horas após o início da viagem, Cocão lhe mostrou lá embaixo os sinais da pequenina Cavalcante. Ela estava sob a neblina, sendo possível vislumbrar apenas alguns pontos de luzes esparsos brilharem ofuscados pela névoa. Cavalgaram mais cerca de meia hora e atingiram o cume. Ali, pararam e dirigiram seus olhares a leste, passando a admirar o horizonte, formado pelas curvas levemente onduladas das serras que se perdiam ao longe. O sol já subira quatro dedos acima do nascente. Apreciavam a sua suave claridade colorir as franjas dos morros e esvaecer-se gradualmente no céu, tingindo-o de um diáfano azul. A manhã prenunciava um dia ensolarado. Raios de luzes amarelados se infiltravam na neblina e se abriam em leques, criando um cenário belíssimo. João Antunes lentamente girou o rosto e apreciou a paisagem, avistando uma sucessão de morros num horizonte remoto, difuso, intangível, que tocava o firmamento e circunscrevia a vastidão do mundo. Alguns desses morros eram cortados longitudinalmente por compridos filetes de nuvens, que deixavam à vista somente seus cumes matizados em tonalidades cinzas, e mesclavam-se a sombras escuras que se perdiam em profundos grotões. Em alguns deles, afloravam às superfícies de suas encostas o cinza granítico lavado pela umidade, faiscando ao sol. Os pássaros anunciavam seu despertar; sentia-se o frescor matinal e aspirava-se a fragrância da mata misturada a uma aragem fria, já ameaçada pelo tépido calor que quebraria a alvorada. Algumas borboletas, com sua miríade de cores exuberantes, pousavam amiúde sobre os animais e logo partiam em voos recortados, num estranho balé. Aquele magnífico panorama e as emanações da natureza propiciavam-lhes emoções profundas, assim como a percepção da mediocridade que rege as planícies; ambos experimentavam quase um torpor beatífico. Permaneceram silentes naquela contemplação durante alguns minutos, meditando, ouvindo o silêncio dos morros e o sibilar do vento cortar o espaço e perder-se ao longe em sons prolongados. Marcus rompeu o silêncio e novamente apontou em direção a Cavalcante. Porém, dela só se avistava difusamente algumas casas abaixo da névoa iluminada, que pairava como um disco sobre a cidade.

— Tomou o café? — indagou Cocão, quebrando seus pensamentos.

— Não — respondeu João Antunes. — Santinha ainda não havia chegado.

— Queria lhe mostrar essa maravilha, por isso saí mais cedo... Planejei estar aqui a esta hora. Lindo, não? — acrescentou, voltando-lhe o rosto.

— Sim. Muito! Belíssimo cenário — concordou João Antunes, retirando o chapéu, girando novamente a cabeça e admirando a paisagem. — No Sul, não estava habituado a isso, pois a região de Santos Reis é plana e nunca fui à serra gaúcha — contou, pensando nas coxilhas e em suas esporádicas ondulações suaves, enquanto alongava a vista.

Marcus, então, pouco a pouco, foi se concentrando em João Antunes, fitando-o languidamente, ligando-se a ele por uma paixão arrebatadora que só cresceu desde o instante em que o conhecera. Ele abstraía-se daquela natureza exuberante, pois o seu cenário naquele instante confluía para João Antunes, que se apoderava de sua vida. Marcus mirava-lhe os olhos de safira, que pareciam mais belos e insinuantes naquele momento em que fitavam o horizonte; perdia-se entre os cabelos encaracolados vazados pela luz matutina, o que os tornavam mais louros e suaves; embevecia-se perante a visão de sua boca delineada por lábios sensuais. Admirava-lhe o rosto perfeito, delicado, porém másculo, e sentia aquele semblante convulsionar seu espírito. Marcus o absorvia completamente e extasiava-se perante aquele rapaz belíssimo, que se revelava em sua plenitude aos seus sentidos exacerbados pelos eflúvios daquela manhã tão linda. Ele imaginava que talvez João Antunes fosse obra de algum genial cinzel renascentista, que tinha encarnado ao receber um sopro de vida. Então, aquela paixão arrebatadora cristalizou-se de repente numa convicção fulminante: não mais poderia viver sem João Antunes, queria-o para si até a morte. Súbito, a mula em que montava João Antunes deu uma zurrada e bateu a pata dianteira no chão.

— Calma, Lindaluz — disse ele, afagando carinhosamente o pescoço do animal. Aquele afago derreteu o coração de Marcus. Seus olhos se umedeceram. — Seguimos? — indagou João Antunes, alheio ao turbilhão que jorrava daquele olhar. Ele retesou as rédeas, dispondo-se a seguir Cocão, mas este permanecia a fitá-lo, parado onde estava. — O que foi, Marcus? — perguntou João Antunes, prestando agora atenção naquele semblante agoniado.

— João Antunes... — começou Cocão com uma voz plangente e um olhar suplicante, fazendo uma pausa que teve o efeito de criar uma expectativa ansiosa entre eles. — João Antunes, você... — E hesitou novamente, mas continuou com uma voz trêmula, com o peito arfante: — Você é tão lindo, João Antunes. Por Deus do céu... Como você é lindo, mais belo do que tudo isso que presenciamos. Eu... eu te amo, João Antunes, te amo com uma paixão infinita! Não poderei mais viver sem você... — E esfregou os olhos orvalhados com as costas das mãos, interrompendo-se comovido, olhando-o com um olhar triste e desesperançado, observando suas reações. João Antunes sentiu-se atônito, estupefato e constrangido por aquelas palavras, pois seu estado de espírito era outro, e não percebera as alterações pelas quais passaram as emoções de Marcus. Permaneceu em silêncio, sem encontrar palavras que respondessem àqueles sentimentos sôfregos que brotaram tão compulsivos e intensamente de seu amigo. Olhou para Marcus e experimentou um forte conflito, pois se afeiçoara a ele, mas nunca pensara que Cocão pudesse apaixonar-se por ele e declarar-se explicitamente como o fez. Porém, não desejava jamais ofendê-lo, tal a bondade com que fora recebido e vinha sendo tratado.

— Marcus, vamos continuar, depois conversaremos sobre isso... — Foram as palavras que surgiram e que conseguiu pronunciar, impelido pelas circunstâncias.

João Antunes cutucou Lindaluz e puseram-se a cavalgar. Ambos mergulharam então num prolongado mutismo, permanecendo pensativos a observarem a trilha e suas pequenas pedras, suas rugosidades enlameadas e os seixos rolados pela chuva... Observavam a terra batida pelas ferraduras, o caminho dos homens que iam e vinham sobre ele na labuta da vida. Algum dia, alguém cavalgou ali pela primeira vez. E novamente passaram e repassaram durante anos e anos até ela se transformar naquela trilha, que talvez desaparecesse. Mas não fora plasmada como os homens, e existia imune aos tormentos dos que andavam sobre ela.

João Antunes permanecia num silêncio abafado, restrito a pensamentos que giravam rápidos e confusos em sua cabeça tal como aqueles redemoinhos que presenciara na infância, aos quais jamais conseguira entender como e por que se formavam e desapareciam tão rapidamente. Seriam eles também um tormento da natureza, ou uma sua manifestação dolorosa? Pensou em Ester, mas instantaneamente a imagem de Riete sobressaiu em meio ao torvelinho que lhe convulsionava a alma. E lembrou-se de sua beleza agressiva e do cintilar de suas pupilas no momento em que se despediram no hotel em Goiás, e o calor de suas mãos se irradiou para o seu sexo. João Antunes desejou ardentemente revê-la, lembrando-se do quanto era linda e sedutora, sentindo sua energia fluir-lhe no ventre.

Marcus seguia calado. João Antunes volveu-lhe o rosto pela primeira vez após aquelas suas palavras, e seus olhares se cruzaram perplexos, ansiosos de se decifrarem. Cocão se entristecera, mas, como de hábito, esforçava-se para que aquele seu jeito receptivo e condescendente conseguisse impedir que vazasse a sua imensa desilusão. Contudo, o seu olhar e o semblante triste condoeram João Antunes que intuiu, sob o ritmo monótono das ferraduras, que o amor é um sentimento único. *Segregar as manifestações do amor*, refletia ele, *constitui uma violência, pois tolhê-lo significa julgar imperfeito uma fatia do perfeito*. Insolitamente, João Antunes sentiu um estranho frêmito de felicidade, passando a curtir intensamente a natureza ao redor e a relembrar o lindo alvorecer que presenciara pouco tempo antes. Porém, tais emoções se dissiparam como a fumaça no ar, e ele permaneceu calado, macambúzio, sem entender o repentino desaparecimento de um instante. Pararam e retiraram os agasalhos. João Antunes dobrou sua pesada capa e a acomodou novamente sobre a cabeça da sela.

— Aquele comerciante que tem a loja no sobrado, o tal Ifrain, pareceu-me excessivamente ambicioso — comentou João Antunes, à guisa de quebrar o incômodo silêncio entre ambos.

— Já estou acostumado com ele. Aquilo é avarento que você nem imagina... É hoje um dos maiores prestamistas de Goiás. Possui várias casas de aluguel em Cavalcante, Goiás, e ainda é usurário. Não sei por que me aluga a loja, já lhe disse para construir um sobrado na praça... Mas, não! Está sempre a reclamar do dinheiro, cobrando os devedores quando os vê pelas ruas... — disse, sorrindo, mostrando uma resignação sombria.

— Marcus, quando conheci Riete, ela contou-me uma história novelesca e resumida de sua vida, que não entendi muito bem... Tu já falaste sobre isso, mas sabes mais alguma coisa a respeito?

— Não muito mais, mas quando mamãe já não vivia com o papai, ela contou-me alguma coisa, narrada pelo próprio Euzébio, que, como lhe disse, trabalhava com carro de aluguel. Contou-me que Euzébio se afeiçoara muito àquele diplomata francês que se chamava Jean-Jacques Chermont Vernier, como já sabe...

— É estranho. Riete havia mencionado esse nome durante a sua narrativa e, na ocasião, passou-me despercebido, mas agora, quando tu o mencionaste outra vez, eu tenho quase a certeza de que já o ouvi em algum lugar... Mas, então, prossiga — disse João Antunes com uma expressão pensativa.

— Pois bem, papai disse à mamãe que levava Jean-Jacques durante os finais de semana ao *Mère Louise*, um cabaré famoso que existia em Copacabana, frequentado por gente importante, uma espécie de clube *privée*. Nesse cabaré, Jean-Jacques conheceu a tal Verônica, e aos sábados papai o levava para se encontrar com ela. Porém, à época, Verônica era amante de um senador muito importante, o senador Mendonça que, conforme lhe disse e vim posteriormente a conhecer, é o pai de Henriette. Além disso, mamãe revelou que Verônica era uma mulher lindíssima, a mais deslumbrante do Rio de Janeiro, e que veio a se apaixonar por Jean-Jacques. Mas o senador descobriu o romance, e então aconteceu o mais triste da história: Jean-Jacques havia combinado com Verônica de levá-la para a França, porém, ela não apareceu no dia do embarque, retornando aos braços do senador. Acho que já lhe contei isso também, ou a própria Riete. Verônica, ao que parece, trocou Jean-Jacques por uma mansão que o senador comprara para a mãe dela, situado na Rua Conde de Bonfim. Papai nessa época já não vivia com mamãe, mas ele ficou tão transtornado e sensibilizado com esse fato que, no dia seguinte, passou na loja para conversar com mamãe a respeito, e desabafar. Ele gostava demais de Jean-Jacques e narrou a ela os detalhes da imensa decepção de seu amigo, que era realmente apaixonadíssimo por Verônica. Mamãe, apesar de separada de papai, se dava bem com ele e, às vezes, ele aparecia para conversarem.

— Riete contou-me que sua mãe, Verônica, desejava que ela fosse filha de Jean-Jacques, e não de Mendonça, mas seu desejo frustrou-se e Riete, por causa disso, foi rejeitada pela mãe — comentou João Antunes.

— Mas o que eu sei a respeito é só isso. A partir desse momento, mamãe e papai não mais tiveram notícias de Verônica. Mas papai continuou a trocar cartas com Jean-Jacques, que morava em Paris, segundo mamãe. De fato, foi um romance cujo desfecho foi triste para Jean-Jacques e, consequentemente, para Riete.

— Então não tiveram mais notícias... — disse João Antunes, observando um gavião mergulhar e desaparecer atrás de um morro. — E como foi o teu encontro com Riete? quis saber João Antunes, demonstrando curiosidade, pois Cocão também já lhe havia dito como fora.

Marcus sorriu, volvendo-lhe o rosto, e seus olhares se cruzaram num desencontro de emoções.

— Ela o atraiu, hein? — comentou Marcus, abrindo-lhe um sorriso triste, afetando desilusão.

João Antunes enrubesceu e sorriu acabrunhado, concordando lentamente com um gesto afirmativo de cabeça, e voltou a olhar a trilha que serpenteava encosta abaixo.

— Sim, Marcus, Riete me atraiu. Confesso que tenho pensado nela mais do que devia — comentou vagamente, sentindo brotar em si as primeiras raízes do amor. Inicialmente, João Antunes pensara em Riete para o sexo, mas agora lembrava-se de seu rosto e do seu jeito, e sentia algo diferente bulir com o seu querer.

Marcus calou-se um instante. Após alguns minutos, ergueu seu braço e esfregou a manga da camisa na testa e nos olhos, enxugando o suor que lhe marejava a fronte; protegeu os olhos com a mão e examinou a altura do sol em relação ao horizonte.

— São quase onze horas. Lá está a parada do Cunha — disse, apontando, no fundo de um vale, um pequeno ribeirão, cujas águas refletiam intensamente a luz da manhã. Um pouco mais acima, na margem oposta, sob a sombra de algumas árvores, situava-se o rancho. À distância, João Antunes não pôde distinguir muita coisa.

— E o tal senador Mendonça, como ele é?

— Um velho senhor obeso... arfante. Creio que se encontra no final da vida; parecia respirar com certa dificuldade e transpirava em excesso. Constantemente tirava o lenço e o esfregava sobre o pescoço, as faces... Porém, demonstrava carinho e preocupação com Riete. Dava-lhe conselhos e receava pelo seu futuro, mas ela mostrava-se resoluta. O senador disse então que iria escrever ao presidente de Goiás, tratando do caso, e foi muito gentil comigo. Levou-nos para almoçar num restaurante chique. Reafirmou várias vezes que a filha não precisava se meter em aventuras, pois possuía fazendas em Campinas, e, se ela quisesse, poderia vir a trabalhar nelas. Mas Riete foi irredutível. Ela também demonstrava não combinar com sua mãe. Durante o almoço, referiu-se várias vezes a alguns desentendimentos, argumentando sobre divisões de fazendas, negócios de dinheiro... Enfim, Riete quer se virar sozinha.

João Antunes permaneceu pensativo, captando a sofreguidão das mulas ao avistarem as águas cristalinas do pequeno ribeirão fluírem alguns metros adiante. O sol já começava a brilhar forte e o calor aumentara, substituindo a temperatura amena do amanhecer. Repentinamente, uma brisa refrescante varreu aquele fundo de vale, e João Antunes ergueu o rosto para usufruí-la; retirou o chapéu, soltou as rédeas, liberando as mulas até as margens barrentas do ribeirão, sulcado por marcas de ferraduras. Enquanto elas se fartavam d´água, João Antunes também esfregou a manga da camisa na testa, nas faces, sobre as pálpebras, limpando o suor que lhe molhava a pele; passou seguidas vezes os dedos abertos entre os cabelos umedecidos, usufruindo do frescor do vento. Enquanto fazia tais movimentos, Marcus permanecia a observá-lo, sentindo uma tênue esperança refazer suas ilusões. Logo após, cruzaram o leito raso e apearam em frente ao modesto casebre, muito rústico, com paredes de pau a pique e cobertura de sapê, porém, solidamente construído. Suas paredes eram grossas, bem trançadas, e a cobertura vasta fora recém-trocada, pois mostrava algum verde remanescente entre o capim. Internamente, consistia de apenas dois cômodos, separados por um reposteiro de algodão encardido. O maior deles era a cozinha, onde havia uma mesa com quatro cadeiras, próxima ao fogão. A entrada do casebre desembocava na cozinha; o outro cômodo, menor, era o quarto do casal. João Antunes e Cocão puxaram as mulas até a um pequeno curral, situado atrás da casa, desarrearam-nas, tiraram as cargas das outras duas, pegaram um balde e levaram-nas até o leito do ribeirão. Lá, jogaram-lhes água sobre o dorso e as trouxeram de volta, deixando-as sob as árvores que sombreavam o curral. A esperá-los, de pé, à porta do casebre, estavam Pedro Cunha e sua cunhada Luanda; viviam juntos havia alguns anos.

Cunha era mudo, e tão logo se aproximaram da entrada, ele passou a gesticular freneticamente com os dedos uma variedade enorme de sinais enquanto avançava a cabeça sobre o pescoço, arregalando os olhos negros que refulgiam. Um excessivo rubor lhe afogueava as faces, deixando-o num estado de excitação incomum. Ele gesticulava rapidamente e emitia sons ininteligíveis em várias gradações: alguns bruscos, cujas sonoridades assemelhavam-se a pequenos urros, outros mais brandos, prolongando-se em suaves ondulações anasaladas. Cunha expressava a sua mudez por intermédio dessa vocalização angustiada. Enquanto assim procedia, voltava-se constantemente para Luanda que, na medida do possível, ia traduzindo com aflição as ideias que jorravam compulsivamente da cabeça do marido. Marcus olhava-os com paciência, fazendo gestos afirmativos com a cabeça enquanto ouvia aquelas frases truncadas.

— Ele diz que tem vindo muita gente ao garimpo. — E Luanda tornava a olhar para Cunha, cuja excitação parecia aumentar. — O dono enviou um recado para você vir... Acharam um pouco mais de ouro — traduzia Luanda rapidamente, mas sua ansiedade aumentava à medida que prosseguia. — E que mataram uma pessoa a facadas... — Enquanto ela falava sobre o assassinato, seu marido executava uma sequência de gestos rápidos, cravando o punho com a mão fechada repetidas vezes no próprio peito, arregalando mais os olhos. Nesse momento, Pedro Cunha emitia apenas sons prolongados, tal era a sua aflição em transmitir suas ideias, pois seus gestos não conseguiam acompanhá-lo. Luanda, nesses instantes, fitava-o atônita, agitando-se afoitamente, tentando decifrá-lo enquanto seu semblante crispava-se angustiado. Marcus procurou relaxá-la, e disse, sorrindo, que já o havia entendido. Então, afastou-se, batendo de leve sobre o ombro de Cunha, desanuviando o semblante de Luanda.

— Está vendo, João Antunes? Notícias sobre ouro se espalham rapidamente. Avisei a Roliel para começar com pouca gente e com pessoas escolhidas por mim a fim de evitar conversas desnecessárias... Assim, ele perde o controle do garimpo e as despesas aumentam muito.

Marcus, logo que percebeu que Cunha tinha se acalmado, retornou alguns passos e indagou a Luanda:

— Então, mataram alguém?

Ela voltou-se para o marido e fez alguns sinais. Cunha novamente ficou exaltado, emitindo grunhidos e gesticulando com mais sofreguidão, enquanto ela o mirava atentamente, conseguindo, dessa vez, traduzi-lo.

— Sim, dois cabras se esfaquearam. Anteontem alguém passou por aqui e contou.

Pedro Cunha olhava Cocão e executava repetidos gestos afirmativos com a cabeça, porém, ele agora sorria deslumbrado, demonstrando incontida satisfação por ter sido compreendido. Ele então acalmou-se, efetuando movimentos mais controlados e posicionando-se junto ao portal, à guisa de convidá-los a entrar. Luanda dirigiu-se ao fogão para terminar o almoço. Pedro Cunha permanecia de pé sob o portal de entrada olhando os arredores com uma expressão estranha, parecendo descobrir na paisagem algo diferente do que tinha visto cotidianamente durante anos. Uma barba rala, desgrenhada, se espalhava parcamente pelas suas faces. Um velhíssimo chapéu de palha, roupas acabadas e uma alpercata puída cobriam-lhe o corpo encarquilhado. Luanda, sua companheira, era uma dessas mulheres tão comuns no interior do Brasil: prematuramente envelhecida no corpo e na alma. Apresentava um semblante árido no qual não se vislumbrava nenhum fulgor, nenhuma aspiração ou esperança, refletindo a carência de tudo aquilo que um dia certamente sonhara. Luanda era apenas um corpo que se movimentava em cotidianos insípidos, metida numa rotina estéril e sem sentido. Ela trajava-se tão pobremente quanto o marido e estava descalça. Um esquálido cachorrinho, triste e bichado, fechava aquele triângulo, aninhado ao pé do fogão esperando a comida. A despeito de tudo isso, Marcus garantiu a João Antunes que o arroz com feijão de Luanda era a luz que brilhava naquele vale.

Esse cenário induziu João Antunes a refletir sobre o livro que lera, no qual estava impresso a realidade a que assistia.

— Antes de almoçar, vamos revezar as cargas. As duas agora vão levá-las — disse Cocão, referindo-se às mulas em que cavalgaram até ali.

— Sim... — concordou João Antunes. Ambos foram até o curral e puseram-se a trabalhar rapidamente.

Marcus observava a familiaridade com que seu amigo desempenhava aquelas funções. Comentava com ele a respeito, e João Antunes limitava-se a sorrir e a lhe narrar suas viagens a Santo Ângelo, conduzindo o gado às feiras anuais. Gabava-se que estava acostumado a agarrar garrotes em disparada e pô-los no chão, lembrando-se de seu amigo Ambrozzini. João Antunes falava saudoso, e quando havia alguma pausa, seu olhar se distanciava e voejava pelas campinas do sul. Marcus, nesses interlúdios, fitava-o com um olhar plangente e a expressão amorosa, percebendo a intensidade com que João Antunes amava a vida rural. Cocão trabalhava num ritmo mais lento, movendo-se com lassidão e certo cansaço.

— Aqui estão... arroz, feijão — disse Marcus com dificuldade, solicitando ajuda para levantar um saco, que cada mula carregava, e amarrá-los sobre os seus dorsos. — Carne-seca, toucinho e farinha — prosseguia, enquanto colocava outros pequenos sacos parcialmente dobrados sobre o maior. E dirigiu-se à outra mula, onde trabalhava João Antunes. — Um pouco de sal, açúcar — ia dizendo, vendo-o colocar as pequenas cargas em Lindaluz. — Fósforos, fumo e palha para cigarros, café moído, pastilhas de quinino, redes contra mosquitos, navalhas, sabão e munição, que Roliel me encomendou. Quando viemos instalar o garimpo, conduzimos trinta mulas abarrotadas. Agora basta o necessário, duas vezes por mês.

Quando terminaram de carregar os animais, retornaram ao rancho e passaram a conversar com o casal sobre as novidades do lugar, que se resumiam às trivialidades de quem por ali transitara nos últimos dias, sobre as recentes chuvas e seus efeitos nas pequenas plantações, e de quando reapareceriam em Cavalcante. Cocão, por sua vez, lhes transmitia as últimas da cidade. Enquanto terminava o almoço, Luanda os escutava e, na medida do possível, ia transmitindo a Cunha o que diziam. Este mantinha um sorriso permanente e os olhos arregalados, efetuando gestos afirmativos com o queixo, protagonizando uma cena burlesca. João Antunes, em jejum desde a madrugada, após o almoço elogiou os dotes culinários de Luanda, surpreendido pelo tempero, confirmando a sua fama. Marcus pagou-lhes vinte réis pela refeição e retirou-se com João Antunes em direção ao curral para uma pequena sesta. Sentaram-se à sombra de uma árvore junto à cerca, encostando-se em seu tronco. Marcus mostrou a João Antunes duas raízes que se uniam, formando o vértice de um V próximo ao tronco, e ali colocou seu agasalho dobrado à guisa de travesseiro, e convidou João Antunes a nele repousar sua cabeça.

— Deite-se aqui, João Antunes. Sempre cochilo nesse lugar, que é confortável; as duas raízes formam quase uma cama...

— Mas, e tu, Marcus? — indagou João Antunes, com expressão constrangida.

— Eu me encosto aqui — respondeu Cocão, dirigindo-se ao lado, sentando-se e recostando a cabeça no tronco.

Em alguns minutos, Marcus adormeceu com a cabeça pendendo lateralmente. João Antunes não conseguiu dormir e logo levantou-se, retirou a capa que Cocão dobrara e também recostou-se no tronco, dobrando os joelhos, com as solas da botina apoiadas sobre o solo. Permaneceu pensativo com um graveto na mão a riscar alheiamente a terra ao lado e a observar distraído as mulas sob a árvore vizinha, ruminando languidamente seus pensamentos. Um silêncio bucólico, vazio e misterioso, cortado apenas pelo rumorejar das águas do ribeirão e o suave farfalhar das folhas sopradas pela brisa invadiam o seu espírito. Às vezes, um cantar dolente de um pássaro varava os ares e chegava em ondas nostálgicas, plangendo sua alma e o seu viver. João Antunes fixava mais seu olhar naqueles muares, plácidos e indiferentes a tudo que o afligia, enquanto o silêncio se tornava inquietante. Prestou atenção ao graveto que segurava e passou a riscar no solo, ao lado, os nomes de Riete e Ester, envolvendo-os com um coração. Aos poucos, esse desenho começou a fragmentá-lo em pensamentos confusos e contraditórios. Ele ergueu os olhos, observando vagamente as duas copas frondosas quase se tocarem e, entre elas, o distante azul do céu. João Antunes sentiu as lágrimas brotarem e a solidão cruciante baixar sobre si. Aquele instante, de repente, cristalizou-se numa angústia atroz. Ele esfregou as vistas e levantou-se assustado, firmando os olhos em busca de algo desconhecido, mas que fosse tangível à realidade, desejando ansiosamente escapar daquele sinistro vazio. Tudo nele aspirava ao equilíbrio, sem, contudo, conseguir atingi-lo; sentia-se caótico, com o espírito numa agitação anárquica. Caminhou em direção a Lindaluz, envolveu-lhe o pescoço com os braços e fruiu o conforto de suas crinas grossas sob as axilas, esperando que ela mitigasse sua solidão. Permaneceu algum tempo abraçado ao pescoço dela, absorvendo seu calor, sua tranquila irracionalidade, deixando-a lentamente penetrar em si e abrandar suas emoções. Afagou-lhe o rosto e depois pôs-se a caminhar cabisbaixo em direção às margens do ribeirão.

Sentia o sol queimar-lhe as faces, e lembrou-se de que esquecera o chapéu no espaldar da cadeira em que se sentara para almoçar. Desviou seu rumo, adentrou a casa e apanhou-o no mesmo lugar. Luanda estava terminando de lavar o vasilhame, e podia-se ouvir o ronco forte de Pedro Cunha varar a trama do reposteiro.

— Como se chama? — indagou João Antunes, observando o esquálido cachorrinho levantar-se e vir cheirar-lhe as botinas, agitando o rabo, e depois lhe erguer o olhar triste e baço.

— Aparecido — respondeu ela, voltando-se para ele e abrindo um meio--sorriso tímido, enquanto continuava a esfregar uma panela.

— Aparecido... — repetiu vagamente. — Mas... por que lhe deram esse nome? — perguntou João Antunes, conseguindo sorrir, e então franziu a testa e inclinou o rosto levemente à esquerda, olhando-a com atenção.

— Porque ele apareceu aqui certo dia, vindo de não sei onde. Pensamos um pouco e resolvemos chamá-lo de Aparecido.

Luanda então fitou João Antunes e um brilho relampejou em seu olhar, mas instantaneamente se apagou, e ela retornou ao que fazia. Sobre a mesa em que almoçaram ela ia empilhando o vasilhame lavado. Ao seu lado, havia duas latas d'água que ela buscara no ribeirão: mergulhava uma vasilha em uma delas, lavava-a e a enxaguava na outra. João Antunes saiu e Aparecido o acompanhou até as margens do ribeirão. Lá chegando, ele tirou a camisa, descalçou-se e entrou n'água, até a altura dos joelhos, uniu as mãos e molhou o rosto, o tronco e os cabelos. Em seguida, sentou-se sobre uma pedra ao lado e permaneceu longo tempo observando as águas fluírem, faiscando ao sol, ouvindo o seu murmurejar. Aparecido acomodou-se à sombra de suas pernas e apoiou sua cabecinha entre as patas dianteiras esticadas, permanecendo numa posição contemplativa, tão absorto e distante dali quanto João Antunes. Fazia-lhe companhia enquanto este vagava em pensamentos. Aquele barulho d'água rolando foi lentamente relaxando-o, transformando-se paulatinamente naquele algo tangível que procurara havia pouco. Foi despertado daqueles devaneios pelos gritos de Marcus, chamando-o para novamente partirem. Recolocou a camisa, calçou-se e pegou Aparecido, sentindo os calombos sob sua pele esguedelhada, e o levou até o rancho. Retornou-lhe seu olhar, encontrando o de Aparecido, que o mirava com uma centelha de vida. João Antunes fez-lhe um afago na cabecinha e foi-se; Aparecido o seguiu, mas logo parou, indeciso. Marcus o viu aproximar-se com uma expressão desanimada, meio soturno.

— O que foi, João Antunes? — indagou-lhe, cravando-lhe o olhar, perscrutando-o com um semblante preocupado.

— Nada, nada... — respondeu rapidamente, desviando seu rosto rumo às mulas. — Acho que comi em excesso — acrescentou sorrindo, bocejando e sentindo um insólito ânimo apoderar-se repentinamente de si. Chegou junto às mulas.

— Vamos, então... E esta, como se chama? — indagou João Antunes, enquanto montava-a.

— Belalua, e, as outras duas, Amaprata e Rubelita — respondeu Cocão, já montado sobre Amaprata.

Passaram em frente ao rancho e se despediram do casal. Luanda pegou Aparecido, que permanecera olhando João Antunes.

— Amanhã ou depois de amanhã estaremos de volta — disse Cocão a eles.

Era aproximadamente uma hora da tarde quando partiram e lentamente subiram a encosta oposta do vale, mais suave e curta que a anterior. A princípio cavalgaram em silêncio, procedendo de modo análogo à saída de Cavalcante.

— Mas, afinal, Marcus, por que vieram morar aqui? — indagou João Antunes, referindo-se ao casal que os recebera, quebrando o mutismo.

— Pedro Cunha e seu irmão Teófilo eram antigos tropeiros e viviam percorrendo essas trilhas. Todos aqueles que saem de Cavalcante, rumo ao norte, sempre pararam obrigatoriamente neste lugar para descansarem os animais e dar-lhes de beber, devido à subida íngreme. Teófilo algumas vezes já comentara comigo que deveriam construir ali uma estalagem para os viajantes. Quando Teófilo morreu, Cunha passou a viver com a cunhada e resolveram vir. Luanda conhecia os planos do marido a respeito e parece que gostaram dessa vidinha bucólica, pois há sete anos estão por aqui. Mas deveriam ter feito uma casa maior e mais confortável... — comentou Cocão, exibindo uma expressão distante. — Mesmo os que vêm em sentido contrário acostumaram-se a parar aqui para um café, uma cachaça ou uma conversa. Às vezes se excedem e permanecem bêbados, debaixo das árvores. Já vi vaqueiro dormindo dentro daquele coxo — acrescentou, sorrindo.

— E esta trilha que seguimos chega em que lugar?

Marcus fez uma pausa, pensando um segundo.

— Ela serve a várias localidades. Continuando nesta principal, vamos a Monte Alegre, Arraias, Campos Belos... Porém, antes ela se ramifica em várias outras que levam a velhas fazendas e a antigas regiões de mineração, a maioria delas abandonada ou semiabandonada. No meio do caminho, entre Cavalcante e Monte Alegre, essa trilha cruza o rio Paranã, afluente do Tocantins, que corre para o norte a uns cem quilômetros daqui.
— Sim, o grande Tocantins...
— Mas logo à frente vamos deixá-la e começaremos a descer rumo ao ribeirão das Almas, onde se localiza o garimpo. Esse ribeirão que cruzamos em frente ao rancho do Cunha, cerca de dez quilômetros abaixo despenca de uma grande altura. Talvez uns trinta metros, formando uma belíssima cascata entre verdes exuberantes, um verdadeiro véu de noiva — disse, sorrindo. — E junta-se com um outro, formando o ribeirão das Almas que, por sua vez, é afluente do Paranã. Estamos, portanto, contornando essa cachoeira; se ela não existisse, poderíamos seguir o leito do Cunha e chegaríamos ao garimpo. Às vezes, vale a pena desviar para admirar essa cascata. A noroeste de Arraias, situa-se a cidade de Paranã, cortada pelo rio. Enfim, João Antunes, esta é uma região montanhosa irrigada por diversos desses pequenos córregos em cujos leitos se esconde o ouro... É necessário somente paciência para encontrá-lo — disse Marcus, com uma expressão preocupada. Entretanto, logo aflorou em seu semblante aquela expressão benevolente, tão característica dele, e à qual João Antunes identificara como o aspecto mais significativo de sua personalidade. Quando a via estampada em seu rosto, pressentia que poderia nele depositar toda a esperança ou um consolo, em troca de nada.

Alcançaram a crista do vale e pararam um instante. Observaram, lá embaixo, de onde saíram, as frondosas copas reduzidas a pequenas manchas verdes vedando a visão do rancho, onde se moviam Cunha e Luanda. João Antunes e Marcus começaram então a cavalgar sobre uma vegetação rasteira, típica da região, em um altiplano cuja topografia apresentava suaves ondulações que não lhes oferecia nenhuma dificuldade. O vento, sem obstáculos naturais, às vezes soprava forte, e podiam senti-lo varrendo rapidamente enormes distâncias sobre a amplidão irrestrita, sibilando no espaço infinito. As grandes nuvens, vistas no início da tarde, iam se acumulando e produziam imensas sombras, que amenizavam o sol forte da hora. Quem os observasse de muito longe veria quatro pontinhos distintos movendo-se lentamente na imensidão, e poderia cogitar o que os impelia a avançar tão distantes, tão difusos e solitários naquela natureza vasta, que parecia prestes a absorvê-los.

— Quando as espumas se tornam abundantes e cheirosas e a água está no ponto, Orlando me chama, e mergulho naquela banheira de louça, me esquecendo da vida...

João Antunes olhou e sorriu, sentindo certo desprazer ao ouvi-lo pronunciar o nome de Orlando.

— É ele então quem te prepara o banho... — comentou distraído, distante.

— Às vezes, quando as espumas estão no ponto... — repetiu Cocão, sentindo o suor pegajoso colar-lhe as dobras do pescoço e engordurar seus braços, suas costas e marejar-lhe os cabelos.

Viram dois relâmpagos riscarem a faixa cinza do horizonte, ao longe, silenciosamente.

— Vai chover forte. O vento está soprando rápido na direção aonde vamos. Temos que chegar antes do temporal, senão corremos o risco de perder a carga — comentou Cocão, preocupado, e ergueu o rosto para perscrutar o tempo.

Imensas nuvens iam se aglomerando rapidamente, tornando-se pesadas, escuras e ameaçadoras, aproximando-se deles.

— Falta muito para começarmos a descer?

— Não. É logo lá, à esquerda — respondeu, indicando o que parecia ser uma mata de encosta. — O marco inicial da picada é aquele tronco seco, retorcido. Está vendo? Ali começaremos a descer.

— Sim... — respondeu João Antunes, comprimindo a vista.

— Daquele ponto até o garimpo gastaremos cerca de uma hora, e é um trecho muito difícil, porque é uma picada sinuosa aberta recentemente por nós a facão; deveremos ter cuidado com as mulas, observar bem onde pisam, pois está cheia de galhos e pequenos troncos de arbustos caídos. Teremos que seguir em fila. Pedi ao Roliel que enviasse alguém para limpá-la, mas, até a última vez que aqui estive, estava do mesmo jeito...

Logo chegaram àquele marco, talvez uma árvore fulminada por um raio, e lá estava ela carcomida, repleta de cupins e prestes a transformar-se num montículo de pó. Olharam-na rapidamente e dobraram à esquerda, penetrando na mata ciliar. As mulas esforçavam-se em demasia e podia-se ouvi-las resfolegarem descendo a ladeira íngreme, exercendo um esforço de contenção. Lutavam contra o húmus grosso e úmido que provocava o deslizamento de suas patas. As recentes chuvas haviam amolecido o terreno, deixando a picada em más condições. Ambos olhavam constantemente para trás, observando preocupados as cargas que tendiam à frente, forçando a parte anterior do dorso. Inúmeros galhos, ainda verdes, conforme Marcus dissera, atravancavam a trilha. Diversas vezes eram obrigados praticamente a parar para que as mulas enfiassem as patas entre eles, tornando o trecho final da viagem o mais desgastante. Além disso, outras vezes deviam se abaixar sobre a sela ou erguer os braços para afastar galhos e folhas da ramagem, que trançavam sobre suas cabeças.

Um relampejar mais frequente amarelava as copas das árvores e os trovões estrondejavam quase em seguida, tornando a tarde escura e ameaçadora. "Logo choverá", repetiu Marcus, denotando muita preocupação. Pouco a pouco as nuvens foram baixando, e podiam-nas observar pairando ameaçadoramente a alguns metros acima do arvoredo, prestes a envolvê-los; e, realmente, logo o nevoeiro intenso penetrou no interior da mata, fazendo do dia quase noite. Marcus parou alguns minutos e acendeu com nervosismo e dificuldade um lampião que sempre levava no alforje, junto com um pequeno recipiente de querosene. Manteve-o suspenso na mesma mão com que puxava a mula carregada, e passou a abaixá-lo seguidamente até próximo ao chão para melhor examinar o terreno, advertindo João Antunes sobre os obstáculos que surgiam. Assim, com muito esforço e vagarosamente, iam descendo a encosta. Contudo, o trecho mais íngreme do percurso estava quase a ser vencido. Após cerca de cinquenta minutos, deixaram a mata cerrada e passaram a percorrer uma vegetação aberta e rasteira, assentada num terreno plano e mole, sobre o qual as ferraduras se enterravam levemente na terra úmida, sob o mato. Encontravam-se no fundo do vale, já perto do leito do ribeirão das Almas. Podiam distingui-lo à esquerda como uma faixa cinza mais escura descrevendo seus meandros em curvas suaves, matizadas ao nevoeiro que envolvia a depressão. Tudo ao redor adquiria essa tonalidade cinzenta e atemorizante, propiciando uma forte sensação de estranheza a João Antunes. Este podia diferenciar apenas o brilho baço amarelado dançando na mão de Marcus e sua figura esmaecida, avançando lentamente à frente. De repente, um relâmpago com um fulgor impressionante luziu e um ruído fino, cortante, semelhante a uma chicotada, vergastou os ares seguido quase instantaneamente de um estrondo ensurdecedor, o que fez as mulas zurrarem apavoradas, empinarem e se agitarem escoiceando os ares, quase jogando tudo ao chão. Com muito esforço e habilidade conseguiram dominá-las, pois elas tentaram e, por pouco, não conseguiram debandar. O raio caíra bem próximo dali, deixando seu cheiro no ar. Aquele clarão intenso alumiara a superfície do ribeirão, permitindo-lhes a visão dos pingos grossos de chuva começando a salpicar intensamente suas águas. Em alguns segundos, sobre a parte mais elevada das margens, avistaram pontos de luz desbotados dentro de pequenas barracas, enquanto sentiam as fincadas da chuva atingir fortemente seus rostos. Cutucaram as mulas para um esforço final, colocando-as em trote rápido, podendo ouvi-las resfolegarem exaustas, sôfregas, no limite de suas resistências. Distinguiram, em meio àquela neblina, um vulto em frente ao que lhes parecia ser uma cabana maior, agitando freneticamente uma lamparina de um lado ao outro à altura do peito, e rumaram naquela direção. Aproximaram-se rapidamente e, a poucos metros, Marcus reconheceu a figura esguia de Roliel. Ele afastou agilmente a borda da lona que vedava a entrada, postando-se de lado, enquanto entravam esbaforidos dentro do rancho. Haviam-no construído maior e solidamente com a finalidade de guardar mantimentos e mercadorias. Seis grossos troncos, com mais de dois metros de altura, fincados numa disposição retangular, davam-lhe sustentação. Suas paredes, assim como teto, foram construídas formando-se um engradamento constituído de madeira roliça e posteriormente revestido com lonas bem esticadas e amarradas, formando-se assim uma cabana de maior porte, assemelhando-se a um armazém. No seu interior, margeando as paredes de lona, construíram um estrado de madeira ligeiramente elevado em relação ao solo, com a finalidade de receber as mercadorias, evitando-se o seu contato com a terra.

Marcus passou as mãos sobre o rosto e os cabelos, procurando enxugá-los, e inspirou fundo, apeando lentamente da mula. Suas roupas estavam úmidas, marcadas pela chuva. João Antunes, por sua vez, saltara apressado e punha-se a examinar os animais cuidadosamente, apesar da quase ausência de luz. Estavam um pouco arranhadas, apresentando sangramentos junto às patas e ofegavam fortemente, demonstrando estarem ainda agoniadas com o final tormentoso da viagem. O suor, em contato com as cargas que se movimentaram além do normal, transformara-se numa gosma branca, grossa e elástica, puro sal, que lhes escorria com dificuldade pelas ancas e ilhargas, brotando de sob as cargas.

    Roliel permaneceu um instante junto à entrada a observá-los, depois caminhou lentamente para dentro. Mal podiam conversar devido ao barulho ruidoso e constante causado pelo impacto da chuva sobre a lona. Agora ela caía forte.

    — Vamos descarregá-las, estão exaustas — disse João Antunes, alteando a voz e pondo-se a trabalhar rapidamente.

    — Acenda aqueles dois lampiões e os pendure no travamento — ordenou Roliel a Cocão, indicando-os, enquanto ele próprio pendurava aquele que mantivera em sua mão. Marcus, demonstrando cansaço, dirigiu-se a eles e os acendeu, dependurando-os no local indicado. Suas luzes se firmaram, quebrando a espessa penumbra. Roliel, sem pressa, pôs-se a ajudá-los, mantendo-se, entretanto, arredio e calado. Executava o trabalho indiferente à presença dos dois, pois, em nenhum momento, perguntou-lhes como transcorrera a viagem. Uma vez ou outra atentava para uma mercadoria, franzindo a testa e tecendo algum comentário, e prosseguia no trabalho. Rapidamente, descarregaram as mulas e ajeitaram a carga sobre o estrado.

    — Não chegaram a molhar — comentou Cocão, apalpando os sacos de arroz, feijão e açúcar. — Amanhã os estenderemos ao sol. O restante estava bem protegido. — E foi para perto de João Antunes, que voltara a examinar as mulas sob a iluminação mais adequada. Roliel se afastara de onde estava a ajudá-los, indo verificar alguma coisa no lado oposto. Retornou calmamente, mas demonstrava certa irritação.

    — Por que demorou tanto com essa carga? Pensei que não viesse mais — perguntou a Cocão, crispando o semblante. Cocão havia combinado com ele que viria nesta data.

    — Tive um proble... — Novamente um relâmpago assustador, seguido de violento estrondo, obrigou Marcus a erguer instintivamente os ombros junto aos ouvidos e contrair as faces numa careta, impedindo-o de responder.

    Roliel permaneceu impassível e sorriu com desdém, tão logo Marcus se recompôs.

    — Tive um problema em Cavalcante, o que me impediu de sair mais cedo, e paramos um pouco mais no Cunha — repetiu a frase interrompida, com as faces lívidas e sentindo-se constrangido.

Roliel continuou a olhá-lo com a mesma mordacidade, mantendo o sorriso debochado, mas logo seu semblante retomou aquela feição enigmática, fria e calculista.

— Hoje essa chuva não para mais — disse Roliel. — Amanhã conversaremos... É melhor se arranjarem essa noite por aqui mesmo. — Voltou-lhes as costas e caminhou vagarosamente, parecendo pensar em algo mais; estacou na entrada e voltou-se novamente para eles. — A comida é lá... Mais tarde com o Filemon. — E indicou um pequeno rancho cuja silhueta amarelada esfumaçava-se no cinza da cerração e da chuva.

— Sim... — murmurou Marcus com lassidão.

— Melhorando o tempo, podem soltar as mulas junto com a tropa no cercado aí atrás — disse Roliel. Voltou-lhes as costas e saiu do depósito, indiferente ao temporal, andando em direção a uma daquelas pequenas barracas. Marcus caminhou até a entrada com um olhar pensativo, até vê-lo desaparecer no nevoeiro. Roliel ignorara completamente João Antunes, refletiu Cocão no momento em que uma repentina rajada de vento jogou a chuva em seu rosto. Marcus puxou rapidamente a lona e amarrou as cordinhas que ligavam as duas bordas, e retornou para o interior do depósito esfregando a manga da camisa no rosto.

João Antunes continuava a cuidar das mulas. Rasgara em vários pedaços um saco vazio que achara sobre o estrado e dirigia-se à saída para molhá-los quando cruzou apressado com Marcus, que retornava cabisbaixo. João Antunes lavou os ferimentos de Lindaluz e enfaixou sua pata traseira. Diversas vezes molhou os panos na chuva e os esfregou nas escoriações dos animais e sobre os seus dorsos, limpando o suor. Elas deitaram-se e demonstravam estar mais descansadas. Marcus permanecera sentado sobre o estrado, os cotovelos apoiados sobre as coxas, observando a azáfama de João Antunes com um olhar distante e um semblante aborrecido, onde insinuava-se certa desilusão. Levantou-se, dirigindo-se até a sua velha maleta de couro e abriu-a, retirando um cobertor; demonstrava muito cansaço e movimentava-se com lentidão. Suas palavras tornaram-se esmorecidas e bocejava frequentemente, enquanto retornava aonde estivera.

— Vamos pernoitar por aqui mesmo, João Antunes. Depois de amanhã iremos embora. Não lhe disse que Roliel é grosseiro? — comentou, enquanto afastava com os pés alguns arreios e caixas para conseguir lugar para se deitar.

— É verdade, Marcus, sujeito tosco... São quantas horas?

— Seis horas — respondeu Cocão, retirando o relógio da algibeira e consultando-o junto aos olhos. — Quando deitar, apague os lampiões; depois eu o chamo para o jantar.

— Não é bom soltar as mulas agora sob essa chuva gelada; estão com o corpo ainda quente. É melhor dormirem aqui.

— Sim, é isso mesmo. Boa noite, querido — respondeu Cocão com uma voz que já se apagava.

João Antunes apanhou sua capa de lã, arranjou um lugar entre as mercadorias e deitou-se sobre ela. Suspirou fundo e cruzou as mãos sob a nuca, conforme o costume, e permaneceu observando o dançar das sombras sobre a lona do teto, ao ritmo das chamas dos lampiões. Ele tinha a impressão de que o querosene estava prestes a acabar, pois elas variavam suas formas bruscamente, numa estranha coreografia. Aquele ruído constante da chuva sobre a lona foi lhe embalando os pensamentos, relaxando-o fisicamente e atraindo o sono. Vez ou outra ouvia-se um trovão distante, prolongado, que vinha revirar suas emoções e tornavam-se a gênese de sentimentos melancólicos, evocativos do passado. Refletiu sobre os sentimentos de Marcus em relação a ele e suas emoções tornaram-se confusas, deixando-o mais exaurido. Subitamente, a luz do último lampião extinguiu-se. "Acabou-se o querosene", concluiu, impondo um segundo de lógica aos seus pensamentos. E o depósito mergulhou na mais completa escuridão. Contudo, pouco a pouco, uma nova realidade aterrorizante e fantástica surgiu em sua vida. Nela, apenas um anjo resplandecente refulgia na noite, fazendo-lhe gestos com os dedos em formas de línguas de fogo, mantendo-se, porém, indiferente aos tormentos que o afligiam. E o anjo o arrebatou da Terra num revolutear poderoso, lançando-o nas trevas medonhas que cobriam vales e montanhas, permitindo-lhe distinguir, lá embaixo, apenas um ínfimo ribeirão onde ele se via pequenino com uma bateia nas mãos, enquanto tentava inutilmente retornar à Terra, e para dentro de si mesmo.

João Antunes e Cocão, muito cansados, dormiram profundamente e só acordaram na manhã seguinte ao raiar do dia; logo soltaram as mulas no curral, atrás do depósito. A chuva da véspera cessara e podiam ver o céu azul delimitado pelas matas ciliares das duas encostas. Tomaram café na barraca destinada à cozinha e permaneceram conversando com os garimpeiros. Aos poucos, estes foram saindo para o trabalho. Marcus retirou-se com Roliel para as proximidades e passaram a conversar demoradamente. João Antunes dirigiu-se para um lugar mais alto onde havia um conjunto de pequenas pedras, e sentou-se sobre uma delas. Deparou-se, então, com a realidade que tanto imaginara durante os últimos anos e sentiu seus sonhos desmoronarem como um castelo de areia. Olhava ao redor e via aquele vale sombrio espremido pelas encostas; suas vistas, acostumadas aos horizontes dos pampas, esbarravam logo adiante nos limites de suas ilusões. Sim, Marcus e Felinta o conheciam melhor que a si mesmo, refletia ele. Não nascera para trabalhar naquele cenário que contemplava. Assistia àqueles homens metidos na água barrentas rodando as bateias e se imaginava galopando sobre Ventania, sentindo a liberdade bater-lhe gelada nas faces. Não poderia viver ali com suas esperanças mergulhadas naquelas águas a procurar ansiosamente, entre os cascalhos, o futuro de sua vida. João Antunes almejava agora o passado; sonhava com Santos Reis e com a vida que deixara no seu querido Rio Grande. Viu Roliel discutindo com Marcus, e essa visão infundiu-lhe fortes saudades de sua mãe; sentiu o quanto Cocão o amava e se preocupava com ele, e o quanto o seu carinho a substituíra naquele mundo de Cavalcante. Entretanto, ao ver Roliel, João Antunes pensou em Riete, desejando-a, partindo o seu coração em dois. E a saudade do Sul misturou-se às lembranças do seu rosto, do seu corpo e da vontade de amá-la. Suas vistas nublaram, e João Antunes esfregou os olhos, tentando dissipar as emoções conflitantes, pois sentia-se impelido a confrontar as recordações de Ester com a lembrança de Riete. Desviou seus pensamentos para a resposta da carta que escrevera a ela, mas sabia que ainda demoraria alguns dias. Observou Marcus dirigindo-se aonde se encontrava e notou o seu semblante chateado, talvez aborrecido com o que ouvira. Ele chegou, sentou-se sobre uma outra pedra ao lado e observou ternamente o olhar triste de João Antunes.

— O que se passa, querido? — indagou Cocão, substituindo suas preocupações pelo desvelo.

João Antunes permaneceu um instante em silêncio, tentando escapar daqueles conflitos, mas resolveu substitui-los pelos sentimentos que dedicava a Cocão.

— Marcus, tu e mamãe tinham razão. Não fui feito para mexer com isso... És sensível e inteligente como ela. O que eu amo é mesmo o trabalho no campo, e para obter o que eu quero não vale a pena me meter no garimpo, é preferível ser o que sempre fui. Marcus... — João Antunes relutou um pouco sobre o que diria, mas era o que se passava em sua alma. — Não sei o que faria se não tivesse te encontrado... Tu tens sido muito generoso comigo. Não tenho como agradecer as orientações que me deste. Sem elas, eu poderia destruir minha vida. Eu imaginava uma coisa bem diferente da realidade que vejo, e, graças a ti...

— Como poderia permitir que alguém como você viesse se meter neste mundo selvagem? Trabalhar com gente como Roliel? Você foi feito para brilhar, João Antunes. Não se preocupe, já lhe prometi realizar seus sonhos, e verá que sua viagem a Cavalcante não foi em vão. Amanhã partiremos de volta e vou começar a preparar seu futuro. — Cocão falava enquanto o seu coração sentia um amor infinito. Avançara o corpo à frente e o fitava, como se quisesse absorvê-lo em si.

João Antunes experimentava dolorosamente essas emoções, pois sentia-se desintegrado em relação a elas. Amava Cocão pela sua generosidade, amava-o espiritualmente, mas não tinha atração física por ele, e isso o angustiava, porque jamais poderia corresponder ao tipo de amor que Cocão lhe dedicava, e temia fazê-lo sofrer. Ademais, era difícil para ele conversar a respeito disso, mas sabia que, em algum momento, deveriam fazê-lo. Porém, Cocão já intuíra o conflito que se passava com João Antunes, e também sofria por causa dele. Desde que percebera a impossibilidade de se amarem integralmente, a sua alma sangrava.

— Marcus — começou João Antunes —, por que tu, sendo uma pessoa refinada e culta, vieste parar em Cavalcante? Tu havias dito que fora por causa de negócios de ouro, mas... mas nada justifica a tua vida neste interior atrasado, a tratar com gente como Roliel...

— Sim, João Antunes, eu vim porque sofri uma grande decepção amorosa no Rio e... não poderia mais viver lá. Tive que sair para esquecer, para não ver. E não serei capaz de suportar outra desilusão como aquela — disse misteriosamente com um olhar perdido, fixo naqueles homens que se mexiam dentro d'água com sonhos tão diferentes dos seus. Em seu rosto se estampava uma grande desilusão e profunda tristeza. Tornou a olhar João Antunes com os olhos marejados, e este intuiu que Cocão já desvendara o seu dilema. A despeito de todo o carinho recíproco, ambos sabiam que havia uma barreira entre eles. Eram como duas forças que se atraiam e se repeliam simultaneamente por razões diferentes.

— Vamos alimentar as mulas e prepará-las para amanhã — disse Marcus, levantando-se, acompanhado por João Antunes, e desceram ambos rumo ao curral. Quando se aproximavam dele, notaram que Roliel os observava ostentando um sorriso escarnecedor. "Onde Cocão arranjou aquele namoradinho bonito?", indagou-se secretamente entre dentes. Assustou-se, pois um macho não pode achar outro macho bonito. "O Orlando deve estar furioso". E liberou seu sorriso, efetuando gestos negativos com a cabeça. Entretanto, vislumbrou a possibilidade de Riete vir a conhecer João Antunes, e aquele seu sorriso fechou-se e algo sinistro luziu em seu olhar. João Antunes mirou-o rapidamente, enquanto o ciúme fisgava o coração de Roliel.

No dia seguinte, partiram de madrugada; como na véspera, havia prenúncio de um dia ensolarado, e assim o foi. Às margens do ribeirão das Almas, João Antunes sepultara seus sonhos de garimpeiro e nele deixava a ingenuidade que os alimentara durante os últimos anos. Na crista do vale, olhou novamente aquela árvore seca e carcomida pelos cupins e compreendeu melhor a vida. Pararam para o almoço no rancho do Cunha. Luanda esmerou-se no preparo do arroz com feijão. João Antunes trouxera um pouco de creolina e pôs-se a espremer os bernes de Aparecido. Ele jamais esqueceria o sabor daquela comida e muito menos a indigência daquelas vidas. Quando partiram, beijou carinhosamente Luanda, observado pelos olhos arregalados de um perplexo Cunha, que disparou uma sequência rápida e contínua de sons ininteligíveis. João Antunes disse-lhes que esperava revê-los na cidade. Quando chegaram a Cavalcante, João Antunes havia arrancado e rasgado uma página de sua vida.

7

Na manhã seguinte, após o café, João Antunes permaneceu na cozinha a conversar com Santinha. Ela já começara a escolher o feijão para o almoço e ambos estavam na mesa.

— Então, meu lindo, como foi lá no garimpo? — perguntou, sorrindo, com os olhos sobre o feijão esparramado sobre a superfície enquanto o ia separando, jogando os grãos escolhidos numa pequena bacia.

— Santinha, não vou mais trabalhar em garimpo. Fui lá e vi pessoalmente que aquilo não é para mim. Meu negócio é outro. Achei o espaço limitado e eu gosto é da amplidão dos campos. As condições de trabalho são péssimas; além disso, o tal Roliel, o chefe, não é bom sujeito.

— Pois é isso mesmo, João Antunes, quando era jovem conheci muita gente que vinha aqui buscar ouro e foram poucos os que ganharam alguma coisa. A maioria voltou e muitos ficaram por lá. O meu irmão mais velho morreu num garimpo, mais ao norte, em 1869. Éramos três. Restaram eu e o Virgílio, que trabalha na fazenda do coronel Rodolfo. Às vezes ele aparece em Cavalcante e um dia você vai conhecê-lo. Mas, e o Cocão? O que achou dele? — indagou e moveu a cabeça lateralmente junto ao ombro esquerdo, sorrindo um pouco constrangida pela própria pergunta.

— Pois tive uma ótima impressão. Pessoa educada, discreta e de muito conhecimento sobre várias coisas, principalmente pedras preciosas. Tu não imaginas, Santinha, o que ele conhece sobre esse assunto. Naquele dia do temporal, permaneceu a tarde inteira a falar sobre isso. Infelizmente não pude compartilhar nada, pois não conheço a matéria. Mas o que mais gostei nele foi a sua generosidade. Tem um coração imenso... Ele mesmo me aconselhou a não trabalhar em garimpo, exatamente por causa do que tu disseste.

— Mas só isso? E o jeito dele? Não ficou caidinho por você? — perguntou, abrindo mais o sorriso e juntando com as mãos o restante do feijão sobre a mesa, jogando-o na bacia. Ela ardia de curiosidade desde o dia em que foram ao garimpo.

João Antunes enrubesceu e permaneceu um instante pensativo.

— Santinha, deixe disso... Tu não disseste que em Cavalcante vive-se sob a tirania da opinião pública? Pois então...

— Mas o que existe aqui para fazer além disso? Na cidade cada um é vítima e protagonista. Nosso maior prazer é falar da vida dos outros, claro, de quem não esteja com a gente — acrescentou, sorrindo cinicamente com um ar brejeiro, mirando João Antunes com malícia. — Aliás, várias amigas já vieram me perguntar sobre você... Quem é, de onde vem e o que faz aqui. São as três perguntas iniciais.

— E o que tu disseste? — replicou, sorrindo.

— Disse que é do Rio Grande e que veio para o garimpo. Pouca coisa ainda, mas logo vou saber mais sobre você, não é verdade, meu lindo? — perguntou, enquanto se abaixava junto à boca do fogão. Remexeu as lenhas, encheu as bochechas e soprou forte, avivando as chamas, e retornou com o rosto corado pelo calor. Fagulhas se espalharam pelo ar e lentamente se extinguiram sobre o piso. — Coitado do Cocão... — prosseguiu ela. — Ele é discreto e sabe-se pouca coisa a seu respeito, mas, tirando o seu jeito, dizem que de fato tem bom coração. Mudando de assunto, o que deseja comer hoje? Do que gosta para eu fazer? Uma galinha com arroz, carne assada... O Vicente não gosta de variar — disse, pensando em algumas alternativas.

— Tu és quem escolhe, Santinha. Quando desejar algo especial, eu te peço.

Entretanto, como um vício, Santinha retornou às suas ideias, aquelas que nutriam sua mente como uma espécie de alimento espiritual.

— Mas, e então, meu lindo, conte mais alguma coisa sobre você para quando vierem me perguntar, e assim eu lhes possa matar a curiosidade. Quero te apresentar a várias comadres e mocinhas de Cavalcante, que já te viram de longe.

— O que queres saber? — indagou João Antunes, sorrindo da personalidade de Santinha, na qual se misturavam sinceridade e certa malícia ingênua, entremeadas ao deboche. Porém, era boa pessoa.

— Por exemplo, já tem um grande amor em sua vida? — quis saber, interrompendo o que fazia, a curiosidade estampada nas faces. Fitou-o de viés com malícia antes de começar a encher a panela com a água para cozinhar o feijão.

— Ué, Santinha! Tu fizeste uma pergunta difícil e acertaste em cheio, pois estou justamente enrascado nesse dilema. Parece até que adivinhaste meus pensamentos... — respondeu João Antunes, pondo-se repentinamente sério e pensativo, observando vagamente algumas latas coloridas sobre uma prateleira. Ele, que estava alegre, sentiu uma pontada de angústia perante a inusitada questão.

Santinha não esperava que sua pergunta fosse tão certeira, e muito menos que fosse receber uma resposta como aquela, que superava todas as suas expectativas. Seu coração se acelerou, ela arregalou os olhos e voltou-se para ele com o semblante ardente de curiosidade, como que desejando escutar pelos ouvidos e pelos olhos.

— O que foi, meu bem? O que está acontecendo? Pode confiar em mim, coisas sérias eu não comento com ninguém. Além disso, assunto de amor é comigo mesma; tive sete filhos de quatro homens, fora alguns namoricos... — disse Santinha, cujas confissões sobre a vida amorosa eram irrelevantes perante sua curiosidade. Ela interrompeu-se e fixou sofregamente o olhar sobre João Antunes.

— Pois é, Santinha, quando vim para cá, deixei um grande amor em Santos Reis, a Ester, que me adora e a quem também amo... Mas, em Goiás, conheci uma bela mulher. Na ocasião, eu não me importei. Mas, com o correr dos dias, ela não me sai da cabeça, e hoje me dou conta de que estou apaixonadíssimo... — confidenciou João Antunes, com um semblante angustiado.

— Ora, querido, mas é tão bom estar apaixonado, por que então esse sofrimento? — indagou Santinha, demonstrando preocupação com a amargura que via no rosto de João Antunes. — Mas, de onde ela é? É lá de Goiás?

— Não, e talvez tu a conheças. Ela é a mulher do tal Roliel, o capataz chefe do garimpo. Chama-se Henriette.

— Oh! Mas não me diga! Sim, todos aqui a conhecem! Quer dizer, somente de vista, mas ainda estamos na fase preliminar... Realmente ela é linda, e quando chegou em Cavalcante, há cerca de dois meses, causou o maior reboliço. Chegou aqui como se fosse uma princesa e a dona da cidade. Nunca havia surgido por aqui mulher como ela, e virou a cabeça dos homens. Já ouvi dizer que Julinho, o filho do coronel Ludovico e o maior garanhão da cidade, já anda atrás dela. Uma sirigaita! Mas, como a conheceu?

— Ela estava passando em frente à pensão onde eu me hospedava, me pediu uma informação e entabulamos conversa. Depois, eu a acompanhei ao hotel. Ela ia para São Paulo a negócios e eu estava vindo para cá. Ela disse que logo estaria de volta a Cavalcante.

— Realmente é uma coincidência... Inicialmente o casal hospedou-se no hotel do tio Lauro. Está vendo? Aquele lá, do outro lado da praça? — disse, apontando-o com o dedo. — Mas, depois, alugaram uma casa, um pouco adiante do sobrado de Cocão.

— Sim, ele me mostrou. Uma casinha azul — disse João Antunes, de modo pensativo.

— E ela em relação a você? — indagou Santinha, que parecia ter rejuvenescido vinte anos tal a vivacidade de seu olhar e o vigor das suas faces. Seu coração pulsava forte, parecendo compartilhar daquele conluio. Depois de longos minutos, finalmente se dispôs a colocar a panela com o feijão sobre a trempe.

João Antunes abriu um sorriso, um pouco acanhado, reparando naquela brusca alteração que se manifestava em Santinha.

— Bem... Eu acho que naquela noite, lá em Goiás, ela se interessou mais por mim do que eu por ela. Mas é curioso, Santinha, agora eu gostaria de ter a certeza de que isso fosse realmente verdade, pois não sinto hoje a segurança que senti na ocasião. Riete tem uma personalidade forte, deu para perceber, mas, como eu estava desinteressado, não valorizei a sua atração por mim. Naquele momento eu não sentia o que sinto agora, não havia amor, mas sim uma situação despreocupada. Entende o que quero dizer? Uma análise impessoal e distante de quaisquer emoções mais sérias. Mas agora eu desejo como nunca que ela ainda se sinta atraída por mim, e, desejando isso, sinto-me inseguro diante de uma possível rejeição. Tenho receio de seus caprichos... caprichos de mulher bonita... — explicou, olhando ansiosamente para Santinha enquanto falava, procurando nela as respostas para suas dúvidas. Quase compulsivamente, João Antunes desabafou o que se passava consigo. Gostaria de tê-lo feito com Marcus, mas não desejava magoá-lo.

— Ora, meu querido! — exclamou Santinha, arregalando os olhos. — Qualquer mulher que não seja maluca se sentirá atraída por você, mesmo que você não se interesse por ela. Mas, se demonstrar interesse, aí, sim, ela será sua e certamente será a mulher mais feliz deste mundo. Ora, João Antunes! Pois imagine um rapaz como você se declarar a uma moça, o que mais ela poderá desejar nesta vida? Pois tenha a certeza de que Riete não o esqueceu.

Conheço as mulheres. Ela vai chegar aqui e imediatamente irá procurá-lo, vai rastejar com o rabo entre as pernas. Não fique triste por isso, meu lindo. Venha sempre desabafar comigo sobre os seus amores, tenho experiência nesse assunto e por isso quero ser sua confidente amorosa. Promete que vai me contar tudo? — indagou Santinha, dirigindo-se a ele com um sorriso nos lábios e o coração transbordando felicidade; com um ar intimista, fez-lhe ternamente um afago sobre os cabelos. — Se eu tivesse uns trinta anos a menos, você não me escaparia de jeito nenhum! Mas, hoje, eu já não presto para nada. Só posso caprichar no almoço para deixá-lo satisfeito e ser a sua conselheira. Me promete então contar seus amores? — indagou novamente, olhando-o com ternura.

— Santinha, mas assim Cavalcante logo saberá tudo sobre a mim... — comentou João Antunes, com um sorriso maroto.

— Pois está enganado, meu querido. Coisa séria entrou aqui, não sai mais — disse, aproximando o indicador junto ao ouvido. — Fique tranquilo quanto a isso — completou, ainda de pé, próximo a ele.

— Está bem, terás sempre notícias minhas. Vou ver como passou Marcus e volto para o almoço — disse João Antunes, erguendo-se da cadeira.

— Dê-lhe o meu abraço — recomendou eufórica, enquanto retornava ao fogão.

João Antunes passou pelo seu quarto e novamente encheu o bolso com as balas que pretendia dar aos meninos. O dia estava lindo, as chuvas pareciam dar uma trégua. Olhou a pequena praça ao sair da pensão e observou pessoas sentadas em alguns bancos, conversando e se aquecendo sob o sol da manhã. Os dois bares que circundavam a pracinha ainda estavam vazios. Apenas a Padaria Xavantes tinha movimento. Ao começar a caminhar, reparou que alguns daqueles que estavam nos bancos o seguiram com o olhar e trocaram confidências entre si. Um deles abriu uma sonora gargalhada. João Antunes cruzou em frente à loja do senhor Abdulla e o observou na mesma posição que o vira pela primeira vez: inclinado sobre o balcão, fazendo atentamente anotações no livro grosso. *Deve estar recalculando seus lucros*, pensou João Antunes. Abriu o portãozinho e subiu a escada até o alpendre. Novamente ficou decepcionado, pois não viu nenhuma criança brincando no quintal vizinho. Bateu à porta e ela foi gentilmente aberta por Marcus, que o aguardava havia tempo.

— Entre, João Antunes, por que demorou tanto? Ontem fui dormir tarde e acordei cedo para esperá-lo — comentou Cocão, o rosto cansado e sonolento.

— Eu também me levantei mais tarde que o de costume e fiquei a conversar com a Santinha, a empregada do Vicente, que lhe mandou um abraço — respondeu João Antunes, acompanhando Cocão até a poltrona em frente ao sofá. Sentaram-se nos lugares em que estiveram na última vez.

Cocão sorriu ao lembrar-se de Santinha.

— João Antunes, amanhã irei a Goiás registrar alguns papéis no cartório local. Você me aguarde em Cavalcante durante uma semana, que é o tempo necessário para registrá-los e retornar. Com esses papéis, começo a ajudá-lo a realizar seus projetos — disse Marcus, fitando João Antunes com uma expressão longínqua, parecendo vagar em outro mundo.

— Como isso será possível, Marcus? Me explique... — replicou João Antunes, olhando atentamente o semblante de Cocão. — Como vai me ajudar registrando papéis em cartório? Talvez fosse melhor me introduzir no comércio de pedras, como disseste no início, não?

— Sim, querido, mas nessa viagem que fizemos ao garimpo observei que você gosta mesmo é do manejo de animais. Reparei no carinho e na competência com que tratou as mulas e na sua destreza ao cavalgar... São raras as pessoas que sabem cavalgar, o que é muito diferente de montar. Você ama isso. Realmente poderia ganhar dinheiro no comércio de pedras preciosas, mas isso demandaria muito tempo... Antes, deveria estudar bastante, como eu fiz, mas eu amo as gemas, o que não é o seu caso. Eu prefiro que seja diferente e mais rápido — explicou Cocão com uma voz suave, sombria, mantendo aquele semblante que emanava algo dolorosamente resoluto e prestes a se realizar. Um sentimento de indiferença e de impotência perante o destino o oprimia profundamente.

João Antunes recebia essas emoções com angústia, pois percebia a escuridão em que se debatia o espírito de Marcus.

— O que se passa contigo? — indagou João Antunes, crispando o semblante e mirando-o com um olhar penetrante e receoso.

— Não se preocupe, querido, logo entenderá tudo — respondeu-lhe com um olhar de ternura e paixão.

— Ele almoça aqui hoje? — indagou Orlando, que chegara até a porta da cozinha e perguntara a Cocão. Ele parecia mais receptivo a João Antunes.

— Não, obrigado, Santinha me aguarda — respondeu João Antunes, fitando rapidamente Orlando, que retornou à cozinha.

— Antes de você ir almoçar, vamos até o meu escritório. Quero lhe ensinar uma coisa — convidou-o, quase murmurando. Cocão ergueu-se do sofá e pôs-se a caminhar lentamente. João Antunes o seguiu, mal ouvindo o que dissera. Sentia-se intrigado com os planos de Marcus a seu respeito.

Chegaram ao escritório, ensolarado pelo sol da manhã, que o iluminava através do janelão escancarado. Isso lhe deu uma sensação mais agradável que a tarde em que o conhecera, sob o temporal que na ocasião desabava em Cavalcante. Enquanto João Antunes observava a cidade junto à janela, Cocão se dirigiu até um quadro e o retirou, permitindo a visão de um cofre de aço chumbado na parede. Em seguida, dirigiu-se a um livro na estante, tirou-o e pegou uma chave que estava atrás dele.

— Venha até aqui, meu querido. Vou lhe revelar o segredo para abri-lo. Lembre-se bem: a chave permanece atrás do livro do doutor Freud, com o título em alemão, está vendo? — orientou-lhe, mostrando o local, após recolocar o livro na estante e se postar em frente ao cofre.

João Antunes dirigiu-se até ele. Permaneceu ao seu lado, observando as atitudes de Cocão.

— Mas por que quer que eu saiba como abri-lo? — perguntou, curioso, com um sentimento de incompreensão.

— Eventualmente, se eu não estiver em Cavalcante, você talvez tenha que fazê-lo para tomar providências. Vou registrar uma procuração em seu nome para que possa me representar caso seja necessário. Veja essa roda de metal graduada de um a cem. Está vendo estas duas marcas, feitas na lateral?

— Sim — respondeu João Antunes, observando os dois sulcos na reentrância do aço, existentes fora da roda metálica e dispostos lateralmente em relação ao eixo vertical da sua circunferência, como se fossem as posições dos números 10 e 2 num relógio de ponteiros.

— Primeiramente, enfie a chave e destrave a fechadura. Depois, gire o 82 até a marca da esquerda. Próximo a ela, continue a girá-la devagar, até ouvir um clique. — Enquanto falava, Marcus ia executando o segredo. — Volte depois com o 82 até a marca da direita, até ouvir novamente o clique. Vá ao número 5 e coloque-o na marca à direita, procedendo do mesmo modo, depois o retorne até a marca da esquerda, e o cofre estará aberto. Em cada marca deverá ouvir o clique. Depois, basta girar essa roda maior para direita e puxar a porta. Entendeu? Faça-o você agora — pediu Cocão, afastando-se para o lado e desfazendo o segredo.

João Antunes se aproximou e repetiu o segredo vagarosamente, sentindo todos os cliques, e girou a fechadura do cofre, abrindo-o. Olhou o interior e observou vários papéis e um saquinho de veludo verde fechado no bocal por um cadarço dourado; viu também um grosso maço de dinheiro, amarrado com barbante. Cocão pegou o saquinho e o levou até a escrivaninha. Afrouxou o cadarço e virou a boca sobre o tampo. João Antunes viu surgir quatro grandes diamantes: três menores, já lapidados em navette, e um maior, ainda incrustado na rocha. Viu também cinco esmeraldas, lapidadas em cabochão, e um topázio bruto, este a maior pedra. João Antunes observava admirado o reluzir dos diamantes sob o sol da manhã, bem como o magnífico brilho esverdeado das esmeraldas.

— Veja, querido, exceto você, não há na face da terra nada mais lindo do que isso. Pegue o diamante, leve-o junto à janela e o mexa entre os dedos, e admire a luz sendo estilhaçada em raios — sugeriu Marcus com um brilho no olhar.

João Antunes pegou um dos diamantes e o levantou contra o sol da manhã, que estava quase saindo do esquadro da janela, e admirou rapidamente o seu faiscar. Mas achava o verde translúcido das esmeraldas mais bonito. Pegou-as e pôs-se a admirá-las.

— São belíssimas, Marcus! Não há como descrever essa tonalidade verde! — exclamou, recolocando-as sobre a escrivaninha.

— São colombianas, as mais perfeitas esmeraldas do mundo, da mina de Muzo. Com muito custo consegui comprá-las no Rio. Por favor, João Antunes, não comente a respeito desse cofre.

— Claro, Marcus, fique tranquilo — disse João Antunes, meio atônito com essa demonstração de confiança e de como as coisas estavam se desenvolvendo. Não conseguia entender os objetivos de Cocão em relação a ele e muito menos por qual motivo relutava em revelá-los.

Marcus recolocou o saquinho no cofre e fechou-o, desfazendo o segredo. Retirou a chave e guardou-a atrás do livro. Calmamente, retornaram à sala e sentaram-se onde estiveram antes. Um estranho silêncio perdurou durante alguns segundos. Ouviu-se o arrulhar de uma pomba e os gritos de crianças vindos do quintal vizinho. João Antunes pensou que hoje lhes daria as balas, mas logo a gritaria cessou. Cocão, que se mostrara mais alegre no escritório, tornava a demonstrar um semblante melancólico. João Antunes olhou o imenso espelho e observou seu próprio rosto aturdido, em frente à porta da sala.

— Marcus, o que se passa contigo? Como se chama aquele estudioso da mente que tu me disseste? Ele está te fazendo sofrer? — João Antunes perguntou apenas como um pretexto para quebrar o que lhe atormentava a alma, pois sentia-se agoniado com o estranho comportamento de Cocão. Não sabia definir também suas próprias emoções, mas vislumbrava qualquer coisa de mistério nos recantos sombrios da sala.

— Chama-se Freud, João Antunes. Mas, apesar dele, eu me defrontei com uma barreira intransponível, meu querido. Esbarrei em você. Tudo se ilude e se evita, menos o amor... — disse enigmaticamente, emanando uma dor que comoveu profundamente João Antunes. Um silêncio denso e doloroso se espalhou pelos arredores, saiu pelo janelão aberto e ganhou o céu azul infinito. Foi o que sentiu João Antunes ao girar a cabeça e avistar dois urubus circulando vagarosamente ao longe, muito altos e distantes dali.

— Quando retornar de Goiás, quero lhe fazer um único pedido e uma só vez — comentou Marcus, voltando-lhe o olhar.

— Que pedido, Marcus? — indagou João Antunes, sentindo-se cada vez mais acabrunhado com a estranheza que detectava em Cocão. João Antunes o percebia próximo a si, mas alguma coisa o impedia de manifestar-se plenamente. *Talvez, por uma questão de princípios, Marcus reluta em se abrir comigo*, conjecturava, sentindo-se, todavia, também em dúvida quanto a isso. Porém, não desejava elucidar suas dúvidas questionando-o; percebia nele certa reserva, certa discrição que preferia respeitar. *Vamos então aguardar seu retorno para esclarecer essa questão*, refletiu João Antunes, voltando a observar aqueles dois urubus que circulavam langorosamente tão distantes e tão dentro de si, desenhando seus pensamentos no ar. Conversaram mais um pouco e logo se despediu, pensando no almoço.

— Está bem, Marcus, aguardo o teu retorno de Goiás para satisfazer minha curiosidade a respeito de tudo que me disseste. Quando achas que estarás aqui novamente? — indagou João Antunes, já se arrependendo de sua pergunta. Baixou o rosto, sentindo-o escarlate e pôs-se a caminhar até a saída.

Cocão fitou-o, percebendo a reação de João Antunes, e sorriu delicadamente, erguendo-se do como te chamas? — perguntou João Antunes, indicando um menino maior que chegara na frente. — Dê dez balas para Bejute e distribuam o resto entre vocês.

O menino fez o recomendado e passaram a distribuir as balas entre eles. Cocão permanecia com as mãos apoiadas no gradil do alpendre observando a cena, com um sorriso impotente. João Antunes prosseguiu até o portãozinho da saída. Abriu-o, acenou para Marcus e retornou à Pensão Tocantins.

— E aí, meu lindo? Como foi a visita? Por que essa carinha triste? Caprichei para você, venha, assente-se aqui; me conte tudo que já lhe sirvo o almoço — disse Santinha, observando atentamente João Antunes com um sorriso nos lábios.

João Antunes sentou-se e permaneceu a girar um copo que estava sobre a mesa, pensando em tantas hipóteses para as quais não havia respostas. Santinha trazia-lhe a refeição, e o aroma delicioso alegrou seu espírito.

— Já sei por que casaste quatro vezes, Santinha. Além de bonita, tu agarraste teus homens pelo estômago. Está tudo uma delícia, como sempre — elogiou João Antunes, sentindo o apetite salivar sua boca.

— Já que não posso lhe dar aquilo, lhe dou isso — disse ela com extremo bom humor, sorrindo com malícia.

— Santinha, só falta agora um dedo de aguardente para melhorar ainda mais.

— Claro, meu anjo. Pinga boa é o que não falta. Experimente essa, feita no alambique do coronel Rodolfo, sinta o cheiro. — Trouxe-lhe a garrafa, tirou a rolha e a aproximou do nariz de João Antunes. — Mas que narizinho lindo, meu Deus! — exclamou Santinha, mantendo o bom humor.

João Antunes bebeu e sorriu, experimentando uma sensação de alegria. Almoçou com apetite, tomou um gole de café e foi abraçá-la, elogiando mais uma vez seus talentos culinários. Seus braços envolveram-na junto ao fogão e a levaram ao céu.

— Ai, meu Deus, tudo na vida vem na hora errada. Quem me dera ter agora trinta anos a menos... Estaria molhadinha e pegando fogo, tão quente quanto esse fogão... — disse esfregando-se em João Antunes, que gargalhou.

— Aliás, convidei umas amigas que desejam conhecê-lo para virem aqui tomar um café. Quando poderei chamá-las? — perguntou, enquanto começava a lavar o vasilhame. Não havia nenhum hóspede na pensão, além de João Antunes; Vicente tinha o hábito de almoçar mais cedo.

— Qualquer fim de tarde. Esta semana permanecerei aqui aguardando a chegada de Marcus.

— Por quê? Aonde ele vai? — perguntou, parando de lavar o vasilhame por um instante e voltando-se para João Antunes.

— Segredo, Santinha, vou te deixar curiosa... — respondeu, sorrindo com sua reação. — Ele vai a Goiás a negócios e retorna em uma semana — completou, satisfazendo-a. Ela voltou-se e continuou a lavar o vasilhame.

— Onde eu posso comprar mate aqui em Cavalcante?

— Mate! O que é isso?

— Tu não conheces? — indagou, espantado. — Uma bebida que tomamos no Sul, típica de lá, feita de uma folha que se chama mate...

— Não, querido, nunca ouvi falar. É boa?

— Todo gaúcho não vive sem ela, e o meu mate acabou na viagem.

— Vou me informar a respeito com alguém que conhece todo tipo de bebida, o dono do Pinga de Cobra, o Argelino. Ele a conseguirá para você. É só encomendar com o caixeiro-viajante dele. Todo mês ele vem aqui trazer mantimentos e conhece tudo. Quase sempre ele encomenda mercadorias no Rio e vai pegá-las em Goiás Velho.

— Então, aguardo essa notícia, Santinha.

O senhor Vicente apareceu e passou longo tempo a conversar com João Antunes, que sentia os olhos pesarem. O almoço e a pinguinha o convidavam a um cochilo. O sol causticava forte; fazia calor em Cavalcante naquele início de tarde. Um silêncio dolente parecia envolver a cidade e seus habitantes. O trotar de um cavalo e o barulho da sua ferradura no chão quebrou momentaneamente a monotonia da hora, mas o trotar foi se tornando longínquo, até desaparecer. O senhor Vicente levantou-se e foi até a porta observar o destino daquele solitário cavalheiro. Olhou à esquerda e à direita, em vão. Retornou e cruzou com João Antunes, que se dirigia ao quarto.

— Vou tirar um cochilo, Vicente.

Este aquiesceu distraidamente com um movimento de rosto, e João Antunes penetrou no corredor que conduzia ao seu quarto. Lá chegando, abriu a veneziana, quebrando a semiescuridão, retirou a roupa e deitou-se com as mãos sob a nuca, pondo-se a observar vagamente o teto. Entre a trama da esteira, já esgarçada e um pouco abaulada, ele distinguia o negrume das telhas e antigas teias de aranha abandonadas com seus fios soltos e pendentes balançando suavemente ao sabor da brisa, que entrava por alguma fresta. Ao contrário da luminosidade intensa do início de tarde, uma agradável penumbra amenizava o ambiente, no qual já se habituara a procurar algum consolo. João Antunes girou levemente o rosto em direção à janela e fixou o olhar no céu azul. Nenhuma aragem penetrava pela veneziana. Naquele quarto abafado, imaginava o frescor das coxilhas e sentia saudade de uma certeza que não mais existia. Através da vidraça, João Antunes observava o cair da tarde e refletia sobre sua vida, imaginando um novo tempo em que houvesse esperanças. A solidão e a angústia mais uma vez o afligiam. Onde havia confiança e entusiasmo, pairavam agora dúvidas; onde existiam o arrojo de uma busca e os ideais de um sonho, havia a renúncia e o abandono de quase tudo. Talvez houvesse imposto a si mesmo um peso excessivo e não encontrava forças para carregá-lo, refletia ele. João Antunes sentia sua vida se transformar repentinamente na espera do imponderável, na expectativa de algo abstrato que fugia inteiramente ao seu controle e à sua compreensão. Viajara tanto para vislumbrar o fantasma do fracasso e o desconsolo de um quarto que o confrangiam. Não entrevia nenhuma luz que lhe indicasse um caminho, somente a inércia lhe cerceava e tudo lhe parecia indefinido. O calor agora o fazia suar em abundância. João Antunes, porém, fatigado, entorpecido pelo álcool e saciado pelo almoço, lentamente adormecia; em instantes sentia-se resignado, e seus olhos pesavam. Os seus pensamentos confusos e dormentes bateram asas rumo a um espaço de liberdade onde tudo era possível, e pousaram ardorosamente em Riete, nua, deitada sobre uma cama prateada com fios dourados.

8

Transcorridos dez dias após a sua partida para a capital, Cocão já estava novamente em Cavalcante. Sentia-se saudoso de João Antunes e, tão logo chegou em casa, pediu que sua empregada, Joana, fosse avisá-lo de que chegara. João Antunes não estava na pensão, informou-lhe Santinha, e sim na sede do Colégio Benjamin Constant, uma pequena escola positivista onde estudavam os meninos da cidade. Se não estivesse no colégio, estaria no bar, completou a informação.

João Antunes fizera-se amigo de um jovem professor, Carlos Val de Lanna, em quem descobrira afinidades com suas ideias. Um dia após a viagem de Cocão, andando pelas imediações da praça durante a tarde, ouviu-o através da janela que dava para a rua, falando a uma turma de meninos. Gostara do que ouvira e aguardou a aula terminar para abordá-lo e entabular conversa. A simpatia fora recíproca, e todas as tardes passaram a tomar uma cerveja no bar Pinga de Cobra. Carlos Val de Lanna era um maranhense descendente de holandeses e chegara com seu pai para trabalhar em fazendas. Tornou-se um autodidata. Enquanto o pai permaneceu na propriedade do coronel Rodolfo, Val de Lanna mudou-se para a cidade e foi trabalhar no colégio. Rapaz idealista, inteligente, desejava que o Brasil fosse outro.

Joana dirigiu-se ao bar e deu o recado a João Antunes, que apressou-se a ir encontrar Cocão. Esperava que ele demorasse mais alguns dias e foi surpreendido pela notícia de seu retorno.

— Carlos, te vejo amanhã à tarde para continuarmos essa conversa — disse João Antunes, deixando o dinheiro e despedindo-se do amigo, demonstrando pressa.

— Está bem, João Antunes, eu o aguardo — concordou, e o observou caminhar rumo à saída, seguido pela empregada.

Durante os últimos dias, João Antunes aguardava com impaciência o retorno de Marcus, que viajara para resolver negócios relativos ao seu futuro, segundo lhe dissera. Estava, pois, apreensivo, porque desses negócios dependiam as resoluções que tomaria em sua vida, que estavam em suspenso. Durante a ausência de Marcus, João Antunes conjecturara diversas possibilidades e tomara várias decisões hipotéticas, situação comumente utilizada para amenizar a ansiedade da espera. Entretanto, como é também comum, a cada hipótese que se julga a definitiva, volta-se ao início sem nenhuma resolução e com a mente fatigada, o que era o seu caso. Passaram apressados em frente à loja do senhor Abdulla; João Antunes, como de hábito, olhou para o seu interior e o vislumbrou debruçado sobre o livro de contabilidade. Abriu o portãozinho e subiu a escada. Os meninos brincavam no quintal, mas João Antunes apenas os observou e sorriu, com os pensamentos longe dali. Todos eles permaneceram olhando-o com um sentimento de incompreensão, apenas Bejute sorria, com as faces dulcificadas ao perceber que era ele. A própria Joana, meio esbaforida, antecipou-se e abriu a porta da casa. João Antunes seguiu-a, porém, estacou repentinamente no interior da sala, observando sua imagem no grande espelho. Cocão não estava ali. Interrogou a empregada com um olhar e a viu sorrir ao avistar Marcus surgir na porta que dava acesso à sala, vindo de seu escritório. João Antunes voltou-se para aquela direção e seus olhares se cruzaram: o de Marcus emanava uma paixão invulgar, e o de João Antunes emanava perplexidade, misturada à angústia.

— E então, Marcus, como foste de viagem? Resolveste o que queria? — perguntou, meio constrangido.

— Oh, querido, que saudades de você... — disse ternamente enquanto caminhava em direção a ele. — Por que toda essa aflição? Venha, assente-se aqui — convidou-o, após apertar-lhe a mão, segurando-a durante alguns segundos enquanto seus olhos corriam amorosamente sobre o rosto de João Antunes. De mãos dadas, caminharam até o sofá e sentaram-se lado a lado. João Antunes sentia-se compelido, mas se negava a efetuar qualquer gesto que o afastasse de Marcus. Sentia-se confuso, e essa ambiguidade relegava suas preocupações a uma situação secundária, abandonando-se ao carinho de Marcus. João Antunes podia lhe ouvir a respiração ofegante que se refletia em sua voz entrecortada. Desde que o conhecera, era a primeira vez que Marcus demonstrava uma atitude mais ousada em relação a ele. Marcus era uma pessoa discreta, contida, incapaz de comportamentos impetuosos e grosseiros, mas estava totalmente dominado pela paixão. Afagou carinhosamente o rosto de João Antunes e sussurrou-lhe palavras que jorravam compulsivamente de seu coração.

— Marcus... — sussurrou João Antunes, sem saber o que dizer além disso.

— O que foi, meu querido? Me diga... Me diga tudo — murmurou, ofegante.

— Marcus, por favor, me compreenda... — pediu João Antunes, erguendo-se do sofá e pondo-se a andar sobre o tapete, sentindo-se atrapalhado perante uma situação inédita em sua vida.

— Perdoe-me, querido, eu... eu o compreendo. Eu sei que não foi feito para mim, mas nesses poucos dias sem vê-lo, eu só pensava em você.

João Antunes o observou e condoeu-se com a tristeza estampada em seu rosto. Não sabia como consolá-lo, quais palavras lhe diria, apenas o olhava experimentando, talvez por razões contrárias, a mesma dor de Cocão.

— Marcus, antes de viajar tu me disseste que desejavas me fazer um pedido, um único pedido... — conseguiu dizer à guisa de espantar essa situação.

— Sim, meu querido. Um único pedido, na verdade, a realização de um desejo — disse Cocão com relutância, mirando avidamente João Antunes com um olhar em que repentinamente brilhou qualquer coisa de suplicante e de derradeiro.

— Pois então diga, Marcus — solicitou João Antunes, talvez antevendo o que ouviria.

— João Antunes, sonho com isso e lhe peço de coração: um banho comigo. Um só, uma única vez. Quero... quero beijar cada centímetro do seu corpo maravilhoso. Compreendo... compreendo você, mas lhe suplico, meu amor, uma única vez, por favor. Aí poderei morrer em paz... — Marcus falou com o coração aos pulos, mal podendo pronunciar as palavras tamanha a emoção que o dominava. Fitava João Antunes angustiosamente, aguardando sua resposta.

João Antunes respirou fundo e olhou entristecido para Cocão, experimentando um sentimento de total incompreensão perante a vida, pelos momentos que poderiam ser felizes, mas que se tornam tão dolorosos devido às circunstâncias adversas.

— Marcus, tu tens um coração generoso. Se isso é tão importante para ti, eu jamais poderei negar um prazer a quem tanto me ajudou. Prepare então tuas espumas, e veremos o nosso âmago... — disse de maneira pensativa, experimentando um sentimento de doação e de completa resignação perante os caprichos da vida. E viu as lágrimas escorrerem sobre as faces de Marcus e ele enxugando-as com os dedos. Continuaram conversando, um pouco atrapalhados. Não percebiam, mas a tarde caía depressa; uma penumbra nervosa começava a dominar a imensa sala, entremeada aos sentimentos exaltados dos dois amigos.

— Que dia tu queres esse banho, Marcus? — perguntou João Antunes, experimentando um alívio, parecendo-lhe que rompia barreiras, mas insinuando em sua inflexão de voz uma vontade de livrar-se o mais rápido possível daquele desejo. Houve uma certa rispidez, uma velada impaciência em sua pergunta. Cocão percebeu e permaneceu alguns segundos em silêncio.

— Oh, querido, não imagina o prazer que terei — disse, apesar da mágoa causada por aquelas palavras, ditas daquela maneira. Cocão aproximou-se de João Antunes e encostou ternamente a cabeça em seu peito, enlaçando-o com os dois braços pela cintura. — Venha amanhã cedo, depois você almoça comigo.

— Marcus, antes de viajar, tu falaste que iria me arranjar...

— Já estão encaminhados e guardados em meu cofre — interrompeu-o Cocão, penetrando-lhe os pensamentos. — Devo fazer uma longa viagem e você será o encarregado da administração dos meus negócios. Logo que partir, você abre o cofre e entenderá tudo. As explicações estarão lá.

— Durante estes dias estive preocupado com isso e agora tu continuas a me criar expectativas e a me deixar ansioso, qual a razão desse mistério, Marcus? Preciso resolver a minha vida e tudo depende de ti, de tuas propostas, pois, conforme forem, retorno ao Sul — comentou, mirando sua própria angústia refletida no espelho e o perfil do rosto de Cocão, junto ao seu peito.

— Fique tranquilo, meu querido, tudo está resolvido. Só pensei em você. Ao abrir o meu cofre entenderá que seu futuro está assegurado e a razão por trás desse meu procedimento.

João Antunes permaneceu pensativo alguns segundos, sem entender o que o aguardava. Achava muito estranho esse comportamento e não entendia a relutância de Cocão em lhe explicar suas ideias em relação a si. Porém, instintivamente, confiava nele.

— Mas por que deves viajar e para onde vais? — perguntou, continuando a ver-se no espelho.

Marcus permaneceu em silêncio, e apertou o rosto contra o peito de João Antunes.

— Mas, afinal, quando obterei a explicação do que me aguarda? Somente após sua viagem? — indagou João Antunes, afastando-se de Cocão, caminhando alguns passos e retornando aonde estivera.

Cocão olhou-o e afastou-se; foi até a porta da cozinha e ordenou que Joana fosse chamar Orlando, que estava no quintal. Ele morava numa casinha junto ao muro. Rapidamente ele apareceu, e, pela primeira vez, esboçou um sorriso dirigido a João Antunes.

— Sim, Marcus... — disse timidamente, demonstrando certa insegurança, bem diferente daquela pessoa que recebera João Antunes quando este o conhecera, ocasião em que Orlando roçara os limites da arrogância e ultrapassara os da boa educação. Ele permaneceu sob o portal da cozinha, aguardando o que lhe diria Cocão.

— Orlando, a partir de agora João Antunes terá a liberdade e o direito de entrar em minha casa quando ele julgar necessário ou a ele aprouver. Na minha ausência, ele será o responsável pelos meus negócios em Cavalcante. Dei-lhe uma procuração nesse sentido.

— Está bem, Marcus, mas... — E Orlando baixou o rosto, eximindo-se de manifestar suas ideias. — Só isso?

— Sim, Orlando, depois conversaremos mais. Pode ir — ordenou, vendo-o se afastar.

— Então, Marcus, já que estamos aqui, por que não tomamos esse banho agora? — indagou João Antunes de supetão, demonstrando impaciência.

Ao ouvir tais palavras, Cocão sentiu um frêmito de felicidade inundá-lo, como nunca sentira. Suas pernas bambearam e seu coração acelerou-se. Ficou um instante boquiaberto, fitando João Antunes como se não acreditasse no que ouvira. Quando anteriormente dissera que seria no dia seguinte, ele iria permanecer na expectativa de seus prazeres; desejava senti-los crescer gradualmente até o instante final. Contudo, ao ouvir a sugestão de João Antunes, todas as emoções aguardadas se aglutinaram instantaneamente numa só, causando-lhe forte comoção. Não estava preparado para ouvi-la.

— Mas! Mas, claro meu amor! Venha... venha até meu quarto — gaguejou, trêmulo de prazer e com os olhos esbugalhados. Colocou a mão sobre as costas de João Antunes para acompanhá-lo, e a manteve sobre ali até entrarem no quarto. A tarde chegava quase ao crepúsculo. Cocão abriu as janelas e acendeu a luz, pois já havia uma forte penumbra. Dirigiu-se ao banheiro e fez o mesmo, abrindo o basculante. Mais uma vez, João Antunes admirou aquele fausto que parecia resplandecer sob as luzes. As sedas e os dourados fulgiam e causavam-lhe sensações inéditas. O aroma suave e agradabilíssimo de um perfume incrementava suas emoções e o arrebatavam de tudo que era comum à sua vida.

— Venha até aqui, meu querido, vou encher a banheira, medir a temperatura da água e espalhar sobre ela o cristal que mais amo. Gosto de variar, tenho alguns, todos estrangeiros, mas este aqui é divino — disse, pegando um recipiente de vidro em cujo rótulo estilizado em rococó se liam palavras em francês, contendo cristais amarelos. Marcus tampou a banheira e abriu as torneiras, sentindo uma forte emoção. Sobre a água, que começava a encher a banheira, espalhou o sal. João Antunes agora sentia-se espantado com tudo aquilo; tudo se passava rapidamente em sua cabeça. Nunca vivera um clima semelhante, e compreendeu a voluptuosidade que a decoração do ambiente proporcionava aos sentidos. Marcus dirigiu-se à porta de entrada do quarto e trancou-a por dentro, à chave, e fechou a janela. Voltou-se e retornou ao banheiro, lá encontrando João Antunes, já sem a camisa, curvado e descalçando as botinas. Em seguida, ele puxou as meias, ergueu-se e retirou a calça. Cocão, lentamente, parou extasiado; deu dois passos e também começou a despir-se. O barulho d'água alterava sua frequência à medida que o seu nível subia. João Antunes parou um instante e passou a observar a água borbulhar sob os fortes jatos das torneiras. Do interior da banheira se elevava um vapor impregnado de um aroma estonteante que se espalhava pelo ar, causando-lhe sensações libertinas. Porém, permanecia passivo perante a excitação descomunal que percebia em Marcus. Em poucos segundos, Marcus estava nu. João Antunes permanecia de cueca e voltou-se para ele, sentindo total indiferença por aquele corpo já meio flácido e sofrido, convulsionado pelo desejo do seu. Mirou-se nos espelhos e viu suas imagens perderem-se no infinito.

— E então, Marcus, qual o nosso âmago?

— Querido, nesse instante a realidade sobrepuja tudo, e o meu âmago será agora revelado... Espere um instante, meu amor. Eu lhe tiro o resto. Vou espalhar mais sais na banheira, fechar as torneiras e medir a temperatura — disse Cocão, com a voz ofegante e o coração aos saltos, o que quase o impedia de falar. Pegou o recipiente de vidro e salpicou com abundância o sal sobre a água; apanhou um longo termômetro, que estava sob a borda, e enfiou-o na água, conferindo-o em poucos segundos, após fechar as torneiras. A temperatura estava um pouco mais elevada que os habituais 33°C, mas não era ocasião para corrigir tais minúcias. Detalhes se tornaram irrelevantes; o tempo se tornava precioso e simultaneamente imperceptível naquele instante em que tudo parecia correr fora dele. João Antunes observou os cristais irem lentamente submergindo, até tocarem o fundo da banheira. Marcus recolocou o vidro sobre a borda e voltou-se para João Antunes. Parou um instante, extasiado perante aquele corpo jovem e musculoso, perfeito em suas curvas e em suas penugens sensuais, com o qual as mulheres sonhavam. Cocão abaixou-se e lentamente puxou a cueca de João Antunes. Ao deparar-se com o seu sexo, adornado pelos sonhos, Marcus sentiu uma emoção tão intensa que imediatamente uma dor irrompeu em seu peito, tal sua excitação. Ele ofegava, mal podia respirar e nem dizer qualquer palavra. Desvairadamente, começou a beijá-lo e a emitir sons, incapazes de externar o que se passava em si. João Antunes cerrou os olhos, experimentando certa perplexidade misturada ao prazer, e permaneceu numa atitude passiva, permitindo a Marcus saciar sua paixão. Após longos minutos, surgiu-lhe repentinamente a lembrança de Riete, e a imaginou fazendo o que agora Marcus lhe fazia com indescritível luxúria, naquele mesmo ambiente. E alcançou o gozo. Cocão esfregava o rosto sobre a pele de João Antunes, abraçado fortemente às suas coxas, com os olhos cerrados. Seus olhos encheram-se de lágrimas e ele permaneceu minutos nessa posição, como que desejando perpetuar aquele momento.

— Vamos entrar na banheira, meu amor — murmurou ofegante, os cabelos desgrenhados, exibindo uma expressão desvairada e com o corpo banhado em suor. Ao contrário de suas faces, os olhos pareciam irradiar uma serenidade definitiva, como se um sonho tão acalentado tivesse se realizado e acalmado o seu desejo. Entraram dentro d'água, e João Antunes experimentou intenso prazer ao sentir o efeito daqueles cristais penetrando suavemente em sua pele, bem como a tepidez da água, que lhe parecia exata para o deleite. Fechou os olhos e recostou-se na cabeceira, usufruindo prazeres. *Quando Riete chegaria?*, refletiu, pensando em tantas coisas que agora giravam em torno dela. Cocão recostou-se na cabeceira oposta e chamou João Antunes para aconchegar a cabeça em seu peito, enquanto pegava um sabão. Ele assim o fez, sentando-se à sua frente e abandonando-se aos carinhos de Marcus, que agora o inundava de espumas e esfregava amorosamente cada centímetro do seu corpo. Marcus pediu a João Antunes que ficasse novamente em pé, e permaneceu extasiado a admirar aquele corpo magnífico com que tanto sonhara. Tornou a repetir aquilo que já fizera anteriormente, entre outras intimidades, entremeadas a palavras amorosas. Durante todo o tempo, João Antunes mantivera-se praticamente em silêncio, satisfazendo os desejos de Marcus. Voltaram à posição inicial. João Antunes recostou-se no peito de Cocão. Após conversarem sobre suas vidas, cochilaram durante longo tempo.

Já eram mais de dez horas da noite quando saíram d'água. Havia agora um silêncio profundo, ansioso, e era difícil encontrar palavras capazes de romper a inquietação. Ao se erguerem, o silêncio foi quebrado apenas pelo barulho da água escorrendo de seus corpos e caindo pesadamente de volta à banheira. João Antunes experimentou uma sensação de limpeza como nunca sentira na vida. Um frescor agradável exalava de cada poro de sua pele, misturado ao aroma dos sais. Sentia-se aliviado por ter proporcionado tanto prazer ao seu amigo. Cocão abaixou-se e retirou a tampa da banheira; escutaram o barulho da água rodopiar e formar um funil, escoando rapidamente para sempre, carregando com ela as emoções que viveram. Marcus pegou a toalha e enxugou carinhosamente João Antunes; depois, pegou outra e enxugou o próprio corpo. Admirou o corpo de João Antunes e experimentou repentinamente uma tristeza profunda, tão atroz que ele começou a soluçar e a chorar.

— Por que isso, Marcus? — indagou João Antunes, olhando-o desconcertado.

— Obrigado pelos momentos maravilhosos que me proporcionou, meu amor... Jamais... jamais viverei outros iguais — dizia aos soluços enquanto observava o sexo de João Antunes desaparecer para sempre de sua vida. Marcus colocou um roupão que estava dependurado num cabide e mergulhou num silêncio sombrio, enquanto João Antunes terminava de se vestir. Ao colocar a camisa, sentiu o suor pegajoso do tecido incomodá-lo, quebrando-lhe o prazer imaculado de seu corpo.

Saíram do banheiro e quedaram-se em silêncio no interior do quarto.

— Não quer dormir aqui, João Antunes? — indagou Cocão, sentindo seu coração despedaçar.

— Não, Marcus. Eu devo ir agora.

— Promete que amanhã cedo virá? Vamos então conversar sobre o que lhe prometi.

— Sim, amanhã nos veremos novamente.

Marcus caminhou até a porta do quarto, destrancou-a e saíram. João Antunes sentiu que não mais haveria perguntas, porque tampouco haveria respostas. Caminharam vagarosamente até o alpendre. João Antunes respirou fundo, parou e observou Cavalcante adormecida. Um silêncio denso e misterioso envolvia a cidade. Ergueu os olhos e viu o cintilar das estrelas num escuro infinito, testemunhas insensíveis a debochar da escuridão dos homens. Vagarosamente, perdido em reflexões, João Antunes desceu a escada e retornou à Pensão Alto Tocantins.

9

NA MANHÃ SEGUINTE, DURANTE O CAFÉ, SANTINHA ESTAVA CURIOSA PARA SABER AS NOTÍCIAS, POIS NÃO PRESENCIARA JOÃO ANTUNES RETORNAR À PENSÃO. Ela largava o serviço no começo da noite e morava nos arredores da cidade. João Antunes acordara mais tarde que o habitual, devido às emoções da véspera. Eram quase nove horas.

— Sumiu ontem, meu lindo, aonde foi? — indagou assim que o viu entrar na cozinha.

— Fiquei no Pinga de Cobra até mais tarde, conversando com o Val de Lanna. Tu o conheces?

— Claro, querido, é professor de dois sobrinhos meus. É jovem, porém é respeitado na cidade. Tem poucas amizades, pois isso aqui é um mundão de ignorância. Mas e depois? Permaneceu no bar? Passei por lá à noitinha quando saí e não o vi...

— Santinha, tu és terrível. Então viraste mesmo a minha sombra? — indagou, rindo.

— Ah, meu lindo, estou de olho em você para protegê-lo das más línguas. O povo daqui não perdoa. Mas, e então, aonde foi depois? — Santinha ia fazendo o seu interrogatório enquanto lhe servia o café. O aroma delicioso impregnava a cozinha e abria uma fresta em seu espírito.

— Depois estive a conversar com Marcus até mais tarde.

— Mas que tanto vocês conversam! — comentou, emanando malícia.

João Antunes olhou-a de relance e permaneceu quieto. Em poucos minutos, ele terminou a refeição.

— Até o almoço, Santinha...

— Já vai lá outra vez? Ah! O Cocão te agarrou de vez, não é verdade? — perguntou, mirando João Antunes, que saía rumo ao sobrado de Marcus.

— Não, Santinha. São conversas sobre negócios. — Achegou-se a ela, deu-lhe um beijo na bochecha flácida, enrugada, e partiu, ouvindo seus comentários finais.

— Ah, meu Deus, por que não veio quando eu era jovem? Se fosse antes eu te devorava em cima desta mesa. Mas tudo acontece na hora errada... — lamentou-se Santinha, repetindo seus comentários e deplorando sua sorte enquanto o acompanhava até a saída.

João Antunes voltou-se para ela e sorriu. Santinha ergueu os olhos e perscrutou o céu; avistou a neblina cingindo ao longe os cumes dos morros. *Daqui a pouco ela começa a baixar*, pensou em seguida. Ela reparou, em um banco da praça, alguns homens idosos encolhidos dentro de paletós, curtindo o sol da manhã; seus velhos conhecidos. Um deles mantinha o corpo inclinado à frente enquanto tossia. *O seu Júlio não vai durar muito; sempre com aquela tosse e o queixo caído*, pensou, referindo-se a um deles, antes de retornar à cozinha. O senhor Vicente veio dizer-lhe que na noite anterior chegara mais um hóspede. "Ocupava o 4", informou-lhe.

João Antunes caminhava lentamente pelo passeio, pensando na noite anterior. A experiência que tivera deixou-o confuso, parecendo-lhe que sua estadia em Cavalcante caminhava para um destino imprevisto. O que imaginara e planejara durante os dois últimos anos se tornara algo difuso, inconsistente e abstrato. Sentia-se mergulhado numa realidade inesperada e misteriosa, imerso num ambiente fantasioso de luxo e de pedras preciosas, amado apaixonadamente por uma pessoa que lhe prometia o futuro, mas que o deixava numa expectativa ansiosa. Tudo lhe parecia precário, e sentia a insegurança sob os pés em cada passo que dava. Cruzou em frente à loja do senhor Ifrain e o viu atendendo um cliente. Caminhou mais alguns metros e chegou em frente ao portãozinho. Antes de abri-lo, João Antunes se habituara a sondar a casinha azul que Cocão lhe dissera haver sido alugada por Riete, na esperança de observar algum sinal de sua presença. Pois, nessa manhã, notou as duas janelas frontais amplamente abertas e uma empregada varrendo o passeio. Seu coração acelerou-se e a felicidade repentinamente o invadiu. Riete estava de volta, concluiu, pressuroso. Sorriu ao abrir o portão e manteve-se alegre enquanto galgava os degraus. No quintal ao lado, a criançada fazia algazarra. Todos pararam ao verem-no; Bejute se aproximou rapidamente, batendo seu cajado no chão. Estacou e permaneceu sorrindo, olhando vagamente sua imaginação.

— Ei, Bejute! — gritou João Antunes, mirando-o e idealizando aquela vida mergulhada na escuridão, pensando sobre qual seria a intensidade das sombras em que vivia. — Amanhã te trago mais balas! — exclamou, sentindo o palco de sua vida se iluminar. Bejute ampliou seu sorriso e retornou pensativo, tocando o cajado no chão.

Bateu à porta, aberta imediatamente por Marcus. Ele cumprimentou João Antunes emitindo um brilho diferente no olhar, como se irradiasse a centelha de uma chama que se apagava. O rosto dimanava uma tristeza profunda, demonstrando a consciência de que o ápice da véspera fora o fim dos seus sonhos. Ao contrário do que sentia, notou a felicidade irradiante de João Antunes e imediatamente deduziu a razão da sua alegria: como já constatara ao abrir a janela de seu quarto, durante a manhã, Marcus atinou que João Antunes também percebera a chegada de Riete.

— Entre, querido, como passou a noite? Já tomou seu café? — perguntou com uma voz desvanecida, abrindo um sorriso tímido e revelador daquilo que se passava em si.

— Sim, Marcus, acabei de tomá-lo — respondeu João Antunes, reprimindo aquela felicidade que transbordava tão explícita em suas faces. Ele permaneceu um instante parado na entrada do salão, meio constrangido por um sentimento estranho que o inibia, como se fosse o culpado pela tristeza de seu amigo. João Antunes sentia-se atrapalhado, pois o que se passara na noite anterior, sabia-o, não mais se repetiria, e tinha consciência do quanto Cocão o amava e o quanto sofria ao defrontar-se com isso. Marcus resignava-se, pois era pessoa sensível, mas o contato físico trouxe-lhe um prazer tão grande que, reconhecer abruptamente o fim, criou um vácuo pavoroso em sua vida. A realização do desejo criara raízes impossíveis de serem extirpadas. João Antunes, parado na entrada do salão, desviou seu olhar para o grande espelho e deparou-se com a própria perplexidade. Marcus começou a caminhar lentamente rumo ao sofá; João Antunes o seguiu, dirigindo-se à poltrona em que se sentara no primeiro dia em que ali estivera. Tudo recomeçava como naquela ocasião, a mesma barreira se erguia, edificada com desejos reprimidos, sentimentos relutantes e olhares que luziam esperanças. As emoções de João Antunes eram fundamentadas em anseios materiais, as de Marcus, em volições amorosas. Porém, naquela manhã, ambos eram arremetidos em sentidos opostos, criando uma separação irreversível. Abordaram vagamente alguns assuntos que não desejavam conversar, distantes do âmago que os assolava. João Antunes queria perguntar a Marcus sobre o tipo de negócio que tinha imaginado para ele; desejava esclarecer ansiosamente essa questão, assunto do qual Marcus parecia se esquivar. Sobre isso, Marcus lhe dissera apenas que ele seria o responsável pelos seus negócios enquanto estivesse ausente, sem esclarecer do que se tratava. Cerca de meia hora após esse intricado prelúdio emocional, quando sentiam que poderiam ultrapassá-lo, ouviu-se o som da campainha soar forte e prolongado.

— Quem será? — indagou Cocão, erguendo-se com indolência do sofá e dirigindo-se à porta. Abriu-a, e João Antunes deparou-se, através do espelho, com a figura deslumbrante de Henriette. Mesmo sentado, suas pernas bambearam e seu coração acelerou, enquanto a felicidade lhe inundava. Todo aquele seu sentimento confuso de há pouco desapareceu como por encanto, firmando-se num único: o seu amor por Riete. Ela também parou um instante, surpreendida pela inesperada presença, mas imediatamente abriu um lindo sorriso. Não esperava encontrá-lo ali, e muito menos àquela hora. Se entreolharam um pouco atônitos, através do espelho, enquanto Marcus ainda mantinha a maçaneta em sua mão, assistindo àquela cena entre os dois, também através do espelho em frente a ele. Cocão mantinha-se como um espectador numa plateia. Ele observou aquela reciprocidade amorosa, tão explícita e intensa, sentindo exacerbar, ainda mais, a consciência de que tudo se acabara. Nem mesmo aquela tênue esperança sem convicção, que tanto prazer lhe dava, perdurou. O seu espírito tornou-se árido e suas ilusões sumiram. Notou a brusca alteração pela qual passara João Antunes: viu a emoção luzir em seu olhar e a alegria em seu semblante. Orlando, silencioso como um gato, cruzou a sala e saiu pela porta de entrada, enquanto João Antunes levantava-se da poltrona e dava dois passos em direção a Riete. Ela se aproximou e estendeu-lhe a mão, mirando-o intensamente.

— Você por aqui, João Antunes? Que surpresa agradável! — E apertaram-se as mãos, gesto secundário perante o que sentiam.

— Pois digo o mesmo, Riete. Fizeste boa viagem? — perguntou fortuitamente João Antunes, expandindo o sorriso.

— Sim, cansativa, mas tudo correu bem. Não tive problemas com as baldeações, que são as razões dos atrasos dessas longas viagens.

Cocão, apartado daquele conluio, fechou lentamente a porta e retornou ao sofá.

— Assente-se, Henriette, por favor — convidou-a Marcus, com uma voz quase inaudível, na qual se manifestava uma tristeza imensa.

Henriette assentou-se na poltrona, ao lado de João Antunes; Cocão permaneceu no sofá.

— E, então, como estão as coisas no garimpo? — indagou Riete, voltando-se para Marcus, demonstrando, repentinamente, haver mudado seus pensamentos e relegado suas emoções anteriores a uma situação secundária.

— Estive lá na semana passada e, com exceção de alguns contratempos, tudo corre conforme o planejado. Muita gente tem ido ao garimpo por tomarem conhecimento da sua instalação, o que causa alguns transtornos. Eu disse ao Roliel para não aceitar qualquer um. A meta é atingir uns cinquenta garimpeiros, mas não devemos nos precipitar. Já ocorreu um desentendimento que resultou na morte de homem, porém, isso é normal. Nos últimos vinte dias conseguiram quase setecentos gramas de ouro. Disse a ele que, assim que notar uma redução acentuada, será necessário se deslocar a jusante, buscar mais abaixo...

— E você, João Antunes, por que não está lá trabalhando? — indagou Riete, com entonação autoritária, distanciando-se daquilo que João Antunes sentia.

— Bem... Eu estive lá com o Marcus e cheguei à conclusão de que não nasci para ser garimpeiro. O meu negócio é mesmo trabalhar com gado e ter uma vida de liberdade no campo... — disse João Antunes, regateando as palavras. Ele não esperava essa pergunta, proferida num tom incisivo e apartada daquele conluio amoroso de minutos antes. Cocão, por sua vez, sentia-se constrangido, pois fora o responsável pela decisão de João Antunes.

— Mas não veio do Sul com o objetivo de ganhar dinheiro e comprar terras? Foi o que me disse em Goiás. Não é possível que tenha vindo de tão longe para chegar aqui e desistir numa simples olhadela. Assim nunca conseguirá nada... Imaginar a vida é fácil, difícil é torná-la realidade, esse é o problema! — exclamou Henriette com decisão e segurança, colocando-se numa posição superior. Seus olhos brilhavam e podia-se observar resquícios de impaciência nas comissuras de seus lábios. João Antunes sentia-se desconcertado perante aquela brusca alteração de sentimentos. No início, houve aquela reciprocidade, e, de repente, Riete mostrava-se ríspida.

— Eu fui o responsável pela desistência dele, Henriette — disse Cocão. — É quase impossível uma só pessoa garimpando ganhar o suficiente para adquirir terras.

Riete fitou Cocão com um sorriso carregado de ironia e desprezo. Insinuou dizer alguma coisa, mas se escusou de dizê-la.

— Mas ele não iria sozinho. Iria trabalhar comigo... — replicou Riete.

— O objetivo, dona Riete, é tu ganhares. Os garimpeiros ganharão apenas para viver... — argumentou Marcus.

— Quer dizer então que você retorna ao Sul... — comentou Riete, interrompendo Cocão e voltando-se para João Antunes, demonstrando preocupação pela possibilidade de isso ocorrer. Olhava para ele aflita, aguardando sua resposta. Novamente, em poucos segundos, ela alterava suas emoções. João Antunes captou aqueles sentimentos e agora era ele quem sentia-se numa condição superior. Olhou para Riete, fazendo-a compreender que lhe adivinhara os pensamentos, e abriu um sorriso de satisfação.

— Marcus está a me propor alguns negócios que julga serem mais efetivos aos meus interesses — disse ele tranquilamente, mirando-a com um olhar vago, parecendo pensar em algo distante.

— Que tipo de negócios, Cocão? — perguntou Riete bruscamente, dirigindo-se a ele.

— Isso está dependendo de alguns detalhes que em breve resolverei, e João Antunes terá então condições de tomar suas decisões — explicou Marcus, com a voz desvanecida.

— Pois você poderia se tornar meu sócio, João Antunes, como lhe sugeri em Goiás... Não estaria na condição de um simples garimpeiro — replicou Riete, interrompendo-se em seguida, olhando ansiosamente para ele.

— Vamos aguardar mais uns dias, Riete, e verei o que fazer.

Um certo silêncio pairou entre eles. Uma aragem refrescante penetrou pelo janelão, o que os levou a observar o céu através do vão escancarado. João Antunes sentia-se novamente feliz, mas observava Cocão com ansiedade, pois percebia o seu sofrimento. Riete, após aquela exuberante segurança inicial, estava apreensiva com o futuro de João Antunes. Houve um barulho de girar de chave e a porta da sala foi aberta; Orlando retornava e novamente deslizou rápido rumo à cozinha. Antes de nela entrar, Cocão lhe pediu que servisse um café.

— O senhor Ifrain já está me cobrando a sua conta. Depois passe lá e acerte com ele — disse Marcus a Riete.

— Saindo daqui eu passo na loja. O turco só pensa em dinheiro... Preciso acertar também com você, Cocão. E o Roliel, como está? — indagou Riete com displicência.

— Está lhe aguardando. Quando vai aparecer no garimpo? — indagou Marcus.

Riete não lhe respondeu e olhou rapidamente para João Antunes, que retribuiu com aquela expressão que raramente lhe surgia no rosto, mas que, quando aparecia, o tornava irresistivelmente sedutor. Riete foi subjugada e sorriu boquiaberta, sentindo que tudo ao seu redor se tornava irrelevante. Marcus, observando a cena, sentia a vida fugir de si, abandonando-o só nas trevas da depressão.

— Antes vou descansar da viagem... — disse Riete. — Talvez seja melhor enviar um mensageiro para pedir a Roliel que venha até aqui, depois retorno com ele — acrescentou com um olhar pensativo, sentindo-se confusa com os problemas inesperados, cujas soluções dependiam agora de João Antunes. Ela não esperava que ele recusasse a proposta que lhe fizera em Goiás, e agora via-se obrigada a lidar com isso.

Orlando apareceu com uma bandeja sobre a qual estavam o bule e três pequenas xícaras. Colocou-a sobre a mesinha e os serviu, retirando-se em seguida. Cocão, com a testa franzida e os olhos arregalados, tomava seu café perdido em pensamentos, refletindo sobre coisas inócuas e sem respostas que aliviassem sua solidão. Seu olhar vagava inutilmente sobre a mesinha, enquanto João Antunes e Riete trocavam cúmplices olhares que emanavam tudo aquilo de que Marcus carecia.

O tempo parecia ter mudado repentinamente, pois a sala, há pouco tão iluminada, parecia mais sombria. Marcus levantou-se e dirigiu-se aos janelões que davam para a Rua Quatro, atrás do sobrado, as únicas que mantinha abertas, pois a que dava para a escada permanecia costumeiramente fechada. Sondou o céu e viu as nuvens se aglomerando sobre Cavalcante. Lufadas de vento retorciam as copas das árvores nos arredores. Marcus desceu as vidraças, mas manteve as janelas abertas, e retornou ao seu lugar.

— Deve chover daqui a pouco — disse ele languidamente, manifestando em seu rosto a tristeza de sua alma.

— Quando saí da pensão, havia poucas nuvens. Como pode o tempo mudar tão repentinamente? — indagou João Antunes, com expressão surpresa.

— É o vento sudeste. Nessa época do ano, costuma ocorrer esse fenômeno. Contudo, não será chuva forte como aquele dia — explicou Cocão com uma voz desanimada. — Você se lembra onde está a chave do cofre, João Antunes?

— Sim, atrás do livro do Freud. Mas por que está perguntando isso, Marcus?

Cocão esboçou um sorriso enigmático e permaneceu em silêncio, voltando a observar o céu cobrir-se de nuvens.

— João Antunes, desça comigo até a loja para eu pagar o turco; vamos, antes que chova! — exclamou Riete, erguendo-se da poltrona e estendendo-lhe a mão.

Ela sorria sedutoramente e segurou a mão de João Antunes, entrelaçando os dedos aos dele.

Marcus observava a reciprocidade amorosa e a imensa felicidade que usufruíam.

— Não querem almoçar comigo? — convidou-os Cocão, fazendo uma pergunta completamente alheia ao clima em que viviam João Antunes e Riete, ou que tivesse a capacidade de persuadi-los. Cocão percebia essa realidade, mas fizera a pergunta quase compulsivamente, talvez como um derradeiro alento ou como um desejo de partilhar as migalhas do que via.

— Obrigado, Marcus, Riete almoça comigo na pensão. Amanhã nos veremos novamente — despediu-se, apertando-lhe a mão. João Antunes notou as lágrimas enevoarem os olhos de seu amigo. Observou-o atentamente até ser puxado por Riete, que acenou para Cocão e enlaçou João Antunes pela cintura, puxando-o com as duas mãos.

Pararam em frente à porta, e, enquanto Riete girava a maçaneta, João Antunes voltou-se para Cocão e o observou com o rosto curvado, passando as mãos sobre os olhos.

— Amanhã almoço contigo, Marcus — disse João Antunes, à guisa de consolá-lo. Puxou a porta e começaram a descer a escada. Lá embaixo, viu Bejute solitariamente sentado sobre um velho tronco, segurando o cajado com as duas mãos e o rosto cabisbaixo, apoiado entre os braços.

— Ei, Bejute, o que te passa? Onde estão os teus amigos? — perguntou João Antunes, parando um instante, preocupado com aquela cena. O menino balançou a cabeça e a manteve abaixada, sem nada responder.

— Vamos, querido, consolador dos aflitos, senão a chuva cai — disse Riete, observando o céu carregado, puxando-o pela mão. João Antunes relutou um segundo, mas continuaram a descer.

— Marcus disse que a chuva não seria pesada, pois eu acho que ele se equivocou. Vai chover muito! — disse João Antunes, erguendo os olhos. — Impressionante, Riete, eu nunca presenciei mudanças de tempo tão repentinas, algo que parece ser muito comum em Cavalcante...

— E qual é o problema, meu amor? Nenhum temporal vai me impedir de possui-lo esta tarde. Dessa vez não será como em Goiás — disse Riete transbordando sensualidade.

João Antunes sentiu-se excitado com essas palavras libertinas, ditas por uma mulher tão linda. Era exatamente isso que desejava ouvir nas últimas semanas. Ele então lembrou-se das opiniões de Santinha a respeito do que as mulheres sentiam em relação a ele.

O senhor Ifrain sabia que Riete retornara, pois, tal como João Antunes, sondava a casinha azul diariamente. E lá estava ele à porta, aguardando a sua chegada. Entretanto, quando a viu abraçada a João Antunes, por um instante a preocupação monetária foi relegada em detrimento de uma inveja dolorida e impotente, que o fez questionar a sua vida. Mas logo o dinheiro, o combustível psicológico que o empurrava, reassumiu sua função; afinal, só lhe restava isso. Salivou, como diante de um bom prato, engoliu suas frustrações e aguardou a chegada do casal. Estendeu a mão a Riete e sentiu um fulgor de juventude ao tocá-la; o que o induziu a uma cara galante. Durante um átimo, rejuvenescera, mas o espírito envelhecido reinstalou-se em seu semblante, despojando-o da beleza daquele instante.

— E, então, quanto lhe devo, senhor Ifrain? — perguntou Riete, remexendo em sua bolsa. Estava com o maço de dinheiro do cheque descontado que sua mãe lhe dera.

O senhor Ifrain pegou o caderno de contabilidade de capa negra e dura, já muito ensebada pelo uso excessivo, e abriu-o, mostrando as despesas a Riete.

— Onze contos e quinhentos e vinte e sete mil réis. Por favor, confira, senhorita Henriette — disse-lhe com cortesia.

Riete passou rapidamente os olhos sobre o material comprado e concordou com o custo. Desembrulhou o maço de notas, separou o necessário e pagou a despesa.

— Aqui está o recibo e o troco, senhorita. Muito obrigado e estamos sempre à disposição. — E Ifrain olhou para fora, atraído por barulhos.

Naquele instante, chegava em frente à loja uma grande tropa de mulas carregadas. Eram os dois caixeiros-viajantes que vinham regularmente abastecê-lo com novos estoques. João Antunes, como por hábito, dirigiu-se à porta para observar a tropa. Havia dezessete mulas, que pareciam muito cansadas. Três homens que os acompanhavam começaram a descarregá-las. O senhor Ifrain saiu de trás do balcão e logo se pôs a ajudá-los, bem como a conversar com os caixeiros-viajantes sobre os seus pedidos. Ambos eram imigrantes libaneses, e estavam havia quinze anos no Brasil. Iam colocando as cargas num canto, desembalando-as, enquanto Ifrain conferia tudo meticulosamente; afinal, tratava-se de libaneses, exímios comerciantes. Riete aproximou-se e enlaçou novamente João Antunes pela cintura. Dirigiam-se à pensão. Lá chegando, foram direto à cozinha e encontraram Santinha terminando o almoço. Ela estava de costas, em frente ao fogão.

— E aí, Santinha, o almoço está pronto? — indagou João Antunes, abraçado a Riete.

— Está quase, meu lindo, você vai comer um delicioso frango que só eu sei temperar — comentou, remexendo as panelas. O aroma espalhava-se deliciosamente pela cozinha.

— Esta é a Santinha, Riete, a minha sombra em Cavalcante — disse João Antunes com um sorriso nos lábios. Riete deu uma curta gargalhada e perguntou: "Por quê?", o que fez com que Santinha se voltasse para eles. Ao ver o casal abraçado, ela teve um choque, ficou tão espantada que permaneceu boquiaberta e muda por um instante. Aquela novidade interrompia longos anos de bisbilhotices habituais e desinteressantes que já não lhe causavam nenhuma excitação e muito menos aos que a ouviam. Mas essa era das boas, aliás, era ótima! *Então, aquela linda sirigaita que apareceu em Cavalcante conseguiu fisgar João Antunes*, refletiu Santinha, mantendo os olhos arregalados enquanto um rubor lhe coloria as faces.

— O que foi, Santinha? — perguntou João Antunes, rindo bastante, percebendo o efeito da cena no espírito da cozinheira.

— Então a senhorita é a famosa Henriette? — conseguiu pronunciar, avançando o rosto à frente, com os olhos esbugalhados.

— Eu, famosa!? Mas por quê? — perguntou Riete, aconchegando-se a João Antunes.

Aquele aconchego causou um novo alvoroço em Santinha. Seu coração acelerou e ela deu um passo à frente, parecendo desejar participar daquele conluio. De repente, ela relaxou-se e começou a dar uma risada curta, nervosa, histérica, pondo-se a andar desorientada de lá para cá, demonstrando buscar algo, sem saber o que, conversando sozinha. Voltou meio confusa ao lugar em que estava, segurando um pote de pimenta; olhou para ele, assustou-se e retornou para guardá-lo novamente, pondo-se depois a arrumar a mesa.

— Oras, todos em Cavalcante comentam a sua presença... Nunca vimos por aqui mulher como a senhora. Bela, esperta e avançada... E agora abraçada ao meu lindo! — explicou-se, examinando-a de cima a baixo.

— Seu o quê!? — perguntou Riete, rindo muito do jeito de Santinha.

— Meu lindo, é como chamo João Antunes. Você é bonitona, mas ele é muito mais bonito, não é verdade? A senhorita também almoça aqui? — indagou, enquanto colocava a louça sobre a mesa. — Ela ainda estava agitada, mas aos poucos parecia retornar ao normal.

— Sim, Santinha, ela almoça comigo — antecipou-se João Antunes.

— É verdade, Santinha, concordo com você, ele é lindo... — disse Riete, e apertou João Antunes contra si, dando-lhe vários beijos.

— Ah, meu Deus! Não me faça sofrer mais, senhorita Riete. Estou morrendo de inveja. Já disse a ele que, se eu fosse jovem, não me escaparia.

— Pois é, Santinha, hoje ele não me escapa... — comentou, fazendo uma expressão sedutora.

— O quê!? Hoje ele não lhe escapa!? Ai, meu Santo Antônio, fico toda arrepiada! — exclamou Santinha, completamente desnorteada com a presença do casal, inédito em relação aos casais com os quais se acostumara durante a vida. Ela começou a servir o almoço, novamente agitada.

— O Vicente já almoçou? — perguntou João Antunes.

— Só mais tarde. Ele é sempre o último, ou o primeiro...

De repente, ouviram o martelar da chuva. Ela caía forte, acompanhada por trovões que estrondejavam frequentemente. Teceram breves comentários sobre o tempo e retornaram às conversas. João Antunes e Riete almoçavam desfrutando um daqueles momentos em que a felicidade se assemelha a um rio caudaloso, sobrepujando tudo que poderia contrapô-la. Santinha, sem constrangimento, sentara-se com eles à mesa e submetia Henriette a um rigoroso interrogatório, desejando conhecê-la. Riete, muito descontraída, respondia ao que queria e se esquivava facilmente das perguntas indiscretas, entremeadas a gostosas gargalhadas. João Antunes percebeu essa sua habilidade. Várias vezes ela elogiou a comida, o que induzia Santinha a fazer caretas, estirando as extremidades dos lábios para baixo e revirando os olhos para os lados. Ela manifestava um estranho júbilo, parecendo incapaz de absorver o imenso estímulo que lhe espicaçava o espírito. João Antunes e Riete constantemente prestavam atenção ao ruído da chuva sobre o telhado, ansiosos para que ele desse sinais de que abrandara, o que lhes permitiria ir para a casinha azul, rumo ao amor. Após mais de uma hora ouvindo as histórias que Santinha lhes contava sobre Cavalcante, a chuva diminuíra, mas não esperariam que ela cessasse completamente. João Antunes levantou-se, dirigiu-se à porta da pensão, estendeu a mão e verificou que apenas chuviscava. Sorriu e retornou à mesa.

— Vamos, meu amor? A chuva está passando.

Riete olhou-o e sorriu sedutoramente. Santinha novamente sentiu seu velho coração palpitar e arregalou os olhos, avançando o rosto.

— Já vão!? — indagou ela, desconcertada, pondo-se novamente frenética, erguendo-se também, como se tivesse mil coisas a fazer. Ela deu uma voltinha em torno de si mesma e voltou a encará-los, com o semblante sanguíneo, escarlate.

Riete despediu-se dela e enlaçou João Antunes pela cintura.

— Até a próxima, Santinha — disse João Antunes, sorrindo daquela cena burlesca, enquanto saíam. Santinha virou as costas desorientada e pôs-se a zanzar sem rumo pela cozinha, conversando com as paredes.

10

Após a saída de João Antunes e Riete, Cocão permaneceu um longo tempo sentado no sofá, perdido em pensamentos em meio à forte penumbra provocada pela chuva. Ele era invadido por qualquer coisa de profundamente doloroso e sombrio. Uma inquietação o envolvia em cada ponto que pousava inutilmente o seu olhar, em busca de algo que lhe mitigasse o sofrimento. Com muita dificuldade, pois isso agora lhe exigia um grande esforço, Marcus levantou-se e dirigiu-se ao seu escritório onde começaria a escrever uma carta, sendo interrompido no caminho por Orlando, que lhe perguntou se poderia servir o almoço. Respondeu que não almoçaria naquele dia e que não mais o incomodasse. Enquanto João Antunes e Riete almoçavam na pensão, Marcus chegou ao escritório e sentou-se à escrivaninha. Durante alguns minutos, pensou dolorosamente sobre como exporia o assunto, e começou a fazê-lo. Com a pena entre os dedos, fazia longas pausas buscando as conexões para suas ideias, refletindo sobre o que escreveria. Gastou cerca de uma hora escrevendo-a. Após terminá-la, releu a carta, meteu-a num envelope e guardou-a no cofre; depois recolocou a chave atrás do livro, *Die Traumdeutung* de Sigmund Freud. Marcus parou um instante, pensativo, pegou o livro e levou-o para o quarto, com a intenção de consultá-lo. Inquietava-o um pesadelo pavoroso que tivera essa noite, quando vira João Antunes amando sua mãe sobre um grande sofá que havia na sala da chácara em Laranjeiras, e logo depois sendo assassinado pelo seu pai, Euzébio. Isso o angustiava desde o momento em que acordara, de manhã. Chegando ao quarto, colocou a banheira para encher, depois retornou e deitou-se na cama; apanhou o livro, meio indeciso, abriu-o, mas logo o fechou, pondo-se a contemplar, através da vidraça, a chuva cair tristemente sobre Cavalcante. Observava com um olhar fixo o céu profundamente cinza, secundado pelo barulho da água enchendo a banheira. Tudo lhe parecia horrorosamente triste e sem sentido, e sua alma lhe parecia morta. Marcus refletia sobre a sua vida e de como perseguira em vão a felicidade, que sempre lhe escapara quando parecia prestes a alcançá-la. Sua existência se assemelhava a um grande equívoco, e nela somente as gemas o compreendiam e o amavam. Um trovão soou prolongado, despertando nele um sentimento insólito e consolador, como se essa emoção efêmera o integrasse à comunidade humana por um fio de pertencimento. Aquele som melancólico, ouvido por gerações e gerações de homens, ainda seria compartilhado por inúmeras gerações futuras. Contudo, isso era pouco, muito pouco para fazê-lo sorrir. Neste instante, a frequência do ruído d'água dentro da banheira se alterara, indicando que o nível alcançava a borda. Marcus conhecia de sobejo esse limite, quantas vezes o ouvira e se dirigira para fechar as torneiras? Esse sinal característico, que sempre fora o início de um instante prazeroso, agora lhe infundia lembrança de um fim, e todos os instantes desapareceram perante as emoções encantadoras da noite anterior. Levantou-se da cama com dificuldade, pois agora qualquer gesto se tornava penoso, como se a vida lhe pesasse em demasia, e foi fechar as torneiras. Espalhou o seu sal preferido, o mesmo que salpicara na véspera, e observou os grãos descerem lentamente até o fundo. Lembrou-se de que João Antunes também os observara submergir. Novamente retornou ao quarto, pegou o livro, olhou-o meio indeciso, e dirigiu-se ao escritório, repondo-o no mesmo lugar; depois, encaminhou-se automaticamente à janela de seu quarto para sondar a chuva, que enfraquecera, ou talvez para observar minúcias circunstanciais que ainda lhe proporcionassem algum sentido. Marcus viu que ainda chuviscava, e admirou as nuvens baixas, cinzentas e esfarrapadas fugindo rapidamente sobre a cidade; ao longe, o horizonte perdia-se sob a neblina. Fortuitamente, ele curvou as vistas e sofreu um choque ao avistar João Antunes e Riete caminhando abraçados apressadamente no passeio oposto, dirigindo-se à casa dela. Eles demonstravam intensa felicidade, e pararam ao acaso quase em frente ao sobrado para se abraçarem e trocarem um beijo voluptuoso, sob a perplexidade dolorosa de Marcus. Então, tudo se precipitou. Ao assistir àquela cena, Cocão experimentou uma amargura tão profunda que se sentiu esvaziado, como se a vida lhe houvesse sido sugada. Aquela imagem significava tudo o que se evadira de si. Apoiou a testa na vidraça, em prantos, e atrás daquele pranto luzia o brilho de um olhar que se apagava. Aquela felicidade, tão explícita e esfuziante, tão agressiva aos seus sentimentos, cortou seu último vínculo com quaisquer resquícios que o prendiam; ela representava a intensidade oposta à do seu sofrimento. Marcus retornou chorando ao banheiro e observou-se vagamente nos espelhos, assistindo à sua dor perder-se no infinito, até o seu âmago. Despiu-se, num gesto dorido e já inútil, entrou na banheira, recostando-se na cabeceira, respirou fundo e pediu que Deus o acolhesse. Pegou a navalha de cabo de madrepérola sobre a borda e talhou seu pulso, recolocando-a em seguida no mesmo lugar. O sangue saiu forte no início, mas foi perdendo pressão à medida que o filete se espalhava sobre a água. E Marcus assistiu rapidamente sua memória correr para trás até ser absorvida estranhamente por algo brilhante. Fechou os olhos, sentiu resquícios de um último aroma, e sua cabeça pendeu à esquerda. Seu corpo lentamente deslizou um pouco à frente e metade de seu rosto submergiu, descaído sobre o ombro.

11

No instante em que Marcus partia, João Antunes e Riete chegavam em casa. Ela dirigiu-se à cozinha e comunicou à empregada que já almoçara e que por hoje estava dispensada. Filomena olhou para João Antunes, pegou uma sombrinha e foi-se embora. A casa era pequena e mobiliada com simplicidade: uma pequena sala e dois quartos, que davam para a rua, a cozinha e um banheiro. Riete trancou a porta da sala e correu para os braços de João Antunes, e começaram a se beijar com paixão.

— Meu amor, no dia em que te conheci em Goiás não te dei muita atenção, mas, desde aquele momento, só pensei em ti... Só em ti — murmurou João Antunes, deslizando carinhosamente as mãos pelas faces e cabelos morenos de Riete, olhando-a com ternura.

— Pois eu, ao contrário, desde aquela noite, me apaixonei por você — replicou Riete, mirando João Antunes com intensidade. Seus olhos negros cintilavam incrível ternura ao mesmo tempo em que um sorriso insinuante e fatal se desenhava em seus lábios. Tornaram a se beijar, mas o prelúdio já caminhava com rapidez para o clímax.

João Antunes afastou-se dois passos, retirou afoitamente a camisa e jogou-a no chão; dobrou uma das pernas para trás e puxou a botina, repetindo o gesto com a outra; desafivelou o cinto e deixou a calça deslizar, afastando-a depois com os pés. Riete o admirava boquiaberta, com os lábios rubros e o sexo em brasa. Ela começou então a desabotoar os oito botões que descem da parte superior de seu vestido, próxima à gola, até abaixo do busto, ergueu a barra e retirou o vestido pelo pescoço, esticando os dois braços para cima. Riete era sedutora e autoritária, e como tudo em sua vida, era ela quem tomava a iniciativa. O poder de subjugar, natural em sua personalidade, lhe propiciava prazer. Ao despir-se, ela começava a exercer tal poder sobre João Antunes, paralisando-o, induzindo-o a tornar-se espectador de seus gestos e das revelações de sua beleza. Enquanto executava esses movimentos, ela o fitava de um modo tão sedutor que provocava nele a iminência do gozo. Retirou o pequeno espartilho, permitindo-se a visão de seus peitos despudoradamente sequiosos dos lábios dele; belos, belíssimos peitos de uma jovem linda, doida para amar. João Antunes se aproximou sôfrego e passou profusamente a cobri-los de beijos, enquanto ela se estirava para trás gemendo e murmurando palavras apaixonantes. Durante longos minutos, tudo se intensificava. João Antunes ergueu-a, passando-lhe os braços sob suas pernas e a levou para o quarto, colocando-a sobre a cama de casal. Por causa da chuva, Filomena fechara o quarto, iluminado apenas pela luz baça vinda da sala, o que provocava uma penumbra voluptuosa. Riete ergueu-se e terminou de despi-lo, e o epicentro daquele corpo magnífico a fez gemer e a dizer palavras que não eram sequer ouvidas, pois ali só havia iminências que sobrepujavam tudo. Ela retirou a calcinha, e João Antunes penetrou seu olhar entre aqueles pentelhos que várias vezes penetrara durante os dias de solidão, o portal de seus sonhos. Quantas vezes, isolado em seu quarto, eles viraram imaginação? Riete abriu as coxas e estirou as pernas para cima, escancarando-lhe a flor. Não haveria mais preâmbulos. Abraçaram-se e se entrelaçaram com tanta paixão que logo começaram a gozar intensamente. João Antunes e Riete alcançaram o ápice, mas se mantinham insaciáveis, vasculhando cada recanto em busca de mais prazeres. Gemiam e gritavam suas emoções. Riete montou João Antunes durante minutos, até tombar esgotada sobre ele, lúbrica e ofegante sob um calor intenso. Deitaram-se de costas com os braços estirados para os lados, sentindo seus corações aos pulos e a pele orvalhada pelo suor. Sorriam, mirando o teto com semblantes dulcificados e serenos, enquanto suas peles secavam. Voltaram os olhares um ao outro, abraçaram-se, e começaram a destrinchar suas vidas enquanto a tarde caía rapidamente, acentuando a penumbra. Muito conversaram, entrelaçando suas vidas, planejando o futuro. Riete levantou-se para acender a luz, proporcionando a João Antunes a visão erótica do rebolado de sua bunda belíssima. Havia, nesses gestos libertinos, uma sedução deliberada: de costas, Riete sabia-se observada e sorrateiramente sorria, sem ele poder ver seu sorriso. Na volta, ela caiu sobre ele despejando carinhos, enquanto João Antunes se excitava perante aquela nudez tão linda. Ele sentia-se completamente fascinado pela personalidade de Riete, encarnada na beleza de seu corpo. Ela era impetuosa, sedutora, cheia de iniciativas, e seu jeito se encaixava como luvas em seu querer, substituindo sua precária insegurança por uma certeza pujante. A lâmpada, a iluminar fracamente, propiciava-lhes um clima aconchegante. Riete exprimia uma meiguice e uma ternura que não lhe eram usuais, e se surpreendia com seu próprio ineditismo. Nunca em sua vida fora tão espontânea; jamais seu coração se abrira com tanta sinceridade, mesmo porque nunca amara ninguém. Seu relacionamento com Roliel fora apenas uma fugaz aventura destinada a superar uma fase difícil da vida, e nunca tivera com ele um autêntico prazer sexual. Sua forte personalidade o tornara apenas uma fonte de satisfação para o seu sadismo inconsciente, resultado de seu passado atribulado. Mas, com João Antunes, seus sentimentos eram outros, transcorriam de maneira diferente, propiciando-lhe emoções inéditas. Roliel era rústico, possessivo e ignorante, o oposto da sensibilidade que emanava de João Antunes, encarnado em um corpo de beleza incomparável. Henriette, aquela mulher pragmática e apartada de devaneios românticos, sentia-se enternecida e surpresa, como se descobrisse, após anos de escuridão, uma face iluminada de sua vida. Aconchegada a João Antunes, seu mundo expandia-se.

— Meu amor, você foi maravilhoso, muito além do que poderia imaginar — disse ela com meiguice, com uma voz suave e afetuosa, experimentando uma espécie de alívio aguardado durante anos e que agora surgia como a realização de um sonho. Desde a infância, Riete tornara-se cética em relação à felicidade, porém, naquela tarde, ela transbordava de si.

— Pois saiba, meu amor — continuava ela, afagando o rosto de João Antunes —, que nunca imaginei que poderia viver um momento como esse. Sempre me equilibrei sobre um fio, como aqueles equilibristas de circo, sob a expectativa de que prestes poderia me esborrachar sobre o chão. A vida me maltratou; fui me fechando e a julguei igual a mim. Nunca senti o amor de mamãe. Papai, a quem amava, manteve-se distante, pois raramente ia a Campinas. Ele me ama, é carinhoso, mas sinto qualquer coisa de estranho quando me afaga, o que muitas vezes o afasta de mim. Porém, grudada em você, sinto um afeto que nunca tive. Acredita no que estou lhe dizendo, meu amor? — indagou Riete, erguendo o rosto e beijando-o com carinho, mirando-o com um olhar cheio de ternura e paixão.

— Sim, querida, por que não? — respondeu João Antunes, sorrindo-lhe carinhosamente, pondo-se a afagar seu rosto. — A vida é pródiga em distribuir expectativas que estão muito além do que delas obtemos.

— Você agora falou bonito, como um poeta e com filosofia... A vida é pródiga em distribuir... Como é mesmo? — indagou, sorrindo belamente, deslizando a ponta do indicador sobre o nariz de João Antunes. — Meu Deus, como és lindo! — exclamou Riete, cobrindo-lhe o rosto de beijos. E beijaram-se com paixão.

— Mas me fale sobre ti, minha querida. Me contaste uma história tão misteriosa e sucinta de tua vida que fiquei sem nada entender. Tua mãe, teu pai, o amante de tua mãe, o assassinato dele em Ilhéus, seus traumas... Cheguei a perguntar a Marcos se ele conhecia mais alguma coisa sobre ti que me esclarecesse, mas ele nada sabia.

— O que perguntou a ele? — indagou Riete, demonstrando curiosidade, afastando ligeiramente o rosto e pondo-se séria.

— Marcos somente acrescentou que o pai dele, que se chamava Euzébio e que trabalhava com carro de aluguel, tornou-se muito amigo do tal Jean-Jacques, o amante de tua mãe. Era Euzébio quem o conduzia ao cabaré *Mère Louise* quando Jean-Jacques ia encontrar-se com Verônica...

— Ah, é?! — exclamou Riete, muito surpreendida por essa revelação. — Não sabia que Euzébio era o pai de Marcos... — comentou, com uma expressão pensativa, olhando vagamente os lençóis.

— Tu chegaste a conhecê-lo? — indagou João Antunes, observando atentamente Riete.

— Não o conheci, pois quando nasci mamãe já morava na fazenda Capela Rosa, mas algumas vezes ela referiu-se a ele... Disse que, de fato, era Euzébio quem conduzia Jean-Jacques ao *Mère Louise* para se encontrar com ela, e mesmo a outros lugares. Ambos acabaram se tornando amigos. Mas então Euzébio é o pai de Marcos. Outra coincidência curiosa... — comentou Riete, mantendo-se pensativa.

— Sim, Marcos me disse que sua mãe, chamada Sahra, era uma judia alemã, casada com um comerciante de pedras preciosas, também judeu. Disse que vieram morar no Brasil, onde o marido muito rico, inaugurou um comércio de pedras na Rua do Ouvidor, no Rio. Porém, após alguns anos, ela enviuvou-se e veio a conhecer Euzébio, que, na época, trabalhava para ela. Isso antes de Euzébio vir a conhecer Jean-Jacques. Tornaram-se amantes, e Marcos veio a ser filho deles. Sua mãe continuou a tocar o negócio do marido, daí o interesse de Marcos pelas pedras preciosas. Aliás, como ele entende desse assunto. Ele ama as pedras... — disse João Antunes, lembrando-se do amigo. — Quando a mãe dele morreu — prosseguiu João Antunes —, deixou todos os seus bens para ele, e Marcus ficou bem de vida. Ainda mantém a loja na Ouvidor, mas vendeu uma chácara que herdou em Laranjeiras para construir o sobrado em Cavalcante. Ele é uma pessoa generosa e tem-se preocupado muito comigo...

— É claro, meu querido, ele, sem dúvida, enamorou-se de você... — disse Riete, ostentando uma expressão trocista que beirava o desdém.

João Antunes sentiu uma vaga tristeza ao ouvir tal comentário, e permaneceu em silêncio.

— Oh, meu amor, não diga que vocês também... — começou Riete, dando uma sonora gargalhada, mirando atentamente João Antunes; seus olhos cintilavam com malícia. João Antunes meneou lentamente a cabeça e baixou os olhos, sentindo sua tristeza aumentar.

Riete sentou-se na cama e aconchegou o rosto de João Antunes junto aos seus peitos, e começou a afagar seus cabelos e a beijá-los.

— Ficou tristonho porque lhe falei sobre o seu amiguinho. Está bem, querido, vamos continuar a nossa conversa — disse Riete, deitando-se novamente, apoiando sua face esquerda sobre o peito de João Antunes.

— E a respeito do assassinato de Jean-Jacques? Lá em Goiás tu te referiste rapidamente a esse episódio, que tanto te aborreceu... — disse João Antunes, com os olhos fixos em algum ponto do forro de madeira, parecendo meio perdido em pensamentos.

— Foi o que lhe falei, ele foi assassinado em frente à casa da vovó...

— Mas qual foi o motivo?

— Não sei. Quando deixei Ilhéus, há cerca de dois meses, a polícia ainda investigava o caso, e depois não tive mais informações a respeito. Quando estive com mamãe, agora lá em Campinas, ela ainda não sabia da morte de Jean-Jacques.

— É estranho, uma pessoa que tanto amava tua mãe vir ao Brasil para encontrá-la e acabar sendo assassinada, pouco antes de revê-la...

Riete manteve-se em silêncio durante alguns segundos, parecendo ocultar algo, o que atraiu a atenção de João Antunes.

— Hein, amor? Não tens nada realmente a me dizer sobre isso? — perguntou João Antunes, erguendo a cabeça para melhor ver a fisionomia de Riete. Ao observá-la, ele assustou-se, pois Riete parecia em transe, vagando longe dali com um olhar elusivo e um semblante pálido, inexpressivo.

— Riete, o que se passa contigo? — inquiriu João Antunes, dando-lhe uma sacudidela, segurando-a pelos ombros.

— O que foi!? — respondeu ela, parecendo retornar ao normal, esfregando as mãos no rosto. — Eu estava... pensando nisso que conversávamos. Oh, querido, fiquei muito traumatizada com o assassinato de Jean-Jacques... — Riete sentou-se novamente e mirou João Antunes com um olhar que externava uma profunda incompreensão acerca de si mesma.

— O que se passa, querida, pareces tão assustada, tão agoniada com alguma coisa. Venha, deite-se aqui e me conte tudo — disse João Antunes, puxando-a novamente junto a si.

— Talvez você comece a compreender por que sofri tanto em minha vida... — disse Riete com o semblante contemplativo, ainda meio assustada. — Eu... Eu tenho um trauma provocado por algum acontecimento, que, infelizmente, me é ignorado. — Riete relutava em conversar sobre um assunto sobre o qual jamais conversara com alguém, mesmo porque nem ela mesma o compreendia totalmente. — Querido — disse-lhe com um misto de ternura e angústia, retornando-lhe o olhar —, deixe isso para uma outra ocasião, porque tudo é tão complicado e obscuro... Qualquer dia reservamos uma tarde só para conversar sobre esse assunto. Quem sabe você me ajuda a esclarecê-lo...

— Está bem, tu és quem sabe — respondeu João Antunes, um pouco intrigado. Permaneceram um instante em silêncio.

— E o teu namorado, o tal Roliel. Se ele souber que estamos nos amando, talvez... Talvez me mate também. Segundo Marcus, ele é um sujeito violento e morre de ciúmes de ti, o que é verdade, pelo pouco que eu o observei no garimpo.

— É verdade, devo ter uma conversa com ele a esse respeito. Mas ele jamais ousará tocar em você. Mas por que estamos falando sobre coisas tão aborrecidas? Me conte sobre sua vida, sua família, suas mulheres... Deve ter alguma namorada lá no Sul, não? — perguntou com um sorriso alegre e insinuante, mirando atentamente João Antunes.

Ele respirou fundo e começou a narrar o seu passado em Santos Reis. Durante longo tempo falou sobre si, principalmente sobre sua mãe e um pouco sobre seu pai e a irmã Cecília. Falava com um olhar contemplativo e um semblante triste, que denotavam uma saudade imensa. Relutou em falar sobre Ester, mas acabou revelando a Riete o que sentia por ela e o sofrimento que isso agora lhe causava.

— Querido, já observei que você é uma pessoa sensível, e que se preocupa com coisas irrelevantes. Assim não se consegue nada na vida. Excesso de sensibilidade só atrapalha. Preciso ensiná-lo a ser duro e a não se preocupar com bobagens. É necessário ser pragmático e isolar certas coisas; preocupar-se apenas com o essencial. No mundo dos negócios é assim que funciona. Aprendi com papai...

— Mas foi mais ou menos isso que eu disse também ao meu pai, uma pessoa extremamente escrupulosa e honesta... — concordou, olhando-a assustado, surpreendido por tais palavras. — Mas afinal, quais são os limites em ser assim, como aconselhei a papai? — indagou João Antunes, mirando Henriette com perplexidade, como se aguardasse uma explicação de uma dúvida para a qual não sabia a resposta, parecendo já haver meditado muito sobre ela.

— Os limites, meu querido, são aqueles que nos impedem de alcançar nossos objetivos. Conhecendo tais limites, devemos ultrapassá-los, e para isso vale tudo — disse abruptamente Riete, num tom incisivo, mirando João Antunes com um sarcasmo contundente e cínico; ao dizê-lo, seus olhos dardejaram um estranho brilho.

João Antunes deu um sorriso chocho e baixou os olhos, demonstrando censura ao que ouvira. Sentiu uma fincada de decepção. Ela captou aquele constrangimento e o abraçou, passando a beijá-lo.

— Oh, meu amor, você precisa mudar sua maneira de viver e passar a agir conforme os conselhos que deu ao seu pai. Para isso, basta ajeitar-se dentro do que é, saber agir, manejar seus escrúpulos e se adaptar... Disse isso apenas para sentir sua reação. Papai me contava como são as relações entre os países, como os mais fortes vão engolindo os mais fracos, por bem ou por mal. Também me contava sobre como os capitalistas lá de São Paulo se enriquecem. Essa é a realidade do mundo... — disse Riete, sorrindo lindamente.

João Antunes viu os peitos de Riete próximos aos seus olhos, belamente sedutores e durinhos, no esplendor da juventude, e fugiu daquelas reflexões tormentosas, passando a beijá-los enquanto ela ria deliciada. O fim de tarde se acentuava enquanto Riete gemia sobre o rosto de João Antunes, colado ao seu. Suas vidas limitavam-se àquela cama e a felicidade se esparramava sobre os lençóis. Nada mais existia para Riete e João Antunes.

12

DE REPENTE, HOUVE UMA PAUSA ESTRANHA E ASSUSTADORA, MISTERIOSO PRENÚNCIO DE ALGO ATERRORIZANTE, COMO SE O TEMPO PARASSE PARA UMA BRUSCA IMINÊNCIA, VINDA DO INFINITO: UM GRITO FORTE E DOLOROSO, EXPELIDO A PLENOS PULMÕES, ROMPEU A PLACIDEZ DO CREPÚSCULO: "MARQUITO MORREU, MARQUITO MORREU! Oh, meu Deus! Marquito, morreu!". Aqueles lamentos tão sofridos e repentinos arremessaram João Antunes e Riete de volta à Terra, onde chegaram assustados e com um ar de incompreensão. Tudo se dissolvera instantaneamente. João Antunes pulou da cama, entreabriu a janela e viu Orlando no janelão do quarto de Marcus, em prantos e proferindo histericamente as mesmas palavras. Observou também o senhor Ifrain, que acabara de fechar a loja, estupefato e com o rosto apontado para cima assistindo à mesma cena, no meio da rua. Orlando agora chorava copiosamente, soluçando alto e esfregando os olhos; parecia desesperado, sem saber o que fazer, a não ser manifestar a sua dor em altos prantos. João Antunes retornou correndo, vestiu-se e calçou-se rapidamente, sob o olhar assustado de Riete.

— Vou ver o que aconteceu... — disse-lhe com o semblante crispado, dirigindo-se à porta da sala. Saiu apressado e atravessou a rua correndo, com o olhar fixo no janelão do sobrado, onde constatou a agonia de Orlando. Rapidamente, a vizinhança começou a chegar ao local, atraída pela cena dolorosa, juntando-se ao senhor Ifrain que, aturdido, permanecia no mesmo lugar, como que preso ao chão. Antes de abrir o portãozinho que dava acesso à escada, João Antunes virou o rosto à esquerda e ainda observou Santinha sair da pensão em passos acelerados em direção ao sobrado, erguendo a barra de seu comprido vestido; secundando-a, viu o rosto assustado do senhor Vicente sob o portal, olhando o que acontecia. Observou também outras pessoas dobrarem a esquina da praça e entrarem na Rua Três a passos rápidos, rumo ao sobrado. Depressa, foram-se aglomerando diante da janela, erguendo ansiosos seus olhares rumo ao janelão, aguardando algum esclarecimento de Orlando, que permanecia em prantos, com as mãos sobre o rosto. Eles, por sua vez, pareciam também atônitos, aturdidos, incapazes de se manifestar. Orlando viu quando João Antunes atravessou apressadamente a rua em direção ao sobrado. Ele subiu ansiosamente a escada, pulando os degraus, e logo chegou à porta de entrada, pondo-se a apertar freneticamente a campainha. Em alguns segundos, ouviu passos surdos acelerados e viu a porta ser aberta, surgindo diante de si o rosto agoniado de Orlando, desfigurado pela dor. Orlando teve uma atitude comovente e inesperada ante João Antunes, pois atirou-se junto ao seu peito, soluçando inconsolável. Ele revelava-se um outro homem. Adentraram a sala e rapidamente fecharam-na com chave, pois já podiam ouvir o barulho de pessoas subindo a escada.

— O que aconteceu, Orlando? — perguntou João Antunes, apavorado, temendo assistir ao que ocorrera.

— Venha comigo... — pediu Orlando com a voz entrecortada por soluços, agora com o choro se amainando, como que começando a absorver o tremendo impacto do acontecimento. Caminharam depressa até o banheiro e, lá chegando, João Antunes presenciou uma cena dantesca, macabra, como jamais assistira e veria novamente em sua vida: dentro da banheira, com a água tingida de sangue, Marcus jazia parcialmente submerso, com a cabeça pendendo lateralmente, como no instante em que morrera. Sobre a borda, estava a navalha manchada com o seu sangue, já escurecido e seco. Acima da linha d'água, apareciam flutuando os cabelos encaracolados de Marcus, movendo-se lentamente ao sabor da brisa, que penetrava pelo basculante. Ao presenciar tal cena, João Antunes sentiu suas vistas escurecerem e sentiu-se mal, caindo sobre o chão, desmaiado. Orlando, apavorado, o acudiu, chamando-o enquanto o sacudia; depois, jogou-lhe água fria sobre o rosto. Após alguns minutos, João Antunes recuperou-se vagarosamente do mal-estar e sentou-se com o rosto apoiado sobre os joelhos. Ele ergueu-se, voltou a olhar aquela cena e irrompeu num choro profundo, soluçando alto, inconsolável, com as mãos sobre os olhos. "Por que ele fez isso, meu Deus? Por quê?", dizia entre soluços, enquanto caminhava vagarosamente até o quarto, onde sentou-se na cama e continuou a chorar, intensamente comovido e com a alma dilacerada. Ao longe, parecendo soar muito distante dele, ouvia-se o retinir insistente da campainha e batidas na porta. Em minutos, os curiosos desistiram, e somente choros entrecortados por soluços faziam-se ouvir em meio ao casarão vazio e lúgubre, inundado por uma tristeza infinita.

— Vá até a janela, Orlando, e diga-lhes que mais tarde daremos notícias e que saberão do ocorrido. Por ora permaneceremos aqui. Depois, feche a janela e acenda as luzes — instruiu João Antunes com uma voz que mal se fazia ouvir, mirando vagamente o tapete sob seus pés. A casa estava quase às escuras. Lá embaixo, já se reunia uma pequena multidão, ávida por esclarecimentos e por detalhes do que sucedera. Orlando, com os olhos congestionados, as faces contraídas pela dor, dirigiu-se ao janelão e tentou dizer-lhes o recomendado por João Antunes. Porém, mal aparecera na janela, uma torrente de perguntas foi proferida em tons exaltados que se misturavam e se tornavam incompreensíveis. Somente uma curiosidade mórbida e uníssima partia daquelas pessoas. Orlando não compreendia nada do que diziam, e fechou a janela, para a decepção dos que estavam ali embaixo. Sem esclarecimentos, a curiosidade fora substituída pela frustração, e passaram a imaginar hipóteses das mais variadas sobre o acontecido, e a tecer comentários sobre a vida de Marcus. Aspectos irrelevantes e pessoais serviam para elaborar ideias que tinham a finalidade de suprir o que Orlando lhes negara: não poderiam sair dali frustrados. Mas, aos poucos, foram se dispersando, e passaram a aguardar a veracidade do sucedido. Como normalmente ocorre nesse tipo de tragédia, o núcleo central seria conhecido, mas a ele se agregariam deduções imaginadas que perdurariam. A tarde caía tristemente naquele pedaço de rua, agora vazio e silencioso, como uma plateia após o espetáculo. A chuva passara, e um sol tímido iluminava os arredores com uma luz suave e afetuosa, como o fora o olhar de Cocão. No interior do quarto, João Antunes, com a alma mortificada, começava a pensar em como agir perante a tragédia. Lentamente, levantou-se da cama e perguntou a Orlando se Joana já havia ido embora quando ele encontrou o corpo de Marcus.

— Sim, ela já tinha saído — respondeu-lhe Orlando, andando vagarosamente cabisbaixo pelo aposento.

— É melhor então não revelar como Marcus faleceu... Diremos que sofreu um ataque do coração enquanto tomava banho. Pobre Marcus, uma pessoa tão boa! Será melhor preservar sua memória. Porém, existe o atestado de óbito... — disse João Antunes, com expressão pensativa e um ar de tristeza.

— Podemos conversar com o doutor Rochinha sobre isso — sugeriu Orlando, com certo vigor, readquirindo um pouco de lucidez. — É o único médico da cidade... Pessoa boêmia, adora uma pinguinha, mas é gente boa. Todo fim de tarde está no Pinga de Cobra; só sai de lá pelas dez horas da noite, mas é muito competente e querido por todos. Daqui a pouco vou procurá-lo para vir preparar o corpo. Vamos aguardar até ele retornar à sua casa — sugeriu Orlando, conseguindo sair daquele estado de descontrole emocional, exprimindo certa tranquilidade; mantinha um semblante contemplativo, recordando Marcus.

— Mas então o médico estará bêbado... — replicou João Antunes. — Voltando ao mundo corriqueiro das necessidades.

— Em absoluto! Não haverá problema! Ele está habituado a atender à noite. Costuma dizer que após uma boa pinga é que ele enxerga o paciente por dentro.

— É... — proferiu João Antunes vagamente, sem prestar muita atenção ao comentário de Orlando. — Vamos então retirar Marcus da banheira e vesti-lo. Podemos estendê-lo na sala, sobre o sofá — sugeriu João Antunes, achando que o quarto de Marcus seria agora um local inadequado a ele; julgava sê-lo um lugar único, apropriado a uma vida exclusiva, que não mais existia. Dirigiram-se ao banheiro e novamente permaneceram perplexos, indecisos, ao lado da banheira, a contemplarem a cena dolorosa que perduraria para sempre em suas memórias. Pegaram uma toalha e estenderam-na sobre o chão. João Antunes ergueu o corpo de Cocão pelas axilas e Orlando pelos tornozelos. Ao fazerem-no, a água rubra que o cobria despencou ruidosamente de volta à banheira, quebrando tetricamente o silêncio. Por um segundo, João Antunes mirou suas imagens reduzidas a um ponto e pensou que nunca chegaria ao âmago do que via. Deitaram cuidadosamente o corpo sob a toalha e se reergueram. Ao vê-lo inerte, João Antunes reiniciou um pranto doloroso que parecia incapaz de esgotar a sua imensa amargura; durante alguns minutos ele chorou, até seu pranto amainar-se em soluços esporádicos. Dirigiu-se à banheira e mergulhou a mão para destampá-la. Foi um gesto horrível, macabro. Formou-se o funil d'água avermelhado, que girava rapidamente executando um gorgulho surdo, variado, que parecia fluir para as entranhas misteriosas da Terra levando o sangue de Marcus. João Antunes observava o nível d'água baixar, deixando sua marca em forma de uma linha sinistra e vermelha onde antes estivera.

— Eu jamais deveria ter vindo a Cavalcante, jamais! — dizia inconsolável, observando, assustado e com os olhos arregalados, sua mão manchada pelo sangue. — Ele matou-se por minha causa... Veja a minha mão, manchada com o seu sangue... — repetia, como se sua mão o houvesse apunhalado, enquanto cobria a testa com o braço e apoiava o rosto sobre os espelhos. Orlando o observava em silêncio.

— Vá lavar suas mãos, João Antunes, e não se culpe por nada — disse Orlando tristemente, compadecendo-se com a cena.

João Antunes voltou a olhar as mãos, observou suas palmas, virou-as, examinou os dorsos, e dirigiu-se à pia para lavá-las. Enquanto as esfregava, experimentava emoções que jamais sentiria em sua vida. Retirava o sangue de Marcus, que permaneceria indelével em seu espírito. Retornou lentamente, observando o cadáver de seu amigo; logo, enxugaram seu corpo. Orlando foi ao guarda-roupas escolher um traje que o envolvesse todo. Vestiram-no e o levaram até a sala, deitando-o sobre sofá de que tanto gostava. Sentaram-se nas poltronas, esgotados pelo sofrimento e pelo cansaço. Havia naquele salão um clima que evocava qualquer coisa de efêmero, de instigante e de definitivo, qualquer coisa que se aguçava num denso mistério. João Antunes sentia agora a sua angústia diminuir, como que rendida pelo inevitável desfecho de sua amizade por Marcus. Lembrou-se de que tudo começara naquele salão, desde o dia em que o conhecera. Emoções densas, sofridas e exacerbadas ali nasceram e se duelaram num combate invisível, carregado de anseios e repressões, cujo final foi a derrota de ambos; um duelo penoso e inútil. Ele olhou o grande espelho e recordou o rosto risonho de Cocão atrás de si, quando ali chegara. Por longo tempo, João Antunes permaneceu sentado na mesma poltrona onde vivera tantas emoções, sem imaginar que elas alcançariam dimensões trágicas. Só muito mais tarde lembrou-se de Riete, mas essa lembrança rapidamente se esvaeceu, dissipada pelo sofrimento.

13

APÓS A SAÍDA APRESSADA DE João Antunes, Riete deu uma espiada pelo vão da janela e retornou ao leito. Permaneceu deitada, e adormeceu profundamente, despertando já tarde da noite. No instante em que estavam na sala velando o corpo de Marcus, ela banhava-se, preparando-se para ir até o sobrado descobrir o que ocorrera. Havia um profundo silêncio nas vizinhanças, como se nada tivesse acontecido, o que a deixou intrigada. João Antunes e Orlando cochilavam quando foram despertados pela campainha. Entreolharam-se assustados, mas João Antunes fez sinal a Orlando para que deixassem tocar, permanecendo ambos em silêncio. Era Riete quem estava na porta. Após alguns minutos de insistência, ela retornou, desceu as escadas e dirigiu-se à pensão em busca de João Antunes e de notícias. Orlando correu ao escritório e entreabriu a janela, vendo-a sobre o passeio.

— Quem era? — indagou João Antunes.

— A tal Henriette... — respondeu Orlando, olhando vagamente para João Antunes. Em seu olhar não havia resquícios de insinuações ou malícia. A tristeza e a solidariedade a João Antunes sobrepunham quaisquer alusões, mesmo sabendo o sofrimento que a paixão entre ambos causara a Marcus. João Antunes permaneceu pensativo após ouvir a informação de Orlando. Consultaram o relógio, eram quase dez horas.

— Orlando, vá então atrás do tal médico. Já faz tempo que Marcus faleceu. Tu sabes a que hora foi? Evita encontrar alguém... Desvia da praça.

— Cocão não almoçou hoje e escutei a banheira sendo enchida em torno das duas horas da tarde. Talvez tenha sido nesse horário... — disse, tentando relembrar os acontecimentos. — Daqui a pouco estarei de volta — despediu-se Orlando, mostrando-se apressado.

Ele respirou fundo, abriu a porta cautelosamente, espiou os arredores e desceu a escada. Contornou a praça e dirigiu-se furtivamente à residência do doutor Rochinha, situada atrás da igreja numa ruela mal iluminada. Ao adentrá-la, avistou-o bem à frente, retornando à sua casa. Lá ia ele trocando passos miúdos e meio vacilantes; Rochinha era um pouco obeso, baixinho, sisudo, mas simpático. Doutor Rochinha esforçava-se por efetuar uma trajetória em linha reta, mas Orlando, observando-o por trás, via que ela se traçava num discreto ziguezague. Orlando apressou os passos e o alcançou quando ele estava prestes a abrir o portão do pequenino jardim de sua casa.

— Doutor Rochinha, por favor... — interpelou-o, assustando-o com sua afobação.

Ele parou, meio atônito com aquela abordagem, e fixou seu olhar grave sobre o rosto de Orlando, parecendo não reconhecê-lo de imediato.

— O que foi? — indagou, surpreendido, arregalando os olhos miúdos atrás das lentes, espremidos pelas bochechas, rosadas pelo álcool.

Doutor Manuel da Rocha Vieira estudou na tradicional Escola de Medicina da Bahia. Casou-se com dona Selma, natural de Cavalcante, e veio exercer sua profissão na cidade. Cerca de três anos antes, enviuvou-se, e vivia sozinho. Seus dois filhos também foram estudar em Salvador. Doutor Rochinha era uma dessas pessoas comuns no interior Brasil: extremamente inteligente, culto e intuitivo, porém, sem dar importância a isso; era uma pessoa autenticamente simples em tudo; amava apenas a medicina e sua boêmia. Após a conclusão do curso, foi convidado a dar aulas na Escola de Medicina, mas recusou. Era autodidata em temas de seu interesse. Possuía em sua casa um laboratório onde fazia pesquisas relacionadas a plantas medicinais, além de uma qualificada farmácia; ele dominava vários assuntos. Além de médico que atendia a uma vasta região, aconselhava os que o procuravam e era muito respeitado e querido. Ele se desdobrava para curar desde picadas de cobras até males do espírito.

— Estavam comentando no bar que Cocão faleceu. O que houve, Orlando?

— Pois é, doutor, estou chocado com a morte dele... Vim atrás do senhor exatamente por causa disso. Vim chamá-lo para dar o óbito e preparar o corpo para o enterro, amanhã cedo.

Doutor Rochinha parou um instante, pensativo, e passou a mão sobre o rosto...

— Está bem. Vou lá dentro pegar a valise e já volto.

Demorou-se alguns minutos, mas estava de volta e andava normalmente, como que por encanto. Em casos de urgências noturnas, quando ele já estava ziguezagueando, ele mesmo se aplicava uma injeção de glicose na veia. Já deixava tudo no jeito para essas ocasiões.

— Mas o que aconteceu com ele? — indagou Rochinha, pondo-se a caminhar ao lado de Orlando.

— Ele suicidou-se, doutor, cortou o pulso e se esvaiu em sangue dentro da banheira...

Rochinha parou um instante, surpreendido pela notícia. Em trinta e cinco anos, era o vigésimo caso de suicídio que atendia em Cavalcante.

— Por aqui, doutor, vamos evitar a praça — disse Orlando, ostentando um ar preocupado.

— Mas por quê? — indagou Rochinha, enquanto caminhava apressado e pensativo, parecendo estar em plena forma.

— Doutor, eu e João Antunes desejamos que ninguém saiba a causa da morte de Marcus. O senhor conhece as pessoas... Queremos preservar a memória dele, que era uma pessoa boa... — explicava Orlando, regateando as palavras. — A vida dele sempre despertou curiosidade e maledicência em Cavalcante, e pelo menos, após a sua morte, desejamos evitá-las. O atestado de óbito poderia constar uma causa que não fosse essa? Seria possível, doutor? — indagou Orlando, demonstrando aflição.

— Compreendo, compreendo... Um colapso nervoso provocado por uma depressão profunda superou sua vontade de viver — diagnosticou Rochinha, naquele seu jeito rápido e preciso de manifestar seu raciocínio. — Não posso, porém, inventar uma outra justificativa, mas direi apenas que o óbito teve causa hemorrágica, sem acrescentar detalhes. Omito o corte. Como vão querer saber, digam que houve um derrame. Mas somente vocês dois são testemunhas? João Antunes é o rapaz que chegou há pouco em Cavalcante, não? — indagou ele cabisbaixo, parando um instante, de modo pensativo.

— Sim, é ele mesmo, e só nós dois temos conhecimento do fato.

— Compreendo, compreendo. Sem dúvida um caso passional, uma desilusão amorosa... Vocês têm razão, têm toda razão... — acrescentou e voltou a caminhar. — Só talvez daqui a muitos anos os homens começarão a aceitar esses tipos de relações, fenômeno comum entre as plantas e animais. Veja Oscar Wilde, pessoa talentosa e de muita sensibilidade, um grande escritor, e foi cruelmente perseguido e preso por ser homossexual, naquela Inglaterra Vitoriana... De fato, Marcus era uma pessoa boa. Culto, discreto... Sua vida reclusa em Cavalcante deve ter sido um suplício. Não quer já passar na funerária e encomendar o ataúde? — indagou, estacando-se novamente, mas logo recomeçou a andar.

— É melhor, havia me esquecido. Está logo ali, no caminho... Já está fechada, mas tem gente em casa.

Passaram na funerária chamada Fim de Jogo; abaixo do nome, havia uma frase em verso: "Agora é com Deus ou o Diabo, e com o José Santiago". Logo abaixo: "repousem eternamente nos melhores caixões do sertão". Acordaram o senhor Tiago e encomendaram a entrega para a manhã seguinte. Porém, ele se dispôs a entregar o ataúde ainda naquela noite. Tiago possuía uma carrocinha na qual colocava o caixão, e a qual ele mesmo puxava, rigorosamente vestido de preto. As pessoas da região o olhavam meio assustadas e evitavam-no, pois Tiago cultivava deliberadamente um ar fantasmagórico e parecia ter contato com o além...

Logo, Rochinha e Orlando estavam diante do portãozinho do sobrado. Orlando insinuou ajudar o doutor Rochinha a subir a escada, mas este recusou e se apoiou no corrimão. Orlando abriu a porta e lá estava João Antunes, que parecia muito assustado e exibia intensa melancolia. A sala mantinha aquele ar lúgubre e triste. O doutor Rochinha parou um instante, observando o salão. Havia muito tempo que estivera ali. Caminhou vagarosamente e estendeu a mão a João Antunes, observando-o atentamente. Dirigiu-se em seguida ao sofá, onde jazia o corpo de Marcus. Sondou seu pulso e passou os dedos sobre o corte profundo, já enegrecido.

— Por favor, retirem a roupa dele — solicitou Rochinha, observando o rosto de Cocão, já macerado. Marcus fora vestido com um paletó que cobria sua ferida. Rochinha sentou-se na poltrona e aguardou que o despissem, permanecendo a admirar detalhes do luxuoso salão. Colocou-se numa atitude filosófica, como que refletindo sobre a fugacidade de tudo aquilo. Marcus já estava nu. Rochinha ergueu-se da poltrona, examinou a parte frontal do corpo e depois colocou-o de bruços, repetindo as observações; revirou-o novamente, examinou o rosto e afastou as pálpebras com dificuldade, observando-lhe os olhos; tornou a passar os dedos sobre o corte e deslizou sua mão sobre o couro cabeludo. Tapou-lhe as narinas e a boca com algodão e terminou a preparação do corpo, encerrando o serviço.

— Deve ter morrido há umas oito ou nove horas e ingeriu água... Talvez tenha morrido sufocado, antes do efeito da hemorragia... — disse pensativamente. — Está bem, vou lavrar o laudo e atestar causa hemorrágica, assim Marcus ficará preservado de comentários maledicentes, como é o desejo de vocês. — Abriu a valise, tomou uma lauda oficial, uma pena e um tinteiro, sentou-se à mesa e o redigiu. — Onde posso lavar as mãos? — perguntou após escrever o atestado.

Doutor Rochinha dirigiu-se à cozinha, lavou-as e retornou à sala, enquanto tornavam a vestir Marcus. Parou um instante em frente a João Antunes, constatando seu sofrimento; mirou-o profundamente, refletindo e extraindo conclusões sobre as causas da tragédia. Em seguida, deu um tapinha carinhoso em seu ombro, despediu-se e retirou-se em silêncio. Quando Rochinha abriu o portão, Riete retornava à sua casa. Ela deduziu que João Antunes estaria no sobrado, mas sentia-se irritada com sua atitude de deixá-la precipitadamente para ir ter com Marcus, sem depois vir procurá-la. Riete olhou o casarão mergulhado em sombras, onde apenas uma tênue luz vazava sob um vão da janela intermediária. Ela continuou mantendo sua indiferença até entrar em casa. Estava exausta de esperar João Antunes na pensão e de ouvir a conversa incessante de Santinha. Ela ardia de curiosidade para conhecer detalhes do que acontecera. A cozinheira tinha permanecido na pensão até tarde da noite aguardando notícias.

Enquanto Orlando estivera ausente, João Antunes permaneceu com a cabeça recostada sobre o espaldar, fitando distraído o grande espelho, sua primeira e forte impressão ao conhecer a casa de Marcus. E rememorou os dias transcorridos desde então. Agora compreendia as argumentações de Cocão: a sua anunciada ausência em decorrência de uma longa viagem significava essa derradeira viagem, prenunciava a sua morte, concebida deliberadamente. Lembrou-se das recomendações dele a respeito do cofre e teve ímpetos de correr até lá e abri-lo, mas sentia-se impedido de fazê-lo naquele momento. Observou o corpo sobre o sofá e foi tomado por um estranho terror. Havia um silêncio sepulcral dentro da casa imersa em sombras. Pareceu ouvir ruídos vindos dos quartos, e apertou as mãos sobre os descansos da poltrona, sentindo-se em pânico, mas logo os ruídos cessaram. João Antunes levantou-se e se dirigiu ao alpendre, procurando respirar o ar puro. Abriu a porta e se debruçou sobre a balaustrada, observando o quintal vizinho. Nada conseguia distinguir, apenas a parte superior da paineira emergia na escuridão. Olhou a casa de Riete, também toda apagada. *Onde estaria ela?*, pensou, intrigado, olhando melancolicamente a cidade silenciosa. A iluminação pública em Cavalcante ainda era precária e a cidade era mal iluminada. No trecho em frente à casa de Cocão havia somente dois postes com suas fracas lâmpadas incandescentes: um situado na esquina da praça com a Avenida Tiradentes e o outro em frente à casa de Riete. João Antunes entrou, fechou a porta e retornou à poltrona. *O medo me faz ouvir ruídos inexistentes*, pensou, sentindo-se mais calmo. Logo ouviu os passos de Orlando e do doutor subindo os degraus. Inspirou fundo e tranquilizou-se de vez. Pouco depois da saída de Rochinha, ouviram alguém chegando: era o senhor Tiago acompanhado pelo filho, trazendo o ataúde. Ele usava o seu terno negro, já puído pelo tempo, assim como o filho, que se chamava Fausto, por ter o pai conhecido Mefistófeles. Orlando antecipou-se e foi abrir-lhes a porta.

— Coloque o caixão sobre a mesa — ordenou João Antunes.

Em seguida, os três carregaram o corpo e o deitaram no interior do esquife. Junto vieram dois longos castiçais e um grande crucifixo, e as velas foram acesas sobre a cabeceira, nas laterais do crucifixo. Conversaram um pouco, informaram-lhe que a causa da morte fora um derrame cerebral, e logo Tiago saiu comentando com o filho o luxo daquele ambiente. João Antunes e Orlando sentiam-se exaustos pelas emoções vividas nesse dia, porém, estavam também agitados. João Antunes, em poucas horas, fora do céu ao inferno: de seu amor com Riete durante a tarde à morte de Marcus. Sentaram-se nas poltronas e puseram-se a conversar.

— Orlando, foi uma grata surpresa conhecê-lo melhor. Ao vê-lo pela primeira vez, e mesmo depois, tu foste tão esquivo... Confesso que o julguei antipático. Mas, com a morte de Marcus, tu te revelaste uma outra pessoa... — disse João Antunes, langorosamente, demonstrando sinceridade e um certo arrependimento pelo julgamento precipitado. Orlando sorriu humildemente.

— É comum errarmos nas avaliações das pessoas. Cocão o amava muito e ele também me queria bem. Com a morte dele e observando o seu sofrimento, não poderia ter outro sentimento em relação a você. Ele realmente o amava, João Antunes... E talvez eu tenha absorvido um pouco da paixão de Marcus por você. Me perdoe se lhe pareci antipático — disse Orlando, com o tórax curvado à frente, os cotovelos apoiados sobre as coxas e os dedos entrelaçados, mirando o tapete. Talvez ele tivesse se aproximado de João Antunes e se sentisse irmanado a ele pelo sofrimento e por um estranho sentimento de não mais presenciá-lo em companhia de Marcus, o que lhe causava ciúmes. Havia em Orlando uma dualidade de prazer e dor.

— Não te preocupes, Orlando. Sejamos bons amigos... Porém, o que fará após a morte de Marcus?

Orlando permaneceu pensativo durante alguns momentos, enrugou a testa, denotando preocupação.

— Não sei... Foi tudo tão repentino que nem cheguei a pensar sobre isso. Amanhã cedo enterraremos Marcus. Talvez umas oito pessoas compareçam. Conheço seus verdadeiros amigos e somente eles estarão aqui para a despedida. Os curiosos não entram. Você dorme aqui ou prefere dormir em minha casa, lá embaixo? Tenho uma cama em meu quarto.

João Antunes também não havia pensado sobre onde dormiria. Lembrou-se de Riete, mas resolveu permanecer no casarão até a manhã seguinte.

Deixaram as luzes acesas e desceram para o quintal, até a casa de Orlando. Exaustos, em poucos minutos adormeceram. Na manhã seguinte, acordaram cedo e retornaram à sala. Os pavios das velas estavam no final e já exalavam um cheiro diferente. De súbito, eles foram consumidos e uma fumacinha azulada serpenteou pelo ar. Joana, a empregada, foi a primeira a chegar, esbaforida, e debruçou-se em prantos sobre o caixão. Ela morava nos arredores da cidade e só ficou sabendo da morte de Cocão pela manhã. Após coar um café, Orlando encarregou-a de postar-se ao lado do portãozinho e deixar subir apenas as pessoas escolhidas por ele, incluindo o senhor Ifrain. Pouco depois do amanhecer, por intermédio de José Tiago, que comentara com sua esposa, a cidade sabia que Marcus morrera devido a um derrame, e, daqueles amigos previstos, somente três apareceram para velá-lo. Vários vieram por curiosidade, com o único objetivo de conhecer a residência, mas foram impedidos de subir. João Antunes sondou a casa de Riete, que estava fechada, parecendo desabitada.

Às nove horas, sob um céu azul, acompanhado pelo senhor Ifrain, por João Antunes, Orlando, Joana e os três amigos, o corpo de Cocão foi levado escada abaixo e conduzido ao cemitério localizado três ruas atrás da igreja. No quintal vizinho, João Antunes observou vagamente que não havia ninguém. Por onde passava, o féretro suscitava uma curiosidade mórbida e provocava a mesma bisbilhotice caluniosa que existira durante a vida de Cocão. Apenas levantavam os chapéus e recolocavam-nos gravemente de modo convencional, num gesto carregado de hipocrisia, e retornavam às confabulações definitivas sobre ele. Santinha superou sua velhice e saiu apressada da pensão para junto de João Antunes que, todavia, mantinha-se em silêncio e guardava um ar sombrio de muita tristeza. Ela o respeitou e lhe fez companhia até o fim. Uma cova, já aberta, esperava o ataúde. O sacristão pronunciou algumas palavras, jogou água benta e o caixão desceu apoiado sobre duas cordas, seguradas pelos amigos. Um velho senhor zelador apanhou a pá. Em silêncio, ouviam os ruídos da terra sobre o esquife que suscitaram, no início, um barulho surdo e filosófico que foi aos poucos esmorecendo, até cessar completamente. Uma pequena cruz foi colocada sobre o montículo para marcar a sepultura. Eles se prontificaram a erguer um túmulo para Marcus, já que não havia uma campa familiar. Chocados com o acontecimento, saíram do cemitério louvando as virtudes do amigo. "Pessoa de bom coração e muito educada, e a cidade de Cavalcante não estava à altura de compreendê-lo e muito menos aceitá-lo", foram as derradeiras palavras ouvidas sobre Marcus.

João Antunes acompanhou Santinha até a pensão e retornou ao sobrado para cumprir a vontade de Cocão. Desejava agora satisfazer sua própria curiosidade a respeito do que ele lhe recomendara. Comentou o fato com Orlando e, lá chegando, dirigiu-se ao escritório. Retirou da estante o livro com a fotografia de Freud estampada sobre a capa; o autor o olhava enigmaticamente. Então, apanhou a chave que estava atrás do volume. Dirigiu-se ao cofre, enfiou a chave e destravou-o; cuidadosamente executou os passos do segredo, girou a fechadura e puxou a porta de aço, abrindo-o. Seu coração bateu forte ao ver um envelope branco sobrescrito com o seu nome, encostado numa das gavetinhas. Pegou-o receosamente, abriu-o e começou a ler a mensagem que estava dentro; a letra, um pouco tremida, denotava uma forte emoção:

Meu adorado João Antunes,

Naquela manhã, ao abrir a porta da minha casa e me deparar com você, tive a mais grata surpresa da minha vida, que foi iluminada por uma luz poderosa que julguei definitiva. Porém, triste engano, pois seu brilho esvaeceu e me vi na escuridão. Em pouco tempo percebi que me restariam duas possibilidades: a minha felicidade ou o meu sofrimento, sem alternativas conciliatórias. Ao ver a beleza de seu rosto e a meiguice de seu olhar, tombei-me perdidamente apaixonado, como nunca estive, mas o destino revelou-me o que temia. Além de sua incrível beleza, meu querido, o que me comoveu foi a manifestação do seu caráter, pois percebi sua amargura perante a minha dor. Sensibilizei-me com a sua angústia por sentir-se incapaz de satisfazer o meu desejo: a aspiração a uma relação física amorosa. Compreendi e me resignei ao infortúnio, pois isso não fazia parte de você. Todavia, ao aceitá-lo, tive a minha última e mais dolorosa frustração. Resignei-me, querido João Antunes, porque devemos respeitar a natureza, e já lhe explicarei essas palavras.

Antes de deixar este mundo, lhe revelo os sentimentos que estão impregnados em minha alma e grudados em minha pele desde o meu nascer. Sentimentos gerados pela discriminação de que fui vítima, decorrentes da minha natureza homossexual. Diante dela, as pessoas condescendentes manifestam uma aceitação eivada de hipocrisia, ou de pena, e os intolerantes a renegam com escárnio, muitas vezes com raiva ou violência. Essa realidade e suas consequências sobre mim originaram alguns questionamentos irrefutáveis que só aumentaram a minha repulsa e a minha dor. Afinal, que culpa tenho eu de ser vítima do acaso, se essa é a natureza que me foi transmitida, talvez geneticamente? Em vista disso, por que ser segregado ou receber um olhar diferente da sociedade quando com ela se convive? Ou ver-se obrigado a viver em guetos sociais, frequentados apenas por nós? E por que enquadrar os homossexuais em padrões que só atentam contra a própria diversidade natural e contra o caráter humanitário, que deve sempre prevalecer? Finalmente, por que se criar laços de ódio e de intolerância contra seres humanos e condená-los a priori por um crime que não existe, e que por isso não pode ser cometido? Se penso assim, devo também respeitá-lo, meu adorado João Antunes, respeitar a natureza, como lhe disse. Fomos gerados por ela de maneiras diferentes: você para ser feliz e eu, no estágio atual da humanidade, para ser estigmatizado e infeliz. Você não pertence a essa sociedade à qual acuso, pois reconheceu minha condição e a respeitou, e me amou espiritualmente. Pudemos conviver como amigos, apesar da barreira emocional.

Durante minha vida, a solidão me foi fiel companheira. Sempre fui solitário, inapelavelmente só. Quando mamãe morreu, não me restou ninguém. Meus parentes estão na Europa e eu nunca os conheci, e, com papai, há muito tempo não tenho mais contato. O que me restou como consolo, João Antunes, foi a esperança de encontrar alguém como você e as gemas. A esperança de tê-lo se foi. Com as gemas, eu consegui uma relação autêntica e de verdadeira beleza. Por elas fui respeitado e amado. Julgam que as gemas são seres inanimados, mas estão equivocados. Elas se comunicam silenciosamente por meio da mais bela linguagem, que é o encanto incomparável das emoções que despertam em nós, e que raramente existe entre os homens. A beleza, unicamente a beleza, constitui a essência delas, tão concreta e abstrata como você, meu amor. Não precisam falar e muito menos pensar, bastam a elas a sua existência e o nosso olhar. Utilizam o silêncio e a emoção como linguagem universal, e como manifestações de suas vidas. Foram gestadas anos e anos sob a terra para nos oferecer a plenitude da formosura, ao contrário dos homens, que, sobre a terra, alcançaram a plenitude da fealdade. As gemas, João Antunes, e unicamente elas, amenizaram minha solidão. Nos momentos de amargura, fui amparado pelo seu brilho, consolado pela sua beleza e pelas emoções que me infundiram, plenas de compreensão e de carinho. Só você, meu querido, conseguiu superá-las, mas infelizmente não pude tê-lo, e preferi partir; deixo esta vida, que me rejeitou, sem poder compreendê-la. Onde eu estiver, meu amor, meus olhos o seguirão, e, se na presença de Deus, rogarei a ele que o proteja.

Deixo a você todos os meus bens. Tudo que possuo é agora seu. O sobrado e 53 hectares de terra, perto de Cavalcante, onde tenho 42 mulas e outros poucos animais. Deixo-lhe também 700 contos de réis, depositados em seu nome no Banco do Brasil, em Goiás, e as ações da Diamond. Os bens doados já estão registrados em cartório, na mesma cidade, também em seu nome. As pedras que estão no cofre são suas, bem como as poucas coisas que tenho no escritório no Rio, Rua do Ouvidor, 329. O sobrado pode ser negociado, se o desejar, na base de cento e vinte contos. Tudo que está dentro dele também é seu. Enfim, meu adorado João Antunes, como lhe prometi, realizei os seus sonhos. Com esse montante, poderá comprar uma excelente fazenda e uma boiada. Se quiser, dê uma ajuda a Orlando, ele é boa pessoa. Orlando lhe explicará onde se encontra o meu sítio em Cavalcante.

Nessa mesma banheira, onde desfrutei dos momentos mais felizes da minha vida, despeço-me dela e de você. Deixo-lhe um beijo com todo o meu amor e, quem sabe, algum dia possamos nos amar numa estrela sob uma luz diferente.

Adeus, meu diamante único.

Marcus von Wassermann.

João Antunes, enquanto tomava conhecimento do teor da carta, ia sendo invadido por uma emoção tão forte que mal conseguia lê-la. As lágrimas rolavam aos borbotões pelas suas faces e um nó na garganta o impedia de chorar livremente. De repente, seu pranto ecoou forte pelo casarão, assustando Orlando e Joana, que acorreram ao escritório para saber o que se passava.

Lá chegando, se depararam com ele sentado na escrivaninha, com a cabeça curvada e as mãos sobre o rosto, externando tal sofrimento que os deixou paralisados na entrada do escritório, respeitando aquela dor.

— O que aconteceu, João Antunes? — indagou Orlando receosamente, após alguns minutos.

João Antunes permaneceu em silêncio, e aos poucos foi se resignando. Vivia aquele instante em que se percebe que nada mais pode mudar o destino. Aquele choro, que brotou tão profundo e compulsivo, aliviou sua angústia e ele sentiu-se confortado. Não poderia ter ultrapassado seus limites, conforme o próprio Marcus reconhecera. Dobrou discretamente a carta e enfiou-a no bolso da camisa; levantou-se calmamente, enxugou os olhos, muito congestionados, e se aproximou de Orlando e Joana. Pensou um instante sobre como revelar a Orlando o testamento de Marcus. Deveria conversar a sós com ele.

— Não é nada, apenas me emocionei ao ler uma carta que Marcus me deixou...

— E agora, o que faremos? — quis saber Joana, sentindo que acabaria desempregada. — Mas, afinal, ele sabia que iria morrer? Parece que sim... Talvez tivesse algum pressentimento. Bem, vou preparar o almoço... — E saiu desorientada rumo à cozinha.

João Antunes aguardou alguns segundos e convidou Orlando para uma conversa, no escritório. Ele sentou-se à escrivaninha e Orlando no divã, onde Marcus tinha o hábito de ler. Retirou a carta do bolso, desdobrou-a e entregou a Orlando para que a lesse. Ele estendeu o braço vagarosamente e a pegou, demonstrando certo receio. Fitou João Antunes um instante, como se esperasse alguma prévia revelação, e ancorou seu olhar sobre o texto. João Antunes observava suas reações enquanto ele a lia. Notou que Orlando também se emocionava com as palavras ali escritas, mas, quando se deparou com o destino dos bens, um misto de tristeza e decepção aflorou em seu rosto e seus olhos marejaram. Encerrou a leitura e baixou os olhos, perdido em pensamentos. Estendeu o braço e devolveu a carta a João Antunes.

— Ele de fato o amava, e muito... e o deixou numa ótima situação financeira — disse Orlando, com uma expressão sombria e desolada.

— Este sobrado eu repasso a ti, Orlando. Se possível, aqui não quero retornar nunca mais. Passei nesse ambiente os piores momentos da minha vida, a despeito da bondade de Marcus. Mas tu deves ter compreendido os meus dilemas pessoais. Vivi permanentemente a tensão entre os impulsos de Marcus em relação a mim e os meus desejos de jamais ofendê-lo, e isso nem sempre foi possível. Quando Riete apareceu, ele sentiu que tudo se desmoronava, pois percebeu minha paixão por ela. Mas, apesar disso, ele respeitou o inevitável, como tu leste na carta.

— Você é quem sabe, João Antunes, quanto ao sobrado... Passei aqui onze anos e gosto de Cavalcante — disse Orlando, refletindo longamente, fixando o olhar sobre a superfície da escrivaninha.

— Marcus me deixou uma boa quantia em dinheiro, que será o suficiente para alcançar os meus objetivos: comprar uma boa fazenda e uma boiada. Transfiro também a ti o sítio e as mulas que ele disse possuir nos arredores da cidade. Assim tu poderás ter um negócio. Podemos também dividir algumas peças bonitas que Marcus possui aqui dentro. Os espelhos ficam para ti... — disse João Antunes, pensando em quanto sofrera perante eles. — Em relação a mim, não comente com ninguém a respeito da herança de Marcus.

Orlando se emocionou com a atitude de João Antunes. Permaneceu alguns minutos pensativo, refletindo sobre sua vida. Levantou-se e o abraçou fortemente.

— Devemos combinar uma data para irmos a Goiás efetuar os registros em teu nome e pôr um fim a essas questões. Amanhã, tu me procuras na pensão após o almoço para conversarmos a respeito.

— Está certo, João Antunes, amanhã eu o encontro na Tocantins.

João Antunes, acompanhado por Orlando, dirigiu-se à saída. Abriu a porta, voltou-se e olhou sua imagem refletida no espelho, lembrando-se da primeira vez que ali estivera. Observou-se durante alguns segundos, sentindo despertar de um pesadelo. Era como se, naquele primeiro dia, ele tivesse penetrado através daquele grande espelho para viver uma outra vida, e agora dele saísse novamente, retornando a si. Lembrou-se de Marcus, de sua ternura e de seu sorriso, e de que cumprira a promessa de realizar seus sonhos. Seus olhos se umedeceram e seu coração doeu. Um sentimento doloroso o oprimia; ele jamais se atreveria novamente a conhecer seu âmago. Lembrou-se da *Divina Comédia* enquanto começava lentamente a descer a escada, e pensou em que círculo do inferno estaria. Olhou à esquerda, mas não viu nenhuma criança. Pensou em Bejute, aquele estranho menino cego, e observou o balanço pendente da majestosa paineira, vazio e imóvel. Um sentimento de abandono e de solidão perpassava tudo aquilo.

14

João Antunes chegou à casa de Riete, mas não a encontrou. A empregada lhe disse que a patroa havia saído para ir ao armazém e que logo estaria de volta. Ele sentou-se para aguardá-la. Na pequena sala havia somente uma mesa para as refeições, acompanhada de quatro cadeiras, duas velhas poltronas e um sofá. João Antunes sentou-se numa das poltronas para esperá-la. Após alguns minutos, Riete retornou. Ao abrir a porta e deparar-se com João Antunes, ela parou e mirou-o com uma expressão carregada. Um certo furor brilhou em seus olhos e seu rosto crispou-se, enraivecido. Ela caminhou até a mesa e depositou sobre ela o embrulho. "Aqui estão os mantimentos", disse à empregada, que veio e os levou para a cozinha. Riete reaproximou-se e sentou-se na outra poltrona, apoiando os braços nos descansos.

— E então, João Antunes, você me abandonou aqui no quarto ontem à tarde, saiu apressado e só retorna agora? Tanta pressa só para ver o queridinho e participar daquele teatro encenado pelo Orlando? E olhe que não faltou plateia! — disse Riete, lívida, com os olhos fuzilantes e os lábios comprimidos.

— Riete, querida, tratava-se da morte de Marcus, da morte de uma pessoa muito querida por mim, uma pessoa boa e que muito me ajudou... — replicou João Antunes, avançando o tronco sobre a poltrona, num gesto persuasivo, franzindo a testa. — Foi uma atitude impulsiva... natural...

— Sim, compreendo, sua namoradinha apaixonou-se por você! Um veado, um fresco, e você sofrendo por causa dele. Talvez lhe tenha dado algo em troca, não é verdade? Quem sabe tenha dormido com ele... Pois que morra! Será um degenerado a menos neste mundo, gente que não serve para nada! — exclamou Riete, mantendo sua raiva, sendo extremamente agressiva e extravasando suas emoções de maneira descontrolada.

Ao ouvir tais palavras, João Antunes sentiu-se chocado, pois elas se opunham radicalmente a tudo que se passava em seu coração. Ficou profundamente consternado e decepcionado com a insensibilidade de Riete, e, mais ainda, com sua agressividade à pessoa de Marcus e a si mesmo.

— Riete, como tu podes falar assim de uma pessoa como Marcus, ou mesmo de alguém? E pior, no momento de sua morte? Isso... Isso é uma total falta de respeito para com ele e para comigo... Um completo desvario, uma falta de compaixão! Pois, fique sabendo que, se tu pensas assim, eu não tenho mais nada a fazer aqui. Não desejo me relacionar com alguém que pensa e sente as coisas dessa maneira. Marcus foi um amigo querido e estou abalado com sua morte, e vens te referir a ele desse jeito?! Pois eu exijo respeito! Adeus! — disse João Antunes, levantando-se da cadeira para partir.

Riete ergueu-se rapidamente da poltrona e barrou-lhe o caminho, colocando-se à sua frente, apoiando as palmas das mãos sobre o peito de João Antunes, como que empurrando-o de volta. Olhou-o com ternura e sedução, abrindo-lhe um sorriso encantador.

— Pois então eu retiro tudo o que eu disse, meu querido. Por favor, não briguemos por causa disso. Desculpe, meu amor. Eu... Eu estava nervosa e com saudades de você. Eu não sou assim... Você tem toda razão de estar com raiva e decepcionado comigo...

João Antunes permaneceu calado, sentindo seu coração partido em dois perante aquela mulher tão linda que lhe sorria encantadoramente, desculpando-se. Riete passou as mãos sobre o rosto dele, afagando-o. A empregada olhou-os pelo vão da porta e sorriu com malícia.

— Venha, querido, vamos para o quarto — convidou-o Riete, loucamente excitada. Deu-lhe a mão e o puxou para dentro do quarto, e puseram-se a amar com fúria. Os gritos de Riete soavam altos, indiscretos e libertinos, derrubando copos que eram lavados na cozinha por mãos descontroladas. Aquele furor aliviou a tensão de João Antunes, mas ele curtiu somente o sexo, não houvera amor nem carinho. Aqueles comentários de Riete sobre Cocão, apesar das desculpas, o magoaram profundamente; sentia-se decepcionado, seco por dentro. Permaneceram deitados, nus, mas seu espírito permanecia imune a qualquer ternura. Corpo saciado e relaxado, mas a alma ferida, era o que ele experimentava, mirando a lâmpada que o iluminava inutilmente.

Riete se deu conta de quanto o ofendera com aqueles comentários, e de que João Antunes não era como Roliel, a quem ela manipulava facilmente.

— O que se passa, meu amor? Mais uma vez lhe peço perdão. Eu tenho essa mania de ser impulsiva, de dizer as coisas sem pensar nas consequências... Prometo não ser mais assim. Eu não imaginava que era tão amigo de Cocão. Mas, afinal, qual foi o negócio que ele lhe propôs? Ele chegou a lhe dizer? Você disse que aguardava uma proposta... — disse Riete, afagando-lhe os cabelos.

João Antunes respirou fundo, como que voltando à vida dos interesses, pensando no que diria. Nesse instante, aquele barulho da terra sobre o caixão de Marcus sumira para sempre. Diversas ideias lhe passaram rapidamente pela cabeça. Poderia ir embora de Cavalcante sem dar satisfação a ninguém. Os bens doados a Orlando poderiam ser justificados como já feitos anteriormente e repercutiriam com um procedimento normal, já que Orlando vivia com Cocão e este não tinha a quem doá-los. Mas João Antunes, apesar de muito magoado, relutava em deixar Riete. Deslizou o olhar sobre aquelas coxas e sobre aqueles peitos tão lindos, e resolveu enveredar-se pelo caminho da verdade.

— O negócio que propunha era me fazer seu herdeiro, doar-me suas economias, depois que ele morresse... — disse João Antunes cautelosamente, sem muita lógica, enquanto mirava o teto.

— Compreendi... Então ele sabia que iria morrer e premeditou suas ações. Por esse motivo, evitou dizer a você. É fácil, portanto, deduzir que ele se suicidou. Por sua causa, não? Matou-se por amor... — disse Riete, refletindo sobre o que João Antunes lhe dissera. — Não é verdade?

João Antunes sentiu seus olhos marejarem ao lembrar novamente que Marcus cumprira sua promessa à custa da própria vida.

— Sim, Riete, é isso mesmo. Mas, por favor, não conte isso a ninguém. Quero preservar a memória de Marcus.

— E Orlando?

— Ele agiu com muita dignidade e manterá o segredo. Ele recebeu o sobrado e um pequeno sítio nos arredores de Cavalcante.

— Só vocês dois sabem disso? E quanto você recebeu?

João Antunes permaneceu em silêncio alguns segundos antes de responder.

— Só sabemos eu, Orlando e o médico que atendeu Marcus, mas que também se comprometeu a manter silêncio. Recebi uma quantia que me permitirá realizar meus projetos.

— Não pode me dizer? Não tem confiança em mim? — indagou Riete, erguendo-se parcialmente, apoiando o corpo com o cotovelo dobrado sobre a cama, olhando atentamente o rosto de João Antunes.

— Deixou-me 700 contos, o suficiente para os meus negócios — respondeu João Antunes, voltando-se para ela.

— Nossa! É uma grande quantia! — exclamou Riete, e deixou a cabeça tombar repentinamente sobre o travesseiro, pondo-se pensativa a fitar o teto. — Que bela paixão... Valeu a pena nascer bonito, não é, meu bem? E eu que pensava que essas coisas só existiam em romances! Um Romeu sem a Julieta — comentou Riete com ironia e um meio-sorriso sarcástico.

Nesse instante, ela invejava João Antunes que, afinal, como num passe de mágica, alcançou seus objetivos enquanto ela deveria aguardar talvez muito tempo para alcançar os seus. Havia, porém, coisas mais importantes a aborrecê-la: inicialmente, João Antunes estava livre para, a qualquer momento, ir-se embora de Cavalcante em busca de terras, sem depender dela. Depois, Riete lembrou-se do garimpo e de que deveria ir lá para ver como andavam os trabalhos, mas isso agora a importunava em demasia, causava-lhe mesmo um grande aborrecimento. Finalmente, havia algo mais sutil a perturbá-la: Riete, que tinha como objetivo se tornar uma pessoa influente e rica como o pai, o senador Mendonça, sentia-se economicamente inferiorizada perante João Antunes. Este crescera desmesuradamente em sua cabeça e isso a acabrunhava, fazendo-a sentir-se sob sua sombra, ferida em seu amor-próprio. Riete o adorava, mas necessitava exercer seu caráter autoritário. Ela podia ser meiga e carinhosa quando quisesse, mas não eram essas emoções que prevaleciam em seu espírito, pois geralmente impunha-se a necessidade de satisfazer seus caprichos. Riete amava tiranizar com sua beleza, como o fazia com Roliel. Porém, em relação a João Antunes, ela sabia ser isso impossível, pois ele era mais bonito como homem do que ela como mulher. João Antunes, como Verônica em relação aos homens, teria as mulheres que quisesse. Riete reconhecia isso, o que a deixava perturbada. Porém, tais caprichos subiam agora às alturas com o dinheiro que João Antunes herdara. Ela sentia-se impotente como nunca estivera na vida. *Por que tive que me envolver com aquele pederasta?*, pensava, amaldiçoando o instante em que conhecera Marcus, atribuindo a ele a culpa de suas frustrações. Tais pensamentos corroíam sua alma e faziam-na infeliz. Riete se debatia em vão.

João Antunes permanecia calado, pensando em seu futuro e em como a sua vida fora alterada bruscamente. Todavia, não absorvera ainda essa mudança. Ele começava a imaginar em que lugar iria comprar terras, cogitando diversas hipóteses, completamente alheio ao vendaval que açoitava Riete. Esta, querendo dar vazão às suas frustrações, novamente ergueu o tórax, apoiando-se sobre o cotovelo.

— Mas, e então, meu querido, o que pretende fazer daqui em diante? Já pensou sobre isso? — indagou, numa inflexão discretamente agressiva, mirando-o com uns olhos penetrantes e receosos.

— Comecei a pensar sobre isso agora, enquanto tu estavas a remoer tuas ideias... É preciso tempo para não tomar decisões precipitadas. Talvez retorne ao Sul e compre terras na região de São Borja, de onde vim... — disse, acariciando-lhe o bico do peito com o dedo, displicentemente.

— Então, você vai me deixar... — replicou, sentindo as lágrimas aparecerem. — Você não me ama? — indagou Riete, pressentindo sua frágil segurança oscilar.

— Amo-te, querida... — respondeu João Antunes, com um ar evasivo e um sorriso distante dos anseios de Henriette, que desejava uma resposta categórica. — Não vou viajar imediatamente, pois devo resolver os trâmites da herança... Além disso, inicialmente preciso refletir bastante sobre o que fazer. Aonde ir para conhecer terras. Não basta apenas comprá-las, mas também conhecer as facilidades que a região oferece para a comercialização do gado.

— Mas, e em relação a nós? — insistiu Riete, sentindo-se confusa com seus sentimentos, que se digladiavam entre o orgulho e o amor. Ela estava apaixonada por João Antunes, e a possibilidade de perdê-lo a angustiava em demasia.

João Antunes permaneceu em silêncio. O que agora o perpassava era a reação de Henriette perante a morte de Marcus. Aquela sua agressividade e falta de sensibilidade diante de um acontecimento tão trágico corroíam o seu amor. Não poderia ignorar o que sentia e muito menos esquecer o ocorrido. Desde aquelas palavras, tão ignóbeis, sua repulsa só aumentara. João Antunes permanecia pensativo, enquanto Riete o fitava com ansiedade.

— Você não me respondeu, meu amor... E em relação a nós? Eu o amo muitíssimo, João Antunes, como nunca amei ninguém, e quero ser sua mulher. Ora, meu amor, venha cá, depois tudo isso passa e seremos felizes

— disse Riete, envolvendo a cabeça de João Antunes com os dois braços e cobrindo-a de beijos, enquanto lhe murmurava palavras apaixonadas. — Vamos viver juntos e ficar ricos, seremos grandes comerciantes de gado nesse interior do Brasil — dizia ela ternamente, como quem aconchegava uma criança.

— Em relação a nós, Riete, vamos aguardar um pouco mais... Dar um tempo, esperar essas emoções que tanto me abalaram se arrefecerem. Poderemos então tomar decisões sensatas — determinou João Antunes, demonstrando sua indecisão.

— Você então não me ama, querido, se está em dúvida, é porque não me ama — disse Riete com uma voz chorosa, deitando-se e pondo-se a mirar o teto enquanto seus olhos marejavam. Permanecia angustiada, sentindo uma tristeza imensa. Aos poucos, sua expressão foi mudando; seu olhar tornou-se estranhamente esquisito, inquisitivo, e parecia vagar em êxtase procurando alguma coisa que, todavia, lhe era remota e impenetrável. João Antunes, deitado de costas ao seu lado, não reparou nessa brusca alteração. Permanecia absorto, refletindo sobre seu futuro.

— Vamos conversar bastante sobre isso, Riete, e resolveremos... — começou a falar enquanto virava o rosto para a amante, e observou novamente aquela estranha manifestação que já detectara antes. Ergueu seu tórax e a olhou assustado, permanecendo um segundo a observá-la. Riete não notou a preocupação de João Antunes, conservando-se alheia ao que se passava ao seu redor. João Antunes sentou-se na cama e segurou-lhe os braços, à altura dos ombros, sacudindo-a.

— Riete, o que se passa? Riete! — exclamou, agitando-a mais fortemente. Ela voltou-lhe o olhar, muito assustada, e murmurou:

— Papai, não me deixe... — E cerrou os olhos, transparecendo grande prazer.

— Riete! — gritou João Antunes, outra vez sacudindo-a. — O que está dizendo?

Ela o olhou langorosamente e pareceu, aos poucos, firmar seu olhar, demonstrando retornar à realidade, dita normal. João Antunes a observava atentamente, enquanto Riete agora percebia estar ao lado dele. Ele recolheu as mãos, deixando-lhe sobre a pele dos braços as manchas avermelhadas de seus dedos, e lhe afagou o rosto.

— Riete, o que aconteceu contigo? Tu estavas completamente esquisita, parecendo em transe... conversando com teu pai... — disse João Antunes, um pouco assustado.

— Conversando com papai? — repetiu, insinuando um sorriso e procurando em algum ponto o lugar de suas lembranças. Mas ela não se lembrava de nada. — E o que eu dizia a respeito de papai? — perguntou, olhando espantada para João Antunes.

João Antunes sentia-se intimidado e, mais que tudo, surpreso com o que se passava. Antes de responder, procurava entender aquele estranho comportamento de Riete, sem, contudo, chegar a uma conclusão.

— Dizia... Dizia para seu pai não te deixar, mas pronunciava isso demonstrando prazer. Um prazer igual ao que sentimos quando estamos amando... — explicou João Antunes de modo pensativo, desviando o olhar.

Riete permanecia com uma expressão indagativa, demonstrando fazer grande esforço para relembrar o que se passara.

— Meu amor... Realmente eu não sei o que acontece comigo em certos momentos. Basta... Basta eu me sentir numa situação difícil para entrar nesse estado. É o que lhe disse, sofri algum trauma que ignoro...

— Então me conte tudo, querida, o que te aconteceu? Tu disseste outro dia que conversaríamos sobre isso em outra ocasião, pois a ocasião é agora...

Riete permaneceu pensativa alguns instantes, parecendo relutar sobre o que lhe diria. Lentamente, começou sua narrativa, coisas que jamais confidenciara a alguém.

— Quando mamãe veio do Rio para Campinas, já grávida de mim, ela foi morar numa das fazendas que papai possuía na região, a Capela Rosa. A fazenda tinha esse nome devido a uma capelinha pintada de cor-de-rosa que havia ao lado da casa. Nessa fazenda eu nasci e passei a minha infância. Como já sabe, mamãe desejava ardentemente que eu fosse filha de Jean-Jacques, e não do senador Mendonça. Com o transcorrer do tempo, comprovou-se que, de fato, eu era filha do senador. Devido a isso, mamãe me rejeitou e tive uma infância infeliz. Quando criança, gostava muito da fazenda, mas um lugar sobretudo exercia uma estranha atração sobre mim: a capelinha rosa. Sentia um verdadeiro fascínio pelo seu interior, sem, entretanto, conhecê-lo. Às vezes, permanecia longo tempo no adro, olhando-a, imaginando seu interior misterioso. Que eu me lembre, só vim a conhecê-lo posteriormente, durante uma das festas que ocorriam na fazenda em ocasiões especiais, quando abriam a capela para a celebração de missas. Mais tarde, já estudando em Campinas, tive um sério desentendimento com uma de minhas colegas de escola, a Ângela Fonseca, filha de um figurão da sociedade local. Durante o recreio, uma turma de meninas, liderada por ela, começou a gritar em coro: "Capelinha, escondida na Capelinha! Capelinha, escondida na capelinha!" de uma maneira cada vez mais alto e acintosa. Nunca me senti tão humilhada como nessa ocasião. Meu desejo era desaparecer. De súbito, ofendida pela injúria, disparei em direção à Ângela e nos envolvemos numa luta feroz. Saímos esfoladas e com as roupas rasgadas, e fomos mandadas para casa. À época, eu tinha, e ainda tenho, uma única amiga em Campinas, chamada Maria Dolores, que era minha vizinha e colega de escola. Éramos verdadeiramente amigas. Eu fiquei curiosa para saber a razão daquela agressão contra mim, pois não tinha a mínima ideia da sua origem. Aguardei Dolores sair após as aulas e lhe pedi que me explicasse o ocorrido. Ela, então, com grande sofrimento, pois sentiu-se tão vexada quanto eu, explicou-me o motivo do achincalhe a que fui submetida. Com dificuldade e constrangimento, revelou-me que a família legal de papai morava numa outra fazenda lindíssima da região, a Santa Sofia, e que mamãe era sua amante e vivia retirada na Capela Rosa e, o mais grave, revelou-me a vida pregressa de mamãe. Contou-me que papai a conheceu num cabaré famoso no Rio de Janeiro, o *Mère Louise*. Sofri um choque ao tomar conhecimento da verdade, e queria ouvir isso da própria boca de mamãe. Corri para casa transtornada e lá cheguei em prantos. Quando entrei na sala, mamãe, coincidentemente, estava lendo uma carta que continha o endereço de Jean-Jacques em Paris, obtido com muita dificuldade. Ela parecia envolvida num halo de luz, tal a felicidade que irradiava, felicidade que era exatamente igual ao tamanho de minha tristeza. Fiquei chocada com aquela demonstração tão explícita de contentamento no instante em que eu me defrontava com a minha decepção. Minha mãe percebeu que algo muito sério havia acontecido comigo, não apenas pelo estado de minhas roupas ou pelos hematomas, mas devido aos meus sentimentos, que brotavam das profundezas da minha alma e se revelavam dramaticamente em meu rosto. Intuitivamente, ela percebeu que eu descobrira o seu passado, bem como a nossa situação familiar. Naquele instante, porém, fui muito agressiva com ela, e mamãe começou a chorar amargamente. Atônita, aproximou-se de mim e retornou à poltrona. Após se acalmar um pouco, se dispôs a me contar sua vida. Durante mais de uma hora falou sobre si, sobre o seu passado e sobre o seu amor por Jean-Jacques. Pelo que me lembro, contava tudo com riqueza de detalhes. De súbito, enquanto ela falava, eu fixei meu olhar sobre uma gravura sacra que havia sobre a parede, ao lado da poltrona na qual ela estava. E, naquele instante, aquela gravura me induziu a abstrair do presente e a mergulhar na memória. Mamãe notou a minha transformação facial e se assustou, interrompeu sua narrativa e chamou por mim, mas eu lhe pedi que não me interrompesse, pois estava relembrando um fato ocorrido num passado remoto, até então ignorado por mim. Tudo desfilava meio nublado em minha memória. E, enquanto o relembrava, cada vez mais eu ia me afastando do presente e penetrando numa realidade dolorosa. Devia ser muito criança quando isso ocorreu. As recordações se iniciaram num dia chuvoso na fazenda. Papai havia acabado de chegar do Rio de Janeiro. Eu me lembro das marcas de barro de seus sapatos no chão e de mamãe reclamando com ele. Vejo o empregado trazendo sua mala e a colocando na sala. Em poucos minutos, papai entrou no quarto com mamãe e lá se trancaram. Logo começaram a discutir em voz alta e em tons cada vez mais altos e agressivos, até eu ouvir soarem os tapas e os gritos dolorosos de mamãe: "Riete não é sua filha, é de Jean-Jacques, a quem amo! Pare, seu animal! Ai! Não faça isso!" Até pararem de gritar. E ouvi mamãe chorando profundamente. Papai abriu a porta do quarto, e, pelo vão, pude ver parte do corpo retorcido de mamãe sobre a cama. Ela parecia nua. Papai saiu do quarto, suando muito, com a roupa desalinhada, a camisa com a barra fora da calça e os cabelos desarrumados, com um olhar muito esquisito. Parecia fora de si. Ao ver-me, pensou um segundo e convidou-me a conhecer a capelinha rosa. Pegou uma chave grande e pesada que estava dependurada num portal, segurou a minha mão e saímos. Quando nos retiramos, começava a chuviscar e o céu estava muito escuro, ameaçador, coberto por pesadas nuvens. Lembro-me de papai abrindo a grande porta da capela e de nela entrarmos, porém, um fato me intriga até hoje quando relembro aquele dia: jamais soube exatamente o que ocorreu lá dentro. Lembro-me vagamente das gravuras da via sacra, do Cristo pregado na cruz e da forte penumbra interior. A última lembrança que tive daquela tarde foi de um fato aterrorizante: quando saía da capela, sozinha, pois papai ainda permaneceu lá dentro, já estava a chover forte e, de repente, um relâmpago assustador iluminou o adro da capela, seguido imediatamente de um estrondo pavoroso. O raio caiu sobre a pequena torre de madeira, calcinando-a, e o sino veio ao chão, badalando sobre as pedras. Foram esses acontecimentos que rememorei na casa de mamãe. Daí em diante, querido, sempre que enfrento uma situação difícil em minha vida, vejo-me vagando pelo interior da capelinha rosa, transida por um prazer inexplicável, mas, ao mesmo tempo, assustador e angustiante. Uma situação que me atrai e me repele. Creio que foi, a partir daí, que a capelinha rosa começou a exercer atração sobre mim. Muitas vezes permanecia olhando-a fechada, imaginando o seu interior. Foi muito tempo depois, durante uma missa, que tenho a lembrança de realmente vir a conhecê-la interiormente, quando, na verdade, já a tinha conhecido naquela ocasião, mas a lembrança estava apagada em minha memória, estava morta, e foi ressuscitada diante de minha mãe, naquele dia em que fui achincalhada na escola. Você sabe como transcorre o tempo quando somos crianças. Não temos a noção de sua durabilidade. Às vezes um período de um ano adquire a sensação de um tempo equivalente a vários anos. Mas o fato é que esse acontecimento provocou-me um trauma, pois, após relembrá-lo em situações difíceis, passo a viver outra realidade... É como uma espécie de fuga que paradoxalmente me alivia de uma situação dolorosa na vida real, mas que também me causa um terrível sofrimento. E talvez por isso, depois de alguns minutos retorno à vida presente... Já pensei muito sobre esse estranho comportamento, mas nunca consegui elucidá-lo — disse Riete, mantendo um semblante triste enquanto falava. Seus olhos brilhavam e a angústia apertava-lhe o coração. — Muitas vezes, quando estou nesses transes, faço coisas das quais não me lembro depois... Não sei por que fui tão afetada por aquilo...

— Naquela época, quando esse fato ocorreu, seus pais já conheciam sua paternidade? — indagou João Antunes cautelosamente, mantendo-se pensativo e intrigado com as revelações de Riete.

— Acho que não, pois, como lhe disse, relembro de mamãe dizendo a papai aos gritos que eu era filha de Jean-Jacques. Parece-me que durante alguns anos tiveram dúvidas sobre minha paternidade. Certa ocasião, mamãe deixou escapar essa dúvida. Só mais velha, segundo ela, a expressão do meu olhar revelou-lhes que o senador era o meu pai.

João Antunes permanecia pensativo, intrigado com essas revelações e surpreso com as reações de Henriette, às quais, de fato, presenciara havia pouco.

Levantou-se lentamente da cama e caminhou cabisbaixo até o banheiro; retornou e deitou-se novamente. Ele refletia sobre o que lhe dissera Marcus a respeito daquele médico que pesquisava a mente humana. Lembrava-se do que ele lhe dissera sobre o inconsciente e sobre os acontecimentos nele reprimidos, guardados a sete chaves; tão bem guardados que a própria pessoa não sabe quais são, apesar de agir sob a influência de suas manifestações. Parecia-lhe que os problemas de Riete estavam relacionados a isso.

— Riete, Marcus, certo dia, me explicou sobre um médico austríaco, chamado Freud, que estuda os problemas relacionados ao espírito...

— Por favor, querido, não me fale mais de Marcus. Desculpe-me por minhas opiniões sobre ele, mas não quero mais ouvi-lo falar dele — interrompeu-o Riete com certa energia e com um sorriso que dissimulava o seu descontentamento. Mirou-o com um olhar duro e impassível.

João Antunes, perante tais palavras, sentiu-se sombrio e desolado. Riete o abraçou e recostou sua face sobre o peito do amante.

— Hoje é você quem almoça comigo, não? — indagou, mudando de assunto e levantando-se da cama para vestir-se. — Vou à cozinha ver como anda o almoço. — Ela saiu e fechou a porta do quarto, demonstrando resolução.

Antes de sair, enquanto Riete vestia uma finíssima camisola de seda vermelha, novidade comprada em São Paulo, João Antunes admirou sua nudez e a sensualidade de seus movimentos, que lhe davam um encanto que se contrapunha àquela dureza revelada. Tudo nela se suavizou, e João Antunes sentia-se confuso com suas emoções. Desejava-a como mulher, e seu amor, que há tão pouco parecia arrefecido, era agora reavivado por aqueles sentimentos sensuais infiltrados naquele tecido vaporoso e erótico. Todavia, seria incapaz de, nesse momento, admitir um peremptório sim a um desejo de vida em comum. A pureza daquela paixão rebaixava-se a uma espécie de ciúme por aquele corpo tão lindo, um sentimento mais vulgar, movido a sexo. Desejava seus prazeres e iria neles se exaurir, mas não mais imaginava Riete como uma companheira de vida. Sentia-se, entretanto, incapaz de deixá-la durante esses dias conturbados que vivia em Cavalcante. Necessitava dela para amenizar sua solidão. Olhou pela parte superior da vidraça e admirou o céu luminoso da manhã, e lá permaneceu vagando, perdido naquela imensidão que a tudo absorvia. Riete retornou; abriu a porta do quarto, fechou-a e sentou-se na cama, demonstrando um ar carinhoso.

— Daqui a pouco o almoço será servido — disse, correndo-lhe a mão sobre o peito e descendo-a até o sexo, onde se deteve um instante acariciando-o, sorrindo maliciosamente.

João Antunes puxou-a para si e a beijou, realizando seus pensamentos de há pouco.

Durante o almoço, conversavam bastante e pareciam haver esquecido as divergências sobre o relacionamento. Riete exercia sutilmente seus poderes sobre João Antunes.

— Com a morte de Cocão, eu pretendo interromper as atividades do garimpo. Investi muito dinheiro nisso e já estou vendo que o retorno será lento ou mesmo inviável, como ele lhe disse.

— Mas, e o teu namorado? O tal Roliel? — indagou João Antunes, evidenciando, todavia, pouco interesse na pergunta. Riete percebeu e deu um sorriso, demonstrando a João Antunes que havia compreendido o seu desdém. Porém, não se aborreceu.

— Vou lhe comunicar que o nosso relacionamento chegou ao fim... — disse Riete. — Que estou apaixonada por outro homem e que com ele me casarei. Se ele quiser prosseguir no trabalho, conversaremos a respeito. A maior parte do dinheiro empenhado é meu.

— E ele, como vai reagir?

— Não me preocupo com suas reações. Penso em ir lá nos próximos dias. Não quer ir comigo? Hein, meu amor? — indagou, de um modo insinuante e carinhoso.

— Estive lá há poucos dias e não pretendo mais voltar — disse João Antunes vagarosamente, desviando o olhar, expressando o sofrimento.

— Devo então procurar alguém que me faça companhia, pois iria lá com Cocão...

João Antunes permaneceu calado, parecendo não ouvir o comentário de Riete. Durante o restante do almoço, a conversa arrefeceu. Riete finalmente tomou consciência do quanto a morte de Marcus abalara João Antunes, mas procurava ignorá-la e agia como se nada tivesse acontecido. Por interesse próprio, se arrependia de seus comentários precipitados, que o magoaram muito. Se houvesse se solidarizado com ele, nada teria acontecido; sentia-se irritada consigo mesma por não haver previsto as consequências de suas palavras. Ela tentava agora suavizar a situação, e o fazia esperando que o tempo agisse a seu favor. A paixão por João Antunes era enorme, e não admitia perdê-lo. Mas Riete era também orgulhosa, sentia-se perturbada pela necessidade de submeter seu amor-próprio a um sentimento que o sobrepujava, em muito. Para ter João Antunes, ela reconhecia que deveria reprimir seu orgulho, frear seu ímpeto autoritário, deveria renegar atitudes que lhe eram aprazíveis e com as quais se habituara. O seu amor a submetia e a induzia a outro comportamento. Riete deparava-se com novos limites, e sua luta deveria ser travada contra si mesma.

— Eu também devo ir a Goiás com Orlando resolver os assuntos relativos à herança — comentou João Antunes, mantendo aquele ar indiferente, reflexivo, que parecia transportá-lo para longe dali. — Vou agora para a pensão descansar, estou exausto, desde anteontem dormi muito pouco. Preciso me refazer...

— Não quer ficar aqui, meu amor? Prometo não incomodá-lo... Você repousa ali no outro quarto — sugeriu Riete, erguendo-se da cadeira e colocando-lhe o braço sobre os ombros.

— Preciso ficar sozinho... Repensar minha vida. Ela mudou tão repentinamente que necessito de um tempo para reavaliá-la... — argumentou João Antunes, erguendo-se para sair. Despediu-se da empregada e se encaminhou para a porta, abraçado a Riete. Ela se mantinha angustiada e chorosa com a indiferença de João Antunes. Ele lhe transmitia uma estranha apatia misturada a sentimentos confusos que poderiam afetá-la. Tudo agora lhe parecia pendente, prestes a cair a qualquer instante.

Riete permaneceu no passeio olhando João Antunes dirigir-se à Pensão Alto Tocantins, e o viu entrar porta adentro. Santinha o viu passar pela recepção.

— Não vai almoçar, meu lindo? — indagou, aproximando-se em seguida da porta da cozinha.

— Não, Santinha, já almocei com Riete — respondeu enquanto entrava no corredor que conduzia ao seu quarto.

— Está chateado com o que, meu bem? Aquela sirigaita lhe aborreceu? — replicou, encostando-se no portal e esticando o pescoço para acompanhar João Antunes, que não lhe respondeu. Santinha permaneceu um instante pensativa, e retornou cabisbaixa para o interior da cozinha, meneando a cabeça negativamente.

João Antunes entrou em seu quarto, trancou a porta, retirou a roupa e desabou em sua cama. Fazia calor e o quarto estava abafado. Exausto, ele levantou-se, abriu a veneziana e tornou a deitar-se. Observou o telhado negro por entre as frestas da esteira e adormeceu profundamente. Acordou quando já era noite. Olhou assustado através dos vidros e viu as estrelas cintilando no céu. Consultou o relógio e verificou que já passara das dez da noite. Lentamente ergueu-se da cama, sentindo-se revigorado, e concluiu que de fato estivera muito cansado. Havia tempos que não desfrutava de um sono tão reparador e reconfortante. Sentia-se um outro homem, com ideias claras e resolutas acerca dos problemas que anteriormente o perturbavam. Acendeu a luz, dirigiu-se ao banheiro e tomou um banho demorado, constatando como estava sujo e pegajoso. A pensão estava mergulhada em sombras e silêncio. Dirigiu-se à cozinha, tomou um copo d'água e procurou alguma coisa para comer; encontrou num armário um apetitoso bolo feito por Santinha. Comeu três fatias, curtindo um suave sabor de laranja. Retornou ao quarto, sentou-se à mesinha e pôs-se a escrever uma carta à sua mãe, narrando-lhe os últimos acontecimentos que tão dolorosamente mudaram sua vida.

Minha querida mamãe,

É com imensa saudade que novamente te escrevo, embora não tenha recebido a resposta da primeira carta. Deve chegar logo, estou ansioso. Também não recebi a resposta de Ester. Como estão de saúde? A senhora, papai e a mana Cecília? Peça a todos para também me darem notícias.

Mamãe, o motivo pelo qual me apresso a escrever-te justifica-se devido aos recentes acontecimentos que tanto me fizeram sofrer, mas, ao mesmo tempo, me proporcionaram uma inédita experiência de vida e me revelaram a grandeza de um homem. Na carta anterior, te escrevi dizendo que havia conhecido uma pessoa chamada Marcus, a quem me afeiçoei e que se dispunha a me ajudar nos trabalhos de mineração, e de quem, afinal, me fiz amigo. Rapidamente percebi que Marcus era uma pessoa de muita sensibilidade, cultura e inteligência. Era judeu, e bem representava a rica tradição desse povo. Antes de conhecê-lo, eu certamente teria acrescentado: porém, era homossexual, como restrição a um preconceito sem fundamento. Pois agora eu te escrevo sem nenhuma ressalva quanto a isso e diria que, além das qualidades intelectuais mencionadas, eu adicionaria o essencial: era uma pessoa generosa e de sentimento amoroso. Sofri muito por conhecê-lo, devido ao que se segue: Marcus era uma pessoa solitária, sempre viveu só. Sua mãe era europeia e dela ficou órfão, e seu pai o abandonou quando criança. Em poucos dias de convivência com ele, Marcus veio a se apaixonar perdidamente por mim, e comecei a sofrer devido a essa paixão, pois não poderia correspondê-la fisicamente. Ao perceber sua generosidade, receava ofendê-lo com minha recusa. Vivi esse dilema dolorosamente, porquanto não sabia e nem poderia lhe dizer um não peremptório. Porém, Marcus compreendeu a minha situação embaraçosa e a aceitou, respeitando-me, sem jamais demonstrar qualquer mudança em seu relacionamento comigo. Mostrou dignidade pessoal e resignação, malgrado seu sofrimento. Porém, querida mamãe, o final foi muito trágico e justifica, como te disse no início, essas minhas palavras de dor. Marcus, em consequência disso, suicidou-se por minha causa. Não imaginas o choque que tal tragédia me causou. Vivia esse dilema e o resolveu com o seu sacrifício. Como ele me amava, doou-me todos os seus bens, cumprindo sua promessa de realizar meus sonhos. Tudo o que imaginava ganhar no garimpo ele o permitiu com sua morte. Por esses fatos, mamãe, a senhora pode avaliar a dimensão de meu sofrimento. Sua morte ocorreu anteontem e vou carregá-la pela vida afora. Resta-me o consolo de ter sido honesto com ele e de tê-lo respeitado, mas isso pouco me alivia. Só mesmo o tempo será capaz de fazê-lo. Como testemunha do que te digo, envio junto a carta que me deixou, contendo suas justificativas e a dores de uma existência sofrida. Guarde-a com carinho. Quando eu retornar ao Sul, pego-a de volta. Não comente tais fatos com papai, pois ele não os compreenderia. Pessoalmente conversaremos mais a respeito, hoje trata-se de um desabafo, que só poderia fazer com a senhora.

Uma segunda revelação: existe em minha vida, querida mamãe, uma outra mulher, muito bonita, que se chama Henriette, filha de um importante senador da República, um tal José Fernandes Alves de Mendonça. Conheci-a em Goiás Velho e, coincidentemente, estava trabalhando também com Marcus. Ficamos apaixonados. Devido à minha carência e solidão, assim que cheguei aqui só pensava nela. Quando a conheci, Henriette estava indo para São Paulo e eu vindo para Cavalcante. Três dias antes da morte de Marcus, ela retornou a Cavalcante, e desde então vivemos sobre a cama. Seu corpo é maravilhoso e ela é muito sensual. Porém, anteontem, após a morte de Marcus, Riete (esse é o seu apelido) fez comentários desrespeitosos sobre ele e nosso amor sofreu um baque, pois fiquei decepcionado com a sua pouca sensibilidade ante o suicídio. Ela, contudo, está apaixonadíssima por mim, mas parece que agora o meu desejo se limita ao sexo.

Sinto necessidade de seus prazeres para desafogar as angústias que rondam o meu espírito. Penso em Ester com preocupação e certa pena, pois meu amor por ela parece ter desaparecido e encontro dificuldades para lhe comunicar meus sentimentos atuais. Como achas que devo proceder, querida mamãe? Aguardo a chegada de tua carta para poder comunicá-la sobre isso. Imagino que Ester sofrerá muito ao saber, e quero que a senhora a ajude e a ampare.

Com a herança de Marcus, começo a pensar em que lugar comprarei terras. Várias hipóteses passam pela minha cabeça, mas tudo deve ser bem avaliado antes de ser resolvido. Já cogitei retornar ao Sul, aos pampas gaúchos. Darei uma chegada aí para pensar e ponderar melhor as coisas, matar as saudades e aconchegar meu coração junto ao teu. Além das saudades, são essas as razões que me levaram a te escrever.

Um beijo carinhoso na senhora, no papai e na mana Cecília. Um grande adeus a todos.

Do filho que não os esquece, J.A.

João Antunes terminou a carta, releu-a e dobrou-a calmamente, pensando no que escrevera. Pegou a carta escrita por Marcus e colocou ambas no envelope. No dia seguinte o entregaria ao senhor Vicente, conjecturando em que dia o carteiro viria novamente. Sentia-se alegre e resolveu tomar a fresca noturna. Eram onze horas da noite quando saiu de seu quarto e caminhou sob a penumbra até a saída. Uma quietude profunda envolvia a pensão e abarcava Cavalcante. Abriu a porta de entrada e desceu os três degraus, parando no passeio a admirar a noite estrelada, realçada pela crescente. Após as tensões dos últimos dias, finalmente uma agradável sensação de calma invadia o seu espírito. O frescor do ar proporcionava-lhe uma sensação aprazível, causando-lhe uma disposição que não desfrutava havia tempos. Notou que as luzes do Pinga de Cobra estavam acesas e que a noite agonizava no seu interior. Nele, os poucos remanescentes refogavam suas dores e ouvia-se as derradeiras gargalhadas. Os arredores da praça estavam adormecidos, as pequenas árvores tinham seus verdes transformados em pequenos vultos escuros. João Antunes voltou-se, encostou a porta e passou a caminhar lentamente, atravessando a rua em direção à praça. Adentrou uma vereda e sentou-se em um banco, sob um ponto de luz, de frente para o bar, perdido em pensamentos. Ele cogitava sobre as origens de suas atuais emoções, sentindo-as apaziguadas e respaldadas por uma segurança que nunca tivera desde que se dispusera a ir para Goiás. Analisava as atuais circunstâncias serenamente, fazia planos em que se imaginava vivendo em suas terras, criando novilhos. *Ao lado de quem?*, inquiria-se, abrindo um sorriso, cogitando belas mulheres. Deveria ser alguém a quem amasse profundamente e que lhe fosse companheira. Uma mulher perfeita, que tivesse a alma de sua mãe num corpo de Riete, disse, de si para si, sorrindo de suas exigências. E tornava a se questionar de onde lhe vinha esse ânimo novo, esse entusiasmo repentino. Sentia-se feliz com o futuro que imaginava e surpreso com os estímulos que lhe perpassavam o espírito. Ouviu uma gargalhada espalhafatosa vinda do Pinga de Cobra, e também gargalhou baixo, apontando o rosto para o céu. Durante um instante, penetrou suas ideias naquele misterioso infinito e quedou-se impotente ao perscrutá-lo. Aos poucos, passava a investigar sua alma com pertinácia, procurando as origens de seu humor. Sim, a conversa que tivera com Getúlio naquela manhã gelada de São Borja significara o ponto de partida, o início de tudo que aspirava. Naquele dia, a sua imaginação era enorme, porém, muito menor do que havia em seus bolsos para realizá-la. Deveria trabalhar muito para ter o dinheiro necessário, exercendo uma atividade incerta num ambiente inóspito e desconhecido. A ansiedade, causada pelas dificuldades que pressentia, inconscientemente o agoniava, deixando-o num estado de insegurança e de medo. Trocar a segurança afetiva e material de Santos Reis por uma aventura incerta o assustava, no entanto, naqueles dias, ignorava as origens de sua angústia. E tais sentimentos, desde então, passaram a deprimi-lo, causando-lhe as bruscas alterações de humor. Contudo, agora compreendia claramente que seu novo ânimo e a sua segurança provinham do dinheiro que Marcus lhe legara; era ele que lhe afagava o espírito nessa noite tão aprazível em que até a lua lhe sorria. Toda aquela preocupação se dissipara, e o fazia agora imaginar seus sonhos não mais como uma idealização carente de meios para realizá-los, mas como um projeto factível. Sim, era isso; era o poder do dinheiro que o acarinhava; era ele que lhe propiciava aquela noite agradável, cheia de um ânimo novo. Toda as dificuldades indispensáveis para ganhá-lo foram desnecessárias, e tais preocupações abandonaram sua cabeça, deixando-a livre para a imaginar o futuro. Só lhe restava exercê-lo com inteligência. Naquele instante, resolveu que retornaria ao Sul para rever a família e com ela se aconselhar, e depois iria procurar terras. Seus pensamentos foram interrompidos quando viu dois homens cambaleantes deixarem o Pinga de Cobra; um deles parou repentinamente e oscilou alguns segundos na vertical, vacilou nessa posição, e desabou no chão. Com muita dificuldade, o outro o auxiliou a erguer-se, e ambos ziguezaguearam por uma das ruelas mal iluminadas que desembocavam na praça, e desapareceram na escuridão. *Quais seriam as causas que lhes tornavam a vida um fardo difícil de carregar?*, questionou-se João Antunes. O proprietário do bar, o senhor Argelino, surgiu à porta, examinou os arredores, como fazia em todos os fins de noite, e o fechou. Àquela hora o frio já varria Cavalcante. João Antunes levantou-se e retornou à pensão. Ao longo da Rua Três, ele estendeu suas vistas em direção ao sobrado de Marcus e à casa de Riete, envolvidos em sombras, experimentando qualquer coisa de antagônico importunar seu espírito. Entrou e trancou a pesada porta de entrada. Passou pela cozinha, quartel general de Santinha, e foi direto ao quarto. Já deitado, João Antunes ainda permaneceu longo tempo contemplando as estrelas através da vidraça, imaginando em qual delas estaria Marcus. Aquele quarto, que tanto o agoniara, transmitia-lhe agora uma familiaridade e um quê de aconchego em cada canto que antes lhe negara o seu conforto. Até aqueles mais ásperos, inóspitos e impiedosos, o dinheiro domara, dulcificando-os. Lembrou-se de que, na manhã seguinte, deveria aguardar Orlando para acertarem a ida à cidade de Goiás.

Neste mesmo dia, quando João Antunes a deixara após o almoço, Riete dirigiu-se ao quarto em que estiveram e atirou-se sobre a cama inconsolável, chorando amargamente. Sentia sua paixão superar em muito o amor que João Antunes agora lhe dedicava. Riete percebia que não poderia viver sem ele e o desejava com toda a força do seu querer. Todas as suas preocupações ambiciosas, todos aqueles seus planos bem definidos que lhe preenchiam a vida e os quais ela estivera determinada em perseguir, evaporaram de sua cabeça, sendo substituídos por esse sentimento exclusivo. Na sua alma, onde havia cobiça e desejo de triunfo, imperava o anseio de que João Antunes a amasse com a mesma força de seu amor; tudo o mais lhe parecia desprezível perante essa potência avassaladora. Tal como Marcus, Riete não mais podia conceber sua existência sem ele. Com o rosto enfiado no travesseiro, ela chorava amargamente, sentindo que João Antunes lhe escapara após tê-lo preso em si. Durante curto tempo a vida lhe sorrira e vislumbrara as dificuldades fáceis de serem enfrentadas, mas agora seu cotidiano desabava naquela antiga realidade, despojadas das minúcias que compensavam vivê-lo. Deitou-se de costas, com as lágrimas a rolarem; correu suas mãos sobre elas, soluçando desconsolada. Durante longo tempo permaneceu pensativa, fitando o teto perdida em divagações tristes, imaginando sobre si o semblante de João Antunes lhe dizendo palavras apaixonadas que intuía que não mais ouviria. Pensou em sua mãe Verônica, compreendendo a sua paixão por Jean-Jacques, e avaliou o tamanho de seu sofrimento. Mas Verônica permitira a Jean-Jacques retornar sozinho para a Europa, atitude que ela, Riete, jamais teria no que dizia respeito a João Antunes. Relembrou de que deveria ir até o garimpo, e novamente experimentou intensa repulsa por essa viagem. *Que coisa mais chata, maçante!*, refletiu com raiva. Riete desejava abandonar tudo aquilo e sumir com João Antunes mundo afora. *Irei lá, passarei o negócio a Roliel, e ponto final!*, refletiu. Ao pensar no antigo amante, sentiu um estorvo sobre as suas emoções apaixonadas. *O que estaria fazendo João Antunes neste momento? Estaria dormindo, conforme lhe dissera?*, pensou. Riete teve ímpetos de dirigir-se à pensão e encontrá-lo, mas refreou-os. Pensou em Santinha como cúmplice para sondar as intenções de João Antunes a seu respeito, e cogitou sobre isso. Talvez fosse interessante consultá-la, pensando em dar-lhe uma gorjeta com essa finalidade, mas logo recuou, coagida pelo orgulho, vendo-se aviltada. Riete sentia-se exausta, com seus pensamentos impotentes, e resolveu aguardar até o dia seguinte, quando então exporia ao amante suas inquietações. De repente, viu-se vagando pelo interior da capelinha rosa e sentiu um arrepio prazeroso percorrer seu corpo. Riete sorriu, perdida no tempo; seu coração se acelerou e, malgrado a angústia, lentamente submergiu naquele bálsamo que lhe aliviava a vida. Ela adormeceu profundamente e só acordou quando já era noite, momentos após João Antunes haver retornado à Pensão Tocantins, vindo da praça. Quando Riete despertou, João Antunes contemplava as estrelas através da vidraça de seu quarto. Repentinamente, ele deteve-se sobre uma delas e sentiu um frêmito. Porém, permaneceu cético, pois não poderia imaginar que tal luz brilhasse em sua vida.

15

Na manhã seguinte, Riete levantou-se muito cedo, resolvida a viajar sozinha ao garimpo e comunicar suas resoluções a Roliel. Ela estava receosa, mas resolveu ir mesmo assim. Dirigiu-se aos arredores da cidade a fim de alugar uma mula, e partir em seguida. Já tinha ido quatro vezes ao ribeirão das Mortes e conhecia bem o caminho. Estava mais tranquila e disposta, animada pela linda manhã. Às sete horas já se encontrava subindo a serra. Planejava retornar no dia seguinte.

    João Antunes acordou mais tarde e, como ocorria todas as manhãs durante o café, permaneceu conversando com Santinha. Ela lhe disse que convidara sua comadre Bentinha para conhecê-lo, pedindo-lhe que marcasse uma tarde. João Antunes lhe falou que poderia vê-la depois que retornasse de Goiás. Ele saiu e passou na casa de Riete, e a empregada comunicou-lhe que ela havia viajado para o garimpo e só retornaria no dia seguinte. João Antunes sentiu-se surpreso, pois Riete não lhe anunciara tal decisão. Retirou-se pensativo, e subiu ao sobrado a fim de combinar com Orlando a viagem a Goiás. Iriam à capital do estado verificar se tudo estava de acordo com as disposições de Marcus; se estivesse, João Antunes iria transferir a Orlando o que lhe prometera. Ambos desejavam regularizar de vez suas heranças. Após combinarem a viagem, sentaram-se num dos bancos da praça e passaram o restante da manhã conversando, deixando tudo acertado. Viajaram no dia seguinte, aproximadamente à mesma hora em que Riete iniciava seu retorno a Cavalcante.

    A viagem de Riete ao garimpo transcorreu com tranquilidade; como ela não levava nenhuma carga, tudo se tornara fácil. Ela almoçou no rancho dos Cunha, e às três horas já havia descido a encosta e se aproximava do acampamento. Ao avistá-la, Roliel ficou surpreso e correu pressuroso ao seu encontro, ajudando-a a apear. Havia um mês que não a via, e se encontrava sequioso de seu corpo e do seu carinho. Ao tê-la diante de si, olhou-a com receio, pois percebeu a indiferença e até mesmo o aborrecimento de Riete em revê-lo. Roliel sabia ler as pessoas e os ambientes que o circundavam. Fora criado para se antecipar aos perigos e a viver na defensiva, como se cada pessoa estivesse prestes a abatê-lo e cada ambiente lhe fosse hostil. A luta entre os coronéis do cacau o forjara, moldando-lhe o espírito. Porém, Riete o subjugava, pois somente com ela Roliel externava seus sentimentos, tal a dureza de seu coração, petrificado pela luta primitiva. Era Riete quem lhe permitia manifestar suas emoções, era ela quem lhe abria uma fresta por onde penetrava a luz de uma ternura, capaz de lhe amolecer o coração. Mas nessa manhã Riete o mirou com um olhar duro e impassível, sem externar nenhuma emoção. Roliel estava acostumado às repentinas alterações de humor de Riete, acostumara-se à sua personalidade volúvel e autoritária, todavia, dessa vez intuiu que havia algo diferente em seu semblante. Nele havia qualquer coisa que lhe parecia inédita; Roliel observou uma espécie de solenidade refulgir em seu olhar, como que a prepará-lo para ouvir algo importante, imprevisto e definitivo. Todas essas manifestações aconteciam logo após Riete apear da mula. Roliel imediatamente se retraiu, aguardando as palavras que a amante lhe diria.

— Como estão indo os trabalhos? — indagou ela com uma voz suave e um ar sóbrio, isento de emoções, girando seu olhar pelos arredores e observando a movimentação dos homens. — Você soube que Cocão faleceu? — perguntou em seguida, mirando-o no rosto, mantendo aquele seu jeito arredio.

— Sim, alguém veio de Cavalcante ontem e me contou. Mas isso não atrapalha em nada o nosso trabalho. Já não precisamos dele para tocar o serviço. Há vários garimpeiros que têm muita experiência e que poderão nos ajudar mais que ele, que ficava só na cidade — disse Roliel, observando-a, mantendo-se receoso, pois Riete permanecia com aquela expressão enigmática.

— Pois vim aqui para lhe dizer, Roliel, que hoje abandono o negócio e deixo minha parte para você. Além disso... — relutou um segundo, mas prosseguiu com uma voz segura e persuasiva. — Quero lhe comunicar que me apaixonei por um outro homem e que, a partir de agora, nosso relacionamento acabou. — E um estranho sorriso lhe contraiu o rosto, enquanto observava a reação de Roliel. Este empalideceu, e uma paixão flamejou em seu olhar. Sentia-se perplexo com essa notícia. Avançou o rosto, como que tentando apreender o que se passava na cabeça de Riete.

— Como!? Quem é esse homem? — perguntou após alguns segundos de reflexão, desviando o olhar. — Acaso é um que esteve aqui com aquele veado? — indagou, mirando-a atentamente, permitindo-se escapar um sinal de cólera enquanto seu rosto se crispava e adquiria um ar doloroso. Riete não respondeu, e um vago sorriso assomou em seus lábios. Ela parecia se divertir com a reação de Roliel. Este segurou a rédea da mula e passaram a caminhar em direção à sua barraca.

— Não. Não é ele — respondeu Riete enquanto andavam.

— Então você o conhece? — indagou com um ar irônico, olhando-a com um sorriso mordaz. — Como sabe que ele esteve aqui? E por que disse que não é ele? Se não o conhece?

Riete não respondeu, e continuou a caminhar calmamente, demonstrando não se importar com a descoberta de Roliel e muito menos com a sua dor. Já não sentia nenhuma atração por ele e esse diálogo a aborrecia, pois desejava apenas lhe dizer o que já dissera. Enquanto Roliel queria prolongar a conversa relativa ao rompimento, Riete a considerava encerrada.

— Vou empregar o dinheiro que consegui de mamãe em outra atividade, junto com João Antunes — comentou, mantendo aquele ar distraído e indiferente à perplexidade de Roliel, que andava de cabeça baixa, parecendo murmurar qualquer coisa. Porém, ao ouvir o nome de João Antunes, ele parou bruscamente, fitou-a, e seus olhos flamejaram de ódio. Não disse nada, e continuaram a caminhar calados. Roliel, nesse instante, sentiu o ciúme roer-lhe as entranhas, tal como um ácido que lhe descesse garganta abaixo. Inesperadamente, deu-se conta de que estava perdendo a amante e sentiu um desespero apoderar-se de si. Jamais conhecera a dor de um sentimento amoroso, nunca sofrera por amor, por ciúme e, pior, não podia externá-lo, pois não era condizente com sua mentalidade machista. Roliel sabia que Riete o manejava, mas intimamente julgava essa sua anuência como uma concessão deliberada e superior, e a adotava para deixá-la satisfeita, para permiti-la julgar que tinha ascendência sobre ele, e superiormente satisfazê-la; mas ele enganava a si mesmo. Roliel adotava uma desculpa esfarrapada para o seu orgulho de macho, cujo mandamento básico rezava que mulher não manda em homem, e que muito menos homem sofre pelo amor de mulher. Devido a isso, naquele instante em que caminhavam, ele reprimia seu intenso sofrimento amoroso e externava uma atitude completamente oposta à dor que tal notícia lhe causara. Sofria terrivelmente por amor, mas deveria ostentar uma solene indiferença para fazer jus ao seu espírito. E, como em todo cabra-macho, a macheza era apenas o refúgio onde se abrigavam a enorme insegurança e a maneira de evadir-se de si mesmo. Contudo, em homens assim, é necessário uma válvula de escape que permita ao homem se aliviar, e tal válvula geralmente é a violência. Roliel andava calmamente, e aquela sua dor ia se transformando em ódio, em repulsa ao desprezo que Riete lhe demonstrava quando, no seu íntimo, ele tanto sofria. Riete o conhecia bem, sabia o que se passava com ele e gostava de vê-lo assim, pois isso lhe dava prazer. Nesses momentos, ela exercia sobre Roliel um refinado sadismo, mas nesse dia a situação era diferente das costumeiras. Ao chegarem à porta da barraca de Roliel, após amarrar a mula, ele segurou Riete fortemente pelo braço e a puxou para dentro, mantendo-a segura. Ele voltou-se e fechou as lonas da entrada, sob o olhar atônito de Riete. Uma forte penumbra se instalou no interior.

— Então pensa em me deixar, é verdade? Mas antes eu preciso de você, tem um mês que estou sem mulher; depois conversamos sobre isso. Agora eu quero te foder, mulher! Te foder! Fazer daquele jeito que tu gostas e que te deixa doida... Não é? Diga que gosta... Diga que fica maluca! — exclamou rapidamente Roliel com voz ameaçadora e já ofegante, sentindo a excitação sobrepujar tudo que ia anteriormente em seu espírito. Retirou afoitamente a camisa, a calça, jogou as botinas num canto e avançou em direção a ela, com os olhos injetados e os cabelos desgrenhados. Riete encolheu-se num canto, assustada com aquela atitude agressiva e inesperada de Roliel, que parecia fora de si. Toda a frustração e raiva de seu namorado irromperam repentinamente.

— Não me toque, Roliel! Afaste-se de mim! Não quero mais saber de você e vim até aqui só para lhe dizer isso! — exclamou Riete, com o semblante aterrorizado e os olhos arregalados. Roliel sorriu, e um brilho sinistro relampejou em seu olhar. Chegou até Riete e a empurrou sobre a sua cama.

— Tira a roupa, mulher! E depressa! — ordenou rispidamente, enquanto puxava a cueca e ficava nu, já com o sexo enrijecido, prestes a esguichar seu desejo. Riete começou a gritar por socorro, mas foi imediatamente contida por Roliel, que desferiu-lhe um tapa violento no rosto e a empurrou sobre a cama. Logo após, enfiou-lhe a mão entre as pernas e puxou-lhe a calcinha, rasgando-a, tal a violência empregada.

— Abra as pernas, sua puta! Abra... Abra... Assim... Assim. — Deitou-se sobre ela e rapidamente chegou ao gozo, tal a sua excitação. Roliel ofegava fortemente sobre o rosto de Riete. Em seguida, levantou-lhe a blusa e começou a beijar seus peitos desvairadamente, enquanto Riete chorava desesperada. Passados alguns minutos, Roliel deitou-se ao seu lado, suado, ofegante, com o coração disparado. Riete levantou-se e procurou vestir-se. De pé, fitou Roliel com um rosto lívido e contraído pela cólera. Um furor brilhava em seus olhos negros, que crepitavam como brasas. De repente, um vago sorriso, exprimindo um imenso desprezo, assomou em seus lábios, enquanto ela cobria os seios com as mãos.

— Cafajeste, covarde... Você me paga. Fique certo de uma coisa: eu sou filha de gente importante e vou te pôr na cadeia, e lá você vai apodrecer. Apodrecer! — exclamou, despejando sobre ele toda a repulsa, todo o ódio que lhe inundava a alma.

Roliel, que após aliviar seu desejo parecia mais calmo, olhava assustado para Riete, demonstrando dar-se conta do que fizera sob um impulso irreprimível. Abriu um meio-sorriso, como que aguardando alguma coisa a mais que Riete lhe diria.

— Além disso, ruim de cama, ruim para foder. Precisa aprender com João Antunes, que me faz gozar e me fez mulher, te colocando um chifre que está furando a lona desta barraca. Seu corno idiota! — disse Riete calmamente, mantendo aquela sua atitude desafiadora e de imenso deboche. Ela era corajosa, não media as consequências de suas palavras, pois não podia prever a reação de Roliel ao escutar essas ofensas.

— Vagabunda, puta sem-vergonha! — replicou Roliel com raiva, erguendo o tronco, apoiando-se sobre o cotovelo. — Mas eu já gozei muito em cima de você... Já enjoei de comê-la... Vá! Vá dar a bunda para aquele engraçadinho até ele enjoar também, e vai virar uma putinha como a sua mãe.

— E você vá aprender a comer uma mulher, caso contrário será um eterno chifrudo. E agora, caia fora deste garimpo! — ordenou enquanto se vestia precipitadamente.

— E tem mais uma coisa — replicou Roliel. — Vou meter bala no bonitinho... Diga a ele!

— Pois experimente fazer isso! Eu vou te denunciar à polícia como o assassino de Jean-Jacques — disse Riete, começando a sair da barraca. —

Vou avisar ao Valdemar; se ele quiser, tem ordens de liquidá-lo ou de dar-lhe uma surra.

Vítima do estupro, Riete saiu da barraca chorando, humilhada e envergonhada por haver se rebaixado ao ponto de manter aquele diálogo chulo com Roliel. Ela jamais tivera uma conversa como aquela, e se espantava por haver mantido aquele relacionamento durante seis meses. Jurou que jamais teria aquele comportamento abjeto.

Valdemar era um negro fortíssimo, com dois metros de altura e o rosto picado de bexigas. Um guarda-roupas. A grossura de seus braços assustava, impunha respeito. Seu primeiro emprego fora como estivador no porto de Ilhéus. Crescera carregando sacos de cacau nas costas. Devido ao seu porte físico, posteriormente arranjara emprego como investigador de polícia em Salvador, e lá aprimorou sua força na academia militar, além de técnicas de lutas. Era conhecido no meio policial como Valdemar Gigante. Qualquer malandro de Salvador tremia quando ouvia seu nome. Contudo, Valdemar tinha uma peculiaridade interessante: não era homossexual, mas jamais possuíra uma mulher. Corajosíssimo perante qualquer homem, Valdemar receava encarar uma mulher nua. Valdemar era virgem; nem ele sabia o porquê. Tivera algumas paixões, porém puramente platônicas. Sofria por amor, mas não se aproximava intimamente das mulheres. Gastava sua energia exercitando os músculos superiores. Sua mãe vivia em Cavalcante e ele viera visitá-la. Quando estava organizando o garimpo, Cocão o conhecera e o contratara justamente para manter a ordem. Receberia um bom salário. Pediu uma licença e resolveu passar uns tempos em Goiás. Era o líder natural no garimpo e todos o respeitavam e temiam-no. Roliel era o capataz antipático que obedeciam por obrigação, mas o evitavam, e talvez não tivesse vida longa se permanecesse ali. Quando conheceu Riete, Valdemar passou a curtir por ela uma intensa paixão, ao seu modo. Ultimamente, só pensava em revê-la.

Riete, ao sair da barraca de Roliel, ainda muito abalada, procurou por Valdemar e o avistou nas imediações. Dirigiu-se a ele.

— Valdemar, desculpe me apresentar assim a você. Tive uma discussão séria com Roliel, e, em vista disso, se encarregue de dispensá-lo. Ele me agrediu covardemente e não desejo mais revê-lo — disse Riete, com a voz meio embargada pelo choro, sentindo-se ainda mais perturbada.

Valdemar a olhou, constrangido, com o coração derretido pela paixão. Desde que a vira chegar, seus olhos trocaram as pepitas pela busca dos olhos dela. Furtivamente, acompanhava os seus movimentos, e a vira entrar na barraca de Roliel. Em alguns minutos, os garimpeiros ouviram os gritos mais fortes e se assustaram.

— Além do mais, Valdemar — prosseguiu Riete, procurando manter o autodomínio, o que se refletia em sua voz exaltada e em seus pensamentos, um pouco descoordenados —, estou abandonando o negócio e transfiro a vocês o garimpo. Podem... podem tocá-lo do jeito que quiserem; o ouro achado dividam entre vocês. Converse com Roliel a respeito e a partir de agora o vigie, para não fugir levando o que está guardado.

— Mas, dona Riete... A senhora vai perder o investimento já feito? Soube que Cocão morreu. É por causa disso?

— Não... Não, é por causa disso. Que vocês tenham sorte...

— Sem a senhora e sem o seu investimento, não é possível continuar. A região já atingiu o auge da produção e o que resta só dará lucro a longo prazo, e as despesas são muitas.

— É, eu sei, Valdemar. Vocês resolvam o que fazer. Deve haver alguma barraca no depósito. Pegue-a e arme para mim ao lado da sua. Quero que me proteja contra o Roliel. Estou temerosa. Antes de partir, lhe dou um dinheiro... E não o deixe sair daqui amanhã. Ele poderá me tocaiar no caminho... — disse Riete, com ar pensativo.

Valdemar sentiu-se no céu. Ali estava a possibilidade de satisfazer a essência de seu ser: a proteção solicitada correspondia plenamente ao seu sentimento apaixonado. Viu-se encarregado pela sua amada de protegê-la, e sentiu um frêmito percorrer seu corpo. Seu espírito logo imaginou esse pedido como uma profunda ligação entre ele e Riete, como se ela o amasse da maneira que ele a amava. Além disso, era como um segredo que só ambos seriam capazes de compreender e de compartilhar.

— Não se preocupe, dona Riete, nada lhe acontecerá. Vou deixá-lo amarrado no almoxarifado. Levo-o lá e já trago a barraca — disse Valdemar Gigante, loucamente apaixonado e já furioso com Roliel. *Como ele ousara encostar a mão no meu grande amor?*, pensou, colérico.

— Obrigada, Valdemar. Quando eu arranjar outro negócio, quero que venha trabalhar comigo. Você aceita? Sendo de Cavalcante, fica fácil encontrá-lo, não?

— Pois vou com satisfação, dona Riete, é só me chamar — disse Valdemar, de modo respeitoso, curvando ligeiramente a cabeça. Ele tinha uma enorme capacidade de disfarçar suas emoções.

— Com licença, dona Riete — pediu Valdemar, sentindo-se saturado de felicidade.

Para surpresa de Riete, Valdemar imediatamente fez uma cara brutal e dirigiu-se a passos largos à cabana de Roliel. Abriu com força as extremidades da entrada e o encarou friamente. Roliel, que acabara de se vestir, correu em busca de sua arma, mas Valdemar antecipou-se, agarrou-o pela camisa e o suspendeu no ar. Roliel era também forte, porém se debateu em vão, aprisionado pelos braços de aço de Valdemar. Este saiu da cabana mantendo-o suspenso e se encaminhou ao depósito. Ao passar em frente a Riete, ela ficou espantada, com os olhos arregalados, observando Roliel suspenso no ar a se debater como um boneco agitado. Seu espanto descambou numa sonora gargalhada, misturada a um incrível deboche. Roliel sentiu a cena ridícula que protagonizava: ele, o ferrabrás, estava se debatendo inutilmente como uma criança, completamente humilhado pelas mãos poderosas de Valdemar. Roliel parou de se debater um segundo e disparou sobre Riete um olhar em que dardejava um ódio inaudito. Valdemar, enquanto caminhava, chamou o companheiro Clemildes para ajudá-lo a amarrar Roliel. E assim o fizeram no interior do almoxarifado. Ataram-lhe os braços e pernas e o prenderam a um pilar de madeira.

— Vai passar a noite aqui, seu covarde, para aprender a não incomodar dona Riete. E quando ela se for, você vai virar carniça de urubu — disse-lhe Valdemar, mostrando um semblante atemorizante. Ele procurou a melhor barraca e a armou ao lado da sua. Naquela noite, Valdemar não dormiu. Imaginava-se nos braços de Riete enquanto ela dizia que o amava. Riete estava fisicamente ali ao lado, muito próxima dele, mas, para Valdemar, tal distância significava o infinito.

Durante a noite, ao refletir sobre o ocorrido, Riete experimentou uma emoção inesperada e completamente inexplicável. Era possuída por uma sensação de alívio e por uma calma enigmática que emergiam dos recônditos de sua alma. Percebia que tais sensações não eram decorrentes do seu rompimento com Roliel, mas tratava-se, sim, de alguma coisa misteriosa da qual se libertara. Riete apenas a sentia, mas não tinha consciência do que ocorrera e nem do que se tratava. O resultado de tal sentimento era apenas a de uma gostosa tranquilidade emocional, como se tivesse se livrado de algo que a oprimia.

Na manhã seguinte, Valdemar acordou muito cedo e arreou a mula para Riete. O acampamento estava imerso em neblina. Depois, foi ao refeitório ver como estava o café. Ao retornar, deparou-se com ela saindo da barraca. Valdemar sentiu-se encabulado, pois parecia-lhe que Riete lhe desvendava os sentimentos.

— O café já está pronto, dona Riete — ousou dizer gentilmente, condensando o ar enquanto falava. Fazia frio nessa manhã.

— Muito obrigada, Valdemar — agradeceu Riete, abrindo um sorriso e também formando uma bolinha de vapor em frente à sua boca. Ela dormira bem, sentia-se tranquila e revigorada.

Na cabeça de Valdemar continuava a rodar o mesmo filme de amor, como se os estímulos que chegavam de fora fossem a manivela da câmara e, a sua imaginação, a película.

Após o desjejum, Riete reuniu-os, despediu-se de todos e lhes explicou o seu desligamento do garimpo, dizendo-lhes que podiam assumir os trabalhos e que resolvessem o que fazer. Transferiu-lhes também a infraestrutura que montara. Despediu-se particularmente de Valdemar, agradecendo-lhe pela ajuda prestada no episódio da véspera, e mais uma vez solicitou a ele que mantivesse Roliel preso até o dia seguinte. Estendeu-lhe a mão e a apertou suavemente. Valdemar, ao sentir o contato de Riete, ficou tão emocionado que duas lágrimas lhe rolaram pelo rosto e um nó se fez em sua garganta. Aquele homenzarrão se derreteu todo, sob o calor daquela mão delicada.

— Pode ficar tranquila, dona Riete, ele jamais chegará outra vez perto da senhora. Nunca mais! — exclamou Valdemar, com a voz embargada, fungando duas vezes, mas demonstrando raiva. Pela inflexão da voz e pelo seu olhar, Riete suspeitou de que ele daria cabo de Roliel.

— Ó, não chore, Valdemar. Quero contar com você quando tiver minhas terras. — Fitou-o com ternura e se aproximou dele, sorrindo carinhosamente. Ergueu-se nas pontas dos pés, apoiando-se nos ombros dele, pois era muito alto, e deu-lhe um beijinho de despedida na face picada de bexigas. Depois lhe deu um dinheiro.

Isso foi demais para Valdemar. Ele sentiu as pernas fraquejarem e uma colicazinha revirar seus intestinos; virou o rosto e chorou emocionado, afogado num mar de emoções. Riete sorriu, montou a mula e partiu lentamente no momento em que o sol já se elevava atrás dos morros. Para trás, ela deixava homens emudecidos e pensativos em relação ao futuro. Tão logo Riete desapareceu na mata ciliar, acinzentada pela neblina, Valdemar sentiu seu coração mudar. *Como aquele filho da puta ousou encostar a mão nela?*, pensou com raiva. Foi à sua barraca, apanhou o revólver e dirigiu-se ao almoxarifado. Lá chegando, encontrou Roliel já quase congelado pelo frio.

— Vim te matar, seu filho da puta, te mandar para o inferno. Por que encostou a mão no meu amor? — E apontou-lhe o revólver 45 com uma expressão feroz no rosto. Roliel esbugalhou os olhos e em seu rosto estampou-se o terror. Roliel já vira essa mesma máscara no rosto de muito cabra-macho, agora chegava a sua vez de ostentá-la. Era a lei do sertão. Mas ele era corajoso, e devolveu a mesma ferocidade a Valdemar.

— Pois atire logo, seu filho da puta, porque se sair vivo daqui eu é quem acabo com você, seu macaco nojento, crioulo veado. Vamos! Atire! — Macho tinha que ser macho até o derradeiro minuto. Não podia morrer com medo, era a lei que lhe infundiram.

— Daqui a pouco você vira carniça, seu corno! — exclamou Valdemar, sorrindo malignamente, e, sem vacilar, meteu-lhe dois balaços na cabeça. As balas estraçalharam o rosto de Roliel e o sangue correu, misturado à massa encefálica na parte posterior da cabeça. — Clemildes! Chame alguém para ajudá-lo a carregar o corno até o mato. Jogue-o mais no alto para o fedor não chegar até aqui. Vá por aquele lado, a favor da brisa da tarde — ordenou Valdemar após refletir um instante.

No fim do dia, Valdemar sorriu ao observar os primeiros urubus circulando sobre a mata. Roliel, o amante de sua amada, virara carniça. Valdemar caminhou e sentou-se numa pedra, relembrando o instante em que um pouquinho de realidade irrompera em sua vida amorosa: aquele em que Riete lhe dera um beijinho, proporcionando-lhe um momento inesquecível. Pela primeira vez, ele aspirava realizar suas fantasias. *Quem sabe!*, pensou com um sorriso nos lábios, e deu um tapa na pedra em que se sentava, constatando a sua dureza.

Riete chegou à tardinha em Cavalcante. Almoçou no rancho dos Cunha e conversou bastante com Luanda, após esta lhe perguntar se acaso conhecia João Antunes. Bastou a menção ao seu nome para que Riete se sentisse irmanada a ela, como se desejasse compartilhar o mesmo sentimento e aumentá-lo dentro de si. Respondeu-lhe que sim, que o conhecia, mas Luanda apenas olhou através da porta rumo às encostas, enquanto Cunha a fitava, perplexo. Aquele olhar de sua mulher não era o costumeiro, constatou ele, que tão bem o conhecia.

Riete, ao chegar a Cavalcante, dirigiu-se diretamente à Pensão Tocantins, e lá chegou no momento em que Santinha ia embora. Perguntou por João Antunes, e ela lhe respondeu que viajara para Goiás com Orlando. Não sabia quando voltariam. Riete ficou contrariada com a notícia. Premida pela paixão, desejava rever João Antunes o quanto antes e abrir-lhe o coração, revelar-lhe suas angústias e fazê-lo novamente ajoelhar-se aos seus pés. Ansiava por saber se o episódio da morte de Marcus havia sido superado e se João Antunes voltara a ser o que fora quando ela chegara a Cavalcante. Dirigiu-se aos arredores da cidade e devolveu a mulinha Catita. Chegou em casa e abriu a imaginação, com muito otimismo, tal como Valdemar. E, assim como ele, também sorriu, imaginando o futuro.

16

Dali a uma semana, João Antunes retornou a Cavalcante, acompanhado por Orlando. João Antunes transferiu ao amigo o que lhe prometera e ficou com o restante, o que lhe possibilitaria comprar terras e gado. Orlando resolvera que continuaria a morar no sobrado e administraria o pequeno sítio perto de Cavalcante. Era um final de tarde quando João Antunes chegou à pensão, cansado da viagem. Santinha ainda estava trabalhando. Muito alegre, ela lhe fez muita festa e aproveitou para lhe tascar um beijão no rosto.

— Como foi de viagem, meu querido? A sirigaita esteve aqui perguntando por você — noticiou, revirando os olhos e fazendo uma careta. — Achou ruim não encontrá-lo e foi-se embora, meio enfezada.

— Amanhã irei acalmá-la — respondeu João Antunes, sorrindo.

— Quer jantar o que, meu lindo?

— Já não estás indo embora, Santinha?

— Por você eu fico aqui até quando quiser e lhe preparo o que desejar — respondeu, demonstrando um ar mais sério.

— Está bem; esquente o que tiver e deixe no forno — respondeu João Antunes, demonstrando fadiga, já caminhando para o quarto.

Riete não sabia que João Antunes retornara. No dia seguinte, ele acordou mais tarde e resolveu ir papear com seu amigo Carlos Val de Lanna. As aulas terminavam às 11h30; João Antunes, de pé sobre o passeio, saudou Val de Lanna através da janela, fazendo-lhe um sinal de que o aguardaria na saída. O professor estava em sala, dando aula. Após a morte de Cocão, ainda não haviam se encontrado. Em alguns minutos, conversavam animadamente, caminhando em direção ao Pinga de Cobra.

— Podemos almoçar e continuar o assunto daquele dia — convidou-o João Antunes, enquanto se dirigiam à praça.

— Sim, uma boa ideia — concordou, com um sorriso simpático.

João Antunes observava em Val de Lanna um sentimento que recentemente começava a surgir em seu espírito, porém, sentia-se incapaz de assumi-lo. Pelas suas conversas anteriores, percebia nele uma forte indignação contra a injustiça e a firme convicção de lutar pelos seus ideais. João Antunes passou então a refletir sobre as pessoas abnegadas que lutavam coerentemente pelos valores em que acreditavam, muitas vezes à custa da própria vida, conforme os exemplos narrados por Val de Lanna. No caso do Brasil, João Antunes desejava que o país tivesse um governo soberano, capaz de permitir as condições para o desenvolvimento e bem-estar de seu povo. Quando se deixava embalar por essas divagações, nas quais ele próprio era protagonista, João Antunes sentia um ânimo vigoroso que lhe fazia encarar a vida de maneira diferente e com entusiasmo. Desconfiava das ideias normalmente aceitas de felicidade, e intuía a sua vacuidade. Ao viajar para Goiás, esses sentimentos surgiram ao se deparar com a miséria e a injustiça que campeava pelo Brasil afora. Passou a questionar as suas ambições, todavia, por motivos ignorados, sentia-se incapaz de rejeitá-las. João Antunes admirava a nobreza dos ideais e admitia a sua prevalência, mas, no duelo entre os dois impulsos, prevaleciam seus anseios materiais. Eram estes sentimentos que o induziam à amizade com Val de Lanna, pois este era a personificação do que apenas admirava em si. Conversar com ele significava um contraponto ao aspecto contraditório de sua personalidade.

O Pinga de Cobra era o centro da vida boêmia de Cavalcante. Quem desejasse saber as novidades ou divulgá-las, ou apenas escapar da vida através de um copo, iria para lá. O proprietário, o senhor Argelino, que já fora dono de bar em São Cristóvão, no Rio de Janeiro, o administrava com classe. O Pinga de Cobra era bem diferente dos botecos sujos do sertão e formava novos hábitos nos frequentadores das redondezas, e mesmo naqueles que vinham de longe. Sua fama era conhecida na capital. Caboclos que nunca tinham visto uma taça ficavam espantados com aquele formato de copo e muitas vezes a olhavam enviesado, cochichando com o amigo e sorrindo com receio. Mas alguns, mais independentes, gostavam da novidade de segurá-las pelas hastes finas, sentindo-se superiores a outros que ignoravam tal chiqueza. Argelino, porém, lhes explicava que a taça não era destinada à pinga. Outros diziam que aquilo não era coisa de macho. Talvez o bar fosse o único que utilizava taças em toda Goiás, contudo, para pouquíssima gente.

As duas amplas portas do Pinga de Cobra davam frente para a praça. No interior, lateralmente à direita de quem nele entrasse, se estendia um comprido balcão com superfície de mármore branco com vários banquinhos; atrás dele, junto à parede, erguiam-se as prateleiras repletas de bebidas; uma porta, em meio às prateleiras, levava à cozinha. Doze mesas, também com superfície de mármore, cercadas por quatro cadeiras, espalhavam-se pelo seu interior. Ao fundo, havia um grande biombo de madeira que separava o recinto das mesas do salão de bilhar, onde se podia ouvir um constante carambolar. Diariamente havia gente a jogar ou então gente sentada em torno das mesinhas, bebericando e papeando sobre as novidades. O senhor Argelino, homem sério, e dois ajudantes, atendiam os clientes. Como em todos os bares, havia os frequentadores habituais em horários definidos. Mas o Pinga de Cobra não era apenas um bar, pois lá comia-se bem e com fartura. Ao chegarem, havia pouca gente; escolheram uma mesinha ao fundo envolta numa suave penumbra, o que os aliviavam do sol do início de tarde, que brilhava forte sobre a cidade.

— Mas, então, retomando a nossa conversa anterior, João Antunes — iniciou Val de Lanna demonstrando energia, tão logo sentaram-se —, é preciso voltar às origens de nossa história para compreender o presente. Retorne ao império e conheça a mentalidade daqueles barões, avalie suas ideias conservadoras, obsoletas e alheias às necessidades do Brasil. Conheça a prepotência autoritária legada às nossas elites contemporâneas, que se resume numa pretensa superioridade de origem ou de casta. Jamais passou pela mente desses homens, cheia de autoritarismo e vazia de solidariedade, nada que contrariasse seus interesses e favorecesse os do povo. Eram e são as velhas famílias constituídas por gente que se julga importante. E hoje, como no passado, em cada estado brasileiro, em cada cidadezinha do interior, persistem as antigas oligarquias, continuam os feudozinhos incrustados em familiazinhas tradicionais que constituem o núcleo de um coronelismo difusor do clientelismo, da ignorância e do atraso. Talvez, daqui a muitos anos, ainda tenhamos filhos e netos dessa gente julgando-se tão importantes quanto seus ancestrais, orgulhando-se de ser parente de fulano ou beltrano, pertencente a esta ou àquela estirpe familiar. E o mais desolador, João Antunes, é constatar essa fina flor da ignorância impor-se mediante o apoio das classes mais baixas, que lhes outorgam a sensação de serem donas do lugar e a vaidade de sua posição. Escorado ingenuamente na ignorância, o pobre imita o rico e o incensa, fortalecendo a autoridade deste e humilhando a própria pobreza, como um desejo sadomasoquista de autodegradação. Estudando a história, você identificará a nossa fisionomia moral, essa face feia e cínica escondida atrás de uma máscara pintada com um sorriso cordial e humano. Sim, existe muito coronel respeitado pela benevolência, maneira inteligente de se exercer o mando pelo assistencialismo. Bondades que terminam quando se esbarra nos limites da sua autoridade ou da liberdade permitida, ou quando novas ideias ameaçam estruturas tradicionalmente vigentes. E como é difícil extirpar essa mentalidade, furar essa cabeça granítica e esvaziá-la de seu estrume ressecado. Porém, tenho a certeza de que a evolução social mudará o Brasil e higienizará tais espíritos. Mas, enfim, João Antunes, grosso modo, quais são, portanto, as consequências dessa cultura arrogante, impositiva? E, ademais, existe consciência dessa realidade? As respostas estão ao nosso redor. — Enquanto falava, Val de Lanna enchia-se de indignação e veemência, avançando o tórax sobre a mesa. — Portanto, devido a esse autoritarismo, carente de solidariedade e de anseios de um futuro promissor, medidas efetivas para a educação do povo, associadas a um sentimento patriótico e persistente para alcançar determinados objetivos, foram relegados, ou pouco prevaleceram. Raramente cogitou-se de investimentos em ciências por meio da criação de escolas técnicas, fatores de industrialização e de autonomia. Tínhamos, e temos até hoje, a cultura do bacharelado em direito, uma bobagem incapaz de criar qualquer coisa útil para o desenvolvimento tecnológico, que é a essência do mundo moderno e o que determinará o futuro. O Brasil é um país riquíssimo, mas submisso aos interesses estrangeiros que geralmente não são os nossos, e suas riquezas vão-se *in natura* para enriquecê-los mais. O país não existe para o povo e até hoje pouca coisa mudou. Parece que haverá sempre uma ideologia que nos é imposta, que nos manipula, que estabelece suas vontades por intermédio de um discurso proclamado como inquestionavelmente certo e, que sem sua prática, não haverá solução, sendo então acatado. O liberalismo é um deles: a Inglaterra o inventou e se enriqueceu impondo o seu imperialismo ao mundo e tornando-se a nação mais rica. Através da história, você avaliará as consequências da nossa submissão ante à Inglaterra e a insensibilidade das oligarquias diante da escravidão. O Brasil foi a última nação do mundo a aboli-la e quase entramos no século XX sob esse regime.

No Império, o país sustentou-se na escravidão para produzir o café, o seu grande produto de exportação. Eclodiu a República e a situação permaneceu. Virado o século, instalou-se a tal República do café com leite, eufemismo para o mesmo atraso. É São Paulo revezando com Minas para deter o domínio sobre a política do café, cujo preço é fixado pelo mercado londrino e sustentado aqui dentro à custa de empréstimos externos a juros exorbitantes. Leia o convênio de Taubaté, de 1906, e informe-se sobre como o governo adotou essa política. Desde a Proclamação da República, o requisito para que se chegue à presidência é que defendam tais interesses. Os presidentes governam para essas oligarquias, ou seja, para si mesmos, pois são delas provenientes. Está aí o mineiro Venceslau Brás, saindo para a entrada do velho paulista Rodrigues Alves, através da fraude eleitoral costumeira. Seria necessária uma política desatrelada do clientelismo para que o lucro das exportações fosse aplicado em benefício de todos, e não em proveito de quem manda. Por que não investi-lo em outras necessidades, se, afinal, o café é um produto brasileiro? Entretanto, endividam o país, tomam dinheiro emprestado para tocar seus negócios e ignoram as prioridades, e o povo que pague os empréstimos contraídos ao longo dos anos, comprometendo seu futuro. Não há união de esforços e muito menos uma consciência nacional. Assiste-se então na República ao mesmo descaso, a mesma apatia, e obtemos como resultado este cenário desolador no qual vivemos. Aí estão, portanto, as raízes de nossas mazelas, João Antunes. Elas penetraram fundo e estamos a colher seus frutos, ao iniciar-se essa década de 1920.

— E, então? Tomamos uma cerveja e comemos um bife com arroz? — indagou João Antunes, fazendo um gesto ao garçom. Ele parecia assustado com a veemência demonstrada por Val de Lanna, que, semelhante a uma metralhadora, disparara suas ideias com uma rapidez incrível, mal sentaram-se à mesa.

— Por mim está ótimo! — concordou Val de Lanna, desanuviando sua indignação e dando um sorriso. Feito o pedido, o garçom trouxe-lhes a cerveja e dois copos sobre a bandejinha de alumínio. Avisou que os bifes e o arroz logo viriam.

— Pois é, Val de Lanna, eu fui criado na estância, mas minha mãe costumava conversar sobre esses problemas, de modo que adquiri certa consciência sobre eles. Como nunca nos faltou nada, eu achava essas ideias vagas e distantes de minha realidade e nunca lhes dei importância. Mamãe sempre disse que seria fácil resolver os problemas do Brasil se houvesse vontade, mas parece que realmente não há, pois o país é rico. Eu nunca pensei seriamente sobre isso e só comecei a ter uma visão crítica a partir de minha viagem a Goiás, quando conheci a vastidão do Brasil, a pobreza de seu povo e a enorme injustiça. Realmente é fácil concluir, ante esse cenário, o descaso pelas nossas necessidades. Durante a viagem, eu li um livro que me foi presenteado e no qual tais assuntos são analisados — disse João Antunes, longe de mostrar a mesma consciência indignada e a erudição de Val de Lanna.

— Pois, então, não é verdade? Existe, porém, um aspecto interessante na manifestação dessas ideias — disse Val de Lanna, com um sorriso irônico, enquanto os olhos cintilavam rapidamente um ódio indignado. — É comum, eu diria mesmo, é corriqueiro que certas pessoas, provenientes de classes mais altas e com um certo nível de instrução, manifestem opiniões sobre tais problemas e visualizem soluções, que teoricamente são fáceis. E se não forem alienadas pela condição social ou pela ignorância, ou mesmo extremamente conservadoras, geralmente concordam com as medidas exigidas para implementá-las, desde que não sejam adotadas à custa de seus privilégios, mantidos como direitos naturais de sua classe. Faço uma ressalva a estes porque existem os extremamente reacionários que sequer aceitam ouvir tais assuntos, e muito menos discuti-los. Têm a cabeça blindada e com mão única de saída. A elite brasileira, João Antunes, colocou-se no topo de uma sociedade formada e administrada por ela para servir aos próprios interesses. Ela autoinstituiu suas prerrogativas e adotou-as como direitos seus, assumindo-os, introjetando-os como normais e habituando-se a ser assim. Estão tão acostumados às vantagens adquiridas que julgam natural que as leis sejam feitas para atender aos seus interesses E discutem tais problemas sob seu viés ideológico. Nessas ocasiões, adotam uma conversa conciliatória, uma espécie de verniz erudito recheado de hipocrisia social, sendo, portanto, apenas um palavreado inútil visto que, sendo os mais capazes para analisar suas consequências, farão tudo para impedi-las. Exercem então essa retórica bonita que concilia seus privilégios com a nossa consciência burguesa e cristã, fingindo ignorar que existe uma enorme distância entre uma agradável conversa e a prática das ideias nelas embutidas, ou entre os escritos eruditos e o tirocínio das palavras Não são coerentes, mas cínicos, e é difícil saber se tais pessoas têm consciência de sua hipocrisia ou se agem por força do hábito. Já os ignorantes dos próprios argumentos, pois simplesmente repetem o que ouvem ou que leem em jornais, se espantam e denominam reacionário os que contrariam seus discursos, pois suas convicções estão de tal modo introjetadas, que suas maneiras de pensar e agir se transformaram numa doutrina incontestável, ou numa verdade indiscutível. Essa doutrina, que lhes foi imposta, sucintamente resume-se em mandar sem ser contestado. Em vista disso, julgam que ideias alheias devem ser semelhantes às suas, consideradas naturalmente incontroversas, convictos de que têm pensamentos próprios, ignorando que já nasceram com eles e que vivem repetindo ideias que têm séculos de unanimidade. Desse modo, os que realmente pensam e contestam são poucos em relação à maioria; e não têm a sua universalidade, pois o pensamento radical predominante dissolve-se na superioridade dos números, suaviza-se durante os vários anos de vigência até tornar-se habitual, consciente e unânime. Tome-se um destes coronéis atuais ou um daqueles barões e o ambiente cultural em que viveram, tais conjunturas foram aceitas ou são aceitas com naturalidade porque são difundidas e impostas permanentemente pelo sistema dominante. Assim, uma estrutura retrógrada se regulariza e se afirma como a única adequada, passando a ser conscientemente incontestável, e perde-se a noção ou se ignora o quanto ela é reacionária e obsoleta. Radicais passam então a ser os que a contrariam, os que pensam diferente e desejam transformá-la, e que são a minoria. Mas estes possuem o essencial: têm coragem física e moral para lutar com persistência pela coesão de seus princípios, e são eles os promotores do progresso social. Pois coloque uma coisa na cabeça, João Antunes: as nossas elites são cinicamente perversas ao defenderem o seu caráter, e odeiam a diversidade, ignorando o quanto são espiritualmente violentas. Isso está arraigado em nossa cultura, faz parte da gênese e de nossa evolução histórica e foi transmitida à contemporaneidade, tornando-se a característica mais anacrônica, ou triste, desse nosso Brasil. E são os que mandam — disse Val de Lanna, demonstrando indignação. Ele pegou o copo de cerveja e o tomou rapidamente, como se a cerveja aplacasse sua ânsia de que tudo fosse diferente. João Antunes já havia bebido vagarosamente o seu primeiro copo, enquanto o ouvia com atenção.

— Tu tens uma erudição e uma consciência crítica que eu não tenho, Val de Lanna. Mas, como tu mesmo disseste, esta nossa conversa não é também apenas mais uma conversa de bar? Para mim, creio que sim, pois tenho consciência desses problemas, mas acho que não estarei disposto a sacrificar meus planos para resolvê-los, muito embora concorde com o que disseste... Mas talvez possa contribuir, ao meu modo, para solucioná-los.

— É, eu sei disso, João Antunes. Mas assim você não contribuirá para solucioná-los, mas, sim, para perpetuá-los. Você acha que só as palavras podem mudar o mundo, ou salvar a vida? Creio que não. Eu, desde já, como professor, luto para incutir a realidade histórica em meus alunos. E, futuramente, passarei a adotar métodos pragmáticos para materializar meus ideais. Na minha profissão, o que me espanta é a maneira como a história do Brasil é ensinada nas escolas, pois é destituída do senso crítico necessário para fazer o aluno pensar. Não são analisadas as causas que nos emperram pelos motivos que disse, ou talvez porque haja uma autocensura introjetada nos professores, enfim, não são cobradas questões críticas. O ensino é infantil, ingênuo e tem como objetivo alienar o aluno das questões fundamentais. Não existe o interesse em formar uma consciência arraigada em causas reais, embora eu saiba os motivos pelos quais é necessário se educar um jovem para que seja um cidadão alienado, ou para que aceite passivamente a estrutura dominante.

— Vamos então cuidar de nosso problema — disse João Antunes, observando o garçom trazendo sobre uma bandeja as travessas com os bifes e o arroz. O aroma da carne imediatamente irradiou para as suas mentes e desanuviou-as dos problemas brasileiros. Sorriram felizes, imaginando ambos um futuro diferente para suas vidas: Val de Lanna iria lutar por suas ideias, e João Antunes continuaria a fruir o prazer de senti-las. Durante alguns minutos, elogiaram a comida e observaram o ambiente, mantendo-se em silêncio enquanto almoçavam. Terminaram a cerveja e pediram mais uma. As pessoas chegavam e o vozerio animou o ambiente.

— Tu conheces alguma coisa da política rio-grandense, Val de Lanna? — indagou João Antunes, após um gole, retomando a conversa.

— O que sei do Rio Grande do Sul é que lá, há vinte anos, quem manda é o Borges de Medeiros, chefe incontestável do Partido Republicano do Rio Grande do Sul e guardião da Constituição Positivista de Júlio de Castilhos. Sei também que o seu representante no Rio, o senador Pinheiro Machado, foi assassinado a facadas no Hotel dos Estrangeiros, em 1915. Mas parece que o Borges está começando a enfrentar a oposição mais aguerrida do doutor Assis

Brasil, chefe dos federalistas. Doutor Assis anda dizendo que não aceitará mais a reeleição de Borges ao seu quinto mandato.

— Então estás bem informado, pois o essencial é isso mesmo: quem manda é o Borges. Já ouviu falar de um deputado estadual, chamado Getúlio Vargas, líder do governo na Assembleia dos Representantes? Fui criado na estância de seu pai, o general Manuel do Nascimento Vargas, que é o chefe do partido em São Borja. Foi ele quem me presenteou com o livro do qual te falei.

— Não, não o conheço e nunca ouvi ninguém mencionar seu nome. Mas sei que a tal Assembleia dos Representantes só se reúne em setembro para aprovar as contas do governo, e que não tem poder de propor e deliberar sobre leis. Borges de Medeiros é quem decide tudo.

— Pois Getúlio foi escolhido por Borges para ser o seu líder na Assembleia em razão de ser um deputado com grande capacidade de diálogo e por ter muita habilidade política. Doutor Getúlio, Val de Lanna, tem uma personalidade peculiar. É uma pessoa simpática, porém reservada. É frio, calculista e parece ler a alma dos outros. Senti-me devassado nas poucas vezes em que estive com ele. Sem dúvida, ele conhece os homens; falam também que é bom orador. Mamãe acha que ele terá grande futuro na política — disse João Antunes, lembrando-se da figura enigmática de Getúlio Vargas naquela manhã fria de Santos Reis, espalhando suas baforadas e o aconselhando a seguir os caminhos de seu coração. Pela sua memória passou a lembrança da misteriosa angústia que o torturara naquele dia.

— Dificilmente um líder político proveniente das oligarquias dominantes será capaz de mudar o Brasil, pois não poderá contrariar seus pares. João Antunes... — interrompeu-se Val de Lanna, como que em dúvida se deveria expressar outros pensamentos. — Você conhece ideias socialistas? O socialismo europeu, o francês? Já ouviu falar de Louis Blanc, Saint Simon, Fourier, Proudhon ou Plekhanov? — arriscou, perscrutando cautelosamente o semblante de João Antunes.

— Não, não sei muito bem do que se trata, embora já tenha ouvido comentários a respeito... Sei que existe um tal de Marx que dizem ser o mais perigoso. Já ouvi qualquer coisa a respeito disso — respondeu com um olhar pensativo.

Val de Lanna, ao ouvi-lo, surpreendeu-se e deu uma boa gargalhada, parecendo divertido com o comentário.

— Pois é... Há dois anos, em outubro de 1917, os comunistas assumiram o poder na Rússia.

João Antunes deu um sorriso de incompreensão, surpreso com algo muito diferente do sistema convencional que vigorava em seu espírito. Assumiu um ar admirado, como que diante de uma hipótese estranha e até bizarra. Val de Lanna logo comprovou que João Antunes estava muito aquém de seus anseios de mudança e distante de sua consciência social. Além disso, sua erudição sobre tais questões era limitada, demonstrando ignorâncias política e histórica. Corroborou que sucedia com João Antunes o que lhe dissera havia pouco: aquela conversa em que o interlocutor apenas compartilha superficialmente os desejos de transformações sociais, sem se engajar para que elas aconteçam, mesmo porque desconhece as implicações e a magnitude do problema. Apenas palavras vazias, ideias vagas e desprovidas de comprometimento.

— Mas, Val de Lanna, eu sequer comprei minhas terras e tu já desejas tomá-las? — disse João Antunes, sorrindo, num tom de brincadeira, externando o que lhe fora passado. — Não acho que isso seja a solução para os problemas sociais do Brasil — acrescentou mais sério.

— Então você apreendeu o que ouviu, João Antunes! — exclamou Val de Lanna, olhando-o atentamente, dando outra curta gargalhada. — Não se trata disso. Talvez seja uma tentativa válida, ou algum processo semelhante... O que é certo é que o Brasil precisa cuidar melhor de seu povo, mudar sua estrutura social e acabar com essa desigualdade absurda. É necessário ter um sentimento de solidariedade e de compaixão pelo povo, que tanto sofre, e lutar efetivamente para que isso aconteça... — comentou laconicamente Val de Lanna, ratificando suas impressões. Abriu um sorriso triste, experimentando a enorme impotência em mudar o mundo. — É interessante, João Antunes, você, sendo filho de empregado, assumir a ideologia dos patrões... — comentou, enquanto uma estranha expressão lhe contraía o rosto.

— Sou-te sincero, Val de Lanna, acho perfeitamente natural e válido que pessoas privilegiadas defendam seus interesses ou tenham suas opiniões, quaisquer que sejam as razões que tenham para defendê-las... Como tu disseste, seja pela cultura do privilégio, seja pela ignorância, pela manipulação a que são submetidas ou pela insensibilidade social... Afinal, a segurança provém do dinheiro e é ele quem manda. Não achas que estás exagerando em seu discurso? — indagou João Antunes, um pouco perplexo consigo mesmo, ao refutar as opiniões de Val de Lanna. Ao dizê-lo, ele enrubesceu, desviou o olhar e em seu espírito perpassaram ideias incoerentes que o deixaram perturbado. Não quisera ser tão contraditório, mas, por um instante, vazara a essência da cultura em que fora educado. João Antunes não conseguira discernir seus pensamentos, ou desvencilhar-se daquilo que tinha em si. — Porém, eu acho que... — desejou prosseguir, mas interrompeu-se, indeciso, e baixou o olhar.

— É, eu sei, João Antunes, cada um pensa como quiser, desde que não tente justificar a incoerência com argumentos, pois isso é inviável devido à contradição. Não se pode pregar ideias sociais e viver apartada delas, pois não há consistência e existe o risco do utilitarismo. Além disso, ao relativizar ou interpretar valores segundo as próprias ideias, incorre-se também na possibilidade de infringir limites éticos pois tudo se torna aceitável. Cai-se no terreno da opinião pessoal em que as atitudes são justificadas mediante o juízo individual. Ou seja: "eu penso assim e estamos conversados". Desse modo, um desses coronéis acha que a sociedade em que vive é a certa e que seu privilégio é natural porque essa é a opinião dele; ou mesmo alguém que julgue ser honesto obter benefícios por meios ilegais ou pela bajulação e cometer tais práticas por julgá-los corretas. Enfim, tudo se torna admissível mediante juízos pessoais, pois há argumentos para tudo. A opinião é importante e significa liberdade, mas exercida com critério e dentro de limites rigorosos. Infelizmente, o agir mediante a justificativa pessoal vai aos poucos solapando os valores, sem os quais não é possível a civilização. Após milhares de anos de pré-história, valores ou normas expressos em códigos foram criados pelos homens para permitirem a vida social, pois, sem eles, instala-se o caos. Constituem o princípio das civilizações e a partir deles tudo se torna possível, ou sem eles nada é possível. É inimaginável viver-se numa sociedade em cujo espírito não vigore regras intransigentes, ou em que prevaleça o conceito da opinião individual sobre questões fundamentais. E, quando os valores éticos enfraquecem, uma civilização decai, e nenhum povo se destacará sem eles, em quaisquer sentidos. Eles sempre prevaleceram internamente numa civilização que se sobressaiu, o que não significa que ela vai aplicá-los aos outros, haja vista a própria Inglaterra ou o Império Romano, modelos exemplares de predadores. O ideal é que houvesse coerência, mas não é assim que acontece. Desse modo, se na Inglaterra é necessário que vigore a ética, a falta dela é aplicada para dominar, o que é lamentável. Alguns princípios fundamentais, que eu estou denominando valores, geralmente são permanentes e universais, válidos em quaisquer tempo e civilização: não assassinar, não roubar... Já a moralidade, depende dos costumes de um povo, da época e das circunstâncias e muda constantemente. Portanto, a ordem é imprescindível e deve prevalecer, e que ela não tenha apenas a finalidade de propiciar um ambiente estável para a burguesia se enriquecer. Como um único exemplo negativo, desenvolveu-se no Brasil o costume da esperteza bajulatória, criticada, mas valorizada, que consiste em obter direitos e regalias por debaixo dos panos, geralmente ilegítimas e à custa dos outros. Adoram exibir-se como pessoas importantes, visando seus interesses. Existem até atitudes criminosas generalizadas como espertezas. Essa é, infelizmente, a opinião disseminada e compartilhada por muita gente que se julga esperta e honesta, uma flagrante contradição. Ora, em uma estrutura social deformada como a nossa, a opinião moralmente correta é a que promova a justiça e combata os privilégios, porém, corroboradas pela prática e a ética. Observe, João Antunes, que há uma comprovação real, evidente e histórica do que digo, pois, no Brasil, os métodos de desenvolvimento propostos e justificados pela retórica hegemônica resultou na triste realidade a que assistimos. Ou seja, o modo como o país se desenvolveu, segundo as ideias e os processos utilizados provenientes dessa mesma elite, resultou nisso que constatamos: o progresso para eles e o retrocesso para a maioria. Isso não é mera opinião minha, mas a prova irrefutável de que estavam e estão equivocados em seus discursos e em suas práticas; e, a persistir nisso, os resultados serão os mesmos, e o Brasil continuará a ser o velho balcão de negócios para a sua minoria enricada. O país tem basicamente um grande problema: a injustiça social devida à má distribuição de renda, gerada pela exploração do povo. Quanto a isso, creio ser desnecessário argumentar, pois os resultados e a realidade saltam aos olhos. Trata-se apenas da antiga retórica socialmente correta, sem nenhum empenho para que ela aconteça. Perderão suas vantagens. Reconheço que muita gente, devido à nossa herança humanística, tenha sensibilidade social e que tente conciliar sua vida com um palavreado generoso com a única finalidade de apaziguar sua consciência. Mas, agindo assim, a estrutura permanece. Nessas rodas de conversa, João Antunes, eu prefiro o tipo de gente estilo pedra bruta, aquele que se senta e diz logo: quero que todos se fodam porque desejo manter meus privilégios e não quero ser incomodado com discursos piegas ou moralistas. Ou então aqueles que ficam calados, afetando com ar superior a profunda convicção de seus pensamentos inabaláveis, mas facilmente discerníveis, a tal empáfia presunçosa. Assim como é preciso a coerência com o discurso social construtivo, é também necessário ser coerente com a alienação social, não acha? — indagou Val de Lanna. Ele fez uma pausa e bebericou a cerveja, com uma expressão pensativa.

— Nossa! Quer dizer que não existe meio termo? Tu és muito radical, Val de Lanna. Então só existe um lado ou o outro!? — exclamou João Antunes, naquele afetuoso tom de brincadeira que se usa para dizer o que se pensa sem melindrar o outro.

— Mas é claro que existe esse meio-termo, João Antunes! Meio-termo é o que existe, ou talvez só ele exista! Pois é o que eu estou lhe dizendo: para contrapor às injustiças e à situação reinante, não existe o outro lado, só há esse inútil meio-termo, essa tentativa incoerente de tentar conciliar boas intenções com as práticas contrárias a elas. O Brasil tem uma grande população de gente boa e honesta, qualidades que abundam nessa terra, por isso a nossa distribuição de renda é ótima! — acrescentou Val de Lanna com um sorriso irônico. — O processo dialético é inevitável, João Antunes, e quem o comanda são os que incomodam, são os persistentes. Existem inúmeros homens que trocaram suas vidas pelo empenho de suas palavras, mas infelizmente são poucos, todavia são os que transformam o mundo. Graças a eles as conquistas sociais avançam. Quantos radicais foram guilhotinados para possibilitar o nascimento do século das luzes e mudar a história? Quantas pessoas morreram para que isso acontecesse? Não eram os jacobinos os radicais da época? Atualmente, em São Paulo, quantos radicais têm apanhado da polícia para que se tenha uma jornada de trabalho de oito horas? Para que se institua uma legislação trabalhista que impeça alguém de trabalhar quinze ou dezesseis horas diárias numa fábrica em condições insalubres? Ou que nela crianças sejam mutiladas ao manusearem máquinas? Pois é o que acontece lá atualmente... Ninguém concede nada de mão beijada. E quem eram e são os defensores de seus privilégios? Legitimados pelo seu poder? — interrompeu-se Val de Lanna, com a expressão pensativa, rodando o copo de cerveja e baixando o olhar. João Antunes estava terminado a refeição, ouvindo-o atentamente enquanto o almoço de Val de Lanna esfriava.

— Quanto ao que tu perguntaste, sobre eu ser filho de empregado e adotar a ideologia dos patrões... — prosseguiu João Antunes, ignorando os comentários de Val de Lanna, que ergueu o olhar e o mirou surpreendido. — Talvez seja pelas razões que disseste: os nossos desejos foram moldados pela burguesia e para mim é difícil rompê-los. Reconheço que tu és honesto e sincero e tenho a certeza de que serás coerente com os teus ideais. Mas eu, Val de Lanna, quero comprar terras e criar novilhos porque é a vida que eu amo. Sou-te muito sincero, admiro pessoas iguais a ti e que são de fato necessárias, mas recentemente senti a importância do dinheiro em minha vida, que sobrepuja meus ideais, muito embora reconheça que a injustiça me incomode. Estava aqui em Cavalcante, angustiado, deprimido, e eis que recebi uma herança que me permitirá realizar os meus sonhos e, desde então, sinto-me um novo homem... Porém, concordo contigo, Val de Lanna, que a prática da coerência é atributo dos que têm coragem física e moral inabaláveis, mas que tais atributos são raríssimos entre os homens e eu não sou um deles, portanto, perante a ti, assumo minha contradição... — disse João Antunes, demonstrando em seu olhar uma expressão de estranha amargura. Permaneceu um instante pensativo, e completou: — Embora eu ache que se possa ser coerentemente honesto dentro do que existe... — arrematou, na defensiva.

— Mas você acha possível a honestidade num sistema injusto? Numa sociedade legalizadas por leis que são impostas e certificadas por homens provenientes do topo de uma estrutura equivocada? Leis que são feitas pelos que mandam para legitimarem e manterem o seu poder? Códigos que são criados muitas vezes ao sabor de circunstâncias desfavoráveis a eles e que, portanto, inventados para atender aos interesses momentâneos, ou escusos? Tribunais superiores compostos por juízes indicados por eles? Pois é assim que funciona, João Antunes! Quase sempre leis são feitas ou modificadas a mando dos poderosos unicamente para atendê-los. Além disso, normas de benefícios sociais costumam ser negligenciadas, notadamente num país como o Brasil. E quando os seus princípios se tornam inoportunos, são anulados ou modificados para se adequarem às instâncias dominantes. Observe que, quando é preciso alterar alguma regra importante, faz-se uma campanha de amaciamento da opinião pública pelos canais costumeiros e competentes, até o pleno convencimento de que é assim que deve ser feito, e o será, indubitavelmente. Sim, pode-se ser honesto numa conjuntura como essa, mas há que se saber analisá-la e lutar para modificá-la, o que dependerá da consciência social e do grau erudito. Liberdade significa ter consciência das circunstâncias em que se vive a fim de que se possa lutar para expandir os limites da dignidade humana, sem a qual não existe a liberdade. Contudo, não é isso que se faz no Brasil, pois códigos devem ser criados e cumpridos com ética, e não para serem rapidamente desmoralizados ao sabor das circunstâncias, em detrimento da maioria. Além disso, geralmente os poderosos são os primeiros a desmoralizarem, a driblarem ou mudarem as regras impostas por eles mesmos... — completou Val de Lanna, num tom pensativo, interrompendo-se, como se tudo o que falara fosse inútil. Ele sabia que ideias como as suas o que menos menos precisam são de palavras. Elas não têm sentido se desvinculadas da prática.

— Entretanto, Val de Lanna — começou, João Antunes, com um ar pretensioso, visando contestá-lo —, e se uma pessoa for plenamente coerente ao agir segundo suas próprias ideias, julgando-as sinceramente corretas, não estará sendo honesta? Tomemos, como exemplos, os dois extremos: no primeiro, uma pessoa com formação cristã humanística, mas que se apega aos seus interesses em detrimento da justiça social, e no segundo extremo, uma outra pessoa socialmente alienada, um egoísta que só pensa em si. Ambas, por quaisquer motivos, não analisam a situação como você: ou porque são menos eruditas e têm menos consciência social, ou porque são mais inteligentes ou menos inteligentes, enfim, por diversas razões, elas pensam diferente... Entretanto, são sinceras e não têm dúvidas de que são honestas, pois sentem-se absolutamente coerentes com seus critérios de honestidade...

— Pois eu lhe respondo que essas pessoas, profundamente honestas e coerentes com suas ideias, jamais contribuirão efetivamente para melhorar o mundo. Serão os conservadores do que existe. No primeiro extremo, no caso de uma pessoa humanística, cristã, se ela tiver um mínimo de consciência social, falta-lhe a sensibilidade ou a coragem capazes de induzi-la a praticá-la; ou, nesse mesmo extremo, se for um humanista cristão insensível, trata-se de um sujeito completamente ignorante ou alienado dos princípios teóricos que orientam a sua vida. Ele viverá sua contradição de forma feliz e honesta, mas, na verdade, não será um humanista. Quanto ao segundo extremo, o de uma pessoa absolutamente egoísta e inteligente, ela é honesta no sentido de ser apenas um respeitador das leis, seu critério único de honestidade. Isso é necessário, mas não suficiente. Ele é tão egocêntrico, tão pobre de solidariedade humana a ponto de ignorar que, graças às pessoas que lutam para melhorar o mundo, ele pode viver em segurança, pois, do contrário, se todos fossem iguais a ele, provavelmente seriam destruídos pela guerra entre os egos borbulhantes, e a vida social seria impossível. Teríamos, nesse caso, uma sociedade árida, um mundo triste e sem compaixão, pois seria isento de solidariedade humana. Acho que não seria possível, ou seria horrível a existência de um mundo habitado só por gente honestamente egoísta. Mas eu ainda acredito no homem e na bondade, pois creio que um sujeito absolutamente egocêntrico, algum dia em sua vida, em um momento de extrema dificuldade, vá encontrar alguém que lhe estenda a mão e ele então chorará emocionado, sensibilizado pela solidariedade humana, e possa se reavaliar. Penso que o bem-estar de uma sociedade varia na razão direta da solidariedade. Exemplos como esses que você citou me dizem respeito apenas no sentido de confrontá-los, pois eu abomino gente assim. Mas é o que eu lhe disse, João Antunes, é difícil saber se tais pessoas são realmente honestas ou cinicamente hipócritas... Em vista disso, é necessário sempre conhecer as circunstâncias em que se vive para lutar por si e pelos outros. Essa é a atitude mais digna e abrangente capaz de expandir a liberdade. Trata-se do mesmo problema que Marcus lhe disse sobre Freud e o inconsciente individual: conhecê-lo a fim de se libertar dos grilhões. Portanto, conhecer também a mente coletiva para, mais objetivamente, livrar a sociedade das opressões.

    Todavia, Val de Lanna sentiu-se sensibilizado pela sinceridade e a humildade de João Antunes, que o ouvia atentamente. Ele já desvendara que João Antunes era o que se considera um bom cidadão brasileiro: respeitador, indignado com a injustiça e teoricamente solidário aos humildes. Em alguns minutos, Val de Lanna terminou sua refeição, perdido em reflexões, enquanto João Antunes o observava calado, refletindo sobre o que ouvira.

    — Eu o compreendo, João Antunes, e sinto-me tocado pela sua franqueza. Mas provavelmente algum dia estaremos em trincheiras opostas, o que não impedirá a nossa amizade. Mas, quanto aos seus bens, não se preocupe, pois as mudanças são inevitáveis, ainda que demoradas — disse Carlos Val de Lanna, ostentando no rosto um sorriso triste e uma expressão dolorosa. Tomou a cerveja mantendo um ar pensativo, como que um preâmblo para tudo que imaginava fazer. Houve uma pausa entre as reflexões dos dois amigos, uma pausa que se estenderia por muitos anos.

— Em janeiro próximo, mudo-me para São Paulo — prosseguiu Val de Lanna com menos ênfase, mantendo um ar distante como se já estivesse na cidade. — Com a intensa industrialização que lá ocorre vieram muitos imigrantes e já existe um forte movimento anarquista, uma intensa fermentação social provocada por líderes operários italianos e espanhóis. A greve do ano retrasado foi a maior que já aconteceu no Brasil. Tudo parou e os patrões tiveram que ceder...

— Em vista desta realidade cruel, em que os poderosos mandam, tu achas possível mudar o Brasil? — perguntou João Antunes, olhando-o com ceticismo.

— A pergunta não é essa, João Antunes. A pergunta a ser feita é a de como devemos iniciar a nossa luta para mudar o país. Desculpe-me, meu caro amigo, mas sua pergunta é típica do que eu lhe dizia, uma pergunta inócua que se insere naquela conversinha inútil... — comentou sorrindo, mas resoluto.

— Tu moras onde, Val de Lanna? És casado? — perguntou João Antunes, desejando mudar de assunto. Carlos sorriu, meio intimidado, retornando àquela expressão cética.

— Moro numa ruazinha na saída para o norte. Vivo junto há três anos com a Cleucí. Nos damos bem e comungamos as mesmas ideias. Conheci-a aqui no colégio. Qualquer dia vá lá almoçar conosco.

— Pois será um prazer. Passe lá na pensão e deixe o recado com a Santinha, a cozinheira.

— E você, João Antunes, quando viaja para o garimpo?

— Estive lá com o Marcus, pouco antes da morte dele, e fiquei decepcionado com o que vi; acabei desistindo de trabalhar em mineração. De fato, esperar até ganhar dinheiro para o que desejo demandaria muito tempo.

— Soube que a causa da morte de Cocão foi um derrame...

— Sim, um derrame. Pobre Marcus... Uma pessoa boa e rejeitada, quando tanto poderia contribuir...

— É isso, João Antunes. A sociedade tem lá seus padrões convencionais de comportamento e julga os outros conforme seus valores, geralmente perpassados pela impostura.

João Antunes permaneceu em silêncio durante alguns segundos, refletindo sobre o comentário do amigo, isento de preconceitos, e concluiu que Val de Lanna tinha um espírito liberal avançado para a época em que viviam. Uma mente aberta para o futuro e que não se interessa pelas intimidades da vida alheia, diferente da mediocridade existente em Cavalcante. A preocupação dele com as vidas alheias resumia-se na luta para engrandecê-las, ajudá-las a ser gente. João Antunes estava prestes a lhe contar a verdade sobre a morte de Marcus e sobre a herança que este lhe deixara, mas foi interrompido pelo garçom, que se aproximou e lhes perguntou se desejavam o café. Aceitaram e passaram a conversar sobre amenidades, sobre a qualidade da comida e o clima langoroso do início de tarde, amolecidos pelas cervejas, pela saciedade e pelo calor da hora. Estavam sonolentos, pensando numa boa cama. Pediram a conta, e João Antunes pagou-a, após convencer Val de Lanna. Calmamente, saíram do bar e pararam um instante em frente a ele. O sol do início de tarde causticava a cidade.

— Então, passe na pensão que estou aguardando o teu convite — disse João Antunes, observando uma pequena aglomeração de homens em frente ao Hotel Central, no lado oposto da praça.

— Está certo, será um prazer. Até a próxima, amigo. — Apertaram-se as mãos e se foram.

João Antunes resolveu aumentar o percurso e retornar à pensão contornando a praça pelo lado oposto, a fim de verificar o que andava acontecendo em frente ao Hotel Central. Caminhava cabisbaixo, pensativo, profundamente impressionado com a conversa que tivera com Val de Lanna; sabia que ele tinha razão e intuía tristemente de que iria sofrer, mas que se sentiria digno. Contudo, surpreendeu-se ao experimentar repentina rejeição pelas ideias contundentes de Val de Lanna. E ficou ainda mais intrigado ao ver tal rejeição evoluir rapidamente para uma certa animosidade pessoal. *Tudo bem que seja assim, mas que coisa mais chata ouvir esse discurso do Val de Lanna! Parece um livrinho de regras, um caga-regras! O dono da verdade, pregando como se fosse um pastor! Pois que cada um pense e viva como quiser!*, refletiu, mantendo o olhar sobre o chão. Porém, João Antunes apenas ouvira ao avesso algumas ideias do que lhe fora imposto, induzindo-o a confrontar-se com sua dualidade e a provocar seu ódio. Mas não sabia as origens desses sentimentos, e muito menos de que nessa aversão estava a essência de tudo. Geralmente, reacionários odeiam o discurso de quem neles suscitam questionamentos sociais, pois é o que o sistema mais execra; e quanto mais reacionários, maior é o ódio. Se são aquelas pessoas condescendentes, a noção do que compreendem por humanismo encaixa-se como luva às suas vidas, e tem-se uma gradação infinita de concessões que devem fazer a si mesmas...

João Antunes ergueu o rosto, observando os arredores, e em poucos minutos já estava metido na rodinha de homens que trocavam comentários sobre uma mulher lindíssima que chegara a Cavalcante na tarde anterior. O tio Lauro, proprietário do hotel, pessoa simpática e muito querida na cidade, era só sorrisos atrás do balcão. A belíssima mulher, segundo ele, chegara na véspera e subira logo ao seu aposento, alegando cansaço. Tio Lauro disse ainda que só naquela manhã ela aparecera para o café. "Mulher como nunca vi", dizia um desconhecido que por acaso a vira havia pouco, "e com certeza jamais verei outra igual", completava, espantado com tanta beleza, parecendo dominado pelo feitiço que tal visão lhe causara. Os outros ouviam-no e olhavam avidamente para dentro, buscando sinais daquela mulher. Segundo Lauro, ela somente lhe perguntara se conhecia Henriette, "moça que trabalhava com um tal de Cocão". "Respondi-lhe que, sim, mas que Cocão falecera, e lhe informei que Henriette morava numa casinha azul, quase em frente à residência dele, um sobrado branco na Rua Três. Indiquei-lhe como chegar ao local e que lá identificaria facilmente a casa". Todas essas informações já eram do conhecimento do grupo que se reunia à porta do hotel quando João Antunes lá chegara. É provável que a *tal mulher fosse a mãe de Riete*, deduziu João Antunes, pois sempre se referiram à sua beleza incomparável. Procurou lembrar-se de seu nome, mas não conseguiu. Dirigiu-se ao balcão e indagou ao tio Lauro, e este lhe respondeu calorosamente que se chamava Verônica. Após dizê-lo, Lauro abriu um sorriso, emanando um profundo e longevo ar galante. "É isso mesmo, Verônica", concordou João Antunes, sentindo-se também curioso, relembrando as referências de Cocão e Riete a respeito dela. João Antunes estava pensativo enquanto retornava vagarosamente à Pensão Tocantins. *Mas por que ela viera a Cavalcante?*, pensou, curioso. Apressou os passos, acossado pelo sol forte da tarde, e entrou na pensão; não viu Santinha, apenas cumprimentou com um gesto o senhor Vicente, que estava atrás do balcão recepcionando três hóspedes. Entrou em seu quarto, retirou os sapatos e estendeu-se na cama. Sentiu um súbito contentamento antes de cochilar e dormir profundamente. Quando despertou, já eram quase cinco horas da tarde. Calçou-se, saiu do quarto e jogou água no rosto. João Antunes pensava em ir à casa de Riete. Estava confuso em relação aos sentimentos que nutria por ela, pois, ainda que o amor por Riete não mais o tocasse profundamente, ele necessitava de seu carinho e das delícias de seu corpo. Dirigiu-se ao *hall*, conversou rapidamente com Santinha, e chegou à saída da pensão. Antes mesmo de pisar no passeio, viu uma deslumbrante morena caminhando por uma das veredas que cortavam a praça, ainda um pouco distante da pensão. Bem mais atrás, observou um grupinho de homens seguindo-a com olhares sequiosos, tentando absorvê-la. João Antunes não teve dúvidas: tratava-se de Verônica, aquela que derretia o coração dos homens. Não podia observar os detalhes do seu rosto, mas seu porte era magnificamente belo e sedutor. Talvez fosse um pouco mais alta que ele. Verônica atravessou a avenida e atingiu o passeio oposto, no qual se situava o Pinga de Cobra, e dirigiu-se à esquina da Rua Três com a Avenida Tiradentes. Já na esquina, próxima à pensão, João Antunes constatou que de fato ela era lindíssima. Ele deduziu que ela se dirigia à casa de Riete, pois virou à esquerda e se enveredou naquela direção. Continuou a segui-la com o olhar até vê-la atravessar a rua em frente ao sobrado, parar um instante para examinar as redondezas, e chegar à casinha azul. Verônica havia localizado o lugar com facilidade. João Antunes permaneceu pensativo, surpreso com aquela presença, já que Riete não lhe dissera que a mãe viria a Cavalcante. Resolveu esperar anoitecer para ir até lá, pois não desejava atrapalhar o encontro das duas. Todavia, sentiu forte curiosidade em conhecê-la e comprovar o que sobre ela diziam, e o que seu olhar entrevira. Permaneceu de pé em frente à pensão durante alguns minutos, observando a bela tarde aprazível que deslizava bucolicamente para o fim, e retornou em busca de Santinha.

— O que foi, meu lindo? Parece assustado... — disse-lhe, caminhando de um lado ao outro, fazendo as arrumações finais na cozinha. Dali a pouco deixaria o serviço.

— Não há nada, Santinha, estou apenas surpreso pela presença da mãe de Riete em Cavalcante...

— Mas por quê? Pois ela veio matar as saudades da filha — disse Santinha, pegando uma pequena trouxa e já se dispondo a sair. — Até amanhã, meu querido. Sonhe comigo, mas não caia da cama — disse com um sorriso enquanto caminhava até João Antunes para dar um beijo nele. — Ai, meu Deus... — acrescentou, faceira, revirando os olhos. Então foi-se embora feliz, demonstrando pressa. Ela estava adquirindo o hábito de beijá-lo diariamente.

João Antunes retornou ao quarto, pegou sua *Divina Comédia* e pôs-se a lê-la. Porém, sentia-se apreensivo. Retornou à recepção, sentou-se numa das poltronas e deu continuidade à leitura. Enquanto andava em companhia de Dante e Virgílio, as sombras começaram a envolver Cavalcante. Anoitecia. A cidade estava silenciosa; esporadicamente pessoas cruzavam a pracinha, caminhando tranquilamente rumo às suas casas, cumprindo a rotina diária. João Antunes sentia-se inquieto, preocupado com seus sentimentos confusos. As luzes da recepção iluminavam o ambiente parcamente, obrigando-o a forçar as vistas. Desejava ir à casa de Riete, mas relutava. Verônica ainda não retornara, e já eram sete horas da noite; havia cerca de duas horas que lá permanecia. Sentia-se cada vez mais curioso em conhecê-la e reencontrar Riete. Dali a pouco, resolveu subitamente. *Já devem ter conversado o que queriam e talvez estejam falando sobre assuntos sem importância*, pensou João Antunes. Deixou o livro em seu quarto e saiu da pensão. Caminhava pensativo e timidamente, receando incomodá-las com sua presença, mas fora vencido pela curiosidade.

17

À s cinco horas da tarde, Verônica chegou em frente à casa de Riete. Durante alguns segundos, observou os arredores, pensando mais uma vez no que diria à filha. Já refletira muito sobre as razões que a fizeram embarcar às pressas em São Paulo com destino a Cavalcante, estarrecida com as atitudes de Riete. Além disso, sofria terrivelmente com a notícia da morte de Jean-Jacques, comprovada quando lera a notícia no jornal *O Estado de São Paulo*. Verônica entrou e estacou em frente à porta da sala, situada lateralmente num pequeno corredor ao ar livre, que dava diretamente na rua. De repente, sentiu sua raiva aumentar e a descarregou sobre a madeira da porta, batendo com violência três vezes. Verônica ouviu um rápido arrastar de cadeiras. Riete estava lendo, sentada na poltrona com os pés apoiados sobre uma cadeira, e assustou-se com aquelas batidas. Imediatamente, pensou tratar-se de Roliel, pois não sabia ainda o que acontecera com ele. Seu coração acelerou-se, e Riete dirigiu-se receosamente em direção à porta. Encostou o ouvido na madeira e tentou captar algum sinal que identificasse a pessoa.

— Quem é? — indagou, com cautela, após alguns segundos.

— Abra! Sou eu, sua mãe! — Riete teve um choque; sentiu o chão desaparecer sob seus pés e imediatamente seus olhos se inundaram de lágrimas. Passou os dedos sobre os olhos, respirou fundo e abriu lentamente a porta da sala, deparando-se com o semblante crispado de Verônica.

— Mamãe... você por aqui? — indagou, assustada, sentindo-se completamente perplexa e despojada de argumentos, desejando que a presença da mãe fosse a última coisa que almejasse na vida.

Verônica mirava intensamente o rosto da filha e seus olhos dardejavam-lhe um olhar penetrante, cintilando de indignação e raiva; porém, juntos a esses sentimentos, a amargura misturava-se a uma imensa decepção. De súbito, aquela raiva foi substituída por um desprezo inaudito, deixando claro que, para Verônica, a dignidade da filha se esvaíra, semelhante a excrementos escoando por esgotos. Isso tudo se passou em segundos, pois logo Verônica começou a falar sobre as razões pelas quais se sentira obrigada a fazer uma longa viagem, durante a qual ela só pensava nos motivos que levaram a filha a agir da maneira que tanto lhe ferira.

— Riete, como pôde fazer o que fez comigo? Qual o motivo de tamanha maldade? Isso... — Verônica mal chegara e já procurava as palavras para externar a sua indignação e sua repulsa. Seu rosto estava lívido e contraído pela cólera, as comissuras de seus lábios tremiam de furor. — Suas atitudes foram um completo absurdo! — prosseguiu ela. — Um procedimento insano, coisa de gente louca, de cafajeste... de bandido! Você tem consciência do que fez? E que, em razão disso, eu posso colocá-la na cadeia?! — inquiriu Verônica quase aos gritos, fora de si. Ambas estavam ainda na porta de entrada da sala. Verônica do lado de fora, e Riete segurando a maçaneta, olhando estupefata para a mãe.

— Mamãe, por favor, entre. Vamos... vamos conversar — convidou Riete com uma voz trêmula, entrecortada pelo choro profundo e doloroso. Colocou as duas mãos estendidas sobre os olhos, procurando esconder sua vergonha e fugir de si na escuridão de suas vistas. Verônica entrou vagarosamente, mantendo a mesma indignação, o olhar fixo na filha. Riete fechou a porta e retornou alguns passos, permanecendo cabisbaixa, chorando, próxima a ela. Ambas mantinham-se de pé.

— Inicialmente, Riete, vamos rememorar os fatos: há cerca de vinte dias, você chegou em Campinas, na Santa Sofia, e me mostrou o anel que dei a Jean-Jacques, anos atrás, como prova de que ele o entregara pessoalmente a você. Também era prova de que ele, Jean-Jacques, me aguardava para um encontro num hotel que só você sabia. Em troca disto, de me revelar o local, você, mediante uma chantagem, me extorquiu um cheque de trezentos contos de réis. Você conhecia o amor que eu devotava a Jean Jacques e sabia que eu faria de tudo para revê-lo, e se aproveitou desse fato sem nenhum escrúpulo. Pois bem. Você me disse que só revelaria o hotel após descontar o cheque em São Paulo, e eu acreditei. No dia seguinte, você retornou a São Paulo, descontou o cheque e me telegrafou dizendo que Jean-Jacques hospedava-se no Hotel Londres, em Copacabana, no Rio, que sabia ser muito frequentado por mim. Mas isso não foi tudo — disse Verônica, tentando se controlar, pois novamente era inundada pela imensa dor que havia se apossado de si desde então. — Você se lembra de como eu estava intensamente feliz naquela noite em Santa Sofia. Poder reencontrar Jean-Jacques era tudo que eu desejava na vida, e você o trazia de volta a mim como num sonho. Além disso, aqueles momentos tornavam-se inesquecíveis, pois além de Jean-Jacques, sentia-me reconciliada com você. Era muita coisa boa acontecendo ao mesmo tempo. Na mesma tarde em que recebi o seu telegrama, revelando-me o hotel, viajei pressurosa para o Rio, sonhando com o momento em que me atiraria nos braços de quem tanto amei. — Neste instante, Verônica começou a soluçar baixinho, experimentando a mesma dor que sentira na ocasião; suas lágrimas escorriam abundantes sobre o rosto. — Pois eis que eu cheguei ao hotel... — prosseguiu, entrecortada pelos soluços, falando com dificuldade. — E perguntei por Jean-Jacques. O senhor Cunha, o gerente da recepção, me disse que ali não se hospedava e nem se hospedara nenhuma pessoa com esse nome. Então, ele me entregou uma carta escrita por você. Ao ler seu conteúdo, sinceramente, não entendi o que desejou dizer em relação a si. Mas, ao se referir a mim, usou palavras muito agressivas, aconselhando que eu "fosse brincar com Bertoldo em Santa Sofia, assim como brincara com os homens durante a minha vida". Ou seja: foi tudo friamente premeditado. Primeiro você passou pelo Rio e escreveu a carta, deixando-a no hotel... — Durante vários minutos, Verônica não pôde prosseguir, acometida pela emoção; curvou o rosto e estendeu as palmas das mãos sobre as faces, tomada por um choro contínuo, profundamente doloroso. Seus soluços emergiam dos recônditos de sua alma. — Então — prosseguiu ela, após controlar-se —, eu relacionei os fatos: tia Janaína havia telegrafado dias antes me avisando da morte de mamãe, cuja causa foi o grande desgosto que sofrera pela morte de um amigo francês, que ela dizia chamar-se Pierre Gerbault, um artista que se hospedava com ela em Ilhéus. Quando você chegou a Santa Sofia, perguntei-lhe quem era o tal Gerbault, e notei que você ficou embaraçada por um instante antes de me responder. Porém, você foi esperta, pois logo deduziu de que se tratava de um nome fictício, inventado por tia Janaína para não me revelar a verdade, e confirmou esse nome. Parti então do Rio para São Paulo, indo diretamente ao jornal *O Estado de São Paulo*, onde pedi ao arquivista que me mostrasse os jornais do final do mês de agosto, que narravam um assassinato ocorrido em

Ilhéus, sobre o qual Bertoldo comentara comigo. E confirmei então a minha suspeita: a vítima era Jean-Jacques.

Neste instante, Verônica afastou-se e finalmente sentou-se numa das cadeiras da mesa, apoiou os cotovelos na superfície e tornou a chorar amargamente, com o rosto curvado, incapaz de prosseguir sua narrativa. Ela não observava o semblante da filha, a vagar em outro mundo. Riete, ainda em pé, parecia viver uma agonia, na qual a aparente felicidade se misturava a uma angústia atroz. Seu tímido sorriso era traído pelo semblante contraído, tenso, e dele dimanava intenso sofrimento. Ela mantinha o rosto ligeiramente erguido, procurando um ponto qualquer sobre a parede enquanto suas pupilas moviam-se afoitamente, como se procurasse algo que justificasse essa busca ou que aplacasse sua agonia. Riete se dividia em duas, entre os dois caminhos que a desintegravam, mas que a conduziam misteriosamente não mais ao interior sombrio da capelinha rosa. Verônica esfregou mais uma vez os olhos e ergueu as vistas para a filha. Como da primeira vez que a vira daquela forma, sentiu-se estarrecida com aquela angústia, com aquela fuga da realidade, revelada dolorosamente por aquela manifestação explícita de um comportamento estranho e alheio ao presente. Porém, se naquela primeira vez, em sua casa, em Campinas, Verônica condoera-se profundamente com o sofrimento de Riete, agora sentia-se enfurecida pelo seu comportamento e pela dor que lhe infligira. Assim como na infância da filha, mais uma vez Verônica a repelia e sentia-se incapaz de compreendê-la.

— Riete! — gritou Verônica, enfurecida, levantando-se da cadeira. — Não pense que vou socorrê-la como fiz lá em casa! Pare com essa mania de ficar assim, vagando como uma louca! Quero que me esclareça como foi a morte de Jean-Jacques e quem foi o responsável por ela! E por qual razão você agiu daquela maneira comigo! Vamos! Diga, eu estou ouvindo! — exclamou Verônica com raiva, observando atentamente Riete, que parecia não ter escutado as advertências da mãe. Verônica aproximou-se dela e apertou-lhe os braços com as mãos, à altura dos ombros, e a sacudiu com força, tentando fazê-la voltar a si. — Riete! Riete! — gritou furiosa, soltando uma das mãos e desferindo um tabefe no rosto da filha. — Vamos! Me diga! O que sabe sobre o assassinato de Jean-Jacques?!

Estranhamente, Riete pareceu se acalmar, olhando ternamente para Verônica. As lágrimas que derramara começaram a secar sobre o seu rosto e sua alma se transformara num deserto. Manteve os olhos fixos sobre a mãe, fitando-a com uma expressão fria e desolada. Verônica, por sua vez, manteve-se numa grande expectativa, aguardando as reações da filha e o que ela lhe diria sobre suas atitudes, mirando-a ansiosamente.

— Pois prometo lhe revelar tudo, mamãe. Tudo o que eu sou e tudo o que sei — disse Riete calmamente. Virou as costas para Verônica, deu alguns passos com os dedos juntos aos lábios, num gesto de reflexão dolorosa, e retornou aonde estivera. — Mamãe, quem matou Jean-Jacques foi Roliel, o meu namorado — disse Riete, exprimindo sua dor.

— Mas como?! Como isso foi possível? Meu Deus! — exclamou Verônica em voz baixa, juntando as mãos sobre a boca em uma expressão de horror.

— Jean-Jacques desejava que eu o acompanhasse até São Paulo para revê-la, e depois me convidou para viajar a Paris, dizendo, na presença de Roliel, que eu era muito nova para me meter a fazer o que desejava, ganhar dinheiro no interior do Brasil. Então Roliel, enciumado e enraivecido, contratou um matador profissional, um tal de Tony, que fez o serviço.

Verônica empalideceu, horrorizada com o que ouvira.

— Mas antes de continuar, mamãe, quero que saiba algo importante sobre a minha vida. Como acabou de dizer, a senhora lembra-se daquele dia em que cheguei em casa completamente desarvorada pela humilhação que sofrera na escola, ocasião em que tive, pela primeira vez, esse comportamento estranho e do qual não consigo me desvencilhar. Nunca lhe revelei o que se passa comigo e muito menos a origem desse meu sofrimento. Sim, é terrível, pois me sinto atraída por um prazer que ao mesmo tempo me repele e me angustia. Desde criança, me sentia curiosa em conhecer o interior da capelinha rosa. Mas essa curiosidade tem uma explicação, e eu só a descobri naquele dia, lá em casa e em sua presença. Naquela ocasião, enquanto olhava aquela gravura sacra existente na sala, revivi então um fato adormecido em minha memória, que foi o seguinte... — Riete interrompeu-se um segundo e esfregou os olhos marejados, pensando em como prosseguir, e começou a narrar o que já dissera a João Antunes. — Não sei que idade tinha, mas tenho a certeza de que era ainda muito criança, quando papai, certa tarde, chegou à fazenda Capela Rosa, vindo do Rio. Lembro-me bem: era uma tarde escura e triste, prenunciando muita chuva. Papai chegou e vocês dois entraram no quarto. Após alguns minutos, começaram uma discussão violenta sobre o relacionamento conjugal. Ouvi-a xingando papai aos berros: "assim não, seu animal, seu porco! Afaste-se de mim, ela não é sua filha, e sim filha de Jean-Jacques, a quem amo!", e escutei os tapas soarem, seguidos de seus gritos e do seu choro doloroso. Certamente, pelo que a senhora disse a ele na ocasião, naquela época não conheciam ainda a minha paternidade, quem era de fato o meu pai. Pois bem, logo em seguida, papai saiu desarvorado do quarto, suando muito, com a roupa desconjuntada, cabelos desgrenhados, e deparou-se comigo próxima à porta entreaberta. Cheguei a ver, pelo vão da porta, suas pernas retorcidas sobre a cama, e me parecia nua. Papai segurou minha mão e me convidou a conhecer o interior da capelinha rosa. Lembro-me de que ele apanhou uma chave grande, atrás de uma porta, e saímos. Entramos na capelinha e recordo que me senti atemorizada, pois, devido ao mau tempo, o interior estava muito sombrio. Não sei o que ocorreu lá dentro, lembro-me apenas de fragmentos das gravuras sacras sobre as paredes. Porém, quando saí sozinha da capela, pois papai ainda permaneceu lá dentro, aconteceu um fato apavorante: no instante em que estava no adro, houve um relâmpago fortíssimo e quase instantaneamente ouviu-se um silvo e um estrondo pavoroso. O raio caiu sobre a torre da capelinha, que veio ao chão, calcinada. Por pouco não fui atingida. Até hoje ouço o barulho do sino badalando sobre o piso de pedra. Creio que esse estrondo apagou de minha memória os fatos ocorridos no interior da capela, bem como, posteriormente, a consciência de que já estivera, nesse dia, lá dentro. Pois bem, mamãe, embora sem ter a consciência do motivo, a partir daí a capelinha rosa passou a me fascinar, e eu sempre desejei conhecer o seu interior. Muitas vezes, permanecia parada em frente a ela imaginando como seria. Antes de rememorar esse acontecimento, naquele dia tão triste lá em casa, só tinha a consciência de ter vindo a conhecer o interior da capelinha por ocasião de uma daquelas festas na fazenda, quando o padre ia celebrar as missas e eu já era mais velha. Contudo, de fato, já o conhecera anteriormente, mas essa informação estava bloqueada em minha memória. Aquele dia, mamãe, foi crucial em minha vida, pois a partir dele fiquei traumatizada. Talvez pela briga que eu presenciei entre a senhora e papai, e, depois, devido ao que senti no interior da capela, do qual só me resta a lembrança de cruciantes fragmentos das gravuras sacras. E quando passo por uma situação angustiosa em minha vida, me vejo no interior da capelinha rosa, procurando um prazer desconhecido, mas ao mesmo tempo o repelindo, pois me sinto atemorizada por esse desejo, e me afasto da realidade. Como não consigo resolver esse enigma, essa fuga provavelmente é uma maneira de escapar do presente. Porém, é algo contraditório, pois isso também me atemoriza. Não imagina o meu sofrimento durante essas situações. E quando eu as vivencio, geralmente não tenho consciência dos meus atos... — Riete chorava ao terminar de revelar seu drama.

Verônica ouviu atônita, e ficou completamente estupefata com a narrativa de Riete. Lembrou-se então daquela tarde, anos atrás, quando, de fato, Mendonça a esbofeteara, bem como do raio que calcinara a torre da capelinha sob a tempestade que desabava. Lembrou-se até do susto que sentira ao ouvir o estrondo, ainda deitada em seu quarto. Realmente, relembrava de que, na época, ambos não sabiam ao certo quem era o pai de Riete. Verônica permaneceu pensativa, com um olhar doloroso perdido no passado. Naqueles dias, rememorava, sua vida estava um caos. Após essas revelações, ambas permaneciam caladas, cabisbaixas, como dois seres duelando, tendo como armas suas emoções exacerbadas. Novamente, como ocorrera ao longo de suas vidas, mãe e filha se digladiavam em busca de uma relação harmônica que, infelizmente, como de costume, era difícil. Um ambiente carregado, taciturno, ocupava a acanhada sala, como se o exíguo espaço aumentasse a opressão que as afligia. Uma forte penumbra preenchia o ambiente, anunciando a noite. Verônica, de repente, percebeu a falta de luz e procurou o interruptor; levantou-se, dirigiu-se até ele e acendeu a lâmpada, que iluminou fracamente a sala. Riete ergueu o rosto, parecendo surpreendida pela luminosidade. Verônica permanecia chocada com a narrativa de Riete; ela retornou aonde estivera e encarou a filha. Ambas permaneceram em silêncio durante alguns segundos. Verônica suspirou fundo e tornou a sentar-se na cadeira, junto à mesa. Riete, sentindo-se humilhada e muito abatida, aproximou-se e apoiou as mãos sobre o encosto da cadeira oposta.

— Então seu namorado assassinou Jean-Jacques... — disse Verônica lentamente em voz baixa, demonstrando que, a despeito de seu amor por Jean--Jacques, a capacidade de aumentar o seu padecimento se esvaíra, atingira o limite; seu sofrimento esgotara o seu sofrer. Verônica se amoldava a uma realidade fatal e irreversível. — Mas por qual razão você me chantageou e me fez padecer tanto? — indagou, com uma expressão estranha e dolorosa nos lábios.

— Mamãe, a senhora nasceu antes de mim e com a sua rejeição eu sofri muito... muito mesmo; além disso, o acontecimento na capelinha rosa transformou minha vida. Sofro de um trauma incontrolável que me impele a agir compulsivamente e do qual eu ignoro as causas. Amo muito o papai, e a senhora o rejeitou e o trocou pela riqueza do Bertoldo, casou-se com ele por interesse. Eu precisava do dinheiro, e também precisava agredi-la, e nada poderia ser mais forte do que fazê-lo utilizando a pessoa de Jean-Jacques. Calculei o tamanho de sua desilusão e da sua dor ao chegar ao Rio num céu de felicidade, e ver-se em seguida atirada num abismo. — Riete emanou um discreto contentamento ao revelar as motivações de seus atos.

— Mas... mas não é possível você ser assim, Riete! Uma pessoa... uma pessoa tão insensível e má! Pois então, você calculou bem, pois foi assim que me senti ao chegar ao Rio, e minha desilusão aumentou ainda mais agora ao ouvi-la dizer isso — acrescentou Verônica, sentindo-se esvaziada de qualquer emoção que pudesse deixá-la mais indignada e decepcionada do que já estava. Não desejava mais saber as razões de Riete e muito menos compreendê-la. A filha lhe parecia renegada pelo amor maternal. — E esse seu namorado, onde está? — indagou em voz baixa, fitando o vazio.

— No garimpo... ao norte de Cavalcante.

— Seu pai me disse que estavam trabalhando com isso. Antes de vir, procurei por ele no Rio e ele me informou que você estava aqui. Amanhã, tomarei providências para que prendam esse tal Roliel.

Riete sentiu a absoluta indiferença de Verônica em relação à filha, o que significava um completo desprezo pela sua existência. Ela então avançou mais em suas confissões, talvez desejando atenuar a indiferença, ou esclarecê-la e defini-la de vez.

— Existe uma última coisa, mamãe, que até este instante eu desejava omitir da senhora: devido a esse meu estranho comportamento, eu participei indiretamente do assassinato de Jean-Jacques — revelou Riete, deixando um certo furor brilhar em seus olhos negros, enquanto um estranho sorriso contraiu suas faces.

Verônica curvou o rosto e colocou as mãos sobre os lábios, desejando esconder o horror que se apossara dela. Chorava inconsolavelmente; ela, que há pouco julgara que o seu sofrimento se esgotara, sentia agora o quão fundo era o abismo em que jazia. Porém, já não era mais possível sustentar o seu furor inicial. Ergueu o rosto e fitou a filha, e nela se exprimia algo de infinitamente doloroso, lancinante e desolador.

— Na tarde em que Jean-Jacques foi assassinado — prosseguiu Riete —, eu sabia que o matador estava de tocaia, um tal de Tony, um americano. Roliel combinou comigo que pedisse a Jean-Jacques para pintar o meu retrato à beira-mar, e, na volta, Tony estaria escondido num terreno que havia no final da travessa em que vovó morava. Também estava combinado de que, quando retornássemos, já na travessa e próximos à casa de vovó, eu daria um sinal, erguendo o meu braço e me afastando lateralmente para evitar o risco de ser atingida. Nesse local, conforme o combinado, ergui então repentinamente o braço e Tony atirou. Antes, porém, quando voltava com Jean-Jacques, já desistira de participar desse plano; todavia, no instante acertado, impelida por uma força estranha e alheia à minha vontade, acabei erguendo o braço e fazendo o sinal combinado. Participei do assassinato, vivenciando essa realidade na qual me refugiava, como se estivesse vingando papai de toda a aversão e desprezo que você lhe dedicava. Contudo, ao me deparar com Jean-Jacques estendido no passeio, tive um choque, senti o que havia feito e chorei amargamente. Era isso, mamãe, tudo o que eu podia lhe revelar a respeito de mim e do que se passou — disse Riete, com um sentimento de solidão e de abandono.

— Riete... — começou Verônica, quase sem poder prosseguir, tal era a sua dor. — Mas... e quando você combinou o plano com o seu namorado?

— Mamãe — interrompeu Riete —, creia em mim. Por causa disso eu sofri muito, sofri intensamente e sofro até hoje. Porém, agi sob a compulsão desses impulsos involuntários e incontroláveis. Jean-Jacques era um homem encantador, profundamente sensível, idealista e romântico, e compreendi então a sua paixão por ele. Vovó, que antes estava preocupada com a sua chegada ao Brasil, temendo que ele fosse desmanchar o seu casamento, após o assassinato disse a mesma coisa, e desejava que estivesse vivo e que você o amasse como bem entendesse. Ela ficou tão abalada que, sem dúvida, morreu por causa disso. Jean-Jacques pensava que eu fosse sua filha e me tratava com muito carinho e compreensão. Porém, tenho a certeza de que, no último segundo, ele descobriu a verdade, devido à dor que vi em seu olhar... — Riete desejava acrescentar uma última coisa, então prosseguiu, com certa relutância: — Mamãe... a razão da minha atitude é o amor desmedido por papai, não sei o porquê. Eu o amo muito, e sua rejeição a ele e a mim me impeliram a

agir. Situações conflituosas me induzem a impulsos incontroláveis e fora de minha consciência habitual... Além disso, papai, sendo um político metido em negócios, me ensinou que escrúpulos não faziam parte de seu mundo...
— E Riete calou-se abruptamente, incapaz de continuar a falar, fitando angustiosamente as paredes.

Verônica, assim como a sua mãe Jacinta, tinha um coração generoso. Apesar de sua vida conturbada, a partir de uma certa época procurou entender os problemas da filha, causados por ela mesma. Ela própria fora produto de muito sofrimento, pois desde jovem, sem experiência de vida, fora induzida por *madame* Louise a um relacionamento amoroso com o senador Mendonça. Quando Jean-Jacques a conheceu, a beleza de Verônica era a alma do *Mère Louise*; era para onde convergiam os sonhos daqueles homens naquelas noites esfuziantes.

Após essa difícil conversa que tiveram, objetivo da exaustiva viagem para exigir de Riete explicações sobre seus atos, Verônica sentia que a sua indignação e sua raiva iniciais se diluíam no mundo absurdo de Riete; desmoronavam perante seus argumentos inexplicáveis e irracionais. Verônica nunca dera muita importância ao comportamento de Riete, mesmo porque, à época, ela própria não tinha maturidade para analisá-los. Porém, constatava agora o quanto a filha fora afetada pelos seus problemas durante a infância e adolescência, principalmente pela influência exercida sobre ela pelo próprio pai, o senador Mendonça. Verônica lembrava-se de que, durante a juventude da filha, ela se preocupava com essa excessiva influência, pois Mendonça, observando a inteligência e a ambição de Riete, ensinava a ela atitudes que praticava em sua vida pública, às quais Riete não tinha ainda maturidade intelectual e moral para julgar. Agora, constatava também que realmente Riete sofrera um trauma misterioso em sua infância, cuja gravidade Verônica tomara consciência nesta noite dolorosa em Cavalcante. Por tudo que a filha lhe confessara durante a tarde, pela carta que lhe deixara escrita no Hotel Londres, no Rio, e pelos seus comportamentos anteriores, Verônica constatava que Riete não agira como uma pessoa normal. Malgrado sua inteligência, sua vivacidade e seus objetivos ambiciosos, Riete sofria com as consequências de seu passado, do qual Verônica se sentia responsável. Então, começou a absolvê-la de seus atos, compreendendo a insanidade de suas atitudes. *Devo admitir*, pensava Verônica, *que Riete foi a consequência da minha vida conjugal conturbada, foi vítima do meu relacionamento conflituoso com o senador Mendonça*. Como sua mãe Jacinta, que sempre fora compreensiva e carinhosa com Riete, Verônica também olhava agora a filha com os olhos afetivos de uma mãe extremada, se apiedando de seus problemas.

— Minha filha... — começou Verônica, a voz carregada de inflexões que expressavam imensa resignação, a despeito da dor que lhe oprimia a alma; seus olhos reluziam compaixão e carinho, apesar das revelações de Riete. — Vou conversar com Bertoldo sobre a indicação de um médico capaz de esclarecer seus problemas. Você... você está doente, Riete, precisa se tratar — disse, denotando preocupação.

— Sim, talvez tenha razão, mamãe. Eu ando... ando muito confusa. Estou apaixonada por um rapaz belíssimo, João Antunes, que parece ter perdido o interesse por mim depois de alguns comentários impertinentes que fiz sobre a morte de um amigo dele, Cocão, com quem eu trabalhava. Agi impulsivamente, sem medir as consequências...

— Mas por quê? — indagou Verônica, demonstrando surpresa.

— Eles se tornaram muito amigos e...

Riete foi interrompida pelas batidas na porta. Conhecia aqueles toques afetuosos. Seu coração se acelerou e seus olhos brilharam.

— Talvez seja ele, mamãe, o João Antunes! — E correu apressada até a porta, sob o olhar estupefato de Verônica. Abriu-a e deparou-se com o semblante constrangido do namorado. — Oh, meu amor, que saudades! — E apertou-se contra o peito do amante, buscando no calor de seu corpo um refúgio para os seus tormentos. Com os olhos cerrados e fortemente comprimidos, os braços trançados às costas de João Antunes, Riete permaneceu durante alguns segundos, procurando receber a força que parecia tê-la abandonado. Ela, que sempre fora muito convicta, sentia-se completamente arrasada.

João Antunes captou o ambiente tenso que fluiu para fora da sala assim como uma aragem que lhe roçava o espírito. Riete e Verônica tinham os olhos congestionados e as faces abatidas. Pelo aspecto das duas, João Antunes deduzia que, sem dúvida, ali se desenrolara um drama familiar. Afagou, um pouco assustado, os cabelos de Riete, sentindo a tensão que se apossara de seu corpo trêmulo, e apontou seus olhos em direção a Verônica.

18

E Verônica dirigiu também seu olhar a João Antunes, e sentiu-se fisgada por repentina emoção. Inconscientemente retesou o corpo, antes combalido pelos reveses, e suas pupilas cintilaram e seus lábios discretamente se abriram numa expressão fascinante. A tristeza que a afligia foi desmantelada por aquele semblante.

João Antunes continuava a acariciar os cabelos de Riete, os olhos ainda fixos em Verônica. *Meu Deus, que mulher linda*, pensou intimidado, imaginando-a reservada a homens poderosos, aqueles que afagavam suas vaidades ao lado dela. Constrangido, pois é impossível esconder as bruscas comoções da alma, João Antunes curvou o rosto, meio sem jeito, procurando uma pergunta a ser dirigida a Riete para que se livrasse daquele agradável incômodo. Além disso, sentia-se um intruso ante aquele momento difícil que pressentira ao chegar. A beleza de Verônica o esmagava.

— Como passaste estes dias, Riete? Então, tu foste ao garimpo... — comentou timidamente, afastando-se um pouco e curvando o rosto.

— Você ainda me ama, João Antunes? — indagou Riete angustiosamente, ignorando a pergunta do amante e a presença da mãe. Durante a semana ela só pensara em esclarecer essa dúvida. Verônica ficou surpresa com a indiscrição da filha, pois tais assuntos eram de caráter íntimo.

— Riete... depois conversaremos. Como estão indo os trabalhos de mineração?

— Fui ao garimpo e avisei a todos que abandonei o negócio e disse para que continuassem como quisessem — declarou com energia, sentindo-se irritada com a pergunta. Sua brusca reação revelava também um descontrole emocional.

— Mas você vai jogar fora o dinheiro que Bertoldo lhe arrumou para começar sua vida? — indagou Verônica, demonstrando-se pasmada com a atitude da filha.

— Sim, é verdade, Riete, tua mãe tem razão. Tu vais perder o investimento já feito? Gastastes treze contos com o senhor Ifrain... mais a implantação dos trabalhos e o pagamento aos garimpeiros... — concordou João Antunes com uma expressão interrogativa no rosto. Lançou um olhar furtivo a Verônica, que o observava atentamente com seu semblante revivificado.

Aqueles que conheciam Verônica eram testemunhas de sua deslumbrante beleza. Era um pouquinho mais alta que João Antunes, tinha cabelos morenos abundantes, grandes olhos verdes amendoados, meio furta-cor devido a alguns pigmentos que faziam com que sua tonalidade variasse de acordo com a luz, e o nariz que parecia ter sido talhado por algum gênio renascentista. A boca era ampla, emoldurada por lábios longos e sensuais lindamente delineados sobre dentes belíssimos. Tudo em perfeita harmonia com seu corpo escultural, discretamente amorenado e bem tratado pela vida. Verônica era maravilhosa, indescritivelmente bela, e João Antunes deu razão aos comentários que ouvira sobre ela, bem como à aglomeração masculina que vira em frente ao hotel. A própria Riete, num arroubo de sinceridade, lhe dissera que se ele, João Antunes, a achava bonita, era porque não conhecia sua mãe. E ele agora constatava essa verdade. Porém, o mais encantador em Verônica eram os seus jeitos e trejeitos e o modo carinhoso e meigo que arremavatavam sua beleza, capaz de derreter corações. Detalhes excessivos e inauditos que, aos poucos, João Antunes começaria a descobrir. Quando Jean-Jacques a conhecera no *Mère Louise*, em uma noite no início do século, ele tombara perdidamente apaixonado. Naquela época, o senador Mendonça acariciava a sua vaidade ao desfilar com a mulher mais fascinante do Rio de Janeiro. Naqueles dias, Verônica tinha dezoito anos, na flor da idade.

— Ora, João Antunes, você mesmo não havia desistido do garimpo por julgá-lo pouco lucrativo? — replicou Riete.

— Sim, mas eu não era o proprietário... — respondeu João Antunes, abrindo um sorriso.

— Mas eu lhe ofereci sociedade. Venha conhecer mamãe — disse, mudando de assunto. — Ela chegou ontem, vinda de São Paulo. Mamãe, este é o João Antunes, meu namorado do Rio Grande do Sul — apresentou-o Riete, puxando-o pela mão.

João Antunes timidamente se aproximou, constrangido não somente pela beleza de Verônica, mas também porque via nela uma pessoa de condição social elevada, muito acima da sua. Verônica realmente sempre convivera com o poder e desfrutara do luxo. Ao separar-se do senador Mendonça, casara-se com Bertoldo Fortunatti, um milionário paulista, e atualmente morava na fazenda Santa Sofia em Campinas, palacete cercado por belíssimos jardins e cafezais. Verônica tinha atualmente trinta e seis anos, porém os anos e a experiência só conferiram um ar amadurecido à sua beleza e aumentaram seu poder de sedução. Para onde quer que fosse, tal qual um imã atrai o ferro, sua presença exercia uma força irresistível sobre os homens, que a devoravam com os olhos, boquiabertos.

— Prazer em conhecê-la, dona Verônica. Riete e Marcus referiram-se à senhora... — João Antunes ia impulsivamente aludir à sua beleza, mas conseguiu conter-se.

— Pois o prazer é todo meu, João Antunes — retribuiu Verônica, levantando-se e estendendo-lhe a mão. Mirou-o nos olhos e lhe sorriu lindamente. — Estão juntos há quanto tempo?

— Bem... há quase um mês. Conheci Riete em Goiás — respondeu João Antunes, soltando a mão de Verônica. Ele então inspirou aquele perfume que sentira em Porto Alegre, na loja do senhor Jorge, e algo gostoso rodopiou em sua mente.

— Pois venha, João Antunes, assente-se aqui ao lado de Riete — convidou-os, indicando-lhes um lugar à mesa, e sentou-se no lado oposto, em frente aos dois. Riete desejava conversar com João Antunes a respeito do relacionamento, mas sentia-se impossibilitada de fazê-lo; além disso, percebia em João Antunes pouca vontade de falar sobre esse assunto.

— Riete disse que você é do Sul, do Rio Grande do Sul... — sondou-o, olhando-o tão lindamente que João Antunes permaneceu um instante a contemplá-la.

A despeito da beleza, do seu traquejo e da sua inegável capacidade de sedução, João Antunes rivalizava-se com Verônica. Os dois estavam em pé de igualdade, um à altura do outro. João Antunes não tinha a experiência de Verônica, mas também era um sedutor nato.

— Sim, do Sul, de São Borja. Trabalhava em uma estância e vim para Goiás para trabalhar em garimpo. Mas não era aquilo que pensava e desisti.

— Ele ganhou uma herança, mamãe, e não precisa mais trabalhar para comprar terras, que é o seu sonho — explicou Riete, segurando o braço de João Antunes. — Vamos nos casar e seremos grandes fazendeiros, não é, meu querido? — indagou, olhando-o atentamente.

Porém, João Antunes parecia desinteressado. Sentia seu amor por Riete esmorecer perante uma mulher como Verônica. Aquela paixão inicial desaparecera após a morte de Marcus, e, agora, até mesmo a atração sexual que o trouxera ali naquela noite parecia desvanecida. Riete percebeu o súbito desinteresse de João Antunes e permaneceu pensativa, sentindo sua felicidade esvair-se como a água num ralo. Ela começava a perceber aquilo que era recorrente na vida de Verônica: onde sua mãe estivesse, ela teceria a teia de sedução, e naquele instante seus fios começavam a envolver o coração de João Antunes. Riete observava os olhos de Verônica cintilarem de alegria ao conversar com ele; notava a brusca alteração no humor da mãe poucos minutos após conhecer João Antunes.

— Mas, me fale mais de você — solicitou Verônica com um sorriso. João Antunes enrubesceu, manifestando seu fascínio.

Durante algum tempo ele resumiu sua vida; discorreu sobre sua família, sobre suas ambições e contou sobre como conhecera Riete em Goiás. Nesse momento da narrativa, Verônica e João Antunes riram com mais intensidade que o necessário, pois somava-se ao cômico episódio, o prazer que sentiam. João Antunes contou-lhe sobre os acontecimentos envolvendo Cocão e narrou sua amizade por ele, omitindo a verdadeira causa de sua morte, bem como a sua condição de homossexual. Nesse momento, observou o olhar malicioso de Riete. Verônica, após aqueles tormentos iniciais vividos durante a tarde, estava mais aliviada e parecia tê-los esquecido. Seu semblante parecia sereno e seus olhos apagaram os sinais das lágrimas que derramara. Sem se darem conta, aos poucos foram relegando Riete a mera observadora, e esta foi-se entristecendo, comprovando que João Antunes fora rapidamente atraído pela sua mãe. Riete sabia que jamais poderia rivalizar-se com ela.

— E o teu namorado, Riete? O tal Roliel — indagou João Antunes, voltando-se para Riete, como se repentinamente houvesse se lembrado dele.

— O meu namorado é você, João Antunes — replicou, mirando-o com um sorriso contrariado. — Como lhe disse, antes de você viajar a Goiás, fui ao garimpo e rompi com ele. Em vista disto, sofri uma agressão violenta. Ele me atraiu à sua barraca e lá me estuprou. Foi horrível... — disse Riete secamente, de maneira cortante.

— Minha filha! Como... como você?! — começou a questionar Verônica, mas interrompeu-se bruscamente. Não desejava referir-se a Roliel após saber o que a filha lhe revelara sobre ele, muito menos discutir tais assuntos na presença de João Antunes e aborrecer-se novamente.

— Após esse fato, ordenei a Valdemar Gigante que o prendesse no armazém, e lá ele permaneceu amarrado durante a noite. Durante a manhã eu retornei a Cavalcante, mas antes pedi a Valdemar que o mantivesse preso enquanto eu viajasse, temendo que ele me tocaiasse. Não sei que o que aconteceu depois. Estou receosa de que ele apareça aqui para vingar sua humilhação.

Verônica ficou horrorizada e convidou a filha para hospedar-se no hotel, mas João Antunes se prontificou a dormir com ela, a fim de protegê-la. Riete sentiu um frêmito de felicidade, e agarrou-lhe o braço apoiado sobre a mesa, aconchegando-se junto a ele. Verônica desejava conversar a sós com João Antunes sobre os problemas da filha.

— Como não sabia que dona Verônica estava aqui, Riete, julgo que interrompi uma conversa particular... — desculpou-se, mentindo, pois sabia que Verônica estava ali.

— Por favor, João Antunes, não me chame de dona Verônica — interrompeu-o, sorrindo e olhando-o com ternura. — Somente Verônica. E você não interrompeu nada, já havíamos conversado tudo que desejávamos. Foi ótimo você ter vindo aqui e foi um prazer conhecê-lo — disse Verônica, mantendo aquela expressão sedutora. — Daqui a pouco vou-me embora, pois não cheguei a descansar da viagem.

João Antunes permanecia constrangido na presença de Verônica. Ele sorriu timidamente, não sabendo se o que ouvira era verdade ou apenas uma cortesia. Permaneceu um instante calado, observando mãe e filha conversarem sobre a vida em Campinas e sobre a fazenda Santa Sofia. Riete indagou a respeito de sua amiga Dolores, e Verônica lhe respondeu que Maria Dolores estivera no escritório de Bertoldo, desejando saber sobre o crime ocorrido em Ilhéus. Aproveitando a ocasião, Bertoldo convidou-a ir à fazenda visitá-la. Dolores estava bem, segundo ele. Ao ouvir Verônica referir-se ao crime em Ilhéus, João Antunes lembrou-se do acontecido, porém permaneceu calado, julgando ser indiscreto indagar sobre isso. Riete perguntou sobre o pai, o senador Mendonça, desejando saber sobre sua saúde. Verônica, que estivera com ele no Rio antes de viajar, respondeu-lhe apenas que estava muito envelhecido.

Enquanto conversavam, João Antunes comparava as belezas de Riete e Verônica e lembrou-se do que pensara ao conhecer Riete: achara-a linda, como de fato o era, mas sua beleza ficava completamente ofuscada pela presença exuberante de Verônica. João Antunes lembrou-se então da simplicidade de Santos Reis, onde Ester era a mulher mais bela, e refletiu sobre como sua vida se transformara em tão pouco tempo e como fora bom expandir seus horizontes.

— João Antunes, você me acompanha até o hotel? Já está escuro e a cidade está deserta. Daqui a pouco ele retorna, Riete — solicitou Verônica, dirigindo-se à filha e levantando-se da cadeira. Sorriu para João Antunes, deu a volta, afagou os cabelos da filha e os beijou carinhosamente. Verônica, que chegara ali naquela tarde furiosa com Riete, renegando-a como filha, agora despedia-se dela ternamente, manifestando sentimentos de perdão e de compreensão por suas atitudes. Sem dúvida, suas emoções foram restauradas pela presença de João Antunes; sentia-se outra.

Riete permaneceu sentada, mirando um ponto qualquer, perdida em pensamentos. João Antunes também se levantou e aproximou-se de Verônica. Ele olhou para Riete e observou o seu semblante entristecido.

— Daqui a pouco estou de volta. Não quer ir conosco?

— Sim, por que não, Riete? Vamos até o hotel... — reiterou Verônica, olhando para a filha.

— Não, eu o espero aqui, João Antunes — respondeu, mantendo o olhar tristonho sobre a mesa.

João Antunes e Verônica saíram. Riete levantou-se vagarosamente, foi até a porta e trancou-a, girando a chave. Retornou aonde estivera e novamente quedou-se pensativa, apoiando os cotovelos sobre a mesa e o rosto entre as mãos. Ela imaginava os dois caminhando sob as estrelas em uma noite agradável e romântica, envoltos por um silêncio profundo e inspirador.

— João Antunes — disse Verônica, enquanto começavam a andar lentamente pelo passeio —, você me parece um rapaz honesto e em quem eu posso confiar...

— Sim, Verônica. Sou de total confiança. Herdei isso dos meus pais. Como comentei há pouco, papai é excessivamente rígido em seus princípios de honestidade, rígido até demais...

— Mas isso é sempre bom... — comentou Verônica, vagamente.

— Por que perguntaste isso? — indagou João Antunes, observando de esguelha o casarão soturno de Marcus. Parecia sem vida, com o seu portãozinho fechado.

— Bem... eu preciso lhe revelar algumas coisas relativas à vida de Riete, coisas sérias e de caráter confidencial, e penso que posso confiar em você. Preciso me abrir com alguém neste momento tão dramático para mim. Enfim, preciso desabafar — disse Verônica com certa angústia, cruzando os braços e se encolhendo para se aquecer. Soprava uma aragem fria naquela noite.

— Sim, Verônica, pode contar com o meu silêncio e a minha discrição — concordou João Antunes, percebendo que Verônica só viera a Cavalcante para esclarecer pessoalmente alguns problemas familiares, conforme intuíra ao chegar.

Verônica começou a narrar detalhadamente a sua própria vida para chegar até os problemas que tanto afetaram Riete. Revelou a João Antunes que, no início, quando Riete nascera, realmente a rejeitara porque desejava que ela fosse filha de Jean-Jacques.

Andavam vagarosamente a passos miúdos, e paravam várias vezes, e assim permaneciam por alguns minutos. Verônica falava e João Antunes ouvia com atenção. Ela narrou a circunstância em que Riete tivera, pela primeira vez, aquele seu estranho comportamento de ausentar-se da realidade, e quais foram as circunstâncias em que isso ocorrera.

— Foi um dia em que a humilharam na escola, revelando-lhe o meu passado bem como as razões de nossa vida reclusa na fazenda Capela Rosa. Isso se devia ao fato de que o senador Mendonça era casado, e sua família oficial morava em Santa Sofia, sua belíssima fazenda, aliás, a mais suntuosa de Campinas. Nesse dia, ela chegou em casa chorando muito e foi agressiva comigo. — Então Verônica narrou a João Antunes aquilo que a própria Riete já lhe confidenciara. — Ela me confessou também que, sempre que se encontra em situações angustiosas, se vê vagando pelo interior da capelinha, fato que, segundo ela, a atrai, mas também a aterroriza. Por esse motivo, ela se ausenta do presente, refugiando-se nesse passado obscuro e assustador.

— Sim, Verônica, Riete já havia me revelado essas coisas... — disse João Antunes, desejando que Verônica evitasse repeti-las.

— Eu penso — prosseguiu ela — que esse comportamento é uma maneira de escapar da realidade, embora lhe cause sofrimento. Talvez esse passado seja mais auspicioso que o presente... — disse Verônica, parecendo refletir sobre uma hipótese em que jamais pensara. — Riete nunca havia me revelado tais coisas, pois jamais tivemos aquela intimidade que deveria ser natural entre mãe e filha. Somente hoje tomei conhecimento desses problemas tão graves, e fiquei penalizada com seu sofrimento. Eles são decorrentes de minha culpa, talvez por falta de maturidade... — disse Verônica, com os olhos marejados. Passaram sob a luz de um poste, e João Antunes notou seus olhos cintilarem sob as lágrimas.

— Realmente, Riete já teve esse estranho comportamento comigo, o que me obrigou a sacudi-la para voltar a si. Foi então que ela me revelou tudo isso — concordou João Antunes, com o semblante preocupado.

— Chegando a São Paulo, vou procurar um médico especialista para desvendar essa conduta esquisita. Riete está doente, João Antunes, e isso a tem afetado muito. Riete carregou vida afora essa rejeição, e passou a vida a agredir-me sob qualquer pretexto.

Estavam agora entrando numa das alamedas em frente à Pensão Tocantins para cruzar a praça rumo ao Hotel Central. Uma aragem mais fria soprou de repente, o que obrigou a Verônica a se encolher ainda mais.

— Eu me hospedo ali, Verônica — disse João Antunes, apontando a pensão mergulhada em sombras. Verônica olhou-a e sorriu.

Ela então narrou todos os acontecimentos que a obrigaram a viajar a Cavalcante, a fim de cobrar uma explicação da filha sobre sua conduta. João Antunes ficou estupefato ao ouvir a respeito da chantagem de Riete para obter dinheiro, e ainda mais ao saber o que acontecera no Hotel Londres, quando Verônica esperava rever Jean-Jacques e encontrou uma estranha carta escrita por Riete, dirigida a ela. Verônica lhe contou como ocorrera o assassinato de Jaques-Jacques, no qual a filha confessara ter participado sob o efeito daqueles transes.

— Riete escancarou a vida para mim, João Antunes, como nunca havia feito. Hoje eu resolvi perdoá-la e esquecer tudo; fiquei penalizada. Que ela faça o que quiser com o dinheiro que retirou de mim.

João Antunes sentiu-se atônito com essas revelações. Depois, narrou também a Verônica todos os acontecimentos que se sucederam entre ele e Cocão, que culminaram no suicídio de Marcus. Verônica sentiu-se entristecida com a vida de Cocão e com o seu trágico fim. Então, João Antunes contou-lhe a reação de Riete perante a morte de Marcus, o que fizera com que ele se afastasse dela. Porém, João Antunes compreendia agora como a personalidade de Riete fora afetada pelos seus problemas emocionais, e sentiu-se mais condescendente em relação aos seus desequilíbrios inesperados.

— Verônica — disse João Antunes —, por ocasião da morte de Marcus, fiquei conhecendo um médico aqui de Cavalcante, muito respeitado pelos seus conhecimentos e pela inteligência, o doutor Rochinha. Pareceu-me muito perspicaz, pois, ao conversar com ele durante a noite em que esteve na casa de Marcus para dar o óbito, ele me olhou profundamente e deduziu a causa da morte. Não comentou nada, mas sei que a deduziu. Podemos trocar uma ideia com ele sobre os problemas de Riete...

— Pois será ótimo, João Antunes! Vamos lá amanhã cedo para conversar a respeito. Será a primeira oportunidade de ouvir uma opinião abalizada... Mas que noite linda! O céu estrelado e o tranquilo silêncio de Cavalcante... — disse Verônica, mudando de assunto repentinamente, erguendo o rosto e contemplando o infinito.

João Antunes fitou-a, sentindo-se imensamente enlevado ao admirar aquele semblante tão próximo num momento de profunda solidão a dois. No lado oposto ao hotel, João Antunes mostrou a Verônica o bar Pinga de Cobra. Era o único estabelecimento iluminado nas redondezas; esporadicamente, vozes e gargalhadas vindas de seu interior chegavam até eles.

— Se não estivesse tão frio, poderíamos sentar num destes bancos e conversar mais — sugeriu Verônica, voltando-se para João Antunes com um sorriso tão fascinante como aquele que um dia enfeitiçara Jean-Jacques, e que estilhaçava o coração dos homens.

— Sou do Sul, Verônica, isto para mim não é frio. Se quiser, suba, pegue um agasalho e sentemos nesse banco — disse João Antunes carinhosamente, indicando o lugar e exibindo em seu semblante aquela expressão que igualmente amolecia as mulheres.

Verônica o mirou um segundo, admirada com aquele jeito que nunca vira no rosto de um homem.

— Espere aqui que já volto num minuto — disse ela. E apressou-se em subir os degraus e ir ao seu aposento, no segundo andar. Rapidamente estava de volta, vestindo um casaco.

Sentaram-se num dos bancos da alameda que dava frente para o Pinga de Cobra. De onde estavam, podiam ver a agitação no seu interior.

— Hoje eu almocei lá com um amigo. Tem uma comida saborosa e está sempre movimentado. É o lugar mais animado de Cavalcante. Quando saí do bar, depois do almoço, vi uma rodinha de homens em frente ao hotel e dei a volta para saber o motivo. Disseram-me que uma mulher maravilhosa havia chegado e que estavam ali para conhecê-la. Ao encontrá-la na casa de Riete, comprovei que tinham razão. De fato, tu és maravilhosa, Verônica... — disse João Antunes, olhando-a com desalento, avaliando-a novamente como uma mulher inacessível. E foi além ao ousar lhe dizer tal conclusão, vencendo sua timidez. Verônica riu muito da afirmação.

— Mas por que você diz isso? — replicou, mirando-o atentamente, correndo o olhar sobre o rosto de João Antunes.

— Ora, Verônica, eu posso imaginar a multidão de homens que a admiram, sem falar de teu marido, que eu soube ser um milionário. Também sei que moram numa mansão em Campinas, Riete me falou a respeito. E eu sou pobre. Não tenho poder, portanto, pela lógica do mundo, és inacessível a mim... — disse João Antunes, meio constrangido.

— Ora, João Antunes, não sou mulher vulgar a ponto de escolher os homens pelo seu dinheiro. Já fui mundana, sim; e sou realmente muito cortejada, mas hoje esse aspecto leviano já não me seduz tanto. Há cerca de vinte dias, pouco antes de viajar a Goiás, sofri uma imensa desilusão no Rio de Janeiro, e constatei o quanto uma paixão supera o prazer de uma vida estável e confortável como a minha. Pois, naquele dia tão triste, o mais doloroso de minha vida, eu estava resolvida a abandonar tudo para viver com Jean-Jacques, onde e como ele quisesse — disse Verônica, olhando vagamente para o interior do Pinga de Cobra. Seus olhos brilhavam e pareciam desejar tudo aquilo que não fora possível viver. Pela primeira vez, João Antunes a via triste.

— Desculpe-me por ter dito isso, Verônica... Foi... foi apenas um sentimento de inferioridade num momento tão belo, ao lado de uma mulher como tu... Eu sinto o mesmo que qualquer homem sentiria num instante como esse — justificou-se João Antunes com certa ênfase, pensando havê-la desagradado.

— Não se preocupe, João Antunes. Eu sou apenas mais experiente que você, somente isso. Já sofri muito devido à imaturidade, e a única coisa que se tira do sofrimento é a experiência que se adquire ao lidar com ele. Não faria hoje o que fiz no passado — prosseguiu Verônica, perdida em pensamentos. Havia em seu rosto uma ardente sinceridade. Houve, nesse instante, um certo interregno, qualquer coisa de solene em que ambos se preparavam para mergulhar mais fundo em si mesmos.

— Mas me fale então sobre Jean-Jacques, Verônica, esse homem que tanto te encantou e pelo qual estavas disposta a sacrificar tudo, só para tê-lo ao teu lado — pediu João Antunes, direcionando também seu olhar em direção ao passado, acompanhando Verônica rumo ao Pinga de Cobra.

— Foi em uma noite, em 1901, que o conheci no cabaré *Mère Louise*. Ele estava em uma mesa com a *madame* e eu cheguei com o senador Mendonça. Jean-Jacques me viu e nós nos sentamos. No meio da noite, declarou-se apaixonado por mim. Eu, a princípio, como estava acostumado a esses súbitos arrebatamentos, não lhe dei importância. Mas, aos poucos, durante aquela mesma noite, fui percebendo em Jean-Jacques uma pessoa muito diferente dos homens a que estava habituada. Com Mendonça eu convivia com políticos, pessoas poderosas, mas tremendamente medíocres, e conhecia apenas o lado podre da vida. Àquela época, não tinha suficiente maturidade intelectual para efetuar um julgamento crítico sobre a mentalidade daqueles homens e sobre aquele ambiente em que vivia. Pessoas que só pensavam em se locupletar à custa do bem público, insensíveis às necessidades do povo. Com raríssimas exceções, formavam uma casta de parasitas; não havia limites e muito menos escrúpulos para suas ambições. Mas, como lhe dizia, durante aquela mesma noite, ao lado de Jean-Jacques, comecei a captar um lado rico de ideias e de novas maneiras de encarar a vida. Jean-Jacques era um homem profundamente sensível e romântico, um artista plástico, uma pessoa politizada e preocupada com o povo brasileiro. Ele, um francês, se preocupava com os destinos do Brasil. Trabalhava na embaixada com assuntos econômicos e sabia como eram feitos os negócios que até hoje tanto nos prejudicam. Aos poucos fui tomando consciência de que tudo poderia ser diferente. Naquela mesma noite, Jean-Jacques manifestou à *madame* seu desejo de encontrar-se a sós comigo. Louise relutou, ficou muito preocupada, pois receava perder o apoio de Mendonça para a manutenção do cabaré. Mas ele insistiu e *madame* acabou concordando. Na semana seguinte, começamos a nos encontrar aos sábados, e eu também acabei me apaixonando por ele. Em pouco tempo Mendonça descobriu o romance e foi à embaixada conversar sobre o assunto. Foi uma conversa esquisita, durante a qual Mendonça disse a Jean-Jacques que me abandonaria e que *madame* lhe arranjaria outra mulher. Isso, todavia, era falso, pois Mendonça até os dias de hoje nutre uma estranha paixão por mim. Jean-Jacques retornaria à França no final do ano e eu embarcaria com ele. Contudo, aí se iniciaram os meus sofrimentos. Influenciada por *madame* Louise e por ideia dela, imaginaram uma maneira de chantagear Mendonça para que ele me tivesse de volta. O senador comprou para mamãe uma mansão na Tijuca, para nela montarem um *rendez-vous* de luxo. No dia de nosso embarque para a França, eu e mamãe fomos para Campinas, e Jean-Jacques partiu só. Imagino até hoje a sua desilusão, e nunca mais o vi. — Verônica descrevia a sua vida melancolicamente, mantendo o olhar tristonho ancorado nas luzes do Pinga de Cobra.

— Esta pergunta que te faço agora eu mesmo fiz a Marcus e a Riete: por que tu, que te dizias apaixonada por Jean-Jacques, não partiste com ele? — indagou João Antunes, cautelosamente.

— Pois é, João Antunes, essa é a pergunta que eu também passei a fazer a mim mesma a partir daquele dia. Eu tinha apenas dezoito anos, adorava estar com Jean-Jacques, mas eu era uma menina imatura e insegura, sob pressão de mamãe e de *madame*. Se embarcasse com Jean-Jacques, poria tudo a perder, e por isso fiquei. Além disso, para quem não está pessoalmente envolvido num determinado problema, torna-se fácil dar conselhos e emitir opiniões a respeito, pois não tem nada a perder. Mas, para quem o vive e conhece suas limitações pessoais, tudo se torna mais difícil — disse Verônica, voltando-se para João Antunes com um sorriso. Este sentiu-se um pouco constrangido, pois sabia que ela tinha razão.

— Na mesma manhã em que Jean-Jacques embarcava para a França, eu e mamãe tomávamos o trem para São Paulo, e passamos a morar na fazenda Capela Rosa em Campinas, onde Riete nasceu. Com o passar dos anos, eu me desvencilhei de Mendonça e passei a levar uma vida independente e agradável, porque Mendonça, na tentativa de me reconquistar, me proporcionava um alto padrão de vida. Eu tinha de tudo. Há cerca de cinco anos, conheci Bertoldo e me casei com ele. Pois você acredita, João Antunes, que Mendonça vendeu a fazenda Santa Sofia a Bertoldo após este dizer a ele, durante as negociações, que eu manifestara vontade de morar em Santa Sofia? Mendonça vendeu a fazenda para satisfazer o meu desejo, do contrário, segundo Bertoldo, ele não a venderia — disse Verônica, voltando seu olhar a João Antunes, exibindo um semblante inexplicável.

João Antunes sorriu meio embaraçado perante situações que não eram usuais em sua vida. Achava tudo muito obscuro, enigmático e distante de si.

— E culminou com este episódio recente, quando Riete esteve em Santa Sofia dizendo-me que Jean-Jacques estava a me esperar num hotel. Talvez possa imaginar a minha enorme frustração e sofrimento ao chegar lá e constatar que tudo era falso e, se como isso não bastasse, soube hoje que Jean-Jacques foi assassinado... com a participação da minha própria filha. — E Verônica começou novamente a chorar o que já chorara naquela tarde, na casa de Riete. Soluçava, profundamente desconsolada com seu destino, as mãos espalmadas comprimindo as faces. Um silêncio denso pairava sobre ambos, perdidos na solidão daquele instante, que emanava algo de profundamente doloroso e triste.

— Não fica assim, Verônica, tu já havias superado isso. Estavas alegre na casa de Riete... — E colocou-lhe o braço sobre os ombros, puxando-a para junto de si. Verônica amoleceu o corpo e se aninhou sob o braço de João Antunes. Aos poucos, ela foi se acalmando e as lágrimas foram cessando; às vezes soluçava profundamente, até se aquietar. João Antunes encostou o rosto sobre os cabelos dela e começou carinhosamente a lhe afagar a face.

— Como é bom estar aqui junto a você, João Antunes, e poder lhe confessar os problemas que me afligem... É tudo tão recente, as cicatrizes ainda estão abertas...

— Sim, estou aqui para ouvir-te, Verônica. E se quiseres me revelar outras coisas, pode fazê-lo. É bom para o espírito descarregar aquilo que nos incomoda...

— Sim, eu sei... E acho que Riete tem razão em algumas de suas acusações — disse Verônica, com uma voz desvanecida, sentindo-se mais tranquila com a mão de João Antunes deslizando suavemente sobre sua face.

— Por que diz isso? — indagou João Antunes, sentindo sua segurança aumentar perante a fragilidade de Verônica. Ela então o enlaçou pela cintura com os dois braços e se aconchegou mais, buscando sua proteção. João Antunes pressionou-lhe a face e beijou ternamente seus cabelos. Ele não podia acreditar que aquela mulher tão linda estivesse desejando o seu carinho e o seu amparo, e, naquele momento, sentia como se isso fosse a magia de um sonho. Além de linda, João Antunes descobria que Verônica era meiga, como dissera Louise a Jean-Jacques, anos antes.

— Riete escreveu, na carta que me deixou no hotel, que passei a vida a brincar com os homens. Eu nunca havia pensado sobre isso, mas acho que ela tem razão. Vou lhe revelar uma coisa, João Antunes, que só revelei a Jean-Jacques. Trata-se do comportamento masoquista do senador Mendonça. Durante as nossas relações, ele se punha de quatro e me exigia que lhe descesse o relho ou lhe cutucasse a barriga com esporas especiais que trazia de suas viagens ao exterior. Somente assim se excitava. Um comportamento anormal, sobre o qual comentei diversas vezes com *madame*. Porém, ela ria muito e me dizia que práticas como essa eram comuns, e que eu era ignorante no que dizia respeito a comportamentos sexuais. Ela afirmava com autoridade, pois era uma profissional experiente. Me revelava casos sobre os mais estranhos prazeres de alcova. *Madame* Louise e seus ascendentes serviram a reis e rainhas e conheciam como ninguém os costumes libertinos daqueles cortesãos enfastiados e doentios. Ela fora uma proxeneta da realeza, de gente nobre.

— Meu Deus! Que coisa doida! Eu já sabia algo a respeito, mas sempre pensei que fossem comportamentos raros, incomuns! — exclamou João Antunes, admirado com essa revelação.

— Pois é... E sofri muito com tais manias. Porém, só lhe digo isso porque, ao agir assim com Mendonça, eu talvez praticasse espiritualmente esse mesmo sadismo com os homens que me cortejavam. Era um processo inconsciente, mas gostava de vê-los se aproximar para, em seguida, afastarem-se desiludidos. Hoje eu tenho consciência de que agia assim porque me habituara a fazê-lo com Mendonça. O próprio Jean-Jacques queixava-se das vezes em que eu me comportei dessa maneira com ele. Às vésperas de seu embarque para a França, almoçando num restaurante, eu o deixei agoniado com minha indiferença à paixão que sentia por mim naquele momento. Pois Riete me revelou esta verdade, João Antunes: passei a vida a brincar com os homens. *Madame* sobrevivia à custa do dinheiro de Mendonça e de seus amigos, que mantinham o *Mère Louise*, onde eu era a estrela. Eu me lembro de que, quando descia a escada acompanhada por Mendonça, os homens me devoravam com seus olhares, enquanto Mendonça desfilava a sua vaidade.

— Mas isso tudo é muito triste, Verônica... Que vida conturbada! Realmente, Riete só poderia sofrer as consequências disso... — comentou João Antunes, ele próprio sentindo-se perplexo com essas revelações. — Verônica! — prosseguiu ele —, espero que também não estejas a brincar comigo, porque, estando junto a ti, sinto intensamente o teu poder de sedução. E eu próprio... eu próprio sinto-me apaixonado por ti... repentinamente apaixonado por ti... — confessou João Antunes, incapaz de conter o que lhe inundava o coração.

Verônica ergueu o rosto e o fitou com um olhar enternecido, afagando-lhe as faces carinhosamente com as duas mãos.

— Não, João Antunes, jamais faria isso — replicou Verônica. — Se lhe confesso minha vida é porque neste momento tenho a convicção de que posso confiar em você. Sei que não é uma pessoa corrompida pela ambição desvairada, como são os homens que conheci e que ainda conheço. Você tem o sonho de enriquecer, mas ainda é um menino puro. Quando Bertoldo comprou a Santa Sofia, ele me disse que Mendonça usou uma expressão para se referir a ele: "você ainda está verde, Bertoldo, mas se enriquecer mais, verá como as coisas acontecem no mundo dos altos negócios". E olhe que Bertoldo já era muito rico naquela ocasião... Pois eu espero, João Antunes, que você nunca amadureça e chegue a esse ponto. Fiz com você o mesmo que Riete fez comigo durante a tarde: uma confissão completa e sincera — disse Verônica, voltando a se aconchegar sob o braço de João Antunes. — Mesmo tendo consciência da futilidade do mundo em que vivi, eu sempre procurei o seu conforto — prosseguia Verônica —, e devo confessar que, ao me casar com Bertoldo, eu procurava manter o padrão de vida que o senador Mendonça me dera. Na época em que me casei, eu não estava tão consciente, mas a verdade é essa. Eu buscava conservar o respeito social, o conforto que só o dinheiro oferece. Fui criada nesse mundo, João Antunes, desde muito jovem, e me habituei a ele. Jean-Jacques foi o primeiro a me mostrar outros valores e foi o único a quem amei. Tudo nele provinha da beleza. Era esse o fundamento de sua vida, o âmago que me era ignorado e que me foi transmitido por ele. Constituía o oposto daquele mundo sem alma, fútil e vazio do *Mère Louise*. Você me pediu para falar sobre Jean-Jacques, pois ele era essencialmente isto: um idealista, um romântico, e me dizia que só com os sonhos podemos transformar o mundo, porque eles são a força que impulsiona as ações capazes de transformá-lo — disse Verônica, com um olhar fixo, perdido dentro do Pinga de Cobra. No seu interior já se podia vislumbrar o fim de noite.

— Pois é muito bom ouvir uma confissão como essa, Verônica, e vejo que Jean-Jacques te deixou uma lição de vida bonita e definitiva, e te legou um inconformismo ante as injustiças — disse João Antunes, que continuava a afagá-la carinhosamente. — Realmente, são as ideias e suas práticas que constroem o mundo... — completou João Antunes, lembrando-se de Val de Lanna enquanto observava dois homens que saíam cambaleando do bar. Pareciam ser os mesmos da noite anterior.

Verônica retesou o corpo e sorriu, mirando o céu estrelado.

— Amanhã conversamos mais, João Antunes. Vá ver Riete, ela o espera — disse, com um sentimento de solidão e de abandono, erguendo-se do banco. — Foi ótimo conhecê-lo, e não se sinta intimidado ao meu lado, pois você não fica nada a me dever... Também é lindo... lindíssimo! — acrescentou com uma voz suave e afetuosa, enquanto seus olhos refulgiam uma doçura infinita.

João Antunes enrubesceu, sentindo-se coagido perante tanta experiência e beleza.

— Amanhã cedo iremos então conhecer o doutor Rochinha e conversar com ele sobre Riete — disse Verônica, mirando-o com o mesmo olhar.

— Sim, eu passo aqui e vamos até lá — respondeu João Antunes, também se erguendo do banco. Ao fazê-lo, observou o doutor Rochinha saindo do Pinga de Cobra, pondo-se a caminhar num leve ziguezague rumo à sua casa. João Antunes nada comentou com Verônica, receoso de vê-la desistir da consulta.

Chegaram à recepção e pararam um instante, indecisos. Além do atendente, não havia ninguém. Verônica sorriu e deu-lhe um beijo carinhoso na face, despedindo-se. Sentia-se muito cansada pelas emoções que vivera durante a tarde. Subiu a escada vagarosamente, enquanto João Antunes descia até o passeio. Ele saiu do hotel transbordante de felicidade. Podia sentir em sua roupa o aroma do perfume de Verônica, aquela mesma fragrância que experimentara um dia na loja do senhor Jorge, em Porto Alegre. Não poderia imaginar que Verônica fosse tão meiga e simples como se revelara nessa noite. À primeira vista, ela suscitava nas pessoas um sentimento de inferioridade, visto que, ao vê-la, seria natural que se julgassem esteticamente carentes. João Antunes sentiu então na carne o que Verônica causava nos homens, e avaliou a imensa desilusão sofrida por Jean-Jacques. *Sim*, pensou ele, *tudo que Marcus e Riete disseram sobre ela é verdade*. E seus pensamentos se fixaram no dia seguinte, quando a veria novamente. João Antunes caminhava pela praça, observando Cavalcante fulgir sob as estrelas, olhando os arredores com a felicidade que a vida lhe infundia naquele instante. Passou em frente à Pensão Tocantins e sorriu, lembrando-se de Santinha, pensando em como ela se sentiria feliz ao saber das novidades, e que depois as contaria para alimentar seu espírito, carente de coisas efêmeras. Logo cruzava diante do sobrado de Marcus, silencioso e sombrio. A despeito dos sentimentos em relação ao lugar, mas entusiasmado pela alegria, João Antunes pensou em levar Verônica para conhecê-lo; lembrou-se também do ceguinho Bejute e de que não mais o vira após a morte de Marcus. João Antunes chegou à casa de Riete, bateu à porta e nada ouviu. Insistiu com mais força e escutou ruídos de passos se aproximando rapidamente.

19

Após a saída de João Antunes e Verônica, Riete fechou a porta e retornou calmamente à sala. Deitou-se no modesto sofá, recostando a cabeça numa pequena almofada. Havia um silêncio denso que inspirava reflexões profundas. Aos poucos, ela começava a pensar sobre a conversa que tivera com a mãe durante a tarde. Um misterioso sentimento de alívio foi se apossando dela, o mesmo que experimentara após dar fim ao relacionamento com Roliel. Riete sempre fora impulsiva, ansiosa e muito egoísta, e chegou à conclusão de que sua vida até então fora um inferno. Questionava seus desejos desvairados de se tornar rica e de ser tão importante quanto o pai. Interrogava-se, enfim, acerca de sua frenética ambição, fazendo um balanço inédito sobre sua vida. Comprovava, sem dúvida, que abrir o coração a Verônica lhe fizera um bem enorme. Seu relacionamento com a mãe sempre se limitara a uma agressão contínua, pois seu orgulho e seus problemas emocionais travavam quaisquer tentativas de aproximação. Mas fora diferente nessa tarde, e Riete sinceramente não sabia o porquê de ter assumido aquela atitude despojada da altivez costumeira. Talvez tenha chegado ao limite da agressividade ao comportar-se como o fizera: escrever uma carta debochando da desilusão amorosa da mãe e ter participado da morte de Jean-Jacques. Ou, quem sabe, não havendo pretextos para tais atitudes, o melhor seria justificar-se e obter seu perdão, conhecendo-lhe a generosidade, pois Verônica ameaçara puni-la. Riete, porém, não fizera tais revelações por deliberado interesse. Ao revelar seus problemas, premida pelas circunstâncias em que os confessara, quiçá tenha adotado inconscientemente uma atitude extrema e derradeira para atrair a atenção de Verônica, que nunca lhe dera afeto. Se fora isso, sem premeditá-la, ela atingiu seu objetivo, pois Verônica ficara profundamente enternecida e sensibilizada com o sofrimento da filha. Riete sentira que a mãe entendera seus problemas e estava preocupada com eles, e fora muito compreensiva a ponto de perdoar suas graves agressões. Pensou em sua querida avó Jacinta, que sempre a apoiara, e comprovou que sua mãe possuía um coração tão generoso quanto o dela. Sim, Verônica puxara à mãe. Tais reflexões, jamais feitas, a predispunham também a sentimentos originais. Riete sentia uma serena resignação perante os reveses que imaginava, a começar pela perda do amor de João Antunes. Além do esfriamento ocorrido após a morte de Marcus, percebera rapidamente a atração que sua mãe exercera sobre ele, e, se Verônica correspondesse, nada mais lhe restaria senão conformar-se. Contudo, e era isso que a surpreendia, não se mostrava revoltada e nem irritada com essa possibilidade; achava que a mãe não tinha culpa de ser irresistivelmente bela. Riete pensava em Verônica e reavaliava sua trajetória, compreendendo o quanto sua mãe sofrera. Afinal, ainda jovem, fora levada a viver uma vida que não escolhera, atirada nos braços do senador Mendonça, com o qual fora praticamente obrigada a conviver durante anos. Riete refletia sobre tudo isso com tranquilidade, estirada no sofá enquanto fitava vagamente o teto. Porém, a despeito de sua estranha tranquilidade, ela, aos poucos, começou a questionar tais pensamentos, indagando-se se não seriam eles uma maneira de sublimar o seu possível fracasso, que já vislumbrava, ou uma autojustificativa para amenizar o seu sofrimento ou o seu orgulho ferido. Enquanto embarcava nessas reflexões, o tempo passava despercebido, ele, que costuma propiciar novas conjeturas e a revirar nossas ideias De vez em quando ela aguçava os ouvidos, procurando ruídos da aproximação de João Antunes, e quando imaginava escutá-los, seu coração se acelerava. Riete aguardava com ansiedade sua chegada, quando então leria em seu rosto os sentimentos dele em relação a ela. Embalada por essas emoções tão frágeis, que não se sustentavam e que só revelavam a insegurança afetiva de sua personalidade, Riete foi aos poucos adormecendo, até cair num sono profundo. Teve pesadelos horríveis, nos quais a violência de Roliel confundia-se com o rosto de seu pai em lugares apavorantes e circunstâncias inexplicáveis. Acordou aterrorizada, e verificou que já eram dez horas e que João Antunes ainda não retornara. Começou a chorar tristemente, e aquela tranquila resignação anterior sumiu tão misteriosamente quanto apareceu. Outra vez cochilou, mas foi acordada pelas batidas na porta. Riete levantou-se depressa, açodadamente, e tropeçou numa das cadeiras da mesa antes de girar a chave e deparar-se com o semblante radiante de João Antunes.

— O que foi, Riete? Pareces tão assustada... — comentou João Antunes, pondo-se mais sério.

— Acabei dormindo e tive pesadelos horríveis... Ah, meu querido, como eu te amo! — declarou-se com uma voz lacrimosa, aconchegando-se a ele e o abraçando. Riete imediatamente sentiu a fragrância do perfume de sua mãe impregnada na camisa de João Antunes.

— Venha, vamos entrar, aqui fora está frio — convidou-a, colocando-lhe o braço sobre os ombros.

João Antunes percebeu que abraçava uma pessoa fragilizada. Aquela personalidade voluntariosa e autoritária de Riete rendia-se às conjunturas. João Antunes lembrou-se da ocasião em que a conhecera e de que, naquele dia em Goiás, era ele quem se sentira inferiorizado. Naquela noite, Riete mostrara-se fogosa e esbanjava segurança. Agora era ele quem psicologicamente sentia-se acima dela; chegara ao topo pois, nessa noite, Verônica, tão desejada pelos homens, procurara o seu consolo.

— Venha deitar-se, querida, e tu te sentirás melhor — convidou-a João Antunes, com um ar carinhoso e paternal, inflados pela felicidade.

Dirigiram-se ao quarto. Riete acendeu a luz e apagou a da sala. Fitou-o profundamente. Seus olhos cintilavam e uma expressão estranha e dolorosa contraía suas faces.

— Você demorou tanto, por quê? O que estavam fazendo? — indagou, mantendo o semblante crispado, mirando ansiosamente João Antunes.

Aquela serena resignação que se apossara dela pouco tempo antes desaparecera, e a ansiedade lhe oprimia o coração.

— Ficamos conversando em um banco em frente ao hotel. Verônica falou muito sobre a vida de vocês, e agora posso avaliar melhor as tuas dificuldades... — disse João Antunes, demonstrando preocupação com o que diria a Riete.

— E o que ela lhe contou? — replicou, desanuviando um pouco o seu semblante.

João Antunes franziu a testa e respirou fundo, num gesto que indicava que haviam conversado sobre muitas coisas.

— Tudo o que já sabes, Riete. Verônica está muito preocupada com teus problemas... Ela disse que esta tarde mantiveram uma conversa muito franca, como nunca tiveram, e mostrava-se emocionada com a confiança que tu depositaste nela.

Riete sorriu, e os olhos de ambos travaram um diálogo mudo, na ânsia de revelarem seus sentimentos.

— Posso sentir o perfume de mamãe em sua camisa, João Antunes. Deve ter sido um diálogo muito aconchegante... colados um no outro — comentou Riete, com uma expressão sombria e desolada, desviando o olhar.

— Estava muito frio, Riete, e tua mãe se encolheu junto a mim em busca de consolo. Além disso, ela chorou várias vezes, sensibilizada com os acontecimentos que me narrava sobre o passado.

— João Antunes, agora posso então lhe fazer a pergunta que ansiosamente desejava fazer desde hoje à tarde, mas que em presença de mamãe seria inconveniente: você ainda me ama, como me declarou na ocasião em que nos reencontramos aqui em Cavalcante? — indagou Riete, mirando-o com um olhar penetrante, ansioso, inclinando ligeiramente o rosto à frente.

— Riete... — João Antunes hesitou novamente e franziu os sobrolhos, procurando as palavras que diria. Abriu os braços com as mãos espalmadas, procurando expressar com os gestos o que relutava em dizer.

— Não precisa negar, João Antunes, você não me ama mais. Qualquer mulher sabe quando um homem a ama — disse Riete, sentando-se desolada sobre a cama, com o coração dilacerado.

João Antunes olhou-a e compadeceu-se ao notar seu sofrimento, agravado por tudo quanto soubera sobre ela. Perguntava a si mesmo como seria possível que aquela sua paixão por uma mulher tão bela ter se esvaído com tamanha rapidez. Ele lembrava-se do quanto a aguardara em Cavalcante, curtindo uma saudade imensa, até reencontrar-se com ela na casa de Cocão. E de que depois se amaram em delírio durante a tarde, e agora chegavam a esse instante melancólico.

— Eu sei, João Antunes, mamãe o seduziu, você está caidinho por ela, vê-se facilmente... Isso acontece quando os homens a veem, sempre foi assim... — comentou, de modo desolado. — Mas eu sei também que ela certamente sentiu-se atraída por você, do contrário não teria permanecido ao seu lado. Essa é a contrapartida de sua beleza, pois, durante a sua vida, o que ela mais fez foi repelir os homens. Vovó me contou que mamãe lhe dissera várias vezes que estava enfarada de rejeitá-los, de evitar seus galanteios — disse Riete com a voz langorosa e um semblante desvanecido.

— Riete, por favor, não fique assim... Eu... eu ainda te amo. Achega-te aqui — disse João Antunes de modo persuasivo, abraçando-a e beijando-a carinhosamente, após ela levantar-se da cama.

— Por favor, João Antunes, não tenha compaixão... — disse Riete, enlaçando-o com os dois braços. De repente, àquele contato, sentiu-se fortemente excitada, seu corpo se energizou e ela o apertou contra si. — Me ame, meu amor. Me possua e me faça tua, venha... — pediu repentinamente com uma voz que lhe brotava do âmago. Seus olhos subitamente perderam aquele ar mortiço e passaram a faiscar desejos.

Ela rapidamente despiu-se e mirou-o com incrível sedução. Deitou-se na cama e puxou João Antunes por um dos braços, abriu as coxas e pressionou o rosto dele contra o seu sexo, esfregando-o com volúpia contra ele. João Antunes, que viera à tarde à procura de Riete para amá-la e se excitara ao lado Verônica, ouviu Riete gritar enlouquecida pelo prazer. Em seguida, ele despiu-se afoitamente e começaram a fazer amor como da primeira vez em que se amaram. Exaustos, permaneceram ofegantes, ambos deitados de costas, fruindo o alívio proporcionado pelo gozo. Aquela ansiedade desaparecera do coração de Riete. Ela então virou-se e deitou-se sobre João Antunes, repousando a cabeça sobre o peito do amante. Os cabelos castanhos umedecidos pelo suor se espalhavam sobre o rosto dele, filtrando a tênue luz. Durante longos minutos permaneceram calados sob um silêncio inquieto, quebrado apenas pela respiração de ambos.

— Não posso mais viver sem você, meu amor — murmurou Riete com uma voz tranquila, vinda do fundo de sua alma.

— Eu... eu também te amo, Riete, tu és uma delícia na cama... — E a abraçou carinhosamente, lhe trançando os braços às costas.

— Verdade, meu amor? Ah, minha paixão! — E ergueu o rosto, envolveu as faces do amante com as palmas das mãos e o beijou na boca, como que desejando sugá-lo para dentro de si.

O frio aumentara. Riete levantou-se em busca de um cobertor dentro do armário e cobriu João Antunes. Ele sentiu uma espécie de desvelo materno, algo parecido com uma tranquila vida a dois. Olhou Riete carinhosamente e notou seu semblante alegre e sorridente, então também sorriu reconfortado. Riete se meteu debaixo da coberta, abraçou-o, sentindo a felicidade apaziguar seu espírito. Logo adormeceram profundamente, rendidos pelo prazer e pela vida.

20

Na manhã seguinte, quando João Antunes saiu de casa, Riete ainda dormia. Acordou-a apenas para lhe dizer que voltava para almoçarem juntos, ela, Verônica e ele. Riete resmungou concordando e voltou a adormecer. João Antunes saiu e foi à pensão tomar o café e banhar-se; lá chegando, Santinha já estava a postos. Café com leite fumegante, pão com manteiga e broas de fubá; tudo delicioso. João Antunes demonstrava alegria e correu para beijá-la. Depois, sentou-se para o café.

— Ai, meu lindo, nem tenho lavado o rosto ultimamente. Dormiu com a sirigaita hoje? — perguntou, respirando fundo enquanto erguia o rosto e gargalhava. — Quando ela voltou? — quis saber, sentindo-se radiante com o beijo de João Antunes. — Já estou sabendo que chegou uma mulher tão linda em Cavalcante que só estão a falar sobre ela. Está no tio Lauro. Que coisa esquisita anda acontecendo na cidade; aqui nunca houve mulher bonita e muito menos chique, e de repente apareceu a sirigaita e agora essa, que, segundo dizem, põe a outra no chinelo.

— Pois é, Santinha, ela é mãe de Riete. Veio até aqui para se encontrar com a filha. Chama-se Verônica.

— Então era ela mesmo?! Mãe da sirigaita? Meu Deus! — exclamou Santinha, arregalando os olhos e fazendo uma careta; João Antunes gargalhou, um pouco engasgado. Em poucos minutos terminou o desjejum. — Agora, querido, vá se lavar que esse cheirinho de amor só me faz mal... Ah! Vida ingrata... — reclamou, dirigindo-se à pia.

Santinha pôs-se a resmungar palavras ininteligíveis enquanto lavava algumas louças e as enxugava. João Antunes levantou-se e correu ao seu quarto. Após banhar-se, vestiu-se e saiu apressado; já eram nove horas. Ao passar na recepção, despediu-se de Santinha.

— Aonde vai com tanta pressa, meu lindo? — indagou, caminhando até a porta da cozinha, enxugando as mãos no avental.

— Vou me encontrar com a Verônica, lá no Hotel Central — disse João Antunes, abrindo um largo sorriso.

— O quê? Agora é mãe e filha?! Meu Deus... — comentou, esbugalhando novamente os olhos.

— Preciso conversar contigo sobre isso — disse João Antunes, descendo os degraus até o passeio.

Santinha caminhou até a porta da pensão e passou a segui-lo com o olhar por uma das alamedas, até vê-lo chegar ao hotel. Ela sorriu e fez um gesto negativo com a cabeça, retornando à cozinha. O senhor Vicente, que chegava à recepção, quis saber o que ela estava observando na rua, e ela lhe explicou que João Antunes ia encontrar-se com a mulher que chegara ontem.

— Bem... Pelo jeito, João Antunes veio do Sul só para namorar em Cavalcante. Já namorou o Cocão, a tal da Riete e agora essa outra... — comentou sorrindo, com uma cara boa.

— Ela é a mãe de Riete — acrescentou Santinha, abrindo o sorriso.

— Ao menos a cidade está mais romântica — comentou Vicente, dirigindo-se ao escritório.

João Antunes chegou ao modesto *hall* e perguntou ao tio Lauro sobre Verônica. Ele lhe informou que ela acabara de subir, após o desjejum, e solicitou a um empregado que fosse chamá-la em seu quarto. Em poucos minutos, ela desceu tal qual uma deusa, como nos tempos do *Mère Louise*, quando embasbacava os homens e os faziam sonhar. Agora, só havia ele a esperar por ela. Verônica não o desdenharia, como fazia com aqueles figurões da República. Ao contrário, o aguardava com expectativa e dirigiu-se alegremente ao seu encontro.

— Como passou a noite? — perguntou, tomando-lhe a mão, sorrindo lindamente.

— Muito bem, e tu, Verônica? Descansaste? — indagou, sentindo o transbordamento de felicidade que só o amor proporciona. — Já tomaste o café, estou sabendo. Vamos, então, à casa do doutor Rochinha? A estas horas já deve estar trabalhando.

Verônica mantinha segura a mão de João Antunes, e assim saíram do hotel, seguidos pelo simpático sorriso do tio Lauro. A manhã, que surgira ensolarada, tornava-se sombria, prenunciando chuva. Pesadas nuvens, sopradas pelos ventos que vinham do sudeste, se aglomeravam e aproximavam-se de Cavalcante. João Antunes sondou o céu e afirmou que em breve choveria. "Até o almoço ela cai", previu. Verônica o acompanhou, erguendo o rosto, depois o baixou e admirou ao longe os morros nos arredores da cidade, parcialmente cobertos. Passaram a trocar ideias sobre suas vidas e sobre o ritmo bucólico de Cavalcante. Verônica às vezes alongava o seu olhar e repetia as opiniões de Jean-Jacques a respeito de alguns comentários de João Antunes. Este, por sua vez, lembrava-se de Val de Lanna e da analogia de suas ideias.

— Vou te apresentar a um amigo que fiz em Cavalcante e que tem opiniões parecidas com as de Jean-Jacques. Alguém que também deseja um mundo diferente e que, tenho certeza, lutará por isso.

— Ótimo, quero então conhecê-lo. Adoro gente que tem ideias diferentes das corriqueiras, essas que todos repetem e nem sabem de onde vêm — concordou, aconchegando-se a ele.

Contornaram a praça, entraram pela ruela que levava à igreja, andaram dois quarteirões, viraram à esquerda e chegaram à residência do doutor Rochinha. Casa construída há alguns anos de acordo com a arquitetura típica de pequenas residências do interior: porta de recepção e duas janelas frontais nas laterais da entrada, afastada a cerca de dois metros por um singelo jardim. Uma cerca de madeira, recém-pintada, separava-o do passeio. Abriram o portão e subiram os dois degraus que levavam a um pequeno patamar. João Antunes bateu à porta. Ao esperarem o atendimento, como geralmente acontece, voltaram-se e correram vagamente suas vistas pelos arredores. Ruídos esporádicos varavam suavemente os ares, ruídos já incorporados à rotina sonora de Cavalcante havia anos. A fechadura girou ruidosamente e o simpático semblante do doutor Rochinha se fez por inteiro. Sorriu cordialmente após deslizar seu olhar sobre Verônica. Depois reparou em João Antunes. Ele já o conhecera, no óbito de Marcus.

— Bom dia, desejam algum atendimento... alguma coisa? Entrem, por favor — convidou-os, efetuando um gesto discreto com a mão, escancarando a porta e colocando-se ao lado.

— Com licença, doutor — solicitou João Antunes, e entraram ambos.

Rochinha adiantou-se após fechar a porta e eles o seguiram. Havia na sala, numa de suas laterais, duas confortáveis poltronas e um sofá, bem como uma mesinha de centro; sobre ela, alguns jornais e revistas do Rio de Janeiro. Na outra lateral, situava-se uma ampla escrivaninha, com duas cadeiras em frente; a sua superfície estava repleta de livros, papéis, e um estetoscópio. Em uma confortável poltrona, atrás da escrivaninha, sentava-se diariamente o doutor Rochinha, onde estudava e ouvia seus clientes. Ao lado da escrivaninha, uma porta conduzia a um pequeno recinto, destinado aos exames. Duas paredes da sala eram cobertas com estantes cheias de livros científicos e de outros gêneros. Alguns quadros ornamentavam o ambiente. Porém, o que predominava era certa bagunça; notava-se a falta de alguém que se preocupasse em ordená-la.

— Assentem-se — convidou-os, dirigiu-se a uma das poltronas e nela se sentou. João Antunes e Verônica sentaram-se no sofá.

— E, então? O que os traz até aqui? — indagou Rochinha, apoiando os braços no amplo descanso, olhando-os com um sorriso penetrante e acolhedor.

João Antunes voltou-se para Verônica, convidando-a a tomar a palavra.

— Bem, doutor Rochinha, trata-se de minha filha Henriette...

Durante cerca de uma hora, Verônica recapitulou sua vida e as circunstâncias em que Riete nascera. Narrou seus conflitos emocionais, seu estranho comportamento, até chegar ao momento em que Riete lhe revelara no dia anterior: o dia em que o pai a convidara a visitar o interior da capelinha rosa. Doutor Rochinha ouviu-a atentamente e a interrompeu poucas vezes. Ao analisar essa passagem, ele franziu a testa, denotando preocupação, e bateu levemente a mão sobre o apoio da poltrona, num gesto de conclusão. Ele indagou se, à época, o casal sabia quem era o pai da criança, e Verônica lhe respondeu que não.

— Pois então, dona Verônica, lamento dizê-lo, mas a origem do trauma emocional e dos conflitos dele decorrente foi o abuso sexual que Henriette sofreu no interior da capela. O pai abusou sexualmente da filha... E talvez essa atração que Henriette sente pelo interior da capelinha rosa, em momentos de dificuldade, seja uma fuga em busca do prazer que sentiu, mas que, contraditoriamente, também lhe proporcionou medo. Não um prazer sexual, pois ela ainda era uma criança, mas o prazer de uma sensação amorosa proporcionada por palavras e carícias... Esse conflito, sendo inconsciente, torna-se insolúvel para ela, e o fato de não compreendê-lo é a causa de seu sofrimento. Ter sofrido a rejeição da mãe na infância só agravou esse quadro. Ela debitou o próprio sofrimento e o dirigiu à senhora em forma de ódio. É interessante que esse trauma se torne uma fuga de situações reais angustiantes que ela ocasionalmente experimente na vida. Ela sentiu algum prazer e um grande medo. O prazer emulando com o medo... Além disso, o amor excessivo que Henriette devota ao pai, como a senhora revelou, sem dúvida provêm dessa experiência traumática... — discorria o doutor Rochinha, calmamente e com muita segurança, observando atentamente as reações de Verônica. Enquanto ouvia o diagnóstico, ela ia ficando horrorizada.

— Meu Deus! Como... como isso foi possível? — Verônica ficou repentinamente pálida e desmaiou sobre o colo de João Antunes, interrompendo as palavras de Rochinha. João Antunes ficou desorientado, mas o doutor Rochinha, percebendo a origem do mal súbito, levantou-se e tomou o seu pulso.

— Não se preocupe, é apenas uma queda de glicose; já volto. — E dirigiu-se ao interior da casa em busca de água com açúcar.

Quando retornou, Verônica já estava de olhos semiabertos, com a cabeça apoiada sobre as pernas de João Antunes, ainda muito pálida e com um ar aterrorizado. Seus sentimentos eram de um pesadelo absurdo, quase de incredulidade diante do que ouvira. Doutor Rochinha pediu a João Antunes que lhe erguesse o rosto e vagarosamente começou a dar-lhe de beber.

— Tome isso e logo estará melhor, depois lhe prescrevo um tranquilizante — recomendou Rochinha.

Verônica ergueu a cabeça e terminou de beber sozinha, lentamente, com um olhar perdido e um semblante ainda incrédulo. Ela ergueu o corpo, voltando a sentar-se, mas recostou-se em João Antunes. Verônica permanecia estarrecida com o que ouvira. João Antunes também não sabia o que dizer, estava igualmente abalado e limitava-se a afagá-la carinhosamente.

— Devo dizer, dona Verônica, que, infelizmente, tais práticas são mais comuns do que pensam. Aqui mesmo em Cavalcante tenho conhecimento de casos semelhantes. Tais aberrações grassam na promiscuidade desses cortiços espalhados pelo país, nos quais famílias vivem amontoadas... É comum rapazes terem a iniciação sexual com irmãs e vice-versa. É a nossa miséria, física e moral. Porém, tais comportamentos existem também em países desenvolvidos, evidentemente, não pelas razões que normalmente ocorrem no Brasil. Mentes doentias há em qualquer lugar e com pessoas diversas, como no presente caso, mas aqui geralmente provêm da nossa miséria — disse o doutor Rochinha, retornando ao seu assento. — No caso de Henriette, como disse e repito, há uma luta inconsciente entre o carinho e o pavor, sofridos por ocasião do abuso, e esse processo a faz sofrer. Perante situações angustiantes em sua vida, ela se refugia nesse passado longínquo, num primeiro instante certamente movida pela prevalência das carícias sobre o medo, que também sentiu, e que depois a afasta daquele momento. Como não tem consciência desse conflito, e, portanto, muito menos a capacidade de resolvê-lo, sua mente se digladia em vão na ânsia de se livrar dele. Além disso, esse processo foi agravado ou obscurecido pelo pavoroso raio que atingiu o sino da capela no instante em que ela saiu — explicou o doutor Rochinha, demonstrando convicção em sua voz calma enquanto observava Verônica com um olhar reflexivo e triste, impotente para compreender os homens. — Todavia, eu não sou a pessoa recomendada para resolver tais problemas. Vou indicar à senhora dois especialistas nessa área médica... — prosseguiu ele, sendo interrompido por João Antunes.

— A propósito, doutor Rochinha, Marcus mostrou-me um livro em alemão de um médico europeu que pesquisa transtornos mentais... Eu esqueci o seu nome — comentou João Antunes, baixando o rosto, tentando recordar.

— Sigmund Freud, um médico austríaco, inventor de uma nova ciência chamada psicanálise, ainda incipiente no Brasil. De fato, o objetivo é este: estudar a mente humana... as neuroses, as histerias, os transtornos mentais. Trazer processos inconscientes ao consciente, e tratá-los. É o caso de Riete. Freud estudou em Paris com o eminente neurologista francês, doutor Charcot. Tenho as obras do doutor Freud traduzidas em francês, e já as li. Estão na estante. — E apontou o indicador na direção de uma prateleira. — Mas, retornando ao nosso problema, dona Verônica, a senhora deve procurar em São Paulo o professor Franco da Rocha ou seu discípulo, doutor Durval Marcondes, especialistas em tratamentos de casos como esses. São meus conhecidos e a atenderão bem. Já que a senhora mora em Campinas, será mais fácil — aconselhou-a o doutor Rochinha. Em seguida, ele dirigiu-se à escrivaninha e escreveu o endereço dos respectivos médicos, e entregou o papel a João Antunes. — Dona Verônica, se sentir necessidade, tome uma pílula ao dia pela manhã. — Deu-lhe um pequeno frasco com o medicamento. — É interessante saber que Cocão era erudito a ponto de se interessar por psicanálise... — comentou Rochinha, mudando de assunto, andando pensativamente de um lado para o outro.

— Pois é... — comentou João Antunes, fazendo uma pequena pausa. — Bem, doutor, quanto devemos pela consulta? — perguntou, como que desejando se desvencilhar de pensamentos desagradáveis.

— Ora, não me devem nada. Foi um prazer conhecê-la, dona Verônica, sua beleza pagou a consulta, e tranquilize-se quanto à sua filha. Henriette aos poucos vai superar esse trauma. O especialista saberá como abordá-lo. Como disse, o processo consiste em trazer à consciência o ocorrido e tratá-lo.

Aliás, o primeiro passo para se resolver qualquer problema consiste em saber que ele existe e qual é a sua natureza, para então abordá-lo e resolvê-lo, não é verdade? Essa regra vale para tudo na vida. Ela estará em boas mãos. Mas não deixe de procurar a ajuda médica especializada — aconselhou doutor Rochinha, com muita gentileza e simpatia.

João Antunes e Verônica lhe agradeceram muito e se despediram, saindo abatidos pelo diagnóstico.

— Meu Deus! Como Mendonça pôde fazer isso? Com uma criança inocente... Que horror! — exclamou Verônica, assombrada, cobrindo os lábios com as mãos e parando no passeio. — Coitadinha da Riete... — comentou denotando perplexidade, com os olhos lacrimosos.

João Antunes pôs o braço sobre os seus ombros e a puxou para si. Caminhavam em silêncio. Verônica mantinha-se estarrecida com o que ouvira, incapaz de acreditar que Mendonça fora capaz de cometer uma atitude tão atroz e monstruosa.

— Mendonça sempre foi estranho, basta ver aquelas práticas que mantinha comigo. Mas daí a fazer isso?! — Verônica tentava compreender, sem, contudo, conseguir uma explicação.

Entraram na praça, andando quase por instinto rumo àquele banco no qual sentaram-se na noite anterior. As nuvens se aglomeravam densamente, cobrindo o sol da manhã. Uma aragem fria varreu o centro de Cavalcante, o que obrigou Verônica a se encolher sobre si.

— Deve chover logo — comentou João Antunes novamente, observando o céu.

Chegaram ao banco e sentaram-se. Em frente, no Pinga de Cobra, algumas pessoas tomavam café junto ao balcão. Já eram quase onze horas, e a cidade assumira o seu ritmo que se estendia por quase dois séculos.

— O que vou resolver sobre minha vida? — indagou Verônica, olhando ansiosamente para João Antunes. — Tenho que retornar a São Paulo e levar Riete comigo, e não sei como convencê-la a fazer isso. Devo também dar notícias minhas a Bertoldo, que deve estar desorientado com a minha viagem repentina. Quando vim para Goiás, escrevi-lhe uma carta explicando os motivos, mas já faz mais de um mês...

— Existe também um problema para eu resolver, Verônica. É até difícil para mim conversar a respeito dele — relutou João Antunes, meio encabulado, olhando o gramado no lado oposto da alameda. — Riete está apaixonada por mim e morre de ciúmes de ti. Ontem, quando cheguei, ela me disse que...

— E João Antunes, mesmo constrangido, prosseguiu: — Ela me disse que tu estás caidinha por mim...

Verônica então o interrompeu e abriu um maravilhoso sorriso, que pareceu apagar seu sofrimento. O seu semblante foi repentinamente iluminado pela alegria. Volveu para João Antunes um olhar que cintilava atrás das lágrimas, enquanto mantinha aquele sorriso enlouquecedor de homens. Ela afagou os cabelos de João Antunes e depois correu sua mão carinhosamente sobre seu rosto. Ainda sorrindo, ela lhe confessou:

— Pois então Riete acertou em cheio, João Antunes, estou mesmo caidinha por você. Essa palavra que ela usou é a certa. Riete fez a declaração por mim... — disse Verônica, mantendo a espontaneidade que jorrava de si.

João Antunes sentiu a magia daquele instante; repentinamente, tudo ao seu redor adquiriu um novo olhar. Parecia viver um daqueles sonhos em que estamos juntos à pessoa amada, mas que a realidade, por algum motivo, nos impede vivenciar.

— Meu Deus! — exclamou Verônica. — Não poderia sequer imaginar que em tão pouco tempo viveria um novo amor, tão grande como aquele que dediquei a Jean-Jacques — disse Verônica, exprimindo em si mesma o que João Antunes sentia. — Jean-Jacques, na noite em que me conheceu no *Mère Louise* — prosseguiu ela, exibindo um semblante contemplativo —, referiu-se ao amor à primeira vista, que era o que sentia por mim naquela noite. Na ocasião eu ri muito e lhe disse que se tratava apenas de uma frase romântica e antiga. Pois agora vejo que ele tinha razão...

— Não posso acreditar no que ouço... — disse João Antunes, vivendo sem dúvida um instante inesquecível. — É difícil a um homem ficar próximo a uma mulher tão linda como tu e não se apaixonar. Jean-Jacques tinha razão no que disse. Mas não é só isso. Tu és meiga... és simples... tu és tudo, meu amor — disse carinhosamente João Antunes, acariciando-lhe o rosto.

— É o que também sinto em relação a você, João Antunes. Meigo e lindo como nunca vi — Verônica passou-lhe o braço esquerdo sobre os ombros, recostando o rosto sobre ele. Era um gesto que ninguém em Cavalcante jamais vira: mulher abraçada a um homem. Pessoas que transitavam pelos passeios ao redor da praça olhavam a cena assombradas.

Permaneceram assim durante alguns minutos, mantendo o silêncio, sentindo um turbilhão de emoções.

— Existem certos desígnios que são misteriosos e muito intrigantes, meu querido... — disse Verônica, rompendo o mutismo. — Há cerca de cinco anos, no instante em que *madame* Louise morria, mamãe me revelou que suas últimas palavras foram dirigidas a mim. Na ocasião, ela recomendou a mamãe: "diga a Verônica que vá para o interior do Brasil, pois lá encontrará um outro grande amor", e após essas estranhas palavras, veio a falecer. Eu me lembro de que, quando mamãe me disse isso, eu repliquei dizendo que *madame* devia estar delirando. Porém, ela acertou... — comentou Verônica, com um olhar pensativo, rememorando o passado.

— Pois eu também acho que ela acertou — disse João Antunes, sorrindo largamente.

No instante em que João Antunes proferia essas palavras, ele viu, na rua oposta, seu Cunha e sua mulher, Luanda, em frente ao Pinga de Cobra.

— Está vendo aquele casal, Verônica, sobre as mulas? Vamos até lá conversar com eles. No caminho eu vou lhe explicando. — Levantaram-se e caminharam rapidamente, a fim de interceptá-los. — Olá, Luanda, que bom encontrá-los novamente. O que os traz até a cidade? Alguma novidade? — indagou João Antunes.

Luanda olhou-os timidamente, enquanto Cunha disparava uma onda de sons ininteligíveis.

— Viemos fazer compras no senhor Ifrain — respondeu Luanda, olhando-o tristemente. — Ontem passaram três garimpeiros lá no rancho dizendo que o Valdemar Gigante matou um tal de Roliel, e que a dona desistiu do garimpo...

— Ah, é?! Matou Roliel? — perguntou João Antunes, assustado, curvando em seguida a cabeça em um gesto pensativo. — Sim, é verdade, a dona desistiu dos trabalhos... — concordou João Antunes num tom quase inaudível, mantendo-se cabisbaixo.

— Disseram que ele quis abusar da dona, e que então Valdemar o prendeu no armazém e na manhã seguinte o matou com um tiro na cabeça — explicou Luanda, enquanto o senhor Cunha se exaltava, tentando se comunicar apontando seu dedo indicador rumo à cabeça, à guisa de revólver.

Conversaram mais um pouco e logo depois despediram-se. Luanda o fitou com um semblante tão triste que João Antunes se compadeceu, perplexo com a sua dor. Assistiram ao casal se afastar vagarosamente rumo à esquina, dobrá-la à esquerda e seguir até o armazém de Ifrain.

— Bem, é um fato lamentável, mas pelo menos Riete não precisa mais se preocupar com Roliel. Marcus sempre me dizia que assassinatos são comuns em garimpos... — comentou João Antunes, enquanto ambos retornavam ao banco em que estavam, como por hábito, pois havia mais alguns espalhados pela praça.

— Não sei como Riete se envolveu com uma pessoa como Roliel... Isso mostra o seu desequilíbrio. Mas eu também convivi com Mendonça, e, portanto, não sirvo de exemplo para as minhas próprias palavras. É a inexperiência e falta de orientação que nos levam para caminhos como esses. E pensar que o Brasil está nas mãos de gente como Mendonça, pessoas públicas sem escrúpulos... Eu convivi com essas pessoas e as conheço bem, João Antunes... Se não fosse a sua presença, meu amor, não sei como me sentiria ao saber o que aconteceu com Riete — disse Verônica, exprimindo revolta e raiva com o passado. Novamente ela mostrou-se horrorizada, ainda atônita com o acontecido.

Tornaram a sentar-se e permaneceram aconchegados, curtindo a felicidade, embora Verônica permanecesse abalada. João Antunes comparou o instante feliz em que vivia com as existências de Cunha e Luanda, e deplorou essa coisa que desigualava a vida.

— Porém, querida, como devo agir com Riete agora, nessa situação em que estamos? A situação foi agravada pelas conclusões do doutor Rochinha. Riete é apaixonada por mim, e tem ciúmes de ti... — explicou João Antunes, denotando preocupação.

— É inacreditável como essa conjuntura se assemelha à que vivi com Jean-Jacques. Com ele havia o obstáculo de Mendonça, agora o de minha própria filha, que não quero magoar. Muito menos agora... — disse Verônica, com um semblante reflexivo e impotente. — Tenho receio de que Riete, se souber de nosso amor, tenha o seu estado agravado e fique ainda mais revoltada comigo. Você é a primeira paixão dela. Ela nunca amou ninguém, e então eu chego e o arrebato de seus braços... Acho que teria razão de se sentir ofendida. E não pretendo enganá-la, João Antunes... — comentou Verônica, sentindo sua felicidade ser manchada pelo acaso.

— Mas, então, como agir? Não podemos ser honestos com ela sob pena de magoá-la; tu não desejas enganá-la, e também não quer que Riete fique sem mim. É um quebra-cabeças insolúvel! O que faremos? — indagou João Antunes, analisando o âmbito das hipóteses e concluindo que a solução seria impossível.

— Sinceramente, querido, não sei. Só sei que não quero ficar sem você... O correto seria agir honestamente, mas não desejo vê-la infeliz por minha causa. Novamente por minha causa... Meu Deus! Como as coisas são difíceis! — exclamou Verônica, tomando consciência do dilema em que haviam se metido.

— Eu também não imagino minha vida sem ti, meu amor... Creio que no momento é melhor eu retornar a Santos Reis, rever meus pais e dar um tempo. E tu vais para São Paulo começar o tratamento de Riete, depois nos encontraremos novamente. Eu devo resolver onde comprarei minhas terras... Enfim, vamos deixar as coisas acontecerem com calma. É impossível, nas atuais circunstâncias, permanecermos em Cavalcante. A questão que nos impõe é a seguinte... — disse João Antunes, ponderando as palavras, observando a tranquilidade do final da manhã. — Para ficarmos juntos aqui, deveremos enganá-la, e eu também não desejo isso... — explicou, voltando-se para Verônica, com o semblante crispado.

— Talvez, ao iniciar o tratamento, ela fique mais equilibrada e as coisas se tornem mais fáceis — disse Verônica, achegando-se a João Antunes.

Permaneceram calados, refletindo sobre qual decisão tomar, quando, subitamente, viram surgir Riete na esquina da Rua Três com a Avenida Tiradentes, na extremidade oposta da praça. Ela parecia se dirigir para o Hotel Central, certamente em busca deles. Riete denotava pressa em seus passos vigorosos. Verônica e João Antunes se afastaram um pouco e logo Riete os avistou. Sorriu e apressou-se. Ao chegar, ela parecia alegre e animada. Ao vê-la, Verônica sofreu um choque, como se a presença de Riete materializasse a violência do pai contra a filha. Seus olhos lacrimejaram; Verônica levantou-se e a abraçou comovidamente, soluçando, apertando-a contra si. Riete ficou assustada e surpresa, sem entender aquela recepção tão emotiva.

— O que aconteceu, mamãe? — indagou, denotando incompreensão, mirando João Antunes e buscando nele um esclarecimento.

— Ó, minha filha! Estou muito preocupada com você... — relutou Verônica, refletindo nas palavras que diria, mirando-a com aflição. — Estivemos conversando a respeito de seus problemas com um médico, chamado doutor Rochinha, e ele nos aconselhou a submetê-la a um tratamento com um especialista em São Paulo a fim de livrá-la desse seu estranho comportamento... Riete, antes de qualquer coisa, você deve ser curada. Então, só depois deve partir para realizar seus projetos. Você, minha filha, já gastou muito dinheiro tomando atitudes insensatas e não pode continuar assim. Isso é resultado desse desequilíbrio... Segundo o doutor Rochinha, é necessário descobrir as causas do problema e tratá-lo — explicou Verônica, olhando angustiada o semblante assustado de Riete. — Venha, assente-se aqui... — convidou-a, tornando a sentar-se.

Riete sentou-se entre ela e João Antunes.

— Mas o que disseram a respeito de mim ao médico? — indagou, mantendo-se assustada, sem compreender aquelas repentinas palavras de sua mãe e seu gesto de abraçá-la aos prantos.

— Revelei-lhe o que me contaste ontem... — disse Verônica, com amargura.

Henriette ouviu e permaneceu pensativa.

— Riete, encontrei-me agora de manhã com a Luanda e o seu Cunha, eles me disseram que o Valdemar Gigante assassinou Roliel... — disse-lhe, João Antunes, receosamente.

— Ó! Apesar da violência que sofri, coitado do Roliel — lamentou Riete, levando as mãos juntas aos lábios e crispando o semblante. Ela efetuou um gesto negativo com a cabeça, lamentando a sua morte. — Convivi com ele alguns meses e conhecia seu temperamento violento. Foi criado com aquela mentalidade dos coronéis do recôncavo. Ele mesmo dizia que seu fim seria esse, assim como o foi o de seus amigos. — Riete permaneceu um instante em silêncio, com o rosto curvado. — Porém... coisa esquisita — disse lentamente, com um semblante pensativo e um olhar fixo, parecendo tomar consciência sobre alguma coisa. — Com o estupro cometido por Roliel e ao saber agora de sua morte, sinto uma emoção muito estranha... estranhíssima! — exclamou, com uma expressão reflexiva, mirando vagamente o espaço. — Sinto uma inesperada sensação de alívio... como se me libertasse definitivamente de algo que me oprimia, do qual não sei do que se trata e muito menos imagino o que seja, somente sinto suas consequências. E, mais misterioso ainda, é que eu já havia sentido isso quando as coisas com Roliel chegaram ao fim, mas foi agora ao ouvir a notícia que tomei a plena consciência de que sua morte me aliviou... definitivamente... — explicou Riete, enquanto seu rosto adquiria uma estranha imobilidade indagativa e seu olhar buscava uma visão que não vinha. Um suave sorriso surgiu em seus lábios, e seus olhos chamejaram uma luz de liberdade.

Esses comentários despertaram a atenção de Verônica e de João Antunes, que se entreolharam curiosos e espantados.

— Tenho certeza, mamãe — continuou Riete —, de que não mais serei vítima desse comportamento esquisito de me alienar do presente... Não terei mais necessidade de me refugiar no passado, ele não mais me atrai. Percebi algo, que inclusive perpassa a lembrança de papai, mas que não consigo explicar... e nem é necessário entendê-lo para sentir seu efeito — explicou Riete, mantendo a mesma expressão elucidativa de seu misterioso sentimento, enquanto permanecia alguns segundos em silêncio. — Então foi por isso que Roliel não apareceu em Cavalcante — continuou ela. — Eu estava receosa do que ele pudesse me fazer... Coitado do Roliel. Pelo menos sua morte me deu esse alívio... — repetiu calmamente, erguendo o rosto.

— Mas e você, meu amor? Levantou-se cedo e veio buscar mamãe para irem ao médico... — disse Riete, dirigindo-se a João Antunes, mudando bruscamente de assunto, mantendo, porém, o mesmo ar pensativo, como se ainda procurasse uma resposta que não vinha. Olhava-o com uma expressão que parecia induzi-la a outras ideias.

— Sim, havíamos combinado na noite anterior que viria buscá-la para ouvirmos o doutor Rochinha — respondeu surpreendido João Antunes, retornando de suas reflexões acerca dos comentários de Riete.

— Minha filha — disse Verônica, após respirar fundo —, depois de amanhã viajaremos para São Paulo. Vamos procurar o tal médico indicado para começar o seu tratamento. Vou conversar com Bertoldo sobre a possibilidade de uma temporada em São Paulo para acompanhá-la — disse Verônica, ansiosa por ver a reação da filha.

— Mas, e você, João Antunes? Afinal, em que lugar será o nosso futuro? — indagou, Riete, agarrando-se ao braço de João Antunes e dando-lhe um beijo, não se manifestando em relação às palavras de Verônica. — Não está com ciúme, não é, mamãe? — perguntou, fitando-a sorridente e com um olhar malicioso, com o rosto colado ao braço de João Antunes.

— Por que diz isso, minha filha? — replicou Verônica com os olhos marejados, perscrutando atentamente o semblante da filha.

— Nota-se facilmente que está enamorada dele, não é verdade? — indagou Riete, mantendo uma expressão mordaz.

— Ora, minha filha, qualquer mulher sentiria prazer diante de um rapaz como João Antunes. Porém, é apenas uma admiração de sua beleza... — Verônica sorriu, meio desconcertada.

João Antunes sentia-se aturdido com a insólita situação. Estavam ali juntos, e ele mantinha-se separado de Verônica por Riete, que sentava-se entre eles.

— Eu também retorno a Santos Reis, Riete. Antes de viajar devo resolver algumas pendências com Orlando. Preciso dar um tempo em minha vida, definir com calma onde comprar terras... Enfim, esfriar a cabeça, e nada melhor para isso do que estar junto à família — disse João Antunes, avançando o tórax à frente, apoiando os cotovelos sobre as coxas e prensando as orelhas com as palmas das mãos, talvez um gesto inconsciente de escapar àquela difícil situação.

Riete recostou a face nas costas de João Antunes, sentado à sua esquerda, e o enlaçou pela cintura, mirando a mãe à direita de uma maneira marota e maliciosa. Seus olhos cintilavam, revelando o turbilhão que lhe varria a alma. Riete sentia-se angustiada e insegura com o seu futuro; além disso, sentia o amor de João Antunes vacilar, a despeito da noite de amor que tiveram. Ambos sabiam que fora só sexo.

Verônica sentia-se perturbada diante de tão confusa circunstância. Não desejava enganar Riete e acabava de fazê-lo, não queria magoá-la, e já o fizera... Ela sabia que Henriette era perspicaz, e, mesmo que desejasse, seria difícil ludibriá-la. Puxara ao pai. Como João Antunes, Verônica não sabia como proceder diante dessa situação única. A saída que acharam, quase por instinto, foi se separarem, decisão comumente utilizada para se resolver problemas. Ela consiste em deixar o tempo correr e aguardar que ele inspire uma solução. Permaneceram em silêncio durante alguns segundos, refletindo sobre o que a vida lhes impunha. Enquanto se atormentavam, rapidamente o céu se enegrecia, prenunciando a tempestade iminente; tudo se tornava mais sombrio, como se fossem uma coisa só.

— Eu não posso ir com você, João Antunes? — indagou Riete, mirando-o com uma expressão que sugeria várias conjeturas.

— Não, Riete. Como disse tua mãe, tua prioridade agora é tratar-te. Uma vez curada, aí sim, poderás levar a tua vida com mais equilíbrio. Siga o conselho dela e vá consultar-te com o especialista indicado pelo doutor Rochinha — replicou João Antunes, demonstrando impaciência e retornando seu tórax à vertical. Riete descolou sua face, antes apoiada sobre as costas dele.

Um raio riscou o céu sobre as montanhas, seguido por um forte trovão. Riete encolheu-se assustada, pressionando o rosto contra o braço de João Antunes. Em seguida, uma súbita rajada de vento varreu Cavalcante, curvando o cimo das árvores e perturbando a cidade. Vários homens nas imediações tiveram seus chapéus arrancados, que voavam para longe de suas cabeças, quebrando a rotina de permanecerem sobre elas. Eles corriam atrás deles, mas, quando iam pegá-los, outra rajada os jogava mais adiante, de forma que se assistia a uma caça de chapéus, originando-se uma situação burlesca que uniu João Antunes, Verônica e Riete numa mesma emoção cômica, afastando-os das atribulações anteriores. Um dos chapéus rodopiou rapidamente para dentro da Pensão Tocantins, e logo surgiu Santinha segurando-o enquanto um homem chegava esbaforido para pegá-lo. A natureza, embora amedrontadora, alterara o humor dos três, amenizando a situação, o que induziu João Antunes a convidá-las a irem almoçar no Pinga de Cobra, sugestão aceita, já que as primeiras gotas começavam a cair fortemente. Apressados, chegaram ao bar ajeitando os cabelos, atrapalhados pela ventania, e rindo muito. À porta, já havia uma pequena aglomeração; pessoas que fugiam da chuva que se anunciava intensa. Quando João Antunes, Verônica e Riete entraram no bar, passando apressados entre o amontoado de gente, ocorria, sem dúvida, um fato histórico em Cavalcante: jamais três pessoas tão lindas foram vistas juntas na cidade, e muito menos no Pinga de Cobra. Aqueles homens que ali estavam permaneceram embasbacados, abobalhados com aquele show de beleza próximo a eles. Julinho, filho do coronel Rodolfo, o galã da cidade, com seu vasto topete englostorado caído na testa e sorriso pretensioso, ocasiões em que entortava levemente a boca e emitia um olhar *charmant* que julgava irresistível, forçou ao máximo suas pantominas faciais enquanto disparava seu ar sedutor, mas em vão. Ele ficou triste e frustrado ao ver que Riete e Verônica ignoraram sua presença. Contudo, se aquela cena ocorresse num restaurante chique de São Paulo ou do Rio, o resultado certamente seria o mesmo. Ao perceberem o efeito que causavam naquelas pessoas, eles sorriram condescendentes, cônscios de que provocavam emoções inesquecíveis. Sentaram-se numa mesa de quatro lugares, junto à parede, mais ao fundo, e pediram um vinho para se alegrarem. Riete ficou entre a parede e João Antunes. O próprio dono, o senhor Argelino, veio servi-los. Não havia as opções com as quais Verônica estava acostumada em Santa Sofia, onde Bertoldo, um enólogo por hobby, mantinha uma adega sortida. No Pinga de Cobra havia somente um tipo de uva, um velho Merlot, que foi então servido nas taças. Estas geralmente só eram usadas quando o coronel Rodolfo vinha à cidade encontrar-se com a amante, e as utilizava para mostrar a chiqueza de quem frequentava o Rio. João Antunes e Riete sentaram-se lado a lado, voltados para a entrada do bar, e Verônica sentou-se em frente a eles. Havia, neste local do salão, uma forte penumbra provocada pela chuva. Pediram pedacinhos de filé para acompanhar o vinho. Estavam mais alegres e relaxados devido aos estímulos provocados pela corrida e pela caça de chapéus. Aos poucos, as mesas foram sendo ocupadas; os clientes timidamente procuravam ser discretos, mas olhares relampejavam curiosos em direção aos três. Riete apoiou as mãos sobre o braço direito de João Antunes, aconchegando-se, enquanto Verônica os fitava com seus grandes olhos verdes amendoados, sedutoramente lindos. Devido à ventania e à pressa com que chegaram, os cabelos de Verônica, desarrumados e bem arrumados pelo vento, formavam mechas onduladas que escondiam parcialmente uma das laterais de seu rosto, produzindo qualquer coisa de misteriosamente arrebatadora e exercendo um fascínio irresistível, tornando-a ainda mais sedutora. Isso induziu João Antunes e Riete a ficarem um instante admirando aquele exagero de formosura. Riete sentiu sua vaidade acanhar-se, pois percebia o quanto uma mulher teria sua beleza ofuscada por Verônica, e novamente pensou na legião de homens que cortejava a mãe. Ela captava o olhar enlevado de João Antunes, que parecia abstraído pela magia daquele semblante. Verônica conhecia seu poder de sedução, e naquele instante ela o exercia sobre João Antunes, bastando apenas insinuar algumas armas, como o fazia agora. Porém, quando queria presenciar os homens aos seus pés, ela usava todo o seu arsenal, e os veria facilmente caídos aos seus pés. Ela sabia que, num país como o Brasil, era uma ótima oportunidade vê-los rastejando, e curtia sua beleza humilhando o machismo e subjugando a ignorância. Riete bebericou o vinho e mirou sua mãe com um olhar enigmático, profundamente perplexo. Uma terrível angústia lhe oprimia o coração. Aquele relaxamento inicial parecia estar prestes a desaparecer.

— Mamãe, como você é bela e como deixa João Antunes fascinado. Não posso competir com você — disse inesperadamente com uma sinceridade surpreendente ao seu orgulho, ostentando um sorriso contido e triste. Em seguida, tomou vagarosamente outro gole de vinho, mantendo o olhar perdido em meio à chuva forte que caía sobre a praça.

— Minha filha... não me torture mais. Por favor! Eu... eu sou assim. João Antunes será seu... Eu não quero tirá-lo de você. Ele é quem decide. Ninguém pode sofrer por amor a ponto de prejudicar a própria vida; pense nisso. Você é uma menina voluntariosa, bonita e cheia de projetos, não se deixe abalar por circunstâncias adversas, e se acaso... — Verônica interrompeu-se bruscamente enquanto mirava Riete. Seu semblante revelava uma agonia impotente, manifestando as contradições que a assolavam. Um sorriso vago e débil despontou em seus lábios, substituindo a inépcia de suas palavras. Verônica então resolveu arriar armas, e apagou sua sedução.

— João Antunes, querido... — começou Riete, voltando-se repentinamente para ele. — Há dois dias lhe pergunto se ainda me ama e você é sempre reticente, evasivo em suas respostas. Por favor, preciso saber seus sentimentos em relação a mim, é importante que eu saiba — solicitou Riete, exprimindo algo de doloroso, tenso e agoniado, ignorando a presença de Verônica.

— Riete, tu és linda, mas é melhor esclarecer tudo... — começou a responder João Antunes, de maneira cautelosa. — Quando te conheci na cidade de Goiás, senti-me atraído por ti; após chegar a Cavalcante, estando aqui sozinho, só pensava em rever-te. Depois de tua chegada, vivemos momentos intensos... Porém, após a morte de Marcus e mediante aqueles teus comentários, fiquei profundamente chocado com a tua falta de sensibilidade diante de um fato tão trágico. Senti tua indiferença agressiva perante um acontecimento que tanto me entristeceu e que ocorreu por minha causa. Marcus só me ajudou desde o instante em que aqui cheguei; sempre me respeitou e não alterou seu comportamento em relação a mim, após perceber que não me teria. Teve uma conduta digna e honesta, e foi generoso ao me doar seus bens... — interrompeu-se um instante, sentindo um nó na garganta e seus olhos começarem a marejar. — Mas, se soubesse que tudo aquilo aconteceria, eu nunca teria vindo a Cavalcante. Esse fato me marcou definitivamente e sofro sempre que me refiro a ele. E jamais... jamais poderei esquecê-lo — disse João Antunes antes de fazer uma pausa, interrompendo o que falava enquanto tentava desatar aquele nó na garganta, e prosseguiu: — Então, eu que te amava tanto, senti meu amor esmorecer. Não poderia permanecer insensível quando minha dor foi ridicularizada pela tua indiferença e pelos teus comentários... Isso foi mais forte que o meu amor por ti, não porque esse amor fosse pequeno, mas sim devido aos meus sentimentos por uma pessoa que tirou a própria vida por mim. Nunca poderia ignorar tua atitude e muito menos esquecê-la. Marcus era um amigo querido. Essa é a verdade, Riete. Sou sincero a ponto de dizer-te que, se eu te procurei ontem, foi por necessidade, foi por sexo, mas isso não é suficiente para manter um relacionamento... Ao saber dos problemas que te afligem, tive receio de magoar-te, mas não posso continuar a fingir que te amo. Desculpa-me, mas meu sentimento por ti, no momento, é de pena. Quero que tu vás para São Paulo tratar-te e que consigas ser feliz. — disse João Antunes, num jorro de sinceridade, sentindo que retirava um peso da consciência.

Enquanto João Antunes falava, Riete sentia sua alma sangrar, e o que conjecturara nos últimos dias se confirmava: João Antunes não mais a amava. Realmente, desde a morte de Cocão, sentiu que tudo se desmoronava. Ela apertava fortemente o braço de João Antunes, como a impedir que seu sonho se apagasse. Pressionou os olhos contra o braço dele, e João Antunes sentiu as lágrimas lhe escorrerem sobre a pele. Riete soluçava baixinho, inconsolável perante as palavras duras e sinceras que ouvira. João Antunes sentiu-se comovido diante daquela reação. Como já o fazia desde a véspera, passou a afagá-la, consolando-a paternalmente. Aos poucos, Riete foi se acalmando, confrontando a realidade, permitindo que o tempo iniciasse a lenta cicatrização de sua dor.

Verônica, por sua vez, sentia-se fragmentada por emoções contraditórias, e também dolorosas, pois amava Riete e padecia ao contemplar seu sofrimento, agravado pelos fatos que tomara conhecimento. Sentia-se apaixonada por João Antunes, mas Riete, a própria filha, era a rival que não queria magoar. Verônica sentia remorso ao ouvir João Antunes, apesar de tentar convencer-se de que a causa fora a atitude de Riete diante do suicídio de Marcus. Mas ela tinha consciência da verdade: sabia que fora sua presença que induzira rapidamente João Antunes a cortejá-la, e de que igualmente não conseguira manter-se imune ao seu fascínio. Todos esses sentimentos dilaceravam-na, pois estava diante de uma encruzilhada emocional conflitante e não sabia como orientar o seu sentir. A primeira atitude foi a mesma de João Antunes: procurar amenizar a dor de Riete. Suas palavras consoladoras eram superadas constantemente pelo barulho surdo da chuva, que caía torrencialmente sobre o telhado do Pinga de Cobra, e que formava uma espessa cortina d'água que embaçava a visão da pracinha. Às vezes, relâmpagos riscavam os céus, pontuando sua fala, seguidos pelo estrondejar. Além disso, havia o ruído de louças e talheres, muita fumaça dos cigarros, o carambolar do bilhar e o vozerio alto, permanente, que, juntos, produziam uma estranha excitação. Parecia que toda Cavalcante estava no bar. Além do temporal, aquelas três personagens atuavam na mente daqueles homens, alterando visivelmente o seu comportamento e a monotonia do Pinga de Cobra.

— Riete, vamos retornar a São Paulo. Você esquecerá estes dias e tudo voltará ao normal... A vida é assim, cheia de altos e baixos e é preciso saber enfrentá-los. Você sempre foi forte e decidida e continuará a sê-lo. Veja por mim: há pouco mais de um mês sofri uma decepção dolorosa e hoje me sinto outra... — disse Verônica, com uma ternura cálida e convincente. — Eu lhe perdoo por tudo o que fez contra mim; aquele dinheiro que lhe entreguei em Santa Sofia agora lhe pertence e pode fazer dele o que quiser, quero vê-la feliz — completou Verônica, cheia de ternura.

Riete descolara seu rosto de João Antunes, mas permanecia apoiando a mão sobre o braço dele. Aquele pranto inicial secara e deixava em seu semblante uma máscara de tristeza. Fitava com um olhar vago e fixo um ponto qualquer daquele ambiente eufórico, e mantinha um ar distante e desconsolado, como a refletir profundamente sobre a sua vida. Não se abduzira da realidade, como seria de se esperar em momentos como esse; pelo contrário, parecia mergulhar fundo em si mesma e buscar novas estratégias que lhe permitissem lutar. Uma semente germinava vigorosamente em seu interior e se tornaria a gênese de outras batalhas. Beliscou um filezinho e bebericou um gole de vinho, relutante em sorrir, mas sorriu venturosa, aparentemente resignada com o passado. Verônica e João Antunes surpreenderam-se com aquela súbita mudança de um estado de intensa fragilidade para algo de resoluto que se irradiava dela. Aquela expressão de seu olhar, ainda fixo no mesmo ponto, parecia elaborar novos planos e manifestar outro vigor. Era fácil perceber a determinação que cintilava em suas pupilas. Viram-na girar com o polegar o imponente anel de ouro enfiado em seu dedo anelar, e rapidamente fitá-lo com um olhar misterioso. Novamente ela pegou a taça e sorveu o velho Merlot, seguido pelo filezinho. Riete desviou o olhar e voltou-se para João Antunes com um meio-sorriso enigmático, porém normal e inserido na realidade.

— João Antunes, já me desculpei com você e quero repeti-lo: me arrependo amargamente, do fundo do coração, de minhas palavras a respeito de Marcus. Você tem razão de sentir-se decepcionado comigo, pois, em quaisquer circunstâncias, eu jamais poderia ter me referido a ele e nem a ninguém daquele jeito. Além disso, não conhecia a extensão da amizade entre vocês, o que também não justificaria a minha conduta... Gostaria que compreendesse e me perdoasse, por favor, meu querido, pois isso tem me incomodado. Não desejo que tenha uma imagem tão negativa a meu respeito... — disse Riete, demonstrando sinceridade.

— Não te preocupe com isso, Riete. Foi um momento de imaturidade, mas percebo a tua franqueza e tudo está perdoado e esquecido. Não sofra mais por isso — concordou João Antunes, sendo também honesto, penalizado com a dor de Riete e muito mais com seu humilde e surpreendente reconhecimento.

— João Antunes, mas agora me diga uma coisa — pediu-lhe Riete. — Você, que foi tão sincero comigo, e desejo que continue a sê-lo, me confesse então se você e mamãe estão se amando. Não pense, porém, que estou a agredi-lo, pois estou perfeitamente resignada com o meu fracasso e a sinceridade é o melhor caminho.

Aquelas situações contraditórias em que João Antunes e Verônica se viam enredados pouco antes da chegada de Riete à praça, e que pareciam insolúveis, pareciam ir se encaminhando para uma solução cimentada pela franqueza e pela inesperada reação de Riete. Ela parecia conformada com a confissão de João Antunes, mas desejava ouvi-lo a respeito de Verônica.

— Bem, Riete... — João Antunes relutou um instante. — Antes de tu chegares à praça, eu e tua mãe estávamos sem saber que atitude tomar em relação a ti, porém, parece que reagiste bem às minhas palavras e compreendeste que eu não poderia continuar dissimulando um sentimento que fraquejava. Diante dessa tua pergunta, devo confessar-te que me apaixonei, sim, por Verônica... Seria impossível estar ao lado de uma mulher tão linda como tua mãe e manter-se indiferente ao seu encanto. Assim como aconteceu inicialmente entre mim e ti, pois tu és também muito bonita, aconteceu também com ela. Peço-te perdão, Riete, mas não posso ignorar meus sentimentos... Não posso passar uma borracha sobre eles e fazê-los desaparecer... — disse João Antunes, observando as reações de Riete, com a testa franzida. Curvou o rosto e ancorou seu olhar na taça de vinho com os olhos quase cerrados, parecendo refletir profundamente sobre o que dissera. Toda essa situação mostrava-se penosa para ele.

Riete deu um sorriso chocho, manifestando um sentimento incompreensível ante os olhares de Verônica e de João Antunes. Ambos estavam surpresos e até mesmo curiosos diante das reações equilibradas de Riete, contrariando o que dela se esperava. Quando João Antunes começou a confissão de que não a amava, Verônica permaneceu angustiada, mas agora tranquilizava-se. Riete voltou-se para a mãe, mantendo aquela expressão misteriosa, e indagou-lhe, mirando-a atentamente:

— E você, mamãe, também está amando João Antunes? Não receie me confessar, seja sincera como ele o foi — inquiriu, levando a taça até os lábios enquanto a fitava de viés com um olhar furtivo. Seu semblante agora dimanava certa ironia.

Verônica sentiu os olhos lacrimejarem, mas desejava ser franca como João Antunes. Inicialmente, não conseguiu ser tão explícita quanto ele, pois Riete era sua filha.

— Querida, algumas coisas são inevitáveis na vida, e quando aparecem é inútil lutar contra elas. A resistência ao amor é uma delas. Não adianta se opor quando ele nos invade. Quanto maior a oposição, mais poderosamente ele age e já estaremos de antemão derrotados. Não existem trincheiras que possam barrá-lo...

— Sim, mamãe, mas não é necessário fazer esse preâmbulo, vá direto ao que lhe perguntei — interrompeu-a Riete secamente, enquanto espetava mais um filezinho e a mirava com uma expressão picante, pois já sabia de antemão a resposta de Verônica.

— Riete, você apaixonou-se por João Antunes assim que o conheceu, e é natural que assim acontecesse, pois qualquer mulher se sentiria atraída por um homem como ele. Mas sua beleza seria irrelevante se não fosse sua ternura ou... se não tivesse algo mais cativante. Vejo em João Antunes várias qualidades que admirava em Jean-Jacques. Em vista disso, eu realmente sinto-me atraída por ele... — disse Verônica, exibindo certa dificuldade em suavizar seus sentimentos.

Riete averiguava atentamente as reações da mãe, observando seus olhos reluzirem. Verônica sentia-se angustiada por manifestar seu amor ao amor de sua filha. Ela estava sendo sincera, porém essa franqueza opunha-se à felicidade que desejava à Riete, sentindo-se dividida pelos próprios sentimentos.

— Mamãe, por que usar essa frase, "sinto-me atraída por ele" e toda essa explicação inútil? Por que não dizer logo que está amando-o? — disse Riete, de modo categórico.

— Minha filha — começou Verônica —, isso me causa sofrimento, pois meu amor é obtido à custa do seu... — E esfregou os dedos sobre os olhos para enxugar as lágrimas.

— Pois não se preocupe quanto a isso, eu já aceitei a minha derrota e só desejo confirmar o que presumi — replicou Riete, manifestando em seu semblante qualquer coisa de solene e digno.

Entre eles ocorria uma situação inesperada e surpreendente: os estados psicológicos se inverteram. Verônica e João Antunes, que antes sentiam-se numa posição superior, em que se preocupavam com a fragilidade de Riete, estavam agora um pouco confusos, surpreendidos pela sua resignação segura. Henriette, que herdara a perspicácia e a inteligência do pai, analisara com clareza a situação e invertera o jogo.

— Mamãe, mas o que dirá a Bertoldo? Você vai abandoná-lo? — prosseguiu Riete. — Vai desistir de tudo o que tem? Não posso acreditar que trocará o luxo, o conforto e a posição social em que vive por um amor... — Riete relutou; olhou-a e notou o sobressalto estampado no rosto de sua mãe.

Verônica já efetuara, ao longo dos anos, uma autocrítica em relação às suas dificuldades em tomar decisões sobre relacionamentos amorosos. Ela assustou-se ao ser lembrada por Riete de que deveria romper com Bertoldo, caso resolvesse ficar com João Antunes. A personalidade exuberante de Bertoldo esmagava suas emoções. Assim como ocorrera com Mendonça, repetia-se o mesmo em relação a Bertoldo, o empresário de sucesso que trafegava como uma locomotiva no mundo empresarial. Mendonça, amante de Verônica durante sua juventude, fora o senador rico e influente que a elevara socialmente, e agora era Bertoldo quem a colocava na crista da onda paulistana. Esse feitio, no qual Verônica fora moldada, exercia uma poderosa influência sobre ela. Em Verônica, a sensação amorosa era primordial, mas jamais rejeitara o lado mundano. Ela sempre conseguira conjugar suas emoções: um homem para o seu conforto e outro para fazê-la sonhar; um para a sua comodidade material e outro para a felicidade amorosa. Verônica acostumara-se a essa vida dupla, pois sua beleza manteria cativo o homem por quem se apaixonasse, bem como aquele que lhe desse tudo, imaginando conquistá-la. O amor era o único sentimento que a arremetia aos céus, mas era no conforto mundano que concebia seus sonhos, era lá que se imaginava nos braços do homem amado e onde traçava o seu destino. Verônica, contudo, sempre soube que se equilibrava sobre um fio, trocando passos angustiantes sob a ação dessas duas forças, que a puxavam para o abismo. Desde Capela Rosa, lutava sinceramente para que o amor prevalecesse em seu espírito, todavia, era esse conflito o combustível que a empurrava vida afora. Ao escolher Jean-Jacques, após vacilar durante tanto tempo, ela sofrera a desilusão. Agora, sentia-se apaixonada por João Antunes, e retomava o mesmo caminho. Ela nem imaginava como agiria futuramente em relação a Riete e Bertoldo, relegados ao destino. Apaixonada por João Antunes, Verônica esquecera-se de sua vida e de seus compromissos conjugais. Repetia-se o que acontecera por ocasião de seu romance com Jean-Jacques: na ocasião, apaixonada por ele, curtia seu amor e abandonara as consequências, sendo, afinal, sobrepujada pelos fatos. Nunca deixara de amá-lo, mas fora incapaz de se libertar efetivamente de Mendonça. Quando conhecera Bertoldo e com ele se casara, o fato se repetira: Verônica ainda era apaixonada por Jean-Jacques, já dispunha de seu endereço em Paris, mas postergava escrever-lhe. Quando finalmente decidiu revê-lo, já era tarde... Diante das insinuações de Riete, Verônica sentiu-se atônita, pois sequer cogitara sobre a sua vida, diante da qual deveria tomar uma resolução que realmente significaria o fim de seu casamento com Bertoldo. Isso implicaria em trocar um altíssimo padrão de vida por um amor que, pelo menos naquele momento, estava distante de lhe dar o mesmo conforto. Porém, lembrando-se dos conselhos de Jean-Jacques e de seu passado, ela almejava, sim, viver intensamente seu romance, curtindo o momento e preterindo suas decisões.

— Pois é — concordou Verônica —, como a vida tem sido difícil para mim... Parece que estou a reviver situações semelhantes... — disse, com um olhar pensativo, parecendo relembrar seu passado.

— E você, João Antunes, já pensou também sobre isso? Em competir com Bertoldo? — indagou Riete com ironia, voltando-se para ele, que olhou rapidamente para Verônica, percebendo o seu semblante agoniado.

— Essa é uma situação que cabe a ela resolver — respondeu João Antunes, mirando-a com uma expressão inquisitiva. Pegou a taça e bebericou o vinho, mantendo-se pensativo, enquanto Verônica o fitava com angústia, buscando soluções em seu olhar.

A chuva amainara e se transformara num chuvisqueiro. Nuvens brancas delgadas flutuavam em direção aos morros adjacentes a Cavalcante; tênues azuis apareciam entre elas. De repente, João Antunes teve a sua atenção despertada ao observar Luanda e Cunha passarem lentamente em frente ao bar. Cunha segurava um cabresto e puxava uma terceira mula, que levava os mantimentos. Aquilo formava uma cena melancólica que tocava seu coração. Ele assistia a dois seres dirigindo-se àquele vale sem esperança, seguindo um destino traçado pela pobreza; pensou que nunca mais os veria.

— Depois conversaremos sobre isso, meu querido — disse Verônica a João Antunes, que não escutara as suas palavras.

Riete olhou rapidamente para Verônica ao ouvi-la dizer "querido", sentindo as indagações que julgara tão incisivas serem relegadas a algo que não lhe dizia respeito, pois pertenciam à intimidade do casal. Ela deu um sorriso chocho, dimanando um enigma. Mas não se sentiu agredida, como outrora sem dúvida ficaria, e muito menos insistiu nas perguntas que fizera.

— João Antunes — disse ela, mudando de assunto —, eu já decidi onde devo procurar terras: será na região do Triângulo Mineiro. Topografia plana, propícia ao gado de corte e servida pela Central do Brasil para escoar o gado. Saiba que eu sempre o amarei, meu querido, e convido-o para ser meu sócio. Preciso de alguém que entenda do assunto e você é a pessoa certa para isso. Poderemos trabalhar juntos, ganhar dinheiro e dividir os lucros, e você continuará a amar mamãe. Ou, quem sabe, voltar a me amar. Assim, permaneceremos em família — sugeriu Riete de maneira resoluta e irônica, voltando a segurar o braço de João Antunes, fitando-o com um sorriso encantador.

João Antunes sorriu, surpreendido pela ideia, achando-a insólita, considerando-a uma sugestão excêntrica; depois de alguns minutos, passou-a a considerá-la razoável, e, enquanto comia e bebericava, passou a admiti-la, embora sem entusiasmo.

Naquele tempo em que estavam a conversar, João Antunes começou a captar com mais acurácia a forte personalidade de Riete e sua habilidade em manobrar as pessoas, achando que se enganara ao considerá-la uma pessoa frágil. Aquela jovem determinada e cheia de energia que conhecera em Goiás não fora uma simples manifestação ocasional, pois ressurgia agora diante dele com redobrado vigor. Demonstrara rápida recuperação em circunstâncias adversas. Ademais, julgava ele, aqueles embates emocionais pelos quais Riete passara e sua reação resignada, digna e resoluta com que os enfrentara, davam-lhe um ar suave e de incrível beleza. Ela passara a exercer uma sedução inesperada, nascida da sua forte personalidade, e a praticava serenamente com encanto. João Antunes, atingido por essas emoções, reavaliava-a com um novo olhar, sentindo-se atraído por aquele magnetismo imprevisto. A personalidade de Riete ressurgia vigorosa em seu espírito. Verônica captara aqueles eflúvios que repentinamente fluíram entre Riete e João Antunes e experimentava algo insólito: a sua beleza sendo preterida, mesmo que momentaneamente. Embora a situação fosse casual, e ela estava segura disso, era-lhe um sentimento inédito. Verônica sorriu interiormente de suas reações, mas não lançaria mão de seus caprichos. Ela sentiu-se até satisfeita e aliviada ao observar o prazer de Riete e seu comportamento equilibrado.

— Sim, João Antunes, Riete teve uma ótima ideia. Vocês poderão fazer uma sociedade e trabalhar juntos. E como você estará ao lado dela, eu ficarei tranquila. Além disso, poderemos nos ver sempre que desejarmos... até as coisas se definirem — sugeriu Verônica, manifestando entusiasmo pela solução.

— Você aceita, meu querido? — indagou Riete, olhando ternamente para João Antunes.

— Talvez, Riete, quem sabe seja uma boa ideia... — respondeu, sem convicção, com seu olhar vagando sobre o rosto de Verônica, que demonstrava uma expectativa ansiosa pelo "sim" de João Antunes. — Juntando nosso dinheiro poderemos adquirir uma grande propriedade e comprar mais novilhos — comentou João Antunes. Bebericou o vinho, olhando-as com um semblante receptivo que transmitia vagamente anuência aos planos daquela empreitada. Entretanto, esse diálogo e tudo o que transcorria entre eles o deixava meio atordoado, afastando-o do jeito equilibrado em que fora criado. Toda aquela situação lhe parecia um pouco absurda, fora da conjuntura natural em que fora criado.

— Quando saberei então sua resposta, querido? — indagou Riete, com uma voz suave, mas categórica.

— Retorno ao Sul e te envio uma carta com minha decisão — respondeu João Antunes, voltando-se para Riete e fitando-a carinhosamente.

— Vamos então comemorar essa sociedade que nasce no Pinga de Cobra — saudou Verônica, com o coração esfuziante de alegria. Levantaram as taças e tilintaram-nas. — João Antunes, peça um arroz para acompanhar o restante da carne. Sinto-me faminta — solicitou Verônica tomada por repentino ânimo, afagando-lhe o braço e sorrindo-lhe carinhosamente. E beberam mais vinho, acompanhado pelos filezinhos.

Estavam satisfeitos com a solução encontrada, ainda que incerta, pois lhes permitiria postergar temporariamente decisões definitivas. Porém, tal proposta assemelhava-se mais a uma fuga do que a uma resolução categórica; soava como um fugaz artifício destinado a torná-los momentaneamente mais alegres, ou para prorrogarem a certeza ilusória de que suas vidas estivessem definidas. Verônica ficou eufórica, pois poderia acalentar sua paixão por João Antunes e ao mesmo tempo vê-lo ao lado da filha, ajudando-a na implantação da fazenda. Ela, que fora questionada por Riete sobre sua condição conjugal e não soubera responder, julgava agora que essa questão estivesse resolvida, pois, com a sociedade, João Antunes estaria sempre ao seu alcance. A proximidade de Riete lhe proporcionaria isso, além de evitar decisões insensatas que pudessem futuramente aborrecê-la. Interiormente, João Antunes sorria, meio aturdido com tudo isso.

— Verônica, há um fato do qual me esqueci e que certamente te interessa... — Lembrou-se de repente João Antunes, dizendo de maneira irresoluta, meio hesitante.

—Sim? — indagou Verônica, mirando-o atentamente.

— O pai de Marcus era o senhor Euzébio, cocheiro que foi muito amigo de vocês durante a estadia de Jean-Jacques no Rio...

— O quê?! — interrompeu-o Verônica, estupefata, com os olhos arregalados e a emoção estampada no rosto. — Mas não é possível! É muita... é muita coincidência! Como soube disso? — quis saber Verônica, pousando rapidamente a mão sobre a mão dele, apertando-a.

Durante alguns minutos, João Antunes lhe contou tudo o que sabia sobre o romance entre Euzébio e a mãe de Marcus, Sahra. Verônica ouviu a narrativa atentamente e com muita emoção, recordando os momentos em que passara em companhia de Euzébio, fazendo vários comentários relativos àquela época. João Antunes lhe revelou que, mesmo rompidos, Euzébio e Sahra mantiveram-se bons amigos. Acrescentou que, por ocasião da partida de Jean-Jacques para a França, Euzébio procurou-a para desabafar sobre a imensa desilusão sofrida por Jean-Jacques, ocasionada pela desistência da amante de acompanhá-lo, conforme haviam combinado. Nesse instante da narrativa, Verônica começou a chorar. Desejava saber mais detalhes sobre aquele dia, porém, correu os dedos sobre as faces e mergulhou repentinamente num estranho mutismo, com os olhos fixos no passado. Aquele fora um momento que sempre tentara imaginar como acontecera, mas resolveu não insistir sobre ele. Verônica apertou a mão de João Antunes, como se transferisse a ele o bastão de seu passado. Enxugou mais uma vez o rosto, muito pálido, e voltou-lhe um olhar apaixonado, desejando que João Antunes compreendesse que o amor que nutrira por Jean-Jacques agora era devotado a ele.

Riete, perplexa, observava a cena, notando o domínio amoroso que Verônica exercia sobre João Antunes.

— Lindo esse anel, não, mamãe? — indagou Riete inesperadamente, erguendo a mão e esticando os dedos, admirando-o, com o cotovelo apoiado sobre a mesa. Ela abriu um sorriso misterioso, sugestivo de qualquer coisa enigmática, enquanto João Antunes e Verônica também o admiravam, sem compreenderem, todavia, o objetivo do comentário.

— Mamãe, acho que não será preciso eu me consultar com o tal médico em São Paulo. Diante de situações como essa que estou a viver, um momento de grande desilusão amorosa, certamente eu teria reagido como antes; sinto-me triste, porém segura e tranquila... apesar dos pesares... — disse Riete, demonstrando aquela mesma firmeza que havia impressionado a ambos.

Eles se entreolharam, surpreendidos, e permaneceram um instante calados, pensativos, tirando suas conclusões a respeito do que ouviram.

— Ótimo que você diga isso, minha filha. Realmente notei sua reação positiva, mas o médico é quem deve dar um diagnóstico abalizado sobre o caso — comentou Verônica, desviando o olhar à guisa de reprimir seus pensamentos.

— Mamãe, a senhora não acha que também deveria consultar esse especialista? — indagou de um jeito um pouco agressivo, enquanto seus olhos cintilavam. — Às vezes tem atitudes tão atípicas e inexplicáveis, apesar de não manifestar nenhuma conduta aparentemente anormal... Parece-me insegura em tomar decisões. A senhora esforçou-se tanto para obter o endereço de Jean-Jacques em Paris e, quando o obteve, jogou a carta numa gaveta, onde ela permaneceu durante meses, em vez de lhe escrever imediatamente, já que se dizia apaixonada por ele... — comentou Riete, inquirindo-a com um olhar sugestivo.

Verônica reagiu, um pouco assustada com a ideia, e permaneceu alguns segundos calada, surpreendida pela proposta. Sentia-se confrontada consigo mesma. Levou a taça aos lábios e mirou a filha, tentando decifrar suas intenções.

— De fato, os meus sentimentos são volúveis... fortes, mas volúveis, e isso realmente me deixa insegura e mesmo intrigada — confessou Verônica, espetando o garfo sobre um pedacinho de filé e permanecendo a fitá-lo, demorando um tempo mais longo que o necessário para levá-lo à boca, como se dele esperasse uma resposta que nunca tivera; buscava, em seu gesto langoroso, uma explicação para si mesma. — Talvez fosse útil trocar ideias com um especialista a respeito... — concordou, sentindo uma vaga tristeza apoderar-se de si. — Muitas vezes passamos a vida justificando nossos comportamentos equivocados — prosseguiu ela, com expressão melancólica. — Discordamos de nós mesmos, mas nos sentimos obrigados a estar convencidos de que estamos certos... As atitudes de uma pessoa são obscuras para ela mesma... — pronunciou Verônica, expressando pensamentos desconexos, com um ar inexplicável. Finalmente, ela levou aquele ambíguo filezinho à boca, impregnado de dúvidas que lhe inspiraram apenas vagas reflexões, mas nada que pudesse mudar seu destino.

Verônica novamente pousou a mão sobre a mão de João Antunes, afagando-a carinhosamente, omitindo-se de prosseguir seus comentários a respeito da sugestão de Riete. A agitação no interior do bar aumentara muito; havia um vozerio que embaralhava as conversas, tornando-as uma vocalização única. Os dois garçons corriam atazanados de um lado a outro. Devido à chuva e à presença deles, havia gente em excesso, muitos em pé, e os funcionários não conseguiam atender a todos. Depois de alguns minutos, um deles apareceu com o arroz, que veio juntar-se ao filé, que já estava frio e no fim. Sentiam-se mais relaxados com o vinho e com a alegria que provinha das ilusões daqueles homens. Parecia que toda a conversa que tiveram, semelhante a um duelo de emoções, evaporara no ar, dissolvendo-se na confusão jubilosa. O sol ressurgira sobre Cavalcante, e sua luz contribuía para esse contentamento. João Antunes e Riete podiam admirar os verdes da pequena praça refletirem vigorosamente suas tonalidades umedecidas, infundindo-lhes a esperança de que tudo seria bem resolvido.

João Antunes era agora capaz de perceber a amplitude dos problemas que assolavam a vida de Riete e Verônica, e sentia-se um pouco assustado com as reações que lhe causavam. Isso o induzia, a cada instante, a ideias que nunca eram conclusivas a respeito das duas. Verônica, que lhe parecera ter uma personalidade mais segura que Riete, mostrara-se tão frágil quanto à filha, que nesse instante se mostrava decidida. Após as revelações iniciais de Verônica a respeito de Riete, João Antunes verificava naquela ocasião que subestimara a personalidade da filha e valorizara a da mãe, entretanto, agora sua opinião se invertera: Riete mostrava-se forte e Verônica fragilizada. Percebia que ambas, embora evitando ser agressivas, sutilmente se digladiavam pelo seu amor. Riete deduzira que os comentários de Verônica pertinentes a ela a haviam desvalorizado perante João Antunes, mostrando-a como uma pessoa problemática da qual só poderiam condoer-se. Riete resolvera então contra-atacar, revelando os problemas da mãe. De fato, Verônica era mais frágil que a filha. Sua segurança provinha unicamente do poder de sua beleza. Verônica não tinha a malícia aguçada de Riete e muito menos os seus desígnios. Não era ambiciosa, porém, com sua formosura, Verônica desfrutaria do conforto e dos homens que quisesse.

Entretanto, ao comprovar tais observações, João Antunes transbordava de sensações confusas, como se ele próprio tivesse sido ferido naquele duelo entre mãe e filha. Ele começava a ter seu coração dividido entre a beleza pura de Verônica e aquela energia pujante que dimanava de Riete. Mas ele ignorava que Verônica evitava exibir seus atributos, poupando-se para não magoar a filha. Quando a conhecera, Verônica o conquistara de imediato, mas, nessa tarde, Riete o impressionava fortemente. Riete era inteligente, perspicaz e herdara do pai o talento político de analisar situações e delas tirar proveito. Assim como Verônica se ancorava na beleza, Riete se apoiava em sua forte personalidade, e a usaria para alcançar seus desígnios. Havia nela uma vivacidade que transmitia ao seu rosto e aos seus gestos um ar gracioso, mas ao mesmo tempo agressivo, conferindo-lhe qualquer coisa de felino, de irresistível e de fatal. Ela tinha uma espontaneidade encantadora, era insinuante em suas atitudes e palavras. Possuía também minúcias que atraíam João Antunes, relacionadas às suas aspirações de vida: Riete lhe transmitia entusiasmo e compartilhava os mesmos ideais, exercendo tais desejos através do sexo; porém, eles não eram conscientes ou deliberados, mas, sim, uma maneira de extravasar sua energia. A ansiedade e imaginação do futuro, Riete transmitia ardorosamente através de seu corpo. Durante o amor, as palavras libertinas, licenciosas, suas atitudes intensamente sensuais e dissolutas incorporavam em si uma espécie de compensação por tudo aquilo que ela ansiava um dia obter, mas que, no presente, só lhe eram possíveis no ato amoroso. Seu imaginado latifúndio tinha a extensão dos lençóis e os limites de sua cama. E João Antunes absorvia esse ardor intenso entranhar em seu espírito através do prazer. Era naquela ebulição de corpos, naquela junção do querer, que ambos sonhavam uma ideia comum do futuro, uma vontade única de realização consubstanciada em qualquer coisa inaudita quando alcançavam o gozo, e quando suas peles sobrepostas deslizavam lúbricas. O anseio material manifestava-se na luxúria, e através dela expressavam a vontade de anteciparem o destino. Havia, entretanto, nessas emoções intensamente eróticas, um impulso inconsciente que sequer imaginavam: a influência crucial da riqueza. Era ela que os tornavam selvagens na cama.

Todas as contradições e análises sobre Verônica e Riete que assolavam João Antunes passavam rapidamente pela sua cabeça, e o deixavam perplexo e meio angustiado. Essas emoções, tão conflitantes, ao se sucederem velozmente, impediam-lhe qualquer ideia ou conclusão a respeito. Apenas sentia os efeitos sobre seu espírito.

Portanto, enquanto almoçavam, subjacente à conversa, pulsavam nos três inúmeros sentimentos que se alteravam e se digladiavam em forma de emoções exacerbadas, mas que tinham, como objetivo único, buscar uma definição favorável a cada um deles. Procuravam um equilíbrio que lhes apaziguassem o espírito com uma conclusão, o que se tornava difícil. Riete terminou primeiro a refeição e apoiou as mãos sobre o braço de João Antunes, aconchegando sua face esquerda junto a ele, mirando a mãe com um olhar brejeiro. Verônica deu um sorriso chocho ao observar o gesto carinhoso.

— Mas, afinal, de onde surgiu este nome, Pinga de Cobra? — indagou Verônica, dando uma pequena gargalhada à guisa de dissipar seus sentimentos.

— Santinha, a cozinheira da pensão, explicou-me que um roceiro foi picado por uma cascavel e esteve à beira da morte. Ao se restabelecer, veio comemorar aqui no bar e saiu carregado. No dia seguinte, comentou: "Ô pinga braba, sô, isso é pinga de cobra!"; a frase caiu no gosto popular e o nome pegou. É uma pinga destilada pelo proprietário que rebatizou o bar com esse nome, que antes era chamado Bar do Alemão, um sujeito que veio do Rio e casou-se com uma índia. O atual proprietário, o senhor Argelino, é seu filho — explicou João Antunes.

Riete beijou seguidamente o braço de João Antunes e pressionou seu rosto contra ele. Em seguida, observou a euforia reinante, vislumbrando qualquer coisa de efêmero que logo se dissiparia e deixaria um vazio.

— Então, para nos despedirmos, vamos tomar um trago dessa pinga — sugeriu Riete, mostrando uma inesperada animação, erguendo o braço em busca do garçom.

Ele acorreu e logo receberam os copinhos com a branquinha. Tilintaram, muito alegres, e viraram os goles, apertando os lábios quando ela desceu queimando goela abaixo.

— É de cobra mesmo! — comprovou Riete, sorrindo lindamente; e apoiou-se outra vez no braço de João Antunes. Logo após, ele e Verônica terminaram a refeição.

Riete mostrava uma disposição de espírito superior à da mãe, e sentia-se eufórica ao constatá-la. Verônica sentia uma vaga tristeza apoderar-se de si. As constantes alterações emocionais pareciam-lhe cansativas naquele instante e lhe amoleciam o espírito. Ela percebia o que se passava na mente de João Antunes. No instante em que pediam a conta, Carlos Val de Lanna surgiu à porta do bar. João Antunes fez-lhe um sinal e ele se aproximou, um pouco acanhado.

— Aqui estão duas lindas mulheres, Val de Lanna, Riete e Verônica — apresentou-as João Antunes, com um sorriso acolhedor. — Assente-se.

Carlos assentou-se ao lado de Verônica, e um rubor cobriu-lhe o rosto. Sorriu, intimidado, apresentando-se às duas. Verônica e Riete lhe dirigiram um olhar curioso e examinador.

— Val de Lanna, além de professor, é um idealista em luta para mudar o Brasil — disse João Antunes, apresentando o amigo e ostentando um sorriso levemente desdenhoso, sentindo outra vez aquela antipatia em relação a ele. Após aquela conversa que tiveram, João Antunes perdera um pouco do entusiasmo pelas ideias de Val de Lanna. — Gosto de conversar com ele e o admiro porque é uma pessoa culta e coerente com suas ideias, o que eu não sou, apesar de concordar com elas. Em janeiro ele irá para São Paulo, cidade que, segundo ele, tornou-se um caldeirão de reivindicações trabalhistas... — explicou João Antunes numa entonação um pouco agressiva, tanto quanto irônica e debochada.

— Sem dúvida nenhuma — interrompeu Verônica, voltando-se para Val de Lanna. — Lá está cheio de italianos e espanhóis. A cada mês estoura uma greve e a polícia anda descendo o porrete. Existem vários jornais, publicados nessas línguas, divulgando ideias anarquistas, comunistas... Enfim, se você procura confusão, Val de Lanna, vá para São Paulo. Bertoldo anda furioso com essa gente, diz ele que é coisa de vagabundo, de gente que não quer trabalhar, e que foram expulsos da Europa e vieram aqui perturbar — comentou Verônica, demonstrando um ar de completa indiferença diante das questões sociais que tanto incomodavam seu marido. Verônica, todavia, perturbou-se ao relembrar Jean-Jacques, pois este se preocupava com os problemas sociais do Brasil e ela sempre manifestara a mesma indignação quando discutia tais assuntos com o senador Mendonça. Sentiu-se leviana, contraditória, e dirigiu um sorriso de aprovação a Val de Lanna, procurando redimir-se. —Pois vá em frente, Val de Lanna, você está coberto de razão em sentir-se indignado com a injustiça no Brasil. Não é possível que um país tão rico só exista para uma minoria que o governa em benefício próprio, enquanto a maioria passa dificuldade — disse Verônica. Ela dizia isso com sinceridade, ignorando, contudo, que o fazia daquela maneira que Val de Lanna dissera a João Antunes.

Carlos Val de Lanna curvou o rosto e sorriu tristemente, sentindo a dificuldade de suas lutas.

— Sim, dona Verônica, mas não se muda nada sem perturbar os poderosos — conseguiu dizer lentamente em voz baixa, mantendo-se cabisbaixo e com um olhar meditativo. — São pessoas insensíveis à humanidade e detestam o movimento das ideias. E, sem desejar ofendê-la, dona Verônica — prosseguiu Val de Lanna, manifestando um repentino ímpeto de indignação que cintilou com energia em seus olhos —, é necessário saber que essas pessoas que estão hoje apanhando da polícia e sendo presas e deportadas é que garantirão aos trabalhadores do futuro melhores condições de vida. Isso só se muda com muita luta, pois os patrões são insensíveis aos argumentos mais convincentes. As futuras gerações de trabalhadores provavelmente ignorarão, mas graças aos baderneiros de agora, como diz seu marido, elas terão melhores condições de vida e seus direitos garantidos — completou, no mesmo tom.

Val de Lanna sentiu que ali não era o seu lugar. Despediu-se, demonstrando aborrecimento, levantou-se e dirigiu-se ao balcão, em busca do cafezinho.

— Seu amigo não gostou dos meus comentários... — disse Verônica, observando Riete, que se mantinha grudada ao braço de João Antunes e observava a mãe com um olhar tranquilo e um sorriso impassível, indiferente àquela conversa que julgava uma chatice. Verônica, porém, admirou os comentários de Val de Lanna. Sabia que tinha razão.

— É uma pessoa que admiro... — repetiu João Antunes sem muita convicção, demonstrando um semblante reflexivo e meio chateado, observando-o junto ao balcão. Imediatamente, ele pensou mais ou menos o que pensara Carlos a respeito deles. Sentiu-se uma pessoa medíocre, esvaziada de coisas importantes, e contrariado pelas ideias de seu amigo.

Verônica, apesar de manter-se discreta, resguardando seus pendores, pois não desejava magoar Riete, sentia-se um pouco irritada com aquela situação em que observava a graça de Riete sobrepujando sua beleza. Não estava acostumada a isso. Talvez a atitude resoluta de Val de Lanna a tenha induzido também a mostrar armas. A tarde já avançara, era quase uma hora. O excesso de gente, inebriados pelo álcool, tornava o lugar abafado e começava a incomodá-los. Passada a euforia, em que viram a felicidade subir e descer como uma montanha-russa, o vinho e a pinguinha os deixavam agora langorosos, sonolentos, à mercê de um repouso. Haviam terminado o almoço.

— Vamos pedir a conta e ir embora — disse Verônica, voltando-se e erguendo o braço em busca do garçom. Porém, ao abaixá-lo, ela mirou João Antunes e sorriu, permitindo-se uma expressão tão linda que o deixou boquiaberto, atônito com tanta beleza. Seu olhar era pura ternura misturada a uma sedução estonteante. João Antunes sentiu seu coração derreter, e tal como Jean-Jacques, no passado, recaiu fulminado pela paixão. Riete sentiu o golpe. Verônica, satisfeita, recolheu as armas e retomou à naturalidade.

João Antunes, ainda admirado, lentamente retirou a carteira e a colocou sobre a mesa, aguardando a conta.

— Que carteira velha, meu Deus! — exclamou Verônica, mostrando-se alegre após constatar o efeito de seus gestos. — Vou lhe comprar uma nova quando for a São Paulo — disse-lhe, pegando-a e a examinando, sorrindo ao observar o couro já trincado. Ao remexer nos papelinhos que havia no seu interior, Verônica teve um choque ao ver o cartão que Jean-Jacques dera a João Antunes no Rio de Janeiro. Ela empalideceu e ficou momentaneamente muda.

— João Antunes! Como... como conseguiu esse cartão?! — indagou, mal podendo acreditar no que via.

— Ah! Então é isso! — exclamou ele assustado e observando compulsivamente o cartão. — Sempre que ouvia o nome Jean-Jacques, tinha a impressão de que o conhecia... Acabei esquecendo o cartão aí dentro. Eu andava pelo calçadão da Avenida Atlântica quando notei alguém saltar para as areias e vi, de longe, a carteira cair de seu bolso. Desci, apanhei-a e chamei-o, entregando-a. Entabulamos rápida conversa e ele então me deu seu endereço em Paris, convidando-me a visitá-lo... Foi muito simpático... — explicou João Antunes, assistindo às lágrimas rolarem pelas faces de Verônica.

— Meu Deus! Mas que coisa mais estranha! Estranhíssima! — exclamou assombrada entre soluços, vagando os olhos ao redor como que buscando uma explicação. — Essa é outra grandessíssima coincidência. Uma misteriosa coincidência, aliás, muito mais que isso! É uma coisa inexplicável... — disse entre lágrimas, admirada com o acaso. — E o que achou dele? — indagou, soluçando e enxugando os olhos.

— Como disse, foi muito simpático; tinha realmente um olhar longínquo, romântico, e uma expressão sonhadora. Mas foi só... Fique com ele — explicou João Antunes, repondo seus papéis na carteira e dando o cartãozinho à Verônica. Ela o leu com os olhos marejados e pressionou suas mãos contra os olhos, chorando baixinho e amargamente, amarrotando e molhando o papelinho. Depois de alguns segundos, Verônica correu as mãos sobre as faces, enxugando as lágrimas, desamassou o cartão e o enfiou sob o vestido. Permaneceu alguns segundos pensativa, com seu olhar fixo, sentindo uma tristeza imensa e a alma vazia.

— Quando se deu esse encontro? — indagou Verônica, com o semblante pálido e melancólico.

— Quando passei pelo Rio, vindo para cá... Final de julho ou início de agosto.

— Jean-Jacques estava indo para Ilhéus — interrompeu Riete. — Ele me disse que passou no Rio para rever a cidade e visitar Euzébio, mas este havia sofrido um derrame e nem o reconheceu — concluiu ela, aconchegada confortavelmente em João Antunes como uma gata, mirando a mãe com aquele mesmo olhar felino e insinuante.

Como a conta demorava a vir, levantaram-se e dirigiram-se ao balcão, a fim de pagá-la. Quando se levantaram das cadeiras, houve um frêmito repentino seguido de um silêncio, e aqueles homens passaram a devorar Verônica e Riete com seus olhares. Por acaso, passaram ao lado da mesa onde sentava-se Julinho, o Don Juan da cidade. Ao vê-la, ele lançou seu último e desesperado galanteio, entortando a boca e injetando a máxima ternura em seu olhar, enquanto ajeitava a curva de seu topete. Verônica sorriu para ele, e Julinho subiu aos céus e desceu à Terra. Nesse instante, seu papel de galã atingiu o ápice, e daí em diante Julinho não seria o mesmo. Enquanto se afastavam do Pinga de Cobra, a alegria dos que ficaram se apagou semelhante à luz de uma vela após um sopro, e aqueles homens readquiriram a sensação uniforme de suas vidas. Apenas a avidez de seus olhares prolongava suas ilusões, como se Verônica, Riete e João Antunes fossem deixando uma fumacinha de esperança enquanto caminhavam, até que tudo se consumisse de vez. Só Julinho mantinha-se enlevado, enquanto ajeitava novamente sobre a testa a curva de seu poderoso topete moreno, lambuzado de brilhantina.

Eles andavam vagarosamente em direção ao centro da pracinha. O sol agora brilhava forte. Trocavam passos imersos em pensamentos titubeantes, confusos, em busca de conclusões que lhes apaziguassem o espírito. Chegaram ao Hotel Central e pararam um instante. Verônica sentia necessidade de conversar a sós com João Antunes, mas relutava convidá-lo devido à presença de Riete. Ela lhe sorriu tristemente e trocaram um longo e angustioso olhar. Verônica virou-se e subiu os três degraus, desaparecendo no interior da recepção.

Riete e João Antunes tomaram a alameda que cortava a praça na diagonal. Persistiam naquele estado de espírito indefinido, cabisbaixos, até que Riete encheu-se de vida e agarrou a mão de João Antunes, transmitindo-lhe uma inesperada energia.

— Meu amor, eu te adoro, o que se passa contigo? Está triste por mamãe? — indagou Riete, no sotaque sulino, imitando-o de uma maneira tão insinuante que João Antunes sentiu-se excitado com aquele jeito de dizê-lo.

João Antunes, reconfortado, foi tomado por uma súbita euforia, experimentando a força de Riete. Naquele instante, ele teve a certeza de que, com ela ao seu lado, com a sua vontade e determinação, conseguiria alcançar seus objetivos, que eram iguais aos dela. Ele parou um instante e fitou-a carinhosamente. Acariciou seus cabelos, afagou-lhe as faces e beijaram-se com paixão. Porém, essa veemência parecia-lhes um desafogo para a angústia ocasionada pelos momentos que viviam; estavam liberados pelo álcool e ignoravam que a vida os divertia com uma felicidade momentânea. João Antunes agora a desejava intensamente, cobiçava seus peitos e a visão de sua bunda deliciosa, relembrando como era gostosa na cama. Riete o aliviaria das aflições, das emoções inconclusivas vividas nessa tarde tensa em Cavalcante. Eles sabiam que o arrebatamento amoroso apaziguaria seus espíritos.

Todos esses sentimentos relampejaram em seu sexo, e ele apertou-a contra si. Riete sentia-se no céu.

— Vamos lá para casa, meu amor, que eu vou te devorar todinho... todinho! — disse ela de modo tão lindamente sensual que João Antunes sentiu-se mais excitado.

Estavam perto da pensão, e João Antunes viu Santinha à porta explodir em gargalhadas quando a observou, meio constrangido. Ele sorriu, baixou os olhos e depois olhou-a de viés, compreendendo sua hilaridade. Santinha lhe parecera um fantasma, pois, um segundo após, ao procurá-la novamente, ela havia desaparecido. Naquele momento, sob o sol forte, João Antunes imaginava que havia decidido o seu destino: iria viver com Henriette e se tornariam fazendeiros. Apaixonara-se por Verônica, mas Riete era linda e decidida.

Naquele horário pós-almoço, como é comum em pequenas cidades e vilas, estabelecia-se uma espécie de torpor temporário, uma pausa misteriosamente causada por qualquer coisa que interrompia o fluxo do tempo e embotava o espírito, gerando uma sonolência coletiva. Quem sabe isso fosse decorrente do excesso de comida feita com muita gordura. As ruas estavam vazias, silenciosas, e a melancolia se misturava com o intenso mormaço. João Antunes mirou o céu azul, observando alguns urubus circularem mansamente ao longe, o que só acentuava a nostalgia. Apertou Riete contra seu corpo e apressaram os passos. Dobraram a esquina, entraram na Rua Três e cruzaram em frente à loja do senhor Abdulla. Sorriram ao vê-lo com um dos cotovelos apoiados no balcão, olhando pensativo para rua. João Antunes observou o sobrado de Marcus, que agora o oprimia, e pensou novamente em perguntar pelo ceguinho Bejute. Não mais o vira. Riete abriu a porta da casinha azul e entraram. João Antunes fechou-a, voltou-se e envolveu carinhosamente as faces de Riete com as palmas das mãos. Com ternura, mirou-a com um olhar que se perpetuaria em sua memória, e abriu um sorriso que dissipou da alma de Riete qualquer dúvida de que João Antunes seria seu. Se não fosse agora, intuiu que um dia o seria, mas não mais receava perdê-lo. Riete sentiu-se tão emocionada que o abraçou, chorando de felicidade. Durante longos minutos permaneceram abraçados, trocando juras de um amor infinito, escancarando seus corações. De repente, foram tomados por um furor sexual que os queimava como fogo. Tudo se firmava nas plenitudes do espírito e do prazer, e jamais esqueceriam aquela tarde, quando se despiram e se puseram a amar selvagemente. Riete beijava como doida cada pedacinho do corpo de João Antunes, parecendo-lhes que o momento se esvaziara do tempo e que viviam um mundo encantado. Amaram-se e se lambuzaram até o amanhecer, entrecortados pelos sonhos que imaginavam seguir. Naquela madrugada, 3 de outubro de 1918, acertaram suas vidas. João Antunes iria a Santos Reis rever seus pais e Riete seguiria para São Paulo com a mãe. Depois, rumariam juntos para o futuro, seguros de que tudo transcorreria assim.

Na manhã seguinte, acordaram tarde, banharam-se, e resolveram ir ao Pinga de Cobra tomar o café e comemorarem o humor que desfrutavam. O enlevo da véspera persistia. Henriette sentia-se eufórica. Antes, passaram na pensão e conversaram com Santinha; ao captar a felicidade do casal, ela entristeceu-se. Chegaram ao Pinga de Cobra, sentaram-se um em frente ao outro, curtindo o que viviam. Ao contrário da agitação da véspera, o bar estava quase vazio. Enquanto aguardavam o pedido, entrecruzaram-se os dedos e trocavam lânguidos olhares e palavras otimistas sobre o futuro. João Antunes fruía os últimos eflúvios de rendas negras e ligas vermelhas, as derradeiras emoções impingidas pelo fogo de Riete. Tudo se desfazia, como se desfizera a lembrança de Helguinha, a alemãzinha de pentelhos inesquecíveis, que com tanto prazer enchera de ilusões o seu coração.

Café com leite, pão com manteiga e muita fé na vida, foi o desjejum com que saudaram a manhã agradável. Ao sair, João Antunes tomou um lápis emprestado e escreveu o endereço da caixa postal da Estância Santos Reis, em São Borja, solicitando ao senhor Argelino que o entregasse a Val de Lanna, que todos os dias aparecia ali para um café. Depois, sentaram-se num daqueles bancos da praça, ainda orvalhados pela madrugada, continuando a traçar planos sobre a fazenda que imaginavam. Qual seria o seu nome? Durante alguns minutos sugeriram vários, sem chegarem a nenhuma conclusão.

— Quando tivermos a terra o nome aparece. O local é que dirá — proferiu Riete, erguendo os olhos para o diáfano azul do céu. A manhã estava lindamente iluminada.

— Vamos passar no hotel e chamar tua mãe para ir conosco ao sobrado. Quero lhe mostrar uma fotografia de Euzébio que está no escritório de Marcus.

Após subir para o seu quarto, na noite anterior, Verônica permaneceu longo tempo deitada, pensando em sua vida. Refletia, sobretudo, naquelas estranhas coincidências a respeito de Euzébio e de Jean-Jacques. *Como pude reencontrar memórias concretas de meu passado num lugar tão distante do Rio de Janeiro, num momento em que sou novamente assediada pelo amor? Como se fossem elos de uma mesma história?*, pensava. Lembrava-se de Jean-Jacques e de Euzébio como se estivessem ali em Cavalcante, materializados por um cartão e pelo fato de Marcus ser filho de Euzébio. Parecia-lhe uma continuação real do passado. *Era incrível que Jean-Jacques desse um cartão a João Antunes, como se lhe passasse o bastão*. Seus pensamentos deram uma reviravolta e pararam em Riete, que lutava pelo amor de João Antunes. Verônica percebera que a filha não estava disposta a perdê-lo, e sentiu uma perturbação dolorosa. Ela reconhecia que não tinha o entusiasmo vigoroso de Riete para inspirar o ânimo necessário em quem, como João Antunes, andava em busca de negócios. E Riete, nessa conjunção de vontades, usava toda a sensualidade. Verônica não tinha ímpetos para empreendimentos e muito menos necessidade deles. Ela sentia-se dividida entre o amor maternal a Riete e seu amor a João Antunes. Não desejava ver a filha sofrer, mas a felicidade de Riete seria obtida à custa da sua? *Meu Deus! Por que a vida me impôs essa barreira?*, pensou, angustiada. *João Antunes é tão lindo, tão meigo, e quando poderia viver um amor que me fizesse esquecer o passado... Riete me aparece no caminho.*

Verônica, como tantas vezes, ao longo de sua vida, sofria por amor; não conseguia serenar seu espírito. Sentia-se fatigada, como na época em que recordava Jean-Jacques hospedada no Hotel Londres, no Rio de Janeiro. Em Cavalcante, através da janela de seu quarto, contemplava as estrelas brilharem fracamente como pequenas luzes, capazes de fazê-la pensar, mas impotentes para iluminar os caminhos de sua vida. E nesse instante em que tinha pensamentos tão angustiosos, Riete vivia a realidade com que Verônica sonhava. Adormeceu, perdida em conjeturas que a deixavam entregue ao destino.

21

João Antunes e Riete, vindos do Pinga de Cobra, após o café, chegaram ao Hotel Central e foram recepcionados pelo sorriso do tio Lauro.

— Bom dia, senhor Lauro. Por favor, manda avisar Verônica que sua filha está a esperá-la — solicitou João Antunes, observando Lauro aquiescer com um sorriso de satisfação, ele, que já conhecera belas mulheres.

Deviam aguardar um instante, foi o recado recebido. Verônica provavelmente não os esperava àquela hora. Em poucos minutos, ela desceu, e seu semblante mostrava certa palidez que o suavizava e o tornava mais belo; exibia uma serenidade que lhe acrescentava um ar solene e resignado. Ao se aproximar, ela ensaiou um sorriso triste e fitou-os com um olhar pensativo, como se estivesse a refletir sobre algo indefinido. Verônica usava um vestido verde-claro com detalhes que realçavam ainda mais seus olhos e seu cabelos morenos. Aquela beleza, aquele seu porte maravilhoso e inaudito, tal qual aquele sorriso da véspera, perturbaram João Antunes. Ele ficou absorto, admirando-a. Em sua presença, era impossível escapar do seu fascínio. Verônica era exímia em captar o instante exato em que sua presença subjugava os homens, deixando-os à mercê da própria sorte. Riete sentiu a insegurança lhe enuviar o espírito. Enlaçou-se à cintura de João Antunes e aninhou-se em seu corpo. Estava se tornando um hábito agarrá-lo quando pressentia a atração de Verônica.

— Viemos para que nos acompanhe ao sobrado de Marcus. Quero lhe mostrar o retrato de Euzébio... — proferiu João Antunes, meio intimidado.

— Ótimo, vamos lá. Como passaram de ontem? — indagou, readquirindo a naturalidade habitual, após constatar o efeito de seu encanto.

Tio Lauro, profundo conhecedor dos galanteios e da psicologia dos enamorados, sorria satisfeito atrás do balcão, adivinhando tudo.

Desceram até o passeio e se enveredaram pela diagonal, até cruzarem em frente à pensão; atravessaram a Avenida Tiradentes e chegaram à Rua Três; passaram diante da loja do turco Abdulla e outra vez o viram pensativo, vergado sobre a contabilidade. Por acaso, ao ouvir vozes, ele desviou o olhar rumo ao passeio e deparou-se com Verônica. Ifrain Abdulla assustou-se e sorriu encabulado; rapidamente chamou por Riete, numa atitude fortuita. Ela parou e olhou-o, meio ensimesmada. Abdulla saiu de trás do balcão e foi compulsivamente até a porta. Chegando lá, fixou os olhos encovados sobre Verônica e imediatamente seu rosto adquiriu uma expressão rejuvenescida, sonhadora.

— O que foi, senhor Abdulla? — perguntou-lhe Riete, já adivinhando o que se passava na cabeça do turco.

— Hein?! Eu... Nada... — respondeu, desconcertado, enquanto fazia um gesto casual com os braços; seus olhos lacrimejaram. Ele fungou com força, esfregou o nariz adunco e retornou ao balcão.

— Está vendo, Verônica, como a beleza sobrepuja o dinheiro? Tu foste a única a derrotá-lo — comentou João Antunes, sorrindo.

— E você também foi o único a fazê-lo comigo... — replicou Verônica espontaneamente, pois não desejava magoar Riete.

De onde estavam, João Antunes já podia ouvir a gritaria dos meninos no quintal vizinho. Riete, incomodada com as consequências da morte de Cocão, não desejava sequer revisitar sua morada. Resolveu aguardá-los.

— Até já, meu amor, prefiro esperá-los em casa — despediu-se. Beijou-o, atravessou a rua e entrou em sua residência.

João Antunes abriu o portãozinho e começaram a subir a escada. Tão logo ultrapassaram o nível do muro, ele parou e perguntou pelo ceguinho Bejute.

— Ei, guri, onde está o Bejute? — indagou, dirigindo-se ao que parecia ser o líder, enquanto todos silenciavam.

— Bejute morreu — respondeu, olhando fixamente para João Antunes.

— Morreu?! — perguntou, chocado; curvou a cabeça e permaneceu um instante pensativo. — Mas morreu de quê? E quando foi isso? — replicou, fitando-o novamente.

— Não sei a causa. Morreu à noite, no mesmo dia que Cocão, e foi enterrado na manhã seguinte... — respondeu o menino, demonstrando pouca importância. — Mas também não valia a pena viver daquele jeito, ninguém brincava com ele... — completou, pensativo.

João Antunes entristeceu-se com a morte de Bejute, e lembrou-se de um pequeno ataúde azul entrando no cemitério após o enterro de Marcus, seguido por algumas pessoas, quando dele saía em companhia de Orlando.

— Quem era o menino? — perguntou Verônica.

— Chamavam-no Bejute e era cego. Brincava aqui no quintal e me despertou a atenção porque era um guri infeliz, vivia isolado, com um cajado na mão... — comentou João Antunes melancolicamente, enquanto retomavam lentamente a subida e os meninos voltavam a gritar.

Rapidamente chegaram ao alpendre. João Antunes bateu à porta; enquanto aguardavam, volveram suas vistas e admiraram a cidade. João Antunes olhou lá embaixo e permaneceu absorto, observando os meninos brincarem e o balanço pendente, vazio. Joana abriu a porta e os recebeu com um sorriso, e disse que Orlando estava no sítio. Ao entrarem na sala, João Antunes adiantou-se e lembrou-se da primeira vez que ali estivera ao ver sua imagem refletida no grande espelho. Atrás de si, em vez de Marcus, a beleza de Verônica. A sala estava sombria, envolta num ar de tristeza e solidão. Em cada recanto em que João Antunes pousava seu olhar, despontava qualquer coisa de imaginário, de algo tênue e frágil que desaparecera para sempre.

— Por favor, Joana, abra os dois janelões — solicitou João Antunes, respirando fundo, captando o que pairava no ar. — A minha vida em Cavalcante iniciou-se naquele espelho, Verônica. Ali tudo começou. Nele entrei como uma imagem, que não era eu, e dele saí uma outra pessoa... — disse João Antunes de modo enigmático a si mesmo.

Os dois janelões foram abertos e as vidraças erguidas, permitindo à luz matinal penetrar suavemente, aliviando o ambiente. João Antunes e Verônica se aproximaram das janelas e admiraram ao longe as montanhas cortadas longitudinalmente por filetes de nuvens brancas. Abaixo deles estendia-se uma parte de Cavalcante. Dali, poderiam avistar o Hotel Central e a metade da praça.

— Aceitam um cafezinho? — ofereceu-lhes com solicitude Joana.

— Não, obrigado, Joana, vim apenas mostrar uma fotografia a Verônica, lá no escritório.

— Se precisarem de qualquer coisa, estou na cozinha — sorriu gentilmente, e retirou-se.

— Belo salão, lindas peças de porcelana... cristais finos, móveis confortáveis e quadros interessantes. Alguns bem originais — comentou Verônica, admirando o ambiente chique. Ela estava habituada à suntuosidade de Santa Sofia.

— Sim, Marcus tinha um gosto refinado, herdado de sua mãe, uma judia alemã. Ele nasceu numa chácara situada num bairro elegante, lá no Rio de Janeiro. — Venha agora conhecer a parte íntima da casa — convidou-a, dirigindo-se à outra extremidade do salão.

Caminharam, passaram ao lado da mesa e adentraram o primeiro cômodo. João Antunes abriu a janela, e Verônica ficou espantada ao ver a quantidade de informações existente nas paredes, bem como os pequenos aparelhos para análises de gemas sobre a bancada. Havia já acúmulo de poeira e um ar de abandono pairando sobre tudo aquilo.

— Marcus passou uma tarde me explicando sobre pedras e gemas, mas eu pouco entendi do que me disse. E, além disso, quase tudo escrito em francês ou alemão. É um assunto complicado e que exige muito estudo — comentou João Antunes, observando o semblante admirado de Verônica. — Não sei o que Orlando fará com esse material... — completou, pensativo. — Talvez fosse melhor doá-lo a alguma escola técnica.

Afastaram o reposteiro e passaram ao escritório. João Antunes novamente abriu a janela e voltou-se para Verônica, vendo-a parada na entrada do cômodo. Entretanto, ela não prestava atenção ao ambiente, mas fitava-o com uma expressão encantadora, como que admirando suas qualidades de anfitrião. João Antunes olhou-a, sentindo-se completamente perturbado pela sua incrível beleza. Toda aquela repentina paixão por Riete, toda aquela súbita certeza sobre o seu futuro, do qual estivera tão convicto na véspera, começava rapidamente a fraquejar e a ruir como um castelo de areia. Ele percebia que aquilo fora efêmero, apenas um modo de espantar sua angústia através da necessidade de cogitar sobre um futuro e encerrar suas dúvidas.

— Não é possível, meu Deus... — murmurou, caminhando vagarosamente alguns passos. Parou novamente, olhou aquilo tudo, e dirigiu-se em seguida a uma prateleira da estante, apontando para um retrato emoldurado entre os livros.

— Aqui está Marcus, entre sua mãe e seu pai Euzébio.

Verônica aproximou-se e examinou atentamente Euzébio.

— É ele mesmo... A mesma expressão lúdica e seu bigodinho fino, porém mais moço que quando o conheci — comentou, aproximando mais seu rosto da fotografia já um pouco amarelada, sentindo-se tocada pelas lembranças. — Rio de Janeiro, 1893. — Leu o que estava escrito embaixo, meio apagado pelos anos. Em seguida, correu rapidamente os olhos sobre Sahra. — Eu o conheci em 1901, oito anos depois... — completou, com uma expressão pensativa, evocativa do passado. — Ontem à noite eu pensei muito sobre essas estranhas coincidências... É muito esquisito eu estar revendo Euzébio nesta fotografia, neste lugar, ao lado de você e na casa de Marcus, o filho dele... Parece um outro tempo de uma mesma história... — confessou Verônica, experimentando uma sensação misteriosa. — E o outro quarto, aqui ao lado? — indagou ela, desviando o olhar rumo à porta, que estava fechada.

— É o quarto de Marcus... Quer conhecê-lo? Vale a pena. Vem vê-lo — convidou-a, com uma voz desvanecida. Abriu a porta. Olhou rapidamente e foi abrir a janela, escancarando-a, permitindo à luz inundar aquele cômodo que jurara jamais rever. — Só volto aqui porque estou contigo, meu amor. Isso aqui para mim significa o inferno em vida, que vou carregar para sempre. Além disso... além disso, existe outra coisa... — confessou com uma voz emocionada, sentindo uma brusca emoção irromper de modo incontrolável em seu peito. João Antunes virou-se e apoiou o braço dobrado sobre a porta do guarda-roupas, curvou os olhos sobre ele e prorrompeu num choro copioso, sofrido, soluçando profundamente. Suas lágrimas corriam abundantes, molhando sua pele, encharcando sua alma.

Verônica, aturdida por aquela repentina comoção, acorreu rapidamente e o abraçou por trás, sentindo-se igualmente tocada por aquela manifestação tão explicitamente sincera e profunda.

— Não chore, meu amor, o que houve?! Não fique assim! Aqui estou ao seu lado a confortá-lo... Me conte tudo... — dizia-lhe carinhosamente, afagando-lhe os cabelos durante alguns segundos. — Venha, olhe para mim...

João Antunes lentamente volveu o rosto e seus olhares se encontraram, irradiando um amor infinito. Compulsivamente, uniram seus lábios com volúpia, tomados pela paixão.

— Estou atormentado, meu amor. Atormentado — dizia João Antunes, entrecortado pela emoção, com uma voz sofrida e os olhos lacrimosos. — Sinto-me dividido em dois. Dilacerado, angustiado por um conflito sem solução... Ontem me sentia no paraíso com Riete. Tivemos uma noite de muito sexo. Eu amo Riete, ela é ardorosa e cheia de vida... e pretendíamos ficar juntos. Mas... mas a ti eu adoro, Verônica! Tu és linda como ninguém pode ser. Não posso ficar longe de ti... viver sem ti...

E novamente se beijaram, enquanto suas lágrimas se confundiam, misturando tudo aquilo que lhes oprimia, transformando amargura, desejo e angústia numa coisa única e inaudita.

— Nesse quarto vivi sentimentos semelhantes... Nesse quarto minha alma penou — dizia com dificuldade João Antunes. — Há sempre uma barreira a impedir a felicidade de alguém. Marcus me desejava e eu sofria por não poder corresponder ao seu amor. E agora... agora existe tu e Riete, e, com justa razão, não queres ver tua filha sofrer, muito embora eu saiba que tu me amas... — disse João Antunes, com um semblante pálido e uma voz esvaecida, sentindo a vida brincar com seu destino. Enquanto falava, mirava vagamente a colcha prateada sobre a cama de Marcus.

Verônica o abraçou fortemente, e assim permaneceram longos segundos em silêncio, juntando emoções e forças para a travessia; passaram depois a trocar palavras amorosas.

— O que vamos fazer? — murmurou Verônica, apertando-se mais contra João Antunes. — Não posso deixar de amá-lo, meu querido, não tenho como apagar meu amor por você... Ah, meu Deus! Vá viver com Riete e vou continuar a adorá-lo... até que o destino decida as nossas vidas. Afinal, foi ele que sempre me conduziu. Foi ele que me trouxe até aqui para conhecê-lo... — proferiu Verônica, quase sussurrando.

—Será isso possível? Entregar nossas vidas ao destino? — indagou João Antunes, de modo pensativo, aquiescendo com o semblante abatido. — Este é o quarto de Marcus, muito diferente de tudo... — disse lentamente João Antunes, observando os detalhes extravagantes à guisa de escapar de seus tormentos; mergulhava naquela atmosfera misteriosa que continha qualquer coisa de volúpia, de um desejo terno e incompreendido.

Ela virou-se e olhou rapidamente aquelas minúcias, que pareciam clamar pela existência de alguém.

— Por que ele o decorou desta maneira? Tão excêntrico... — comentou Verônica vagamente, sem atentar muito no que dizia.

— Ele o decorou como sua vida, que era também diferente... — respondeu João Antunes, sentindo as lágrimas emergirem. — Venha até o banheiro para conhecê-lo. — E deu-lhe a mão enquanto contornavam lentamente a cama.

Ao deparar-se com aquele ambiente todo espelhado, Verônica sentiu-se extasiada com as milhares de imagens refletidas, como num mosaico infinito. Tudo parecia muito seco e abandonado. Na mente de João Antunes, aquilo se desabrochou numa brutal depressão, como se uma gigantesca rosa negra infiltrasse suas pétalas tenebrosas entre as dobras de seu cérebro, impingindo-lhe um sentimento terrivelmente absurdo e atemorizante. Ele empalideceu e se apoiou em Verônica, marejado pelo suor. Olhou a banheira, onde, sob as torneiras, havia marcas amarronzadas onde costumavam a pingar gotas d'água que não mais pingavam. João Antunes sentiu-se desfalecer. Amparado por Verônica, caminhou meio curvado e ofegante até a pia, abriu a torneira, que roncou indecisa, mas acabou espirrando um jorro d'água em suas mãos. Ele molhou o rosto, esfregou o pescoço e melhorou do mal-estar. Calmamente, sob o olhar aflito de Verônica, respirou fundo e passou a mão umedecida sobre os cabelos. João Antunes olhou-a meio aturdido, e a abraçou-a com ternura. Permaneceram em silêncio; Verônica podia ouvir a respiração ofegante de João Antunes, que, aos poucos, foi se acalmando.

— Vamos nos assentar ali na cama, querido, até você melhorar de vez — sugeriu Verônica, dando-lhe a mão.

— Estou bem, já passou, meu amor — disse João Antunes, com uma firmeza que a surpreendeu. — Tu não imaginas a cena a que assisti quando aqui cheguei: Marcus mergulhado até o pescoço na água tinta de sangue, a cabeça pendida. Sobre a borda da banheira, a navalha aberta e o sangue coagulado, enegrecido... Somente seus cabelos flutuavam suavemente ao sabor da brisa, mexendo-se numa calma apavorante. Nunca me esquecerei dessa cena. Nunca! — exclamou João Antunes. Ele permaneceu em silêncio, fitando com um olhar triste a banheira vazia. — Venha procurar o nosso âmago — convidou-a João Antunes, após longos minutos pensativo, cabisbaixo. — Fique junto a mim e mire-se no espelho. Aquele ponto no infinito significa essa analogia, me dizia Marcus. Nossas autoimagens estão distantes de nosso âmago, e à medida que melhor nos conhecemos, nos aproximamos dele. Ou dele nos afastamos, quando ignoramos quem somos... — comentou João Antunes, com um olhar longínquo, como que procurando ver o que se escondia em sua alma.

— Você chegou a amá-lo fisicamente? — indagou Verônica, afagando os cabelos de João Antunes e suas faces.

— A única coisa que Marcus me pediu foi compartilharmos um banho nessa banheira, submersos em espumas. Ele então desfrutou de meu corpo, mas permaneci passivo. Não poderia negar esse prazer a uma pessoa generosa e que me amava. Pelo menos satisfiz seu desejo...

Verônica o abraçou carinhosamente; durante longos minutos permaneceram em silêncio; somente suas almas dialogavam. Uma réstia de luz penetrava suavemente pelo basculante junto ao teto, como que embalando aquela calma que fluía tão docemente entre os dois, dando-lhes a certeza de que, ali, começavam os meandros de seus destinos.

— Agora deixe-me beijá-lo, meu amor, e que tudo aconteça conforme esse instante — sussurrou-lhe Verônica, cobrindo-lhe o rosto de beijos carinhosos. — Que este instante seja o que permaneça em sua memória e que apague o outro que aqui sofreu.

— Oh, meu amor, minha adorada beleza... — murmurou João Antunes, com infinita ternura. — Deixemos então que a vida nos conduza até onde ela quiser.

Réstias de luzes lambiam seus corpos e lhes aqueciam a alma, enquanto se beijavam e se acariciavam. Uma calma langorosa infiltrava-se agora naquele cômodo, substituindo a angústia que há pouco tempo lhes dilacerava a alma.

João Antunes se afastou um instante e abriu uma das torneiras que alimentava a banheira. Um barulho de ar rodopiou pelo cano, roncando uma, duas, três vezes; o último deles vacilou, demorou, foi se prolongando suavemente até dar um forte espirro, e a água jorrou na banheira. João Antunes permaneceu olhando-a escorrer durante alguns segundos, fechou a torneira e seus olhos luziram. Tudo se consumara.

— Vamos, minha querida — disse, segurando-lhe na mão. Saíram do banheiro e passaram ao lado da cama.

— E eu, meu bem, quando vou conhecer a flor de seu corpo? — indagou Verônica de uma maneira incrivelmente sedutora, como só ela era capaz de fazer.

João Antunes parou um instante, mirando aquela mulher deslumbrante. Verônica sentou-se displicentemente na cama e cruzou as pernas, estirando ambas as mãos para trás, apoiando-as sobre elas, deixando à mostra suas coxas maravilhosas; fitou-o com tal lascívia que João Antunes permaneceu pasmo.

— Meu amor... Não... por favor... — disse João Antunes, regateando as palavras, meio ofegante. — Vou fechar a janela e vamos embora. Aqui existe uma energia que só pertence a Marcus. Sinto... sinto que ele está nos olhando — disse, meio assustado.

João Antunes caminhou até a janela, olhou a manhã radiosa, girou os olhos pelas redondezas e admirou o céu azul, que lhe ofuscou as vistas. Cerrou as duas partes do janelão e saíram do quarto. Janelas de sua alma foram fechadas. Ao puxar a porta, sentiu uma tristeza tão grande que significava algo muito maior que uma simples despedida de um lugar ao qual jamais retornaria. Significava uma lembrança que se eternizaria em seu espírito e que fora mal resolvida, uma harmonia interpessoal que jamais existira.

— Sigmund Freud é o nome do médico que trabalha com a mente — comentou João Antunes, indicando o livro a Verônica. Fechou a janela do escritório e a escuridão se fez definitiva. Chegaram na sala, imersa numa calma silenciosa. João Antunes caminhava devagar, observando detalhes delicados das peças que outrora nada lhe diziam, mas que agora lhe pareciam fazer os derradeiros apelos para que jamais as esquecesse. Nelas havia tristeza, como se suas belezas não tivessem sido suficientes para ali retê-lo e fazê-lo feliz. Chegaram à porta de entrada da sala, e João Antunes virou-se para o imponente espelho. Com grande emoção despediu-se de si mesmo, como de alguém que permanecesse para sempre encerrado ali dentro. Ele parou um instante no alpendre e notou que a criançada se fora. Olhou a paineira e observou o balanço pendente, imóvel e vazio, e viu um leve floco de paina flutuar e cair num ziguezague delicado até o chão. Lembrou-se de Bejute e imaginou a escuridão de sua vida, talvez tão escura quanto a sua nesse momento; desceram pensativos, até ele fechar o portãozinho. Atravessaram a rua e viram Riete surgir na janela. João Antunes sentiu uma súbita mudança, como se ela o reconduzisse novamente à realidade de sua vida. Ele caminhou, entrou na sala e a abraçou fortemente, buscando alento em seu espírito vigoroso. Verônica entrou em seguida e sorriu ao presenciar a cena, sentindo uma perturbação dolorosa. Aquelas bruscas mudanças emocionais pareciam estranhas e inexplicáveis a ambos, parecendo vindas de dois mundos distintos e distantes.

22

— Meu querido, você ficou muito tempo a observar Euzébio... — disse Riete com ironia, abraçando-o e o beijando com carinho. — Gostou do que viu, mamãe? — indagou maliciosamente.

— De muito bom gosto — respondeu Verônica. — Uma casa ampla, agradável e com muitas coisas bonitas. Achei a cama de casal excêntrica e confortável... — acrescentou, com um sorriso. — Na foto, Euzébio estava uns dez anos mais novo do que quando o conheci.

Ao ouvir a menção à cama, Riete desviou o olhar uma fração de segundos em direção à Verônica.

— Eu viajo para o Sul amanhã — disse João Antunes com energia, interrompendo aquele diálogo suavemente agressivo, sentando-se numa das cadeiras da mesa. — Tu queres mesmo comprar terras no Triângulo Mineiro?

— Já viaja amanhã? Mas resolveu isso agora? Não me disse nada! — exclamou Riete assustada, interrompendo-o. — Por que não fica mais uns dias? — indagou com uma voz aflita, sentando-se numa cadeira junto a ele e segurando-lhe a mão. — É preciso resolver sem pressa esse assunto... — argumentou Riete.

— Justamente por isso eu preciso partir, Riete. Esfriar a cabeça e pensar com calma. Atualmente não tenho condições de tomar decisões. Aconteceu tanta coisa em minha vida em tão pouco tempo, que me sinto perdido — respondeu com um olhar vago, sobre a mesa.

Riete permaneceu um instante pensativa, e retomou a pergunta que interrompera.

— Sim, é uma região de boa topografia, boas pastagens e possui a estrada de ferro para escoar a produção. Está no centro do Brasil, o que nos dará boas opções. Além disso, deve haver antigas fazendas à venda — explicou, levantando-se e dando alguns passos, demonstrando preocupação.

— Bem... Podemos começar por Minas. E quando veremos as terras? Tu vais a São Paulo com tua mãe e quando nos encontraremos? — indagou João Antunes, cruzando as pernas e tamborilando os dedos sobre a mesa, demonstrando irritação.

Riete caminhou até João Antunes e sentou-se no seu colo, acariciando-o.

— Estamos em outubro... — disse ela vagarosamente, enquanto refletia. Levantou-se apressada, como que tomada por súbita ideia, e dirigiu-se a um calendário afixado na cozinha. — No dia 8 de dezembro, um domingo, eu me encontro com você no Hotel Londres, em Copacabana. Combinado? — indagou Riete energicamente, demonstrando animação enquanto retornava. — É só chegar e perguntar por mim. E depois viajaremos juntos para Uberaba, ou algum outro lugar. Em Campinas, conversarei com Bertoldo sobre investimentos em terras. Ele conhece muita gente e poderá me dar uma orientação segura sobre isso. — Sentou-se novamente no colo de João Antunes, aconchegando-lhe o rosto sobre seus seios.

Verônica permanecia ao lado, observando o colóquio amoroso entre os dois. Aos poucos, ela começava a se incomodar com a crescente demonstração de amor que Riete devotava a João Antunes em sua presença. Sentiu-se aborrecida quando Henriette mencionou encontrar-se com ele no Hotel Londres, um lugar que, para ela, significava o mesmo que aquele banheiro significava para João Antunes: um local de amarguras. No coração de Verônica começavam a vigorar algumas imposições do amor. Ela observava as carícias que Riete fazia em João Antunes e as palavras proferidas que envolviam compromissos de uma futura vida a dois, e pensava que eram livres para amar enquanto ela era casada com um homem que lhe fornecia tudo, mas cuja lembrança começava a incomodá-la. Bertoldo era riquíssimo, porém o dinheiro começava a fraquejar perante a paixão que ela começava a sentir intensamente. Exigências amorosas fincavam raízes, e Verônica começou a ter ciúmes de João Antunes, não conseguindo livrar-se da dissonância interna que a dividia.

— Aonde vamos almoçar hoje? — indagou Riete, esfuziante. Por que não repetimos o Pinga de Cobra?

— Vocês podem ir, eu almoço no hotel. Vou preparar minha bagagem — disse Verônica, demonstrando um ar contrariado. Um doloroso sentimento lhe apertava o coração. Ela, que nem chegara a sentar-se, despediu-se, abriu a porta e saiu.

— Espera, Verônica! O que foi? — quis saber João Antunes, surpreso, levantando-se da cadeira e saindo atrás dela, até tocá-la no ombro. Verônica parou um instante em frente à casa, aguardando suas palavras. — O que foi, meu amor? — indagou João Antunes, mirando-a atentamente com uns olhos receosos e o semblante crispado. — Por que te aborreceste?

— Você deve decidir-se, João Antunes. O que eu temia aconteceu. Eu me apaixonei por você... Não posso mais fingir que ignoro a relação entre vocês. A paixão é mais forte que tudo, meu amor. Não é admissível dizer que me adora e que ama Riete. Isso é impossível; existe algo que deve ser elucidado e só você pode fazê-lo. Resolva a quem ama e o que é mais importante em sua vida — disse Verônica, sentindo seu coração dilacerar-se. — Durante a tarde, passe no hotel para conversarmos sobre isso. Quem sabe o Pinga de Cobra lhe mostre a verdade...

— Mas eu te adoro, Verônica! — exclamou João Antunes, vendo-a se afastar.

Ele curvou o rosto, sentindo-se angustiado. Retornou lentamente, cabisbaixo e com uma expressão desolada. Ao entrar em casa, estacou e fitou Riete com perplexidade, como se, naquele instante, começasse a pensar sobre o que lhe diria, pois sua paixão era Verônica.

— O que foi, querido? — indagou Riete, avançando dois passos e parando, mirando-o avidamente.

— Tua mãe tem razão, querida. É preciso que eu me decida... — disse, pensativo, em voz baixa, sem mais saber o que dizer.

— Mas já não havia decidido? Já não havíamos combinado datas e locais para comprar terras? — argumentou Riete, caminhando até ele e o abraçando.

— Riete, daqui a pouco retorno aqui para irmos almoçar. Vou à pensão e já volto — disse resolutamente João Antunes, desvencilhando-se dela, movido por uma súbita ideia, talvez uma maneira de protelar soluções ou de fugir daquele instante. Saiu, e ainda observou Verônica entrando na praça.

Caminhou pensativo até a pensão e dirigiu-se à cozinha. Santinha estava de costas, junto ao fogão, quando ele entrou. Ao ouvir seus passos, ela volveu-se e o olhou assustada.

— O que foi, meu lindo? Por que essa cara sofrida? — indagou, aproximando-se dele.

João Antunes abraçou-a, procurando em seu corpo um consolo para a angústia.

— Ora, meu querido, assente-se aqui e me conte tudo... Tenho certeza de que posso ajudá-lo — disse, com carinho maternal; ela colocou duas cadeiras bem próximas, uma em frente à outra; sentaram-se e ela se pôs séria, preocupada com João Antunes.

— Santinha, estou angustiado, sofrendo... sofrendo muito por amar duas mulheres, que também me amam. Verônica, mãe de Riete, pediu-me que eu me decida entre ela e a filha, e não sei o que faço, embora já tenha resolvido. Enfim...

Santinha ficou penalizada e começou a afagar os cabelos de João Antunes, dizendo-lhe palavras carinhosas que o foram acalmando, enquanto refletia sobre os conselhos que lhe daria.

— Olhe aqui, meu anjo, isso é uma situação comum no amor, essa coisa inventada por Deus e temperada pelo diabo: ou vai-se ao céu ou desce-se ao inferno... Ouça seu coração agora aqui comigo e me diga: a quem você ama mais, ou quem lhe seduz mais um pouquinho? — indagou Santinha, fitando João Antunes com um olhar profundo e carinhoso.

João Antunes fixou um ponto no chão com uma expressão distante, reflexiva, como que escavando sua alma. Começou a falar vagarosamente, com um tom desvanecido, e voltou a olhar Santinha.

— Riete é ardorosa, cheia de energia e determinação, deliciosa na cama e também muito bonita. Julguei que havia me decidido por ela... Mas o fiz momentaneamente, acho que de maneira superficial, pois Riete é muito impulsiva e dominadora. E talvez o tenha feito para aliviar a minha angústia. Mas, quando vejo ao meu lado a beleza de Verônica, Riete desaparece. Que mulher fascinante e encantadora, Santinha! Além disso, Verônica possui um coração generoso, é muito meiga... Eu a adoro. Riete, por sua vez, não é assim. Ambas têm personalidades diferentes...

— E Verônica na cama? — insinuou seriamente Santinha. — Me parece que Riete está lhe pegando pelo prazer...

— Ainda não a amei... — respondeu, com um brilho no olhar.

— Então, meu querido, é preciso começar a decidir pela cama. Quem trepa melhor leva vantagem. É um critério importante. Eu conheci um homem que era uma doçura no amor, muito carinhoso e que trepava como ninguém. Nunca me esqueço dos prazeres que me deu, mas durante o dia era uma merda e só me arrumava problemas. Mesmo assim, fiquei com ele dois anos, pois na cama trabalhava como ninguém. Para resolver, faça o seguinte:

ouça o seu coração; não decida nada agora, vá para o Sul e deixe o tempo passar, esfrie a cabeça. Em algum instante ele lhe dirá o que fazer. Por que se angustiar e ter que resolver isso hoje, meu querido?

— Amanhã eu viajo, Santinha. E Verônica deseja conversar sobre...

— Ora, ora! — exclamou ela com uma expressão enérgica, interrompendo João Antunes. — Que pessoa mais exigente! Alguma mulher vai deixar de amá-lo por causa disso? Pois, ao contrário, quanto mais o tempo passar, maior será o amor delas por você. Ó, meu anjo, por que acha que essas duas beldades estão te disputando? Pois dê-lhes esta resposta: diga que no momento está preocupado e que não tem como decidir — aconselhou-o com uma ternura resoluta, sorrindo e envolvendo o rosto de João Antunes com as palmas das mãos. — Basta fazer essa carinha, deixar esse jeitinho lindo aparecer, e pronto! Nenhuma mulher vai resistir, quanto a isso fique tranquilo. Já lhe falei a respeito. A escolhida virá correndo. Não seja ingênuo, João Antunes! — exclamou Santinha, de modo incisivo, com a expressão séria e retirando suas mãos. — Você não é um homem qualquer. Se são lindas, você é tão lindo quanto elas. Quando se trata de gente feia, o melhor mesmo é aceitar logo antes que fique sozinha. Mas você, meu anjo! Pois pode escolher quem quiser! Verônica e Riete são da capital, conhecem gente rica e bonita e que andam atrás delas, mas são apaixonadas por você, e por que acha que isso acontece? Aja dessa maneira e saberá a quem ama de verdade... — Santinha fez uma pausa e desviou o olhar, como se lembrasse de alguma coisa, e prosseguiu, com um semblante pensativo. — É possível amar duas pessoas, cada uma de um jeito, mas ao final certamente sobrará uma, ou nenhuma... — E retomou a maneira enérgica com que abordava seus conselhos, volvendo-se novamente para João Antunes. — Mas tenho a certeza de que você não viverá sem Verônica — concluiu, sorrindo e fitando-o com um olhar doce e convicto. — O amor é o mais delicioso dos sentimentos, meu querido, mas também o mais complicado... Quanta gente vive com a pessoa errada? Ama uma outra e vive frustrada, acorrentada por medos e preconceitos? Temem a liberdade. E, agora, fique calmo, meu amor, venha cá e não se amofine com isso; deixe a vida levá-lo pelos caminhos de seu coração — disse Santinha com ternura.

João Antunes encostou o rosto no ombro de Santinha e ela passou a afagar seus cabelos, experimentando ambos uma energia gostosa. Uma vida de sofrimentos e de muita experiência penetrava nele molemente, reconfortando-o. Durante alguns segundos, ele desfrutou do aconchego carinhoso de Santinha.

— Vou seguir teus conselhos, querida, embora sinto que realmente não possa viver sem Verônica... — disse, afastando seu rosto; beijou-a e abraçou-a calorosamente, e viu as lágrimas rolarem sobre suas faces encarquilhadas.

João Antunes retornou devagar, mas decidido, para reencontrar Riete. Ao deixar a pensão, notou espantado Valdemar Gigante sair quase correndo da casa de Riete e se embrenhar pela praça, demonstrando uma pressa estranha. João Antunes achou esquisita aquela afobação e ficou preocupado, apertando os passos. Ao chegar, deparou-se com Riete sentada à mesa, o rosto apoiado na palma da mão e um semblante reflexivo, ancorado sobre a mesa. Vestia um *peignoir* azul, folgado, que deixava à mostra os seus peitos. Ela ergueu os olhos para João Antunes e perguntou-lhe o que fora fazer na pensão, e por que demorara tanto. João Antunes sentou-se, pegou-lhe a mão e a beijou, sentindo-se aliviado ao vê-la bem.

— Fui conversar com Santinha, ela tem muita experiência de vida. Mas acabei de ver o Valdemar Gigante sair rapidamente daqui. Fiquei preocupado. O que ele veio fazer?

Riete começou a rir ao lembrar-se da reação de Valdemar Gigante.

— Ele veio conversar comigo sobre emprego, me perguntando se eu já havia comprado terras, pois lhe prometi que seria meu empregado caso comprasse uma fazenda. Ele me explicou que havia liquidado Roliel, já que ele abusara de mim. Eu já havia percebido desde o começo, logo quando o conheci, que Valdemar sentiu-se atraído por mim. Porém, ele tem uma timidez doentia... Coitado do Valdemar... — disse sorrindo, meneando negativamente a cabeça. — Mas eis que, em pé, conversando com ele, meu roupão abriu-se e ele viu meus peitos e sei lá mais o quê. Ele arregalou os olhos, espalmou as mãos à frente do corpo e foi se afastando apavorado, como se tivesse visto um fantasma, ao mesmo tempo em que dizia: "não, dona Riete, por favor! Não! Não!". Virou as costas e saiu correndo. Ele sempre me cortejava lá no garimpo, com aquele seu jeito arredio...

João Antunes também sorriu da estranha situação, curvando a cabeça e permanecendo pensativo um segundo.

— É... Este mundo é cheio de gente esquisita. Mas, se já estavas vestida para irmos almoçar, por que colocou o *peignoir*?

— Sentia calor com aquela roupa e você estava demorando. Bem... E, então? Foi pedir conselhos sentimentais à Santinha sobre o que fazer? Mas não é possível, meu amor, que não saiba decidir o que quer! Como pretende mexer com negócios se não é capaz de resolver a quem ama? — indagou Riete com uma voz enérgica, demonstrando um ar decidido. Seus olhos cintilavam com certa indignação e raiva.

— Riete, negócios do coração são mais difíceis que quaisquer outros. É mais fácil comprar uma fazenda, tendo-se o dinheiro, do que resolver questões amorosas. Segundo Santinha, a maioria passa a vida arrastando uma cruz porque escolheu o parceiro errado. E a cada nova escolha, a situação só piora. Ela, por exemplo, escolheu errado quatro vezes e acabou desistindo... Assente-se no meu colo, minha gatinha brava. — E encheu-a de beijos carinhosos. Puxou seu *peignoir* e beijou-lhe os peitos, com ciúmes do Valdemar. — Vá trocar de roupa e vamos para o Pinga de Cobra tomar uma cachaça para nos despedirmos de Cavalcante — disse João Antunes, erguendo-se e abraçando-a. Ele sentia-se relaxado após os conselhos de Santinha, esquecendo-se da necessidade angustiosa de resolver sua vida naquela tarde.

— Mas foi pedir conselhos a uma pessoa que errou quatro vezes?! — indagou, sorrindo, com uma expressão marota. — Jura, meu amor, que vai casar-se comigo? Ou até à noite já terá mudado de opinião? — indagou Riete com ironia, dirigindo-se ao quarto para vestir-se.

João Antunes sorriu, e logo saíram abraçados. Fazia calor naquele final da manhã. Como de hábito, João Antunes sondou o céu e viu prenúncios de chuva. Ele já descobrira os segredos do tempo em Cavalcante; sabia de que lado sopravam os ventos que traziam as nuvens carregadas. Nuvens de fim de ano. Chegaram ao bar, sentaram-se frente a frente na mesma mesinha da véspera e pediram a refeição. Antes, solicitaram um torresminho com a branquinha tenebrosa, e puseram-se a conversar sobre o futuro. Porém, João Antunes não lhe prometia nada, apenas divagava, dando corda em Riete. Como era habitual, o Pinga de Cobra ia atingindo o seu primeiro pico de agitação diária; o segundo pico geralmente era inaugurado pelo doutor Rochinha, por volta das oito horas da noite, que ali vinha diariamente fazer suas altas elucubrações sobre a humanidade.

Tilintaram os copinhos e mastigaram o torresmo, saudando a imaginação. Sorriam animados, conversando sobre o futuro, enchendo suas ideias com novilhos que abarrotariam pastos, trens e seus bolsos com muito dinheiro. João Antunes lembrou-se de seu querido Ventania e seus olhos brilharam. Sim, também criariam cavalos de raça. Conversavam como dois enamorados que sonham uma vida em comum, embalados pela cachaça. Mas intuíam que tudo era fugaz e superficial. Em determinado instante, Riete observou ao acaso o anel em seu dedo, retirou-o, sorriu e o comprimiu contra a palma da mão. Dirigiu a João Antunes um olhar carinhoso, porém cheio de um brilho enigmático, permanecendo um segundo com essa expressão insinuante. Abriu a mão, pegou o anel e o enfiou no dedo de João Antunes. Este sorriu assustado, sem entender aquele gesto.

— Como será o meu homem, terá a força do Barão Gomes Carvalhosa, o meu avô, pai de mamãe. — Repetia o gesto e a frase proferida por Verônica quando entregou o mesmo anel a Jean-Jacques.

— Então, isso significa que também serei assassinado... — comentou João Antunes, com inflexão misteriosa.

— Por favor, nem pense nisso, meu querido! — exclamou, horrorizada.

—Não posso aceitá-lo, Riete, ele te pertence, é uma joia de estimação — negou João Antunes e começou a retirá-lo do dedo.

— Não, não e não! Ele é seu! — Riete agiu rapidamente e com energia, impedindo-o de tirá-lo.

— Está bem, mas me incomoda usá-lo. Se vivermos juntos, eu o usarei... — comentou João Antunes com displicência; Riete sabia que dali a pouco ele lhe devolveria o anel.

— Pois, então, guarde o que lhe digo agora, meu querido! Um dia você o usará — interrompeu-o, convicta, sorrindo misteriosamente. — E não mais conversemos sobre isso.

Como estava de frente para a porta, João Antunes observou Carlos Val de Lanna entrar para tomar seu café costumeiro, após o almoço. Um sentimento doloroso refletiu em seu rosto. Ele ficou pensativo, com um olhar triste, observando o amigo junto ao balcão. Val de Lanna não o viu. Este representava, em relação à dualidade política de João Antunes, o mesmo que representavam Riete e Verônica em relação à sua dualidade amorosa.

— O que foi, meu amor, por que essa carinha tristonha? — indagou Riete, pondo atenção no semblante de João Antunes.

— Eu não sei onde está a felicidade, Riete, afinal, onde ela se esconde? Estou vendo o meu amigo Val de Lanna, que é cheio de ideais para mudar o mundo e isso o torna feliz. Ele tem a ideia mais nobre da humanidade: lutar para fazer feliz os infelizes deste mundo, melhorar suas vidas... — disse com a mesma expressão melancólica. Riete volveu-se e o viu no balcão.

— Ora, meu amor, não vai me dizer que também é igual a Jean-Jacques... Ele tinha essas mesmas ideias, e viver com elas é perigoso. Chegamos a discutir sobre isso. Na ocasião, eu lhe contei que tinha um professor na escola que vivia neurastênico com os desatinos da República, com os coronéis e as eleições fraudadas, enfim, essas mazelas... Pois eu disse a ele que pouco me importava com isso e repito o mesmo a você: manda quem pode e quem manda é o dinheiro, e é inútil lutar contra ele, portanto, meu querido, tire essas ideias da cabeça. Elas não levam a nada! — exclamou Riete com um ímpeto caloroso, até então desconhecido por João Antunes. — A primeira regra para mexer com negócios — prosseguiu ela — é ser pragmático dentro do que existe...

João Antunes, porém, a interrompeu:

— Riete, eu desejo comprar terras e criar gado não pela ambição de ser rico e muito menos poderoso, mas sim porque amo trabalhar no campo e adoro os animais. Fui criado nisso, gosto de ver os bezerros nascerem e crescerem livres nos pastos. Amo cavalgar. Se vier a enriquecer, ótimo, mas, sinceramente, não é o que me motiva — prosseguiu João Antunes com uma entonação convincente. Em seu rosto estampava-se a decepção com as ideias de Riete, mas ele ignorava suas próprias contradições. Esquecia-se que havia contestado Val de Lanna ali mesmo, no Pinga de Cobra, quando lhe manifestara com veemência ideias contrárias aos seus sentimentos de agora. — Enquanto eu vivia em Santos Reis — prosseguiu ele —, nunca me importei com problemas sociais, mas bastou a viagem que fiz e a leitura de um livro para tomar consciência disso. É enorme a injustiça em nosso país. Uma terra rica que poderia proporcionar o mínimo a todos, mas em que os poderosos não aceitam perder seus privilégios. E, como bem o disseste, são eles quem mandam.... Não gostam sequer de conversar sobre isso e são prepotentes... — disse João Antunes, rodando o copinho de pinga sobre a mesa com uma calma desdenhosa. Ele repetia ideias que ouvira de Val de Lanna, incluindo a maneira como elas são discutidas, e que o fizera até mesmo sentir antipatia pelo amigo. Entretanto, as repetia agora, sem atentar nas incoerências que dizia. Um certo furor cintilou em seus olhos, misturado a um ar de deboche. — Se não sou capaz de agir, como certamente Val de Lanna o fará, pelo menos posso pensar perigosamente, não achas? — perguntou com ironia.

— Nossa, meu amor, que indignação exaltada! Só porque viu o seu amigo você resolveu encher-se de belas ideias? Pois já me falou com tanto prazer sobre riqueza, sentiu-se um outro homem com a herança de Cocão, não é verdade? Então, por que renegar o que falou? — replicou Riete, mostrando-se ironicamente surpresa com a reação de João Antunes. — E o que há de errado em pensar como eu? — indagou Riete. — Não pense, meu querido, que sou uma alienada, uma ignorante, uma reacionária gratuita. Julgo assim por convicção e fundamentada em ideias: os mais capazes, em todos os sentidos e em todas as épocas, sempre superaram os mais fracos, e esses que se virem...

— Não há nada de mais em pensar como tu, pelo contrário, há, sim, uma enorme vantagem, pois vive-se em segurança, sem nenhum perigo e na crista da onda... — replicou João Antunes, aumentando seu sarcasmo.

— Pois, então, não é mais inteligente pensar como eu? Além disso, você também vive na crista, pois fica no meio agradando a todos e não assume nenhuma atitude, a não ser ficar admirando os nobres ideais... — retrucou Riete com escárnio, extravasando ironia. Ela pronunciou tais palavras emanando profunda segurança. — Mas, afinal, por que estamos perdendo tempo com isso? Por que esse nosso deboche raivoso? — indagou Riete, espantada. — Querido, você viu o Val de Lanna e se enfureceu comigo, como no caso de Cocão... — comentou, meio receosa. João Antunes ignorou o comentário.

— De fato, Riete, estou sendo contraditório e já assumi isso ao próprio Val de Lanna... Existem poucos homens que se sacrificam e lhe confessei que eu não sou um deles. A coerência exige coragem e abnegação, e é difícil juntar essas qualidades numa só pessoa. Entretanto, já é uma boa coisa que a simples presença de Val de Lanna nos leve a questionar e a provocar discussões, não achas? Aliás, a sua presença é dispensável, bastam as ideias nele encarnadas... A sua função é mesmo essa, perturbar... — comentou João Antunes, sorrindo e despojado de persuasão, pois eram apenas argumentos contra a solidez de Riete.

— E de que adianta admirar pessoas como Val de Lanna? Pois isso não muda nada, e ainda bem que é assim! Você está certo de somente admirá-lo, pois desse modo não complicará sua vida. E não fique espalhando essas tolices — disse Riete de maneira categórica, ostentando um ar de profunda superioridade. Ela sorriu enquanto acariciava a mão de João Antunes, como quem afaga uma criança.

— Riete, se formos viver juntos, será necessário que tu me conheças melhor... Precisamos defender nossas convicções, que são a nossa dignidade e a única coisa que temos. Talvez a minha essência seja diferente da tua e convém tu pensares nisso antes... — advertiu João Antunes, refletindo alguns segundos. Em seguida, retirou o anel de seu dedo.

— E quais são as suas convicções? — replicou Riete de supetão, em meio a um sorriso irônico, ao qual João Antunes respondeu com um semblante débil, autointerrogativo, sem achar a resposta.

— Querida, não posso usar esse anel, que já me incomoda... — conseguiu dizer. — Ele simboliza tudo aquilo que abomino e o que acabei de falar. Os barões, a escravidão, a perversidade de uma sociedade insensível ao sofrimento... tudo isso esse anel representa. Jean-Jacques tinha razão quando o ironizou como o anel das elites... — completou João Antunes.

— Ai, Deus! Quanta bobagem, meu querido. Quando começar a ganhar dinheiro, você vai mudar suas ideias — disse Riete, com convicção e displicência, observando o garçom chegar com o pedido. Ela não mais desejava prolongar a conversa. Recolocou o anel e esticou os dedos, admirando-o, sorrindo, absolutamente convencida de suas ideias.

Almoçavam com calma, imersos em pensamentos, observando vagamente as pessoas ao redor. Enquanto comiam, João Antunes começava a sentir uma divergência profunda e talvez definitiva entre eles. Começava a se afirmar em seu espírito um sentimento primordial. Era a generosidade que enriquecia a vida, e eram pessoas capazes de senti-la que deveriam fazer parte de seu mundo, refletiu.

— É... — assentiu João Antunes, lacônico. — E tu? Te dás bem com teu pai? — indagou, como que desejando mudar de assunto, numa inflexão sutilmente agressiva.

— Adoro papai, ele sempre me foi carinhoso e teve bastante influência sobre mim... Já mamãe tem bom coração, puxou à vovó... — comentou Riete, com uma expressão misteriosa.

João Antunes, ao observar Val de Lanna preparar-se para ir embora, levantou-se e correu até ele, a fim de se despedir. Entabularam rápida conversa, caminharam até a saída e apertaram-se as mãos, prometendo se reverem algum dia.

— Tu recebeste o meu endereço?
— Sim.
— Cuidado, eles são violentos... — preveniu João Antunes, olhando-o fixamente como que desejando retê-lo em sua memória.

— Eu sei que correrei esse risco — respondeu secamente Val de Lanna, e se separaram.

João Antunes baixou o rosto, entristecido com a despedida seca de Val de Lanna. Muito pensativo, ergueu o olhar e verificou que logo choveria. Observou alguns urubus sendo fortemente deslocados pelo vento, quase parados no ar. Retornou vagarosamente à mesa, mantendo em seu semblante qualquer coisa de dolorosa e definitiva.

— Vamos embora, Riete, a chuva está chegando — disse João Antunes, já fazendo um sinal ao garçom, solicitando a conta.

— Mas nem terminamos!

— Algum dia terminaremos esse almoço...

Pagou e saíram do Pinga de Cobra pela última vez. Na esquina da Rua Três com a Avenida Tiradentes, eles despediram-se e combinaram de se reencontrar à noite.

— Vou para a pensão arrumar minha bagagem, enquanto a chuva cai — disse João Antunes, já sentindo as primeiras gotas sobre o rosto.

— Te espero, querido, até à noite! — despediu-se Ester, pondo-se a caminhar depressa.

João Antunes ainda observou a praça e viu as pessoas apressadas em busca de abrigo. Um sentimento deprimente o invadiu de repente; pensou em Verônica, sentindo urgência em revê-la. A chuva aumentava de intensidade enquanto ele atravessava a rua. Em alguns segundos, olhou à esquerda e viu Riete correndo, aproximando-se de sua casa. João Antunes apressou-se e entrou na pensão com os ombros já umedecidos. Ao chegar, teve uma grata surpresa ao receber do senhor Vicente a resposta da primeira carta que escrevera à mãe. Pegou-a e correu para o seu quarto. Lá chegando, abriu ansiosamente o envelope e deitou-se para lê-la.

Santos Reis, 2 de setembro/1918

Adorado bambino,
Não podes imaginar a saudade que sinto de ti. Desde que tu partiste, um pedaço de minha vida foi-se contigo. Como estás de saúde, meu querido? Fiquei preocupada ao ler a tua carta, quando me revelaste tua solidão e tuas angústias, bem como as incertezas que pairam sobre os teus projetos. Apesar de tua falta,

devo incentivar-te a prosseguir em busca de teus sonhos. Todos aqueles que lutam por um ideal e vão para longe empreendê-lo passam por essas dificuldades. Sou eu mesma testemunha disso e atesto a ti a imensa tristeza que sofri ao deixar as Ilhas, mas superei o sofrimento e hoje sinto-me adaptada ao Brasil, que aprendi a amar. Cabe-me, portanto, como mãe, te apoiar nas horas difíceis. Ao vencer, como tenho certeza de que farás, tu te sentirás fortalecido e alegre com a vitória e serás um novo homem, pronto para qualquer desafio. Não te esqueças: a vida cobra um alto preço dos que se arriscam, mas cobre de glórias os vencedores, já foi dito por alguém. Portanto, essas primeiras linhas têm o objetivo de transmitir-te forças e ânimo. Não só eu, mas todos sentem a mesma saudade. Ester também tem sofrido com a tua ausência e está por te escrever.

Doutor Getúlio esteve em Santos Reis na semana passada e perguntou por ti. Disse-me que te encontrou em Porto Alegre dentro de uma livraria e elogiou teu interesse pela cultura. Contou-me que te presenteou com um livro escrito por um amigo dele. Como sempre, foi muito simpático conosco.

Entretanto, querido filho, devo comunicar-te um triste acontecimento que, infelizmente, não posso manter em segredo, e o evitei no começo da narrativa. Tu deves te lembrar daquela última festa de São João em Santos Reis, bem como do comportamento de teu pai na ocasião. Pois, a partir daquela noite, ele nunca mais foi o mesmo. Fechou-se num estranho mutismo, mal conversando conosco em casa, e mesmo com os seus amigos peões. Todos eles notaram a sua brusca mudança de comportamento e inclusive vieram comentar comigo a respeito. Não pude explicar-lhes algo de foro íntimo, do qual suspeitava, e que se trata, creio eu, do seguinte: naquela noite, quando tu estavas com a Ester em nossa casa, amando-a, não sei por qual razão fiquei muito excitada e invejosa do prazer de vocês e, inconscientemente, transmiti essas emoções a teu pai. Ele as captou e se isolou num canto, tu te lembras, não? Como eu havia bebido um pouco mais que o normal, tornei-me muito liberada nas danças de quadrilhas, nas trocas de pares, e teu pai ficou enciumado. Tu o conheces bem: talvez imaginou que não fosse capaz de me satisfazer como homem e de que eu desejava outros, ou qualquer coisa semelhante a isso. O fato é que se aborreceu. Digo-te essas coisas, meu bambino, porque não existe segredos entre nós. Porém, a partir desse mutismo, uns vinte dias após, ocorreu um trágico acidente: cavalgando com os peões, ele subitamente sentiu-se mal e caiu do cavalo, batendo fortemente a cabeça no chão. Todos acorreram para socorrê-lo e o trouxeram para casa, onde chegou inconsciente. Permaneceu nesse estado durante dois dias, ao fim dos quais veio a falecer, em 22 de julho. O general Vargas, imediatamente após o acidente, chamou o médico em São Borja, mas os esforços foram em vão. Não imaginas a minha dor, que se somou à saudade de ti... Meu sofrimento, além da perda do meu querido Antenor, é sentir-me culpada pela sua morte, devido ao meu comportamento assanhado naquela festa. Mas como poderia eu imaginar (...).

Neste instante da narrativa, João Antunes sentiu sua alma ser rasgada pela dor e começou a chorar profundamente. Seus soluços eram abafados pela forte chuva sobre o telhado, mas ele não a ouvia. Só pensava em seu velho pai, Antenor, aquele homem tão honesto e rigoroso consigo e com os outros, e concluiu que essa personalidade severa o matara. Durante o restante da tarde, João Antunes permaneceu inconsolável, completamente arrasado, lembrando-se de sua vida ao lado do pai, que nunca deixara de ser seu grande amigo. Arrependia-se amargamente das observações que lhe fizera sobre sua excessiva honestidade e da maneira rigorosa de ser. E, quando se lembrava das minúcias que geralmente deixamos de fazer por aqueles a quem amamos, minúcias que se agigantam e que são impossíveis de serem resgatadas no presente, a dor que lhe pungia a alma aumentava, e ele chorava intensamente.

(...) Quando puderes, venha amenizar a nossa dor e matar a nossa saudade, e rezar no túmulo de teu pai.

Tua mãe que te adora,
Felinta Savelli.

Já era começo de noite quando, junto com a chuva, sua dor abrandara. João Antunes levantou-se e acendeu a luz; lentamente, foi rasgando aquela carta em pequenos pedaços, experimentando sentimentos confusos e conflitantes, e jogou-os na lixeira. Dirigiu-se ao banheiro e demorou banhando-se, perdido em pensamentos. Executava tudo vagarosamente, e cada gesto ao vestir-se era feito com a imaginação perdida em seus pais e no sofrimento da família. Ansiava pelo amanhã, quando viajaria para o Sul. Súbito, pensou em Verônica, e uma faísca de felicidade rasgou-lhe a escuridão. Acendeu a luz do corredor, passou pelo *hall* e observou a cozinha, onde viu Santinha se preparando para ir embora. Ao vê-lo tão abatido, fitou-o espantada e foi até ele.

— O que foi, meu lindo? Outra vez, por que tanta tristeza? A que horas parte amanhã cedo?

— Cinco horas da manhã, Santinha. Não foi nada, notícias de casa... — respondeu evasivo, com o coração dilacerado.

— Então chegarei às quatro para coar-lhe o café — disse com inflexão vigorosa, cheia de energia. — Resolveu o problema amoroso? — indagou, fitando-o intensamente.

— Segui teus conselhos, Santinha. Foram ótimos, não mais me preocupo com ele... — respondeu João Antunes, suspirando fundo, insinuando um sorriso. — Estás saindo? Vais na direção do hotel? — perguntou ele, consultando as horas no relógio afixado na cozinha: 19h10.

— Não, sigo a Tiradentes.

João Antunes deu o braço a Santinha e desceram juntos até o passeio. Em frente à pensão, despediram-se. A chuva passara, mas fora substituída por uma brisa fria e cortante; nuvens remanescentes tornavam a noite ainda mais escura. João Antunes atravessou vagarosamente a rua e se embrenhou na alameda, que se iniciava em frente à pensão. À medida que caminhava, a lembrança de Verônica salpicava de felicidade sua amargura. Desde que a chuva cessara, ela passou a sondar a pracinha através da vidraça de seu quarto, em busca dele. *Não viera durante a tarde certamente por causa da chuva*, pensara Verônica. Ao vê-lo, experimentou aquilo que os apaixonados sentem. Acompanhou-o até ver João Antunes desaparecer na entrada do hotel. Correu ao espelho e se arrumou rapidamente, aguardando ser chamada.

— Mande-o subir — respondeu Verônica, após entreabrir a porta e receber o empregado.

João Antunes subiu a escada pensando em várias coisas que se tonaram confusas após receber a notícia do falecimento do pai. Bateu à porta e ouviu os passos apressados se aproximarem. Verônica abriu-a, e durante um breve instante, se entreolharam ansiosamente, como que desejando adivinhar o que cada um diria.

— Entre, meu querido. Mas o que foi? Parece tão agoniado... — perguntou-lhe Verônica, fitando-o atentamente enquanto colocava-se de lado, mantendo a mão sobre a maçaneta. — Assente-se ali. — Indicou-lhe uma pequena poltrona junto à parede, e fechou a porta.

João Antunes caminhou alguns passos, sentou-se, e novamente quedou-se admirado por aquela mulher fascinante. Durante alguns segundos, ambos persistiram travando aquele diálogo mudo.

— Aconteceu-lhe alguma coisa desagradável? — insistiu Verônica, sentando-se na cama e cruzando as pernas, efetuando um gesto maravilhoso e liberado. Avançou seu rosto, aguardando as explicações de João Antunes.

— Recebi uma carta de mamãe dando-me notícias e... — João Antunes curvou o rosto e sentiu as lágrimas aflorarem. Ele não desejava revelar a ninguém que seu pai falecera, porém, compulsivamente, começou a mencionar o acontecido. Contou vagarosamente, enxugando as lágrimas, entre soluços.

— Ó, meu amor! Venha aqui... — Verônica levantou-se da cama e correu até ele. João Antunes também se ergueu, e se abraçaram, permanecendo alguns segundos em silêncio. — Quando foi isso? — murmurou ela, ainda abraçados, mantendo seu rosto lateralmente colado ao dele; eles tinham quase a mesma altura.

— Em julho, mas só hoje recebi a resposta de minha primeira carta... — respondeu João Antunes. Ele mergulhou o rosto entre os cabelos de Verônica e fruiu a fragrância do seu corpo. Aquele aroma estonteante lentamente lhe entorpecia o espírito e ia abrandando o seu sofrer. Ela afagava suavemente suas costas, dizendo-lhe palavras afetuosas e confortadoras. Verônica afastou-se e envolveu as faces de João Antunes com as palmas das mãos, passando a acariciá-las, mirando-o com um olhar cheio de ternura e paixão. Entre beijos carinhosos e cochichos amorosos, lentamente, com muita delicadeza, foram se excitando de um modo suave e crescente. Aos poucos, a dor de João Antunes ia sendo sobrepujada pelo amor, pelo presente instante, e uniram seus lábios num beijo que parecia sem fim. Instalou-se depois um sentimento de abandono e de cálida ternura, interrompido pela voz langorosa e sensualíssima de Verônica:

— Afinal, minha paixão, já decidiu a quem ama? — indagou ela ofegante, porém com uma lucidez espantosa para o momento em que viviam, pois estavam prestes a desabar sobre a cama. Verônica já sentia o sexo enrijecido de João Antunes entre suas coxas e tinha o seu molhadinho, em brasas.

Ante àquela indagação, João Antunes experimentou subitamente uma brusca mudança emocional, que parecia haver quebrado aquele instante. Sim, já se decidira, porém, sem saber a razão, pensou nos conselhos de Santinha. Naquele momento, desejava ardentemente amá-la e se esgotar dentro daquele corpo magnífico. Mais alguns instantes estariam amando, pois o gozo era iminente. Um segundo impulso o induziu a murmurar, entrecortado por leve sorriso e em tom de brincadeira, talvez julgando que Verônica, exultante ao ouvi-lo, fosse então convidá-lo para o que diria:

— Para me decidir preciso experimentar teu corpo, querida. Venha, meu amor. Vamos... — pronunciou ofegante, com dificuldade, beijando seu rosto e estreitando-a em seus braços, sentindo a excitação doer-lhe no sexo.

Verônica, malgrado sua paixão por João Antunes e o desejo do instante, experimentou uma aguda decepção que imediatamente destruiu o seu momento. Seus olhos lacrimejaram e a desilusão substituiu o seu ardor, estampando-se em suas faces. Sentia-se ultrajada.

— Porém, não é assim que se escolhe uma mulher, meu querido. Estou desejando o seu amor, mas não estou disputando com minha filha para saber quem tem o melhor corpo ou quem trepa melhor. Se é assim... — pronunciou Verônica lentamente, decepcionada com as palavras de João Antunes. Ela curvou o rosto para o lado e baixou os olhos, retrocedendo alguns passos. Voltou a fitá-lo, com um semblante triste, desapontado, perplexo com aquelas palavras. Ele imediatamente se deu conta do absurdo que dissera e sentiu-se envergonhado, dando inteira razão à Verônica. João Antunes também curvou o rosto, permanecendo separados pelo constrangimento. Não deveria ter brincado com a ideia que Santinha sugerira; e muito menos ela o aconselhara a dizê-la.

— Tu tens inteira razão, minha querida. Desculpa-me a asneira que disse, embora a tenha dito em tom de brincadeira. Eu... eu quero é a ti... Eu te adoro, Verônica. Estou perturbado com a morte de papai... — justificou-se João Antunes, sem nenhuma persuasão, sentindo-se decepcionado consigo mesmo e com a resposta categórica de Verônica. Tudo que dissesse se tornaria iníquo.

Ele sentia-se arrasado, e aquele seu estado melancólico anterior descambou para uma profunda tristeza. Sua imensa excitação desaparecera. O silêncio se impôs e os incomodava, e foi rompido por João Antunes:

— Então, adeus, Verônica. Fiquei de passar à noite na casa de Riete, mas, mediante a minha amargura e mais essa tristeza de agora, diga a ela que não tenho condições sequer de despedir-me e... que a encontro no hotel na data combinada. Além disso, tenho que arrumar minhas malas, pois havia programado para fazê-las durante a tarde, mas não foi possível... — disse João Antunes, sentindo um nó na garganta.

— É melhor que fique com Riete, ela precisa mais de você do que eu... — aconselhou Verônica, erguendo os olhos, dizendo o contrário do que seu coração dizia. Ao ouvi-lo mencionar novamente o Hotel Londres, em Copacabana, sentiu-se dilacerada. Permaneceram ambos se entreolhando, sondando-se ansiosamente, desejando ambos se atirarem nos braços um do outro. Porém, havia uma barreira criada pelo amor-próprio de Verônica e pelo constrangimento e a dor de João Antunes, que superavam a paixão que sentiam.

João Antunes dirigiu-se cabisbaixo até a porta e a abriu vagarosamente. Voltou-se para Verônica com os olhos marejados e fitou-a intensamente, manifestando a sua dor.

— Adeus, minha adorada... É a ti que eu amo... — despediu-se e fechou a porta.

Verônica, como no passado já fizera por Jean-Jacques, caiu de bruços sobre a cama num choro convulsivo. Abafava seu pranto sobre o lençol, amargurada pelas vicissitudes de sua vida. Ainda chorando, levantou-se e dirigiu-se à vidraça, procurando ainda vê-lo. João Antunes desceu a escada, despediu-se de tio Lauro, um especialista na psicologia amorosa. Este, ao vê-lo abatido, abriu-lhe seu sorriso incrivelmente simpático e lhe disse, após a despedida: "Isso só o fará mais feliz. O amor é assim mesmo, cheio de artimanhas...", filosofou, com uma explicação sugestiva e enigmática. João Antunes desceu os degraus e passou a caminhar pela vereda, rumo à pensão; olhou o Pinga de Cobra e viu aquela animação efêmera que guardou como a última lembrança de Cavalcante. Ali estavam aqueles boêmios espantando aquela coisa chata que os arranhava por dentro, afogando-a na bebida e imaginando outra vida. Para os que ali estavam, o Pinga de Cobra era a única e derradeira rota de fuga. João Antunes observou o doutor Rochinha, com seu passo miúdo, adentrar o bar para sua viagem noturna, o que o levaria para longe de Cavalcante. Fazia frio e não havia estrelas no céu. Atrás da vidraça e do brilho de seu olhar luziam as lágrimas de Verônica, acompanhando a figura solitária de João Antunes sob as copas das pequenas árvores, até vê-lo entrar na Pensão Tocantins.

Muito abatido, ele pôs-se a arrumar sua bagagem. Ao pegar a *Divina Comédia*, folheou-a rapidamente e abriu-a ao acaso no Canto XXX: "Ó vós, que estais neste mundo de dor, isentos de toda a pena, sem que eu saiba o porquê". Fechou-a, pensativo, ajeitando-a entre suas roupas. Demorou muito a cair no sono, fatigado pelas emoções daquele dia.

Não obstante, às quatro da madrugada já estava de pé, encapotado, conversando com Santinha, que acabara de chegar apressada, enrolada numa pequena manta. João Antunes já trouxera sua bagagem até a sala. Ela rapidamente preparou-lhe a refeição. Ele sentou-se à mesa e tomou o café, servido com broas de fubá, enquanto Santinha passava sobre a chapa um bife suculento, segundo ela, para lhe dar "sustância". Após fazê-lo, sentou-se em frente a ele e manteve-se em silêncio, fitando-o com um olhar de tristeza. Ao terminar, João Antunes levantou-se e a olhou carinhosamente.

— Adeus, Santinha, jamais te esquecerei... — despediu-se, com uma entonação comovida.

— Ah, meu Deus, por que vai-se embora? Cavalcante perdeu seu encanto... — lamentou-se, com os olhos marejados, e o abraçou calorosamente, permanecendo assim alguns segundos. — Ah, meu lindo, antes de partir, quero que me satisfaça um desejo... — pediu-lhe com os lábios trêmulos e os olhos súplices. — Quero que me beije na boca... na boca! Só assim morrerei feliz — suplicou Santinha, apertando-o contra o seu frágil corpo envelhecido.

João Antunes sorriu condescendente, envolveu suas faces e sentiu aqueles lábios flácidos e ansiosos em busca dos seus, mas o fez carinhosamente e com certo vigor, sonhando com Verônica. Nesse instante, Santinha subiu aos céus.

— Agora, sim, já posso deixar este mundo, beijei o homem mais maravilhoso que Deus pôs na Terra... — interrompeu-se ofegante, com o coração aos saltos, levando a mão ao peito devido a uma dorzinha súbita. Santinha estava pálida e emocionada.

— Tudo bem contigo, Santinha? — indagou João Antunes, prestando atenção em seu semblante.

— Se eu estou bem? Ah, meu querido, isso é pergunta que se faça?! Pois nunca estive tão bem em minha vida, nunca fui tão feliz! — exclamou Santinha, com certa dificuldade, mas com alegria, demonstrando uma convicção vigorosa em seu rosto agora afoguedo. Aquele semblante tão encarquilhado e maltratado pela vida havia repentinamente rejuvenescido, e seus os olhos cintilavam a felicidade adolescente do primeiro amor. Mas tudo foi muito rápido, pois, de súbito, Santinha desceu à Terra e se entristeceu, começando a soluçar. — Gervásio já está aí em frente com as mulas. É um rapaz bom e honesto — disse ela, com a voz desvanecida, enxugando as lágrimas.

João Antunes abriu a porta de entrada e pediu a ele que começasse a carregar a mula.

— Então, adeus, Santinha. Quem sabe algum dia nos veremos novamente. Dá um abraço no senhor Vicente... Ontem tive um dia atribulado e não o vi, mas já havia acertado a despesa com ele... — disse João Antunes, fazendo-lhe mais um afago antes se dirigir à saída. Ele ajudou Gervásio a amarrar o pequeno baú e a mala sob o dorso de uma das mulas, e depois, como de hábito, examinou as patas dos animais.

Santinha o acompanhou até a porta e estacou, observando João Antunes fazer os últimos preparativos, pagar Gervásio e montar. Viu-o segurar o cabresto da segunda mula, onde ia sua bagagem. Fez a Santinha um gesto de adeus e lentamente partiu. João Antunes ouviu os soluços irem se distanciando, até se fixarem em sua memória. A madrugada estava ainda escura e o céu carregado. Fazia frio. A pequena pracinha estava encoberta pela neblina. Apenas esparsos pontos de luz iluminavam fracamente as ruas. João Antunes rumava na direção sul, dirigindo-se à cidade de Goiás, ao contrário de sua viagem ao garimpo, situado ao norte. Esperava chegar ao meio-dia ao ponto da Pedra Redonda, onde pegaria o caminhão.

Riete dormira mal essa noite, imaginando os motivos pelos quais João Antunes não aparecera. Cogitara ir à pensão, mas relutara devido a certo temor. Esperou o dia amanhecer para correr até o Hotel Central. Lá chegou cedinho, receosa de encontrar João Antunes com sua mãe. Porém, Verônica estava ainda dormindo quando Riete bateu à porta. Sonolenta e muito triste, ela narrou à filha que estivera à noite com João Antunes e que este lhe revelara o falecimento do pai. Não estava em condições de revê-la, e pediu a Verônica que lhe transmitisse um abraço e disse que a encontraria no Rio, conforme haviam combinado. Verônica e Riete viajariam para São Paulo no dia seguinte. Para elas, aqueles dias conturbados em Cavalcante haviam chegado ao fim, mas suas presenças deixaram em Cavalcante emoções inesquecíveis.

Cerca de seis horas da manhã, amanhecia. A alvorada anunciava um céu azul. João Antunes olhou a leste e viu a luz atrás da nascente. Ele cavalgava sobre as primeiras elevações ao sul. De muito longe, atrás de si, observava a neblina cobrindo parte dos morros adjacentes à Cavalcante. Parou um instante e voltou-se para a cidade, já afastada, e passou a pensar nos dias que ali vivera, comparando-os à selva escura de Dante Alighieri. Em suas lembranças, começaram a desfilar a sequência de fatos que jamais imaginara viver, emoções intensas, alternadas e conflitantes e que haviam lhe causado tantos sofrimentos. Desde que chegara a Cavalcante, refletia com o olhar perdido sobre a cidade, nunca desfrutara uma estabilidade emocional. Finalmente, como se não bastasse, às vésperas de sua partida, dois acontecimentos vieram novamente amargurá-lo: recebeu a notícia de que seu pai falecera, e quando imaginava que amaria Verônica, palavras insensatas o fizeram retornar cabisbaixo à Pensão Alto Tocantins. A amenizar seus percalços, havia sempre o espírito forte de Santinha a injetar-lhe ânimo. E foi dirigida a ela a sua derradeira lembrança, quando esporeou a mula e sacudiu as rédeas, dando as costas a Cavalcante. Lembrou-se de seu corpo miúdo, do fulgor de seus olhos e de seus lábios murchos buscando avidamente nos seus a vida que se fora. Mas, dentre tantas emoções vividas, João Antunes ignorava qual a última que levava nos alforjes de sua alma.

Havia, porém, um saldo material que aos poucos lhe retornava ao espírito e ia-se consolidando numa emoção à parte, antecedido, não obstante, por uma indagação dolorosa: por que tão dramática conjunção de fatores lhe proporcionara o objetivo pelo qual fora a Cavalcante? João Antunes conseguira o dinheiro que lhe daria terras à custa de um drama trágico, envolvendo misteriosos desígnios. Ele, porém, ignoraria para sempre que foi a incidental cena de amor entre ele e Riete, em frente à janela do sobrado, que suscitou sua fortuna. Se Riete não tivesse surgido em sua vida quando Marcus o adorava, talvez o desfecho fosse outro, embora Marcus já houvesse decidido o seu destino. Aquela cena, tão pungente para Marcus, precipitara um episódio casualmente verossímil e trágico. Era esse o misterioso sentimento que alfinetava a alma de João Antunes naquela manhã azul e triste em que dobrava uma página conturbada de sua vida. Ele nunca viria a compreendê-la totalmente.

23

Em uma tarde no início de novembro, João Antunes finalmente chegou à estância de Santos Reis. Como não era esperado, sua família teve uma grata surpresa e sentiram-se exultantes. Sua mãe Felinta o abraçou chorando, emocionada por rever seu querido *bambino;* somava-se ao seu pranto a recordação de seu marido. E era isso o que mais comovia e amargurava João Antunes, pois se deparava com a metade da felicidade que deixara em Santos Reis. Ao abraçar demoradamente a irmã Cecília, sentiu de imediato que aquele clima emocional no qual crescera não mais existia. Logo após a chegada, passada a euforia inicial, o primeiro desejo de João Antunes foi visitar o túmulo do pai. Felinta lhe disse que Antenor fora enterrado sob as laranjeiras, no pequeno pomar existente atrás da casa. O general Vargas acedeu ao seu pedido, pois no lugar havia um pequeno banco no qual Antenor gostava de descansar após o almoço. O banco fora retirado e, em seu lugar, cavada a sepultura. Quase ao crepúsculo, os três dirigiram-se para rezar perante a pequena cruz que marcava o local. João Antunes permaneceu ali muito tempo num choro intermitente, relembrando seu pai, compreendendo-o melhor, porém, tardiamente.

— O lugar de capataz chefe seria teu, disse-me o general Vargas — revelou-lhe Felinta, com a voz desvanecida e os olhos marejados, enquanto ceavam.

— Quem ficou no lugar de papai?

— Ambrósio.

— É uma boa pessoa... — comentou laconicamente João Antunes.

— O general Vargas foi generoso conosco. Permitiu-nos continuar morando aqui e arrumou emprego para Cecília, na casa da estância — comentou Felinta, baixando suas vistas. Após a morte de Antenor, Felinta passou a sentir insegurança econômica.

— Não te preocupes, mamãe, logo compro minhas terras e irão morar comigo — disse João Antunes, captando o que se passava no íntimo de sua mãe.

— E onde pretendes comprá-las? — indagou Felinta, voltando-lhe ansiosamente seu olhar.

— Nos próximos dias resolvo este problema — respondeu pensativo, indicando que começava a refletir seriamente sobre o assunto.

— Meu filho... e a Ester? Tu me disseste na segunda carta que amavas outra mulher... Tu pediste para conversar com ela a respeito disso? — indagou, com um ar preocupado.

— Pois é, mamãe... Aliás, não cheguei a receber a resposta da segunda carta que te escrevi e muito menos a resposta de Ester. Pedi ao Vicente, o dono da pensão, que tão logo as recebesse as reenviasse para cá... E ela, como reagiu?

— Não lhe disse diretamente, apenas insinuei. Mas ela chorou muito e se abateu. Depois ela apareceu aqui duas vezes, desejando saber notícias tuas, mas evitei o assunto.

— E o Ventania?

— Está te aguardando! — respondeu, experimentando uma alegria repentina. — Mas me conte mais sobre a tua vida em Cavalcante... — sugeriu Felinta, mirando-o carinhosamente.

— Mamãe — respondeu João Antunes de maneira pensativa, baixando seus olhos —, minha vida em Cavalcante resumiu-se numa alternância entre o céu e o inferno. Jamais pisei a Terra... — respondeu de modo enigmático, com os olhos mirando tristemente um ponto sobre a mesa. Felinta observou-o com uma expressão assustada, sem compreender aquela resposta, e calou-se sobre a pergunta que fizera. — Depois a senhora me entregue a carta que Marcus me deixou, que veio junto com a segunda.

— Sim. Está bem guardada. De fato, uma despedida muito comovente... — disse-lhe Felinta, com uma expressão absorta. João Antunes a mirou rapidamente, surpreendido com a indiferença.

Cearam e ficaram até tarde da noite conversando sobre suas vidas. João Antunes, durante muito tempo, narrou-lhes as vicissitudes pelas quais passara. Observava que sua mãe envelhecera naquele curto período, e que aquela sua energia para enfrentar as adversidades esmorecera e tendia a desaparecer. Percebia que sentira muito a morte do marido, certamente porque se sentia culpada. Ele evitou mencionar aquele episódio ocorrido durante a festa de São João, e quando Felinta fez menção a ele, João Antunes interrompeu-a, dizendo-lhe que ela não tinha culpa da alegria que sentira.

Ao deitar-se para dormir, João Antunes deslizou vagarosa e demoradamente suas vistas sobre aquele ambiente que lhe fora tão familiar, e sentiu que ele não mais existia. Aqueles pontos habituais, tão significativos, nos quais costumava pousar seu olhar, perderam a receptividade costumeira e adquiriram novas conotações. Um deles, o seu preferido, antes tão afetivo, lhe revelava agora apatia, e sua condescendência se tornara dura e até mesmo repulsiva; uma barreira erguera-se entre eles, impedindo aquele afeto íntimo irrestrito. João Antunes desviou o olhar e sentiu uma profunda tristeza. O encanto daquele quarto, outrora cheio de confidências reconfortantes, se quebrara para sempre. Os quatro meses longe de casa, repletos de uma carga emocional tão densa e dramática, vividas num curto espaço de tempo, marcaram indelevelmente seu espírito.

Na manhã seguinte, João Antunes acordou com novo ânimo, e correu ao encontro de Ventania. À medida que encontrava os peões, estes o saudavam calorosamente, desejosos das novidades. Conversou muito tempo com Ambrozzini, ficando de revê-lo mais tarde em sua casa. Apressou-se depois rumo aos currais em busca de Ventania. Lá chegando, abraçou comovidamente seu pescoço e o encheu de beijos, pronunciando frases carinhosas. Ventania exprimiu alegria em rever seu amigo da maneira que só os peões entendem. João Antunes deu uma volta em torno dele, examinando-o cuidadosamente, e terminou com um tapa carinhoso na anca. Colocou-lhe uma rédea e o montou a pelo, e saiu cavalgando pelos lugares favoritos. João Antunes experimentava a antiga alegria, velhas emoções da adolescência emergiam de sua alma agoniada: ali estava novamente nas coxilhas do Sul sentindo o frescor da brisa acariciar-lhe suavemente o rosto. Mas ele queria mais, queria senti-la forte, e cutucou Ventania. A brisa acelerou-se sobre sua pele, empurrando sua cabeleira para trás. João Antunes apertou os olhos, curvou o tronco à frente e sorriu, mirando o topo da suave colina. Aquele vento refrescante lentamente lhe aquecia a alma com uma certeza insofismável: estava loucamente apaixonado por Verônica. Sim, aquela mulher incrivelmente bela seria a dona de seu coração. Era Verônica quem Ventania escolhia para ele. Já chegava ao topo e arrefeceu sua disparada. Parou seu galope, ergueu o tronco e volveu os olhos para a estância, lá embaixo. Naquele silêncio, quebrado pelo suave murmúrio do vento, João Antunes sorriu e acariciou a crina de Ventania. Uma imensa serenidade inundava-lhe a alma. Ele começava, finalmente, a descer em direção à Terra.

24

Durante o almoço, João Antunes exibia um humor excelente, o que levou sua mãe a comentar que só mesmo Ventania poderia deixá-lo feliz. Ele concordou com um sorriso malicioso, o que deixou Felinta com um olhar interrogativo. Em relação à véspera, a família estava contente. Ester soube que João Antunes chegara e o aguardava ansiosamente após o almoço. Naquele dia, ela fizera a pior comida de sua vida, reclamou seu Juvêncio: "Esqueceste o tempero, minha filha? Estou doente, mas meu paladar está voltando", gritou-lhe, repousando em sua cama devido a uma forte gripe. Logo após a reclamação, ele foi acometido por um acesso de tosse. Enquanto lavava o vasilhame, Ester, amiúde, olhava ansiosamente a trilha, desejosa de ver João Antunes sair de casa e caminhar em direção a ela. Ao avistá-lo, ela interrompeu o que fazia, desceu rapidamente a pequena escada, correu ao seu encontro e o abraçou aos prantos. Imediatamente, Ester sentiu que aquela sonhada junção de corpos não era a mesma de antigamente. Aquele tesão incontrolável que a deixava fora de si e que a fazia procurar o sexo de João Antunes para nele se esfregar ainda existia, e logo o sentiu novamente, mas o diálogo entre os seus corações, mais profundo e essencial, perdera a sintonia. Ester, então, compreendeu: João Antunes não mais a amava. Caminharam vagarosamente em direção à sombra do velho umbuzeiro; sentaram-se sobre as raízes e recostaram-se em seu tronco. Ela relembrou que, ali, no frio de junho, ambos gozaram intensamente, mas agora havia um clima diferente que os distanciava. Ester fitava a campina e via a desesperança em cada ponto que antes irradiava a certeza de um futuro feliz. Conversaram longamente sobre suas vidas, João Antunes justificando-se, e Ester pranteando em seu íntimo o desencanto. Procuravam uma conciliação de espíritos que provavelmente não mais haveria.

— Durante a tua ausência, meu amor — confessou Ester —, em três tardes ensolaradas e lindas como aquela, pedi ao maninho que encilhasse

Ventania e cavalguei até aquele lugar, ao lado da árvore onde tu esculpiste nosso coração sobre o tronco. Estendia a manta e ficava nua, sentindo a brisa me acariciar e me lembrando de ti. E gozava, imaginando tu dentro de mim, como naquela tarde — revelou com uma inflexão pensativa e melancólica.

João Antunes sorriu timidamente, mirando a campina com um olhar longínquo. Ele sentia o quanto Ester o amava e com que saudade o aguardara. Entendia o seu sofrimento, e também sofria com ele. Ambos permaneceram em silêncio, perdidos em pensamentos.

— Antes de sair de minha vida, paixão, me possua uma última vez e realize ao vivo o meu desejo — pediu-lhe Ester com um olhar súplice e marejado.

João Antunes sentiu um choque, cravou-lhe o olhar e relembrou do último pedido feito a ele por Marcus.

— O que foi, meu querido? Por que ficaste tão assustado? — indagou Ester, prestando-lhe atenção.

Durante muito tempo, João Antunes narrou-lhe de forma emocionada e minuciosa sua relação com Marcus e a herança que recebera, evitando falar sobre os romances que tivera com Riete e Verônica. Ester ficou profundamente sensibilizada com o trágico desfecho. Ao final da narrativa, ambos permaneceram calados por alguns segundos, absortos consigo mesmos.

— Pobre Marcus — comentou Ester. — Ninguém tem culpa de nada; ninguém pediu para nascer e muito menos vir a este mundo para ser discriminado e sofrer sem razão... ser uma vítima inocente. Além disso, as pessoas se diferenciam pelo caráter, pela sua generosidade e não meramente pelo impulso sexual, que é fruto aleatório do instante em que são concebidas. Meu Deus! Por que existe tanto preconceito e ódio nesta vida? Como o homem é cruel... — comentou Ester, misturando incompreensão à sua tristeza, com o semblante indignado. — Então, tu foste ganhar dinheiro no garimpo... e não foi preciso graças à bondade e ao amor de Marcus por ti... — comentou vagarosamente, ainda absorta e chocada. — Mas por que ficaste assustado quando te pedi para me amares? — repetiu a indagação inicial.

João Antunes mal ouvira essa última pergunta. As palavras de Ester relativas a Marcus atingiram profundamente o seu coração. Elas repetiam algumas ideias que Marcus lhe deixara. Ele sentiu-se emocionado e seus olhos lacrimejaram; durante alguns minutos, João Antunes chorou um pranto sofrido. Esta era uma ferida ainda aberta, difícil de cicatrizar. Esfregou os olhos e fitou-a carinhosamente com toda a ternura. Ester foi surpreendida por aquela reação inesperada, e olhou-o, sem compreendê-lo.

— Ester, tu és maravilhosa. Eu... eu te amo... te amo — balbuciou João Antunes, ainda muito comovido. — Não vou te trocar por ninguém. Nunca imaginei que eras tão sensível e que tivesses ideias generosas. — E se abraçaram e se beijaram, comovidos. — Vou buscar Ventania e te contar tudo o que aconteceu comigo em Cavalcante.

— Eu nunca ouvi uma narrativa tão trágica quanto essa... — replicou ela.
— Esses sentimentos surgiram enquanto tu me contavas o sofrimento de Marcus.

— O que os valorizam mais ainda, pela espontaneidade com que manifestaste — disse João Antunes, olhando-a ternamente.

Ester chorava de felicidade. Soluçava profundamente junto ao peito de João Antunes, que permaneceu afagando-a carinhosamente, ainda comovido; ele descobria emoções que novamente avaliava, agora, serem essenciais à sua vida.

— Mas o que me perguntaste há pouco? — indagou ele, retornando ao diálogo que mantinham.

— Por que assustaste quando te pedi para me amares? — repetiu Ester, ainda exibindo aquele seu ar de espanto.

— Como te disse, esse foi o derradeiro pedido feito a mim por Marcus. Eu jamais imaginaria que ele cometesse suicídio... Sabendo que seria impossível viver comigo, ele quis realizar esse seu último desejo. Depois lhe mostro a carta de despedida que me deixou, está com a mamãe — disse João Antunes, curvando o rosto e permanecendo em silêncio.

— E tu satisfizeste a vontade dele...

— Jamais poderia negá-la, e, se tivesse negado, não sei o que seria de mim... Tomamos então um banho juntos, foi o que ele me pediu... — comentou João Antunes, imaginando os pensamentos de Ester. E o meu desejo, naquele lugar? — indagou ela carinhosamente, já conhecendo a resposta pela felicidade que lhe inundava a alma.

— Claro, meu amor, eu te amo e estou há um mês sem mulher, iremos matar agora nossa vontade. Tu queres ainda hoje? Temos toda a tarde pela frente e o sol está magnífico, como daquela vez — disse, beijando-a várias vezes.

— Meu querido, então vá correndo encilhar Ventania — pediu-lhe Ester, exultante de alegria. Seus olhos irradiavam luz; mal podia acreditar que, do sofrimento de há pouco, pudesse agora estar no paraíso.

— Preciso antes conversar com teu pai, ainda não o vi...

— Depois se encontram. Ele está de repouso devido a uma gripe. Esteve em São Borja e retornou tossindo. Passo em casa e o aguardo com as mantas! — exclamou, entusiasmada.

João Antunes retornou ao curral e encilhou Ventania; deu-lhe bastante água, prevendo o tempo que estariam fora. Em poucos minutos, Ester estava agarrada à cintura de João Antunes com o rosto colado em suas costas, assistindo à campina correr sob seus olhos. Em cerca de vinte minutos chegaram sob a pequena árvore. João Antunes apeou e segurou Ester, colocando-a no chão; retirou a sela de Ventania e amarrou o cabresto ao tronco. Ambos deram alguns passos vagarosos, encantados com o maravilhoso verde da coxilha a perder-se de vista. O sol brilhava forte num céu muito azul; amiúde, um vento suave dobrava a campina, emitindo sons e insinuando segredos inescrutáveis.

— Que lugar lindo... — comentou João Antunes, mirando o horizonte e absorvendo o tranquilo silêncio. — Não me canso de repeti-lo a cada vez que venho aqui.

— Sim, esse lugar nos traz paz ao espírito. Ao vir aqui e meditar nunca teremos as respostas que procuramos, mas sentimos a essência de tudo... — comentou Ester, com o olhar longínquo. — Era aqui, sozinha, que me encontrava contigo.

Aproximaram-se da pequena árvore e examinaram o coração esculpido sobre o tronco, já escurecido e ressecado pelo tempo. Ester sorriu e o abraçou, comovida. João Antunes retirou a manta, dobrada sobre a sela, e a estendeu no mesmo lugar em que estiveram na última vez, depois colocou os cobertores aos pés. Começaram a se beijar e a se despir com sofreguidão, dizendo palavras plenas de liberdade. Em alguns segundos, peças de roupas espalhavam-se caoticamente sobre o capim e ambos sentiam sobre seus corpos nus seus olhares sequiosos, juntos ao calor do sol.

— Ah, meu adorado *bambino*... — gemeu Ester, ofegante, descendo o olhar para o sexo de João Antunes, vendo-o do modo que ela tão ansiosamente sonhara. E abaixou-se até ele enquanto João Antunes mirava o azul infinito, com os olhos semicerrados.

— Espere, meu amor, te quero dentro de mim. Deite, meu *bambino* — disse ela com a voz atrapalhada pela respiração.

João Antunes deitou-se e Ester trepou sobre ele, sentindo-o penetrá-la profundamente. Curvou-se agarrada a seus ombros e o cavalgou num galope alucinante. Seus gritos de prazer perdiam-se na imensidão da campina sem nada a cerceá-los. João Antunes já alcançara o gozo, mas Ester se lambrecava avidamente, desejando esgotar a imensa fantasia acumulada na ausência do amante. Ao final, tombou abraçada sobre ele com o coração aos pulos. Ambos suavam sob o sol da tarde, felizes e relaxados, acariciados pela aragem refrescante. Ali, naqueles minutos, a natureza manifestara-se na plenitude, celebrando a sua festa. Os cabelos de Ester espalhavam-se sobre o rosto de João Antunes enquanto suores secavam rapidamente sobre a pele. Deitaram-se de costas, Ester com o pescoço sobre o braço de João Antunes, e passaram a trocar palavras amorosas, imaginando a vida.

— Agora, minha paixão, me conte tudo que não quiseste me revelar, embora certamente venha a me machucar nesse momento tão lindo — pediu-lhe Ester, virando-se de lado e pondo-se carinhosamente a lhe afagar o rosto.

João Antunes começou a abrir-lhe o coração. Falava vagarosamente enquanto observava o céu, extraindo daquele azul as lembranças de Cavalcante. Revelou a Ester alternância de seus amores repentinos por Henriette e pela mãe dela, Verônica, e descreveu a beleza de ambas. Ester sentiu-se entristecida ao ouvir João Antunes; ela retornou à posição inicial e também dirigiu o olhar marejado rumo ao infinito, observando o cair da tarde.

— Deviam ser mulheres bem mais chiques do que eu...

— Mas não tinham o teu coração, e tu também és linda, minha querida — disse-lhe João Antunes, voltando-lhe o olhar. — O que foi, meu amor? — indagou João Antunes, perquirindo-lhe o semblante, notando-o pensativo e desconsolado.

— Tu disseste essas mesmas palavras a elas e agora está a repeti-las a mim, não é verdade? — perguntou Ester, mantendo sua tristeza. — Afinal, querido... — disse ela, parecendo haver reprimido anteriormente seus pensamentos. — O que te fez mudar repentinamente teus sentimentos em relação a mim? Tu chegaste, e quando me abraçaste, eu senti que não mais me amavas, e de repente... — interrompe-se e virou-se para ele, olhando-o com certa curiosidade.

João Antunes afagou-lhe o rosto carinhosamente, mirando-a com ternura; um meio-sorriso enigmático acompanhava seus pensamentos, que questionavam suas próprias emoções.

— Não sei o que se passou comigo. Talvez as tuas palavras, tão complacentes a respeito de Marcus, me fizeram sentir uma outra dimensão do amor expressa pela generosidade, quem sabe, mais apreciável que a beleza exterior... e aprendi a valorizá-la. Mas não sei como explicar isso... o que, aliás, não tem explicação e muito menos a necessidade de ser explicado... basta senti-lo — disse João Antunes, continuando seus afagos e mantendo o mesmo sorriso, fitando-a langorosamente com um olhar terno, porém penetrante, como que abrangendo um lado até então desconhecido de Ester.

— Mas isso não é motivo para se amar alguém... Me responda sinceramente, meu *bambino*, tu me amas de verdade ou somente teve pena de mim... sentindo-se obrigado a amar-me? Tiveste paixão ou compaixão? — quis saber Ester, erguendo a face esquerda e apoiando-a sobre a palma da mão, olhando-o com um sorriso perspicaz.

— Não, meu amor, eu te amo de verdade e tu serás minha esposa. O meu sentimento não é de obrigação, mas de amor. Existe diferença entre paixão e compaixão? Algumas coisas talvez fossem imperceptíveis aos meus sentimentos. Misteriosamente, tuas palavras me comoveram e se manifestaram sinceramente em amor. Amanhã iremos comunicar o nosso casamento e marcar a data. Maninha e Ambrozzini serão nossos padrinhos.

Ester ficou tão emocionada que o abraçou em prantos, derramando lágrimas de felicidade, e deitou-se sobre ele, envolvendo seu rosto e o beijando-o seguidamente na boca. João Antunes passou-lhe os braços às costas, e assim permaneceram unidos, murmurando carinhos. Em pouco tempo, ambos cochilavam, desfrutando de uma paz estranha que não tinham havia muito. João Antunes ainda lembrou-se daquele período tormentoso em Cavalcante e comparou-o com a serenidade de agora, aquecida pelo suave calor do sol. Dormiram durante um longo tempo e, quando despertaram, eram mais de quatro horas. Sentiram frio e colocaram os cobertores sobre as costas. Ergueram-se, sentaram-se sobre a manta, estiraram os braços para trás e apoiaram seus corpos sobre eles, pondo-se a contemplar o fim de tarde.

— Mas tu, *bambino*, lindo como és, toda mulher fica apaixonada por ti e reconheço ser difícil resistir, principalmente quando se está só. Aqui em

Santos Reis, por exemplo, tu terias quem quisesse. Elas vivem brincando comigo, cheias de perguntas picantes... — comentou Ester com certa malícia, erguendo o rosto para o céu e cerrando os olhos, sondando João Antunes.

— É... — comentou laconicamente sorrindo, lembrando-se das palavras de Santinha a respeito dele. — A Verônica, de quem te falei, é também mulher desse tipo... Riete, a filha, é também bonita, mas fica longe da mãe. Riete herdou a personalidade do pai, bem como os seus métodos, além de sofrer muitos problemas provocados por ele, o tal senador Mendonça, um desses homens que são a desgraça do Brasil. Marcus me disse que ele é um sujeito sem escrúpulo que se enriqueceu à custa do cargo que ocupa, segundo informações que obteve a respeito dele — comentou pensativamente, mirando a coxilha ao longe.

Casualmente, João Antunes volveu seu rosto à direita e observou um gavião voando baixo em direção a eles.

— Veja lá, querida! Um ximango belíssimo vindo sobre nós.

Ester olhou à direita e o viu. Ele se aproximou vagarosamente planando e ambos puderam notar sua cabeça ligeiramente curvada para baixo, como que examinando-os. A imponente ave cruzou em frente a eles, a cerca de vinte metros de altura, efetuou a curva e bateu asas rumo ao horizonte, até se transformar num ponto e desaparecer.

Ester e João Antunes ficaram a admirá-lo até o fim.

— Que maravilha! Veio saudar o nosso amor e nos abençoar.

— Sem dúvida... — concordou João Antunes, com um sorriso.

Ester olhou-o e começou a beijá-lo carinhosamente. Com muita suavidade e ternura foram se excitando, e logo começaram a se amar, sem aquele furor inicial, mas como que esgotando lentamente o prazer de seus corpos. Os contatos com os lábios e com as mãos eram delicados e vagarosos, desfrutando intensamente de cada gesto. Viviam um daqueles raríssimos momentos com os quais a vida, tão avarenta em felicidade, presenteia os homens. Durante longo tempo, Ester acariciou-lhe o corpo e saciou sua vontade. Depois deitaram-se, João Antunes com as mãos cruzadas sob a nuca e Ester com o rosto sobre o seu peito. O sol agora já declinava próximo ao poente, emitindo os sinais que prenunciam o fim do dia.

— Tenho que estar no Rio em 8 de dezembro, a fim de cumprir um compromisso... e retorno para o nosso casamento no final de dezembro. Vamos nos casar na penúltima sexta-feira do ano — disse João Antunes, pondo-se de pé e estirando os braços para cima e o tórax para trás, alongando a musculatura.

Ester permaneceu a admirá-lo com um sorriso. Como estavam nus, já experimentavam a friagem da brisa, acentuada pelo cair da tarde.

— Que compromisso, *bambino*?

— Eu havia combinado com Henriette de encontrá-la no Rio para irmos comprar uma fazenda em Minas... — explicou João Antunes, voltando-se para ela.

Ester ficou séria e fez um semblante de incompreensão, e recostou-se sobre as palmas das mãos, apoiadas atrás do corpo.

— Mas não vamos nos casar? Então por que encontrá-la? — indagou, fitando-o com certa angústia.

João Antunes sorriu e agachou-se diante dela, dobrando os joelhos e apoiando-se sobre os dedos dos pés, e envolveu seu rosto carinhosamente.

— Meu amor, dou-te minha palavra de que nos casaremos ao final do ano, não te preocupes. Te amo. Ela fará uma viagem só para isso e não quero deixar uma má impressão... Se quiser, levo-te comigo.

— Não. Eu te espero na estância... Se bem que uma noiva aguardando o noivo que foi encontrar-se com outra mulher às vésperas do casamento... é estranho, não achas?

— Não se a noiva confia no noivo...

— Tu vais quando?

— Viajo no dia 22 de novembro, e retorno para o nosso casamento — disse João Antunes, acariciando-lhe o rosto. — Não te preocupes, seremos felizes.

— Por que não compras as terras aqui no Rio Grande?

João Antunes sentiu uma pontada de tristeza e baixou os olhos, pondo-se pensativo. Não saberia explicar, mas sentia que não mais poderia viver no Rio Grande do Sul. Algo estranho se rompera definitivamente dentro dele, um elo que não poderia ser religado. Seguia a voz de seu coração: a vida de outrora se fora para sempre.

— O que foi, *bambino*? Por que ficaste triste? — indagou Ester com extrema meiguice, acariciando-o.

— Vamos respirar novos ares, meu amor... Aqui já faz parte do passado — disse com uma entonação tristonha.

Ester compreendeu-o e calou-se, captando o que sentia João Antunes. Ambos se puseram de pé e observaram o cair da tarde; o sol já tocava o horizonte.

— Devemos partir daqui a pouco, senão escurece e tudo vira um breu — disse João Antunes, deslizando as vistas sobre a linha longínqua. — Que maravilha... — comentou, alongando o olhar, como que desejando abranger o que havia atrás do horizonte.

— Veja lá! — exclamou Ester, volvendo seu olhar. — Será noite de lua cheia. Podemos assistir ao pôr do sol, pois a luz do luar nos guiará — disse alegremente, enlaçando o pescoço do amante.

— É verdade. E o céu está limpo, então não haverá escuridão — concordou ele.

Sentaram-se, Ester entre as pernas de João Antunes, recostada em seu peito, e voltaram-se para o poente, pondo-se a conversar sobre o futuro, mantendo seus olhares apontados ao longe, assistindo ao sol desaparecer. Logo, o horizonte começou a tingir-se de fantásticos tons de vermelho-alaranjado, tendo ao centro a esfera flamejante. Toda aquela faixa do céu coruscava intensamente, o que os induzia a um silêncio contemplativo. Erguiam as vistas e viam o azul se desvanecendo, perdendo sua tonalidade. Algumas pequenas estrelas já piscavam debilmente. Ester e João Antunes irmanavam-se àquela maravilha enquanto o dia desaparecia, deixando somente o seu rastro, aquela derradeira penumbra, crepúsculo das luzes. Aos poucos, os insetos iniciavam a sinfonia e a lua começava a refletir a luz intensamente que se fora. João Antunes e Ester se vestiram, sentindo que aquela tarde inaugurava uma etapa de suas vidas.

— Se eu morrer primeiro, tu me prometes uma coisa, meu querido? — perguntou Ester, parando um instante.

—Sim... Depende — respondeu João Antunes, interrompendo-se, enquanto dobrava a manta.

— Quero ser sepultada exatamente no lugar que está sob esta manta.

— Ó, meu anjo! Não é hora para se pensar nisso — respondeu, pondo-se novamente a dobrá-la.

João Antunes fez agrados em Ventania e o arreou. Acomodou a bagagem, colocou Ester na garupa e montou. Ainda admiraram o horizonte, quase indistinto entre as sombras, e partiram em trote rápido de volta à estância; logo chegaram. João Antunes, após tomar um banho, retornou e permaneceu muito tempo na casa de Ester conversando com Seu Juvêncio e com Ambrozzini, contando-lhe as novidades e anunciando o seu casamento. Houve um clima de muita alegria, e seu Juvêncio, para comemorar a notícia, teve um forte acesso de tosse, o que obrigou Ester a lhe preparar um chá de alho bem quente, conforto mais para a alma que para o corpo. João Antunes já dissera a Ambrozzini como obteve o dinheiro para comprar terras, e as revelações o deixaram perplexo. Convidava-o a viajar com ele para o Triângulo Mineiro a fim de escolherem um lugar para comprar as terras. Era começo de madrugada quando João Antunes retornou à sua casa. O céu estava claro e pouco estrelado. Ester o acompanhou até debaixo do velho umbuzeiro, local inesquecível aos dois.

— *Bambino*, daqui em diante, em que lugar vamos fazer amor? — indagou Ester, acariciando-lhe o rosto.

— Daremos um jeito, lugares não faltarão — respondeu João Antunes. — Podemos retornar à colina. Converse com seu pai a respeito — sugeriu João Antunes, demonstrando pressa. Beijou-a, fez-lhe um afago, e prosseguiu para sua casa. Ester sorriu e o acompanhou com o olhar. Já distante, João Antunes voltou-se e lhe acenou um adeus. Os olhos de Ester marejaram, e ela chorou, comovida pelo instante em que vivia.

25

Nos dias seguintes, João Antunes comprovou que o ambiente em sua casa não era mais o mesmo. A antiga espontaneidade inexistia. Parecia-lhe que sua mãe e Cecília tinham dificuldades em manifestar suas emoções, mantendo longos silêncios. Comentou o fato com Ester, trocaram opiniões a respeito, e Ester sugeriu que talvez a falta de Antenor justificasse tal conduta, porém João Antunes replicou dizendo que, justamente devido a isso, deveriam manter-se mais unidos. Mas não havia explicação, o que entristecia João Antunes. Ele notava sua mãe acabrunhada, reticente, e ele também achava difícil lhe revelar alguns pensamentos exclusivos. Perderam aquela intimidade amorosa existente no passado.

João Antunes e Ester amavam-se nos mais estranhos lugares. Evitavam suas casas, onde tinham pouca liberdade, e aquela preocupação de Ester sobre onde iriam fazer amor, que João Antunes desprezara no início, se provou pertinente. Porém, acabavam utilizando a casa de Ester após o senhor Juvêncio sair durante a tarde, pois Ambrozzini não se importava. Quando queriam mais tempo e liberdade, retornavam à suave colina. Duas vezes estiveram lá, vivendo o mesmo encantamento.

Dois dias antes de viajar para o Rio, Felinta lhe dissera que o doutor Getúlio Vargas estava na estância e que perguntara por ele, recado dado à Cecília, que agora frequentava a sede. João Antunes convidou Ester para irem juntos cumprimentá-lo; desejava mostrar-lhe a personalidade peculiar de Getúlio. Foram recebidos amavelmente por ele. Sentaram-se na varanda defronte à casa e puseram-se a conversar.

— Então, João Antunes, como estão os negócios? — indagou Getúlio, sorrindo cordialmente após a baforada de seu charuto, espalhando o agradabilíssimo aroma.

— Na medida do possível estão caminhando, doutor Getúlio... — respondeu João Antunes, meio constrangido, baixando os olhos. Ele receava esse assunto, pois deveria falar de terras e de dinheiro e jamais conseguiria revelar a Getúlio a herança que recebera de Marcus. Porém, Getúlio Vargas, astuto conhecedor dos homens, capaz de ler os seus pensamentos, notou a reação de João Antunes e não quis importuná-lo, mudando de assunto.

— Gostaste do livro do Peixotinho? — indagou amavelmente, mantendo o charuto entre os dedos.

— Sim, doutor Getúlio, gostei demais. E tudo o que li eu constatei durante a minha viagem a Goiás. A miséria, a falta de escolaridade e de saúde das populações do interior, mas, sobretudo, a brutal diferença social entre as pessoas. Existe uma perversa injustiça disseminada pelo Brasil afora, caracterizada pelo privilégio de uma minoria que não permite que essa realidade mude — disse João Antunes, lembrando-se das ideias de seu amigo Carlos val de Lanna e de suas próprias observações.

Getúlio Vargas olhou-o com atenção, como que admirado por tais ideias. Deu uma longa tragada, hábito que tinha como preâmbulo de suas palavras, e soltou a baforada junto com seus pensamentos. Seu olhar tornou-se longínquo e reflexivo.

— Muito bem, João Antunes, o Brasil de fato é assim, e como é difícil mudá-lo; como é complicado contrariar os poderosos interesses dos que aqui mandam, daqueles que exploram o nosso povo e as nossas riquezas... — concordou Getúlio Vargas, mantendo aquele seu olhar pensativo, mirando a campina. Ele parecia refletir sobre o que dissera.

— Eu conheci um jovem em Cavalcante, Carlos Val de Lanna, que se tornou meu amigo e que tem uma aguda consciência política — disse com entusiasmo João Antunes. — Ele vive indignado com essa realidade, porém não ficará apenas na teoria. Ele acrescenta aos seus ideais um desejo enorme de lutar para que as coisas realmente aconteçam. Ele dizia, e com razão, que não basta ter consciência política, mas que é preciso agir, incomodar os poderosos para que cedam seus privilégios, enfim, fazê-los prestar mais atenção ao sofrimento do povo. Em janeiro vai se mudar para São Paulo. Diz que lá tem acontecido movimentos reivindicatórios entre o operariado fabril... — Porém, João Antunes interrompeu-se ao observar a objeção de Getúlio em ouvir tais ideias.

— E a Ester, tua guria, o que pensas sobre isso? — indagou gentilmente Getúlio, dirigindo-lhe a palavra e um sorriso amável, mudando o rumo da conversa.

Ester enrubesceu, sentindo-se acanhada, perscrutada por aquele olhar poderoso. Porém, deu uma resposta inusitada que muito agradou à Getúlio e surpreendeu a si própria:

— Não compreendo a política, doutor Getúlio, só conheço mesmo a minha paixão pelo *bambino* — respondeu, fitando ternamente João Antunes, que enrubesceu e sorriu desconcertado.

— Mas que coisa linda, Ester! Tu és uma poetisa, uma pessoa muito espontânea e sincera. Pois a solução para o Brasil passa por aí... É isso mesmo! — exclamou sorridente, de modo enigmático, olhando-a com uma expressão admirada. — Cecília nos comunicou que vão se casar. Quando serão as bodas? — perguntou, dirigindo-se a ela.

— Dia 20 de dezembro. E desde já o senhor está convidado pessoalmente, doutor Getúlio. Nós nos sentiremos honrados com a tua presença e a de dona Darcy — convidou-o Ester, sentindo-se livre para dialogar com Getúlio, após o comentário feito por ele às suas palavras.

— Sim, muito obrigado, Ester. Sem dúvida, virei. Assim aproveito e fico para o Natal. E desde já, parabéns ao casal. Apreciei muito a tua sinceridade, qualidade rara no mundo político, o que, aliás, nele, é defeito... — acrescentou, sorridente e misterioso.

— Bem, doutor Getúlio, passamos só para cumprimentá-lo e desejar ao senhor que continue teu sucesso na carreira política, fato que já é notório no Rio Grande — disse João Antunes, levantando-se timidamente da pequena poltrona de vime, acompanhado por Ester.

— Não querem tomar nada? Um refresco? — sugeriu Getúlio Vargas, também erguendo-se e estendendo-lhes a mão para a despedida. Observou Ester rapidamente, com um sorriso nos lábios, após apertar a mão de João Antunes. — E tu, Ester, não percas nunca tua espontaneidade, característica difícil nos dias de hoje — aconselhou-a Getúlio, estendendo-lhe a mão e fitando-a com um olhar penetrante. Ester enrubesceu e agradeceu-lhe a observação.

Getúlio os acompanhou até o terraço em frente à casa, e enviou cumprimentos aos seus pais. O casal agradeceu e seguiu pela trilha, rumo à casa de Ester. João Antunes almoçaria com eles.

— E, então, o que achaste do homem? — indagou João Antunes, colocando-lhe o braço sobre os ombros.

— Pois não achei nada do que dizem sobre ele. Pareceu-me muito simpático e franco... — retrucou Ester, observando a trilha.

— Talvez, querida, porque és realmente pura e sincera, e não tenha nenhuma artimanha a ser desvendada. Getúlio não precisou decifrar nada em ti.

— Ora, bobagens, *bambino*, por que essa explicação tão complicada que fazem a respeito de um homem simples? — replicou Ester, não se interessando pelo assunto.

João Antunes calou-se, convencido de que Ester não tinha nenhuma malícia sobre o mundo político, essa selva obscura iluminada pela artimanha.

Nos dois dias seguintes, começaram a fazer os preparativos para o casamento. Ambrozzini encarregou-se de ir a São Borja conversar com o padre e acertar o horário da cerimônia. Deveria realizar-se na parte da manhã, pois, à tarde, haveria o churrasco comemorativo. Como seu Juvêncio era viúvo, Felinta e Cecília se encarregariam de fazer o vestido, e tinham pouco tempo para fazê-lo. E que não se esquecessem do retratista, o senhor Gouveia, o único da região, gabava-se ele. Ester desfrutava dos momentos mais felizes de sua vida, que parecia um sonho. Todas as amigas da estância procuravam ajudá-la, e morriam de inveja. Ester levaria aquele rapaz sonhado por todas elas. Como suspiravam e desejavam ao menos um pedacinho de João Antunes, e *Ester o teria inteirinho*, pensava uma simpática gordinha toda cheia de vida, mas que não tinha a quem dá-la. *Ah, como a vida é ingrata!*, concluiu desconsolada, mirando seus dedos estufadinhos pela gordura.

A partida de João Antunes de Santos Reis foi diferente da anterior. Já traquejado pelas experiências vividas, ele já não era aquele rapaz inseguro que viajara carregando um peso. Na primeira aventura, sua imaginação e suas ambições, acrescidas da separação, constituíram um fardo demasiado. Agora, sua vida era outra; viajava tranquilo. Sentia a segurança dada pelo dinheiro, penhor de seus sonhos, e carregava o amor no coração. Estava certo das datas de embarques em Porto Alegre e do retorno no Rio de Janeiro. Providenciara tudo com antecedência, o que evitaria os transtornos da primeira viagem. Aquele relacionamento intenso com sua mãe também não mais existia, o que o deixava mais aliviado. Amava-a, mas de um modo diferente. A única mágoa persistente era a ausência do pai, que lhe deixara um vácuo doloroso. Havia em si emoções conflitantes e indevassáveis envolvendo os pais, mas não tinha a mínima ideia do que se tratava. Apenas as sentia, somente isso. Abraçou a todos, e, como da primeira vez, afastou-se sozinho com Ester. Conversaram bastante e se despediram com um longo beijo. João Antunes montava Ventania, porém iria em companhia de Ambrozzini até Uruguaiana. Dessa vez não saíram tão cedo. Não havia aquela neblina gelada de junho que lhe vedava o futuro; o sol de primavera brilhava calidamente, iluminando a sua vida.

26

Verônica, vindo de Cavalcante em companhia de Riete, chegou à tarde em Campinas e no mesmo dia reinstalava-se no conforto da fazenda Santa Sofia. Riete resolveu permanecer na cidade, hospedada na casa de Maria Dolores, sua querida amiga de infância a quem não via desde que fora para Ilhéus. Bertoldo estava ausente. Disseram-lhe que se encontrava em São Paulo a negócios e que deveria retornar no final da semana. Metida naquele casarão luxuoso, Verônica aguardava ansiosamente a chegada do marido. Estava preocupada, pois deveria lhe explicar com detalhes a sua longa ausência. Passaram-se dois meses desde a sua precipitada viagem a Cavalcante, ocasião em que partira quando Bertoldo estava ausente de Santa Sofia. Na ocasião, deprimida pela morte de Jean-Jacques, ela escrevera apressadamente uma carta ao marido explicando-lhe a necessidade urgente de viajar a fim de cobrar explicações de Riete. Entretanto, tal carta deixara em Bertoldo mais dúvidas que esclarecimentos, pois não lhe elucidara bem as razões da viagem. Ele ignorava o dia da volta de Verônica ao lar e nem o que se passava com ela. Bertoldo, aquele homem tão seguro de si, que se casara com ela convicto de que lhe conquistaria o coração, manipulando-o como o fazia com extrema competência em seus negócios, começava a fraquejar. Como era um homem inteligente, Bertoldo intuíra algumas suposições para aquela súbita viagem que mais parecia uma fuga, todas elas baseadas numa possível infidelidade da esposa. Ele já constatara que Verônica retirara da conta toda a reserva que mantinham em conjunto no Banco do Brasil, em São Paulo.

No sábado, às onze horas da manhã, horário do trem em que Bertoldo costumava chegar a Campinas, Verônica viu o *chauffeur* Custódio entrar no carro às 10h30 para ir apanhá-lo e trazê-lo a Santa Sofia. Nessa manhã, ela esmerou-se na vestimenta: trajava um vestido de seda negra, com o qual ficava belíssima e que Bertoldo adorava. Ele se ajustava ao seu corpo e o modelava de modo insinuante. Um delicado colar de pérolas ornamentava-lhe o pescoço, acrescentando-lhe uma suave elegância. Ela delineara os lábios com um batom vermelho, o que lhe dava uma atração imensa. Madeixas de seus cabelos negros caíam sobre o rosto, infundindo-lhe um ar de mistério, induzindo quem a visse a imaginar o que haveria ainda de mais encantador naquela deusa. Verônica estava nos limites de sua beleza e sensualidade, tal como nos velhos tempos do *Mère* Louise. Na noite em que Jean-Jacques a conhecera, Verônica emanava essa mesma sedução e o fizera dela cativo. Era com esse arsenal que ela aguardava a chegada de Bertoldo, e seria com ele que justificaria sua ausência.

Em Campinas, quando Custódio disse a Bertoldo que Verônica chegara e o aguardava na fazenda, ele teve um sobressalto, e seu coração disparou. Pensamentos e lembranças dos mais estranhos sucediam-se em sua mente com uma rapidez espantosa. A sua ansiedade transmitiu-se imediatamente a Custódio, induzindo-o a acelerar o carro. Logo trafegavam na avenida das palmeiras imperiais, entrada suntuosa de Santa Sofia. Verônica o aguardava, sentada numa das poltronas da sala. Ao ouvir o ruído do motor se aproximando e logo após o barulho das rodas sobre o cascalho cessar, ela revestiu seus atributos com sua derradeira e definitiva arma: a profunda segurança de sua capacidade de subjugar os homens. E aquela ansiedade com que aguardava Bertoldo desaparecera de seu espírito; ela sentia-se capaz de tudo. Ao ouvir a chave girar na porta da sala, Verônica levantou-se da poltrona e o aguardou, caminhando alguns passos à frente. Bertoldo abriu-a afoitamente, armado com uma agressividade latente, disposto a exigir-lhe duras explicações sobre a sua misteriosa viagem e sobre o que se passara, mas estacou-se de súbito, petrificado pelo que emanava aquela beleza. E sua agressividade imediatamente derreteu-se como o gelo sobre o fogo, e seus olhos lacrimejaram, comovidos por uma emoção apaixonada.

— Ó, meu amor... que saudades — disse ele, acelerando seus passos, correndo até ela e a abraçando, tomado por emoções que jamais tivera em sua vida.

Verônica o abraçou e o beijou, experimentando interiormente certa pena daquele homem que dera tudo para tê-la como esposa, e que nesse momento ruía fragorosamente perante si. Bertoldo, aquele homem frio, infenso a emoções exageradas, calculista e exímio negociante, como previra antes de sua chegada, rendia-se docilmente aos seus encantos. Verônica sentiu sua generosidade prevalecer ao perceber aquela agonia, e retribuiu sua paixão, beijando-o com ardor. Em seguida, segurou-o pela mão e o conduziu até um sofá, onde sentaram-se. Aquele ricaço, a quem todos cortejavam, bajulavam e respeitavam, parecera um menino sendo puxado pela mão de quem lhe exercia domínio.

— Querido, sem dúvida, devo-lhe explicações, pois imagino sua preocupação... — disse Verônica, afagando-lhe o rosto e mirando-o com uma expressão carinhosa.

— Mas... por que tudo isso? O que aconteceu? — indagou Bertoldo, segurando suas mãos, fitando-a ansiosamente. Toda aquela mistura de sentimentos conflituosos, preventivamente direcionados contra Verônica, desapareceu de sua mente, cedendo lugar a um espírito resignado, impotente e fragilizado pelo ciúme.

Verônica se acostumara a assistir à capitulação dos homens, e era o que via nesse momento. Ela respirou fundo, sorriu interiormente, vaidosa, e começou a narrar-lhe os acontecimentos, desejando não omitir nada do que se passara.

— Naquela semana, quando você se encontrava em São Paulo, Riete chegou aqui, vinda de Ilhéus, e me entregou um anel que pertenceu ao meu pai, anel que eu havia dado a Jean-Jacques. Ela então me disse que Jean-Jacques estava no Brasil e que gostaria de encontrar-se comigo, e que me aguardava no Rio num lugar que só ela sabia... — Nesse instante, ela interrompeu-se ao notar o ar aborrecido que se apossara de Bertoldo.

— Isso significa que você iria encontrar-se com seu grande amor, cometendo uma infidelidade... — disse ele, soltando as mãos de Verônica e pondo-se a olhar vagamente a trama do tapete.

— Querido, compreenda... — disse Verônica suavemente, tornando a segurar-lhe as mãos. — Tive um relacionamento com Jean-Jacques, a quem amei muito, e que veio da França após dezoito anos para rever-me. Na época em que foi embora do Brasil, eu, que me comprometera a acompanhá-lo, não fui... Traí sua confiança devido aos problemas que enfrentava com Mendonça. Seria uma atitude desumana me recusar a revê-lo, seria causar-lhe uma segunda decepção. Não posso lhe omitir que até hoje penso em Jean-Jacques, um homem maravilhoso... — confessou Verônica com um ar de profunda sinceridade. — Pois bem... Riete, entretanto, fez uma chantagem comigo, dizendo-me que só me revelaria o local em que ele se encontrava se eu lhe fizesse um cheque de cujo valor eu nem me lembro mais. O que foi atendido por mim. Ela queria comprar terras na região de Ilhéus. Riete sabia que Jean--Jacques já havia sido assassinado. Cheguei ao Hotel Londres, que era o lugar revelado por ela, esperando encontrá-lo, e tive uma grande decepção, pois além de constatar a mentira, ainda recebi uma estranha carta que Riete deixara com o gerente, cujo teor até hoje não entendi. Confesso que sofri muito, e logo intuí que aquele cidadão assassinado em frente à casa de mamãe era Jean-Jacques... Você se lembra da manchete no jornal, *O Estado de São Paulo*, naquela noite em que seríamos padrinhos de um casamento em Campinas? E que fomos impedidos de ler porque estávamos atrasados? Pois bem, retornei a São Paulo e comprovei a morte de Jean-Jacques ao ler a matéria do dia. Então, parti indignada para Goiás, a fim de cobrar explicações de Riete. E de lá retornei há três dias.

— E se tivesse reencontrado Jean-Jacques, certamente... — E Bertoldo interrompeu-se, fitando-a com um olhar triste. — Mas eu fui o culpado... — prosseguiu ele. — Na época em que nos casamos, você não me amava e foi sincera ao me confessar, mas eu insisti, dizendo-lhe que não estava preocupado com isso pois faria com que me amasse... E sinto que fracassei. E não é por causa dos recentes acontecimentos que tenho esse sentimento. Casamos porque lhe comprei a Santa Sofia. Foi a condição que me impôs para que casássemos, embora saiba que fui eu quem sugeri que escolhesse o que quisesse para se casar comigo. Porém... — disse Bertoldo, fazendo uma pausa meditativa, mantendo a tristeza em seu olhar; ele franziu a testa e prosseguiu com uma voz quase inaudível: — Mesmo amando-a, não poderei suportar uma nova infidelidade. Não posso viver como o senador Mendonça e aceitar uma situação humilhante. Por isso, pense bem antes de se meter em uma nova aventura. Você é linda, será sempre assediada pelos homens, mas tudo tem limites, Verônica — advertiu-a, com uma expressão grave.

Ao ouvir tais palavras, Verônica mirou-o com um ar reticente, insinuando um sorriso, como se duvidasse dessa afirmação. Bertoldo lembrou-se então das palavras que Mendonça lhe dissera na ocasião das negociações da compra da fazenda: "cuidado, Bertoldo. Eu, durante a minha vida, sempre estive convicto de que conseguiria o amor de Verônica. Dei-lhe tudo o que podia, e o que tu vês é essa desilusão... Ela só amou a Jean-Jacques, um diplomata francês que conheceu no *Mère Louise*, no princípio do século", tinha sido o conselho de Mendonça. Mas, na época em que ouvira tais palavras, Bertoldo sorriu presunçoso, seguro de si, e relegara tal advertência. Contudo, ao contrário de quando a conhecera, época em que todas suas preocupações giravam em torno de seus negócios, sendo Verônica a coroação de seu sucesso e a afirmação de sua vaidade, agora suas preocupações estavam dirigidas a ela. Durante a ausência inesperada de Verônica, quando ela estava em Cavalcante, Bertoldo era visto solitariamente sentado no restaurante do Hotel do Comércio, cabisbaixo, remoendo ideias e afogando suas mágoas nas doses amareladas de uísque. E tornava a relembrar as palavras do senador Mendonça a respeito daquela atração fatal. Não conseguia desvencilhar-se de Verônica e muito menos esquecê-la, e vivia numa espécie de limbo desejoso. Bertoldo comprovava então que Verônica jamais o amaria, e entrou numa fase estranha à sua vida.

— Isso não é verdade, meu querido, eu aprendi a amá-lo, sim! — replicou Verônica, avançando o corpo e mirando-o com um olhar comovido, doloroso, como que sentindo repentinamente tudo o que Bertoldo lhe proporcionara para tê-la como esposa. Verônica não lhe devotava aquele sentimento apaixonado que irrompe com a força de um vulcão e que eleva alguém ao céu. Ela não tinha a paixão que vivera com Jean-Jacques e que agora revivia com João Antunes, mas dedicava a Bertoldo aquele sentimento corriqueiro que normalmente mantém um casamento, que sobrevive tal qual um ébrio cambaleante prestes a desabar sobre o chão; um desses relacionamentos socialmente padronizados e já descambados para o costume de se viver sem emoções. Eram tais sentimentos que ela dedicava a Bertoldo, mas não era isso que ele dedicava a Verônica. Bertoldo era apaixonadíssimo por ela, e, tal como o senador Mendonça, não poderia sequer imaginar viver sem essa mulher fascinante. Era a constatação de sua impotência em conquistá-la e o ciúme decorrente disso, tal qual Mendonça sofrera no passado, que começavam agora a roê-lo por dentro...

— Venha cá, meu amor, não fique assim. Eu te amo... — disse Verônica, quase murmurando, envolvendo o rosto de Bertoldo com as mãos, afagando-lhe os cabelos.

— Afinal... e Riete? Você disse que foi a Goiás para cobrar-lhe explicações. Ela continua lá? — indagou Bertoldo, voltando-lhe o olhar, iniciando aquele lento processo de resignação perante a impossibilidade de viver sem Verônica.

— Não, eu retornei com ela e ela hospedou-se com a Dolores em Campinas. Mas depois eu lhe explico o que se passou em Cavalcante, cidade em que Riete se encontrava... Mas, agora, não pensemos nisso, meu amor. Pensemos em coisas melhores... — E Verônica adquiriu um ar tão concupiscente e sedutor que acelerou instantaneamente o coração de Bertoldo; seu rosto, cabisbaixo e deprimido, retomou sua expressão vigorosa. Verônica aproximou seus lábios ao ouvido dele e o mordiscou delicadamente, de modo lascivo:

— Venha, meu querido, há dois meses estou sem homem, precisando de você. Te quero agora. Venha... — murmurou Verônica, com a voz sensual e libertina, beijando-lhe o rosto.

Bertoldo experimentou um brusco desejo e a beijou ardorosamente na boca, dizendo-lhe palavras apaixonadas. Quantas vezes, durante a ausência de Verônica, ele desejara amá-la intensamente? Levantaram-se, observaram o imenso salão vazio, mergulhado em sombras. Havia ruídos e vozes distantes vindas da cozinha. Deram-se as mãos e correram sorridentes para o quarto. Em alguns minutos, as empregadas começaram a ouvir os gritos e gemidos que soavam escandalosamente altos, o que as faziam interromper o preparo do almoço, arregalar os olhos e apertar em suas mãos os objetos que seguravam. Tudo soava e ressoava o amor no casarão de Santa Sofia. Elas permaneceram boquiabertas e fecharam os olhos, curtindo a excitação. A mais velha, Tereza, empregada antiga de Verônica e sua confidente, emitia comentários:

— Coitado do seu Bertoldo, tão sozinho e triste nos últimos dias, mas agora está botando tudo para fora, lambrecando a dona Verônica.

— Fique quieta! — resmungou com raiva a mais novinha, caminhando até a sala para melhor ouvir.

O almoço, aos sábados, normalmente era servido à uma hora da tarde, mas permaneceram trancados no quarto até próximo às dezesseis horas. Aos poucos, aquele furor inicial foi-se acalmando e as empregadas não mais podiam ouvi-los. Permaneceram a conversar na cozinha, sentindo suas vidas se esvaziarem repentinamente, aguardando a ordem de servi-los. Verônica, durante muito tempo, narrou a Bertoldo a vida tumultuada de Riete desde a infância, com riqueza de detalhes que ela nunca revelara ao marido. Contou-lhe a origem de seus problemas emocionais e as razões que a levaram a perdoar a chantagem que a filha cometera. Ao falar sobre o abuso sexual de que Riete fora vítima, perpetrado por Mendonça, Bertoldo ficou estupefato.

Comprometeu-se a ajudá-la no tratamento médico recomendado pelo doutor Rochinha. Verônica também contou-lhe a vida de Riete em Cavalcante, mencionou o relacionamento da filha com João Antunes, mas omitiu seu envolvimento pessoal com ele. Ao mencioná-lo, Verônica não deixou transparecer quaisquer sentimentos, muito embora estivesse apaixonada. Ao terminar a narrativa, ela ergueu a cabeça e apoiou o cotovelo sobre a cama, observando o semblante entristecido de Bertoldo.

— O que foi, querido? Por que esse olhar triste? Depois desse amor gostoso? —indagou, com certa indiferença, acariciando-lhe o lábio inferior com a ponta do indicador, afetando, nesse gesto desdenhoso, uma total ascendência sobre ele.

Bertoldo, percebendo o desdém, olhou-a com um semblante enigmático e abriu um sorriso chocho, descrente de seu futuro amoroso. O que começara a sentir anteriormente instalou-se definitivamente em sua alma. Verônica levantou-se para se lavar e vestir-se, e Bertoldo admirou aquela nudez maravilhosa se movendo indolente, tal qual uma serpente que se enrolasse em seu coração. Ela saiu do quarto e foi ordenar que servissem o almoço, enquanto Bertoldo permanecia estirado na cama, com o olhar fixo sobre a parede, e os pensamentos vagando, centrados na figura de Verônica.

— Tereza, pode servir o almoço — ordenou Verônica, observando-lhes os semblantes maliciosos e alguns sorrisinhos picantes. Porém, para Verônica, gritos e gemidos eróticos eram algo corriqueiro, pois desde moça se acostumara a ouvi-los no *Mère Louise* e pouco significavam para ela. — Ora, gente! — exclamou em tom de brincadeira. — O que esperavam de diferente? Eu e Bertoldo não nos víamos há quase dois meses... — completou com humor.

As mais novas faziam esforço para conter o riso, tapando as bocas com a mão, olhando-a de soslaio com os olhos arregalados, escandalizadas hipocritamente com o despudor da patroa. Somente Tereza expressava um ar de experiência em tais assuntos, abrindo ligeiramente um sorriso condescendente e superior. O almoço foi servido e estava delicioso.

Bertoldo, com o correr das semanas, fora perdendo aos poucos o entusiasmo pelos negócios, afrouxando aquele seu dinamismo habitual. A atitude de Verônica contribuíra para isso. O seu espírito de negociante ambicioso perdera lugar para as emoções amorosas, abaladas por um ciúme até então ignorado. O passado de Verônica, que julgara enterrado para sempre, ressurgia como um fantasma em sua vida, e Bertoldo não sabia como lidar com nuances sentimentais. Sentia emoções sutis, sorrateiras, conflituosas, desatreladas do pragmatismo frio dos negócios, usuais ao seu espírito. E ele passou a sofrer de insegurança, sempre na expectativa de que algo novo lhe causasse outra decepção. Bertoldo começou a observar Verônica mais atentamente, a perscrutar seus pensamentos, suas expressões reflexivas e seus olhares sonhadores. Às vezes, conversava com ela a respeito e se tranquilizava diante dos seus argumentos justificados de maneira carinhosa, e julgava que realmente estava exagerando suas suspeitas. Porém, com o passar dos dias, aquela mesma desconfiança se reinstalava e sua insegurança voltava. Bertoldo passou a padecer do mesmo suplício pelo qual passara Jean-Jacques e o senador Mendonça, vítimas como ele de um ciúme inevitável. Essas emoções, instigadas por Verônica, constituíam a essência de sua vida. Do mesmo modo que Bertoldo dominava com maestria a arte de negociar, inata nele, Verônica fruía naturalmente o prazer de ver os homens enredados em seus encantos. Havia nesse seu comportamento algo das práticas masoquistas que exercera com Mendonça, embora existissem ocasiões em que ela as praticara deliberadamente. Quantas vezes Jean-Jacques e Mendonça padeceram o mesmo?

Riete, ao retornar de Cavalcante, recusou-se a ir para Santa Sofia em decorrência de tudo que aquela fazenda significava em sua vida. Até a data de reencontrar João Antunes, ela permaneceria na casa de Maria Dolores, sua amiga querida, de quem era íntima. Bertoldo e Verônica passaram por lá num fim de semana, dizendo-lhe que iriam a São Paulo agendar uma consulta e seguiriam as orientações do médico, doutor Franco da Rocha. Tiveram uma longa entrevista com ele, ocasião em que Verônica narrou-lhe a vida de Riete e os problemas dela decorrentes. O médico a ouviu, tomando notas de algumas coisas, pouco intervindo na narrativa, e marcou uma consulta para Riete na próxima semana. Agendaram-na para segunda-feira, aproveitando a necessidade de Bertoldo ir quase semanalmente a São Paulo a negócios; ela iria com ele.

Foi em Riete que Bertoldo se apoiou no difícil momento em que vivia. Riete percebeu que ele passava pela mesma situação de seu pai e começou a ajudá-lo a superar esse momento delicado, dedicando-lhe certo carinho que, facilmente, devido às circunstâncias, evoluiu para um relacionamento mais íntimo. Durante algumas vezes em que estiveram em São Paulo, quando então tinham a oportunidade de um convívio maior, usufruíram de momentos que muito auxiliavam Bertoldo a ultrapassar essa fase conturbada de sua vida. Riete, tendo uma percepção favorável do momento, acabou infundindo em Bertoldo uma certa dívida moral que, em alguma ocasião, ele se sentiria obrigado a pagar. Em um momento difícil, ela servia-lhe como aconchego para atenuar sua dor.

Bertoldo, desde que se casara com Verônica, sempre admirara Riete. Achava-a inteligente, ambiciosa e procurou auxiliá-la economicamente quando fora para Ilhéus, dando-lhe uma quantia para comprar terras. Agora, quando Riete viera de Cavalcante com Verônica, era ele quem bancava suas curtas estadias em São Paulo para o tratamento a que se submetia. Henriette, porém, estava ansiosa para reencontrar João Antunes no Rio, quando imaginava que viveriam juntos e comprariam suas terras. Enquanto João Antunes estava em Santos Reis preparando seu casamento com Ester, Riete estava feliz em Campinas, na casa de Dolores, aguardando a data, conforme o combinado, de reencontrá-lo no Hotel Londres, no Rio. Ela estava firmemente decidida a seguir a educação pragmática que recebera do pai.

Bertoldo convidou-a para trabalhar com ele, mas ela recusou, alegando que desejava ser independente. Mais amadurecida e resolvendo aqueles problemas que tanto a angustiavam, Riete estava determinada a realizar os projetos que concebera, anos antes. Bertoldo, por sua vez, tal como o senador Mendonça, afrouxou suas exigências emocionais em relação a Verônica: mesmo inseguro de seu amor, ele suportava a situação desconfortável de um modo menos sofrido.

— Afinal, você vai mesmo se encontrar com João Antunes no Rio, no dia 8? — indagou Verônica despretensiosamente durante uma noite agradável de final de novembro.

— Sim, mamãe, embarco dia 7, durante a manhã, e à noite estarei no Rio — respondeu com um sorriso, ostentando um ar sonhador.

Em 6 de dezembro, à noitinha, Verônica, alegando necessidade de visitar uma amiga em Campinas, tomou o trem rumo a São Paulo, e de lá ao Rio, hospedando-se na Pensão Onofre, na Avenida Atlântica, a cerca de duzentos metros do Hotel Londres. Bertoldo encontrava-se em Santos a negócios, onde permaneceria durante quinze dias.

27

João Antunes viajava no Zeus, velho navio que havia anos navegava na rota Buenos Aires e Le Havre, fazendo escala no Rio. Iria encontrar-se com Riete, conforme o combinado. Durante a viagem, que duraria dez dias, ele apreciava admirar ao longe as costas brasileiras, debruçado sobre a amurada quando o *Zeus* delas se aproximava. Ele gostava também de deitar-se nas espreguiçadeiras dos *decks* nos finais de tarde, quando se punha a pensar na vida. Na sua primeira viagem ao Rio, João Antunes estivera quase sempre preocupado com o futuro, ansioso por chegar a Cavalcante e confrontar aquilo o que imaginava. Não havia pensamentos que não fossem esses. Porém, na presente viagem, livre daquelas preocupações, João Antunes travava intensos diálogos consigo mesmo, inéditos e autorreveladores, relacionados às suas emoções. Ele reconhecia o seu amadurecimento em decorrência do próprio ato de se autoquestionar, pois jamais fora instigado a fazê-lo. Relembrava os acontecimentos ocorridos nos últimos meses, tão complexos e dramáticos, e estes adquiriam uma conotação quase fantástica. Assemelhavam-se a um pesadelo do qual ainda não despertara. Lembrava-se de Marcus e dos comentários relativos à psicanálise, e daqueles espelhos refletindo suas imagens. Essa fora a herança erudita que seu amigo lhe legara. Deitado sobre uma espreguiçadeira, curtindo o sol aquecê-lo gostosamente num fim de tarde, João Antunes lembrava-se ternamente de Ester e de quanto a amava. Penetrara o seu coração simples e honesto, desvendara a sua ingenuidade franca e meiga que tanto impressionara Getúlio Vargas, homem frio e reservado a comentários como aqueles. Ester era também bonita de rosto e de corpo. Ele apreciava sua discreta sensualidade que o seduzia fortemente, e sentia atração por seus pés delicadamente perfeitos. João Antunes adorava essa formosura; detestava as mulheres que os tinham feios. Relembrando os seus últimos diálogos, descobrira sua sensibilidade, antes ignorada, mas que aprendera a aquilatar em vista do próprio sofrimento vivido na solidão de Cavalcante. Inferia o quanto as preocupações de Marcus e de Santinha em relação a si mantiveram suas esperanças e o sustentaram nos momentos angustiosos. Sim, tinha consciência de que ambos foram atraídos pela sua beleza, todavia a beleza é apenas a entrada para algo mais substancial e inexplicável, e era um atributo seu. Geralmente, abre-se a porta e a casa está vazia. Em Ester, a essência manifestou-se pujante e bela. Com ela se casaria e somente com ela poderia viver e ter filhos; sobre isso ele estava convicto.

Ele reconhecia, entretanto, que não fora sincero com sua noiva quando lhe dissera que iria ao Rio apenas para honrar um compromisso, que, segundo ele, obrigaria Riete a fazer uma viagem só para reencontrá-lo. João Antunes, ao longo da temporada que passara em Santos Reis, esquecera-se dela. Assim como estava certo de que Ester seria sua esposa, também se convencera de que Riete não mais fazia parte de sua vida. Refletindo sobre ela, João Antunes persuadiu-se de que Riete não era generosa e tinha uma personalidade voluntariosa e calculista, características que a afastavam de si. Ele desejava, sim, reencontrá-la, porém para saber notícias de Verônica, saber como contatá-la e como revê-la; viajava por interesse. João Antunes não conseguia esquecê-la. Era-lhe impossível riscar de sua vida aquele rosto e deixá-lo cristalizado na memória, recusava-se a aceitar que Verônica se tornasse apenas uma lembrança. Necessitava revê-la, tocá-la e admirá-la. Verônica, refletia ele, também possuía alguns valores de Ester: era bondosa e sensível, como demonstrara ao perdoar as agressões da filha e dela compadecer-se. Era, pois, a tentativa de reencontrá-la o que realmente o levava ao Rio de Janeiro. Porém, ao constatar tais sentimentos, tão fortes, inevitáveis e conflitantes, sua consciência o fisgou tal como um peixe agarrado pelo anzol: não estava sendo sincero com ninguém; nem com Ester, nem com Riete e muito menos consigo mesmo. João Antunes sentia como era-lhe penoso enfrentar contradições tão evidentes. Pela primeira vez, ele foi subitamente atingido pelo efeito de sua própria beleza, provavelmente uma maneira de se autojustificar. Sentiu-a de um jeito diferente do habitual. Não tinha culpa, julgava ele, de exercer atração sobre as mulheres. Se estas fossem feias, tudo seria tão fácil; contudo, como evitar as mulheres lindíssimas que, onde o vissem, eram atraídas por ele? Como não se apaixonar por Verônica, desejo de qualquer homem? Era-lhe difícil enfrentar tais sentimentos ou ignorá-los. Se moralmente sentia sua consciência, via as justificativas desses sentimentos como uma manifestação coerente, autêntica e inevitável de seus atributos.

Eram esses argumentos que nele infundiam aquele imenso azul oceânico, no qual mergulhava seus pensamentos e os tornavam inexauríveis. João Antunes tentava ansiosamente suavizar as suas atitudes, justificá-las e torná-las aceitáveis. Com o passar dos dias, entretanto, uma pavorosa sensação começou a inquietá-lo. Passou a sentir-se desintegrado e temeroso de suas emoções, de sua tranquila harmonia. E tais conflitos iam se adensando e rapidamente alcançando o clímax às vésperas de sua chegada ao Rio, quando, então, seus sentimentos seriam ou não corroborados, seriam ou não dissipados ou pelo menos amenizados. Para afugentá-los, pensava em Ester com todas as forças de sua alma. Como ela era meiga, simples e fiel a ele e muito gostosa no ato amoroso, repensava João Antunes buscando nela o seu fulcro, o seu ponto de equilíbrio. Entretanto, Verônica se contrapunha e enfeitiçava a sua vontade e a sua imaginação, fazendo a balança pender para o seu lado. Nessa tarde, deitado na espreguiçadeira, enquanto zanzava nesse infrutífero labirinto de argumentos contraditórios, duelando consigo mesmo, o céu ia se tornando assustador, plúmbeo, coberto pesadamente por imensas nuvens que formavam uma grossa e extensa faixa negra na linha do horizonte. Rapidamente, as luzes do poente foram desaparecendo e a tarde se fizera escura e ameaçadora. A superfície das águas se encapelava e tudo se fazia assustador. Os ventos passaram a soprar mais forte e as ondas sacudiam o navio. João Antunes, a despeito do prenúncio do mau tempo, puxou a coberta e permaneceu sobre o *deck* admirando aquela convulsão, a mesma que o atormentava. Em poucos minutos ficou sozinho, pois todos se recolheram. Ele mirava fixamente o horizonte e, de repente, aquele momento se transformou em algo aterrorizante, como se as nuvens negras movimentassem seus longos tentáculos e os estendesse enormes e disformes em direção a ele, a fim de absorvê-lo na escuridão. João Antunes instintivamente tencionou seu corpo, como se estivesse se preparando para essa ameaça desconhecida; pressionou fortemente os braços sobre os descansos da espreguiçadeira, agarrando-as com as mãos, aguardando o que viria. Mas o mais terrível era apenas a iminência do ignorado, que permanecia escondido nos interstícios e nos movimentos daquelas nuvens apavorantes. Essa expectativa tensa e assustadora o deixava agoniado e acelerava seu coração. João Antunes levou ligeiramente o tórax à frente, com os olhos arregalados no instante em que um raio rabiscou de amarelo aquele cinza tenebroso, seguido pelo trovão. Ele retornou seu corpo ao encosto e respirou ofegante, procurando relaxar-se. Seus olhos encheram-se de lágrimas e um pranto sofrido emergiu de sua alma. "Meu Deus, por que tudo isso novamente?", indagou-se, angustiado, suando, enquanto vislumbrava um medo esquisitíssimo escondido em cada ponto onde pousava seu olhar, como se um rosto furtivo e sarcástico o espreitasse e zombasse de sua agonia. Para onde se dirigia sentia o mesmo pavor. Lembrou-se de Ester, pensava nela e somente nela, procurando se acalmar, enquanto a chuva se tornava mais forte. Um oficial veio intimá-lo a entrar para a cabine, pois o choque das ondas contra o casco já espalhava água sobre o convés e o tornava perigoso; o *Zeus* adernava perigosamente à esquerda e à direita. João Antunes ergueu-se abatido, enrolado na manta, e caminhou cabisbaixo para dentro, sob o olhar intrigado do oficial. Andava com dificuldade, pois o navio balançava muito. A chuva e as ondas vergastavam o *Zeus* tão fortemente quanta a amargura que o fustigava. Recolheu-se, deitou-se em sua cama na cabine, sentindo a cabeça rodar, confrangido pelas emoções e pelo forte sacolejar do navio. João Antunes ouvia os fortes estrondos sucessivos causados pelos choques das ondas contra o casco do *Zeus*, ao seu lado. Em certo momento, passou a temer que o aço se rompesse, tal a força daquelas pancadas. Mas o *Zeus*, fazendo jus ao nome, era mais possante e ia vencendo bravamente aquela convulsão. Em dado instante, surgiu a náusea, e João Antunes andou cambaleante até o banheiro e vomitou, banhado pelo suor, dominado pelo medo. Retornou e tornou a deitar-se, melhorando do mal-estar. Permanecia naquela expectativa de algo iminente e trágico. Porém, aos poucos, percebendo que o temporal repentinamente se amainava, o seu também diminuía, e adormeceu. De madrugada, acordou assustado e constatou que o *Zeus* navegava tranquilamente. Sentou-se na cama, segurou a cabeça entre as mãos e permaneceu longo tempo perdido em pensamentos. O suor secara sobre a pele e sentiu frio. Deitou-se e enrolou-se no cobertor, buscando nele um aconchego para a alma.

Na manhã seguinte, navegavam vagarosamente em meio a um forte nevoeiro, e assim o foi até o fim da manhã, quando então surgiu um céu azul muito lindo e revigorante. Os comentários entre os passageiros, durante o dia, foram sobre o mal-estar causado pelo sacolejar do navio e o medo de um naufrágio. Porém, durante o encontro diário com o comandante, este sorria e dizia que eram marinheiros de primeira viagem; não houvera nenhum risco.

Já podiam avistar as terras mais próximas, as encostas verdejantes e o sobrevoo frequente das gaivotas. Frequentemente, pedaços de terra com ramos verdes eram vistos flutuando nos arredores. João Antunes permaneceu a tarde toda deitado no *deck*, sentindo uma tristeza indefinida que o deixava inerte, observando indiferente as pessoas ao redor, imaginando suas vidas e ouvindo frases que muitas vezes o levavam a invejar uma felicidade que, julgava, nunca teria.

No fim da manhã seguinte, o *Zeus* singrava em frente ao bairro de Copacabana, e logo cruzou a barra em direção ao porto. Em meio ao movimento da Praça Mauá, João Antunes tomou um táxi e dirigiu-se à Pensão do Minhoto, na Lapa. Antes de encontrar-se com Riete, desejava descansar até à noite. Ele sabia que o senhor Manuel e dona Amélia o deixariam repousar e não lhe cobrariam nada. Foi recebido com alegria pelo casal, principalmente por Amélia, que o cobria de mimos, sob os olhares atentos de Manuel.

— O que foi, meu bem? Por que essa tristeza? — indagou Amélia, fitando-o ternamente.

— Deixa o gajo descansar, mulher! Ele está cansado e tu a aporrinhar! — exclamou Manuel, vassoura imóvel na mão, camiseta regata deixando à mostra os braços grossos e peludos, enquanto olhava de soslaio aquela cena. E deu uma curta gargalhada, efetuando gestos negativos com a cabeça à guisa de ridicularizar sua mulher, pondo-se novamente a varrer a saleta. Amélia acompanhou João Antunes a um quarto onde uma cama arrumada o aguardava, como se estivesse a esperá-lo. João Antunes deixou nele sua pequena mala e foi almoçar, sentindo-se mais animado. Amélia era tão boa quanto Santinha; ambas lhe transmitiam a mesma sensação maternal. Após o almoço, João Antunes subiu para descansar. À tardinha, arrumou-se, despediu-se do casal, prometendo revê-los tão logo fosse possível, pegou a mala e tomou um carro de aluguel, rumo a Copacabana. Solicitou ao *chauffeur* que o levasse ao Hotel Londres, e sentou-se pensativo, pondo-se a observar vagamente a cidade. Sentia-se ansioso, desejando cumprir seus objetivos o mais rápido possível, refletindo sobre como romper com Riete de um modo amigável. Ao entrar na Avenida Atlântica e admirar o oceano, plácido àquela hora, experimentou a sensação de liberdade irromper em seu peito. Sorriu sem nenhum pretexto, e aguardou o que viria. O carro parou em frente ao hotel e o motorista cordialmente apressou-se a lhe abrir a porta. João Antunes dirigiu-se à recepção, identificou-se e indagou a respeito da hóspede Henriette de Mendonça. O senhor Cunha, gerente da recepção, consultou o pequeno arquivo de aço sobre o balcão e rapidamente localizou a ficha. Depois, ordenou a um empregado que fosse ao apartamento indagar se Henriette aguardava um senhor que se identificara como Antunes.

— Quarto 205, à esquerda, depois da escada — indicou-lhe o gerente, após a confirmação.

— Posso deixar a maleta durante alguns minutos? — indagou João Antunes.

— Sim, pois não, senhor. — E chamou um empregado para colocá-la num guarda-volumes. O senhor Cunha observou João Antunes subindo os primeiros degraus. Ele sabia que Henriette era filha de Verônica, aquela mulher deslumbrante que protagonizara aquela cena tão dramática, cinco meses antes, ali mesmo no saguão. Permaneceu um instante pensativo, meio intrigado, e retornou aos afazeres.

João Antunes subiu os degraus e, meio hesitante, bateu cautelosamente à porta. Ele então ouviu ruídos de passos apressados se aproximando e logo escutou o barulho da chave girando rapidamente, e viu surgir, diante de si, o semblante ansioso de Riete emanando felicidade. Ela o mirou um instante e atirou-se em seus braços.

— Oh, meu amor! Você veio! — exclamou, beijando-o várias vezes, entre palavras amorosas. Parou um instante, envolveu o rosto de João Antunes entre as mãos e o fitou, perscrutando-o. Riete imediatamente sentiu que João Antunes não manifestava efusão em revê-la. Ele permaneceu um instante em silêncio, meio cabisbaixo perante aquele derramamento sentimental, e caminhou alguns passos pelo interior do quarto. Ela fechou a porta e voltou-se para ele, experimentando seu espírito esvaziar-se daquela emoção tão ansiosamente aguardada nos últimos dias. Riete imaginara mil coisas, sonhando os prazeres que teria entre os seus braços, mas percebia que a realidade era outra. Seus olhos lacrimejaram e a decepção instantaneamente invadiu-a. João Antunes dirigiu-se a uma pequena poltrona e nela sentou-se.

— Assente-se, Riete, vamos conversar — disse-lhe calmamente, apoiando os braços nos descansos e observando-a com atenção.

Riete sentou-se na beirada da cama e cruzou as mãos sobre o colo, aguardando o que lhe diria João Antunes. Estava pálida e desconsolada. A tarde agradabilíssima caía vagarosamente. Uma aragem refrescante vinda do mar entrava pela janela, amenizando o calor de primavera. Naquele preâmbulo tenso, podiam ouvir o barulho das ondas quebrando-se tranquilamente com monotonia.

— Você não mais me ama e aquilo que sonhamos juntos acabou... É isso o que tem a me dizer? — antecipou-se Riete após alguns segundos com uma inflexão ansiosa, mirando-o intensamente. Havia em seu semblante qualquer coisa de desesperança, de agonia e de muito sofrimento.

— Lamento muito dizê-lo, Riete, mas essa é a verdade... — concordou João Antunes, constrangido com suas palavras. — Mas não te preocupes. És bonita e encontrarás quem te ame e que te faças feliz... — completou, sentindo-se penalizado com a reação de Riete. — Resolvi me casar com Ester, minha noiva de Santos Reis, e já marcamos o casamento. Portanto...

— João Antunes — disse Riete, interrompendo-o e olhando-o atentamente. — Estou grávida, esperando um filho seu — anunciou, cravando-lhe mais seu olhar.

João Antunes sentiu um choque; franziu o cenho e crispou o semblante, mirando-a avidamente com perplexidade, experimentando algo que nunca lhe passara pela cabeça.

— Mas... será possível? — indagou, tentando reorganizar seus pensamentos. Sentia-se completamente aturdido com essa revelação.

— Sim, é verdade. A menstruação já não veio e sinto-me diferente. O médico confirmará a gravidez — explicou Riete, com um semblante preocupado.

João Antunes respirou fundo e baixou o olhar, pondo-se pensativo, permanecendo em silêncio durante alguns minutos. Ele tentava, nesses instantes, adaptar-se a uma situação inesperada e contundente que poderia transformar sua vida de maneira radical, ligando-o definitivamente a Riete. Após permanecerem calados durante alguns segundos, durante os quais aquele quarto adquiriu uma espécie de preâmbulo atemporal em que se abstraíam deste mundo, João Antunes quebrou o silêncio no instante em que uma onda mais forte estrondejou.

— Hein?! — indagou Riete, não ouvindo o que João Antunes começara a lhe dizer, devido ao estrondo. Agora a água deslizava sobre as areias provocando um chiado áspero, rascante.

— Eu assumo a paternidade, se houver a confirmação da gravidez... — disse João Antunes em voz baixa, muito pálido, mantendo seu olhar sobre o assoalho. Uma terrível angústia o oprimia. Sentia um desassossego, uma inquietação na qual não vislumbrava nenhuma saída, a não ser aguardar. Ele ergueu seus olhos para Riete, fitando-a angustiado, buscando nela alguma sugestão que eventualmente o aliviasse.

Riete, entretanto, olhou-o afetando uma calma desdenhosa, e uma expressão estranha apareceu em seu semblante. Ela adquiriu um ar sombrio, desolador, enquanto um sentimento de solidão e de abandono tomava conta de si. João Antunes franziu o cenho, tentando interpretar aquele sentimento, penetrar naquela alma tão atormentada quanto a sua. De repente, um furor flamejou nos olhos dela. Riete sorriu levemente e um sentimento enérgico e duro assomou em seu rosto.

— Não precisa se preocupar com isso. Eu a assumo sozinha e farei dela uma pessoa como meu pai, poderosa e rica, e um dia você sentirá orgulho dela. Ela será digna de usar esse anel — acrescentou, erguendo os dedos, com uma voz altiva, demonstrando um orgulho que se extravasava de todo o seu ser. As comissuras de seus lábios tremiam e seus olhos negros cintilavam. Ela era dominada por uma forte comoção.

— Riete, fique calma, por favor... Deixe esse momento passar e resolveremos isso da melhor maneira possível. Tu escreves para São Borja, Estância Santos Reis dando-me notícias... — pediu João Antunes, também muito abalado. — Como poderei me comunicar contigo? — indagou, sentindo-se desconcertado.

Riete parecia não lhe haver escutado. Mantinha sobre ele aquele semblante em que se alternavam emoções, que, finalmente, se definiram num sorriso vago, triste, quase desesperado. Seu rosto exprimiu algo de doloroso, enquanto mantinha sobre João Antunes um olhar marejado e lancinante.

Aquelas reações perturbaram mais ainda João Antunes, que se levantou e dirigiu-se até ela. Riete, muito pálida, também se ergueu e o mirou fixamente, disparando sobre ele sentimentos que lhe penetravam na alma como uma rajada. Ele desejava ainda lhe falar, mas permaneceu estático, olhando-a com perplexidade, sem saber o que dizer.

— Então, adeus, Riete... — conseguiu pronunciar, despedindo-se timidamente. — Por favor, volte a me procurar quando estiver mais tranquila. Pretendo te ajudar... — disse João Antunes, à guisa de despedida. Riete permaneceu impassível, porém suas faces se crisparam mais ainda e aquele rosto, tão lindo, transformou-se numa máscara de dor. João Antunes lhe acariciou as faces e caminhou cabisbaixo em direção à porta. Abriu-a. Voltou-lhe seu olhar e saiu, fechando-a. Ele sentia-se completamente atordoado com aquelas reações, tão exasperadas e incisivas. Ele, que viera ao Rio saber notícias de Verônica, esquecera-se completamente de perguntar por ela devido à situação inesperada.

Riete, ainda de pé, levou as mãos ao rosto e caiu em prantos. João Antunes, já descendo a escada, podia ouvir aquele choro alto, inconsolável, revelador de uma dor profunda e talvez definitiva. Ele continuava muito abalado, sem ainda conseguir medir as consequências de tudo isso em sua vida, mas pressentia as implicações que poderiam advir devido à personalidade passional de Riete e ao seu temperamento imprevisível.

Ao passar pelo saguão do hotel, o gerente Cunha observou João Antunes. Chamava-lhe atenção o seu rosto lívido e o ar perturbado, quase ausente.

O senhor Cunha, desde a metade do ano, vinha presenciando cenas dramáticas envolvendo Verônica e sua filha Henriette. Em julho, Verônica ali estivera esperando encontrar-se com Jean-Jacques, e assistiu à sua decepção por não encontrá-lo, acrescida de uma carta que Riete deixara à mãe, o que aumentara ainda mais o seu sofrimento. Agora, era a filha quem aguardava aquele jovem tão formoso, e novamente pressentia que estava a assistir um novo drama. Cunha dirigiu-se a João Antunes, interrompendo seus passos, e deu-lhe um recado, dizendo-lhe que a senhora Verônica o aguardava sentada no banco, na calçada oposta, em frente à praia. Cunha observou então aquele semblante apagado repentinamente luzir, irradiando felicidade, e viu João Antunes acelerar seus passos, atravessar a Avenida Atlântica, quase correndo, e cair nos braços de Verônica. Cunha ficou novamente perplexo com aquelas cenas, revestidas de intensa dramaticidade. Coçou a cabeça e retornou ao balcão, intrigado com Verônica, aquela mulher que também o inspirava sonhar.

Naquele início de noite, havia pouco movimento na Avenida Atlântica. Esporadicamente algum veículo trafegava e poucas pessoas passeavam pelo calçadão. Somente o suave marulhar das ondas, sob a maré baixa, quebrava o silêncio. Pontos luminosos brilhavam sobre postes a intervalos regulares, dando um ar poético àquela orla tão linda e integrada à memória sentimental de Verônica. Ali ela vivera o seu amor por Jean-Jacques e ali mesmo o perdera; agora, como por milagre, como antevisto por *madame* Louise, Verônica reencontrava uma nova paixão em João Antunes. Estavam em pé, abraçados, trocando ternuras e beijos apaixonados, e tudo que não fosse isso inexistia naquele instante. João Antunes descarregava sua angústia em Verônica e ela a transformava em ternuras e meigas carícias. Sentaram-se de frente para o mar; Verônica apoiou o braço sobre os ombros de João Antunes, puxando-o para junto a si.

Nesse exato instante, Riete, ainda chorando muito, se aproximou da janela e viu aquela cena que lhe caiu como um raio, pulverizando seus sonhos e sua própria tristeza. "Mas... mas o que é isso?! Mamãe não me disse que viria ao Rio!", exclamou, aturdida com o que assistia. Riete vivia a cena protagonizada por Marcus em Cavalcante e sentia a mesma agonia que ele. Mas havia agora uma mudança radical: em vez dela, quem estava nos braços de João Antunes era Verônica. Como Marcus, ela chegava ao desespero, e teve ímpetos de cometer aquele mesmo gesto. Durante um instante ela observou aquela felicidade efusiva, tão explícita e cruel ao seu sofrimento, e estancou seu pranto, pois esgotara o seu sofrer; chegara ao limite. Riete atirou-se sobre a cama, sentindo sua alma se esvaziar até a um mínimo capaz de mantê-la viva, e permaneceu vagando num estranho nada, buscando alguma gota de energia que pudesse injetar em si para que lhe possibilitasse viver. Achou-a em um ser que era ainda um fragmento. E momentaneamente adormeceu, dependurada nesse fio de esperança.

— Não consegui te esquecer... — disse com ternura João Antunes.

— Nem eu, meu amor.

E se apertaram num prolongado abraço entre beijos e carinhos.

— Mas como adivinhaste que eu queria te ver? — perguntou João Antunes, que passara da amargura de há pouco a uma felicidade esfuziante.

Sentiam no rosto a brisa iodada de Copacabana e as pequenas gotículas das ondas que estouravam e orvalhavam suas peles. Em frente a eles, a escuridão das águas. Ao longe, em alto-mar, assistiam a uma luzinha se deslocar quase imperceptivelmente, criando-lhes um clima romântico, como se aqueles navegantes tão isolados e apartados da terra lhes propiciassem uma solidão a dois.

— Não adivinhei, estava morta de saudades, meu querido. Como sabia que Riete viria encontrá-lo hoje, me hospedei na pensão ao lado, e solicitei ao senhor Cunha que lhe avisasse que eu estaria aqui se o visse sair esta noite. Se não saísse, que passasse amanhã na pensão — explicou-lhe Verônica, dando-lhe beijos carinhosos entremeados às explicações. João Antunes percebeu que Verônica estava livre de seu comportamento reprimido demonstrado em Cavalcante, devido à presença de Riete. Ela estava loucamente apaixonada por ele.

— Mas, e teu marido? — indagou João Antunes, admirando aquele rosto suavemente iluminado por uma réstia de luz amarelada.

— Está em Santos, há uma semana. Vai passar o mês lá trabalhando com exportações e importações de maquinário, só retorna para a passagem do ano. Mas isso não vem ao caso... Estive matutando sobre a paixão — disse Verônica lentamente de maneira contemplativa, voltando os olhos em direção ao mar —, e concluí que ela é semelhante à escuridão dessas águas. Entregamo-nos a ela porque não pensamos em nada que nos impeça de ser feliz. Mesmo que o final não seja bom, sua força nos impele à loucura de vivê-la... Não acha, meu querido, que a magia do amor é o sentido da vida? — indagou de maneira enigmática e absorta. — E afinal, resolveram? — perguntou Verônica, mudando bruscamente de assunto e retornando-lhe o olhar. — Vai mesmo se casar com Riete? — indagou, olhando-o com ternura, afagando-lhe suavemente os cabelos.

João Antunes fitou-a, sentindo-se atônito, pois em seu último encontro com ela, em Cavalcante, Verônica fora tão categórica em relação à escolha que ele deveria fazer, e agora se mostrava indiferente à sua própria imposição.

João Antunes refletiu um instante sobre isso, um pouco intrigado.

— Não, Verônica, já me decidi, vou casar-me com Ester, a minha noiva de Santos Reis. Amo-a profundamente. Somente ao lado dela poderei viver e constituir família. Ester é especial para mim... É difícil explicar, mas é um amor diferente, talvez espiritualizado, sei lá. Jamais poderia abandoná-la, jamais! — exclamou convicto, com os olhos fixos na escuridão do mar.

Verônica continuava a afagá-lo carinhosamente, expressando-lhe uma ternura infinita.

— Mas que palavras lindas, minha paixão. Quando você fala assim, me lembro de Jean-Jacques e de sua sensibilidade poética, e me sinto mais apaixonada por você — disse Verônica, perscrutando também as águas, como que procurando nelas uma luz de seu passado.

— Mas eu também te adoro, Verônica, e quando viajava para cá sofri devido a esse conflito... Sinto-me dividido, fragmentado em dois, agoniado e com o sentimento de estar sendo desonesto comigo mesmo e com Ester. Sinto-me um patife. Ela não merece isso — disse, voltando-lhe seu olhar.

— Pois, quanto a mim, meu amor, basta-me saber que estou ao seu lado e que o amo. Eu me sinto enciumada, mas não quero vê-lo sofrer; desejo que você se case e que seja feliz, e eu sempre o adorarei, cada vez mais. Quando quiser, me procure, e estarei aos seus pés.

— Mas por que tu falas assim, Verônica? Não te entendo... Não sentes ciúme? — perguntou com um ar de perplexidade, manifestando seu pensamento anterior. — Da última vez em que nos encontramos em Cavalcante tu foste tão incisiva. Me impôs uma opção, dizendo ser impossível amar duas mulheres, e agora renuncia às tuas próprias ideias? — indagou João Antunes fitando-a ansiosamente, demonstrando surpresa.

— Querido, eu vivi uma experiência dolorosa e não desejo repeti-la. Não quero fazê-lo sofrer impondo-lhe uma decisão que só lhe trará agonia. Quando conheci Jean-Jacques, eu o amei sinceramente, mas tinha um relacionamento problemático com Mendonça. Porém, quando ele retornou à Europa, eu senti o quanto o amava, mas já era tarde demais para reencontrá-lo. Deveria ter ido com ele. E quando vim ao Rio na esperança de revê-lo, exatamente nesse hotel, sofri um choque... Não pode imaginar o quanto eu chorei, sentada nesse mesmo banco. Enfim, João Antunes, deixei aquele momento passar, não fui sensata e as oportunidades nunca ocorrem duas vezes — disse Verônica, enlaçando-o com os dois braços. — Pois fui a Cavalcante atrás de uma explicação de Riete, e o conheci, e com você sinto o mesmo amor que vivi com Jean-Jacques. Deus foi generoso comigo e o devolveu encarnado em você... Durante os dias em que passei na Santa Sofia pensei muito sobre isso, e concluí que não poderia repetir o mesmo erro do passado; não poderia agir impetuosamente como o fiz com Jean-Jacques, rompendo com ele bruscamente, ou seja: agora ou nunca. Poderíamos ter conversado antes e ter feito as coisas acontecerem devagar. Ele poderia ter retornado à França e continuaríamos nosso contato, deixando a relação evoluir para uma resolução sensata em que, aí sim, poderíamos resolver nosso futuro calmamente. Pois é o que pretendo fazer com você: agir com calma e evitar precipitações. Quero somente amá-lo e estar à sua disposição quando quiser amar-me. Sinto, sim, ciúmes, mas não quero complicar sua vida e vê-lo sofrer com exigências, como aquela que lhe fiz em Cavalcante. Assim, só estaria repetindo o meu erro — disse Verônica, perscrutando-o com uns olhos que enxergavam a alma de João Antunes. — Além disso, meu amor — prosseguiu ela após alguns segundos, olhando-o atentamente de modo persuasivo —, não se atormente com suas dúvidas, nós, seres humanos, somos assim... fragmentados, divididos, incoerentes e desarmônicos, pois a dualidade geralmente é peculiar à natureza humana. Muitas vezes desconhecemos a nossa própria vontade. Num certo momento desejamos uma coisa, em outro momento, outra, e frequentemente os desejos colidem e geram conflitos. Talvez isso aconteça por imposições que modelam nossas emoções em esquemas convencionais, buscando comportamentos socialmente aceitos. Nossas emoções são díspares e conflitantes, mas todas elas são manifestações momentâneas de nosso eu, fazendo parte de nós mesmos. Por que, então, fazê-las duelar? E, diante disso, por que tomar resoluções que poderão empobrecer nossas vidas e cortar pelas raízes emoções que seriam tão belas e genuínas? Quantos momentos felizes deixaremos de viver por interromper sentimentos que os tornarão inesquecíveis? Vamos, pois, vivê-los. Se você ama a Ester e diz me amar, não vejo problema algum. Meu amor é maior que o ciúme. Não se atormente procurando unicidade; os dois sentimentos estão dentro de você e são o que sente; portanto, está sendo sincero consigo mesmo. Se algum amor prevalecer, naturalmente aparecerá. Sejamos felizes e esqueça o que lhe disse em Cavalcante. Aprendi isso com Jean-Jacques. "Viva o instante, e o viva intensamente", dizia ele. Mas, na época, havia mamãe, a *madame*, e toda a segurança delas dependia de mim, que renunciei a ele por causa disso. Não vou cometer o mesmo erro exigindo-lhe uma coerência que não existe.

— Bem, essa é a tua maneira de pensar, aliás, bastante egoísta. Mas e a Ester? Como se sentiria sabendo que amo também a ti e que a estou traindo? Ela sofrerá muito e com justa razão, e poderá não aceitar. Infelizmente, querida, as coisas não são tão simples, não se reduzem a um jogo de palavras... — replicou João Antunes, retornando seu olhar para a escuridão do oceano. — Ester é uma moça simples — prosseguiu João Antunes —, ela não é traquejada e sofisticada como vocês, não tem o espírito receptivo às ideias liberais. Ester jamais poderia compreender e aceitar o que me disseste... Ela nunca frequentou a alta sociedade, nunca saiu de Santos Reis, porém tem um coração de ouro, de muita sensibilidade. Quando narrei a ela o meu relacionamento com Marcus e sua morte trágica, Ester manifestou-se de forma espontânea e ficou tão sensibilizada quanto eu; aquilo me cativou definitivamente e me mostrou um outro lado dela e de mim mesmo. Jamais deixarei de amá-la.

— Mas é o que lhe disse, meu amor, você a ama, não está traindo-a...

— Sim, querida, mas trair a confiança de alguém, enganando-a, visto que ela não aceita essa duplicidade, é uma atitude moralmente incorreta. Eu diria até vil, não achas? É isso que me atormenta. Eu aceito e até compreendo a sinceridade de meus dois sentimentos, nisso tu tens razão, e se tu também aceitas essa condição, não haverá problemas, pois não estás sendo enganada, mas a Ester não aceita essa atitude. E se souber e aceitá-la, o fará com sofrimento — argumentou João Antunes, pondo-se pensativo. — Pois agora, querida — prosseguiu João Antunes —, sou eu quem te coloco na mesma situação: tu revelarias a Bertoldo tuas ideias e as assumiria? — indagou, mirando-a com uma expressão mordaz. — Arriscaria a trocar o teu conforto pela tua coerência de pensamentos? Certamente, ele, como a Ester, não aceitaria compartilhá-la comigo.

— Sim, claro que trocaria! Se você exigir, eu abandono Bertoldo e vou viver com você. Aprendi que nada nesta vida se compara ao amor. Foi a lição que ela me deu. Viver é sempre buscar o amor... ao máximo! — exclamou Verônica de modo incisivo e com ardente sinceridade, fitando intensamente João Antunes.

Ele surpreendeu-se com essa resposta tão convicta e contundente, e emocionou-se, constatando a intensidade do amor que Verônica lhe dedicava.

— Sério, meu amor? Largarias tudo por mim? — indagou com uma voz carinhosa, afagando-lhe o rosto, como se isso jamais pudesse passar pela sua cabeça.

— Não acredita? Pois é o que mais sonho... viver dependurada em você, meu querido. Viver ao seu lado — replicou Verônica, beijando seguidamente suas faces. — Mas como vai se casar com a Ester... Repito, não quero deixá-lo agoniado.

— É difícil acreditar nisso, minha querida. Sinceramente, tu és uma mulher linda, sofisticada, requisitada nas altas rodas de São Paulo, desfrutas de grande conforto... e vais abandonar isso para viver com um pobretão como eu... por amor? Talvez estejas falando assim porque eu disse que me casaria, o que te libera para levar a tua vida dupla, te impedindo de tomar essa atitude... — disse João Antunes, manifestando descrença nas afirmações de Verônica.

— Pois duvida, querido? Exija então isso de mim e verá que está enganado. Você é que não tem interesse nisso, pois quer também ficar com a Ester... — replicou Verônica com uma expressão deprimida, retornando seu rosto em direção ao mar.

João Antunes respirou fundo, sem argumentos; sentia-se perdido, pois realmente não seria capaz de exigir o que Verônica lhe dissera.

— Se isso que dizes for verdade, meu amor, tu és tão generosa quanto Ester, e faz meu coração derreter de paixão e me sentir mais confuso. A minha vontade seria vivermos os três juntos numa mesma casa, o que não é possível. Porém, não posso ficar sem ti, Verônica, eu te adoro mais que tudo nessa vida. Vou me casar com Ester e deverei assumir a culpa de traí-la, pois não posso viver sem ti. Não posso! Que Deus e o futuro resolvam o meu destino...

— Entretanto, querido, se você não sente apenas compaixão por Ester, creio que ela o toca mais profundamente que eu, e que ela é o seu verdadeiro amor... — disse Verônica com certa tristeza, contradizendo radicalmente suas ideias manifestadas havia pouco.

Nesse instante, surgia entre eles a complexa trama de emoções que tornam misteriosas quaisquer explicações sobre o sentimento amoroso. Complexa porque é racionalmente inexplicável e depende apenas do sentir. Suas nuances se entrelaçam com outras exigências e suas sutilezas são instâncias que nem Deus e o diabo compreendem.

— Mas, não! — exclamou João Antunes com veemência, mirando-a com um olhar angustiado, como que surpreendido. — Eu te amo, Verônica! Eu te adoro, te adoro mais que tudo, meu amor! Não poderei viver sem ti! — E se abraçaram e se beijaram apaixonadamente. Permaneceram longos minutos entretidos em gestos amorosos, tão isolados do mundo como aquele barco que lentamente ia sumindo atrás do Arpoador.

— Deus, como te amo! Dá até vontade de chorar de tanta felicidade — murmurou Verônica com seu rosto junto a João Antunes e as mãos sobre as suas faces, acariciando-as.

— *Dio, come ti amo, mi vien da piangere*, é como se diz em italiano; minha mãe me ensinou — repetiu João Antunes, com uma meiguice que comoveu Verônica. — Acho, amor, que tu tens os mesmos sentimentos que eu. Tu também amas Jean-Jacques do mesmo modo que eu amo a Ester. Tu pensas que Jean-Jacques morreu, mas não é verdade, ele vive dentro de ti, e tu o procuras em mim...

— Não, também não é verdade! — exclamou Verônica de modo incisivo, mirando-o avidamente. — Sim, talvez eu o ame como você ama Ester. Um sentimento espiritualizado e que atinge outras regiões do espírito. Jean-Jacques era maravilhosamente sensível e jamais poderei esquecê-lo... — declarou atônita, manifestando-se com um olhar longínquo, perscrutando sua memória.

— Porém, minha paixão... — sussurrou Verônica, procurando as palavras e perscrutando-lhe avidamente o rosto. — Você é tão lindo, tão suave e meigo, que eu nem sei como explicar, pois, se amei Jean-Jacques, a você eu adoro! Te adoro, meu amor! Com todas as forças de minha alma! — exclamou Verônica, chorando de felicidade, beijando incessantemente o rosto de João Antunes.

Eles se abraçaram e se mantiveram assim unidos durante longo tempo, em silêncio, enquanto seus espíritos monologavam buscando internamente um sentimento único, harmônico, capaz de lhes apaziguar a consciência, mas o que prevalecia era o sentimento proporcionado pelo contato de seus corpos. Era esse o único diálogo possível entre seus espíritos, que os unia como um elo inquebrantável, e o sentimento soberano que sobrepujava facilmente a busca interna incessante. O barulho suave das ondas quebrando mansamente e o deslizar das águas sobre as areias proporcionavam-lhe a certeza de que suas vidas se eternizariam naquele momento. A noite belíssima, agradável, exalava uma aragem refrescante, parecendo abençoar seus instantes. Verônica permanecia emocionada, mal acreditando nesse estado de encantamento; às vezes apertava mais João Antunes contra si na ânsia de tê-lo para sempre. Ela afastou seu rosto e passou a acariciá-lo, enquanto o fitava com doçura.

— Minha paixão, em vez de falarmos sobre amor, vamos então vivê-lo — disse carinhosamente, como que retornando ao presente, retesando o corpo e sorrindo lindamente. — Somente o futuro guarda as respostas do presente; somente ele pode dirimir as dúvidas que hoje nos atormentam, portanto vivamos o agora e deixemos o depois para depois... Quero te conhecer, conhecer a tua flor, desvendar cada pedacinho de teu corpo maravilhoso e enchê-lo de carinho.

Verônica levantou-se do banco, e mais deslumbrante que nunca, puxou-o pela mão, exultante de felicidade. Ambos, de pé, beijaram-se ardorosamente e se dirigiram para a Pensão Onofre Pacheco, situada a uns duzentos metros à direita do Hotel Londres. A essas horas só se ouvia o marulhar das águas. Copacabana estava quase deserta, pontilhada por alguns casais que romanticamente compartilhavam também suas vidas.

— E Riete, como reagiu à sua negativa? — indagou Verônica, observando o Hotel Londres enquanto atravessavam a Avenida Atlântica.

— Sofreu muito e fiquei penalizado. Mas Riete tem uma personalidade que definitivamente não combina com a minha. Tu estás sabendo? Ela me revelou que espera um filho meu, será verdade? — indagou João Antunes, parando repentinamente e voltando a preocupar-se com aquela revelação.

— Sim, ela me contou... — concordou laconicamente Verônica, crispando o rosto. — Depois conversaremos sobre isso, agora pensemos em coisas boas. — E segurou a mão de João Antunes, buscando o clima anterior.

Riete, naquele instante, despertou casualmente. Ainda muito deprimida, dirigiu-se como uma sonâmbula à janela, como que desejando comprovar se a cena anterior fora verídica, e assistiu à sua mãe atravessar a avenida abraçada a João Antunes, caminhando para a direita do hotel. A cena fora real, e as lágrimas novamente rolaram pelas suas faces. Contudo, aquele terremoto emocional passara, e Riete se resignara a levar sua vida sem João Antunes. O que temera desde Cavalcante aconteceu: a beleza de Verônica arrebatara João Antunes de si. Henriette observou ao acaso o anel de ouro ovalado em seu dedo, sobre o parapeito da janela, e sentiu um ímpeto avassalador de conseguir pela riqueza o amor que João Antunes lhe negara. Ela continuava a observar o casal com uma lucidez espantosa para momento em que vivia, e conjeturou: "lá está novamente mamãe a brincar com os homens... coitado do João Antunes". Contudo, João Antunes não era um homem qualquer, e Riete sabia disso. Ela continuou a segui-los com o olhar, e daquela cena, tão dolorosa, conseguiu infundir em si a derradeira força para seguir em busca de seus sonhos. *Eu haverei de vencer, minha derrota não será irrevogável*, pensou, e seus olhos cintilaram uma vontade poderosa. Riete intuiu, como o intuíra em Cavalcante, que um dia João Antunes seria seu.

— E o que os médicos disseram sobre os problemas emocionais de Riete? — indagou João Antunes, voltando a pensar nela.

— Riete parece ter superado aquele seu problema mais sério, que eram aquelas fugas do presente... Talvez o estupro cometido por Roliel tenha anulado o abuso de que fora vítima na infância... ou qualquer coisa semelhante a isso, segundo me explicaram os médicos com palavras complicadas, que não compreendi. Dentro de alguns parâmetros, afeitos à sua personalidade, acharam-na equilibrada, como aliás nós mesmos o comprovamos em Cavalcante. O doutor Franco da Rocha achou melhor mantê-la como está e observá-la — explicou Verônica, mostrando-se um pouco pensativa a respeito. — Por favor, querido, não diga a Riete que estive aqui com você; ela ficaria arrasada e nossa relação seria destruída de vez. Mas essa foi a oportunidade de revê-lo... — disse Verônica, mudando de assunto, ostentando um ar enigmático.

No instante em que Verônica dissera essas últimas palavras, eles saíram do campo de visão de Riete, que retornou cabisbaixa ao seu leito, maldizendo a vida; deitou-se e sorriu tristemente, consolada pela esperança de que, algum dia, teria João Antunes. *Quem sabe desta dor não brotará a realização de um sonho*, presumiu pensativa, mirando o futuro.

— Esta pensão pertence a Onofre, filho do Pacheco. Pacheco era uma antiga pensão aqui mesmo em Copacabana, que frequentei com Jean-Jacques no início do século... Há vinte anos não havia quase nada por aqui. Copacabana era um paraíso — acrescentou, com um olhar pensativo, girando suas vistas pelos arredores. — Ontem fiquei sabendo disso ao conhecer Onofre e elogiar a casa. Nunca soubemos que Pacheco tinha filhos... É a terceira coincidência que, após conhecê-lo, me liga ao passado — comentou Verônica, enquanto se aproximavam da entrada. — A mãe de Onofre, Zulmira, também se suicidou por amor a Jean-Jacques, que sentiu imensamente sua morte.

— Matou-se?! Também por amor? — indagou João Antunes, sentindo um baque, parando repentinamente e olhando-a assustado. — Mas o amor não foi feito para isso... — comentou, pensativo, com o rosto cabisbaixo, meneando a cabeça.

Verônica o observou com um sorriso estranho, admirando a silhueta de João Antunes sob a penumbra, atenuada pelas luzes que vinham das imediações.

— A paixão é o céu ou o inferno. O meio-termo é chato e sem graça. Ela é aquele abismo que lhe falei... — comentou Verônica, indiferente às suas próprias palavras. — Vem agora, meu amor, vamos vivê-lo. Já conversamos muito sobre ele... — chamou-o sensualmente em voz baixa, enquanto cruzavam a recepção em direção à escada que se elevava até o segundo andar. Havia poucas pessoas no *hall*, mas, quando Verônica apanhou a chave, todas voltaram-se para o casal.

João Antunes, ao admirar aquela mulher tão linda convidando-o a amá-la, experimentou uma espécie de embriaguez espiritual, parecendo-lhe que toda a realidade se abstraía e convergia como um redemoinho que o sugava para dentro daquele corpo. Verônica experimentava sensação semelhante. Quantas vezes, durante sua estada em Santa Sofia, pensara em João Antunes? E quanto fora difícil para ela reprimir seus sentimentos em Cavalcante, quando desejava tê-lo ardorosamente em seus braços? Contudo, agora sentiam-se livres, e suas vontades adquiriam tal intensidade que necessitavam ser saciadas, apressando-os em direção ao quarto. Verônica abriu a porta, e entraram. Ela trancou-a, tirou afoitamente os sapatos e se atirou nos braços de João Antunes, vivendo um daqueles momentos inesquecíveis. Em poucos segundos, estavam arrebatados. Ao contemplarem-se inteiramente nus, no auge da excitação, ficaram extasiados perante a beleza e a sensualidade que emanavam de seus corpos. Evadiram-se do trivial e convergiram instantaneamente para uma junção única e inesgotável. João Antunes jamais imaginara mulher tão magnificamente sedutora e bela. Ao abrir suas coxas e ver aquele sexo diante de si, prestes a penetrá-la, Verônica arrebatou-se. Um sentimento estranho e altamente excitante irrompeu como um raio em seu espírito. *Qual a última vez que juntei a paixão ao gozo?*, pensou.

— Venha, meu querido... Me possua... — gemeu, desesperada pelo prazer, cerrando os olhos e virando o rosto. Toda aquela imaginação por João Antunes, que estivera reprimida em Cavalcante, irrompeu livremente, e Verônica iniciou seus orgasmos.

João Antunes absorveu as emoções e reagiu como Verônica, com a mesma intensidade. Imediatamente chegou ao ápice, tal as fantasias acumuladas. Verônica e João Antunes foram insaciáveis, extasiando-se diante da magia amorosa que lhes causavam seus encantos.

Durante dois dias permaneceram trancados no quarto. João Antunes só saiu para pegar sua mala que ficara no Hotel Londres. Quando não estavam amando, permaneciam abraçados a conversar sobre suas vidas, muitas vezes debruçados na janela admirando o mar de Copacabana, cenário tão belo e adequado aos momentos que viviam. Às vezes, sozinha, Verônica apreciava a Avenida Atlântica e rememorava seu passado. No lugar do *Mère Louise*, emergiam suas lembranças. E retornava para João Antunes e se engastava no presente. Só abriam a porta para receberem as refeições, quando encaravam o semblante perplexo do garçom, que coincidentemente se chamava Amoroso. Após dois dias, deixaram a Pensão Onofre, felizes e aliviados das angústias com as quais ali chegaram. O futuro, antes tenebroso, tornara-se factível e ressurgia vigoroso. Saíram no final da manhã. Um forte mormaço e um calor intenso melavam suas peles; o tempo estava nublado e triste. Ao passarem pela recepção, Verônica recebeu um bilhete. O rapaz que o entregou disse que uma jovem o deixara ali e pedira que fosse entregue à Verônica. Ela crispou o semblante, arregalou os olhos e o pegou, já intuindo sobre quem o escrevera. Sofregamente, desdobrou-o e o leu:

"Mamãe, mais uma vez me fizeste sofrer. Mas não te aflijas: pagaste com a mesma moeda. Como sempre acontece em tua vida, encontraste em João Antunes a felicidade que se fora com Jean-Jacques, há seis meses, neste mesmo lugar. Volto para São Paulo e não mais retornarei a Santa Sofia. Bertoldo me ajudará. Adeus, Riete".

Verônica passou o papel a João Antunes e começou a chorar. "Não é possível, meu Deus!", exclamou e apertou seu rosto contra o peito dele, umedecendo-lhe a camisa com as lágrimas. Porém, ela rapidamente se refez e enxugou as faces. Ergueu o rosto, fitando-o pensativa.

— Provavelmente ela foi acompanhar a minha saída do hotel e, através da janela, viu-me correr ao teu encontro... — disse João Antunes, tão perplexo quanto Verônica. — Mas o que foi? — indagou ele, ao observar no rosto de Verônica uma expressão de escárnio; um estranho furor brilhava em seus olhos.

— Não é nada... — respondeu, meio confusa. Verônica novamente esfregou os olhos, como que arrependida das lágrimas que derramara.

Foram até o Hotel Londres e indagaram sobre Riete, e o senhor Cunha informou-lhes que ela viajara na véspera. João Antunes acompanharia Verônica até a Estação da Central, onde ela pegaria o trem para São Paulo. Tomaram um automóvel de praça. Durante o percurso, muito abalada, Verônica mantinha-se silenciosa e pensativa, recostada sobre o ombro de João Antunes. Pouco conversaram, limitando-se a reafirmarem um novo encontro para quando sentissem necessidade um do outro. Haviam acertado uma maneira de se comunicar e manteriam os seus endereços telegráficos constantemente atualizados, evitando-se problemas como o ocorrido. João Antunes pediu-lhe que dissesse a Henriette para procurá-lo para saber como estava passando, e lhe dar notícias da possível gravidez. Naquele final da manhã, o calor aumentara muito, tornando o abafamento no interior do carro insuportável, contribuindo para uma despedida que perturbava os momentos maravilhosos que viveram. Em poucos minutos, chegaram à Estação Pedro II.

— Adeus, meu amor, quero outros dias como esses. Não posso viver sem você; me chame logo — despediu-se Verônica. Estava muito emocionada, com lágrimas nos olhos; abraçou-o e o beijou, readquirindo o ar apaixonado que desfrutara. Porém, tais palavras soaram um pouco alheias aos sentimentos. Suas emoções estavam atrapalhadas pelo incidente com Riete.

— Adeus, amor... — despediu-se João Antunes, sentindo-se também um pouco perturbado. Abraçaram-se, comovidos, despedindo-se dos momentos inesquecíveis. Beijaram-se; descolaram seus lábios cogitando sobre um futuro que agora lhes parecia novamente incerto e precário, ao contrário do que haviam imaginado. Antes de embarcar, João Antunes lhe perguntou o que havia, pois continuava a senti-la um pouco irritada, porém Verônica replicou que estava apenas aborrecida com o bilhete de Riete. O trem apitou, prestes a partir; Verônica subiu precipitadamente a escadinha de acesso ao vagão. Os vapores esguicharam com potência, os cilindros bateram fortes e a locomotiva começou a se mover lentamente. Na plataforma, a pequena multidão de acompanhantes dissolvia-se. João Antunes permaneceu pensativo, assistindo ao último vagão desaparecer.

Verônica pôs-se a contemplar distraidamente as casas suburbanas desfilarem suas pobrezas, indiferente aos olhares tristonhos daquela gente. Aquele cenário, que tanto impressionara João Antunes, sequer resvalava em seu coração. Ela pensava loucamente em João Antunes, e agora o queria só para si. Fatigada pelos excessos, em poucos minutos adormeceu, embalada pelos monótonos ruídos das rodas ao passarem sobre as juntas de dilatação dos trilhos.

Verônica despertou e, como no passado, começou a penetrar naquele ambiente endinheirado de São Paulo e a respirar aquele ar que, antes de ir aos pulmões, dava uma voltinha em seu espírito. Porém, ela adquirira tirocínio para se defender, pois eram as mesmas emoções que a afetavam quando, após sonhar com Jean-Jacques contemplando Copacabana, retornava à opulência e sentia sua paixão arrefecer.

Malgrado a precaução, Verônica tinha consciência de que iniciava a travessia para o outro lado de sua vida. Lembrou-se novamente da frase escrita no bilhete e que tanto a irritara: "Bertoldo me ajudará", e novamente experimentou o estranho sentimento que tivera no Rio, como um alfinete que lhe cutucasse o espírito. Ela teve um inusitado ciúme misturado a rancor, julgando essas palavras como uma pretensão audaciosa diante de um homem que era seu marido. Com aquela frase, Verônica vislumbrara sinais de um relacionamento mais íntimo entre Riete e Bertoldo, e isso curiosamente a incomodava. Contudo, tal ciúme não era derivado do amor, pois Verônica não o amava, mas sim da vida luxuosa que Bertoldo lhe proporcionava. Ela teve a percepção exata do significado profundo de seu sentimento: desejava a exclusividade na vida mundana proporcionada pelo marido. Verônica tinha ciúme de seu conforto, de seus privilégios sociais e não queria dividi-los com ninguém. Ela admirava a incrível capacidade financeira de Bertoldo e tudo o que isso significava, perante os outros e perante a si mesma. Bertoldo era um excelente marido provedor, cobria-lhe de mimos e lhe oferecia tudo, sendo apaixonado por ela. Verônica atracava agora na sua outra margem, aquela que a fez duelar consigo à época em que amava Jean-Jacques e desfrutava da vida luxuosa que Mendonça lhe dava. João Antunes exercia em seu espírito o mesmo sentimento que Jean-Jacques exercera no passado, e Bertoldo desempenhava a mesma função exercida por Mendonça. Foi essa compreensão inédita que emergiu abruptamente de seu âmago, enquanto o seu olhar deslizava sobre a paisagem. Todavia, mais amadurecida, não deixaria sua paixão por João Antunes ser ofuscada. Como lhe dissera, não repetiria a decepção que vivera com Jean-Jacques, e resistia bravamente àquele ar paulista que lhe poluía a cabeça.

Enquanto viajava, Verônica passou a repensar sua existência, seu problema crucial, refletindo sobre o vazio que sempre existira entre essas duas faces de sua vida: uma sombria, não amorosa, e o lado iluminado pelo amor. E imaginava um meio que harmonizasse essa terra de ninguém. Todavia, quantas vezes já refletira sobre isso? E não era contra isso que ela tanto enfatizara a João Antunes? Verônica sabia que sua beleza lhe possibilitava trafegar entre os dois lados, nos dois sentidos, porém, como acontecia com João Antunes, procurava estabelecer um assentimento emocional entre as duas regiões de seu espírito. Era esse o percalço que sempre existira no exercício de sua vida dupla, esse era o seu sofrimento. Jamais houvera aquela almejada harmonia capaz de apaziguá-la, como tentara apregoar a João Antunes, ou jamais existira a admissibilidade emocional libertária irrestrita ao seu discurso.

Conquanto suas reflexões, Verônica voltou-se para o presente e tornava a ficar irritada com as palavras de Riete a respeito de Bertoldo. Sentia-se surpreendida com sua reação, pois lhe era inédita. Estava ansiosa para conversar com ele a respeito. Verônica ficou repentinamente aturdida com uma possibilidade revelada naquele bilhete, que lhe passara despercebida, mas que agora lhe surgia como uma surpresa desagradável: a possibilidade de a filha revelar a Bertoldo o seu encontro com João Antunes. Se assim o fosse, não desejava que ele o soubesse por meio de Riete. Após aquela difícil conversa que tivera com o marido, quando retornara de Cavalcante, Verônica previa que, caso Bertoldo tomasse conhecimento daquele seu encontro, seria impossível manter seu casamento. Então, passou a ficar angustiada com essa possibilidade. Contudo, se ele lhe indagasse a respeito, estava disposta a uma atitude nobre: aceitaria sua separação, pois não queria vê-lo na situação de Mendonça; além de sentir-se apaixonada por João Antunes e incapaz de renunciar ao seu amor. Verônica, como antigamente, sentia-se exausta com sua dissonância emocional.

Todavia, para onde teria ido Riete? Estaria na casa de Dolores em Campinas? Ou em São Paulo? Deveria encontrá-la antes do retorno de Bertoldo à Santa Sofia. A paisagem já não a induzia a reflexões que não fossem essa. Sentia-se aflita. Desembarcou em São Paulo de madrugada, devendo pernoitar na cidade.

Ao chegar em Campinas no final da manhã, ela dirigiu-se ansiosa à residência de Dolores, intuindo que sua filha se hospedava com a amiga. Lá chegando, confirmou a intuição: Dolores lhe disse que Riete estava ali hospedada e que havia saído, mas logo estaria de volta. Verônica permaneceu conversando com Dolores, que imediatamente observou-lhe o semblante preocupado. A conversa não fluía com naturalidade, até o instante em que Riete abriu a porta e entrou, surpreendendo-se com a presença da mãe. Verônica levantou-se da poltrona em que estava e adiantou três passos em direção a ela, mirando-a com um olhar súplice.

— Minha filha, por favor, preciso conversar a sós com você. — E voltou-se para Dolores com o semblante agoniado, como que lhe solicitando licença.

— Sim, mamãe... — concordou Riete após alguns segundos, afetando imenso desdém. Um deboche insinuou-se em seu sorriso, relutante em abrir-se.

— Vamos ali em frente, num dos bancos. Dolores, querida, um instante, logo estaremos de volta.

— Não se preocupe, dona Verônica, fiquem à vontade — respondeu Dolores, que tinha total conhecimento da vida de Riete, tal era a intimidade entre ambas. Riete já havia lhe contado o seu drama vivido no Rio de Janeiro, e Dolores deduzia o teor da conversa que provavelmente Verônica teria com a filha.

Ambas saíram, atravessaram a rua e dirigiram-se a um banco, situado à sombra de uma árvore, quase em frente à casa de Dolores. Naquele fim de primavera fazia também forte calor em Campinas e o céu estava carregado, prenunciando muita chuva. Sentaram-se. Verônica, muito tensa, manteve-se com o tronco ereto e enviesado, as mãos cruzadas sobre o colo, voltada para filha, sem utilizar o encosto do banco. Riete encostou-se, ostentando uma postura desdenhosa, mantendo seu olhar meio cabisbaixo à frente, e cruzou os braços. Aparentava um ar debochado, adivinhando a origem daquela aflição.

— Riete, minha filha... — iniciou Verônica. — Peço-lhe desculpas. Não desejava que você assistisse ao meu encontro com João Antunes, o que deve ter-lhe magoado muito...

— Mamãe, vamos ao que interessa! Você não veio aqui para desculpar-se comigo, e, se me respeitasse, não teria ido ao Rio furtivamente para se encontrar com João Antunes, traindo a confiança de Bertoldo e a minha — replicou Henriette, voltando seu rosto para Verônica, com os lábios trêmulos. Seus olhos cintilavam de raiva e indignação.

— Minha filha, por favor, me entenda mais uma vez. Eu... — disse Verônica, avançando mais seu semblante, num gesto súplice.

— Mamãe! — interrompeu-a Riete com ironia e num tom de voz baixo, mas que lhe conferia absoluta autoridade no que diria, como se a elevação da voz não fosse necessária à persuasão de suas ideias. — Até quando vai continuar levando essa sua vidinha dupla de muita paixão e de muito luxo? Você já fez papai e Jean-Jacques sofrerem, e agora começa o mesmo jogo com Bertoldo e João Antunes. Até quando continuará a agir assim para manter seus caprichos? — indagou, de modo sarcástico e incisivo, o que fez com que Verônica recuasse seu corpo, tal a contundência daquelas palavras.

Verônica baixou o rosto e seus olhos lacrimejaram. Por alguns segundos, permaneceu pensativa, fitando a calçada, manchada pelo tempo.

— Como já lhe disse naquela carta — prosseguiu Riete —, por que brincar com os sentimentos dos homens? Brincar com a sua própria vida e fazer os outros sofrerem? Veja a dona Emília, mulher de papai, que morreu de desgosto com a venda de Santa Sofia, que Bertoldo só comprou para satisfazê-la; veja as filhas de dona Emília e agora eu... — prosseguiu Riete, mantendo o olhar sobre Verônica, que se mantinha cabisbaixa. — Se de fato amasse Jean-Jacques, e agora João Antunes, você imediatamente abandonaria tudo e iria viver com eles! Porém, não! Você não renuncia a nada, quer sempre os dois lados do melhor prazer... — disse Riete, relaxando-se sobre o encosto, deixando seu quadril escorregar ligeiramente à frente.

Verônica mantinha-se pensativa, completamente arrasada por aquelas palavras aparentemente tão verdadeiras. Riete, contudo, ignorava a profunda complexidade daquilo que dizia, pois os sentimentos e as atitudes de alguém são difíceis de serem analisadas pelas circunstâncias aparentes, inclusive por esse alguém.

— Você tem alguma razão, minha filha. Mas quando fui reencontrar-me com Jean-Jacques, no Rio, eu havia tomado exatamente essa resolução: iria abandonar Bertoldo para viver com ele. Desde o meu casamento fui assediada por esse sentimento, e quando você apareceu em Santa Sofia com esse anel que está em seu dedo, eu vivi o momento mais feliz de minha vida, e tomei a resolução. Arrumei uma grande mala e abandonei o luxo para viver com Jean-Jacques, mas você me chantageou, lembra-se? — indagou Verônica, readquirindo aos poucos segurança em seus argumentos, pois tinha certeza do que dizia. — Me extorquiu uma quantia, mas eu lhe perdoei porque me compadeci de você; tive pena, não agi com a lógica com que agora você me apregoa... A maioria das pessoas — prosseguiu ela — se acham aparentemente certinhas e bem enquadradas, mas não têm uma gota de generosidade em seus corações, ao contrário, têm-no transbordante de hipocrisia e da capacidade de julgar os outros, quando ignoram as razões mais profundas de suas atitudes... — concluiu, com uma expressão triste.

— Mamãe, eu sou o produto de vocês. Todos os meus problemas se originaram do relacionamento entre papai e a senhora — replicou Riete, mantendo seu olhar perdido sobre a casa de Dolores, no momento em que a mãe da amiga chegava com as compras.

Verônica também desviou seus olhos para a casa em que morara em Campinas, quase vizinha à de Dolores, e lembrou-se daqueles diálogos dramáticos que ali tivera com Mendonça e com sua filha, quando esta fora humilhada na escola.

— Sim, nesse aspecto você tem razão, por isso está fazendo o tratamento em São Paulo... Mas, lembre-se, eu também fui vítima da vida de mamãe e de sua amizade com *Madame* Louise. Fui vítima de minha beleza, que me atirou nos braços do senador Mendonça, seu pai, quando eu tinha apenas dezessete anos, e com o qual tive um relacionamento conturbado e sofri as consequências... — Verônica hesitou, quase revelando à Riete suas práticas sadomasoquistas com Mendonça, mas calou-se, evitando mais problemas para a filha, pois ela admirava o pai. — Fui vítima, enfim, daquele ambiente do *Mère Louise*. E creio que sofri tanto quanto você, Riete. Você está chateada porque João Antunes vai se casar com outra, mas não fui eu quem o tomou de você, foi a Ester, sua noiva de Santos Reis, convença-se disso.

Riete permaneceu pensativa, com um olhar tristonho perdido em algum ponto no lado oposto da rua.

Neste instante, Verônica lembrou-se de que inicialmente seu objetivo fora esclarecer a suposta intimidade entre Riete e Bertoldo, porém tal esclarecimento foi sobrepujado pela necessidade de que Riete não revelasse a Bertoldo seu encontro com João Antunes. Contudo, Verônica sentia que isso também deveria ser relegado, pois não havia clima para nenhuma exigência.

— Pois bem, minha filha, para não parecer incoerente aos seus olhos, eu mesma revelarei a Bertoldo o meu relacionamento com João Antunes, e que ele faça o que melhor lhe parecer. Eu adoro João Antunes, e não imagino o meu futuro... — Verônica parou de falar, com o semblante entristecido, mantendo o olhar sobre sua antiga casa, como que relembrando o passado. — O que foi Riete? — inquiriu Verônica, fitando-a atentamente.

Riete respirou fundo e voltou-se para a mãe, sentindo-se desconcertada.

— Não faça isso, mamãe! Bertoldo sofrerá muito... Ele ficará abalado e seus negócios serão prejudicados. Ele já anda sofrendo com a sua viagem a Goiás. Isso o afetou muito — declarou Riete, exibindo preocupação, fitando fixamente a mãe.

— Mas não era essa indignação que a moveu a fazer o seu discurso contra mim? Pois dizia que eu começaria o mesmo jogo com Bertoldo e João Antunes, que nunca abandonava meus caprichos... Pois agora desejo ser coerente e você se opõe? — indagou Verônica, intuindo em Riete alguma intenção dissimulada, pondo-se a perscrutá-la atentamente.

Riete permaneceu pensativa alguns segundos, mirando alguma coisa com um olhar desconsolado, longínquo, perdido em névoas que lhe impediam de achar qualquer ideia. Em poucos minutos, o dia escurecera devido às pesadas nuvens que cobriam a cidade. De súbito, Riete voltou-se para Verônica e contemplou seu rosto tão aflito, perscrutando-lhe os pensamentos, e deu uma risada nervosa, histérica, crispando suas faces, e essa risada descambou num choro profundo e doído.

— O que se passa, minha filha?! — indagou Verônica, juntando-se a ela e a abraçando, preocupada com aquela reação estranha.

— Mamãe, eu pretendia... pretendia dizer a você que revelaria a Bertoldo o seu caso com João Antunes se não obtivesse uma vantagem sua, como o fiz com o anel, mas não vou fazê-lo, não vou. Mas não faça Bertoldo sofrer... — disse Riete, entrecortada por um choro convulso que revelava o seu imenso sofrimento.

Verônica permaneceu abraçada a Riete, acariciando-lhe o rosto, dizendo-lhe palavras confortadoras, dando-lhe beijos e procurando acalmá-la. Seria o instante de indagar à filha a suposta intimidade entre ela e Bertoldo, já que a filha se manifestara preocupada com ele. Mas resolveu calar-se. Durante longos minutos permaneceram assim, até aquele choro de Riete ir se amainando em suspiros profundos, doridos. Suas lágrimas secaram e seu semblante adquiriu uma expressão triste e resignada.

— Fique tranquila, mamãe, não vou revelar nada a Bertoldo. Leve a sua vida como quiser e que a resolvam sozinhos, conforme acharem melhor — disse Riete, sentindo-se aliviada. Beijou Verônica no instante em que um trovão soou prolongado e a chuva começava a cair intensamente. O céu estava convulsionado, tenebroso; as nuvens se retorciam, se entrelaçavam e se redesenhavam, velozmente movidas pelos fortes ventos que dobravam as copas das árvores e varriam Campinas. Rostos preocupados surgiam atrás de portas e janelas, que eram fechadas rapidamente por mãos aflitas; pessoas encurvadas e encolhidas corriam em busca de abrigo. De repente, Riete, abraçada a Verônica, viu quase junto aos seus olhos o ouro do seu imponente anel, e seu brilho reluziu em sua mente como uma faísca, causando-lhe uma brusca mudança de espírito. Era ele quem puxaria o seu destino. Ela afastou-se de sua mãe e fuzilou-a com um olhar poderoso:

— Mamãe, a senhora consegue tudo o que quer: o amor apaixonado de um homem maravilhoso como João Antunes e o dinheiro de um milionário como Bertoldo, mas eu também vou conseguir tudo isso, hei de conseguir!

— E desviou seu olhar para o chão, já marcado por grossos pingos de chuva.

De repente, um relâmpago rabiscou o céu de amarelo nas imediações do lugar em que estavam, e o trovão estrondejou assustador. Verônica se encolheu apavorada, mas Riete sorriu com desdém e ergueu seus olhos, ostentando em seu semblante um ar resoluto de absoluta certeza, como se estivesse a desafiar a fúria da natureza.

— Vamos embora, minha filha! Isso virou uma tempestade e é perigoso permanecer aqui com esses raios — sugeriu Verônica com uma voz angustiada e o semblante apavorado, erguendo-se e começando a correr em direção à casa de Dolores, puxando a filha pela mão.

— Vá, mamãe! Eu fico aqui, quero aprender com a tempestade. Aprender a desafiá-la e a vencê-la — respondeu Riete, soltando-se da mão de Verônica. Ergueu mais o olhar, alargando seu sorriso. Mirou o zênite e gargalhou no instante em que outro raio caiu nas imediações, seguido quase instantaneamente de uma lambada fina e cortante, ensurdecedora. Nesse momento apavorante, ela tomou a resolução de procurar o seu pai no Rio de Janeiro e de solicitar a ele que a apresentasse a todos os homens importantes da República, os mais ricos e influentes, e aprender a usá-los para se enriquecer.

Pela janela da sala, protegida da tempestade, Verônica, agoniada, mirava a filha através da espessa cortina d'água que lhe permitia apenas ver o corpo de Riete completamente encharcado, e a vislumbrar o seu sorriso desafiador apontado rumo ao céu. A chuva aumentava de intensidade e as descargas elétricas tornavam-se mais frequentes, mas Riete permanecia impávida, sentada calmamente no banco com o seu espírito num futuro que imaginava indubitável. Sua vida era lavada pela chuva, e tudo que nela vacilara adquiria uma convicção forte e definitiva. Riete começava a empreender uma viagem no tempo, e foi desaparecendo atrás do espesso véu d'água sob o olhar atônito de Verônica, até que pudéssemos reencontrá-la, anos mais tarde, trilhando segura o seu destino. Nessa caminhada, ela sempre relembraria tristemente que um dia apertara a felicidade entre seus braços e a tivera entre suas pernas. Nessas ocasiões, ela choraria inconsolável, relembrando os momentos inesquecíveis vividos com João Antunes, na casinha azul em Cavalcante. Mas estava certa de que os viveria novamente.

28

Ao invés de navio, João Antunes retornava de trem a Porto Alegre. Tal como na ida ao Rio, viajava com o espírito pesaroso. Vivera com Verônica a plenitude, mas agora assistia à paisagem correr melancolicamente ao longe com um olhar fixo, perdido nos cenários que cruzavam diante de si e que lhe infundiam emoções depressivas. Sentia uma inexplicável tristeza, e sempre que tais sensações ocorriam, João Antunes recordava aquela manhã na presença de Getúlio Vargas e rememorava aquela fumaça azul evolando-se no ar, tão desconexa quanto seus pensamentos. E viajava travando um diálogo inútil com o seu eu fragmentado. Relembrava as palavras de Verônica relativas ao assunto: "somos assim mesmos, divididos, antagônicos e incoerentes, por que se angustiar com a natureza humana"? Contudo, tais palavras, tão indulgentes e admissíveis naquelas circunstâncias, mostravam-se agora inócuas em proporcionar-lhe algum consolo. Ao tentar aceitá-las e compreendê-las, mais se aprofundava o poço de suas incertezas. Relembrava a nudez de Verônica e sentia-se irremediavelmente apaixonado, louco para estreitar e penetrar naquele corpo para nunca mais deixá-lo. Mas sentia que caminhava num pântano movediço e temia ser tragado por ele. Sua paixão por Verônica era tão grande quanto sua insegurança em amá-la. Ansiava por chegar logo em Santos Reis e atirar-se nos braços de Ester, seu porto seguro, sua terra firme; almejava o seu carinho e o desvelo de sua alma gêmea. Sim, iria fazê-la feliz; ela era a única a apaziguar aquela coisa incompreensível que lhe arranhava a alma.

Ester o aguardava saudosa na estação de São Borja, conforme haviam combinado. Ao distingui-la entre as pessoas, João Antunes sentiu repentinamente seu mundo ressurgir, e correu pressuroso ao seu encontro. Ao abraçá-la, ao tê-la junto a si, teve a sua angústia aliviada, como se ela se dissolvesse naquela junção de corpos. De volta à simplicidade de seu ambiente, seu coração voltava a pulsar no ritmo de uma época que, embora ignorasse, não mais existiria em sua vida. Só Ester poderia ajudá-lo. João Antunes experimentara outros sentimentos, sentira emoções, agora indeléveis em seu espírito. Ele ignorava que, tal como Dante e Virgílio, havia cruzado o Aqueronte, e percorreria os círculos do inferno. Ester era o que restara de seu mundo, e era nele que João Antunes se apegava com todas as forças de sua alma. Seria em Ester que João Antunes se agarraria quando as correntezas ameaçassem arrastá-lo durante a luta contra as instâncias de uma dualidade conflituosa.

 Durante duas semanas, puseram-se a preparar a festa de casamento. João Antunes contou a Ester sobre a suposta gravidez de Henriette, e ela se mostrou compreensiva diante das dificuldades que seu noivo vivera em Cavalcante; deu-lhe seu apoio mediante uma longa conversa, sincera e dolorosa. Ao final de dezembro de 1918, casaram-se na igreja de São Borja, testemunhados pelo velho general Manuel do Nascimento Vargas, sua esposa, dona Candoca, e pelo filho Getúlio Vargas e sua esposa, dona Darcy Sarmanho Vargas. Depois, foram todos para Santos Reis, e a comemoração varou a noite, tornando-se um acontecimento inesquecível na estância. Durante a festa, João Antunes e Ester foram agradecer a Getúlio Vargas o presente recebido: uma bonita louça comprada na loja do senhor Alcântara. Despediram-se dele sentindo a fragrância daquela fumaça azulada que, em breve, também envolveria o Brasil.

29

Em janeiro de 1923, eclodiu no Rio Grande do Sul a Revolução Federalista. Joaquim Francisco de Assis Brasil, chefe dos antigos federalistas maragatos, nessa época já rebatizado Partido Libertador, não admitiria a posse de Borges de Medeiros ao seu quinto mandato. A eleição fora realizada em 1922 do modo costumeiro. Getúlio Vargas, encarregado da comissão de apuração dos votos, constatou que, daquela vez, Borges não atingira o quociente necessário para ser reeleito. E foram ao palácio Piratini comunicar a derrota ao chefe. Lá chegando, ocorreu o curioso diálogo:

— Já sei — disse-lhes Borges de Medeiros, ostentando um sorriso vencedor. — Viestes para mais uma vez me cumprimentar pela vitória.

Getúlio, constrangido, olhou para seus confrades e respondeu ao chefe:

— Bem, presidente... ainda faltam algumas atas a serem apuradas, e assim que terminarmos voltaremos — respondeu Getúlio, meio desconcertado. E retornaram para dar um jeito de conseguir o percentual necessário à vitória de Borges.

Existem casos pitorescos a respeito do autoritarismo de Borges de Medeiros. Certa vez, em sua presença, um auxiliar ousou iniciar a frase: "eu penso, senhor presidente...", no que foi interrompido de modo seco e cortante por Borges: "você pensa que pensa, mas quem pensa sou eu"; ou uma outra passagem famosa que retrata esse autoritarismo: "eu faço, eu mando, eu chovo"!

Borges, insistindo na posse, deflagraria a revolução e, como em 1893, o sangue seria derramado nos pampas. Em janeiro de 1923, velhos e conhecidos caudilhos entrariam em ação novamente: Zeca Netto, Leonel Rocha e Honório Lemes, conhecido como "O Leão do Caverá". Quantos homens seriam degolados sob o tacão das botas? Novamente o velho general Manuel do Nascimento Vargas convocou os Corpos Provisórios, e a família Vargas lutaria pelos republicanos de Borges, os denominados chimangos, contra os maragatos de Assis Brasil. Getúlio Vargas, encarregado de comandar o 14º

Corpo Provisório, foi designado para romper o cerco a que estava submetido Osvaldo Aranha, em Uruguaiana. Durante a expedição, a meio caminho, Getúlio recebeu ordem de Borges de Medeiros para assumir na Câmara Federal o posto do deputado Rafael Cabeda, falecido. Getúlio então viajou ao Rio de Janeiro e assumiu o posto. Ali começaria a sua vertiginosa carreira que mudaria o Brasil. Com o seu jeito sereno, astucioso e inteligente, começou-se a fazer respeitado e admirado pelos seus pares. No seu primeiro dia de trabalho, encontrou-se casualmente com João Batista Luzardo, líder dos libertadores na Câmara, e fez um gesto grandioso e inusitado de cordialidade: aproximou-se dele e o abraçou, atitude inadmissível para o Brasil daqueles tempos. Batista Luzardo sentiu-se muito surpreso e grato, pois não eram esses os hábitos de convivência entre adversários. Com esse gesto, Getúlio iniciou o processo de união política do Rio Grande do Sul, que viria a consolidar quando presidente do estado. Em 1925, Washington Luís promoveu a substituição do ministro da fazenda e, para surpresa geral, o escolhido por ele para ocupar o cargo foi Getúlio Vargas, o líder de Borges na câmara. Mas, em 1927, Getúlio se afastou do ministério para concorrer à presidência do Rio Grande do Sul. Com o apoio de Borges de Medeiros, ele foi eleito e tomou posse para o quadriênio 1928-1932. A tudo isso, Felinta assistia e comentava com João Antunes, lembrando-o de suas previsões a respeito do filho do velho general Vargas.

Durante a década de 1920, a República Velha e sua política do café com leite começariam o seu colapso. A modorra começava a ser sacudida pela insatisfação nos meios militares: em 5 de julho de 1922, o capitão Euclides Hermes, filho do marechal Hermes da Fonseca, levantou o forte de Copacabana; em 5 de julho de 1924, o general Isidoro Dias Lopes e Miguel Costa ocuparam a cidade de São Paulo com o objetivo de forçar a queda de Artur Bernardes, que governava seu quatriênio sob estado de sítio. Durante um mês São Paulo sofreu grande destruição, bombardeada pelas forças federais. A coluna Prestes, sob o comando do Cavaleiro da Esperança, percorreria o Brasil de norte a sul, entre 1924 e final de 1926. Tais acontecimentos expressavam a insatisfação profunda com os métodos políticos usados na República Velha, baseados na política dos governadores, no compadrio, no clientelismo, na violência do coronelismo que campeava Brasil afora, na fraude eleitoral, na política econômica que privilegiava a oligarquia cafeeira em detrimento do povo, enfim, nos atrasos político, econômico e social em que vivia o país. O Brasil despertava para um novo mundo, procurando sua inserção num capitalismo moderno que não mais admitia tais métodos de governar. Os tenentes captavam esses anseios de mudança e agiam para transformar o país.

Em 1930, a Aliança Liberal, um movimento revolucionário comandado pelos estados do Rio Grande do Sul, Minas Gerais e Paraíba, depôs o presidente Washington Luís e conduziu Getúlio Vargas ao poder. A revolução eclodiu em 3 de outubro, em Porto Alegre, e em 3 de novembro de 1930 Getúlio chegava ao Catete. João Antunes estava entre a multidão que aclamava Getúlio Vargas quando este apareceu nas sacadas do Palácio. O Brasil começaria a mudar. Como primeira medida, foi criado o Ministério do Trabalho, Indústria e Comércio, destinado a regulamentar as relações trabalhistas e garantir o respeito ao trabalhador; foi instituída a Justiça Eleitoral e introduziu-se o voto secreto, bem como o voto feminino. Haveria uma real preocupação com o país.

A despeito da intensa oposição que sofreria ao longo das três décadas seguintes, Getúlio Vargas promoveria profundas transformações no Brasil, e haveria sempre contra ele um cheiro de revolta no ar. De um lado, e a favor dele, os anseios populares despertados pela política social praticada por Getúlio. Pela primeira vez, um governante no Brasil dava voz ao povo e instituía direitos sociais. E na oposição se entrincheiravam as velhas elites brasileiras, preocupadas em defender seus privilégios da maneira que Val de Lanna explicara a João Antunes. Ao longo das próximas décadas, a história brasileira viveria esse conflito, e quando não fosse possível deter a ascensão popular, essas elites usariam a força e o próprio estado para detê-la.

Em março de 1922, em Niterói, Astrojildo Pereira, intelectual fluminense, junto a poucos outros, funda o Partido Comunista do Brasil, o PCB, ao qual se filiou o jovem Carlos Val de Lanna. Carlos era pobre materialmente, mas carregava em seu coração solidário uma grande riqueza. Ele mal poderia imaginar que, naquele instante em que ingressava no PCB, iniciaria uma vida de provações e de sofrimentos físicos e espirituais inauditos, impostas pela solidão de seus ideais. Mas Val de Lanna sabia que existiam dois tipos de luta: uma motivada por valores inquestionáveis, razões da admiração de João Antunes, e a outra determinada pela exploração do homem pelo homem, que se opõe à primeira e que motivaria seus combates. Ele também avaliava que os métodos de luta provavelmente seriam os mesmos, mas os objetivos bem diferentes. A primeira fora o destino escolhido por ele, inconformado com o que via ao seu redor.

João Antunes, quando a vida lhe impunha o seu pragmatismo econômico, relembrava a figura de seu amigo e rememorava aquele seu olhar sonhador carregado de idealismo e de sede de justiça. João Antunes admirava-o, sabia que só os inquietos mudariam o mundo, mas as próprias ambições materiais, que alimentavam seu dualismo político, o afastaram dele. Contudo, ele percebia a nobreza de seu sentimento de admiração por Val de Lanna, e reconhecia que os valores que o suscitavam constituíam as condições perenes para a prevalência do espírito humano. Sem a superioridade deles, também não haveria as emoções que existem nos que lutam realmente a favor do homem.

30

A TODA A MOVIMENTAÇÃO POLÍTICA QUE OCORRERA NA DÉCADA DE 1920, E NO INÍCIO DA PRÓXIMA, JOÃO ANTUNES E ESTER ACOMPANHAVAM PELOS JORNAIS QUE CHEGAVAM A ARAGUARI. Havia dez anos que viviam na fazenda San Genaro, santo de devoção de Felinta. João Antunes comprara terras excelentes, na bacia do Rio Paranaíba, a leste do município de Araguari, na divisa entre Minas Gerais e Goiás. Topografia plana, ótima para a engorda e terras férteis para o capim. Porém, o principal atrativo era a localização da fazenda, situada a cerca de vinte quilômetros da ferrovia Mogiana que unia Uberaba à velha estação do Roncador, no município de Urutaí, em Goiás. A ferrovia, nos anos 1930, já avançara Goiás adentro. Na época certa, os novilhos eram levados até uma pequena estação e embarcados para Uberaba, onde eram negociados e transportados aos mercados consumidores. Logo após o casamento, João Antunes construíra a casa, modesta, mas confortável, aos poucos melhorada. Comprara dois bons reprodutores, um lote de fêmeas, e os novilhos iam surgindo. Trabalhava junto com Ambrozzini e, após dez anos, já tinham boa economia. João Antunes e Ester viviam bem. Tiveram uma menina linda, Elisa Ambrozzini Antunes, já com nove anos, o luxo do casal. Após consolidar seus sonhos, João Antunes sentia-se estabilizado e muito de seu sucesso se devia a Ester, seu amparo emocional. Mas jamais se esquecera de quem lhe dera o dinheiro para comprar a San Genaro e arrumar sua vida: Marcus. Diversas vezes, quando assistia à boiada mover-se indolente ao sol, ele vislumbrava entre as corcovas o seu rosto ansiosamente sondando o seu, e sentia algo estranho perpassar seu espírito; erguia então seus olhos aos céus e lhe dizia uma prece. João Antunes nunca compreendera muito bem aquele período conturbado de sua vida e, quando o relembrava, tudo lhe parecia um pesadelo.

Ester adorava o marido e o conhecia profundamente; sabia detectar-lhe os tormentos, antecipá-los e amainá-los. Conhecia seus anseios, suas carências e o ajudava em tudo. Ester era parte essencial da vida de João Antunes, e de tudo que imaginara quando viajava à feira de gado de Santo Ângelo. Ester era sua esposa e companheira de fé.

Porém, ultimamente, ela sentia que João Antunes carregava um peso. Alguma coisa o aborrecia, e a vida do casal sofria um abalo. Ester insistia com ele, mas João Antunes lhe dizia serem preocupações de negócios, e a abraçava, enchendo-a de carinhos. Ester passou a observar que tais aborrecimentos ocorriam quando João Antunes aguardava respostas para reuniões no Rio de Janeiro, ocasiões em que viajava para resolver negócios mais importantes sobre vendas de gado. Havia alguns frigoríficos estrangeiros que trabalhavam com frigoríficos nacionais, e João Antunes muitas vezes viajava a convite do frigorífico Melo Fontoura, cujo dono era seu amigo. Ester começou a observar que, antecedendo algumas dessas viagens à capital, João Antunes recebia sempre um telegrama com os dizeres: "Reunião confirmada, dia tal; confraternização no hotel de costume; frigorífico tal". João Antunes lia o telegrama e o deixava na gaveta de sua escrivaninha; Ester passou a sondá-los, observando a regularidade daquela mensagem. Após recebê-las, João Antunes tornava-se mais alegre e carinhoso com ela; alterava o seu comportamento, como se aquele telegrama fosse ansiosamente aguardado. Às vésperas da viagem ao Rio, ele ficava ainda mais agitado e mostrava-se apreensivo para logo embarcar. Outras vezes, quando parecia ir realmente a negócios, os textos eram outros, e João Antunes não alterava seu comportamento. Ester deduziu facilmente que aquelas mensagens eram um código para encontros particulares.

Na volta à fazenda, ela observava seu olhar longínquo e o semblante pensativo, e custava a retomar seu humor habitual. Ester não se enganava. João Antunes lhe escondia um segredo, e se aborrecia por não poder conversar com ela a respeito. Ela teve a certeza de que seu marido viajava para encontrar-se com outra mulher.

Na última vez em que retornou à fazenda, após uma dessas viagens, João Antunes encontrou Ester adoentada, acometida por uma febre estranha, sem causa aparente, e que surgia nos finais de tarde. João Antunes, muito preocupado, quis logo chamar o médico em Araguari, mas, antes, Ester disse-lhe que desejava conversar seriamente com ele. Não podia mais conviver com aquela angústia; estava doente talvez em decorrência dela. Tiveram uma longa e dolorosa conversa, e João Antunes foi sincero ao lhe confessar tudo. Ao final, eles se abraçaram e choraram por razões diferentes: Ester de amargura, enquanto João Antunes experimentava sua alma rasgar-se em duas, dilacerada por uma dor atroz, sem solução. Essa conjuntura mudaria a sua vida.

31

Havia em João Antunes um sentimento sem o qual não poderia viver. Nele existiam emoções que o escravizavam, e quando elas surgiam, sua vida iluminada com Ester era ofuscada por uma luz poderosa cujo fulgor sobrepujava tudo. João Antunes jamais abandonaria Ester, mas nunca poderia ficar sem Verônica, seu lado encantado. Sem ela a sua vida caía naquele melancólico marasmo, despojada da esperança de que algo preenchesse o vazio enfadonho que só o seu amor poderia ocupar. Junto a Verônica, não havia a sensação rotineira de felicidade, aquele recanto tranquilo ornamentado pela sua vida de fazendeiro, mas sim a expectativa de uma alegria crescente e inexaurível, pois, quando juntos, reinava a magia do prazer sem fim. Os sentimentos, porém, eram complexos, conflituosos e gostosamente sofridos, tão fortes como o girar de um tufão, mas eles os curtiam de modo inaudito. Cada delícia, cada manifestação apaixonada que pulsava em um, era acolhida e excedida pelo outro, e a felicidade parecia insaciável, convergindo para uma emoção única e imprescindível. Essa necessidade inelutável infundia em João Antunes uma expectativa que o induzia, cada vez mais, a nela penetrar para dourar sua vida. Assim viviam quando estavam juntos. Era nesse oásis que eles restauravam seus espíritos para seguir adiante, e era nele que perdiam aquela razão sensata, criteriosa e ajuizada, e os arremetiam ao lugar em que tudo era vivido no limite.

Porém, quando os ventos amainavam, forçados pelas circunstâncias, recomeçavam a adquirir a antiga serenidade. Era o momento de retornarem para o lado corriqueiro de suas vidas, aos tempos das felicidades plácidas, cinzentas, ditas normais, e começavam então a plainar das alturas, espicaçados pela separação.

Contudo, aquela angústia dilacerante persistia no espírito de João Antunes. Ele se fragmentava, e tentava juntar os pedaços para obter uma unidade que lhe desse a sensação de harmonia pela qual poderia transitar entre esses dois mundos; mas seu desejo era em vão. João Antunes relembrava então as palavras da própria Verônica: "o homem é assim, ele é múltiplo, vários, por que se atormentar para juntar seus juízos e obter um consenso"? Todavia, tais argumentos não o aliviavam, e sentia que nenhum caminho era possível, além desse que percorria.

Do mesmo modo era o espírito de Verônica. Ela era maluca por João Antunes, adorava-o, ele era o seu amor exclusivo, o lado iluminado de sua vida sem o qual tudo era sombrio. Em algum lugar de sua alma, habitava a sensibilidade inquietante de Jean-Jacques ornamentada pela beleza estonteante de João Antunes. Verônica também não viveria sem o seu amor; não ficaria sem contemplar a formosura de seu corpo e de sentir sua pele lúbrica deslizando sobre a sua.

Em vista dessas necessidades, João Antunes e Verônica, no decorrer dos anos, encontravam-se no Rio de Janeiro, inicialmente no Hotel Londres, e nos últimos dois anos, no *Copacabana Palace*, o luxo da capital, inaugurado pelo empresário Octávio Guinle em agosto de 1923. Copacabana, como previsto por Jean-Jacques no começo do século, se expandira e começava a incendiar o imaginário mundano nacional. Em Copacabana, aquele bairro lindo e romântico, as emoções amorosas pareciam se eternizar, como se sua beleza igualasse os sentimentos dos que ali se amavam e sonhavam suas vidas. João Antunes, a pretexto de negócios, e Verônica, enquanto Bertoldo estava fora de Santa Sofia, escapavam de suas rotinas e iam satisfazer aquela vontade que pulsava inelutável em seus espíritos. Nessas ocasiões, passavam os dias trancados no apartamento, amando-se com tanta paixão que o mundo ao redor se tornava abstrato, obscuro e irrelevante. A única comunicação exterior ocorria quando Verônica se debruçava num daqueles janelões e contemplava o mar azul, lembrando-se de Jean-Jacques e de sua sensibilidade inquietante. E seus olhos lacrimejavam enquanto recordava aquela Copacabana do início do século, quando, por intermédio dele, conhecera o amor. Nessas ocasiões, João Antunes a compreendia e a acompanhava espiritualmente; colavam então seus rostos e miravam o horizonte, onde o céu se juntava ao mar formando a união a que tanto almejavam. Alongavam suas vistas, perscrutando o futuro, mas nada vislumbravam além de si mesmos. Voltavam-se então seus olhares e se beijavam com ternura. Suas almas se uniam então num sentimento comum, temporário e débil, mas que lhes dava a sensação de estender-se num tempo infinito em que só haveria o amor. E juravam permanecer juntos, ignorando aquela sombra tediosa e persistente que pairava sobre eles: o sofrimento de quem vive.

**INFORMAÇÕES SOBRE NOSSAS PUBLICAÇÕES
E ÚLTIMOS LANÇAMENTOS**

editorapandorga.com.br
/editorapandorga
pandorgaeditora
editorapandorga